夜光虫

馳 星周

角川文庫
12178

まわって、落ちて、告白する。
それがいつまで続いたのかはわからない。
ようやく思案から抜け出した。
まだ十分ではない。

ジェイムズ・エルロイ
『ホワイト・ジャズ』
佐々田雅子・訳

一八勝三二敗三セーブ。防御率四・五二。一九九一年にノーヒットノーラン達成。オールスター出場。

おれが日本野球界に残した数字だ。どうってことはない。勝敗や防御率の数字はもう少し変化するはずだった――立花から呼び出されなければ。

「来シーズンからおまえに用はない。どうする。監督に頭を下げてトレード先を探してもらうか？」

頭を下げた。おれを欲しいというチームはなかった。ユニフォームを脱いだ。グラヴをごみ箱に放り投げた。同期の連中が酒の席を用意してくれた。億の年俸を稼いでいるやつに土下座した。

借金でつくった会社。野球しかしたことのない社長。うまくいくはずがなかった。二年で潰《つぶ》した。借金だけが残った。倒産が決まったその日、女房が家を出ていった。元々名前だけの夫婦だったが、心は充分に傷ついた。

やけくその日々――酒とギャンブル。そのうち年が明け、野球雑誌のライターが台湾人を連れてやってきた。

「この人のチームがいいピッチャーを探してるんだ。あんた、テストを受けてみる気はないか？」

台湾——忘れていた記憶がよみがえった。ぼやけていた顔が形を持ちはじめた。酒とギャンブルをやめ、身体をつくった。二ヶ月後、台北にいた。かつての球威は戻らなかった。それでも、台湾人の監督はおれのスライダーとコントロールにうなずいた。

麗しの島——灼熱《しゃくねつ》の国。土埃《つちぼこり》と檳榔《びんろう》の匂《にお》い。薄汚れた犬っころと香菜の香り。人はいいがでたらめな台湾人。整備もろくにされていない球場。バスでの移動。安い給料。鬱屈《うっくつ》がたまった。

気晴らしといえば、台北の林森北路《リンセンベイルー》。日本人向けのクラブ——真弓だとか、洋子という名の気のいい小姐《シャオジエ》たち。酒とセックス。やがて、黒道《ヘイタオ》たちが姿をあらわした。日本からは毎月のように借金返済の催促の電話がかかってくる。このまま台湾で野球を続けても将来は暗い。おれは黒道と握手した。金のため。鬱屈を金で紛らわすため。

麗しの島——やって来る前に思い描いていた夢は砕けた。おれの脳裏に宿っていた懐かしい顔もどこかに消えてしまった。

毎晩酒を飲み、檳榔を噛《か》む。真っ赤な唾《つば》を道端に吐き捨てる。

台湾——麗しの島。腐る寸前まで熟した果実。甘い芳香を放っている。

1

ドミニカ人の打った球がライト前に転がった。スタンドから歓声がわきおこった。中継が乱れ、ランナーは三塁へ。八回裏で、スコアは二対一。一アウト、ランナー一塁三塁。

ベンチから王東谷《ワンドングー》が駆け寄ってきた。いわれるまでもなかった。マウンドへ向かう監督の林《リン》が肩越しにおれを見た。

「加倉さん、出番よ」

「加倉さん、鬼畜米英をやっつけるんだよ」

淀《よど》みのない日本語――アクセントが少しおかしい。王東谷は不安そうな表情で打席の方を見ていた。鬼畜米英――アメリカのマイナーリーグからやってきた黒人が凄《すご》い勢いでバットを振りまわしていた。

おれは王東谷の肩を叩《たた》いた。

「任せろよ、爺《じい》さん。アメ公なんて目じゃない。今夜は林森北路で祝杯だ」

ドミニカ人に打たれた陳《チェン》がうなだれてマウンドを降りた。林の手招きに応じておれはマウンドに向かった。陳とすれ違う。陳が凄い目でおれを睨《にら》んできた。なにかを叫んだ。おれにはわからない台湾語。意味はわかった。だが、わからない振りをした。陳はおれの足元に唾《つば》を吐いた。鼻の奥が熱くなる。深く息を吸った。こんなことでいちいち頭に来ているわけにはいかない。話の通じない台湾人も中にはいる。

マウンドで林からボールを受け取った。

「わかってるな、加倉《ジアツアン》?」

林は北京語でいった。目は客席のどこかを追っていた。

「わかってる」

北京語でいい返して、おれは林の肩を押した。おれはプロフェッショナルだ。わからないはずがない。

スタンドからは声援とブーイング。頭の中から全てを締めだして投球練習をはじめた。

左打席にアメリカ人が入った。アレン・マーシャル。中国名は馬修。高めの速球には滅法強い。だが、コース一杯の低めには手がでない。

キャッチャーの高《ガオ》のサインは内角膝元《ひざもと》にスライダー。おれはうなずいた。セットポジション。三塁ランナーを意識に入れて振りかぶった。

ストライク。アレンは振る素振りすら見せない。

身体が軽かった。球にきれがあった。

二球目。高の要求は同じコース。一球目ときっちり同じ場所に投げてやった。アレンが打席を外れた。天を仰いでいる。自分の技量とおれの技量を天秤《てんびん》にかけていた。おれには敵《かな》わないことを悟った表情。

あたりまえだ——マウンドの上でひとりごちた。六年前、おれはメジャーのチームから身分照会をされたことがある。マイナーから這《は》いあがることもできずに台湾に小金を稼ぎにきたやつらに打たれるはずもない。

だが――。

アレンが打席に戻った。おれは帽子を取り、額の汗を拭《ぬぐ》った。七月末の台北。マウンドの上は蒸風呂《むしぶろ》そのものだった。ロージンバッグに手を伸ばし、高のサインに目をやった。

外角高めのストレート。ボール球。妥当な配球だ。それでアレンが手を出せばよし。そうでなければ、次の球――アウトローのストレートで仕留める。いずれにせよ、アレンにはおれのスライダーは打てない。

セットポジションに構え、三塁ランナーを牽制《けんせい》する振りをして間を外した。バックに目をやる。センターのロペス。気のいいドミニカ人。女と金に目がない。じっと見つめると、ロペスがグラヴを振ってきた。

オーケイ。ロペスは理解した。

もう一度セットポジション。グラヴの中、ボールの握りを甘くする。振りかぶって投げる。力のないストレートが甘いところに入っていった。気落ちしたマイナー野郎でもこの球は打てる。打てないのなら野球をやめたほうがいい。

アレンがバットを振り回した。高い打球がセンターに向かって飛んでいった。打球の行方を追った。顔が歪《ゆが》んでいるのがわかった。芝居じゃない。完全なホームランボール。それを打ち損じたアレンが信じられなかった。

センターのロペスがゆっくり後退していた。スタンドからの歓声が凄《すさ》まじい。その歓声が一瞬、途切れた。ロペスが芝に足をとられて転倒したところだった。打球がロペスを追い越し、芝の上で跳ねた。

「やりすぎじゃねえか、おい」

おれの呟《つぶや》きは、再びわきおこった歓声にかき消された。タッチアップの準備をしていた三塁ランナーがホームに向かって敢然と走りだした。塁間にいたドミニカ人も今じゃ三塁ていた。

ロペスが起きあがってボールを追った。ボールを摑《つか》み、投げた。中継プレイの準備をしていたショートにではなく、一塁の方向へ。内野手たちが信じられないという顔をした。信じられないのはおれも同じだった。あまりにも見え透いた手口。それでも観客は興奮している。中継がもたつく間に、ドミニカ人もホームに生還した。二対一が二対三。敵のベンチでは喜びが爆発していた。

おれは自軍のベンチを見た。林が満足げにうなずいていた。

残りの打者、二人。おれはぴしゃりと抑えた。だが、九回表の攻撃を三人で抑えられ、おれたちのチーム、美亜鷲隊《メイヤーイーグルス》は連敗の屈辱を味わった。

2

ロッカールーム。汗と煙草と檳榔《びんろう》の匂《にお》い。ときどき、シャブの匂いが混じっていることもある。

濡《ぬ》れタオルで身体を拭《ふ》いた。シャワーが恋しかった。顔を拭《ぬぐ》う——目の前に褐色の手が差し出された。指先で檳榔の実を摘んでいる。

「悪かったな。足が滑っちまってさ」

ロペスが白い歯を見せていた。ブロークンな英語だ。おれでも充分に聞き取れた。おれは檳榔を受け取り口の中に放り込んだ。かすかな痺《しび》れと陶酔感。

「もう少しうまくやれないのかよ。あんまり芝居が下手なんで心臓が止まるかと思ったぜ」

小声で囁《ささや》く。口の中に溜《た》まった唾液《だえき》を吐きだした。血のように真っ赤な唾液がロッカールームの床を濡らした。ロペスの笑みが大きくなった。

「みんな似たようなことやってるじゃないか。ここの連中は、おれたちがどんなにでたらめなゲームをしようと気にしないのさ」

そのとおりだった。日本であんなプレイをすればすぐ問題になる。だが、台湾は違う。選手どころか、監督やチームの社長までもが放水《ファンシュイ》――八百長に手を染めている。

「いい国だぜ、台湾は。だいたいが――」

「やめろ、ロペス」

おれはロペスを制した。俊郎《としろう》がロッカールームに入ってきたところだった。俊郎はおれを見るなり笑みを浮かべた。

「加倉さん、監督、呼んでます」

助詞の抜けた日本語が耳をくすぐった。

「叱《しか》られるかな、トシ？」

おれは眉《まゆ》をしかめた。臭い芝居――無様に転倒したロペスと変わらない。

「あれ、仕方ないよ。加倉さん、頑張って投げた。でも、打たれた。それだけね」

「だといいんだけどな」

おれは立ち上がった。ロペスは笑っていた。金の計算をしているんだろう。楽しげなハミングが聞こえてきた。


金のかかったスーツを着た男と、ジーンズにポロシャツ姿の林がおれを待っていた。通訳は王東谷。眠たげな視線で部屋の隅の椅子《いす》に腰掛けていた。

「よくやったな。社長もお喜びだ」

林が口を開いた。台湾語。おれは通訳しようとした王東谷を手で制した。何度も聞かされているせいでだいたいの意味はわかっていた。

社長——スーツを着た男。本業は子供向け玩具メーカー《美亜公司《メイヤーコンス》》の社長だ。趣味でプロ野球の球団を持っている。台湾にはそんなチームが多い。

社長が顔をほころばせておれの肩を叩《たた》いた。口を開く。意味がわからなかった。王東谷に助けを求めた。

「あんたを誉めてるよ。チームは負けたけど、社長は数十万元儲《もう》けたそうだ」

「それはよかったといってやってくれ」

おれが発したのより数倍も長い言葉が王東谷の口から流れた。一〇歳のころまで日本人——皇民と王東谷はいう——として育てられた高山族。見た目はそこら辺の台湾人と変わらない。

「また次もよろしく頼むといってるよ」

「任せておけ。金をくれさえすれば、マウンドの上で小便だってしてやるさ」

「あんまり馬鹿なこというもんじゃないよ、加倉さん」

王東谷は嬉《うれ》しそうに笑った。皺《しわ》の多い顔は、どこかの田舎の老人のような日本語と妙にマッチしていた。

社長がスーツの懐に手をいれた。紙袋。受け取って部屋を出た。後から王東谷がついてきた。

「いくら入ってる？」

紙袋の中を覗《のぞ》いた。緑色の紙幣——アメリカドル。数えて舌打ちした。

「五〇〇ドルしか入ってない」

頭の中で計算した。ロペスに一五〇〇ドル。ファーストの周《チョウ》に一〇〇〇ドル。残りは二五〇〇。日本円で三〇万。

「黒道《ヘイタオ》からもお金が回ってくるでしょう。あまり欲張っちゃいけないよ」

今夜、林森北路で台湾やくざに会うことになっている。そのときにもなにがしかの金は出るだろう。月給一〇〇万円の身としては、一日でこれだけの金を稼げたことを感謝すべきなのかもしれない。

「次は一万ドルだ。それ以下じゃ、てめえの顔にボールをぶつけてやるとあのどケチにいっておけよ」

「どケチの意味、よくわからんな」

「嘘《うそ》をつくな」

廊下に声が響き渡った。気にする必要はなかった。このチームで日本語がわかるのは王東谷と俊郎の二人だけだった。去年までは、おれの他に二人、日本人プレイヤーがいた。二人とも、台湾プロ野球のでたらめさに嫌気がさして日本へ戻ってしまった。

日本人は八百長をしない。それがこっちの常識だ。だから、日本人は嫌われる。おれが八百長に手を染めていると知ったときの連中の顔はお笑いだった。

ロッカールームに近づいていた。さっきまでのざわめきは消えていた。ドアを開ける——ロペスと周が残っていた。それに俊郎。舌打ちしそうになるのをこらえて、おれはロッカールームに足を踏み入れた。

「まだ残ってたのか、トシ」

「加倉さんと一緒に帰ろう、思って」

ロペスが肩をすくめた。周は露骨に不機嫌な顔をしていた。

「じゃあ、悪いけど、外で待っててくれないか。おれはこの二人に話がある。監督から、今日のプレイについて色々いわれてね。おまえがいると、こいつらも聞きづらいだろう」

「わたし、周さんに加倉さんの言葉、通訳します」

「爺《じい》さんがいるからだいじょうぶだ」

おれは王東谷にちらりと視線を送った。王東谷はおれのいうとおりだといわんばかりにうなずいていた。

「そうですか。じゃ、車の中で待ってます」

肩を落として俊郎が出ていった。途端に、周が台湾語で喚《わめ》きはじめた。

「なに喚いてるんだ?」

「あの坊やには苛々《いらいら》するってね。まあ、気持ちはわからんでもないけど、あの子はあんたらと違って純情だからねえ」

語尾を濁すその喋《しゃべ》り方まで、王東谷は日本の老人そっくりだった。

「あいつのことは忘れて、金のことを考えろ」

おれは英語でいった。周も多少の英語なら理解する。

「そうさ、周さん。あの坊やはこの加倉さんに首ったけなんだ。許してやれよ。そんなことより、金だ、金。さあ、ミスタ・ゴールド。おれにはいくらくれるんだ?」

半人前の小僧め——そんな意味の台湾語を呟きながら、周もおれの側によってきた。

金。すべては金だ。おれの月給が日本円で一〇〇万。ロペスは米ドルで五〇〇〇ドル。周も似たようなものだろう。黒道から持ちかけられる八百長に手を染めれば、二、三回、試合で手を抜くだけで月給と同じだけの金を手にすることができる。しかも、プロ野球機構全体が八百長に甘い。こんな中で八百長に手を染めないのは、日本人かよっぽどの堅物かだけだ。

周にはガキがいる。それに女房と年老いた両親。球団がくれる給料だけじゃやっていけない。

ロペス。ドミニカからやってきた。台湾のプロ野球は外国人に厳しい。一応は年間契約を結ぶが、監督や社長に気に入られなければすぐに馘《くび》になる。

放水——八百長。だれもがやっている。どこかの社長や市会議員と称する連中が近づいてくる。飯を奢《おご》られる。旅行に誘われる。連中の後ろには黒道がついている。気がつくと抜き差しならなくなっている。断れば脅される。断らなければ、給料に匹敵する金が懐に入ってくる。

台湾にくれば、感覚が麻痺《まひ》していく。

ロペスに一五〇〇ドル、周に一〇〇〇ドル。ロペスが喚いた。

「たったこれだけかよ!?」

「後でギャングに会う。そのときにも金をもらうよ。今はこれで我慢しろ」

「あんたはいくら取ったんだ?」

残りの二五〇〇ドル――ロペスに見せた。

「おれがきちんと投げなきゃゲームははじまらないんだ。これぐらいもらってもいいだろう?」

ロペスと周は納得がいかないという顔をした。いつだって金が絡むと話はややこしくなる。

「じゃあ、こうしよう」

王東谷の太い指が、おれの二五〇〇ドルの中から五〇〇ドルを抜き取っていった。

「加倉さん、二〇〇〇ドル。ロペスさん、一五〇〇ドル、周さん、一〇〇〇ドル、わたし、五〇〇ドル。どう?」

東谷は周に同じことを台湾語でいった。ロペスがなんだという顔をしていた。おれはしかたなく英語に訳してやった。

「なんだかわからねえけど、これで我慢するか」

ロペスがいった。周にも文句はないようだった。

「口直しに、林森北路でぱーっとやるか」

おれは日本語で呟《つぶや》いた。日本語がわからないはずのロペスと周の顔がほころんだ。

球場外の駐車場。むせ返りそうな熱気が渦巻いていた。俊郎の車はすぐにわかった。中古のカローラ。あちこちの塗料がはげている。俊郎の他にこんな車に乗るやつはいない。去年の暮れ、俊郎はローンを組んでこのボロ車を買った。スクーターとさよならね——俊郎は嬉《うれ》しそうにおれに車を見せにやってきた。

「あの坊やの車、冷房が壊れてる。わたしは周さんの車に乗ってくよ」

王東谷がいった。うなずいた。東谷は俊郎を苦手にしている。もっとも、放水に手を染めている連中で、俊郎を苦手に思わないやつはいない。疑うことを知らない子供——側にいられるだけで息苦しくなってくる。

「待たせたな、トシ」

カローラに声をかけた。返事が戻ってこない。おかしい、と思った瞬間、カローラのドアが開いた。中から、銃を手にした男たちが飛び出してきた。

混乱と恐怖。男たちが台湾語でなにかを怒鳴っていた。そのうちの一人がおれの腕を摑《つか》んだ。頭の後ろに固いものが押しつけられた。汗が引いた。鳩尾《みぞおち》のあたりから冷気が広がった。新聞を賑《にぎ》わせていた誘拐事件が頭をよぎった。

砂利を蹴散《けち》らす音。金属音。怒鳴り声——呻《うめ》き声。思わず声のした方を見た。ロペスが腹を抱えてうずくまっていた。

「逆らっちゃだめよ、加倉さん」

王東谷の声——いわれるまでもなかった。金玉が縮みあがっていた。

「走《ゾウ》！」

耳の後ろで声がした。ひび割れた声。他の怒鳴り声と違って落ち着いていた。その落ち着きが却《かえ》って恐怖心を煽《あお》った。銃で小突かれるまま歩いた。俊郎のカローラの先、黒いヴァンが停まっていた。ドアが開く。俊郎の怯《おび》えた顔が見えた。

「上車《シャンチャー》」

耳元でまた声——車に乗れという意味の北京語。おれはヴァンに乗りこんだ。

「加倉さん……」

俊郎の声はかすれていた。それが怒鳴り声にかき消された。王東谷、周、ロペスが押し込まれるように車に乗ってきた。男たちは五人。みな、銃を手にしていた。

「爺さん、これはどういうことなんだ？」

東谷に聞いた。返事が返ってくる前に、頬《ほお》をぶたれた。口の中に銃口を押しつけられた。金属の味。火薬の匂《にお》い。小便が漏れそうだった。

だれかがなにかを叫んだ。黙れ、といわれたことだけわかった。おれは涙を流しながらうなずいた。

3

どこをどう走ったのかはわからなかった。気がつくと、ヴァンがスピードを落とした。銃で頭を小突かれながらヴァンを降りた。薄汚れた倉庫。待ち受けていた男が扉を開けた。足がすくんだ。頭に押しつけられた銃口からの圧力が強くなった。

「おれはなにも知らないんだ。許してくれよ」

ロペスの英語が聞こえた。すぐに怒鳴り声。そして、濁った音。呻き声。足が震えた。胃を万力で締めつけられているような不快感があった。

倉庫の中はひんやりとしていた。足元は濡《ぬ》れたコンクリート。ところどころが赤かった。血か檳榔《びんろう》を嚙《か》んだ後の唾液《だえき》か。生臭い匂いがどこからともなくやってきて鼻孔をくすぐった。口の中に銃口をこじ入れられたときの恐怖がよみがえった。

一番奥に、古びた机が並べられていた。錆《さび》の浮いたパイプ椅子《いす》。座らされた。おれの隣は俊郎。ぴったり身体を寄せてきた。その横に王東谷。周。そしてロペス。

男たちをやっとまともに見ることができた。年齢も服装もばらばらだった。同じなのは銃を持っていること。同じ雰囲気を漂わせていること。黒道――台湾やくざ。間違いなかった。

一番年嵩《としかさ》に見える黒道が横にいた若い男にうなずいた。男は銃を握ったままロペスに近づいた。

「な、なにをする気だ？」

ロペスが叫んだ。英語が通じるはずもなかった。質問に答える代わりに、男は銃でロペスを殴った。ロペスの唇から血が流れた。なにかが転がる音がした。白い歯がコンクリートの床の上で光っていた。

「殴らないでくれ。頼むから殴らないでくれ。おれがなにをしたっていうんだよ」

ロペスの声が冷えた倉庫の中で谺《こだま》した。年嵩の黒道が口を開いた――台湾語。王東谷と周が首を振った。

「なんていってるんだ？」

俊郎に小声で聞いた。若い男がおれを見た。銃口がおれに向けられた。

「わからないよ。わたし、台湾語、わからないね」

俊郎がいった。俊郎は孤児だ。施設で育った。施設では北京語しか教えない。台湾語はわからない。

真っ黒な穴がどんどん近づいてきて、おれの視界を塞《ふさ》いだ。俊郎がなにかを叫んだ。銃口の冷たい感触。こめかみから広がっていく悪寒。なにも見えなかった。なにも感じられなかった。

「損をしたといっとる。あんたが打たれたから、この人たちの親分が損をしたといって怒っとるんだ」

東谷の声が聞こえた。

「おれの知ったことか」

叫んだ——涙声になっていた。台湾語が聞こえた。早口で熱を帯びていた。

「親分は怒っとる。金と面子《メンツ》をなくしたからじゃ。わたしらに責任を取れといっておる」

「いくら負けたんだ？」

思わず聞いていた。金で全てが解決するなら、いくらでも出してやろうと思った。

「五〇〇〇万元……無茶苦茶だよ」

王東谷が絶望の声をあげた。五〇〇〇万——日本円でおよそ二億。黒道の親分クラスが、野球賭博《とばく》でとてつもない金を動かしているという話は聞いたことがある。それにしてもとんでもない額だった。

「その金をおれたちに払えっていうのか？」

ロペスの呻きが聞こえた。それをかき消すように東谷が台湾語で黒道になにかをいった。年嵩の黒道がそれを聞いて唇を歪《ゆが》めた。歪んだ唇が開く。台湾語──なんとなく意味がわかった。

「次の試合で、この人たちのために八百長をしたら許してくれるそうだ」

やはり、そういうことだ。

俊郎が弾かれたように頭をあげた。北京語で叫んだ。黒道たちの間に不穏な空気が流れた。

東谷と周が顔を歪めて俊郎を怒鳴りつけた。

八百長なんてできるものか──おまえは黙っていろ、小僧。

早口の北京語はまったく理解できない。それでも、恐怖が意味を悟らせる。

俊郎がまたなにかを叫んだ。黒道が動いた。頭を刈り上げた出っ歯の男が銃口を俊郎の額に突きつけた。押し殺した北京語が出っ歯の口をついて出た。俊郎の顔は蒼醒《あおざ》めていた。血の気の引いた皮膚の表面が細かく震えていた。

「トシ、口を閉じていろ。頼むから、なにも喋《しゃべ》るな」

おれはいった。視線は引き金にかかった出っ歯の指に釘《くぎ》づけだった。頭の中じゃ、俊郎の顔が銃弾のせいで破裂していた。

「おまえ」

英語が聞こえた。自分に向けられた言葉だとは気づかなかった。

「おまえ、死にたくないか？」

おそろしくブロークンな英語だった。おれは声のした方に顔を向けた。年嵩の黒道。白髪混じりの髪をオールバックにまとめていた。左の目尻《めじり》の下に刃物傷があった。濁った目がおれを見ていた。その目が語っていた——おまえが八百長を仕切っているのはわかっているぞ、と。

「死にたくない」

英語で答えた。

「次の試合、おまえたちは負ける」

おれは首を振った。

「無理だ。チームのみんなが八百長に手を出してるわけじゃない。おれが投げるときはなんだってする。だけど、自分が出場しない試合は無理だ」

黒道がおれの方に足を踏みだした。だらりと垂れ下がっていた右手がゆっくり持ち上がった。手は銃を握っている。膀胱《ぼうこう》が破裂しそうだった。

「次の試合、おまえたち負ける。勝てば死ぬ」

黒道の親指が動いた。金属音がした。撃鉄が起こされた。

「わかった。次の試合、おれたちのチームは負ける。必ずだ。約束する」

黒道は動かなかった。銃をおれに向けて、彫像のように動かなかった。恐怖に目を閉じた。一瞬が永遠に感じられた。

「二点差以上で負けるんだ。忘れるなよ」

やっと英語が聞こえた。目を開けた。黒道が銃をおろすところだった。

例のヴァンに乗せられた。だれも口をきかなかった。野球場の駐車場でヴァンが停まった。ドアが開き、放り出された。振り返る前にヴァンは走り出していた。

周と東谷が台湾語で話しはじめた。ロペスは殴られた顎《あご》をさすっていた。俊郎はすがるような目でおれを見ていた。

「どうしますか、加倉さん？」

「死にたくなきゃ、八百長をするしかない」

「そんなの、だめよ！　警察、行こう。やくざの脅しに負ける、よくないよ」

警察に行く。大騒ぎが起こって、プロ野球の八百長疑惑にメスが入る。おれたちの過去。もう何度八百長をやったかもわからない。黒道の組織からいくら金をもらったかもわからない――そんなことはできなかった。

王東谷、周、ロペスがじっとおれと俊郎のやりとりを見守っていた。周と目があった――周は首を振った。

「警察はだめだ」

「どうして？」

「警察に行けば、おれたちだけじゃなく、チームやリーグに迷惑がかかる」

「でも――」

しつこく食い下がってくる俊郎を押しのけて東谷に声をかけた。

「どうしたらいいと思う？」

東谷と周の視線が交錯した。周が俊郎の肩を抱いて、耳になにかを囁《ささや》きはじめた。

「あの坊やがいたのはまずいな」

東谷が小声でいった。

「しかたないだろう。それより、どうする？」

「謝さんのところに行ってくるわ。さっきの連中がどこの組織の者かはわからんけど、謝さんなら話をつけてくれると違うか」

「どうせ海線黒道《ハイシンヘイタオ》だろう？」

おれの言葉に東谷がうなずいた。海線黒道――台中や台南、高雄など、台湾の海岸線に位置する都市に勢力を持つ黒道のことだ。台湾にはいくつもの黒道組織があるが、この海線黒道と呼ばれる連中が中でも野球賭博に深く関っている。

「謝さんでだいじょうぶかな？」

「だめなら上に話を持っていくわ」

うなずくしかなかった。謝立徳《シェリードー》は高雄の組織の阿修《アシウ》――中堅幹部だ。二年前の夏。台北の林森北路でおれに声をかけてきた。

「周さんがあとで監督と社長に電話する」

「ああ、連中にも知らせておいた方がいいな」

「とにかく、黒道のことはわしにまかせるのがいい。それより、加倉さん。あんたはあの坊やをなんとかしなさい。あの子、放っておくと警察に行くよ」

周と俊郎の口論のようないいあいがさっきから耳に入っていた。周が顔を真っ赤にして俊郎に詰め寄っている。俊郎は蒼醒めた顔をしていた。だが、唇は真一文字に結ばれ、頑《かたく》なに首を振っていた。

「トシ」おれは俊郎に声をかけた。「帰るぞ。車で送ってくれ」

俊郎が振りかえった。信じられないという表情が浮かんでいた。

「ほんとうに帰りますか？　加倉さん、わたしたち、黒道に脅されました。ロペスさん、怪我《けが》してます。それなのに、帰りますか？」

「帰るんだよ、トシ。カミさんが心配してるぞ」

聞き分けのない子供にいい聞かせる口調。俊郎は不満そうに頬《ほお》を膨らませた。だが、おれが聞く耳を持たないことを悟ると、目を潤ませながらおんぼろのカローラに向かった。

南京東路《ナンジントンルー》を西へ。けばけばしいネオンの明かりとスクーターのちゃちなエンジン音。おれたちが味わった恐怖などそっちのけで、台北の街はいつものように活気に溢《あふ》れていた。まるで、今起きたばかりの象のようだ。首筋に汗がこびりついていた。窓を開けた。熱風が吹きこんできた。

俊郎の運転は性格に似合わず乱暴だった。台湾人のドライヴスタイル――他人よりも速く、だれよりも速く。ピッチングにもこの根性が生かせれば、俊郎は一流のピッチャーだ。だが、現実の俊郎は敗戦処理ピッチャーにすぎない。

俊郎がハンドルを切るたびに、ルームミラーから吊《つ》り下げられたお守り袋が揺れた。中に結婚したばかりの女房の写真が入っている。俊郎と麗芬《リーファン》は日本で知り合った。去年の開幕前、おれは結婚式に招待された。新郎の友人代表。断ったが、俊郎はしつこかった。受け入れるしかなかった。赤が基調のど派手な結婚式。そこで見た麗芬。心臓に穴があいたような気がした。俊郎にはもったいない――舐《な》めるように麗芬を見た。頭の中で何度も麗芬を犯した。そんなおれに、俊郎は嬉《うれ》しそうに麗芬を紹介した。

お人好し。世間知らず。度を越した愛妻家。その俊郎が、今夜は足かせになっている。頭に血の昇った黒道ども。俊郎を巻き込む必要はなかった。

「周になにをいわれたんだ？」

唇を尖《とが》らせてハンドルを握る俊郎に声をかけた。

「周さん、悪い人です。わたし、警察行こう、いいました。周さん、だめだ、いいます。どうしてですか？　わたしたち、なにも悪いことしてない。それなのに、黒道に脅されました。警察に行く、どうしてだめですか？　周さん、悪いことしてるから、警察、怖いんです」

「それは違うな、トシ」

「なにが違いますか？」

「おまえ、周が放水してると思ってるんだろう？」

俊郎は口を開かなかった——それが答えだった。フロントウィンドウの向こうに高速道路の高架が見えた。建国北路《ジエンゴオベイルー》二段。俊郎が右折のウィンカーをつけた。

「周は放水なんかしてない。おれもしてない」

「加倉さん、悪い人、違う。わたし、わかってます」

「今日の試合はロペスがドジを踏んだだけだ。あいつがあのフライを捕っていれば、おれたちが勝っていた」

建国北路との交差点にさしかかった。信号は赤だった。停止線にずらりとスクーターが並んでいた。建築ラッシュによる土埃《つちぼこり》とスクーターの排気ガス。台北の空気は汚れている。汚れた空気が湿っぽく肌にまとわりついてくる。スクーターに乗っている連中は口にマスクをつけていた。

「さっきの黒道の連中は勘違いしたんだ。ロペスのエラーがあまりにもくだらなかったからな。プロならあんなエラーはしない。そうだろう?」

俊郎がうなずいた。

「だけど、ロペスはあんなエラーをよくする。ロペスだけじゃない。マリオだって、呉《ウー》だって同じようなエラーをする。どうしてだろうな、トシ?」

「グラウンドが悪いから……」

「そうだ。あんなでこぼこのグラウンドにいたら、だれだって信じられないエラーをする。黒道の連中にはそれがわからないんだ。あいつら、野球はど素人だからな」

「でも……黒道に脅されたのは、本当です。加倉さん、警察、行きましょう。悪い人、警察に知らせる。わたしたちの義務です」

信号が青に変わった。俊郎がアクセルを踏んだ。目の前のスクーターと接触しそうになった。

「落ち着けよ、トシ」

「加倉さん、黒道、放水しろいいました。八百長、だめです。絶対、だめです」

「だれも放水なんかしない」

カローラのスピードが落ちた。

「あれはただの脅しだよ、トシ」

自分でいいながら身体が震えるのを押さえることができなかった。こめかみに押しつけられた銃口の冷たさは、一生忘れられそうにない。

「おれたちを殺したって、連中には一銭の得にもならないんだ。おれたちが連中の脅しを無視したってどうってことはない」

「だけど……」

「それにな、トシ。今度の試合、先発はだれだと思う?」

俊郎の顔が輝いた。

「ホセですね?」

「あのシャブ中だ。負けるに決まってる」

「シャブ中、意味はなんですか?」

「覚醒剤《かくせいざい》中毒さ」

今年、社長がわざわざベネズエラまで行ってスカウトしてきたピッチャー。連れてきたはいいが、シャブ中じゃ話にならない。防御率は八点台。勝ち星はわずかに一個。今月中に解雇されるのは決まりだ。ホセが投げれば、チームの士気も下がる。勝てと脅されれば話は別だったが、負けろとなればこんな簡単な話はなかった。

「今夜、監督と社長に話をしておく。警備を強化してもらって、普通に試合をする。それで、すべては丸くおさまるんだ、トシ」

「警察、どうしてもだめですか?」

「よく考えろ、トシ」

おれは身を乗りだした。ここが正念場だった。

「警察に行ったらどうなる？　すみません、わたしたちはプロ野球の選手ですが、黒道の連中に放水をしろと拳銃《けんじゅう》で脅されました……どうなる？」

「そんなの、わからないよ」

　建国北路は混んでいた。赤いライトの群れ――ブレーキランプがどこまでも続いていた。

「警察は勢い込んで捜査をはじめる。最近じゃ、新聞も放水の問題をずいぶん取り上げてるしな。徹底的に調べるさ。うちのチームだけじゃない。全球団のすべての関係者を警察は調べる。すると、どうなる？」

　俊郎のハンドルを握った手が苛立《いらだ》たしげに動いていた。

「いっぱい、逮捕されるよ」

「そうだ。おまえも知ってるだろう。かなり多くのプロ野球選手が放水をしてるんだ。そいつらがみんな逮捕されてみろ。台湾のプロ野球はどうなる？」

「放水するから悪いよ。悪い人は逮捕される、当然のことでしょう、加倉さん」

「放水はやっちゃいけない。そんなことはわかってる。だけどな、トシ。やむにやまれず放水してる選手だっているんだぞ。黒道はどこにでもいる。気がつくと、八百長をしろと脅されるんだ。断ると、殺される。それでも正義を貫けば、家族が殺される」

「それはそうだけど……」

「おまえ、いいきれるか？　八百長をしないと、麗芬を殺すぞと脅されて、それでも八百長はしないといいきれるか？」

　俊郎は答えなかった。おれは畳みかけた。

「それに、おまえが警察に行けば、台湾のプロ野球が潰《つぶ》れるかもしれない。そうなったら、かなりの人間が仕事をなくすことになる。おまえ、仕事がなくなったら、麗芬をどうやって食わすんだ？　それだけじゃない。ファンはどうする？　プロ野球が自分の町に来るのを楽しみにしてるファンをおまえはどうするんだ？」

「わたしのせいじゃないよ」

「だが、おまえが警察に行けばそういうことになるんだ」

　車の列が動きだした。俊郎は前方を見つめたままだった。クラクションが鳴った。俊郎は肩越しに振り向き、慌てたようにアクセルを踏んだ。

「よく考えろ、俊郎。警察に行くっていうのは、おまえが考えてるほど簡単なことじゃないんだ」

　俊郎はウィンカーを点滅させた。民生東路《ミンシャントンルー》を左折した。遥《はる》か前方に新生北路《シンシャンペイルー》。おれのねぐらまでほんのわずかだ。

　俊郎は口を開かなかった。運転に専念することで、いやな考えを頭から追い払おうとしているようだった。

　カローラは狭い道――吉林路《ジーリンルー》に入った。左手に高層アパート。一LDKで家賃はおよそ、月一三万。台北の物価を考えればべらぼうに高い。だが、文句をいえる立場にもない。

　俊郎がカローラを路肩に寄せた。

「わたし、悔しいよ、加倉さん」

　真っ直ぐ前を見つめたまま、俊郎がいった。

「なにがだ？」

「わたし、なにも悪いことしてない。それなのに、黒道に脅されて、警察にも行けない。どうして、悪い人ばかりが得する？」

おれは喉《のど》の奥で笑った。俊郎は負けを認めたのだ。

「そんなにがっかりするなよ、トシ。おまえみたいな人間はな、神様が後ででっかいお土産をくれることになってるんだ」

信じてもいない言葉を口にしてカローラを降りた。

「トシ、明日、球場でな。黒道のことは忘れて、今夜は麗芬にたっぷり可愛《かわい》がってもらえ」

麗芬を肴《さかな》にすれば俊郎はいつだって照れ笑いを浮かべる。だが、今夜の俊郎は笑わなかった。

「おやすみなさい、加倉さん」

感情のない声。カローラは物凄《ものすご》い勢いで走りだした。

4

部屋には帰らなかった。俊郎のカローラが見えなくなるのを待って歩きだした。新生北路まで出て、南へ。すぐに汗がふきでてきた。ねっとりとした空気の中に醬油《しょうゆ》やスパイスの匂《にお》いが混じっていた。
南京東路——信号を無視して渡った。西へ向かう。最初にぶつかる通りが林森北路。南京東路から南の林森北路界隈《かいわい》には日本人ビジネスマン向けの飲み屋がずらりと軒を並べている。ここに初めて来たときは、新宿のゴールデン街や渋谷《しぶや》の恋文横丁を思い出した。小さなスナックから、大箱のクラブまで、ここらにはありとあらゆる飲み屋が揃《そろ》っている。ありとあらゆるタイプの台湾小姐《シャオジエ》が揃っている。

おれは七条の路地に入った――林森北路の日本人街には五条から十条までの路地がある。数メートル歩いた先にある黒塗りのビル。そこの二階がクラブ〈Jジョイント〉。元々おれはこの店の客だった。今じゃ、共同経営者に収まっている。

遠い昔のようにぼやけた記憶。八百長で手に入れた金をばらまいて、毎晩のように違う女たちと寝た。欲と嫉妬《しっと》。そのうち身動きが取れなくなった。手を差し伸べてくれたのは眠たげな顔をした台湾人――曾《ゾン》。曾には黒道の息がかかっている。日本人をうまくおだてておけ――黒道が使いそうな手だ。だが、おれは見て見ぬふりをしている。店でかわされる日本人ビジネスマンの与太話、ホステスたちの噂話《うわさばなし》。そこかしこで金の匂いがした。おれは金の匂いが好きだった。

階段をあがり、布を張った重い扉を開けた。カラオケが聞こえてきた。台湾の歌だった――つまり、客はあまり入っていないということだった。

「おはよござじゃいまぁす」

カウンターに腰かけていた女がおれに気づくと声を張り上げた。先月入ったばかりの女。ミカとかリカという源氏名。日本語はまだうまくない。

カウンターの中の曾が眠たげな目を向けてきた。声を出すでもなく、顎《あご》で店の奥を示した。周とロペスがボックス席に座っていた。王東谷の姿はなかった。女は三人。周とロペスの間に真澄。二人の脇《わき》に恵とリエ。ロペスはリエの太股《ふともも》をまさぐっていた。首筋にちりちりとしたものを感じた。

「王東谷《ワントングー》はどこだ？」

つたない北京語を口にしながら、おれは席に向かった。周が顔だけおれに向けた。ロペスはピースサイン。黒道に殴られた口のあたりがどす黒く変色していた。

「いらしゃいましぇ、加倉先生」

リエがロペスの手を跳ねのけながら立ちあがった。

周が北京語でおれに答えた――ちんぷんかんぷんだった。

「なんだって？」

おれは真澄に聞いた。

「謝さんのところ行ってる」

うなずきながら、真澄と周の間に腰をおろした。リエの顔が曇った。

「酒をつくってくれよ、リエ」

「どうして、わたしの隣、座らない？」

「大事な話があるんだ」

リエが憤然と腰をおろした。乱暴な手つきで焼酎《しょうちゅう》の水割りをつくる。ロペスがにやけた顔でリエの太股にまた手を這《は》わせた。

周が言葉を続けた。ロペスを見つめたまま、真澄の通訳を待った。

「あの子供はどうしたか？」

「トシなら心配はいらない。ちゃんといって聞かせた。いまごろは家でカミさんと一緒だろう」

真澄の通訳に、周は顔をほころばせた。

「ああいう人は、手間がかかるって」

「まあな」

リエが突きだしてきたグラスを受け取った。乾杯のために掲げる。

「今日、一気するか？」

恵がいった。

「いいや、今夜は随《スイ》だ」

「つまらないよ」

恵が唇を尖《とが》らせた。台湾の人間は、酒は一気飲みするものだと思っている。真夜中の林森北路をはしごすれば、台湾人ホステスを相手に、たわいないゲームに興じて、負けるたびにブランディかなにかの水割りを一気飲みしている日本人にいくらでも出くわすことができる。そんな飲み方もたまにならば楽しい。だが、毎晩になれば身体を壊すだけだ。随——手酌《てじゃく》でゆっくり飲ませろ。そういわなければ、台湾人ホステスたちは、それが自分たちの義務だとでもいうみたいにしつこく酒をすすめてくる。

「しかし、ひでえ目にあったぜ」

ロペスがコロナビールに口をつけた。顔が歪《ゆが》んだ。

「ビールが染みやがる」

「殴られただけですんだんだ。助かったと思えよ」

「あんたは殴られてないからそんなことがいえるんだ。もう一度こんなことがあったら、おれはドミニカに帰るぜ」

「それで、また貧乏暮らしに戻るのか?」

ロペスが舌を鳴らした。周がなにかをいった。

「あの坊や、本当にだいじょうぶなんだろうねって」

「しつこい野郎だな。おれを信じられないんなら好きにしろ」

真澄が周の耳に口をよせた。おれは焼酎に口をつけた。氷が音をたてた。

〈Jジョイント〉。日本人がジョイントする店。名前は真澄がつけた。売り物は酒とカラオケ、行き届いたサーヴィスにセックス。店の女たちは金さえ出せばベッドを共にする。男の従業員は曾だけ。常時一〇人前後の女が揃《そろ》っている。真澄が女たちを仕切っている。下着が見えるミニスカート。腰までスリットの入ったチャイナドレス。真澄——もちろん、本名じゃない。日本人向けの源氏名。なんとか真澄という日本の女優に似ているといわれたことがあるらしい。真澄は曾がどこかから連れてきた。店をはじめた最初の夜、真澄と寝た。ウマがあわなかった。真澄はリエを連れてきておれにあてがった。

——リエ以外の店の子と寝ちゃだめよ、絶対。

おれはときどきそのいいつけを破っている。おれはリエの本名を知らない。曾は毎月の売り上げの一〇パーセントをおれに払う。おれは日本からやってきた野球関係のカモをこの店に連れてくる。八百長仲間を連れてくる。いい思いをさせてやるために。

真澄の通訳に耳を傾けていた周が首を振った。右手を伸ばし、カラオケのリストに手を伸ばした。恵が嬌声《きょうせい》をあげた。ロペスが口笛をふいた。曾がマイクを持ってきた。

黒道の話も俊郎の話も立ち消えになった。

『月亮代表我的心』を北京語で歌っていると、王東谷が戻ってきた。頰《ほお》が赤らんでいた。目尻《めじり》が下がっていた。

「加倉さん、まるで台湾人が歌ってるみたいだったよ」

王東谷はおれと真澄の間に割り込んできた。

「そのうち、台湾語の歌も覚えるよ。それで、謝はなんといっていた？」

「親分に話をつけてもらうとさ」

王東谷は真澄のビールグラスに手を伸ばした。断りもせずに中身を飲み干した。

「なんとかなりそうなのか？」

「謝は手違いだといっておったよ。なんでも、嘉義《かぎ》だかどこだかの親分がおってね、ここ数試合負けつづけてるそうだ。それで、今夜、頭にきたらしくてね、台北にいる手下に、落とし前をつけさせせろ、と怒鳴ったらしいよ」

王東谷の日本語には澱《よど》みがない。わたしは皇民よ——初めて会ったとき、王東谷はいった。昔は山村という名前だったよ。今は王と名乗ってるけどね。

「その手下たちは、おれが別の海線黒道とつるんでることを知らなかったってことか？」

「そういう——」

東谷の言葉がかき消えた。スピーカーから流れてくる激しいリズム。リエと恵の嬌声。マイクを摑《つか》んだロペス。ロックンロール・ショウの始まり。東谷が顔を近づけてきた。

「そういうことだから、心配はいらない。今日来たやくざたちは、わたしたちのこと、忘れてくれるはずよ」

おれはうなずいた。胃の奥にあったしこりがほどけていく。だが、こめかみに押しつけられた銃口の冷たい感触は消えなかった。

「欧米の歌はやかましすぎるね」

東谷は顔をしかめていた。真澄がビールを注いだ。

「最近のアジアの若いやつらの歌も似たようなもんだろう」

「困ったものよ。ついさっき、銃で脅されて殴られて小便漏《も》らしそうになっていたよ、あの黒んぼ。それが、これだから」

「ロペスは黒人じゃないぜ」

「わたしからいわせれば、みんな同じだよ。うるさい太鼓の音が好きなやつはみんな黒んぼよ」

東谷と人種差別論争をするつもりはなかった。おれはトイレに立った。戻ってきたときは、東谷の隣ではなく、リエの横に座った。

「あいつ、わたしの身体、触るよ。昭彦、怒らないか?」

リエが手拍子をしながらいった。ロペスのロックンロール・ショウは続いていた。〈ボーン・トゥ・ビー・ワイルド〉。アメリカのハイウェイを走るのはハーレイだが、台湾を走るのはスクーターだ。

「客に触らせるのがおまえの仕事だろう」

「昭彦がいるとき、だれにも触られたくないよ」

「我慢しろ」

焼酎《しょうちゅう》のグラスが空になりかけていた。リエに押しつけた。投げやりな手つきで水割りをつくる。気が滅入った。だが、それを顔に出すわけにもいかなかった。リエの腰に腕をまわした。脇腹《わきばら》を撫《な》でてやった。

ロックンロール・ショウが終わった。息を弾ませてロペスが戻ってきた。入れ違いに、周がマイクを握った。今度は演歌ショウ。

「加倉さん、おれ、今夜はこの子をファックしてえよ」

ロペスがリエの左手をさすった。

「だめだ。この子はおれが一年前から予約をいれてる」

「たまには回してくれたっていいじゃねえか」

リエがおれとロペスの顔を交互に見た。英語はわからない。だが、自分が話題になっていることだけはわかっている。

「なんの話してる?」

「こいつが、今夜おまえと寝たいというから、だめだといってやったんだ」

リエが嬉《うれ》しそうに笑った。

「なあ、加倉さん。いいじゃねえか。おれ、この女の子とファックしてえよ」

「おれがいないときにこの店に来て、金を出してこの女を買うのはおまえの自由だ」

　ロペスが舌を出して笑った。

　真澄が眉《まゆ》をしかめていた。真澄は英語がわかる。東谷がにたにた笑っていた。東谷は英語がわからない。それでも、おれの倍生きている。

「いやらしい笑い方するなよ、爺《じい》さん」

　周の歌う台湾民謡――唸《うな》り声にしか聞こえなかった。

「加倉さんはもてるからね」東谷は笑いつづけた。「女だけじゃなく、男にももてる。俊郎はどうした。ちゃんといい聞かせたか?」

「ああ。トシはだいじょうぶだ」

「後でもう一度電話したほうがいいよ。あの手の子供は、思い込んだら何をするかわからないから」

「そうだな」

　腕時計を見た。一二時を回っていた。明日も練習がある。そろそろ引き上げ時だった。

「爺さん、出せよ」

　差し出したおれの手に、東谷は目を剝《む》いた。

「出せって、なにを出す?」

「ふざけるなよ。謝から受け取ってきたんだろう。今日の放水の代金だ」

「ああそうか。忘れるところだった」

　東谷は平然としていた。食えない爺《じじい》。だが、なぜか憎めない。

　東谷が封筒をさしだした。中を覗《のぞ》いた。緑色のアメリカドル紙幣。一〇〇ドル札で一八枚。

「二枚足りない」

「わたしのお駄賃だろう」

おれは笑った。やっと、拳銃《けんじゅう》の恐怖を忘れることができた気がした。

電話をかけた。バスルームから水の音が聞こえてきた。リエがシャワーを浴びている。

「喂《ウェイ》？」

麗芬の声――受話器をバスルームから遠ざけた。

「夜分にすみません。加倉です」

「加倉さん！」麗芬の声が日本語に変わった。「なにかありましたか？」

「特に用があるわけじゃないんだけど、トシはいる？」

「嘘《うそ》です。なにかありましたね？　俊郎、きょう、様子が変です。加倉さん、なにか知ってるなら教えてください」

取り乱した様子はない。いつものように、凜々《りり》しささえ感じる声だった。だが、アクセントが崩れた日本語が、麗芬の狼狽《ろうばい》を示していた。

「いや、おれはなにも知らないな」咄嗟《とっさ》にごまかした。「トシ、どうかしたの？」

「帰ってきて、自分の部屋に入ったままでてきません」

「トシに代わってください。なにがあったのか、聞いてみますよ」

偽善者の声。頭の中に結婚式で見たときの麗芬の顔――花嫁衣装の真っ赤なチャイナドレスを着て幸せそうに微笑《ほほえ》んでいる。

「加倉さん、本当に知らないですか」

「トシに悩みがあるのを知っていたら、一人で帰したりはしないよ、麗芬」

「少し待ってください。加倉さんから電話あったこと、俊郎に知らせてきます」

沈黙——バスルームから聞こえてくるシャワーの音。リエは丹念に身体を洗う。まだ時間はある。

「もしもし」

唐突に俊郎の声が聞こえてきた。

「加倉だ。まだ悩んでるのか？」

返事はない。

「おれのいったことをよく考えてみろ」

返事はない。

「今だっておまえは麗芬を不安にさせてるじゃないか。警察に行ってみろ、もっと酷《ひど》いことになるぞ」

返事はない。

「俊郎、聞いてるのか？」

「聞いてます、加倉さん。でも、わたし、悩むの、止まりません」

電話が切れた。酔いが醒《さ》めた。不安が広がっていった。もう一度電話をかけた。

「もしもし、加倉さんですか？」

麗芬の声。最初から日本語だった。

「トシは？」

「また、自分の部屋に戻りました」

「くそっ」

思わず罵声《ばせい》が口をついて出た。

「加倉さん、俊郎はどうしました？　教えてください」

「これからそっちに行きます」

電話を切った。俊郎を警察に行かせるわけにはいかなかった。

ヘルメットとスクーターのキィ。バスルームに声をかけた。

「リエ、出かけてくる。先に寝てろ」

声が聞こえた。無視して部屋をでた。


中山北路《チョンシャンベイルー》をひたすら北上した。俊郎の家は士林《シーリン》にある。深夜の時間帯なら、スクーターでも三〇分。Tシャツと短パンの裾《すそ》がはためく。バイクで風を切る――爽快感《そうかいかん》はなかった。

俊郎は世間知らずの阿呆《あほう》だ。それでも、おれは俊郎に冷たくあたることができない。頭の中にいつも浮かぶのは一五年以上前の情景だ。おれには弟がいた――いる。邦彦。おれが一二で邦彦が七つ。親父とおふくろが離婚した。親父はおれを、おふくろは邦彦を選んだ。邦彦はいつもおれの後を追いかけてきた。遊びに行くときも、何をするときにも。おれはそんな邦彦を邪険に扱った。

俊郎を見ていると邦彦を思いだす。

おふくろと邦彦が家からいなくなって数年後、親戚《しんせき》が集まった席で噂《うわさ》を聞いた——おふくろは台湾人と再婚した。邦彦も台湾にいる。噂は本当だった。数ヶ月後、おふくろから手紙が届いた。

手紙には台湾での暮らしぶりが書かれていた。慣れない環境に飛び込んで苦労していることが偲《しの》ばれた。そして、結びの文章——お母さんも邦彦も、いつか昭彦に会える日を楽しみにしています。

台湾に来る気になったのも、おふくろと邦彦のことが頭にあったからだ。俊郎を見て邦彦を思いだしたのも、そのことが頭にあったからだ。自堕落な生活をするようになったのは、おれと邦彦の間の絆《きずな》には、これっぽっちの意味もないことを悟ったからだ。台湾に来て、おれはおふくろと邦彦を探した。手紙に書かれた差出人の住所——空き地になっていた。

士林夜市《イエシー》の明かりが見える。午前二時に近いというのに、まだかなりの人間が繰りだしていた。中正路《チョンヂョンルー》を左へ。いくつも建ち並ぶ高級マンション。その一つの前でスクーターを止めた。敗戦処理のピッチャーの給料じゃ、とてもじゃないが手がでない。麗芬の親が買い与えたマンションだった。

マンションの脇《わき》の駐車場。いつも駐《と》めてある場所にカローラはなかった。嫌な予感が頭をよぎった。エレヴェータに飛び乗った。俊郎の部屋のドアをノックした。ドアがあいた。鉄の格子戸の向こうに、麗芬の顔。やつれて見えた。

「加倉さん……」

「俊郎は?」

「警察に行くといって出ていきました」

おれは天を仰いだ。

5

部屋に戻って電話をかけまくった。王東谷に。周に。ロペスに。周は部屋にいた。日本語と台湾語の会話――徒労だった。ロペスはつかまらなかった。監督の林に電話をかけた。社長に電話をかけた。黒道の謝に電話をかけた。

だれもがおれに説明を求めた。だれもがまた電話するといった。

電話がかかってきた。

「加倉さんか？」

王東谷だった。声がかすれていた。

「ああ。で、どうなってる？」

「警察は緊急対策本部を作る気らしい。そのうち、わたしもあんたも警察に呼ばれるわ」

「周とロペスに連絡してくれ。絶対に放水を認めるなって」

「わかってる……それより、問題は黒道じゃないか。今、謝さんと電話したけど、怒っておったよ」

「そりゃそうだろうな」

窓の外が白みはじめていた。俊郎が警察に行ったと知ったときは泣きたくなった。今は――腹が減っているだけだった。

「加倉さん、どうして俊郎を止められなかったかね」

「あの坊やを甘く見ていたのさ」

「起こってしまったことはしょうがないわな……これから迎えに行く」

「迎え？　どこに？」

「謝さんの親分が、警察に呼ばれる前に加倉さんに会いたいといっとるんだよ」

「会いたいって、台北にいるのか？」

「幸か不幸かね」

謝のボス――徐栄一《シゥロンイー》。高雄を仕切る海線黒道のボス。何度か顔を見たことがある。噂なら嫌になるほど聞いたことがある。

腕時計を見た――午前三時半。

「こっちに来るまで時間はどれぐらいかかる？」

「三〇分以内に行くよ」

「じゃあ、待ってる」

電話を切って寝室に駆け込んだ。徐栄一に会うのに、Tシャツに短パンはまずい。ベッドの上でリエが寝ていた。布団が身体からずり落ちていた。上半身にはおれのパジャマ。下半身はショーツだけ。股間《こかん》が反応した。苛立《いらだ》ちと疲労とやるせなさ。それが長く続くと、やがて自暴自棄がやってくる。

おれはトランクスごと短パンを脱いだ。リエを起こした。

「しゃぶってくれよ」

まだ半分眠りの向こうにいるリエの唇に半勃《はんだ》ちのものを押しつけた。

アルマーニのスーツにフェラガモの靴——シーズンオフに香港で買った。八百長で得た金で。金無垢《きんむく》のロレックス——初めて八百長をしたときに謝からもらった。ネクタイの結び目を整えた。待っていたかのようにノックが聞こえた。

車はベンツ——最高級。運転手は革手袋をはめていた。王東谷が助手席に乗っていた。目の下にどす黒い隈《くま》があった。後部座席の窓はスモークになっていた。ベンツの後ろには日本のセドリックが停まっていた。

おれを迎えにきた黒道がベンツのドアを開けた。先客と目があった。

「おはよう。いや、違うね。今夜は寝てないんだろう、加倉先生。こういうときは日本語でなんといえばいいのかな」

徐栄一だった。徐がいることよりも、徐の日本語におれの身体は凍りついた。

「こんばんは、でいいと思います」

「だが、もう朝だ。乗りなさい、加倉先生」

おれは革張りのシートに腰を落ち着けた。ベンツが動きだした。徐の横顔を盗み見た。夜が明けたばかりだというのに褐色の肌には艶《つや》があった。整髪料で整えた髪に仕立てのいいスーツ。年のころは四〇前後。やくざには見えなかった。堅気にも見えなかった。

「大変な朝じゃないですか」

「申し訳ありません。徐先生の手をわずらわせてしまいました」

「わたし、こんなに早起きしたのは久しぶりだよ」

徐栄一は笑った。ビジネスマンが朝の挨拶《あいさつ》をしているような笑いだった。噂を思い出した——徐栄一は笑いながら人を殺す。八百長話を持ちかけてきた謝が高雄の組の人間だと知ったころ、おれは夜の台北でチンピラ連中の話に耳を傾けた。謝の後ろにだれがいるのかを確かめるために。徐栄一。二〇歳になるかならないかのころ、対立する組のボスを殺して名前をあげた。それからは娑婆《しゃば》と刑務所を行ったり来たり。それがあるときから刑務所におさらばした。大物政治家と手を結んだらしい——チンピラたちはまことしやかに話していた。

「警察は凄《すご》いことになっているよ。もう何年も前から、野球の放水のこと調べようとしてたんだけどな、思うようにいかなかった。それが、野球選手が情報を持って駆け込んでくれたんだ。こういうのは日本語でなんという？」

「棚からぼた餅《もち》とでもいいますかね」

「そう。警察は大喜びだ」

徐栄一は煙草をくわえた——紙巻きだった。アルマーニのポケットを探った。台湾に来たときに煙草をやめたのを思い出した。それぐらい、気が動転していた。

「すみません。ライターが……」

「かまわない。火はつけない。くわえているだけです」

「徐先生は日本語がお上手ですね」

「バブルのころ、人を殺して日本に逃げたんです。日本の暴力団の世話になって……九三年暮らしてたよ。周りは日本のやくざばかり。すぐに日本語を覚えた」

語尾はでたらめだが、アクセントはしっかりしていた。

「どうりで……」

「王さんの日本語にはかなわないけどね。そうだろう、王さん」

「わたしは日本人だからね」

「それはおかしい。王さんも台湾人だろう」

「わたしは天皇の民。皇民よ。毎朝、皇居に向かってお祈りして君が代を歌う。教育勅語読んでる。日の丸の旗も飾ってある。わたしは日本人よりも日本人だよ」

「王さんはいつもこうなんだ」

「ぼくも、耳にタコができるぐらい聞かされてますよ」

「王さんは日本人が大好きですから」

徐栄一の声に刺《とげ》が含まれているような気がした。理由はわからなかった。

「さて、本題に入りましょう」

ベンツは中山北路を南に下っていた。前方に総督府が見えた。

徐栄一が口を開く――北京語だった。日本語を話すときよりも声が低かった。

「徐さんの望みは三つだけ」

王東谷がいった。

「放水をしてることを絶対に認めないこと。黒道に知り合いがいると絶対に認めないこと。ほとぼりが冷めたらまた徐さんに協力してくれること」

「それだけ？」

おれの日本語に徐栄一がうなずいた。それでも、開いた口から出てくるのは北京語だった。

「放水をしたといったら、加倉さんは死ぬ。黒道に知り合いがいると認めたら、加倉さんは死ぬ。協力を断ったら、加倉さんは死ぬ」

王東谷の声は単調だった。徐栄一は笑っていた。

「おれはだいじょうぶです」いってから、あることに気づいた。「俊郎は？　徐先生、俊郎を殺すつもりですか？」

徐栄一の眉《まゆ》が吊《つ》りあがった。

「あの男、庇《かば》いますか？　どうして？」

日本語だった。おれは咄嗟《とっさ》に答えることができなかった。

「加倉先生が困ることを知っていて、あの男は警察に行った。庇う必要、ないでしょう」

「俊郎はおれが放水をしていることを知らないんです」

沈黙がおりた。徐栄一はおれの言葉を信じていなかった。

「そんな馬鹿なこと、信じられませんね」

「爺《じい》さん、徐先生にいってやってくれ。俊郎は本物の馬鹿だって」ルームミラーに王東谷の目が映っていた。おれはその目に訴えた。「俊郎はなにも知らないんだ。あいつは警察の力にはならない。問題があるとしたら周かロペスだ」

「加倉さん、わたしもよくわからないな。あの坊や、自業自得だね。黒道に楯突《たてつ》いたら殺される。台湾人ならみんな知ってるわね。それなのに、あの坊やは自分の意思で警察行ったよ。加倉さんはとめたのに。庇う必要ないよ」

俊郎のことでどうして必死になっているのか、自分でもよくわからなかった。

「爺さん、頼む」

「あの坊やは加倉さんに迷惑かけるだけじゃないかね。加倉さん、あの坊やとわたしたち、住む世界が違うのよ」

「頼む、爺さん。徐先生にお願いしてくれ」

「よろしい」徐栄一が口を挟んできた。「一つ、教えてください、加倉先生。わたしが納得いったら、あの男を殺すの、やめます。いいですか、わたしが納得したら、ですよ」

「なんでも聞いてください」

「どうして、あの男を庇うのですか?」

徐栄一の顔を見た。ルームミラーの中の王東谷の目を見た。二人とも、おれの答えを待っていた。

「あいつには女房がいる」唾《つば》を飲みこみながらいった。「彼女が哀しむ顔は見たくない」

徐栄一の顔が崩れた。

「正直ですね、加倉さん。でも、わたし、納得しました。あの男の命は助けましょう」

脳裏に俊郎の顔が浮かんだ。麗芬の顔が浮かんだ。

ベンツは萬華《ワンホア》を走っていた。左手に龍山寺《ロンシャンスー》。華西街《ホアシージェ》は閑散としていた。

「警察の取り調べは厳しい。特にあなたは外国人だから……」

「なにも喋《しゃべ》りません。だいたい、黒道の人間とあったのも昨夜《ゆうべ》がはじめてです」

徐栄一の唇が歪《ゆが》んだ。台湾語で運転手になにかを告げた。

「家まで送ります。時間をいただいて、ありがとう」

「こちらこそ、申し訳ありませんでした」

「そうそう。警察に行くときは、この時計、外したほうがいいですね」

徐栄一がおれの手首を摑《つか》んだ。金無垢のロレックスに顔を近づけた。

「いい時計です。でも、こんな時計をしていたら、放水をしていると疑われます」

「わかりました」

おれはいった。なぜだか知らないが、身体が震えた。


ベンツは来た道を戻った。徐栄一の携帯が鳴った。徐は台湾語で電話に応対した。王東谷は運転手と喋っていた。おれは左手首のロレックスをさすっていた。目に入るもの、耳に入る音——すべてが現実感を失っていた。

ベンツがアパートの前で止まった。後ろのセドリックから人が降りてきた。

「それでは、よろしく頼みます、加倉さん」

徐が携帯の保留ボタンを押していった。

「わかりました」

セドリックから駆け寄ってきた黒道がドアを開けた。降りようとする手を徐に摑まれた。

「警察の取り調べが終わったら一緒に食事しましょう。そのとき、プレゼントを持っていきますよ」

断ろうと開けた口を閉じた。

「腕時計よ。ロレックスもいい時計、でも、パテック・フィリップやブレゲもいいですよ」

「楽しみにしてます、徐先生」

おれは車を降りた。膝《ひざ》が震えていた。パテック・フィリップ——見返りになにを求められるのか。

車から距離をとって振り返った。黒道が助手席のドアを開けていた。王東谷が降りてきた。黒道が王東谷に頭を下げた。ドアが閉まった。王東谷がおれの横にやってきた。ベンツとセドリックが走り去った。

「腕時計、もらうつもりか？」

ベンツの後ろ姿を見ながら王東谷がいった。

「さあな」

「何百万円もする時計だよ。あんた、知っとるのか」

うなずいた——知らないわけがなかった。

6

球団事務所にはハイエナが群がっていた。王東谷がタクシーの運転手に裏口に回させようとした。遅かった。ハイエナの一匹がおれに気づいた。ハイエナたちが一斉に駆け寄ってきた。

「どうする？」

王東谷がいった。おれは肩をすくめた。

フラッシュと北京語の怒声。諦《あきら》めてタクシーを降りた。ハイエナをかき分けて事務所に向かった。だれかが腕を引っ張った。

「おれに触るな！」

腕を振り払った。フラッシュが焚《た》かれた。明日の新聞の見出しが頭に浮かんだ。

王東谷の姿がなかった。ハイエナどもにおそれをなして裏口に向かったのだろう。

「加倉さん、八百長してますか？」

下手くそな日本語が聞こえてきた。

「なにもしてない」

「じゃあ、どうして……」

語尾は怒号とシャッター音にかき消された。ビルの入口で踏ん張っていた警備員がおれの腕をとってハイエナどもからすくってくれた。外の騒ぎが嘘《うそ》のようにビルの中は静まり返っていた。

エレヴェータの前に王東谷がいた。

「警察が新聞に教えたんだな。卑怯《ひきょう》な手を使いよる」

「マスコミが煽《あお》ってくれた方が捜査しやすいんだろう」

エレヴェータで社長のオフィスへあがった。オフィスには社長と監督の林、周とロペス、それに見知らぬ男がいた。

「弁護士だ」

王東谷が耳打ちした。

「早《ザオ》」

おれは北京語で挨拶《あいさつ》した。周とロペスが投げやりな挨拶を返してきた。ロペスの目の下が腫《は》れあがっていた。社長と林は苦虫を噛《か》み潰《つぶ》したような顔をしていた。弁護士は眉一つ動かさなかった。

「困ったことになった」

社長の北京語を東谷が日本語に訳した。

「昨日、君たちを襲ったのは嘉義《かぎ》の海線黒道らしい。連中は馬鹿だ」

社長の口から唾が飛んだ。

「まったくです」

「もうすぐ警察が来る。対応の仕方を協議しておかなければならん」

「ヘイ、さっきからこの爺さんはなにを喋ってるんだ?」

ロペスがたまりかねたように口を挟んだ。左目が真っ赤に充血し、頬骨《ほおぼね》の上の方が不快なぐらいに腫れている。解放された後、すぐに治療をしていれば、ここまで酷《ひど》くはならなかったかもしれない。酒を飲んだり、女と寝たりしなければここまで醜くはならなかったかもしれない。

「これからどうすべきかってことを話してるんだ」

「もうたくさんだ。おれはドミニカに帰るっていってやってくれ」

社長が怒鳴った。林が同調するように非難の眼差《まなざ》しをロペスに向けた。

「なんていってる?」

東谷がいった。

「ドミニカに帰りたいとさ」

「それはだめだ」

弁護士が口を開いた。奇麗な英語だった。

「だめってのはどういうことだ?」

「ミスタ・フェルナンデス、あなたには憐《あわ》れな犠牲者を演じていただきたい」

ロペスが腫れた顔をおれに向けた——このアホはいったいなにをくっちゃべってるんだ?

おれには答えがわかった。ロペスの顔を見れば、だれでも思いつくアイディアだった。

「つまり、こういうことだ」おれは英語でいった。「おれたちはギャングに八百長をするように脅された。スポーツマンシップにのっとって、そんなことはできないとことわったら、黒道に殴られた。おれたちは憐れな被害者だ。非難されるべきは黒道であって、おれたちじゃない」

拍手が聞こえた。弁護士が目を細めていた。

「素晴らしい英語です、ミスタ加倉。どこで覚えたんですか?」

「昔、メジャーリーグでプレイしたいなんて馬鹿な夢を見てたのさ。それで、アメリカ人を雇って勉強した」

「なるほど。あなたのような人でも、日本人はやはり勤勉だということですか」

「ご託はいい。中国語で説明してやれよ。社長たちが目を丸くしてる」

「それに、頭の回転が早い」弁護士はおれの言葉を無視した。「日本が戦後、奇跡的な復興を遂げた理由がわかりますよ。知ってますか? 台湾には日本統治時代を懐かしむ老人がたくさんいる」

「ご託はたくさんだといったろう」

「日本人のあなたが、どうして台湾にまでやってきて八百長なんかしてるんです？」

肩をすくめただけで答えなかった。相手にすれば付け上がる——そういうタイプの男だ。

「加倉さん、さっきからなんの話してるんだ。おれにはさっぱりわからねえよ」

ロペスがいった。

「ミスタ・フェルナンデスに説明してあげてください。社長たちにはわたしが説明してあります」

弁護士は社長たちに身体を向けた。北京語でなにかを説明しはじめる。

「外省人の倅《せがれ》だよ。台湾語も日本語も喋《しゃべ》れないくせに、インテリを気取っておるんだ」

王東谷が憎々しげにいった。

外省人——戦後、蔣介石《しょうかいせき》と共に台湾に渡ってきた人間たちのことだ。もとから台湾にいた漢民族は本省人と呼ばれる。外省人は武力を背景に長い間数で圧倒する本省人を弾圧してきた。本省人は外省人を嫌っている。憎んでいる。ある程度年を食った本省人は台湾語を話す。一部の本省人は日本語も話す。外省人は北京語を話す。本省人のガキどもも、外省人のガキどもも、北京語を話す。台湾は狭いが、歪《ゆが》みは大きい。

「よく聞けよ、ロペス」

ロペスがうなずいた。

「たぶん、おまえは新聞に載る。テレビに出る」

「なんだってそんな——」

「最後まで話を聞け。そのうち新聞記者やテレビがやってくる。おまえはできるだけ憐れな顔をして写真に写るんだ。その目の下の腫れが目立つようにな」

ロペスの目に理解の色が灯った。

「芝居をするんだな?」

「そうだ。新聞記者たちは、おれたちがギャングとつるんで八百長をしていたのかどうか知りたがってる。だが、おれたちはなにもしていない。ただ、ギャングに脅されて殴られただけだ。おれたちは被害者なんだ。おまえのその腫れた酷い顔で、新聞記者たちを黙らせてやるんだ」

「そんなんで、うまくいくかよ?」

「うまくいかせるために、社長はあいつに大金を払って呼んだんだ」

おれは弁護士の背中を指差した。高いスーツ――徐栄一と比べても遜色《そんしょく》ない。年齢を考えれば、かなり頭が切れるということだ。じゃなけりゃ、金は稼げない。

「それからな、ロペス。警察は八百長のことをうるさく聞いてくる。なにも喋るな。絶対にだ」

「喋るとどうなる?」

「確実に殺される。おれは今朝、ギャングのボスと会って、直接そういわれた。喋れば殺すってな」

ロペスの喉仏《のどぼとけ》が動いた。

「おれはなにも喋らねえよ」

「それが利口だ」

「説明は終わりましたか？」

弁護士が振り返った。

「ああ。ミスタ・フェルナンデスは仕組みを理解した」

「もうすぐわたしが手配した新聞記者とテレビ局が来ます。取材の受け答えをするのはわたしだけです。あなたたちは一言も口を利いてはいけない。いいですね？」

「警察はどうするんだ？」

「すぐにやって来るでしょう」

「どこまで話せばいいんだ？」

「事実を」

弁護士がいった。

「おれたちが八百長をしていたことを除いて」

おれはいった。弁護士が笑った。

「野球選手にさせておくにはもったいないですね、ミスタ加倉」

「あんたの名前をまだ聞いてなかった」

弁護士は名刺を取り出した。名刺には〈顧志強《グーヂーチアン》〉と記されていた。

「弁護士が必要なときは、遠慮せずに連絡をください」

「いくらかかるんだ？」

ロペスの細長い指が名刺をひったくっていった。

「もちろん、それなりの料金です」

顧の左の手首に光る金色の腕時計——パテック・フィリップ。頭の中でなにかが揺らめいて消えた。

慌ただしい取材。明滅するフラッシュとライト。北京語をまくしたてる記者たち。いくつものカメラがおれたちを撮る——特にロペスの顔を。憐れなロペス。黒道にいたぶられたドミニカ人。おれと周の顔が奇麗な分だけ、ロペスの顔の悲惨さが際立った。

顧が記者たちの質問を受け流していた。社長がなにかを叫んでいた。

おれたちの背後のドアが開いた。何度か顔を見たことのある事務員が駆け込んできた。社長の耳になにかを告げる。社長が顧を見る。

顧が記者たちになにかを告げた。不満の声があがった。

「警察が来たよ」

王東谷がいった。

7

警察が来て、記者たちが帰った。慇懃《いんぎん》な物腰の年老いた私服刑事と、挑戦的な目つきをした若い刑事、制服を着た警官が四人。若い刑事の左の顎《あご》の下に傷があった。なまくらの刃物で抉《えぐ》られたような傷だ。刑事が表情を動かすたびに、その傷に視線が引きつけられた。

「ものものしいな」

王東谷がいった。若い刑事が王東谷を睨《にら》んだ。王東谷は目を逸《そ》らした。珍しいことだった。

王東谷の面の皮は象の尻《しり》の皮膚より厚い。

顧と老刑事が儀礼的なやりとりを交わした。社長が抗議の声をあげた。北京語でも意味はわかった——彼らは被害者なのに、なぜ連行するんだ？

社長の抗議を老刑事は慇懃に退けた。

おれたちはパトカーに乗せられた。手錠はなし。だが、両脇《りょうわき》を制服の警官が固めた。

警察署にもハイエナどもが群がっていた。シャッターとフラッシュの音。北京語の金切り声。制服を着た警官たちがハイエナどもを追い払った。

「本当にだいじょうぶなんだろうな？」

警察署の前でロペスが泣き言をいった。

「黙れ。なにも喋《しゃべ》るな。おれたちは被害者だ。忘れるなよ」

前を歩いていた若い刑事が振り向いた。顎の下に刃物でつけられたような傷があるのに気づいた。

「もっと喋ったってかまわないぞ」

英語だった。ロペスは口をつぐんだ。周がなにかをいった。刑事が足元に唾《つば》を吐いた。

「緊張しなくてもだいじょうぶ。わたしたちは話を聞きたいだけですから」

老刑事が口を開いた。日本語だった。

「日本語ができるんですか？」

「昔、習いましたから」

老刑事はなにかを思い出そうとしているような目つきをした。どこかの寺で見た仏像のような顔だった。

警察署の奥――うなだれた俊郎がいた。

「加倉さん」

俊郎が叫んだ。

「ファックユー」

ロペスが吠《ほ》えた。周は俊郎の足元に唾を吐きつけた。俊郎の顔が歪んだ。

「加倉さん……」

すがるような視線。おれは微笑《ほほえ》んだ。

「気にするな、俊郎。みんな、苛々《いらいら》してるだけだ」

俊郎の顔にも微笑みが広がった。徐栄一の顔を思い出した。麗芬の顔を思い出した。

「試合が終わった後、駐車場で俊郎の車に乗ろうとした。そうしたら、中から男たちが出てきて銃を突きつけられた。ロペスが殴られて、抵抗する気を失くしたんだ。おれたちは黒いヴァンに乗せられて、なにかの倉庫みたいなところに連れていかれた」

「その話はもういい！」

若い刑事――王と名乗った――が英語でおれを遮った。

「おまえたちが八百長にかかわっていることはわかってるんだ。八百長のことを話せ。だれに頼まれた？　おまえたちの他にだれがやっている？　どうやって金をもらう？」

「八百長なんかするわけがないじゃないか」

王が身体を震わせた。食いしばった口から北京語が漏れてきた。日本人《リーベンレン》という単語だけ聞き取れた。顎の下の傷が震えていた。

「加倉さん、落ち着いて話しましょう」

老刑事——袁《ユエン》の日本語。血気にはやった若い刑事と、父親みたいな刑事のコンビ。飴《あめ》と鞭《むち》。映画の中だけの話だと思っていた。

「おれは落ち着いている。興奮しているのはそっちの刑事さんだけだ」

窓のない部屋——取り調べ室だろう。ガタのきたパイプ椅子《いす》と机があるだけだった。机の上には灰皿が一つ。どこかからかび臭い匂《にお》いが漂ってきた。

「八百長のこと、話してくれる気はありませんか？」

「八百長なんかしたことはない」

袁はおれの言葉が聞こえなかったふりをした。

「張さんの話によると——」一瞬、だれの話をしているのか理解できなかった。俊郎——張《チャン》俊郎《ジュンラン》。「あなたたちを誘拐した黒道には嘉義の訛《なまり》があったそうです」

袁は言葉を切っておれの顔を覗《のぞ》きこんだ。

「だから？」

「あなたたちが手を組んでいるのはどの海線黒道ですか？　台南？　高雄？　それとも嘉義ですか？」

「林森北路や萬華で飲んでいれば、黒道の一人や二人は見たことがある。だが、八百長をしないかと声をかけられたことはないよ。日本人の野球選手は八百長なんかしないんだ」

「あなたは別だそうですがね」

かまをかけられている。そんな気がした。

「おまえがとぼけてもな、他の二人は口を割るぞ」

王が口を挟んだ。英語だったが、タイミングをはかっていた。

「あんた、日本語もできるのか？」

日本語で王に聞いた。

「できるというほどじゃない」

英語が返ってきた。

「そんなことより、いいか、加倉。他の二人がおまえも八百長をしていたと認めたら、おまえは凄《すご》く不利になるぞ。今のうちに吐いておいた方が身のためだ」

「張に聞いたか？　おれが八百長をしているのかって？」

王の唇が歪《ゆが》んだ。

「ああ、聞いた」

「なんといってた」

俊郎――このごたごたを引き起こした張本人。しかし、ことおれの八百長疑惑に限っては、あのお人好しがすべてを否定してくれる。

袁が王の肩を抱いて部屋の隅に移動した。北京語の耳打ち――台湾に三年もいれば、話すことはできなくても北京語と台湾語を聞き分けることはできる。

わかったことが一つあった。王は英語をかなり話す。日本語を多少理解する。北京語を話す。

だが、台湾語は話せない。

袁の年と日本語を考えれば、袁は本省人だ。本省人の年寄りが身内と北京語で話すのは、相手が台湾語を理解しないからだとしか思えない。

結論――王は外省人。後で王東谷に教えてやろう。そう思うと少し気分がよくなった。


ほぼ三〇分置きに、袁と王は部屋を出た。戻ってくるとお決まりの科白《せりふ》が飛んできた。

「八百長したことを認めろ」

「弁護士を呼んでくれ」

おれはそう答えた。

「ドミニカ人が八百長を認めたぞ」

「偽証罪であんたを訴えるぞ」

おれは答えた。そのたびに王が肩を震わせた。袁が王をなだめた。

「周がすべてはおまえのせいだといっている。おまえがずっと八百長をしていて、そのとばっちりに巻き込まれたと」

「もう少しうまい嘘《うそ》をつけよ」

王は部屋を飛び出ていった。

「加倉さん、あまり彼をいじめない方がいい」

袁が椅子に腰かけた。煙草をくわえ、おれにもすすめてきた。

「煙草は吸わないんだ。これでもおれは野球選手だからな」

「それはいいことです。煙草は身体に悪い。それより加倉さん。王は仕事熱心なだけです。まだ若いから行きすぎるところもあるけど、あなたの態度は、彼をますます酷《ひど》くしてますよ」

「おれは不当な尋問を受けている。優しい気分にはなれないね」

「わたしたちは協力をお願いしてるだけなんです」

「あの刑事が犯罪者を見るような目でおれを見るのをやめたら、もう少し紳士的になってもいい」

「彼があなたを紳士的に扱えば、八百長を認めるんですか？」

「八百長なんかしたことはない」

袁はため息混じりに煙を吐き出した。

「わたしたちは知ってるんですよ、加倉さん。中華職棒連盟に所属している選手の三分の一はなにかの形で八百長をしている。特に中米から来ている選手は半数以上です」

「証拠があるなら逮捕すればいい」

「みんな、警察より黒道が恐いんです」

「それに、金が欲しい、か」

袁が惨めたらしく笑った。

「日本から来た人は特にそう思うんでしょうね。加倉さん、日本ではいくら給料をもらってました か？」

ノーヒットノーランを達成した翌年、おれの年俸は倍に跳ねあがった。二八〇〇万。おれの目論見じゃ、倍倍ゲームはしばらく続いて、三年目には一億の金を稼いでいるはずだった。だが、翌年一〇パーセントあがったのを最後に、おれの年俸は下がる一方だった。

「二〇〇〇万だ」

イロをつけておれは答えた。

「台湾に来るとそれが半分ですか……八百長をしたくなる気持ちはわかりますね」

「八百長をしたことはない。おれはスクーターで球場に通っている。家も賃貸のアパートだ。八百長をしてるなら、ベンツや家を持っていてもおかしくないはずだ」

「そうですね。あなたはベンツも家も持っていない。ですが、聞いた話によると、あなたは金のロレックスを持っているし、林森北路にいかがわしい店を出している」

舌打ちをこらえた。だれがチクったのか——頭の中をいくつもの顔が横切った。

「わたしたちは、この事件をきっかけにしようと思っています。球界の膿《うみ》を残らず出しきってしまうんです」

「無理だ」

おれは嗤《わら》った。

「どうしてですか？」

「わかってるくせに、かまをかけるなよ」

そう、わかっているはずだ。そんなことをしたら、台湾のプロ野球そのものが消滅してしまう。おまけに警察関係者にも積極的に野球賭博《とばく》に関与している連中がいる。台湾野球界のドブ板を開ければ、とんでもないものが飛び出してくる可能性がある。

「困りましたな」

袁は煙草の煙を目で追った。

袁が出ていった——王が戻ってきた。

「八百長の話をしろ」

「弁護士を呼んでくれ」

「これは取り調べじゃない。任意の事情聴取だ。弁護士は必要ない」

「だったら、喋《しゃべ》ることはなにもない」

ふいに王が動いた。腕が伸びてきておれの胸倉を摑《つか》んだ。

「台湾を舐めるなよ、日本人が」

「おれを殴ったら大変なことになるぞ」

王がおれを睨《にら》んだ。すぐ目の前にある真っ赤に充血した白目、茶色がかった瞳《ひとみ》——理由がわからない憎悪の炎。

「いい気になりやがって」王はおれを椅子に押し戻した。「必ず尻尾《しっぽ》を摑んでやるからな」

「どこかで会ったことがあるか？」

王の瞳に宿る憎悪に納得がいかなかった。台湾には親日家が多い。それでも、日本人だというだけで憎悪をかき立てる連中もいる。

「さあな。どこかで会っているかもしれん。そんなことより、八百長の話をしろ。黒道からいくらもらってるんだ？　連中とはどこで話をするんだ？　おまえは——」

「おれの名は加倉昭彦。一九六七年七月二〇日、日本の埼玉県で生まれた。日本のパスポートと台湾政府が発給した労働ヴィザを持っている。これ以上無法な取り調べが続けられるなら、領事館を通じて、日本人として台湾政府に正式に抗議する」

「いいたいことはそれだけか?」王が机の上に手を突いて身を乗りだしてきた。嫌でも顎《あご》の下の傷に目がいった。「ついでにおまえの両親の名前もいってみろよ。両親の名前を出して、恥じるところはなにもないとおれにいってみろ」

「おれの父は加倉文彦。東京で貿易会社を経営している。母はいない。両親の名誉にかけて、おれはいかなる犯罪にも関ったことはないと断言する」

なにかが飛んできた。王の拳《こぶし》。気づいたときには顎に衝撃を受けていた。椅子《いす》から投げ出され、床に転がった。

「もう一度いってみろ」

熱と鈍い痛み——憤怒《ふんぬ》。理性では抑えきれないなにかが鎌首をもたげた。

「きさまのような恥知らずは見たことがない。もう一度同じことをいってみろ!」

「ぶっ殺してやる」

日本語で呟《つぶや》いた。立ちあがった。あまりの怒りに目が眩《くら》みそうだった。

「来いよ。叩《たた》きのめしてやる。日本の恥知らずめ」

ドアが開いた。袁が飛び込んできた。後ろから王に飛びつき、なにかを叫んだ。制服警官が雪崩れこんできて、おれは床に押さえつけられた。

鈍痛──左顎が腫《は》れている。腹の中で怒りがくすぶっている。やられたらやり返せ。おれはそうやって生きてきた。やり返すことができない──悔しさに嗚咽《おえつ》がこみあげそうだった。

「怪我《けが》の具合は?」

弁護士の顧がおれの顔を覗《のぞ》きこんだ。

「痛む。奥歯がぐらつく」

口を動かすと痛みが増した。

「あの刑事を訴えますか?」

「いや、いい」

「刑事に暴行された上に、正式な逮捕状が出ているわけでもないのに留置場に放りこむなんて言語道断です。訴えた方がいい」

「ことを荒立てると、痛い腹をますます探られる」

「なにもしないと、後ろ暗いところがあるからだと思われます」

「もう思われてるんだ。いまさら関係ないさ。訴える代わりに、徹底的に文句をいってやれ。それで、警察も少しは動きにくくなるだろう」

「そうしましょう。この警官が──」顧はおれたちの前を歩く制服警官を指差した。「応接室に案内してくれます。他の皆さんもそこにいますから、一緒に待っていてください。わたしは警察署長の尻《しり》を蹴飛《けと》ばしてきます」

応接室──取り調べ室よりましという程度の部屋だった。肘掛《ひじか》け椅子が二つ、ソファが一つ、テーブルが一つ。ロペスと周が肘掛け椅子に、俊郎と麗芬がソファに座っていた。みんな、くたびれきった顔をしていた。

「加倉さん」

部屋に入ると、俊郎が弾かれたように立ちあがった。おれの顔をじっと見、泣きそうな表情になった。

「酷《ひど》いよ……だれがそんなことした？」

「おまえのせいだ」

おれは冷たくいい放った。

「おまえがおれのいうことを聞かなかったから、おれは暴力刑事に殴られた」

俊郎は言葉につまった。親にすがる雛鳥《ひなどり》のような視線を麗芬に向けた。麗芬が俊郎の手を握った。

怒りがぶり返した。目を閉じて息を深く吸った。そうしないと爆発してしまいそうだった。

「加倉さん、俊郎は悪気なかったです。許してください」

麗芬がいった。いつもよりおかしな日本語だった。

「くそっ。とっとと座れ、トシ」

「すみません、加倉さん。周さんにも怒られました。社長さんにも怒られました。弁護士の顧さんにも怒られました。でも、ぼく、どうして怒られるか、わからないよ」

「もういい」

おれは俊郎を押しのけてソファの空いている場所に腰をおろした。麗芬の太股《ふともも》がおれの太股に触れた。弾力のある肉の感触——ほんのわずかだが、怒りが薄らいだ。

「おまえも座れ、トシ」

俊郎は従った。操り人形のようだった。

「なあ、加倉さん、これから——」

ロペスが口を開いた。おれは遮った。

「話は後にしてくれ、ロペス。口が痛むんだ。おまえも痛むんじゃないのか?」

麗芬は英語がわかる。八百長がらみのことは一言だって話したくなかった。

「爺《じい》さんはどうした?」

「出ていったぜ。行くところがあるんだとよ」

ロペスが答えた。王東谷は黒道と協議しにいったのだろう。

一〇分ほどして、顧が戻ってきた。袁と王を従えていた。

「今日はこれで帰ります。明日以降、何度か今日のような事情聴取をされると思いますが、みなさん、できるだけ警察に協力してください」

顧が北京語と英語でいった。

「今日のようなというのはどういうことだ? また殴られるのか? だったら、協力はごめんだな」

王の目を見ながらおれはいった。王が唇を噛《か》んだ。

「今後、そんなことは絶対に起こりません。そうですね?」

顧が王を促した。王は唇を嚙んだままだった。挑むような視線をおれにぶつけていた。

袁が王の耳に囁《ささや》いた。王が前に出てきた。

「今日の事故は本当に申し訳なく思っている」

「事故？　あれが事故なら、世の中に犯罪なんかなくなるぜ」

「挑発するのはやめなさい、ミスタ加倉。王刑事は謝罪しているんです」

顧がきつい調子でいってきた。

「謝罪？　これが？　まあいい。その謝罪を最後まで聞いてやるさ」

「これからおれは頭を下げる」王がいった。歯の隙間《すきま》から絞りだすような声だった。「だが、それは謝罪のためじゃない。上司から頭を下げろと命令されたから下げるんだ。勘違いするなよ」

「これが謝罪か、弁護士さん？」

「王刑事は頭を下げます。それが謝罪です。台湾ではね」

「必ず尻尾《しっぽ》を摑《つか》んでやるからな。覚えておけよ」

王が頭を下げた。殴りかかりたいという衝動を、おれはじっと耐えた。殴られたからじゃない。王の目はおれのなにかを刺激する。

警察署の前には相変わらずハイエナどもが群がっているらしかった。おれたちは裏口に案内された。一人につき一台の警察車。運転手つき、護衛つき。

「しばらくの間、みなさんの安全のために、制服警官が護衛につきます」

顧がいった。すべてはチームからもらう金の範囲内で収めているという声で。

「護衛の警官というのは、四六時中おれたちの尻にくっついてるのか？」

「そうなります」

ロペスが蛙の鳴くような声を出した。麗芬がおれたちの英語を周に通訳した。

「あなたたちだけではなく、今後しばらくは球団関係者全員に護衛がつきます」顧は声をひそめた。「あなたたちの身の潔白を証明するためにも、護衛は必要なのです。ご理解ください」

顧が《身の潔白》といった瞬間、麗芬がおれを見た。おれは重々しくうなずいた。

おれたちはそれぞれに振り分けられた車に乗りこんだ。周は不機嫌に宙の一点を見つめていた。ロペスは指で電話するというサインを送ってきた。俊郎は苦悩に顔を歪《ゆが》めていた。麗芬になだめられていた。胸が締め付けられた。おれは運転手に車を出せと命じた。


助手席で携帯電話を使っていた制服警官が振り返った。なにかをいった——北京語だった。おれは肩をすくめた。警官は別の言葉に切り替えた——台湾語だった。おれは肩をすくめた。それでも、警官はおれになにかを伝えようとした。

「電話を貸してくれ」

英語でいって、携帯に手を伸ばした。電話という単語は理解できたらしく、警官は素直に携帯を手放した。王東谷の携帯に電話した。

「喂《ウェイ》？」

「おれだ、爺さん。どこに雲隠れしてるんだ？」

「警察署は雰囲気がよくないから、長居したくなかったのさ」

「好きなやつがいるもんか。通訳の仕事だ。今、電話を代わる」

警官に携帯を渡した。警官と王東谷は台湾語で話していた。警官が携帯を差し出してきた。

「なんだって？」

「加倉さんのアパートの前、マスコミがいっぱいいるらしいわ。おまわりさんはどこかのホテルに部屋をとった方がいいんじゃないかといっとるよ。着替えとか、必要なものがあればおまわりさんが取りにいってくれる。親切なおまわりさんだよ」

「おまわりはおまわりだ」

いいながら考えた。護衛の警官——どちらも若い。アパートに帰れば、ドアの前に張りつかれて外出もままならないだろう。だが、ホテルなら頭を使えば出し抜けるかもしれない。

「コダックホテルに部屋をとるよ」

林森北路にあるホテルだ。従業員の大半は日本語を理解する。おれのアパートが近いこともあってよく利用する。

「すぐ側にロイヤルホテルがあるじゃないか」

「チームが金を出してくれると思うか？」

「コダックがいいわな。後で行くよ」

電話が切れた。

「可達大飯店《コーダーダーファンティエン》」

おれの拙《まず》い北京語に警官がうなずいた。

部屋はすぐに取れた。いつもは女を連れ込むだけのパートタイム。長期逗留《とうりゅう》だというと、フロントの男が目を輝かせた。儲《もう》けのためだけじゃない。八百長事件の渦中にいる人間の側にいることが楽しいという顔だった。

護衛の警官を廊下に残し、ドアに鍵《かぎ》をかけた。魚眼レンズで外を覗《のぞ》いた。直立不動している警官たちが見えた。

ベッドサイドのデジタル時計は午後四時を表示していた。俊郎たちはまだ家に着いてはいない。スーツを脱いでベッドに寝転がった。リモコンでテレビをつけた。ニュース。おれたちの顔写真。〈職業棒球・放水疑惑〉のスーパー。興奮気味に喋《しゃべ》りつづけるアナウンサー。なにをいっているかはわからない。だが、想像はつく。どこにいっても、人間のすることに変わりはない。

チャンネルを換えた。美亜の試合をやっていた。五回が終わって一二対二。美亜はぼろぼろだった。イニングの合間にスタンドが映しだされた。相手側応援席に〈打倒放水隊〉と書かれた横断幕が垂れ下がっていた。

顧の名刺を取りだし、携帯の方に電話をかけた。

「加倉だ。これからどうなる?」

「今、本社の方で緊急会議が行われています」

顧の教科書を丸写ししたような英語の向こうからクラクションが聞こえた。その会議に向かっているというところだろう。

「どうなりそうだ？」

「警察の捜査が終わるまで、あなたたち三人は出場停止」

他人の不幸を楽しんでいるような口調だった。

「おれたちは無実だ。違うか？」

「世間の目がありますからね。もちろん、チームもわたしも、あなたたちは単なる被害者だという図式を崩す気はありません。しかし、あなたたちが八百長に加担していたのではという疑惑があるうちは、試合に出すわけにはいかないでしょう」

「くそっ。その間の給料は？」

「おそらく、半額支給というところに落ち着くと思います」

台湾のプロ野球界は外国人選手には冷たいという定評がある。契約書はあってなきが如《ごと》し。監督や社長の意に染まなければすぐに馘《くび》を切られる。試合中に負った怪我《けが》でも保証はない。八百長に絡んで試合に出られないとなれば、給料を払ってもらえない可能性すらあった。それが半額でももらえるというのなら騒ぐ必要はない。どうせたいした額をもらっているわけでもない。痛いのは、八百長がらみの金が途絶えることだ。

「捜査はいつまでかかりそうなんだ？」

「現場はともかく、上層部の方ではこれを機会に徹底的に調べるという意向のようです。かなり時間がかかりそうですね」

「くそっ」

「それはどういう意味の日本語ですか？」

「わかりました。また詳しいことがわかったらご連絡します。電話はアパートの方でよろしいですか？」

「しばらく林森北路のコダックホテルにいる」

「八百長で稼いだお金はどうしたんですか？」

「あんたには関係ない」

「クソ野郎」

電話を切った。冷房が効きすぎていた。骨の芯《しん》まで凍えそうだった。だが、冷房を弱めれば熱気が襲ってくる。七月末の台北。リーグも前後期制の後期がはじまったばかり。下手をすれば、後期全てを棒に振ることになりかねない。日本に残っている借金を考えると目の前が暗くなった。

警察の——あの王という刑事の追及をかわし、金を稼ぐ。至難の業だった。

シャワーを浴び、ビールを飲んだ。王東谷は現れなかった。黒道のところに行っているのかもしれない。王東谷は顔が広い。だれとでも繋《つな》がりを持っている。そんな老人が、なぜプロ野球の通訳をやっているのか。不思議に思ったことは何度もあるが、本人に聞いたことはない。だれにも、人に聞かれたくないことはある。

俊郎の家に電話をかけた。呼び出し音が鳴るだけだった。諦《あきら》めて、携帯の方にかけなおした。こちらも呼び出し音が鳴るだけだった。

周にかけた。ロペスにかけた。同じだった。呼び出し音が鳴りつづけるだけだ。

不安が押し寄せてきた。徐栄一のビジネスマンのような顔が脳裏に浮かんだ。人を殺すことを屁《へ》とも思っていない顔——ビールを飲んだ。窓際に立って、林森北路を見下ろした。薄汚れた路地を地元の人間たちがせかせかと歩いていた。毛のはげた犬が糞《くそ》を垂れていた。いたるところで建設工事が行われていた。

台北——台湾。台湾野球の八百長に嫌気がさした日本人選手の送別会をしたことがある。そいつはいった。〈あんた、なんだってこんなところにいるんだ？〉おれは答えた——どこにいても同じだ。少なくとも台湾には野球がある。日本風の弁当がある。日本語を話す老人がいる。日本の文化が溶けこんでいる。どこかで日本と繋がっている。ここは香港でも大陸でもない。

ノックの音——ドアを開けた。王東谷が護衛の警官の肩を叩《たた》いていた。

「爺《じい》さん、入れよ」

王東谷が入ってきた。鼻の頭が赤く、息をするたびに焼酎《しょうちゅう》の匂《にお》いがした。

「また〈養老の瀧〉か？」

「謝さんと会ってたのよ。軽く昼飯食って、ちょっと一杯」

台湾の養老の瀧は、居酒屋というよりファミリーレストランといった方がぴったりくる。内装は日本のと変わらないが、子連れの客が多い。酒を飲むんじゃなく、和食を食いにいくという感覚なのだろう。おれには違和感があって、台湾の居酒屋は肌にあわない。

「それで？」

冷蔵庫から新しいビールを出した。

「やっぱり、昨日の連中は嘉義のやつらだったよ」

王東谷は浴室に姿を消した。すぐに現れた——右手に歯磨き用のコップを持っていた。ビールを注いでやると、一息で飲み干した。

「嘉義の親分と、徐さんが、昨日の試合で差しで勝負したのよ。あなたのおかげで徐さんが勝って、頭に来た嘉義の親分が子分に命令したわけだな」

「嘉義も高雄も、同じ海線黒道で身内なんだろう?」

「ギャンブルは別だよ」王東谷は歯を剝《む》き出して笑った。「金だけじゃなく、面子《メンツ》がかかっとるからね」

「おれたちにはいい迷惑だ。それで、どうなったんだ?」

「徐栄一と嘉義の親分が電話で手打ちしたよ。ギャンブルといっても、向こうも相手のチームに八百長させてるし、黒道同士で揉《も》めてたら、警察が喜ぶからな」

王東谷がコップを差し出した。ビールを注いでやった。

「だから、加倉さん、あんたはもう嘉義の黒道のことは気にしなくていいよ。気にするのは、警察とマスコミ、それにあの坊やだ」

「そういえば、俊郎も周もロペスも電話に出ない」

「マスコミの電話攻勢が凄《すご》いんだよ。みんな、頭にきてホテルに移ったんだ。あの坊やだけ、奥さんの実家だよ」

納得がいった。

「周とロペスはどのホテルだ?」

「後で調べておくよ」

王東谷はビールに口をつけ、うかがうような視線をおれに向けた。

「なんだ？」

「あと一つ、あんたが気をつけなきゃならないのは、徐栄一。あれは腹黒いやくざだからな。腕時計もらったら、高くつくぞ」

「おれはただの野球選手だ。やらされることなんてたかが知れてるさ」

王東谷は舌打ちした。

「爺さんだってあいつらとどっぷりつるんでるくせに、なんだってそんな心配するんだ？」

「あんたは日本人だからね。日本人はいろいろと使いでがあるんだよ」

パスポート——頭に浮かんだ言葉。日本人のパスポートはブラックマーケットではいつでも高値をつける。

「気をつける」

頭に今朝の光景が浮かんだ——助手席のドアを開ける黒道。王東谷に頭を下げる黒道。

「爺さん、あんた、何者だ？」

球団から世話された通訳として知り合って三年。初めて口にした疑問だった。

「何者って、どういうことだね？」

「徐栄一の子分があんたに頭を下げてた。黒道が堅気にそんなことするか？」

王東谷にはいろんなことを教わった。酒を飲む場所。女と遊ぶ場所。小博奕《こばくち》を楽しむ場所。そして、黒道とのつきあい方。王東谷がいなければ〈Jジョイント〉の共同経営者になることもなかった。謝と知り合うこともなかった。

「わたしも昔は黒道だったよ。ときどき、わたしのことを覚えている黒道がいるのさ。年上を敬う気持ちのある黒道は、わたしに挨拶《あいさつ》する。それだけのことじゃないか」

「なんで通訳なんかやってる？」

王東谷は笑った。

「わたしは皇民なんだよ。野球も好きだ。だから、あんたみたいに日本からやってきた野球選手の世話を焼くのが好きなんだ」

はじめて会ったときにも聞いた言葉だった。

「でも、反省しとるよ。あんたの通訳がわたしじゃなかったら、謝があんたに目をつけることもなかっただろうからね」

王東谷はコップの中のビールに視線を落とした。

黒道だった王東谷。昔、徐栄一となにかがあったに違いない——そんな考えが頭に浮かんで消えた。


電話が鳴った。王東谷が出た。北京語のやりとり。

「外省人の倅《せがれ》が」

王東谷が吐きだすようにいった。それで相手がわかった。おれは受話器を受け取った。

「顧です。球団があなたたちに下す処分が決まりました」

「裁判官みたいな口調だな」

「わたしは弁護士に充分満足してますよ」

「それで?」

「警察の捜査が一段落するまで、あなたたちは出場停止」

「くそ」

「ただし、チームの遠征や練習には必ず参加するように、とのことです。あなたたちは被害者なのだということを訴えるためにも、試合に出られなくても野球に情熱を持っているというアピールをするんです」

「マスコミに食わせるクソだな」

「そう。日本語で〈くそ〉でしたね? さっきもミスタ加倉は口にしました」

「そんなことより、その間のおれたちの給料は?」

「契約した月給の半額が支給されます」

「くそ」

「よっぽどその言葉がお好きなんですね」

「おまえはくそ野郎だ」

日本語でいった。

「なんとなく、意味はわかりますよ。ですが、ミスタ加倉。わたしは給料は全額支払うべきだと社長に訴えました。理由はおわかりですか?」

「マスコミ対策だろう。連中は金を出すから話せといってくる」

「そのとおり。ですが、社長の意見は違いました。どんな人間でも金より命が惜しいとのことです。意味はおわかりですね?」

「喋《しゃべ》れば黒道に殺される」

「そのとおり。ミスタ加倉、わたしにはあなたのような人がなぜ野球選手でいることに甘んじているのか、理解できません」

「余計なお世話だ。おまえに野球がわかってたまるか」

「だが、あなたは金のために八百長をする」

おれは電話を切った。

「くそ」

一〇代の頃を思い出した。土のグラウンドの上、真夏の太陽に焙《あぶ》られてボールを追った。指先が痺《しび》れて感覚がなくなるまでボールを投げた。ただ、好きだったからだ。それがどこで変わったのか――記憶が蠢《うごめ》いた。おれは頭を振って蘇《よみがえ》ろうとする記憶を追い払った。

電話が鳴った。顧だった。

「怒らせるつもりはなかったんですが」

「今日は機嫌が悪い」

「配慮が足りませんでした。明日、午前九時に球団事務所にお越しください。打ち合わせをしたあと、また、警察です」

「わかった」

電話を切った。脱力感が襲ってきた。

「加倉さん、わたしは帰るよ。今日は疲れた」

王東谷の声に振り向いた。ビールの空き瓶が四本、テーブルの上に空しく転がっていた。

「明日の朝、また来てくれるか？」

「いいよ」

「来る前に、おれのアパートによって、着替えと携帯を持ってきてくれ」王東谷に鍵《かぎ》を渡した。

「着替えは寝室にある。携帯は居間の机の上だ」

「それじゃ、おやすみ。加倉さん」

ドアまで王東谷を見送った。護衛の警官が欠伸《あくび》をしていた。

「こいつら、いつまでこうしてるつもりだ？」

「真夜中に交代する警官が来るって話だよ」

「ご苦労なこった」

「これも全部、あの坊やのおかげだよ」

王東谷は手を振って廊下を歩きだした。背中が縮んで見えた。


あの坊や――俊郎に電話をかけた。頭の奥で埃《ほこり》をかぶっていた電話番号を思いだすのに苦労した。電話にでたのは北京語だった。

「俊郎《ジュンラン》」北京語で発音した。「我是加倉《ウオシージアツアン》、他朋友《ターポンヨウ》」

わたしは加倉、彼の友人です――たったこれだけの北京語を覚えるのにかなり手間取った記憶がある。中国語は音が違えば意味が違う。

「等一下《タンイーシャ》」

少し待て、という意味の北京語が返ってきた。待ちながらビールを飲んだ。そのうち、麗芬の声が聞こえてきた。

「加倉さんですか？」

「俊郎は？」

「お父さんからもらった薬飲みました。今は寝ています」

麗芬の父親は医者だった。

「だいじょうぶか、あいつは？」

「凄《すご》くショックを受けてます。球団の弁護士に、彼が無分別なことをしたから球団に迷惑がかかったと怒られて」

「俊郎は確かに無分別だ。麗芬、君がなんとかしてやらなけりゃな」

「加倉さん、あの人、間違ったことしましたか？」

ビールに口をつけて間を取った。耳の中で谺《こだま》する麗芬の透き通った声――いつものように喉《のど》を締めつけられているような気分だった。

「いいや、俊郎は間違ったことをしたわけじゃない。ただ、考えが足りなかっただけだ」

「ありがとう、加倉さん。彼が聞いたら、安心すると思います」

「麗芬、おれたちは誰も八百長なんかしていない」

「わたしも彼も、加倉さんがそんなことをする人じゃないってわかってます」

「明日からも辛《つら》い日が続く。ゆっくり眠って身体をいたわるんだ、麗芬」

「そうします」

「それから、もしかすると黒道が俊郎の命を狙《ねら》うかもしれない」

「そんな……」

「こんな騒ぎになったのは俊郎のせいだし、黒道の連中は逆恨みをするものだ」

「でも、警備のおまわりさんが見張ってくれてますから」

「金で黒道に買われる警官もいる。気をつけるんだ。いいね？」

「本当にだいじょうぶでしょうか。彼になにかあったら……」

「警察やマスコミが騒いでいる間はだいじょうぶだと思う」

「加倉さん、彼を護《まも》ってあげてください」

「明日、俊郎と話をするよ。不安にさせて悪かったな、麗芬」

「お願いします。父も母も俊郎のことよく思っていないみたいで……わたしたち、長いこと日本にいたし、一番頼れるの、加倉さんです」

「君たちにはおれがついてる。もう、今日はおやすみ、麗芬」

「はい……おやすみなさい、加倉さん」

電話を切った。麗芬に向かって喋《しゃべ》っていた口調とは裏腹に気分が荒《すさ》んでいた。受話器を持ち上げて、別の番号に電話をかけた。

「曾か？　加倉だ」

「人気者の加倉さんね。テレビ、たくさん出てるよ」

「笑い事じゃないぞ」

「加倉さんも大変、謝さんも大変、みんな大変」

「しばらく店には行けない」

「わたしも大変ね」

「それから、調べてもらいたいことがある」

「なに調べる？」

「王という刑事を知ってるか？」

「王はたくさんいる。刑事もたくさんいる」

「若い刑事だ。年は三〇前。背は一七五センチ前後、髪の毛は短くて、目つきが鋭い。顎《あご》の下に傷がある。北京語と英語を話すが、台湾語は喋れない」

「知り合いに聞いてみるよ」

「頼む。それから、リエを呼んでくれ。おれはコダックホテルにいる」

「日本人、ほんとにスケベね」

曾が嗤《わら》った。怒鳴る前に電話が切れた。


ベッドに寝転がってテレビを見た。NHKの衛星放送。台北じゃ、受信料も払わずに見ることができる。ビールに飽きてウィスキィのミニボトルを開けた。ストレートで舐《な》めた。テレビから聞こえてくる日本語は耳に入らなかった。代わりに、麗芬の声が谺していた。

リエが来た。警官たちが下卑た笑いを浮かべていた。リエを脱がした。なめ、しゃぶらせ、突っ込んだ。

リエは声をあげた。警官たちが聞き耳をたてていた。

おれは頭の中で麗芬を犯していた。

9

三日間があっという間にすぎた。美亜鷲隊は散々だった。連日連夜の敗退——前期二位のチームが最下位に甘んじていた。

顧との打ち合わせ。全球団関係者を集めた緊急ミーティング——茶番だった。社長や監督を含めて、美亜の選手の半数以上はなんらかの形で八百長に関っている。ミーティングが終わったあと、八百長をしたことがある連中がおれたちに群がってきた。なにがあった？　これからどうなる？　おれたちを巻き込むなよ！　くり返される北京語と英語——おれたちは口を閉じていた。裏切り者、密告屋——陰で囁《ささや》かれた台湾語。俊郎は笑わなくなった。

警察での取り調べは終わりが見えず、苛立《いらだ》ちだけが募った。おれたちが連れ込まれた倉庫での現場検証も無益だった。王の姿はなかった。代わりに陳という中年が袁とコンビを組んでいた。袁が取り調べ室を出ていくと、陳が薄笑いを浮かべて耳元で囁いた。

「わたし、あなたの面倒見る」

酷《ひど》い英語だった。陳は紙になにかを書いた。〈徐先生〉。徐栄一から金をもらっているということだった。袁が戻ってくると、陳の顔から笑いが消えた。

警察署への行き帰りは、マスコミとの追いかけっこだった。周とロペスの顔に怒気がこもっていた。王東谷は平然としていた。俊郎はますます笑わなくなった。

「麗芬と話してるか？」

事件が起こって三日目の夜、おれはきいた。

「これ、ぼくの問題。彼女、巻き込みたくないよ」

俊郎は悲痛な顔をしていた。

ホテルに戻って麗芬に電話した。麗芬の声はやつれていた。リエを呼ぶ気が失《う》せた。夜中にリエから電話がかかってきた——他の女と一緒なんでしょう。くだらない邪推。電話を切って眠った。

四日目の朝、王を見た。ロビィの椅子《いす》に腰掛けていた。粘つくような視線をおれに向けてきた。メッセージは明白だった。

顧の事務所で打ち合わせをした。球団事務所には相変わらずハイエナが群がっている。近寄りたくはなかった。

周の顔色はいくぶんよくなっていた。ロペスの顔からは腫《は》れが引きはじめていた。褐色の肌からは表情が読めず、目は虚《うつ》ろだった。俊郎は別人のように思い詰めた顔をしていた。

「加倉さん、一つだけ、聞いてもいいですか?」

顧の事務所をでるとき、俊郎がいった。

「なんだ?」

「警察はぼくにいいます。加倉さんは八百長している」

八百長という言葉を口にしたとき、俊郎の顔が歪《ゆが》んだ。

「それで?」

「いってください。八百長してない、そういってください」

俊郎の目を見た。睡眠不足で落ち窪《くぼ》んだ目の奥に、火に焙《あぶ》られている俊郎の魂が見えたような気がした。

「おまえは答えを知ってるだろう」

　はぐらかした。俊郎は子供のように首を振った。

「加倉さん、お願いです」

「トシ、殴るぞ」

「殴ってもいいです。でも、いってください」

「おれは八百長なんかしたことはない。おまえはおれより警察の言葉を信じるのか？　あいつらは、平気で嘘《うそ》をつく。おれもいわれたぞ。張俊郎は八百長をしていることを認めたぞってな」

「してないよ」

「おれもしてない。今度同じことを聞いたら、縁を切るからな」

「ごめんよ、加倉さん」

　俊郎はうつむき、顔をあげた。含羞《はにか》んだ笑顔があった。

「麗芬が心配している」

「わかってるよ。彼女は素晴らしい女性ね」

　心臓に刺《とげ》がささったような気分を嚙《か》みしめながら、おれは警察署に向かう車に乗った。

　警察署ではじめられるのはルーティンと化しつつある事情聴取。拉致《らち》された状況を語り、八百長については否定する。袁が席を外す。陳が細切れの英語で情報を流してくれる――警察は美亜の他の選手からも事情を聞く用意をはじめたらしかった。

陳がいった。おれはうなずいた。警察が選手に絨毯《じゅうたん》爆撃を仕掛ければ、口を割る人間が必ず出てくる。一人が口を割ればひび割れが広がる。台湾のプロ野球には二つのリーグがあるが、台湾の美亜の所属する中華職棒リーグのほとんどのチームが八百長をする選手を抱えている。台湾のプロ野球は壊滅的な打撃を受けることになる。

「黒道は警察のすることを指をくわえて眺めてるだけか?」

陳はなにかを考えていた。やがて、「政治家」と「金」という英単語を口にした。黒道はつるんでいる政治家を通じて警察に圧力をかけている。警察幹部を金で買収している。謝に連絡をしろ——頭にメモった。八百長疑惑がプロ野球全体に広がれば、徐栄一は俊郎を殺すだろう。

「黒道は警察を止められるか?」

陳は首を振った。

「マスコミ、うるさい」

袁が戻ってきて退屈なやりとりが再開された。

夜になると、事情聴取が終わる。警察署を出ると、マスコミとの追いかけっこがはじまる。

顧の事務所に集まって翌日の打ち合わせをする——朝とは違って俊郎抜きで。

「警察はおれたち以外の選手からも事情を聞こうとしているらしいな」

「そうらしいですね」

顧は落ち着いていた。

「そうなったらだれかが口を割るぞ」

「そうでしょうが、それは美亜の選手ではありません」

「説明してくれ」

顧は紅茶をすすりながら話しはじめた。

「社長を説得して金を出させることにしたんです。沈黙を守れば、一人、五〇万元です」

おれは口笛を吹いた。五〇万元は日本円にしておよそ二〇〇万。

「全員にか？」

「八百長をしたことのない選手でも、だれが八百長をしているかは知っているでしょう」

二軍の選手を入れれば、五〇〇〇万近い金になる。

「このままじゃ、自分に火の粉がかかってくるから、あの社長もそんな大金を払う気になったのはわかる。だが、そんなことをして藪蛇《やぶへび》にならないか？」

「ミスタ張には払いません。そういうお金が出ることを彼には絶対に知らせません」顧はため息をついた。「ミスタ加倉、警察があなたたち以外に調査の手を広げることを決めたのはミスタ張のせいです。あなたたち三人が八百長を否定しても、彼が八百長はあるといい張るのです」

俊郎の思い詰めた顔の意味がわかった。質問の意味がやっとわかった。

「英雄気取りか……」

日本語で呟《つぶや》いた。

「今の日本語、なんとなく意味がわかります。わたしは昨日、彼と話をしました。彼はあなたにお詫《わ》びがしたいといっていました。あなたに迷惑をかけたことを心の底から後悔しているのです」

「意味がわからない」

「実際に八百長をしている選手に警察の注意を向ければ、あなたたちに対する取り調べも終わると思っているのです」

　ため息しかでてこなかった。

「わたしは、彼の沈黙を金で買うよう、社長に進言しましたが、社長は無駄だといいました」

　ティーカップの向こうから、顧が目で本当かと聞いてきた。

「そんなことをすれば、あいつの正義感を煽《あお》るだけだ」

「わたしも社長も、それに他のほとんどの選手たちも、あなたがミスタ張を止めてくれることを願っています」

　おれは他の三人の顔を見た。ロペスは肩をすくめた。周は最初から話を聞いていなかった。王東谷は鼻歌をうたっていた。

「俊郎が警察にべらべら喋《しゃべ》りまくっているという話、黒道は知っているのか?」

　おれは王東谷に聞いた。

「もちろんだよ」

　王東谷の目は冷めていた。死人について語っているようだった。

　顧の事務所を出るとホテルへ戻る。いつもなら途中で飯を食う。護衛のおまわりと一緒に。代金はおれ持ちで。今夜はそういうわけにはいかなかった。ただ飯を待ちわびて腹を空かせているおまわりたちにおれ抜きで飯を食えと金を渡してホテルに戻った。

彼を護ってください——麗芬の声が頭の中で谺《こだま》していた。あいつが死ねば麗芬をものにできるかもしれない——耳元でだれかが囁《ささや》いた。おまえはそんなことはしないだろう？——別のだれかが囁いた。何もわからなかった。ただ、記憶があるだけだった。

美亜のキャンプに初めて合流したとき、白い目でおれを睨《にら》む台湾人選手の中にあって、俊郎だけが好意の眼差《まなざ》しを向けてきた。それほどうまくはない日本語と絶えることのない笑み。こちらが気疲れしてしまうほどのおせっかい。時にうざったく、時に救いに感じた。

「日本人には親切にしてもらったから、ぼく、日本人に親切にするよ」

俊郎はよくそういった。日本でプロ野球選手になることを夢見て俊郎は兵役を終えた直後に台湾を後にした。北関東にある企業の抱える野球チーム。夢はすぐに破れた。バブルが崩壊し、企業がチームを解散させた。俊郎は東京に出てアルバイトを転々とした。麗芬と知り合い、夢を忘れるなと励まされて台湾に戻ってきた。テストを受けて美亜に入団した。いい球を投げるが、バッターボックスに打者が立つと弱気の虫が顔を覗《のぞ》かせる。俊郎はどうしてもインハイに速球を放ることができない。何度怒鳴っても、そこだけは矯正《きょうせい》できなかった。俊郎には敗戦処理の役割しか回ってこなかった。

それでも、俊郎は野球を愛していた。日本での二年間を忘れられないでいた。酒を飲んだときに俊郎が口にするのは決まって野球と日本の話だった。

「日本のプロ野球、凄《すご》いよね。ぼく、東京ドーム、何度も行ったよ。台湾もはやく日本みたいになるといいよ」

俊郎の幼い言葉に何度もうなずいてやった。そのたびに、おれは台湾のどこかにいるはずの弟を思い出していた。

王東谷の携帯に電話した。

「謝さんはどこにいる？」

「わたしの隣にいるよ」

「代わってくれ」

電話の向こうから、カラオケの音と嬌声《きようせい》が聞こえてきた。

「加倉さんか？　わたし、困ってるよ」

謝はいきなりそういった。

「おれも困ってる」

「新聞とテレビがうるさいね。わたしたち、商売できないよ。わたしの身内、張俊郎を殺せ、わめいてる」

「謝さん、徐先生と話がしたいんだ」

「老板《ラオバン》、嘉義にいる」

老板──社長を意味する北京語だった。最近じゃ、黒道の幹部連中が自分のことを老板と呼ばせるのが流行《はや》っている。

「みんな、怒ってるね。嘉義の老板、責任取らないよ」

「徐先生はいつ台北に来る？」

「えー、日本語、わからないよ。王さんに代わる」

台湾語のやり取りが聞こえた。

「徐は明日か明後日、台北に来るそうだよ」

王東谷の声はかすれていた。カラオケの歌いすぎだ。

「会えるようにセッティングしてくれ」

「セッティング、意味がわからないな」

「話を通してくれっていう意味だ」

「どうして日本人は鬼畜米英の言葉を使うかな。日本語がだんだん汚れていく」

「たわごとは今度聞いてやる。徐に会いたいんだ」

「あの坊やのことは諦《あきら》めた方がいいよ。自分で自分の墓穴を掘ってるんだ」

「あいつは世の中のことがなんにもわかってないだけだ」

「そのうちとばっちりを食うぞ」

「もう食ってるじゃないか」

乾いた笑い声がした。そして、台湾語のやり取り。聞こえてくるカラオケは日本の演歌だった。

「謝さんが話をしてくれるそうだ」

「徐が台北にいつ来るのか、わかったら連絡してくれ」

「加倉さん、もう少し落ち着いた方がいい。世の中はなるようにしかならん。わたしは、戦争中に帝国陸軍の若い少尉さんに教わったもんだ」

「そんなくだらないことをいってるから、くだらない戦争に駆りだされて殺される羽目になったんだろう」

「加倉さん、御国のために死んだ人の悪口いうのか。確かにあのころの日本は間違っておったかもしれんが、御国のために戦った兵隊さんは——」

「兵隊なんかクソくらえだ。日本なんかクソくらえだ」

電話を叩《たた》ききった。神経がささくれだっていた。

10

シャワーを浴びた——神経が鎮まった。テレビでNHKの衛星放送を見た。ニュース画面におれの写真が映った。深めに帽子を被った入団したてのころのおれ。若く、希望に溢《あふ》れた顔。その下に〈日本人選手、台湾プロ野球で八百長疑惑〉というスーパーが出ていた。神経が再びささくれだちはじめた。

電話に手を伸ばした。この数日、部屋にいるときはひっきりなしに電話をかけている。電話に出ている。

麗芬の実家。この前と同じように北京語を話すだれかが出て、しばらく待たされた。

「どうしました、加倉さん」

俊郎の声——どこか明るく、おれの神経を逆撫《さかな》でした。

「話がある」

俊郎は嫌だとはいわなかった。

おまわりたちはおれが渡した金で買ってきた飯を食っていた。焼餅《シャオビン》に麵《めん》。廊下に匂《にお》いが充満していた。

おれは、弁当、と日本語でいって食い物を口に運ぶ手振りを見せた。おまわりたちはうなずいただけだった。使い方さえ間違わなければ、金は確実な友情を育《はぐく》む。

ロビィを抜けてホテルを出た。タクシーを摑《つか》まえようと通りを見渡した。通りの向こうに王がいた。おれを見つけて、通りを渡ってきた。

「どこに出かける？」

挑むような目つきにはこれっぽっちの変わりもなかった。

「飯だ」

「護衛の警官たちは？」

「食事中だ」

王は舌打ちした。

「金で籠絡《ろうらく》したってわけか」

「何度か食事を奢《おご》ってやっただけだ。あいつらはあんたみたいな暴力警官ってわけじゃないみたいだからな。話が弾んだよ」

「北京語も台湾語も話せないくせに」

「あんたも台湾語はわからないんだろう」

王が目を逸《そ》らした。首筋に血管が浮かんでいた。

「毎晩、おれを見張ってるのか？」

「いったろう。必ずおまえの尻尾《しっぽ》を摑んでやる」

「なぜ、おれを目の敵にする？」

「おまえの胸に聞け」

王はもう一度おれを睨んできた。少し潤んだ目の奥で燃えているものがあった。おれにはその正体が摑めなかった。

「どこかで会ったことがあるのか？」

警察署で聞いたのと同じ質問をぶつけた。

「おれはおまえを何度も見たことがある。林森北路で。萬華で。おまえは黒道の連中とつるんでいた」

「盛り場に行けばどこにだって黒道はいる」

「酒を飲みながら八百長の話をしたのか？」

「弁護士に聞いてくれ」

王を押しのけ、空車のタクシーに手をあげた。

「どこへ行く？」

「あんたには関係ない」

ドアを開けて身体をタクシーの中に滑り込ませた。王が反対側から乗り込んできた。

「いいかげんにしろよ。おれはあんたを訴えることもできるんだぞ」

「おまえたちを黒道の手から守るのは警官の義務だ」

王の挑むような視線はなにごとにも怯《ひる》みそうになかった。

「それで、どこに行くんだ？」

「ライライ・シェラトン」

「来来大飯店《ライライダーファンティエン》」

王は北京語で運転手に告げた。

「日本では凄《すご》い選手だったそうじゃないか。なぜ、八百長なんかに手を出した？」

王がいった。おれは無視した。

「おまえたちに金を出しているのは高雄の徐栄一《シウロンイー》だろう？」

おれは無視した。

「どうやって黒道と知り合った？」

「なんだって台湾に来た？」

「八百長なんかで汚れた金を手にして、恥ずかしいと思わないのか」

王は喋《しゃべ》りつづけ、おれは無視しつづけた。頭の中を蝿《はえ》が飛びまわっているような気分だった。

「一つだけ聞かせろ」

シェラトンが近づいてきたとき、王がいった。それまでとは口調が違った。

「なんだ？」

「どうして台湾に来たんだ」

王の顔を見た。王が目を逸らした。

「そんなことを聞いてどうする？」

「この質問には、八百長のことは関係ない。答えてくれてもいいだろう」

王の横顔に変化はなかった。

「野球で金をくれるところが台湾しかなかったからだ」

おれは答えた。王は窓の外に視線を移した。表情はうかがえなかった。


フロントで部屋をとった。社長から口止め料が入る。それほど痛い出費じゃなかった。キィを受け取った足でラウンジに向かった。俊郎がいた。護衛の警官もいた。

「張俊郎の口を封じようってことか？」

肩越しに王の皮肉が聞こえた。おれは無視した。俊郎はおまわりたちと話しこんでいた。おれは金でおまわりを手なずけた。俊郎はなにもしなくても向こうから懐いてくる。

「俊郎」

声をかけた。俊郎が腰を浮かした。

「加倉さん」

手招きした。俊郎の後におまわりたちがついてくる。

「上に部屋をとってある。そこで話そう」

エレヴェータが上昇をはじめた。

「加倉さん、話、なんですか？」

俊郎が口を開いた。

「なにも喋るな」

おれはいった。王とおまわりたちが北京語でなにかを喋っていた。

エレヴェータがとまった。

「おれたちも部屋に入れろ」

王がいった。

「だめに決まってるだろう」振り返りもせずに答えた。「なんのために高い金を出して部屋を取ったと思ってるんだ？」

「このことは明日、上司に報告する。印象が悪くなるぞ」

廊下に王の声が響いた。

「もう充分悪いじゃないか」

部屋のドアを開け、俊郎を先に入れた。

「一時間ぐらいで話は終わる。それまでは好きにしていろ。ドアに耳をあててもいいが、おれたちの声は聞こえないぞ」

王が拳《こぶし》を握り締めた。おれはドアを閉めた。

「なにを考えてるんだ、俊郎？」

ラジオをつけた。音楽の番組に合わせ、ボリュームをあげた。

「意味、わからないよ」

俊郎は部屋に備えつけのポットを使ってお茶を淹《い》れていた。

「前におれがいったことを忘れたのか？　おまえがしたことで、多くの人間に迷惑がかかってる」

「ぼく、なにをした？」

「警察に、放水のことを喋ってるだろう」

俊郎は茶を持ってきた。茶を受け取ってすすった。熱いだけでなんの味もしなかった。

「加倉さんのためよ。ぼくのせいで、加倉さん、疑われてる。でも、放水してる人、別にいる。だから、警察に話した。なにも、悪いことしてないよ」

「おまえのせいで、おれが文句をいわれる」

「文句？　だれが文句いう？」

「放水をしてる連中だ。放水をしてない連中だ」

「加倉さんのいうこと、よくわからないよ」

「みんな、おまえがおれのいうことを聞くと思ってる。だから、おまえが警察にべらべら喋るのは、おれがおまえにそうしろと命じてるからだと思い込んでるんだ」

「加倉さんは関係ないよ。みんなにぼくがそういうよ」

俊郎の声は頑《かたく》なだった。

「トシ――」

「ぼく、考えたよ」おれの声を遮って俊郎はいった。「どうしたらいいか。どうしたら悪いか。加倉さん、どんな理由あっても、八百長、よくないよ。わかるでしょう」

「鄭《てい》を覚えてるか？」

「鄭さん、よく覚えてるよ」

去年まで、鄭は美亜の大黒柱だった。サードで四番。打率は常に三割を超え、守備も安定していた。去年の冬、鄭は美亜を去り、新しくできた台湾棒球大連盟のチームに加入していた。

「鄭は八百長をしていた」

俊郎がうなずいた。美亜の選手ならだれでも知っている事実だ。鄭は八百長で得た金を選手たちにばら撒《ま》いた。飯を奢《おご》り、酒を奢った。

「鄭に聞いたことがある。あんたみたいな人が、なんだって八百長に手を出したのかってな。おまえも不思議に思わなかったか？　鄭はいいやつだった。正義感があって、他人にはとても親切だった」

「そうだよ。ぼく、鄭さんが八百長してると知って、とても傷ついたね。ぼく、鄭さんを尊敬してたよ」

「鄭は台中の出身だ。ある年のシーズンオフに台中に帰ったら、県議会のお偉いさんに食事に誘われたんだそうだ。鄭は喜んで誘いに応じた。当たり前だ。田舎の農村出身の男が野球で名を成して、地元の名士から声をかけられたんだからな。そのお偉いさんは、度々鄭を食事に誘い出した。そのうち、鄭だけじゃなく、鄭のカミさんや家族も誘われるようになった。野球のシーズンがはじまっても、家族たちは食事を御馳走《ごちそう》になり、誕生日になれば豪勢なプレゼントをもらったそうだ」

俊郎はじっとおれを見つめていた。

「そうした付き合いがあって、鄭はチームが台中にロードに出た時、そのお偉いさんに呼び出された。いつものように食事をするんだろうと思って鄭はでかけた。だが、鄭を待ってたのは美味《うま》い料理なんかじゃなく、銃を持った黒道たちだった。県議会のお偉いさんは、台中の黒道の親分でもあったんだ。だけど、そんなこと、だれにわかる？」

俊郎は答えなかった。ただ、おれを見ていた。

「お偉いさんは鄭に、今度の試合で八百長をしてくれと持ちかけた。鄭は断った。すると、お偉いさんは、鄭と鄭の家族に自分がどれだけいい思いをさせてやったかをまくしたてた。それでも、鄭は断った。すると、お偉いさんは鄭の家族の話をはじめた。奇麗なカミさんと二人の子供の話だ。鄭は我を忘れて暴れて、黒道たちに殴り倒された」

「酷《ひど》すぎるよ」

「まだ終わりじゃない。殴り倒されても、鄭は八百長なんてできないといい張ったんだ。凄《すご》いやつだよ。それなのに、なんで鄭は八百長をしたと思う？」

「わからないよ」

俊郎の目に困惑の色が浮かんだ。

「お偉いさんが手を叩《たた》いたそうだ。すると、奥の部屋から鄭のカミさんが出てきた。鄭がみたこともないようなネックレスと指輪を身につけていたそうだ。カミさんはな、床にぶっ倒れている鄭にいったそうだ。このネックレスも指輪もみんなお偉いさんに買ってもらった。あなたは野球の英雄だけど、こんなものを買ってくれたことがあるか、ってな」

俊郎がなにかをいった。北京語だった。おそらく、天を呪《のろ》ったのだろう。

「金がいるとカミさんはいった。野球選手の給料じゃなにもできない。だから、家族のために八百長をしてくれってな。鄭はおれにいったよ。それを聞いた瞬間、すべてが馬鹿らしくなったってな。どう思う？」

「加倉さんのいいたいこと、わかるけど――」

「鄭は野球をやめようと思ったそうだ。だが、やめなかった。どうしてだ、トシ？」

「加倉さん――」

「野球をやめたら、金が稼げないからだ。少ない給料でも、一から商売をはじめるよりは金になるからだ。間違ってるか、トシ？」

「かく――」

「それよりも、野球が好きだったからだ。鄭は野球が好きだった。だから、やめることができなかったんだ。八百長をしている連中の中には、ただ金のためにやっているやつらもいる。だが、鄭のようにしかたなくやっているやつらもいる。おまえが今やろうとしてることは、鄭のように野球を愛しているのに八百長をしなきゃならない連中に唾《つば》を吐きかけてるようなもんだ」

おれは一息ついた。俊郎の目の色が頑なそれから、縋《すが》るような色に変わっていた。

「加倉さん……だったら、ぼくはどうしたらいいよ？」

「なにもするな」

俊郎は首を振った。まるで駄々をこねている子供のようだった。

「おまえが憧《あこが》れてる日本の野球にも八百長はあった。日本人は時間をかけて八百長をなくしていったんだ。台湾のプロ野球はまだ生まれたばかりだ。待ってやれ、トシ。台湾のプロ野球もやがて日本のようになる。だが、いま騒ぎ立てれば、プロ野球そのものがなくなるかもしれないんだぞ」

胸がむかついていた。浴びるほど酒を飲んですべてを放り出してしまいたかった。

「それにな、トシ、おれは噂《うわさ》を聞いた」

「噂？」

「黒道がおまえの命を狙《ねら》ってる」

俊郎の表情が緩んだ。

「そのことだったら、心配いらないよ。おまわりさんが護《まも》ってくれるよ」

「おまえは大丈夫でも、麗芬はどうだ？」

「麗芬？　麗芬は関係ないでしょう」

「鄭の話を聞いてなかったのか？　黒道はなんでもする。おまえを殺すのが無理なら、麗芬を狙うぞ。おまえを黙らせるためにな。それでもいいのか？」

「嘘《うそ》だよ。そんなことないよ」

「ある。おれが黒道なら麗芬を狙う。確かにおまわりたちはいつでもおまえにくっついてる。だが、麗芬はどうだ？　麗芬にもおまわりの護衛がついてるか？」

俊郎は唇を噛《か》んだ。頰《ほお》が赤く染まりつつあった。

「加倉さん……」

「もう、なにもするな。トシ、おまえの気持ちはよくわかる。おれも八百長は許せない。だが、こういうことはな、おれたちの手におえるものじゃないんだ」

びはなかった。

「悔しいよ、ぼく」

俊郎は頭を抱えた。俊郎とのサシの勝負はおれの勝ちだった。いつもそうなのだ。だが、喜

ドアを開けた。王と警官たちが廊下に突っ立っていた。

「説得は成功したようだな」

俊郎を見て、王が吐きだすようにいった。

「残念だったな」

笑おうとしたができなかった。顔の筋肉が強張っていた。胸の辺りでなにかがつかえていた。どこかで、王が殴りかかってくることを期待していた。それなのに、王を罵倒《ばとう》する言葉が思いつかなかった。

王が北京語で俊郎に話しかけた。俊郎は首を振るだけだった。

「きちんと彼を護衛しろよ、刑事さん。黒道がこいつを狙ってるのはあんたらもわかってるんだろう？　護衛が二人じゃ足りないぜ」

「警察も人手不足なんだ。これが精一杯だ」

王の顔は苦々しげだった——裏が読めた。まっとうな刑事たちは俊郎の護衛を増やすことを求めている。だが、黒道から金をもらっている連中がそれにストップをかけているのだ。

「おれたちのことより、仲間を調べた方が早いんじゃないのか？」

「どういう意味だ？」

「いったとおりの意味さ」

王は両手を握り締めた。瞬《まばた》きもしない目でおれを睨《にら》んだ。顎《あご》の下の傷が細かく震えていた。おれは身構えた。だが、なにも起こらなかった。やがて、王の肩から力が抜けた。

「行くぞ、トシ」

俊郎はうなだれたままだった。俊郎の肩を抱いて、おれは歩きはじめた。

11

コダックホテルの手前でタクシーを降りた。前後左右を確かめた——王の姿はなかった。俊郎を追いかけたのだろう。おれがなにを話したのか、俊郎から聞きだそうという肚《はら》に違いなかった。

ホテルに入ろうとして気が変わった。胸になにかがつかえたままだった。破滅的な衝動がしこりになって鳩尾《みぞおち》のあたりに居座っていた。

携帯で王東谷に電話をかけた。

「おれだ、爺《じい》さん」

「どうした？」

王東谷の声以外なにも聞こえなかった。謝と別れた後なのかもしれない。

「酒が飲みたい。付き合ってくれよ」

「〈Jジョイント〉かい？」

「いや、しばらくあの店には近づかない。新聞やテレビに嗅《か》ぎつかれたら面倒だ」

「それもそうだな。じゃあ、どこで飲む」

「静かで日本人がこないところを知ってるか？」

「わたしと何年付き合ってる？」

「店の名前と場所を教えてくれ」


台北には珍しい洒落《しゃれ》たバーだった。琥珀色《こはくいろ》の照明、ピカピカに磨かれたカウンター。白いブラウスに蝶《ちょう》ネクタイを締めた女のバーテンダーが鮮やかな手つきでシェーカーを振っている。決して耳障りにならないボリュームでジャズが流れていた。客の大半が西洋人だった。

カウンターに座り、ダイキリを注文した。カクテルの味はわからない。頼むのはいつもダイキリかマティーニだ。

王東谷は店につくのに少し時間がかかるといった。バーテンダーの手つきを眺めて時間を潰《つぶ》した。煙草を吸いたかった。これだけでためをやっているのに、スポーツ選手であることにこだわっている自分を嗤《わら》った。

徐栄一との会話を思いだした。

どうして俊郎を護《まも》ろうとするのか――麗芬のためだとおれは答えた。本当のところはわからなかった。

二杯目のダイキリを飲み干した。王東谷がやってきた。足取りはしっかりしていたが、鼻が赤かった。

「どれぐらい待った？」

王東谷はおれの横のストゥールに腰をおろした。

「三〇分ぐらいだ。それにしても爺さん、似合わない店を知ってるじゃないか」

「なに、一回来たことがあるだけさ」

王東谷はバーテンダーに台湾語でなにかを告げた。バーテンダーが肩をすくめて、北京語で返答した。王東谷の顔が歪《ゆが》んだ。

「本省人の子供でも、最近は台湾語を話さん連中がいる。困ったもんだよ」

東谷は今度は北京語でオーダーした。碑酒《ビージォウ》――ビール。おれが初めて覚えた北京語も碑酒だった。

「戒厳令が敷かれてたころは、本省人も北京語を話してたんだろう？」

「外ではな。家の中じゃみんな台湾語を使っておったよ。あんたはなにを飲んでる？」

「バーボンをロックでもらってくれ。銘柄はなんでもいい」

再び北京語のやり取りがあって、すぐにビールとバーボンのグラスがおれたちの前に置かれた。

「乾杯」

王東谷が掲げたグラスにグラスをあわせた。

「心配したよ」

「なにを？」

「あんたさ。さっきの電話の声、死人みたいだったな。なにがあったのかね？」

「俊郎に演説をぶってやったのさ。もっともらしい言葉を重ねてね。喋《しゃべ》りながら自分でアホらしくなってきた」

バーボンをすすった。苦みが口の中に広がった。

「あんたも難しい人間だからな」

「そんなことをいわれたのは初めてだ。昔から、おまえは単純だっていわれてたぜ」

「単純な人間なんてどこにもおりゃせんよ。あの坊やだってそうだ」

王東谷は煙草をくわえた。

「おれにも一本くれ」

「いいのかい？」

「選手生命もこれで終わりかもしれないんだぜ。うまく乗りきったところで、あと二、三年も投げられれば御の字だ。いまさら身体をいたわってどうする」

王東谷から受け取った煙草をくわえた。カウンターに置いてあったマッチで火をつけた。噎《む》せた。すぐに眩暈《めまい》がやってきた。

「無理することないよ」

「なあ、少し考えたんだ」

王東谷が顔をおれに向けた。懺悔《ざんげ》を聞く神父のような表情だった。煙草の煙がおれと王東谷の間でくすぶっていた。

「昔は真剣に野球を愛していた。プロになるために、どんなきつい練習からも逃げ出さなかった。大リーグで投げてみたくて、アメリカ人を雇って英語の勉強もした。それがどこかで狂った。狂ったことだけはわかってる。だけど、いつ狂ったのか、どうして狂ったのかだけがわからない」

「みんなそうなんだ。年をとると、みんなそうなる」

「爺さんもかい？」

王東谷はビールを呷《あお》った。空になったグラスをバーテンダーに突きだした。

「みんなそうだっていっただろう。わたしは、終戦の年まで、日本人だった。皇民よ。日本の教育を受けて、将来は兵隊さんになって御国のために戦うのが夢だった。それが、日本が戦争に負けて、わたしは台湾人にさせられた。がっくりきたよ。わたしは皇民なのに、どうして見捨てるのかと天皇を怨《うら》んだこともあったよ」

新しいビールがきた。王東谷は半分を喉《のど》に流し込んだ。

「日本の軍隊がいなくなって、今度は大陸から外省人どもがやってきたよ。日本語は喋るな。台湾語も喋るな。あいつら、勝手なことといいおって、わたしらはとても苦しんだ。そのころから、わたしも皇民としての誇りをどこかになくしたな。外省人と喧嘩《けんか》をくり返して、気がつくと黒道になっておった。恥ずかしいよ。天皇の民として生まれたのに、気がつくとやくざだ。子分ができて、勝手なことができなくなって、台湾語も喋らにゃならんし、そのうち、北京語も話せるようになった。それでもな、自分は皇民なんだという気持ちは忘れなかったな。今でも、わたしは頭の中で日本語で考えてるんだから。そんなの、日本人しかいないだろう？　台湾人は台湾語で考えるんだ」

「そうだな」

「あれは昭和の四七年だったかな、田中角栄が大陸と国交を結んで台湾を切り捨てただろうが。

あのとき、わたしは本当に悲しみで胸が張り裂けそうになったな。台湾には皇民がたくさんいるのに、日本はその台湾を見捨てたんだ。戦争が終わったときよりも悲しくて、悔しかった。わかるか、加倉さん」

「わからないよ、爺《じい》さん」

「そうだろう。この気持ちは台湾生まれの皇民にしかわからん。わたしはな、悲しくて悲しくて、その悲しみを紛らわすために人を殺した。たくさん殺した。それで、警察に捕まって刑務所行きさ。本当だったら死刑だ。だが、政府の役人に賄賂《わいろ》を渡しておったんで、死刑にはならんですんだ。わたしを見るといい。かつては誇り高い皇民だった。今では、天皇の名を汚した皇民だ。やくざなんぞになって、人を殺して……わたしは日本に行くことが夢だった。だが、途中で諦《あきら》めたよ。どの面さげて日本に行けるね？　どんな顔して皇居を拝む？」

「日本には爺さん以上に犯罪を犯した連中がたくさんいるぜ」

「わたしは台湾で生まれた皇民だ。日本で生まれた連中とは話が違う。自分を台湾人だと思ってる連中とも違う」

王東谷はビールに口をつけた。今度はすするだけだった。

「みんなそうなのよ、加倉さん。年をとると変わるんだ。世の中が人間を変えるようにできておるんだ。日本も台湾もそう。昔はどこにでも人情があったわな。だけど、今は金がすべてよ」

「それじゃ、慰めにならないな」

「慰めなんか、どこにもないよ。だけどな、加倉さん、わたしらは幸せ者なのよ」

「どこが幸せ者なんだ？」

「わたしらは自分が変わってしまったことを知っておるでしょう。世界中のほとんどの人間は、自分が変わったことにも気づかないでただ生きてるだけよ」

王東谷は口を閉じた。目を閉じた。頭の中の音楽に耳を傾けているようだった。流れているのは日本の民謡か軍歌か——おれにはわからない。王東谷以外のだれにもわからない。

「爺さん、昔は山村って名前だったっていったな。下の名前はなんだったんだ？」

「テルオだよ。輝く夫と書く輝夫。山村輝夫。一二歳まではそれがわたしの名前」

王東谷は目を開けた。遠くを見るように目を細めていた。

「それがどうして王東谷になったんだ？」

「父親が元々王という姓だったのよ。わたしんところはアミ族だから、別の名前もあるらしいけど、忘れたな。わたし、正式な台湾の名前は今でも王輝夫よ。ただ、やくざやって、この名前使えなくなったんだな。だから、王東谷と名乗ってるのよ」

「どうして東谷なんだ？」

「わたしの父親は若いころは山の中で暮らしてたのよ。村落の東に谷があって、そこでよく遊んでいたと聞かされたことがあってね。それで、東谷という名前、思いついたのさ。なかなか奇麗な名前だろうが？」

「爺さんには似合わないぐらいにな」

おれたちは互いに微笑《ほほえ》んだ。酒を飲んだ。胸のつかえが気にならなくなっていた——なくなったわけじゃない。

「元気が出てきたみたいだな、加倉さん」

「酔いが回ってきたんだ」

「じゃあ、これからは元気がなくなる話をするよ。いいかな?」

おれは一口しか吸わなかった煙草を灰皿に押しつけた。

「黒道がらみの話か?」

王東谷は首を振った。

「警察だよ。さっき、謝さんから聞いたんだが、警察は明日、うちの社長と監督を呼ぶらしいわ」

煙草を吸ったときの眩暈がぶり返した。

「なんのために?」

「八百長の話を聞くためよ、もちろん。どの選手が八百長をやってるかとか、そういう話を聞くらしい」

「弁護士はなにをやってるんだ?」

「逮捕とかじゃないからな。なんていうんだっけ……」

「任意の事情聴取」

「それよ、それ。社長は行くのを嫌がったけど、弁護士が行かないとますます疑われるから応じろと説得したという話だよ」

「社長と監督だけか?」

「明日はな。その後は、きっと選手も呼ぶだろう」

「まずいな」

「とてもまずい。謝さんは困っておったよ。ぜんぶ、あの坊やのせいだってな」

「悪いのは頭に血がのぼった台中の親分だろう」

「どうしてあの坊やを庇《かば》う？　あんた、あの坊やの奥さんに惚《ほ》れておるだろう。坊やが死ねば、あんたには都合がいいのと違うか」

「だれがだれに惚れてるって？」

口がうまく動かなかった――必要以上に間延びした声になっていた。

「怒らなくてもいい」王東谷はおれの肩に手を置いた。「わたしぐらい生きておれば、大抵のことはわかるものよ。それにあんた、徐栄一にいったろう。坊やの奥さんの悲しむ顔が見たくないと」

「だれかに話したか？」

「だれに話すよ？　安心するといい。知っておるのはわたしだけよ」

グラスに手を伸ばした――空だった。乱暴に押しやった。女のバーテンダーが飛んできた。

「そんな恐い顔、あんたには似合わんよ。だいたい、男が人の女に惚れるの、よくあることじゃないか」

「麗芬は俊郎の女房だ。他人の女というわけじゃない」

「他人だよ。自分以外はみんな他人だ。あんた、そうやって生きておるじゃないか。あんたはあの坊やを可愛《かわい》がっておるさ。だけど、それは犬や猫を可愛がるのと同じだろうが。自分に懐いておるから可愛がる」

確かにそのとおりだ。だが、それだけでもない。王東谷にどうやって説明すればいいかわからなかった。

バーテンダーが新しい酒を置いていった。手を伸ばし、飲んだ。

「その話はもういい。おれにはおれの考えがあるんだ。いいな、爺さん？」

「もちろん、悪いわけはないさ」

王東谷はビールをお代わりした。いつもよりピッチが速かった。

「黒道のやつらは俊郎を殺すつもりなのか？」

新しい煙草をくわえた王東谷の横顔に質問を投げつけた。

「どうだろうな。いまさら殺しても遅いとわたしは思うよ。そうだろう？　殺すんならもっと前に殺すべきだ。いま殺しても、警察は止まらんからな」

「だが、見せしめが必要だ」

どこでも同じだ。組織に牙《きば》を剝《む》いた人間をそのままにしておけば、面子《メンツ》が潰《つぶ》れる。やくざを恐れる人間がいなくなる。

「わからんな。徐栄一の肚《はら》ひとつだよ」

「あいつはいつ台北に来る？」

「明日か明後日。明日のお昼にはわかると謝さんはいっておった」

バーを出た時には一時を回っていた。呂律《ろれつ》の怪しくなってきた王東谷をタクシーに押しこみ、林森北路を歩いた。ホテルのロビィにおまわりたちが集まっていた。北京語でどやされた。連中を部屋に招き、ビールをふるまった。日本語と北京語で女の話をした。なんとなくコミュニケーションが成立していた。八百長の話は出なかった。三時前におまわりたちを追い出し、眠った。夢は見なかった。

12

目覚めたのは八時すぎだった。喉《のど》が渇《かわ》き、頭痛がした。九時には球団事務所に行く約束だった。慌ただしくシャワーを浴び、頭を乾かしながら俊郎に電話した。

俊郎は家を出た後だった。麗芬は怯《おび》えていた。俊郎は昨日、おれと別れて麗芬の実家に戻ってから、浴びるほど酒を飲んだらしい。普段は一滴も飲まないのに——麗芬の不安に震える声を心地好く聞いた。自己嫌悪に歯嚙《はが》みした。麗芬を慰めた。電話を切って部屋を出た。

護衛のおまわりに前後を挟まれてエレヴェータを降りた。ロビィに王がいた。

「昨日の夜、まっすぐ帰ってこなかったらしいな。どこに行った？　だれと会っていた？」

おれと王の視線が交錯した。憎しみがスパークした。王に殴られた顎《あご》はまだ痛む。

「あの坊やからなにも聞き出せなかったのか？」

球団が用意した車に乗った。王も乗り込んできた。

「あんたを招待した覚えはない」

王は唇を歪《ゆが》めただけだった。おれは目を閉じた。昨日の王東谷との会話を思い起こした。三年以上付き合っていながら、あれほど濃い会話をしたのは初めてだった。

「おまえに八百長の指示を出していたのは高雄の組織の謝だろう」

車が動きだしてしばらくすると、王の声が聞こえてきた。目を閉じたまま無視した。

「おまえはもう終わりだ。必ず逮捕してやる」

王の声がやむのと同時に車も止まった。

ハイエナどもをかき分けてビルの中に入った。


事務所の応接室にいるのは、顧と俊郎だけだった。俊郎の顔は蒼醒《あおざ》めていた。

「社長と監督は？」

顧に聞いた。

「警察です」

「明日からは他の選手も呼ばれるのか？」

「そうなるでしょう」

顧は腕時計で時間を確かめた。間違いなかった。金のパテック・フィリップ。だれかに魂を売った金で手に入れたに違いなかった。

「悪い話ばかりだな」おれは俊郎の横に腰をおろした。「大丈夫か、トシ？」

俊郎は首を振った。

「悪い話ばかりではありませんよ、ミスタ加倉。ミスタ張は今日から馬鹿げた主張をするのをやめてくれるそうです」

顧は満足そうに微笑《ほほえ》んでいた。

「トシ、辛《つら》いか？」

「二日酔い……生まれてはじめてなったよ、加倉さん」

「いくらでも飲め。おまえが辛いのはよくわかる。だけどな、トシ、おまえはみんなのために正しい決断をしたんだ」

頭痛が酷《ひど》くなった。

「麗芬に、一人で外出するな、いったよ」

「さっき、電話をかけた。怯えていたぞ。おまえが彼女を護《まも》ってやるんだ。いいな？」

「わかってるよ」

ドアが開いた。王東谷を先頭に、周とロペスが姿を現した。日本語と台湾語と英語の挨拶《あいさつ》が飛び交った。

「それでは、早速ミーティングをはじめましょう」

顧がいった。ロペスが眉《まゆ》をしかめた。

ミーティング――まったくの無意味だ。顧の口から出る言葉はいつも同じだった。

――あなたたちは被害者です。それ以外のことは認めないでください。それ以外のことはなにも喋《しゃべ》らないでください。自分の手におえないと思ったら、すぐにわたしを呼んでください。

顧が喋りつづけているあいだ、おれは顧の左手を見ていた。スーツの袖《そで》から覗《のぞ》くパテック・フィリップ。徐栄一のプレゼントを心待ちにしている自分に気づいた――ぞっとした。

警察署に向かう車に乗り込もうとして、顧に呼び止められた。

「ミスタ加倉、球団事務所宛《あて》に、日本のメディアから問い合わせが来ていましたよ」

「問い合わせって、なんの？」

「あなたの連絡先を知りたい、と。どうしますか？」

NHKの衛星放送で見たニュースを思いだした。日本選手の八百長疑惑——向こうじゃ、とんでもないニュースヴァリューがあるだろう。だが、お茶の間の生贄になるつもりはさらさらなかった。

「ファックユーと伝えてくれ」

おれは車に乗りこんだ。

二度目の現場検証。おれたちが黒道に監禁されたのは、淡水河《ダンシュイホー》を渡って中正国際空港の側にある倉庫だった。倉庫の持ち主は台北市内の食品輸入会社。会社側は黒道との繋《つな》がりを完全に否定していた。

昼の間中、倉庫にしみついた生臭い匂《にお》いに付き合わされた。何度も同じことを喋らされた。終わったときにはくたくただった。

「こんなことをして、なにか意味があるのか？」

刑事の袁に聞いた。

「われわれは意味のないことなんかしないですよ」

顔に嘘《うそ》だと書いてあった。

帰りの車の中ではだれもが口を閉じていた——ロペスを除いては。

「いつまでこんなくだらないことが続くんだ、ええ？」

「永遠に、だ」

「ふざけんなよ、おい。おれはな、野球で金を稼ぐためにこんな国にまで来たんだぜ。それが、月給は半分にされるし、なにを考えてんだかわからねえおまわりどもに四六時中尻《しり》を見張られてる。気が狂いそうだ」

ロペスは切れかけていた。ラテンの血が入った連中は概して忍耐というものを知らない。おれと周と王東谷、それにロペス。四人の中で、だれかが警察のやり口に根負けしてしまうとしたら、それはロペスだ。

王東谷の視線を感じて顔をあげた。おれの考えを見透かしたかのように王東谷はうなずいた。

「我慢しろよ、ロペス。聞いた話じゃドミニカの警察はもっと酷《ひど》いらしいじゃないか。警察署の中庭に檻《おり》があるんだってな。雨が降ったら濡《ぬ》れっぱなしだろう。それに比べりゃ、台湾の警察はまだマシじゃないか」

「そりゃ、そうだけどよ。いつもおまわりに見張られてたんじゃ、可愛《かわい》いチャイニーズ・ガールとファックもできねえじゃねえか」

「おれはしてるぜ」

「本当かよ？」

「毎晩、おまわりたちに聞かせてやってるのさ。おまえもやってみろよ。案外、病みつきになるぞ」

周が怒鳴った。

「なんだって？」

った。
王東谷が日本語で答えた。それをおれが英語に直してロペスに伝えた。すべてがうんざりだ
「うるさいとよ」
ロペスが王東谷に聞いた。

車が警察署についた。車を降りる間際、王東谷がおれの耳元で囁《ささや》いた。

「坊やのカタがついたと思ったら、今度はあの黒んぼがおかしいね」

「ロペスは黒人じゃない。何度いったらわかるんだ、爺《じい》さん」

警察署の入口に王がいた。王は近づいてはこなかった。暗く澱《よど》んだ目でおれとだれかを交互に睨《にら》んでいた。だれか――王東谷だった。

「爺さん、あの刑事を知ってるのか?」

「だれのことをいっとるんだ?」

「あいつだ」おれは王を指差した。「おれを殴った刑事だ。あそこで、おれとあんたを睨んでる。あいつも王という名前だが、あんたと関係あるのか?」

王東谷は目を細めた。

「ああ、あれは小王《シャオワン》のところの倅《せがれ》じゃないか」

「小王?」

「昔、近所に住んでいた王という家の子供だよ。台湾には王という姓は多いからな。わたしらは、あの子の父親のことを小王と呼んでいたもんだよ。そうか、警官になっておったか」

昔を懐かしむような口調だった。

「あいつはあんたが黒道だったことを知ってるのか」

「もちろんさ。近所でわたしのことを知らん者はおらんかったよ……ちょっと挨拶してくる。先に中に入っておってくれ」

王東谷は背を丸めて歩きだした。王は腕を組んで王東谷を待っていた。王東谷が手をあげた——ただの挨拶にしか見えなかった。王が王東谷の足元に唾《つば》を吐いた。王東谷は凍りついたように動きを止めた。その横を、険しい顔つきで王が通りすぎた。

かつての黒道の顔役と近所の小倅——それだけじゃないなにかがありそうだった。


現場検証が行われた分だけ時間が押した。いつもの事情聴取が終わって、球団事務所に向かったのは夜の七時を回っていた。日が落ちかけた事務所ビルのエントランスの周囲には相変わらずハイエナが群がっていた。

「すいません、加倉さん！　日本のテレビ局のものですが、お話をうかがえないでしょうか⁉」

ハイエナの一匹が叫んだ。左腕にプレスの腕章、右手にマイク——まだ若い女だった。背後にカメラクルーを従えていた。無視しようとして、足を止めた。日本にどう話が伝わっているのか知りたかった。失敗だった。あっという間にハイエナどもに取り囲まれた。

カメラのフラッシュと叫び声。警官たちの怒号。これだけもみくちゃにされたのは、ノーヒットノーランを達成した夜だけだった。

「あんた、名前は？」

警官に抱えられながら叫んだ。

「小野寺です。小野寺ユキ」

「ホテルは？」

「サントスホテルです」

「後で電話する」

「今、一言もらえませんか⁉」

無理な相談だった。おれはおまわりに引きずられてハイエナどもの群れを抜け出した。


周とロペスは先に着いていた。王東谷はいない——いつものことだった。王東谷はいつも最後にやってくる。警察署からここに来る前に、黒道と連絡を取るからだ。

社長が憮然《ぶぜん》とした顔で応接セットの一番いい椅子《いす》に腰をおろしていた。その脇《わき》に困惑顔の林。少し離れたところに顧が座り、社長の向かいに周とロペスが座っている。いつものフォーメーションだ。

目線だけで挨拶《あいさつ》をすませ、おれはロペスの隣に座った。すぐに社長秘書がやってきて、茶を置いていった。秘書と入れ代わるように王東谷が姿を現した。

「徐栄一は明日台北に来るよ」

耳元を王東谷の小声がくすぐった。

王東谷は社長と顧の間に腰をおろした。社長が口を開いた。

「こんな不愉快な目にあったのは初めてだそうだ。会社の売り上げも落ちていて、社長は踏んだり蹴《け》ったりだ」

周りに日本語を理解する人間がいないときの王東谷の通訳はいつもくだけていた。

「なんだって？」

ロペスが聞いてきた。

「会社の玩具の売り上げが落ちてるそうだ」

「おれたちの八百長でたんまり儲《もう》けてるくせになにいいやがる」

「黙ってろよ、ロペス」

社長の言葉は続いていた。

「警察は明日から美亜の選手全員から話を聞くことにするそうだ。シーズンの真っ最中なのに困ったもんだよ」

社長が声を張り上げた。

「こうなったのもみんな、あの坊やのせいだと社長はいってる。あの坊やは馘《くび》だって」

「待ってくれ」

「待ってください」

おれと顧の声が重なった。社長が口を閉じた。不満を隠そうともせず、おれと顧を睨《ね》めつけた。

「失礼」顧がいった。「ミスタ加倉、お先にどうぞ」

「いや、多分、あんたと同じことをいおうとしてたんだ。あんたから社長に説明してやってくれ」

「それでは、失礼して——」

　顧は北京語で話しはじめた。王東谷が腰を浮かした。おれは手で制した。言葉は理解できなくても、だいたいの意味はわかる。俊郎を馘にするのは愚の骨頂だと説明しているに違いない。

　俊郎は自分の意志を翻《ひるがえ》した。それを馘にしたら、また、八百長追及を警察に訴えかねない。俊郎はそっとしておくのが一番なのだ。

「なんの話をしてるんだ？」

　ロペスが聞いてきた。

「あの坊やのことだ。社長が、あいつを馘にすると喚《わめ》いてる。そんなことをしたら、あの坊やは自棄《やけ》になるだけだし、マスコミにも誤解される。だから、弁護士が説得してるんだ」

「なんで止めるんだ？　馘にすりゃいいんだぜ、あのサノヴァビッチ——」

「おい、おれの前であの坊やを侮辱するようなことはいうな」

「なんでだよ？　こうなったのもみんなあいつのせいじゃねえか」

「あいつはおれの弟分だ」

　ロペスが笑った。人を小馬鹿にしたような笑いだった。

「なにがおかしい？」

「あんたがあいつを庇《かば》いすぎるからよ」

　ロペスの口許《くちもと》にへばりついた笑みは消えなかった。

「どういう意味だ？」

鳩尾《みぞおち》の辺りから冷気が広がっていった。頭の中で回路が切り替わるような音がした。途端に冷気が熱気に変わった。

「あんた、あの坊主とできてるんじゃねえか？　だから庇うんだろう？」

頭より先に身体が動いていた。左手がロペスのジャージの胸倉を摑《つか》んでいた。右の拳《こぶし》がロペスの頬《ほお》にのめり込んでいた。

ロペスが吹っ飛んだ。部屋にいた全員が立ち上がった。

「加倉さん！」

王東谷の叫び。聞こえた――頭に血がのぼっていた。床に突っ伏したロペスに躍りかかった。

「もう一度いってみろ、こらぁ！」

叫んだ。日本語だった。叫びながら殴った。だれかに腕を摑まれた。ロペスから引きはがされた。

「離せ」

叫んだ――聞き入れられなかった。

「落ち着いて、加倉さん。なにを怒ってるの。落ち着いて」

耳元で王東谷の声がする。

ロペスが立ち上がった。唇の端に血が滲《にじ》んでいた。血走った目がおれを睨んでいた。

「なにしやがる、おカマ野郎！」

ロペスが飛び掛かってきた。上半身が動かなかった。足を振り上げた。ロペスの動きが止まった。周がロペスを羽交い締めにしていた。

「てめえ、ぶっ殺してやる!」

ロペスが喚いた。おれはもがいた。

「殺せるもんなら殺してみろ、ああ!?」

「いいかげんにせんかっ!!」

王東谷の声。重く腹に響いた。王東谷のそんな声を聞くのは初めてだった。肩越しに振り返った。王東谷の顔がすぐそばにあった。後ろからおれに抱きついていた。老人とは思えない力だった。

「爺《じい》さん、離せ。あの野郎、ぶっ殺してやる」

「あんた、投手だろうが。利き腕を怪我《けが》したらどうするつもりだ」

力が抜けた。身体の中で暴れまわっていた熱気が消えた。

ロペスが喚いていた。ロペスを止めながら周が怒鳴っていた。社長と顧は化け物を見るような目をおれたちに向けていた。

「もうだいじょうぶだ、爺さん」

おれはいった。王東谷が力を緩めた。

「悪いが、疲れてるんで、今日は帰らせてもらう」

顧に告げた。顧はうなずくだけだった。おれはドアに足を向けた。

「おカマ野郎!」

ロペスの声だけが聞こえた。

「てめえの尻《しり》におれのぶっといのを突っ込んでやる!!」

もうなにも感じなかった。

王東谷が追いかけてきた。一緒にエレヴェータに乗った。

「手は大丈夫か？」

王東谷はおれの右手を取って見た。人差し指と中指の付け根が赤くなっているだけだった。

「今はなんともない。後で痛みだすかもな」

「まったく、無茶をしおる。なにをいわれた？」

「凄《すご》い力だったな、爺さん。年寄りには思えないぜ」おれは王東谷の問いを無視した。「それに、声にもドスが利いていた。やっぱり、元黒道だ」

「年寄りをからかうもんじゃないよ」

エレヴェータがとまった。おれたちは裏口から外に出た。むっとする熱気に包まれた夜。無数の明かりが煌《きら》めいていた。

護衛のおまわりがおれを見つけて車を寄せてきた。

「今夜も飲みにいくかい？」

王東谷がいった。何気ない言い方だった。おれを案じているのがよくわかった。

「なんでそんなにおれのことを気にかける？」

「あんたがわたしと同じ皇民だからさ」

「この街にだって、日本人は腐るほどいる。去年まではチームにもおれ以外の日本人がいたじゃないか。どうして、おれなんだ？」

返事がなかった。王東谷は足元に視線を落とした。

「答えたくないなら答えなくてもいいさ。おれは真っ直ぐホテルに帰る。心配するな。今日はなにもしないで寝る。爺さん、謝と会うんだろう？　よろしくな」

おれは警察の車に向かって歩きだした。

「くだらんことしかいえんが、それでもいいか？」

背中越しに王東谷の声がした。歩きながらうなずいた。

「あんたを見てると息子《むすこ》を思いだすのさ」

思わず笑いが出た。おれと俊郎――おれと王東谷。どっちの関係も似たようなものだった。


ホテルの部屋で汗を流した。入念なストレッチ。腕立て、腹筋、背筋、スクワット。この数日、トレイニングをサボっていた。若いころなら屁《へ》でもなかったが、最近じゃサボった分だけすぐ身体に堪《こた》えるようになった。

シャワーで汗を流した。ロペスを殴った右手に鈍痛があった。打撲《だぼく》の痛み。骨に異状はない。

サントスホテルに電話した。小野寺ユキは不在だった。ユキ――どういう字を書くのか。また連絡するとメッセージを残して電話を切った。護衛のおまわりたちと飯を食った。ビールを飲んだ。昨日ほどには話が弾まなかった。

ホテルに戻ってベッドに潜りこんだ。寝つけなかった。暗闇《くらやみ》の中、王東谷の言葉を何度も反芻《はんすう》した。警察署で見た、王東谷と王の姿を何度も思い起こした。

電話が鳴った。王東谷だった。

「明日の夜九時、〈馥園《フーユエン》〉で徐栄一が食事する。あんたを招待するそうだ」

「九時に〈馥園〉だな？」

明《ミン》の時代を思わせる壮麗な外観の広東《カントン》レストラン。値段も馬鹿高い。野球選手が自前で行ける店じゃなかった。

「護衛の警官は連れてきてはいけない」

頭が動きはじめた。昨夜のことがある。今度はあのおまわりたちもおいそれとおれを一人にしてくれはしないだろう。

「なんとかする」

いくつかの考えが頭に浮かんだ。

「徐には気をつけるのがいい。特に、徐になにか頼まれたら要注意だよ、加倉さん」

「わかってる」

「いいや、あんたはあの男の恐さを知らんよ。考えるといい、あの若さで、高雄という大きな街を仕切っとるんだ。ただ暴れるだけのやくざじゃないということだよ」

「充分気をつけるさ」

「それから、あの黒んぼのことだけどな、まずいことになっとるよ」

「どうまずいんだ？」

「警察に取り引きを持ちかけたらしいんだわ。自分を見逃してくれたらなんでも喋《しゃべ》ってやるって」

「馬鹿な野郎だ」

「あんた、あいつになにいわれた?」

「別になにも……それより、ロペスはどうなるんだ?」

「謝さんが監視をつけるそうだよ。なにかおかしなことがあったら——」

王東谷は語尾を濁した。それだけでも充分に意味は伝わった。ドミニカ人の一人を殺すことぐらい、黒道には朝飯前だ。気分がよくなった。

「右手はどうかね?」

「なんともない」

「よかったな。明日の朝は、八時半、グランド・ハイアットに集合だそうだよ」

「事務所じゃないのか?」

「全選手を集めてのミーティングだそうだ」

「口止めをするわけだな」

「そういうことだわな。それじゃ、加倉さん、おやすみ」

電話が切れた。受話器を持ったまま、さっき頭に浮かんだ考えをまとめた。サントスホテルの番号をかけた。

今度は小野寺ユキをつかまえることができた。

「はい、小野寺です」

ハイエナの群れに混じっていたときの金切り声とは違って、落ち着いた感じの声だった。

「加倉といいますが」

息をのむ気配が伝わってきた。

「あ、お電話、お待ちしてました。一度ご連絡いただいたのに、不在していて申し訳ありません」

澱《よど》みのない声だった。だが、慌ててメモとペンを探している姿が想像できた。

「小野寺さんはどこの局の人？」

「東都テレビです。深夜のスポーツニュースのキャスターをやっておりまして」

「わざわざおれのために出張かい？」

「いえ、そういうわけでは……今回の事件をきっかけに、台湾のプロ野球を……今、電話でコメントいただけますでしょうか？」

「知らないのかい？　この電話は警察に盗聴されてるんだぜ」

「そんな……」

「こっちの警察は、おれが台湾のやくざ組織に連絡すると思っているらしい」

「でも、日本語なら」

「勉強不足だな。台湾には日本語の話せる人間がごまんといる。現に、おれを取り調べてる刑事も流暢《りゅうちょう》な日本語を喋るよ」

疑わしそうな声だった。

「でも、盗聴なんて、民主主義の社会では許されないでしょう？」

「この国はほんの一〇年前まで戒厳令が敷かれてたんだ。日本とは違うんだよ」

「それじゃ、どうして電話をいただけたんですか？」

声から疑念の色が消えていた。日本人は甘っちょろい――昔、プエルト・リコから来た男がいっていた。そのとおりだった。

「あんたと話がしたい」

「カメラを回してもいいということですか?」

「場合によっては」

「どこへおうかがいすればいいでしょうか?」

「あんたの明日の予定は?」

「午前中は警察署にまわります。美亜の他の選手たちが事情聴取で呼ばれるという情報が入りましたから」

「その情報は正確だな。午後は?」

「三商タイガースの広報担当にインタヴューの予定です」

テレビの連中の予定を聞いたところで意味などなかった。こっちの狙《ねら》いを隠すための煙幕にすぎない。

「じゃあ、もしかすると警察署で会えるかもしれないな」

「本当ですか?」

「台湾のメディアが腐るほどいるから、どうなるかは明日になるまでわからないけど……こっちの携帯は持ってる?」

「コーディネーターが持ってますけど」

「念のため、番号を教えて」

小野寺ユキが口にした番号を紙にメモった。

「じゃあ、明日」

「ちょっと待って――」

電話を切った。秘密めかした話し方、盗聴だのなんだのの馬鹿げた小道具――テレビが好みそうなネタだった。小野寺ユキは食いついてくる。これでおまわりたちを心配する必要はなくなった。

13

グランド・ハイアットホテルの大会議室。監督、コーチ、スタッフ、選手の総勢三十五名が勝手に雑談していた。

ロペスを探した。すぐに見つかった。台湾人とは明らかに体格の違う男たち――ドミニカとベネズエラから来たラテン・アメリカン。ロペスはその中にいた。唾《つば》を飛ばしながらスペイン語をまくしたてていた。人を殴る手振り――なにを話しているかは察しがついた。

おれはロペスの隣に腰をおろした。会話が途切れた。

「おカマ野郎のお出ましじゃねえか」

ロペスが英語でいった。直りかけていた顎《あご》の痣《あざ》が、再びどす黒くなっていた。

「昨日もあの坊やを可愛《かわい》がってたのか？」

おれは指を銃の形にしてロペスに向けた。

「バン――」

「なんのつもりだ、おカマ野郎」

「おまえはもうおしまいだってことだ」

ロペスの目つきが変わった。

「どういうことだ？」

「自分で考えるんだな」

「待ってくれよ、加倉。おれはなにもしてねえぜ」

ロペスが手を伸ばしてきた。振りきって立ち上がった。くだらないと思いながら、心の隅っこでなにかが満足するのを感じていた。


俊郎は広い部屋の隅に一人で座っていた。そこだけ透明の檻《おり》で隔離されているようだった。おれは俊郎の肩を叩《たた》きながら腰をおろした。

「元気がないじゃないか、トシ」

「おはよう、加倉さん」

俊郎の顔は今日も蒼醒《あおざ》めていた。

「昨日も飲んだのか？」

「ちょっとだけね」

俊郎は力なく笑った。昔、こんな笑いかたをするやつを知っていた。蚤《のみ》の心臓を持っていた若い投手。ブルペンでは凄《すご》い球を放る。だが、バッターが打席に立つと、途端に球が御辞儀する。俊郎と似たタイプのピッチャーだった。コーチや監督にどやされるたびに、媚《こ》びるような力のない笑みを浮かべていた。

「麗芬は元気か?」

おれは俊郎に微笑《ほほえ》みかけた。頭に浮かんできた記憶を追い払いたかった——無駄だった。その投手はノイローゼになって、寮の便所で首をくくって死んだ。

俊郎は目を伏せた。

「どうした、トシ?　麗芬となにかあったのか?」

「加倉さんには関係ないことだよ」

小骨が喉《のど》に引っ掛かったような気分を覚えた。俊郎を問い詰めようとしたとき、部屋の中のざわめきがやんだ。社長と弁護士の顧が部屋に入ってきたところだった。二人に少し遅れて、王東谷の姿が見えた。王東谷は入口で立ち止まり、首を左右に動かした。おれを見つけると、小走りで駆け寄ってきた。

「その坊やを外に出せないかと弁護士さんがいっとるんだが」

王東谷は俊郎を気にしながら、おれに耳打ちした。おれは視線だけでうなずいた。恐らく、この場で口止め料の話も出るのだろう。俊郎にはだれだって聞かせる気にはなれない。

「それじゃ」

王東谷は去っていった。

「王さん、何の用ですか?」

「こないだ、金を貸したんだが、返すのはもう少し待ってくれってさ。それより、トシ、ちょっと外の空気を吸ってこよう。顔色が悪すぎるぞ、おまえ」

「でも、これからミーティングが……」

「おれたちはいつも聞かされてるじゃないか。いちいち付き合ってる必要はないさ。そんなことより、問題はおまえの顔色だ」

おれは俊郎を促した。俊郎の足取りは重かった。おれたちに視線を向ける人間はいなかった――ロペスを除いて。ロペスは癌《がん》を宣告されたとでもいうような顔でおれに助けを求めていた。

ロビィにはハイエナどもがいる。俊郎を従えて二階にある上海レストランに入った。俊郎に食欲があるとは思えなかった。烏龍茶《ウーロンちゃ》と點心《てんしん》を三品、頼んだ。

「まだ悩んでるのか？」

ウェイターが去るのを待って、おれは口を開いた。

「それはないよ。ぼく、決めたから。麗芬を危険なめにあわせるの、できない」

「だったら、どうしてそんな顔をしてる？」

俊郎は首を振った。埒《らち》があきそうにもなかった。麗芬との間になにかがあった――そんな気がした。

「麗芬と喧嘩《けんか》でもしたのか？」

俊郎の顔があがった。狼狽《ろうばい》に表情が歪《ゆが》んでいた。

「それじゃ、おれにも話したくないわけだ」

「それ、違うよ。麗芬と喧嘩、してないよ」

「だったらなんだ？　麗芬の親と揉《も》めてるのか？」

俊郎がまじまじとおれを見た。

「加倉さん、麗芬と電話で話、したか？」

おれは首を振った。

「じゃあ、どうしてわかった？」

「おまえの顔を見れば、すぐにわかるさ。娘と別れろとでもいわれたんだろう？」

俊郎は唇を嚙《か》んだ。おれの速球がど真ん中に突き刺さったということだ。

麗芬の両親には、結婚式のとき会ったことがある。裕福な家庭に生まれたインテリ階級。俊郎と麗芬の結婚に理解を示しているふりをしていたが、心の奥底で俊郎を侮っているのがよくわかった。今度のごたごたは決して俊郎のせいじゃない。だが、あの親がこれを口実にして俊郎と麗芬を別れさせようと目論んだとしても、驚くにはあたらない。

ウェイターが茶と湯気をたてる蒸籠《せいろ》を運んできた。おれも俊郎も茶に口をつけただけだった。

「麗芬の親になんていわれたんだ？」

俊郎は首を振った。

「なにもいわれてないってことか？　それともいいたくないのか？」

「……いいたくない」

ノイローゼで自殺した投手の顔が、ふいに脳裏に浮かんだ。王東谷の声が聞こえた——あの坊やが死ねば、あんたには都合がいいのと違うか。

「トシ——」

なにかをいおうとして、言葉が見つからなかった。

俊郎が立ち上がった。

「トイレ、行ってきます」

今にも吐きそうな顔色だった。俊郎は背中を向けて歩いていった。その背中を見つめながら、おれはまた、王東谷の言葉を反芻《はんすう》した。

俊郎はなかなか戻ってこなかった。ウェイターに様子を見に行かせた──俊郎は吐いているという報告が戻ってきた。

携帯で電話をかけた。リエ。ここしばらく相手をしていない。そろそろ癇癪玉《かんしゃくだま》が破裂するころだ。先手を打つに越したことはない。リエは機嫌が悪かった。食事とプレゼントを約束すると機嫌がなおった。精子のストックが空っぽになるまでしゃぶってくれるという。苦笑しながら電話を切った。

俊郎は戻ってこない。

別の番号に電話をかけた。広東語が聞こえてきた。香港に拠点を置く地下銀行。謝に紹介してもらった。台湾の銀行を動く金の流れは警察や検察に筒抜けになる。後ろ暗い金は海外の銀行に預けるしかないのが現状だ。

「台北の加倉だ」英語で告げた。「ミスタ・ラウを」

「少々お待ちください」

広東語が英語に変わった。回線が切り替わる音がした。

「お久しぶりです、ミスタ加倉」

顧と同じ気取った英語が聞こえてきた。

「残高を知りたい」

「米ドルで五八万ドルです」

即座に答えが返ってきた。

「ありがとう、ミスタ・ラウ」

「香港に来たら連絡をください。一緒に食事をしましょう」

電話が切れた。頭の中でざっと計算した。五八万ドル──六五〇〇万。台湾に来てから八百長で稼いだ裏金だ。使った分を考えれば、一億近く稼がせてもらったことになる。それでも、日本に残っている借金には足りない。

俊郎が戻ってきた。いくらか顔色がよくなっていた。

「すっきりしたか？」

「少しだけね」

俊郎はさめた茶をすすった。おれは腕時計を見た。

「それを飲んだら行くぞ。そろそろ、警察のお迎えが来る時間だ」

「もう、ですか？」

すがるような目──俊郎は気が変わったらしい。おれになにかを話したくてうずうずしていた。

「なにかあるのか？」

「相談に乗ってください」

おれはもう一度腕時計を見た。首を振った。

「トシ、今はあまり時間がない。この前もいったが、今度、飯でも食いながらゆっくり話そう」

「今度はいつですか？　今夜でもいいですか？」

「今夜はだめだ。約束がある……明日はどうだ？　明日の夜、一緒に晩飯を食おう」

「わかりました」

俊郎は目を伏せた。俊郎はおれの言葉に逆らわない。逆らったことは一度もない。

警察の取り調べが終わったのは午後四時すぎだった。いつものように、車に乗りこんだ。ドアを閉める前に、俊郎が駆け寄ってきた。

「加倉さん、やっぱり、今夜、だめですか？　約束、終わってからでいいです。ぼく、待ちます」

徐栄一との食事がどんなふうになるか、予想もできなかった。

「トシ、悪いが、今夜は本当にだめなんだ。明日は必ず時間を作るから」

俊郎は唇を噛んだ。不承不承といった感じでうなずいた。

車が動きだしても、俊郎はその場を動かなかった。

電話をかけた。同乗しているおまわりたちは日本語を解さない。

「日本のテレビ局の小野寺さんはいる？」

「小野寺さん……ちょっと待って」

最初に北京語で出た相手が、流暢《りゅうちょう》な日本語でそう告げた。

「もしもし、小野寺ですが」

「加倉です」

「どうも。お電話、お待ちしてました」

「タイガースの取材は終わったのか？」

「終わりました。いま、移動の車の中なんです……あの、昨日のお話なんですけれど」

「今から時間が取れるか？」

「もちろんです」

「そう慌てないでくれ。おれには監視の警官が二人張りついてる。そいつらをなんとかしないと、話はできない」

　おれは声をひそめた。

「どうすればいいんですか？」

「今夜八時にこれからいう場所に来てくれ。おれが泊まってるホテルだ。あんたたちが着いたのを確認したら、おれは出かける振りをする。警官も一緒についてくるが、あんたのスタッフが、おれと警官の間に割りこむんだ。おれはその隙《すき》に逃げて、後でサントスホテルに行くよ。そのときに、話ができるはずだ」

「そんなことをして、捕まったりしませんか？」

「あんたが使ってるコーディネーターは優秀か？」

「ええ。おかげ様でずいぶん助かってます」

「だったら、心配する必要はない。コーディネーターに替わってくれ」

「一つだけお聞きしてもいいですか?」

「なんだ?」

「加倉さんは、本当に八百長に関ってるんでしょうか?」

笑ってしまった。

「あんたはどう思う?」

返事はなかった――それが返事だった。

「コーディネーターに替わってくれ」

おれは告げた。


球団事務所でのミーティング――要するに、顧の現状報告。

「警察は証拠を摑《つか》んでいるわけではありません」顧はいった。「これをきっかけにしようとしているだけなのです」

「警察になにか喋《しゃべ》ったやつはいるのか?」

おれは訊《き》いた。顧が首を振った。

「ですが、そのうち出てくるかもしれません。打てる手は打っておいた方がいいでしょう。金は社長が出します。後は――」

顧は語尾を濁しておれと東谷の顔を見た。

「あとは脅しってわけだな。わかった。黒道には話を通しておく」

飴《あめ》と鞭《むち》。鞭の使い方を誤ればどうなるか——社長や顧が知っているとは思えない。

「なあ、待ってくれ、加倉」

案の定、ロペスが声をかけてきた。数時間前にホテルで見たときより頰《ほお》がこけていた。目に落ち着きがなかった。

王東谷が周の肩を抱いて先に歩いていった。ちらりと飛んできた視線がうまくやれよといっていた。

「今朝の話だけどよ……」

ロペスが口を開いた。視線は王東谷たちの背中を追っていた。

「話なんかしたか?」

「勘弁してくれよ。昨日はおれが悪かった。な?」

おれは肩をすくめた。

「ギャングのやつらにおれを殺さないようにいってくれ、頼む」

「だれがおまえを殺すって?」

「おれをいたぶるのはもう、やめてくれ。わかってるんだ。おれは昨日、サツのやつらに取り引きを持ちかけた。馬鹿だったよ。そんなことはもう二度としねえ。だから、おれを助けるよう、ギャングのやつらに頼んでくれよ。おれたち、チームメイトじゃねえか」

ロペスの厚い唇から唾《つば》が飛んだ。

「いくら払う?」

ロペスが口を閉じた。唇が濡《ぬ》れて光っていた。

「ひでえ男だな、あんた」

「いくら払うんだ？」

「五〇〇〇ドル……」

「アディオス、ロペス。地獄で先に待っててくれ」

おれはロペスに背中を向けた。

「待てよ。一万ドル出す。それ以上は無理だ」

「オーケイ、アミーゴ。こいつはビジネスだ。忘れるなよ」

地下銀行の残高が五九万ドルになる。それだけのことだった。


車の中でおまわりに煙草とライターをもらった。眩暈《めまい》を楽しみながら煙草を吸った。おまわりは煙草とライターを取り戻そうとしなかった。身振りと手振り——ストレスが溜《た》まったときは煙草が一番だ、煙草とライターはおまえにやる。おれは感謝して煙草とライターをポケットに入れた。


ホテルの部屋でリエが待っていた。

「電話で声聞いたら、会いたくなったよ」

リエは淡いピンクのスーツを着ていた。出勤用のユニフォームだ。スカートの裾《すそ》が、下着が見えそうなぐらい短かった。

スーツを着たままのリエを抱いた。スカートを捲《まく》りあげ、後ろから突っ込んだ。リエは嫌が

めていた。

ったが気にしなかった。

三〇分で全てを終え、リエを部屋から送り出した。おまわりたちは、リエの脚をじっと見つ

ビールを飲んだ。麗芬に電話したいという衝動に耐えた。

シャワーを浴び、スーツを着た。金のロレックスを腕にはめた。窓から通りを見下ろした。

おんぼろのカローラが目に入った。運転席に座る俊郎の顔はぼんやりとしか見えなかった。俊郎がカローラを降りた。通りを渡ろうとして足を止めた。腕を組み、ホテルを見あげた。首を振った。カローラに乗りこんだ。車体が震え、ライトが点灯した。カローラは走り去った。

麗芬に電話した。衝動に負けたわけじゃなかった。

「どうしました、加倉さん？」

「トシはどこに出かけた？」

「わかりません。すぐに戻るといって出かけたんですけど……あの人がなにか？」

「いや、なんでもないんだが、護衛の警官はなにをしてるんだ？」

「お茶を飲んでます」

「トシの護衛を放り出して？」

「彼が休んでいてくれっていったんです。すぐに戻ってくるからって」

俊郎がそういえば、おまわりは警戒もせずに信じるだろう。

「そうか……調子はどうだい、麗芬？」

「わたしはだいじょうぶです。それより、あの人が心配です」

気丈な声だった。

「トシのことはおれに任せて。いいね、麗芬」

麗芬の含み笑いが聞こえた。たっぷり放出したばかりだというのに、股間《こかん》に力が漲《みなぎ》った。

「なにがおかしい？」

「加倉さん、わたしの名前だけ奇麗な北京語だから」

何度も口にしたからだ――漏れそうになる声を飲みこんだ。

「トシが戻ったら電話するように伝えてくれるかい？」

「わかりました」

麗芬が切るまで、受話器に耳をくっつけていた。

余韻を楽しみながら、余ったビールに口をつけた。やっと頭が動きだした。俊郎はおれに会いに来た。明日は、なんとしてでも時間を作るべきだろう。


電話が鳴った。八時五分前だった。

「小野寺です。いま、ホテルのエントランスの前にいます」

「じゃあ、五分後に」

電話を切って部屋を出た。おまわりたちは駄弁《だべ》っていた。かたわらを通りすぎた。おまわりたちは話を続けながらついてきた。

「加倉さん、東都テレビの者ですが――」

小野寺ユキがおれを待ち構えていた。カメラマンと音声スタッフ、ディレクター、それにコーディネーター——五人のテレビ屋がおれを取り囲んだ。打ち合わせどおりだった。

おまわりたちが職務に目覚めた。北京語をわめきながらおれとテレビ屋の間に入ってくる。

「なにをするんですか⁉」

ディレクターらしき男が叫んだ。

「台湾警察は一般市民に暴力を揮《ふる》うんですか⁉」

小野寺ユキの金切り声。

おまわりの一人が、ディレクターに足払いを食らわせた。小野寺ユキが悲鳴をあげた。肌の浅黒い男が北京語でおまわりたちに喰《く》ってかかった。通行人たちが足をとめはじめた。

騒ぎから遠ざかった。おれに気づいたおまわりに小野寺ユキが体当たりしていた。

喧騒《けんそう》が大きくなる。あたりを見回した。空車のタクシーが目に入った。手をあげてタクシーに乗りこんだ。王の姿を探した。見つからなかった。これほどの騒ぎが起こって、王が姿を現さないはずがない——王は近くにはいない。タクシーが動きはじめた。もう一度王を探した。

杞憂《きゆう》だった。

顧に電話した。

「おれにインタヴューしようとした日本のテレビスタッフが警察の厄介になりそうなんだが」

「面倒なことになりそうなんですか？」

「たいしたことじゃない。だが、留置が長引きそうなら、手を打ってやってもらいたい」

「いったいなにをしてるんですか？」

「あんたから頼まれたことをやるには、監視の警官が邪魔なんでね」

「料金はどちらに請求すれば？」

「テレビ局に決まってるだろう」

電話を切った。

〈馥園〉。慇懃《いんぎん》なドアマンがおれのいでたちを鋭い視線でチェックした。

「ご予約はなさってますか、加倉様？」

流暢《りゅうちょう》な日本語だった。

「おれを知ってるのか？」

「新聞を読んでますから」

「高雄の徐先生に招かれてる」

「徐さんはまだおつきになっておりません。中でお待ちしますか？」

「当たり前だ」

二〇人は楽に入れそうな個室に通された。待った。一人になれるときを。それほど待たされなかった。茶をいれに来たウェイターが頭を下げて出ていった。

円卓を調べた。椅子《いす》を調べた。壁を調べた。なにも見つからなかった。なにかが見つかると思っていたわけじゃなかった。なにかがあったとしても、自分に見つけられるとも思っていなかった。ただ、そうすることで安心はできた。やくざを相手にするのに、用心しすぎることはない。

日本で、やくざの親分から晩飯を奢《おご》られたことがある。知人を介してやってきたその話は、どうしても断ることができなかった。

堅気はおれと知人の二人。ずらりとならんだやくざたち。気詰まりな食事。食い終わると、逃げるように退散した。

半年後、やくざから電話がかかってきた。食事の席にいたやくざだった。やくざは写真を買えといった。おれと、やくざの幹部たちが一緒に写っている写真だ。そんな写真を撮られた覚えはなかった。スキャンダル雑誌に売れば面倒なことになるぞ、とやくざはいった。

おれは知人に泣きついた。その後、なにが起こったのかはわからない。やくざから二度と電話はなかった。写真とネガがおれのもとに送られてきた。若頭だと名乗ったやくざに酒を注がれているおれの横顔。隠し撮りのためピントがぼけていた。それでも、写真に写っているのがおれだということは一目瞭然《いちもくりょうぜん》だった。

知人から謝罪の電話がかかってきた——下っ端のチンピラが金欲しさにやったことだ、すべてを忘れてくれ。

上の人間の許可なしに、チンピラが隠し撮りで写真を撮れるはずがないと思った。だが、口にはしなかった。

日本だろうが台湾だろうが、やくざはやくざだ。

九時ちょうどに謝と王東谷がやってきた。五分遅れて、取り巻きをつれた徐栄一が姿を現した。

「お待たせしましたね、加倉さん」

徐栄一は迷うことなく上座に腰をおろした。手招きされた。おれは徐の右隣に座った。そのまた横に王東谷。徐の左側には謝が座った。徐の取り巻きは四人。四人は徐の向かい側に陣取った。四人とも銃を持っているのがわかった。

ウェイターたちが部屋に入ってきた。おれにしたときの一〇〇倍は丁寧な手つきで徐たちに茶を注いでいった。

「ここはコース料理が出ますが、特別食べたいもの、ありますか?」

徐が日本語でいった。

「好き嫌いはないですから」

おれは答えた。唇の端が強張っていた。

「王さんは?」

「徐先生に任せるよ」

「わかりました」

徐はウェイターを手招きした。台湾語でなにかを告げた。ウェイターは最敬礼でそれに応《こた》えた。

「飲み物は? とりあえずビールですか?」

「ビールはもう飲んできたので、紹興酒《しょうこうしゅ》をいただけますか?」

「お燗《かん》しますか?」

おれは王東谷を見た。王東谷が首を振った。

「普通でお願いします。お燗はしなくていいし、氷もいらない」

徐栄一は嬉《うれ》しそうにうなずいた。まるで、お得意先を接待している営業マンのようだった。注文が終わると、雑談がはじまった。徐と謝、徐の取り巻きたち。それに、おれと王東谷。おれと王東谷以外は、全員が台湾語を使っていた。

新鮮な海鮮物をふんだんに使った広東料理が運ばれてきた。目の玉が飛び出るような値段だということはわかった。味はわからなかった。

「どうですか、加倉さん？　香港でもこれほどの広東料理、なかなかないですね」

「こんな高価な料理を御馳走《ごちそう》していただいて、本当に感謝してます」

「わたしは食べることが生きがいですよ。警察はなんのかんのとうるさくいってくるし、部下は間違いばかりする。おかげで、夜も眠れないし、酒を飲んでも楽しくない。美味《おい》しい料理食べると、ほっとします」

謝がなにかいった。台湾語だった。

「加倉さんがいるんだ、日本語、いいなさい」

徐が謝を睨《にら》みつけた。営業マンの雰囲気が消し飛んだ。空気が急に重くなった。

「王さんが通訳してくれますから気にしないでください」

取りなすようにいった。徐栄一の顔に笑みが戻った。

「これはけじめですから、加倉さん」

おれは肩をすくめた。やくざはやくざだ。

「警察、いつもと違うね」謝が口を開いた。「わたしたちの知ってる警察、お金受け取るよ。でも、お金受け取らない警察、本気になってる」

謝の日本語は聞き取りにくかった。

「つまり、こういうことです」徐栄一が謝の言葉を引きとった。「今まで、わたしたちはうまくやってきましたよ。お金を払ったり、女世話したり、美味しいもの食べさせたりね。わかるでしょう、加倉さん？」

警察とやくざの癒着の話だ。おれはうなずいた。

「ところが、今度の件で、警察はいつもと違います。台北の警察も高雄の警察も、わたしたちの仲のいい警官に情報、漏らさない」

徐栄一は言葉を切って、おれを見た。

「本気なんですね？」

「そうです。今は、野球選手だけ、調べられてます。でも、近いうち、警察、わたしたち黒道にも手を伸ばします」

「どうしてですか？　どうして急に警察は態度を変えたんです？」

徐栄一はなにかを考えるように顎《あご》をさすった。北京語でなにかをいった。

「権力争いだそうだ」

耳の横から王東谷の声が聞こえてきた。

「警察内部の？」

「そう。真面目《まじめ》な警察が、わたしたちと仲のいい警察を追い払おうとしてますね」

やっと状況が理解できた――最悪だった。おれは紹興酒に口をつけた。べたつく甘みが口の中に広がった。

「もちろん、わたしの友達の警察も負けたままでいません。いろいろ、手を打ってます」

「どうなるんですか？」

「勝つまで闘うだけです」

徐栄一はグラスを掲げた。謝がそれに応じてグラスを掲げた。取り巻き連中は黙々と食っていた。

「わたしたちはなにをしたらいいんですか？」

「なにもしないことです。この前、いったでしょう。あなたは放水はしていない。あなたは白《パイ》手套《ショウタオ》じゃない。あなたは黒道に知り合いはいない」

白手套。黒道と八百長をする選手の仲介役のことだ。

「警察になにを聞かれても、知らないと答えていればいいんです、加倉さん」

新しい料理が運ばれてきた。おれも徐も料理に手は伸ばさなかった。王東谷も謝も同じだった。

「ロペスというドミニカ人が警察と取り引きしようとしたらしいんですが……」

紹興酒だけが減っていった。

「彼は死にます」

徐栄一の声は冷ややかだった。

「約束したんです。彼は警察との取り引きをやめます。だから、命は取らないでやってほしい」

「いくらで引き受けましたか？」

「五〇〇〇ドルです」

徐栄一は首を振った。首筋に鳥肌が立った。

「わたしに嘘《うそ》をついたらどうなるか、加倉さん、知らないですか？」

「すみません。一万ドルもらう約束です」

「それでは、謝に半分払ってください。そのドミニカ人は死なないです。警察になにも話さなければ——」

「だいじょうぶです」

「加倉さんを信じますよ」

「それから——」

徐栄一が手でおれを制した。紹興酒のボトルを持っておれのグラスに注いだ。

「張俊郎のことでしょう、加倉さん？」

静かな声だった。おれはうなずいた。

「難しい問題です。わたしの部下たちは、こうなったのはみんな張俊郎のせいだといいます」

「こうなったのはみんな、頭に血が昇った嘉義の黒道のせいです」

おれはいった。ほとんど叫んでいた。料理に食らいついていた取り巻き連中が動きをとめ、険呑《けんのん》な目をおれに向けていた。

「それはそうです。だけど、彼のせいでもあります」

「昨日、彼を説得しました。もう、あいつはなにもしません。警察に協力したりはしません。本当です」

徐栄一は腕を組んだ。どうしたものかと訊《たず》ねるような視線を謝や取り巻き連中に向けた。すべてが芝居がかっていた。

謝が台湾語でなにかをいった。徐は日本語で話せとはいわなかった。代わりに台湾語でなにかを答えた。おれは王東谷に顔を向けた。王東谷は目を逸《そ》らした。

「わかりました、加倉さん。いくら払いますか？」

徐がいった。予想していた言葉だった。

「いくら払えばいいんですか？」

「いくら払えるのか、加倉さんがいってください」

徐栄一を見た。徐栄一はおれとのやりとりを楽しんでいるようだった。閃《ひらめ》きがあった——徐は香港にあるおれの預金残高を知っている。

「わたしが今、自由に使える金は五八万ドルあります。その半額でどうですか」

徐栄一はうなずいた——ゆっくり、なにかを味わうように。

「正直ですね、加倉さん。正直はとてもいいことです。わたし、感心しましたよ。張俊郎を殺すの、やめます。お金もいりません」

謝が含み笑いを漏らした——見逃さなかった。

「ありがとうございます」

歯嚙《はが》みするような想《おも》いでいった。

「ただ、わたしの部下を説得するのに、なにか必要です」

「わたしにできることなら、なんでもします」

「いい考えですね。加倉さんになにをしてもらうか、ゆっくり考えます」

徐栄一の顔に笑みが広がった。魂の売買契約を交わしたばかりの悪魔のようだった。

ドアが開いた。タキシードを着た中年男がやってきて、徐栄一に耳打ちした。

「失礼します、加倉さん。電話です」

徐栄一が出ていった。

おれは王東谷を睨《にら》んだ。

「爺《じい》さん、知ってたな？　知ってておれに黙ってたんだな？」

謝が聞き耳を立てていた。知ったことじゃなかった。

「なんのことだよ」

「とぼけるな。徐栄一は最初からおれをはめるつもりだったんだ、トシを餌《えさ》にしてな。違うか？」

「あんたにも悪い話じゃないよ」

王東谷は悪びれずに紹興酒の入ったグラスをあおった。

「ほとぼりが冷めたら、また白手套の仕事をすればいいだけだ。今までもやってきたことじゃないか」

「くたばっちまえ」

「わたしも自分が可愛《かわい》いよ。あんたと一緒でな」

おれは唇を噛んだ。徐栄一がおれをはめたことは確かだった。ただ、理由がわからなかった。

おれは一介の野球選手にすぎない。八百長をやってきた。他の選手に八百長を斡旋《あっせん》してきた。だが、それだけのことだ。徐クラスの黒道が、おれの首根っこを押さえて得るメリットなどたかが知れていた。

徐栄一はおれになにをさせる気だ——いくら考えてもわからなかった。

デザートのマンゴプリンが運ばれてきた。おれの目の前には食い残した料理が山のように置いてあった。

「せっかくの料理なのに、加倉さん、あまり食欲ないですね」

徐がナプキンで口を拭《ぬぐ》った。

「わざわざ招待していただいたのに、すみませんでした」

「ここのマンゴプリン、とても美味《おい》しいです。それだけでも、食べてください」

おれは形だけマンゴプリンに口をつけた。

「加倉さん、なにも心配いらない。全部、わたしに任せるがいい」

徐栄一はご満悦だった。

「一つだけ、心配なことがあります」おれはいった。「王という刑事がわたしにしつこく手を出してくるんです」

「王？　どんな刑事ですか？」

「若い男です。目つきが鋭くて、顎《あご》の下に目立つ傷があります」

徐栄一の目が光った。

「王なんといいますか？」

「わかりません」

徐栄一が台湾語でなにかをいった。王東谷に向けた問いのようだった。王東谷は答えなかった。代わりに謝がなにかをいった。徐栄一が喉《のど》を震わせて笑った。王東谷はなにかに憑《つ》かれたかのように酒をあおっていた。

「心配ないですよ、加倉さん。その王という刑事、わたしがなんとかします」

徐栄一は腰をあげた。会食が終わった。


出口にずらりと人が並んでいた。徐栄一が通りすぎると、従業員全員が深々と頭を下げた。まるでVIP並の待遇だった。おれは列のしんがりで、徐栄一の広い背中と、王東谷の萎《しぼ》んだ背中を交互に見比べて歩いた。

「さっき、徐栄一になにを聞かれたんだ」

囁《ささや》くような声を王東谷の背中に浴びせた。

「なんでもない。あんたには関係ないことさ」

王東谷は振り向きもせずに答えた。小さな声だったが、断固とした響きがあった。

エントランスの向こうにベンツが二台とまっていた。大袈裟《おおげさ》な見送りに、通りすがりの人間が立ち止まって成り行きを見守っていた。

取り巻きの一人が先頭のベンツに駆け寄り、後ろのドアを開けた。徐栄一はベンツに乗りこもうとして動きを止めた。

「加倉さん」

手招き——通行人の目を気にしながら、徐栄一のもとに急いだ。徐栄一は運転席の男に手を突きだしていた。なにかを催促するように。

「忘れるところだった。前に約束したプレゼントです」

ベンツの中から四角い箱が出てきた。膝《ひざ》が震えた。顧が腕にはめていたパテック・フィリップが脳裏を横切った。

「食事をご馳走《ちそう》していただいただけで充分です」

声が震えていた。

「遠慮しないで。わたしと加倉さんの、これからの友情の証《あか》しです」

包みを押しつけられた。抵抗しようという気持ちとは裏腹に、おれはあっさりと受け取った。箱はずしりとした重みがあった。

「きっと、気に入りますよ」

徐栄一はベンツに乗りこんだ。ドアが閉まった。徐栄一のにこやかな顔がスモーク・グラスの向こうに消えた。

「どうして受け取ったんだ？」

王東谷の呆《あき》れたような声が耳元をかすめた。王東谷はおれの脇《わき》を通りすぎて、もう一台のベンツに乗りこんだ。横顔だけが見えた。皺《しわ》に埋もれた顔は、長い間風雪にさらされた凍《い》てついた荒野のようだった。

二台のベンツが消えた方角をしばらく見ていた。我に返ったときには、あれだけ勢揃《せいぞろ》いしていた〈馥園〉の従業員たちも姿を消していた。

足を踏みだしながら、手にした包みをほどいた。革のケースが姿を現した。革に刻まれたロゴを確かめた——パテック・フィリップ。中を覗く——日本円で軽く一〇〇〇万を超す複雑時計。ロレックスがおもちゃのように思えた。

人の気配を感じて顔をあげた。心臓がとまりかけた。視界が歪《ゆが》んだ。

俊郎がおれを睨《にら》んでいた。

14

「どうして、こんなとこに……?」

かすれた声しかでなかった。夜の闇《やみ》に包まれて、俊郎の顔ははっきりと蒼醒《あおざ》めていた。唇が震えていた。

俊郎は唇を開いた。不信の目がおれを射抜いていた。

だが、声はでなかった。汗に濡《ぬ》れた蒼白《そうはく》な顔、黒い目だけがおれに訴えている——どうしてだ、と。

おれは俊郎に向けて足を踏みだした。いいくるめろ——頭の中で声がした。

俊郎が背中を向けた。俊郎が歩く先にカローラがあった。ホテルの窓から見た光景がよみがえった。

俊郎は話をしたがっていた。おれは明日にしようといった。だが、俊郎は待てなかった。コダックホテルの周囲をうろつき、おれを探した。部屋に上がり込む度胸はなかった。俊郎はそういう男だった。そして、テレビ屋とおまわりどものいざこざを尻目《しりめ》にホテルを離れたおれを見つけた。後を尾《つ》け、待ち、明らかに黒道とわかる男からなにかを受け取るおれを見た――。

背筋が震えた。麗芬の声が聞こえたような気がした。麗芬はおれを詰《なじ》っていた。

「待てよ、トシ」

俊郎を追いかけた。俊郎は振り返る素振りすら見せなかった。肩を落として歩いていた。両手をきつく握り締めていた。

「トシ！」

おれは走った。俊郎はカローラに乗りこもうとしていた。逃がすな、いいくるめるんだ――頭の中の声は大きくなるばかりだった。パテック・フィリップの箱を脇に抱えて助手席のドアに手を伸ばした。

空咳《からせき》のような音がしてエンジンがかかった。ドアを開けた。俊郎がおれを見た。俊郎は唇を嚙《か》んでいた。血が滲《にじ》んでいた。

「乗るぞ」

おれはいった。俊郎はかすかにうなずいた。

ギア・レバーが幾度も動いた。カローラの車体が揺れ、タイアがアスファルトに擦れる音が響く。俊郎がこんな運転をするのを初めて見た。

信号が赤になって、俊郎はやっと車をとめた。仁愛路《レンアイルー》と金山南路《ジンシャンナンルー》の交差点だった。

「レストランで一緒、黒道ね？」

俊郎が口を開いた。ガラスの粉をまぶしたような声だった。

「そうだ」

「加倉さん、八百長してましたか？」

「いいや」

「じゃあ、どうして――」

「おまえのためだ」

俊郎を遮っていった。俊郎のことはわかっている。ペースを握ってしまえばこっちのものだった。

「王の爺《じい》さんから話を聞いたんだ。黒道はおまえを殺すつもりだってな」

信号が青に変わった。俊郎はアクセルを踏みこんだ。背中がシートに押しつけられた。

「爺さんに頼んだんだ。黒道に会わせてくれ。おまえが殺されずに済むように話をつけるつもりだった」

「聞いてるのか、トシ？」

俊郎はなにもいわなかった。苛立《いらだ》たしげにハンドルやギア・レバーを操るだけだった。

「聞いてます」

固い声――いつもとはなにかが違った。ペースを握るどころの話じゃなかった。

「おれはなにも疚《やま》しいことはしていない。信じてくれ、トシ」

「ぼくは……ずっと、あのレストランの入口の近くに立ってたよ。加倉さん、出てくるの待ってた」

カローラは金山南路から新生北路に入った。このまま北上を続ければ士林に向かうことになる。

「ベンツが来て、黒道、おりてきたよ。王さんもいたな。ぼく、見つからないようにしてた……黒道の一人が、北京語でいったね。あの日本人どうするつもりか？　すると、ボスみたいな男が答えたよ。あの日本人にはもっと稼がせてもらわないとだめ」

口の中が乾いていた。ペースは俊郎に握られていた。完全に。

「それから、ボスみたいな人、王さんにいったよ。そうでしょう、親父さん。王さんはなにもいわなかったけど、少しうなずいてたね」

「トシ――」

「本当のこと教えてよ、加倉さん。ぼくたち、友達でしょう。違いますか？」

俊郎の声は濡れていた。

「おれたちは友達だ、トシ。当たり前のことというな」

おれは口を閉じた。ちょっとやそっとの嘘《うそ》じゃ、今の俊郎には通じない。うまく切り抜けろ――頭の中で谺《こだま》する声はやむことがなかった。そうしなければ、俊郎は麗芬に話す。麗芬はおまえを軽蔑《けいべつ》する。それに耐えられるのか？

耐えられるはずがなかった。

「おまえがなにを聞いたかは知らないが、あの黒道と会ったのは、今夜が初めてだ」

おれはいった。俊郎の様子をうかがいながら。

「黒道は本当におまえを殺しておまえの口を塞《ふさ》ごうとしてた。嘘じゃない。おれはそれを止めたかった」

言葉はすらすらと口をついて出た。本当の話が混ざっているからだ。

「それとも一つ――」

俊郎の肩がぴくりと動いた。視線は相変わらず前方に向いている。だが、全神経がおれの言葉に反応しようと身構えているのがわかった。

「おれは日本に借金がある。前に話しただろう？」

俊郎がうなずいた。

「今度の件で、困ったことになった。警察の捜査が一段落するまで、おれたちは給料を半分しかもらえない。借金が返せなくなる」

前方の視界が開けた。道路脇《わき》の街灯に照らされて河が浮かび上がってきた。基隆河《キールンホー》だった。

「だから、黒道に頼もうと思ったんだ。金を貸してくれるか、なにかおれにできる仕事を世話してくれってな」

俊郎は緑の濃い公園に挟まれた道にカローラを乗り入れた。カローラはひっそりと静まり返った闇《やみ》に包まれながら走りつづけた。

「黒道にそんなことを頼むのは誉められたことじゃないっていうのはわかってる。だけどな、トシ。借金を返さなきゃ、おれは日本に戻れないんだ」

「困ったね」

少しの間があって、俊郎がいった。肩から力が抜けていった。ペースをおれが握り返すのも時間の問題だった。

俊郎がカローラをとめた。左手に緑に覆われた公園。前に基隆河。向こう岸に薄《うっす》らと忠烈祠《ヂョンリエツー》が見えた。日本でいうところの靖国神社。死んだ兵士たちの霊が祀《まつ》られている場所だ。昼間は儀仗兵《ぎじょうへい》が警備しているが、今は人けは感じられなかった。

「本当に困ったよ、加倉さん」

俊郎はハンドルから手を離した。背中をシートに預けて、カローラの天井に顔を向けた。鼻をすする音が聞こえた。

「ぼく、加倉さんのいうこと、信じられないね。今まで、そんなことなかったよ。悲しいよ」

頭を蹴飛《けと》ばされたような気がした。

「トシ、おれは嘘はいってないぞ」

俊郎がおれの言葉に異を唱える——そんなことは今までなかった。

俊郎は身体を起こした。おれに顔を向け、ゆっくりかぶりを振った。

「ぼく、ずっと考えたね。加倉さんがレストランから出てくるまで、ずっと考えた。あんなに考えたこと、今までないよ」

「なにを考えたっていうんだ？」

頭に血がのぼってくるのを感じた。胸のあたりに、固いレンガのような塊がつかえていた。

俊郎はカローラをおりた。後を追った。熱気が肌にまとわりついてきた。河の澱《よど》んだ流れが耳朶《じだ》を震わせた。公園の反対側には更地が広がっていた。剝《む》きだしの土の上に、石ころやコンクリートの破片が転がっていた。

俊郎は河を見下ろせる場所に立った。

「どうして加倉さん、ぼくを止めたんだろう。最初に考えたの、それ」

生ぬるい風が俊郎の声を運んできた。

「ぼく、頭悪いけど、それでも考えたよ。加倉さん、放水してたね」

「違う」

おれの口から漏れたのは弱々しい声だった。

「違わないよ。加倉さん、放水してた。だから、警察が調べるの、困るよ。そうでしょう?」

「違う」

酷《ひど》い人ね。わたしと俊郎を騙《だま》してたのね――麗芬の声が聞こえた。幻聴だということはわかっていた。それでも、声は消えなかった。

「黒道と一緒に王さんがいたよ。だから、わかったね。王さんが加倉さん、黒道に会わせた。だから、王さんとはあまり付き合わない方がいい、ぼく、いったでしょう」

飼犬に手を嚙《か》まれおってからに、なにをしとるんだ――王東谷の声が聞こえた。

「おれは放水なんかしてないし、黒道と会ったのも今夜が初めてだ」

おれの空々しい言葉は俊郎のかたくなな背中に弾き返された。

「ぼくが見たこと、警察で話すよ」

新聞の見出しが頭の中で躍った。

「黒道に殺されるぞ」

「警察、護《まも》ってくれるよ」

おれに群がるハイエナどもの幻影が見えた。

「麗芬も狙《ねら》われる」

「彼女、ぼくが護る」

おれをなじる麗芬の声が聞こえた。

「おまえがそんなことをしたら、おれは破滅だ」

「そんなことないよ。罪、償う。そして、真面目《まじめ》にお金稼ぐ。加倉さんならできるよ」

徐栄一の目を思いだした。死と隣り合わせにいる者の目を。背筋をなにかが駈《か》けのぼった。こめかみが痙攣《けいれん》した。

俊郎を黙らせろ――だれかが叫んだ。

「簡単にいうじゃないか、トシ」

俊郎を黙らせろ。じゃなきゃ、おまえが殺される――

「加倉さんが辛《つら》いの、わかるよ。でも、悪いことをする、償う。みんなそうしてるよ。加倉さんもそうするのが一番だよ」

俊郎を黙らせろ。じゃなきゃ、おまえは麗芬も失う――

「おれは放水なんかしたこともない」

「どうして、ぼくにも嘘つく?」

俊郎を黙らせろ――足元に赤ん坊の頭ぐらいの石が転がっていた。

「加倉さん、黒道からなにかもらったの、ぼく、見たね。どうして、なにもしてない人がそんなのもらう?」

俊郎を黙らせろ――

石を拾った。俊郎は河に身体を向けたままだった。

「相手は黒道だぞ。くれるというものを断ってみろ。後でどんな因縁をつけられるかわかったもんじゃない」

「もらった方が、後でもっと大変だよ。加倉さん、頭いいよ。だから、黒道のプレゼント受け取ったの、加倉さんが欲しかったからだよ」

「そんなにおれを破滅させたいのか、トシ?」

俊郎を黙らせろ——地響きのような叫びが頭の中で渦巻いていた。

俊郎を黙らせろ——

俊郎を黙らせろ——

俊郎を黙らせろ——

「おれたちは友達じゃないのか、トシ?」

「友達よ。だから——」

俊郎が振り向いた。顔に石を叩《たた》きつけた。血と歯が飛んだ。俊郎が顔を押さえてうずくまった。後頭部を石で殴った。鈍い音がした。俊郎が動かなくなるまで殴りつづけた。

15

荒い息遣い——身体中汗まみれだった。腕で額の汗を拭《ぬぐ》った。腕が赤かった。汗だと思っていたのは俊郎の血だった。

俊郎はおれの足元で倒れていた。頭の形が変わっていた。潰《つぶ》れ、ひしゃげ、血と脳味噌《のうみそ》で汚れていた。

喉《のど》から細い音が漏れた。悲鳴だった。

我に返って俊郎の身体を揺さぶった。あれほどうるさかった頭の中の叫びが消えていた。

「トシ！　トシ!!」

俊郎は死んでいた。完全に。これ以上ないほどに。

胃の奥からなにかがせりあがってきた。俊郎のぐしゃぐしゃに潰れた頭の上に吐いた。〈馥園〉で食べた高級料理。いくら吐いても、嘔吐感《おうとかん》は消えなかった。

「トシ……なんてこった」

涙が流れた。吐いたせいなのか、悲しいからなのか――わからなかった。

俊郎のカローラに戻った。膝《ひざ》に力が入らなかった。這《は》いつくばるように歩いた。バックミラーに映る自分を見た。悪鬼がいた。血と黄色い液体にまみれた畜生がいた。

「おまえはだれだ？　なんだってこんなことをした？」

鏡の中のおれはなにも答えてはくれなかった。

涙が止まらなかった。泣きながら俊郎の身体を河に運んだ。腰まで水に浸《つ》かり、俊郎を河の流れに押しだした。俊郎はなにもいわなかった。揺れながら流れていった。

薄汚れた河の水で身体を洗った。アルマーニの上着にこびりついた血は落ちなかったが、水で目立たなくなった。

濡れ鼠のまま、俊郎を殺した場所に戻った。俊郎の血とおれの吐瀉物《としゃぶつ》が嫌な匂《にお》いを放っていた。足でかき回した。なにかに取り憑《つ》かれたように。疲れて動きを止めたときには、濡れたスーツが乾きはじめていた。涙も止まっていた。

上着を脱ぎ、ポケットの中を空にした。おまわりからもらった煙草とライターが出てきた。煙草を吸った。一度湿った煙草はまずかった。煙草を投げ棄て、ライターで上着を燃やした。

カローラの助手席に置きっぱなしにしていたパテック・フィリップの箱を手にした。蓋《ふた》をあけた。金色に輝く時計がおさまっていた。蓋を閉めた。時計を捨てるという考えが脳裏をよぎった。おれにはそんなことはできないということがわかっただけだった。

また、涙が流れてきた。

泣きながらカローラを離れた。

歩いた。だれにも呼び止められなかった。ホテルには戻らなかった。あそこにはおまわりたちがいる。代わりにアパートに向かった。ハイエナどもはもう、姿を消していた。部屋に入ってシャワーを浴びた。身体が震えはじめた。どれだけ熱いシャワーを浴びても、震えは止まらなかった。

一時間近くシャワーを浴びた。震えは止まらなかったが、やっと頭が動きはじめた。

俊郎の死体はいつか見つかる——アリバイを作れ。

〈Jジョイント〉に電話した。リエを呼びつけた。店は暇だった。リエはすぐに来るといった。

リエを待った。ビールを飲み、噎《む》せた。また涙が流れてきた。麗芬の声が聞きたい。切実な想いに身体が満たされた。理性で抑えこんだ。

ノックの音。リエがきた。ドアを開けた。リエが抱きついてきた。香水の匂いが鼻を刺激した。

「昭彦、目、赤いよ。どうした？」

「ビールに噎せたんだ」

おれはいった。リエは小首を傾げた。噎せるという言葉の意味がわからないようだった。おれはビール瓶とグラスを指差した。リエの顔に笑みが広がった。

「馬鹿ね、昭彦」

そのとおりだった。

「警察を騙してここに来たんだ。だから、もしかすると警察になにか聞かれるかもしれない」

リエの耳たぶを噛《か》みながらいった。顔を見られたくなかった。

「今夜はおれとずっと一緒だった。警察に聞かれたらそういってくれ」

「わたし、昭彦とずっと一緒」

無邪気な声が聞こえた。


どれだけしゃぶってもらっても勃《た》たなかった。リエの顔が麗芬の顔になり、おれを詰《なじ》る。

リエは不満そうに鼻を鳴らした。どうしたのかと何度も聞いてきた。リエの口を塞《ふさ》ぎ、指でいかせた。何度も。夜明け近くになって、リエはもう許してくれと懇願した。

リエを抱いて寝た。

震えは止まらなかった。瞼《まぶた》の裏に、俊郎の顔がへばりついていた。声にならない声——どうして？　俊郎はそういっていた。

16

眠れないまま時がすぎた。六時前に、ドアを激しくノックする音がした。おれの見張りのおまわりたちだった。苛立《いらだ》ち、焦燥していた。おまわりの制服を見た瞬間、心臓が早鐘を打った。

「いま、裸なんだ。少し待ってくれ」

鉄の格子戸越しに告げた。数倍の北京語が返ってきた。

「こいつらに待つようにいってくれ、リエ」

リエが北京語で叫んだ。それにおまわりが応じる。

おれは寝室に戻った。

パテック・フィリップをクローゼットの奥に突っ込み、服を着た。

「おまえも早く着替えろ」

「あの人たち、怒ってるね」

リエはベッドを出て、裸をおれに見せつけるようにして服を着はじめた。酷《ひど》い音がした。おまわりたちが格子戸に警棒を叩《たた》きつけているらしかった。

「あいつらを静かにさせろ」

リエが声を張り上げた。それでも、音はやまなかった。

あちこちから声が聞こえはじめた。アパートの住人の呪詛《じゅそ》の合唱だった。

「くそ、おれをこのアパートから追い出すつもりか」

リエの手を引いて玄関に向かった。おまわりたちが格子戸を叩くのをやめた。リエが叫んだ。北京語がわからなくても、相当酷い言葉だということはリエとおまわりたちの表情で想像できた。

外に出た。おまわりたちがおれの両腕を摑《つか》んだ。両隣の部屋のドアが開いて、住人が顔を出していた。

「対不起《トイプチー》」

まずい北京語を口にして頭を下げた。タイミングを計ったように、左右の隣人たちはドアを閉めた。

おまわりたちが喚《わめ》いた。リエがおまわりたちに喰《く》ってかかった。おれはリエの顔を見た。

「なにをいいあってるんだ?」

「この人たち、昭彦、昨日、どこにいた、聞くよ。だから、わたしとずっと一緒、いってあげたよ」

俊郎の顔が脳裏をよぎった。身体が震えはじめた。おまわりたちに悟られないよう、歯を食いしばってこらえた。おまわりたちとリエの怒鳴りあう北京語が遠くに聞こえた。

両腕を摑まれたまま、階段をおりた。皮膚の表面から現実感が薄れていくような気がした。その感覚はアパートの前にとまっていた車に乗りこむまで続いた。

「おれがホテルからいなくなったことを、他のおまわりも知ってるのか聞いてくれ」

リエにいった。リエがうなずいた。北京語のやり取りがあった。

「この人たち、答えたがらないよ」

答えはわかった。おまわりたちは失態を咎《とが》められるのを怖れた。そういうことだ。だれも、おれが行方をくらましたことを知らない。

身体の震えが止まった。

「この人たち、ほんとしつこいよ。どうして、昨日いなくなった、それればかり聞くね」

「ホテルだとこいつらにリエの声を聞かれるからな、それが嫌だったんだといってやれ」

リエが北京語でいった。おまわりたちは顔を赤らめ、口を閉じた。


リエは手と尻《しり》を振りながら帰っていった。おれはおまわりたちに両脇《りょうわき》を固められたまま、ホテルに戻った。フロントに腐るほどのメッセージがあった。至急連絡を乞《こ》う——東都テレビ・小野寺由紀。丸まった感熱紙の束。最初は丁寧な字だったのに、時間が経つにつれて殴り書きに変わっていた。

部屋に入って電話した。

「加倉ですが——」

「酷いですよ、加倉さん。どこにいらっしゃってたんですか!?」

おまわりたちと変わらない剣幕だった。

「すまない、急用ができたんだ」

「わたしたち、パトカーの中に四時間も監禁されたんですよ。それだって、加倉さんがわたしたちにコメントをくれると思ったから——」

「約束は必ず守る。もう少し待ってくれ」

電話を切った。思ったとおりだった。おまわりたちはテレビスタッフを警察署には連行しなかった。そんなことをすれば、おれに逃げられたことがばれるからだ。

顧に電話した。顧は起きていた。

「早いですね、ミスタ加倉」

「昨日、頼んだ件だが……」

「日本のテレビ局の人ですね。探りを入れてみましたが、どの警察署でもそんな人たちを連行したという記録はありませんでしたよ」

警察はおれが行方をくらましたことを知らない。おれが俊郎を殺してしまったことを知らない。

「手間をとらせて悪かった」

「この件で、わたしは三〇分ほどの時間を使いました。わたしの顧問料は一時間一〇〇〇ドルです。もちろん、アメリカドルで。もちろん、三〇分単位で仕事を引き受けることはしておりません。あなたは料金は日本のテレビ局に請求しろとおっしゃいましたが――」

「おれが払う」

「ありがとうございます、ミスタ加倉。今日のミーティングはいつもと同じ時間です。後で、球団事務所でお会いしましょう」

電話が切れた。受話器を置くと、待っていたかのように電話が鳴った。小野寺由紀に決まっていた。おれは電話のコードを抜いた。

警察は知らない――そのことだけが頭の中を駆け回っていた。

ベッドに横たわった。眠りは訪れる気配さえみせなかった。ドアの向こうから、おまわりたちが話す声が聞こえた。俊郎の声が聞こえた——どうして？　弟のことを思いだした。

おふくろのことを思いだした。親父のことを思いだした。女房だった女のことを思いだした。

六歳の夏——泣きながら邦彦をあやしているおふくろ。七歳の春——おふくろを殴る親父の姿。一〇歳になるころには親父を憎んでいた。おふくろを愛し、軽蔑《けいべつ》していた。一二歳で親父とおふくろが離婚した。おふくろはおれではなく邦彦を選んだ。親父がおれを手放さなかった。

一四の冬——親父を殴り倒した。高校入学と同時に家を出た。野球部の寮——天国のようだった。大学を出てプロに。二四で結婚——ノーヒットノーラン。翌年のキャンプで肩を壊した。

夏、遠征先から家へ戻って、親父と女房が裸で抱きあっている現場に出くわした。憎しみが殺意に変わった。バットで親父を叩《たた》きのめした。女房は泣き喚《わめ》いた。女房の股間《こかん》からしたたった親父の精液。二人を追いだして、泣いた。

どうしてこうなったのか——数え切れないほど放った問い。答えが得られることはない。

おふくろと離婚した直後、親父は家にあった写真をすべて処分した。思い出はおれの頭の中にしかない。頭の中でおふくろと邦彦は年を取ることもなく、ただ色褪《いろあ》せていく。輪郭がぼやけていく。おれだけが年を取り、汚れていく。

新聞を買い、テレビをつけた。俊郎はまだ見つかっていなかった。

身仕度をした。ネクタイを締め、携帯の電源を入れた。待ち構えていたように、携帯が鳴った。

「加倉さんですか」

麗芬の声――目を閉じた。

「朝っぱらからどうしたんだ、麗芬？」

おれはいった。他人の声にしか聞こえなかった。

「俊郎を知りませんか、加倉さん？」

麗芬の声には不安と恐怖が滲《にじ》んでいた。

「帰ってこないのか？」

「昨日出ていったままです。加倉さん、今までこんなことなかったです。わたし、心配で……警察の人も慌てています」

携帯を握った指先が冷えていた。

「連絡もないのか？」

「そうです。わたし、俊郎の友達に電話しました。知ってる友達みんなに。俊郎どこにもいません」

「麗芬――」

「加倉さん、俊郎を探してください。お願いします」

「落ち着け、麗芬。一晩帰ってこなかっただけじゃないか。トシには辛《つら》い日が続いてたんだ。どこかで飲んだくれているだけかもしれない」

「俊郎はそんなことする人じゃありません。加倉さん、知ってるでしょう」

「トシは夜になると酒を飲んでいた。教えてくれたのは、麗芬、君だよ」

「違います……」

麗芬はいいよどんだ。どうやって日本語にすればいいのかわからないようだった。

「もう少し待ってみるんだ、麗芬。そのうち、悪かったって謝りながら帰ってくるさ」

白々しい言葉——反吐《へど》が出そうだった。

「噂《うわさ》で聞きました」

「噂？　なんの噂だ」

「黒道が……俊郎を狙《ねら》ってるって。俊郎のせいで警察が捜査をはじめたから、黒道が怒って俊郎を殺すって」

「だれがそんな噂をしてたんだ？」

「わたしの友達です」

「そいつらは黒道なのか？」

「なんですって？」

「そいつらは黒道なのか？」

「違います」

「黒道でもないやつらがする黒道の噂話はみんなでたらめだ」

「でも——」

「でたらめだ、麗芬。もう警察は動きだしてるんだ。いまさらトシを殺しても、黒道にはなんの得にもならない」

「でも、みんないってます。黒道が俊郎を殺すって」

麗芬は大声で泣きはじめた。この数日、ありとあらゆる不安と緊張をため込んでいたのだろう。それが一気に噴きだしたという感じだった。

「麗芬、麗芬。落ち着くんだ。おれもトシを探すから。泣かないでくれ、お願いだ」

胸が痛んだ。すべてを告白してしまいたいという衝動に頭が破裂しそうだった。

「球団事務所にも話をする。警察にもだ。トシはすぐ見つかる。だから、麗芬、そんなふうに泣かないでくれ、頼む」

麗芬の泣き声はやまなかった。おれは携帯を握ったまま、拷問に似た瞬間が過ぎ去るのを待っていた。


王東谷が来た。ようやく電話を終えて考えをまとめようとしていたところだった。

「どうした、爺《じい》さん？」

「坊やが昨日、帰ってこなかったらしいな。警察が騒いどるんだ。あんた、なにか知っておるか？」

「たった今、あいつのカミさんから電話で聞いたばかりだ」

「困った坊やだよ。どこかで飲んだくれておるんだろうが」

王東谷は大袈裟《おおげさ》に顔をしかめた。おそらく、球団事務所に叩き起こされたのだろう。俊郎に対する苛立《いらだ》ちしか見て取れなかった。俊郎が死んでいる——おれが俊郎を殺したとは夢にも思っていない。

「わざわざ出かけてくるようなことじゃないだろう」

おれはいった。王東谷は恨みがましい目を向けてきた。

「あの外省人の弁護士がな、あんたと連絡が取れんからなんとかしろといってきおったのさ。あんた、なんで電話に出んかった?」

「日本のテレビ局にここを嗅《か》ぎつけられたんだよ。あんまりうるさいもんだから、コードを抜いて寝ちまった」

「それだけじゃなかろう」

王東谷の言葉に神経が反応した。

「なにをいいたいんだ?」

「そんなに気色ばむこともなかろう。外の警官に聞いたのよ。あんた、あいつらを出し抜いて、店の女と楽しんでいたらしいじゃないか」

肩から力が抜けた。

「まったく、若い者は我慢するということを知らんからな」

「警察とこの部屋を行ったり来たりの生活だぜ、爺さん。たまには憂さ晴らしもしたくなるさ」

「昨夜《ゆうべ》はおまえさん、ご機嫌だったようだしな」

パテック・フィリップのことをいっているのだということはわかった——気づかないふりをした。

「それより爺さん、おれとトシが同じ日におまわりを出し抜いたってことがわかるとヤバくないか？」

「自業自得だよ」

「そういうなよ。なあ、爺さん、おまわりたちを脅しておいてくれよ。あいつら、昨日、おれに出し抜かれたことを報告してないはずなんだ。トシがいなくなったってことがわかったら、あいつら、ビビっておれのことも報告するかもしれない」

「そんなことになったら、あんたもまた面倒なことになるな」

「だから、後になって報告したら、上司からこっぴどく叱《しか》られるとかいって、あいつらを脅すんだよ」

「そんなことしなくてもいい。あいつらは、ろくでなしばかりだ。死んでも自分たちが失敗したなんていいやせんよ」

あまりやりすぎると、藪蛇《やぶへび》になるおそれもある。おれは王東谷の言葉を受け入れた。


「本当にミスタ張《チャン》の居場所を知らないんですか？」

顧は苛立たしげにネクタイの結び目を直した。

「知らない。元々あいつは夜遊びをするようなタイプじゃないんだ」

顧は腕のパテック・フィリップを覗《のぞ》きこんだ。

「もうすぐ一〇時です。こんな時間まで、彼はなにをしてるんですか？　警察は、球団が彼の口を塞《ふさ》ぐためにどこかに連れ出したんじゃないかと疑っています」

「おれには関係ない」

「あなたはミスタ張の、チーム内における一番の友人です」

「だからどうした」

フラッシュバックのように、ふいに俊郎の潰《つぶ》れた顔が脳裏に浮かんだ。

「このまま彼が姿を現さなければ、あなたへの尋問が厳しくなることが予想されます」

「おれは八百長などしていない。黒道に知り合いはいない。チーム内で八百長の話を聞いたことはない。張俊郎がどこにいるのかも知らない」

身体が震えそうになる——喋《しゃべ》ることでごまかした。

「その調子です。しかし、ミスタ加倉、ここ数日、あなたの顔色は悪くなるばかりです。これからの尋問にも耐えられますか？」

「もちろんだ。今の時期、デイゲームで登板するよりずっと楽だ」

「この件に黒道が関っているということはありませんか？」

「昨日、話をつけた。ありえない」

徐栄一に俊郎の命を救ってくれと訴えたそのすぐ後に、自分で俊郎を殺した。

どうしてこうなった——お馴染《なじ》みの問いが頭の中で谺《こだま》する。

「午後になっても彼が姿を現さなければ、球団としてはあらゆる手を使って彼の行方を捜すことになります」

「彼の奥さんが心配している。捜し出してやってくれ」

嘘《うそ》つき——俊郎の亡霊が呟《つぶや》いた。

球団事務所の前と警察署の前で小野寺由紀を見かけた。小野寺由紀はさかんにおれの注意を引こうとしていた。ちらっと視線を送っただけで、おれは小野寺由紀を無視した。

警察の取り調べは予想していたほどきつくはなかった。俊郎がいなくなったのは問題だが、そのうち姿を現す——そう考えているようだった。俊郎に関する質問が一とすれば、八百長に関する質問は一〇だった。おれはすべての質問に、否と答えた。

くだらない時間だけが過ぎていった。くだらない質問のせいで、俊郎のことを思いださずに済んだ。

昼になって、くだらない時間から解放された。昼飯に向かう途中、王に捕まった。

「張俊郎《チャンジュンラン》はどこにいる？」

「知らない。おれも心配してるんだ。早く見つけてくれ」

「いうことはそれだけか？　おまえの友人が黒道に殺されているかもしれないんだぞ」

「だったら、くだらない取り調べなんかやめて、おれを解放しろよ。すぐにあいつを捜しに行ってやる」

王が睨《にら》んできた。おれは目をそらした。王は意外だという顔をして去っていった。

夕方近くになって、署内の空気が一変した。澱《よど》んだ空気が一気に固まり、砕ける——袁が眉《まゆ》をしかめていた。陳が咳払《せきばら》いをした。

制服警官が取り調べ室に飛び込んできて、袁に耳打ちした。袁の顔に朱が広がった。

死刑宣告を受けたような気がした。指先の震えを隠すために拳《こぶし》を握った。素知らぬ顔をするために伸びをした。胃の真ん中に不快な塊ができつつあった。

袁と陳が北京語をまくしたてていた。やがて、袁がおれに顔を向けた。

「張俊郎が見つかりました」

袁がいった。

「どこで?」

吐き気をこらえながら聞いた。

「基隆河です。張俊郎の死体を市民が発見したのです」

17

麗芬がよろめいた。おれは身体を支えてやった。細い身体が細かく震えていた。暗い廊下の先に灰色のドアがあった。冷んやりとした空気に薬品の匂《にお》いが混じっていた。

警官がドアを開けた。麗芬がかぶりを振った。冷たい空気がさらに冷たくなった。

警官に先導されて部屋の中に進んだ。部屋の真ん中に小さなベッドがあった。なにかが横たわっていた。シーツがかけられていた。

麗芬が足をとめた。後ろから促しても、麗芬はぴくりとも動かなかった。袁がおれたちを追い抜いてベッドに近づいた。シーツに手をかけた。北京語で麗芬になにかを告げた。

麗芬はまた首を振った。

「なにをいってるんだ?」

袁に聞いた。

「死体が御主人かどうか確かめて欲しいといったのですが……」

袁は顔を伏せた。

「麗芬、嫌だったら外に出ているといい。おれが確認するから」

「だめ。俊郎は、わたしの夫です。わたしが死んだことを確認してあげないと、あの人、悲しみます」

麗芬の顔を覗《のぞ》きこんだ。麗芬は涙を必死でこらえていた。

「本当にだいじょうぶか？」

「だいじょうぶです」

おれは袁にうなずいた。袁がシーツを剝《は》がした。

潰《つぶ》れて見分けのつかなくなった顔、水にふやけた白い身体――麗芬が絶叫した。

目が醒《さ》めた。寒気と頭痛がした。霊安室の冷気がまだ身体にまとわりついているようだった。

午前七時。酷《ひど》い一日の終わり――浴びるほど酒を飲み、それでも眠ることができず、呪詛《じゅそ》を唱えていた。やっと寝つけたと思えば悪夢。

シャワーを浴び、歯を磨いた。鏡に映る顔を見て天を仰いだ。目を閉じれば、すぐに映像が流れはじめる。霊安室の俊郎の遺体。狂ったように絶叫する麗芬。

黒道とは話がついているのではなかったのですか――顧がいった。

あんたか、あんた、やったのか――王東谷が囁《ささや》いた。

次に台北に行ったときに説明してもらいますよ——徐栄一から電話がかかってきた。どうだ、満足したか——霊安室を出るとき、王がいった。殴りかかった。警官たちに阻まれた。

麗芬はただ嗚咽《おえつ》していた。

頭の中で俊郎が泣いていた。

窓を開けた。景色が変わっているのに気づいた。ホテルを代えたのを忘れていた。六福客棧《リウフーコーヂヤン》。コダックホテルのエントランスに東都テレビの連中が陣取っているのに恐れをなして越してきた。距離的にはそれほど離れてはいないが、窓から見える景色は一八〇度違った。

ストレッチ、プッシュアップ、シットアップ、スクワット、シャドウピッチング。脳味噌《のうみそ》が悲鳴をあげるまで身体を苛《いじ》めた。俊郎のことも麗芬のことも頭から消えた。シャワーを浴びると蘇《よみがえ》った。

顧から電話があった。

「今、ロビィにいるんですが、朝食を一緒にいかがですか?」

「有能な弁護士と食事すると、一時間でいくらかかるんだ?」

「ただです。というよりも、わたしが奢《おご》りますよ」

「金鳳庁《ジンフアンティン》で一〇分後」

「五分後でいいですね?」

時間を確かめる顧の姿が簡単に想像できた。

部屋の外にはいつものようにおまわりたちがいた。二日前まであった親しみの表情はどこにもうかがえなかった。おまわりたちはおれを警戒し、なにかに怯《おび》えていた。

エレヴェータで一階へ向かった。おまわりたちはレストランの入口で足を止めた。飲茶《ヤムチャ》で有名なレストランも、この時間では客の姿もまばらだった。

顧は窓際の席にいた。落ち着いた色合いのイタリアンスーツ。かっちり整えられた髪の毛。金縁の眼鏡。疲労の色はどこにも見えない。朝早く起きてジムで汗をかき、たっぷりとマッサージを受けてきた者の顔――切れる弁護士は金の使い方を知っている。

「おはようございます、ミスタ加倉」

「わざわざ出向いてくるなんて、いったい、何の用だ?」

顧は肩をすくめた。

「飲茶はまだやってませんから、適当に注文しておきました。他に食べたいものがあったら、遠慮せずにオーダーしてください」

「それはどうも」

「精力のつくものを頼みました。あなたは顔色が悪すぎる。まるで水死体のようです」

俊郎の顔が脳裏に浮かんだ。

「これから飯を食うってときに、いい譬《たと》えじゃないな」

「これは失礼しました」

顧はおれの茶碗に急須の茶を注いだ。豊かな香りが広がった。

「文山包種茶《ウェンシャンパオヂョンチャ》」おれが一口すするのを待って顧がいった。「最高級のお茶です。素晴らしい味でしょう？」

確かに、これまで飲んだどんな中国茶もかなわない味と香りだった。

「金のあることをおれに見せつけてどうしようというんだ？」

「わたしはミズ・ソンの顧問弁護士になりました」

「ミズ・ソン？」

「ミセス張です」

麗芬のことだった。中国社会では、結婚しても女の姓は変わらない。宋麗芬《ソンリーファン》。俊郎の死体にしがみついて泣いていた。

おそらく、両親に泣きついて顧を雇う金を出させたに違いない。

「ミズ宋は、事件の徹底解明を希望しています。彼女は警察と球団に圧力をかけるようにわたしに命じました」

「だが、あんたは球団の弁護士だし、正義よりも金を大切にする弁護士だ」

「そのとおりです。ミズ宋はわたしに大金を払います。わたしは彼女の期待に答えなければならない。しかし、美亜を裏切ることもできません」

食事が運ばれてきた。山盛りの野菜にピータンと肉、それにスープ。スープをすすった。複雑な味が口の中に広がった。

「風邪をひいたりしたときに、香港人がよく飲むスープです。身体が温まって、悪い気を身体の外に押し出します」

「グルメ談義はいい。話を続けてくれ」

「わたしは球団を守らなければなりません。ミズ宋の期待に答えなければなりません。非常に困難なシチュエーションです」

「それで？」

「わたしは真実が知りたい」

「どの真実だ？」

顧の言葉の裏側にあるものははっきりと見えていた。それでも、聞かずにいられなかった。

「だれがミスタ張を殺したのですか？」

視線を落としてスープをすすった。さっき感じた味はどこかに消えうせていた。視線を戻した。顧がじっとおれを見つめていた。

「知らん」

「あなたからかかってきた電話のことを考えると、わたしにはそうは思えません」

「どの電話だ？」

「日本のテレビ局のスタッフを警察から解放してやってくれとあなたはいいました」

「だからなんなんだ？」

「ミスタ張は護衛の警官を騙《だま》して外出しました。そして、同じころ、あなたも護衛の警官の監視を振りきってどこかに出かけた。これを偶然と考えるのは愚か者だけです」

「どこかにおれが姿を消したという記録があるのか？」

「今のところはありません。しかし、これから先、出てこないという保証もありません。あなたもご存じのように、ああいう連中には節度というものがありません」

顧の取り澄ました顔を叩《たた》き潰してやりたかった。

「おれは女と会っていただけだ」

「確かにあなたは女性と会ったのでしょう。しかし、その事実は、あなたがミスタ張とどこかで接触したかも知れないという推測を打ち消せるものではありません」

「おれと女は夕方から朝までずっと一緒だった。女に聞いてみろ」

「ミスタ加倉。わたしは警官ではありません。あなたに尋問しているわけではないのです」

「おれも警察にするようにあんたに嘘《うそ》をついてるわけじゃない」

顧はため息を漏らした。わざとらしく食事に箸《はし》をつけた。

「ミズ宋はあなたを信頼しています」

上品に食い物を咀嚼《そしゃく》しながら不意打ちを食らわせてくる。

「彼女はあなたが協力してくれるはずだといっていました。ミズ宋だけではありません。わたしは今朝、ミスタ周やミスタ・フェルナンデスとも電話で話しました。二人とも、だれがミスタ張を殺したのか知らないといいましたよ。わたしがそれとなく、あなたのことを匂《にお》わせても、二人は否定しました。特に、ミスタ周は、あなたがとても悲しんでいるはずだといっていました。ミスタ張を殺した人間を見つけるためなら、あなたはなんでもするだろう、と」

「なにをいいたいんだ？」

「わたしは真実が知りたいのです」

「金になる真実が知りたい、だろう」

顧の話に耳を傾けているうちに、頭が冴《さ》えてくるのがわかった。俊郎の幻影はどこかに消えた。しらを切れ、ごまかせ、丸め込め——代わりに悪鬼がおれにそう囁《ささや》く。俊郎殺しをだれかに押しつけろ、麗芬をものにしろ、破滅する代わりに金を手に入れろ。

「警察はいずれ嗅《か》ぎつけますよ」

顧がいった。言葉の裏に地が透けてみえた。

「おれはなにもしていない。なにも知らない。おれは昨日、黒道と会っていた。黒道のボスに、俊郎を殺さないでくれと頼んだんだ。それなのに、なんだっておれが俊郎を殺さなきゃならないんだ？」

俊郎の潰《つぶ》れた顔が脳裏に浮かぶ。悪鬼が囁く。囁きが勝った。

「わかりました」

顧はナプキンで口を拭《ぬぐ》った。

「おれが会っていた黒道はだれか、訊《き》かないのか？」

顧の手の動きが止まった。

「想像はつきますから」

顧の立ち直りは早かった。だが、動揺を見せたのは明らかなミスだ。

「つまりこういうことだ。あんたは美亜鷲隊と宋麗芬と徐栄一から金を受けとっている。違うか？」

「ご想像にお任せします」

「なんだって徐栄一はあんたを使ったんだ？　王東谷に話を聞いた方がよっぽど簡単だ」

「わたしにはお答えしかねる質問ですね。……次の約束がありますので、先に失礼させていただきます、ミスタ加倉」

顧は腰を浮かせた。

「ミスタ顧、あんたのそのパテック・フィリップ、ミスタ徐からプレゼントされたのか？」

「だったらどうだというんです？」

「そんなに気色ばむなよ。聞いてみただけだ。今日の予定は？　おれはどうしたらいい？」

「午後から警察の取り調べです。それまではお好きになさってください」

顧はそそくさとおれに背を向けた。


しらを切れ、ごまかせ、丸め込め——悪鬼の囁きはやむことがなかった。囁きはウィルスのようにおれの身体や脳細胞を蝕《むしば》んでいった。

顧は知っている。徐栄一は知っている。王東谷も知っている——おれが俊郎を殺したことを。やつらはかまわない。やつらは同じ穴の狢《むじな》だ。

麗芬は知らない。警察も知らない。だれかが疑うかもしれないが、確証は得られないはずだ。しらを切れ、ごまかせ、丸め込め。

部屋に戻って電話をかけた。あくび混じりの声が出た。

「リエか？」

「昭彦。電話、来る思ってたよ」

「どうしてだ？」

「人が死んだね。昭彦の友達。だいじょうぶ。わたし、昭彦とずっと一緒にいた。警察が来たら、そういうよ」

「リエ、おれはなにもしちゃいない」

「わかってるよ。昭彦とわたし、ずっと一緒だった。でも、昭彦、他の女に手を出したら、わたし、どうなるかわからないよ」

それでも、心臓を鷲《わし》づかみされたような気がした。

「リエ――」

「わたし、昭彦と結婚、したいよ」

狡猾《こうかつ》な女の声だった。しらを切れ、ごまかせ、丸め込め。悪鬼が囁いた。リエは知っている。気づいている。しらを切ってもリエには通じない。ごまかせ、丸め込め。その場しのぎの嘘《うそ》でなんとかしろ。

「おまえ、日本で暮らせるか？」

「わたし、日本、大好きよ」

「ほとぼりが冷めたら、日本に連れていってやる」

「本当？　昭彦、約束よ」

「ああ、約束だ」

なにかを殴りつけたい衝動と闘いながら電話を切った。リエをなんとかしなければならない。それもできるだけ早く。

なんとかしてくれそうな人間は、徐栄一しか思い浮かばなかった。

なにかに急き立《せ》てられているような焦燥感が尾骶骨《びていこつ》のあたりにこびりついていた。焦っても どうにもならないことはわかっている。それでも焦らずにいられない。

煙草を買った。檳榔《びんろう》を買った。ひっきりなしに煙草を吸い、檳榔を噛《か》んだ。眩暈《めまい》は起きなかった。焦燥感も消えなかった。

午後になって警察署へ向かった。昨日までの澱《よど》んだ空気が、ぴんと張り詰めたそれに変わっていた。

取り調べ室に通された。いつものように。袁と陳はまだ姿を見せていなかった。煙草に火をつけた。これからまた、いつもと同じ質問がくり返される。

煙草が根元まで灰になるころ、ドアが開いた。

「いつから煙草を吸うようになったんだ?」

王が煙草をくわえながらいった。煙草の先端の灰がぽとりと落ちた。王は脇《わき》の下にファイルホルダーを抱えていた。

「なにをしにきた?」

指先で煙草を弾いた。煙草は放物線を描いて王の足元に落ちた。火の粉が飛んだ。王は自分がくわえていた煙草を足元に落とし、おれが放り投げた煙草と一緒に踏みにじった。

「事情聴取だ」

「あんたは担当じゃないはずだ」

「野球賭博《とばく》はおれの担当じゃない。だが、殺人は別だ」

王がドアを閉めた。煙草の煙が渦を巻いた。閉塞感《へいそくかん》が襲ってきた。

「おれを殴って自白させようっていうのか？」

「おまえの挑発には乗らん」

王はおれの向かいに腰をおろした。ファイルホルダーを開き、写真を一葉、放ってよこした。おれは写真を一瞥《いちべつ》し目をそらした。

「酷《ひど》い死体だ」王は写真を指で摘んだ。「長年刑事をやってるが、これほど酷いのは初めてだ」

王は写真をおれに向けた。

「おまえのチームメイトのだれもがいう。張俊郎は困ったやつだが、人に恨まれるようなタイプじゃなかった」

「そのとおりだ」

「だが、放水の問題で張俊郎はだれかに恨まれていた」

「なにがいいたい？」

王を睨《にら》んだ——俊郎の死体が目に飛び込んできた。

「黒道はこんな殺し方はしない。やつらは銃で撃つか、刃物で刺す。死体はだれにも見つからない場所に隠す」

俊郎が泣いた。俊郎が懇願した。なぜだと叫んでいた。煙草に火をつけた。心の中で悪鬼に呼びかけた——おれに手を貸せ、このままじゃ、おれは挫《くじ》けてしまう。

「だから、なにがいいたいんだ？」

「警察の内部では、黒道の仕業だという方向で捜査が進んでいる。張俊郎の供述は、黒道をかなり苛々《いらいら》させただろうからな。だが、おれの考え方は違う。張俊郎を殺したのは黒道じゃない」

「おれでもないぞ」

王の目が動いた。おれの心の奥を見透かそうとする視線だった。おれの方にかざした写真はぴくりとも動かなかった。

おれは王の視線を受けとめた。俊郎の死体が写った写真を見据えた。胃が縮みあがった。胸が痛んだ。それでも、おれは視線を動かさなかった。

悪鬼が囁《ささや》いた——おまえはなにを望む。おれは答えた——おれは捕まりたくない。地べたを這《は》いずりまわって生きるのはごめんだ。金が欲しい。麗芬が欲しい。すべてが欲しい。そのためなら、人を騙《だま》すことを厭《いと》わない。人を裏切ることを厭わない。良心に背くことを厭わない。

「おまえがやったとはいっていない」

先に視線をそらしたのは王の方だった。

「だったら、なぜおれにそんな話をするんだ」

「おまえがやったとは思わない。だが、おまえはだれがやったかを知っている」

しらを切れ、ごまかせ、丸め込め——悪鬼が囁いた。

「馬鹿なことをいうな。俊郎はおれにとって弟みたいなものだった」王の眉《まゆ》がぴくりと動いた。

「おまえも知っているはずだ。たしかにおれはろくでなしかもしれん。だが、もし、俊郎を殺したやつを知ってるなら、おれがそいつを殺してやる」

王はまだ写真をおれに向けていた。良心は痛まなかった。煙草を吸った。煙を王に吹きかけた。王は怒らなかった。視線を下に落としただけだった。

「張俊郎は護衛の警官を出し抜いて外出した」視線を落としたまま王はいった。どこか機械じみた声だった。「張俊郎がどこに出かけたか、心当たりはないか？」

唐突に尋問がはじまった。おれは気を引き締めた。

「一昨日の夕方、ホテルの窓から俊郎を見た」

王が顔をあげた。

「本当か？　時間は？」

芝居にしては上出来だった。おれより先に麗芬や俊郎の護衛のおまわりから情報を仕入れてきたことを王はおくびにも出さなかった。

「覚えてない。俊郎の嫁さんに聞いてくれ。コダックホテルの近くに俊郎はいた。車の周りでしばらくうろうろしてから、車に乗りこんでどこかへ行った。護衛の警官はどうしたんだろうと思って、俊郎の嫁さんに電話したんだ」

「夫人はなんといっていた？」

王はファイルホルダーの中からノートを抜き出し、メモを取りはじめた。

「すぐに戻るといって出かけた、と」

「それで？」

記憶を探った。探り当てたものをほんの少しの嘘でくるんだ。

「護衛の警官はどうしているのかと訊いた。黒道があいつの命を狙《ねら》っているという噂《うわさ》を耳にしたんで、心配だったんだ」

王はなんの反応も見せなかった。

「夫人はなんと答えた」

「俊郎が休んでいてくれといったので、お茶を飲んでいるということだった」

「それで?」

「電話を切った。それだけだ」

「他にはなんの話もしなかったのか?」

「彼女は俊郎のことを心配しているようだった。だから、おれがなんとかするから安心しろといってやった」

「おまえがなんとかする? おまえになんの力があるんだ?」

王はメモを取る手を止めて顔をあげた。挑発に乗るな――悪鬼が囁いた。

「気休めの言葉をかけただけだ。深い意味はない」

おれは煙草を消した。王が煙草をくわえた。

「どうしても黒道との関りを認めるつもりはないのか」

「認めるもなにも、黒道に知り合いはいない」

王はライターの火をつけた。炎の向こう、目の奥でなにかが燃えていた。

「わかった。その話はまた後にする。張俊郎はホテルの側でなにをしていたと思う?」

「おれに会いに来たんだと思う」

「なぜそう思った?」

取り調べ室には煙が立ちこめていた。王がメモを取るペンの音が響いていた。

「午前中、球団のミーティングがあった」

「放水の事実を隠蔽《いんぺい》するための集まりだな」

おれは王の言葉を無視した。

「俊郎はおれに相談したいことがあるといった。おれは明日にしてくれと答えたんだが、俊郎はなにかに追い詰められているような感じだった。だから、おれに会いに来たんだと思ったんだ」

「それなのになぜ、張俊郎はおまえに会わずに立ち去ったんだ？」

「わからない」

「その午前中のミーティングではなにが話し合われた？」

「球団の顧問弁護士に聞いてくれ」

「あの弁護士は金の亡者だ」

「そうじゃないやつがいるのか？」

王は笑った。どこか悲しげな笑みだった。

「おまえの目の前にいる。おれは金で信念を曲げたことはない」

「立派だな。立派すぎて涙が出てくる」

「いっただろう。おまえの挑発には乗らん」

王はファイルホルダーに手を伸ばした。もう一葉の写真――川岸におんぼろのカローラが停まっていた。

「今朝、発見した。基隆河のほとり、忠烈祠のほとんど真向かいの場所だ。張俊郎はここで殺され、河に捨てられた。張俊郎はなぜこんな場所にいた？　だれが彼をこんな場所に呼び出した？」

「想像もつかんね」

嘘だった。俊郎は孤児だった。基隆河のほとりに捨てられていた。辛《つら》いことがあると、俊郎は必ず河を見に出かけた。だからあのときも、俊郎はカローラを基隆河に向けたのだ。あのときは、そんなことにも気づかなかった。

目を閉じた。思い出は亡霊を呼び覚ます。俊郎がおれになにかを訴えようとしていた。おれは悪鬼の囁きに耳を傾けた。

「この車は張俊郎のものだな？」

「よく似ている」

「車に指紋が残っている。後でおまえの指紋を採取させてくれ。照合する」

「おれはしょっちゅう俊郎の車に乗っていた。指紋はべったりついてるだろうし、そんなものは証拠にならないはずだ」

「おまえが犯人だといってるわけじゃない」

王の声に苛立《いらだ》たしげな響きが加わった。

「車に残った指紋を判別するために必要なんだ。張俊郎が車に乗せたことのある人間の指紋を取り除く。すると、だれとも合致しない指紋が出てくるかもしれない」

「そいつが犯人だってわけか？」

「その指紋の持ち主が犯人である可能性がある」

「わかったよ。好きなだけ指紋をとっていけ」

王はファイルホルダーを閉じた。煙草に火をつけ、煙を深く吸い込んだ。くつろいだ仕種《しぐさ》だった。

「ここから先は、調書には取らない」

「その手には乗らないぜ」

「おまえは何者だ？」

What are you? 王は確かにそういった。

「質問の意味がわからん」

「おまえの友達が殺された。おまえが知っていることを喋《しゃべ》ってくれれば、殺したやつがわかるかもしれない。だが、おまえは口を閉ざす。放水をしたことを認めても、罪なんかたかが知れているじゃないか」

「認めようがない。おれは放水なんかしていないんだからな？」

王は肩をすくめた。

「おまえ、何者だ？　なぜ台湾へ来た？　日本人がなんだってわざわざ台湾にまで来て犯罪に手を染めてるんだ？」

おれは答えなかった。王は自分自身に問いを放っているように思えた。王は煙草を消した。煙草はまだ半分以上の長さがあった。

「昨日、黒道と話をしたか？」

「黒道に知り合いはいない」

「黒道はなんといっていた？　黒道はだれが張俊郎を殺したといっていた？」

「黒道なんか知らないといっただろう」

「徐栄一はなんといった?」

口を開き、口を閉じた。落ち着け——自分にいい聞かせた。もちろん、王は知っている。警察は知っている。美亜にたかっているのが高雄の組織だということを。

「徐栄一というのはだれだ?」

王は鼻を鳴らした。

「王東谷はなんといった?」

「王東谷? どうしてあの爺《じい》さんの名が出てくるんだ?」

「あいつは黒道だった」

「昔の話だろう」

「一度黒道になったやつは死ぬまで黒道だ。おれは知ってる。王東谷がおまえに黒道を紹介したんだ」

「爺さんはただの通訳だ」

「おまえが本気でそれを信じているとしたらお笑いだ」

王は暗い目をしていた。なにかに取り憑《つ》かれた男の目だ。

「爺さんとなにかあったのか? 昔は近所づきあいをしていたんだろう」

「あいつがそういったのか?」

「爺さんとなにがあった?」

おれと王は睨《にら》みあった。王の目の奥で燃えているものがなんなのか、確かめたかった。王は王でおれのなかのなにかを確かめようとしているようだった。

なにかが頭をよぎった。遠い昔の記憶。おれの魂がなにものにも汚されていなかったころのなにか——

「おれの顔になにかついているのか？」

王がいった。頭の中で形をとろうとしていたものが手品のようにかき消えた。

「おまえ——」

ノックもなしにドアが開いた。おれは口を閉じた。袁と陳が入ってきた。

袁が王に声をかけた。北京語のやり取りが続いた。おれは頭の中をよぎったものを追いかけた。後ろ姿さえ見つけることができなかった。

「この後は、いつもの事情聴取です」

袁がいった。王は部屋を出ていこうとしていた。

「おい、あんたの名前は？」

思いもよらなかった問いが口をついて出た。王が振り返った。

「王だ。知っているだろう」

「おれが知りたいのはファーストネームだ」

「グォバン」

漢字でどう書くのか聞く前に、王は取り調べ室を出ていった。

18

麗芬の実家は大湖街《ダーフージェ》にあった。台北の北東部に位置する高級住宅街——森と湖に囲まれ、台北の中心部ではめったにお目にかかれない洋風の一戸建が軒を連ねている。

警察の車を降りると、かすかに泣き声が聞こえた。門へと続く外階段をのぼると、泣き声ははっきり聞こえるようになってきた。

深呼吸をした。目を閉じ、萎《な》えそうになる心に鞭《むち》を打った。これを乗りきらなければ、おれは破滅する。

インタフォンを押した。たどたどしい北京語で来訪の意を告げた。泣き声はさらに大きくなり、線香の匂《にお》いが鼻をついた。

麻を粗く編んだ白い上着をまとった中年女が出てきた。太ってはいるが、麗芬に似た面影を持っている。

麗芬の母親は丁寧に頭を下げてきた。おれは王東谷に聞いた悔やみの言葉を告げた。おれの北京語は母親には通じなかった。

日本風の庭園を抜けて家の中へ。犬が吠《ほ》え、風が木々を揺らしていた。振り返ると、湖がよく見えた。

家の中に足を踏みいれると、泣き声が響きわたった。麗芬の声なのか、両親が雇った泣き女の声なのかはわからない。家の入口は吹き抜けになっていて、泣き声は二階から聞こえた。スリッパに履きかえ、階段をあがった。煙が漂っていた。むせ返るような線香の匂いも一緒だった。階段をのぼりきった左手に部屋があり、煙と泣き声はそこから漏れていた。

泣いていたのは麗芬じゃなかった。腰にたっぷりと肉のついた中年女が棺《ひつぎ》にすがりついて泣いていた。その傍らで、目を真っ赤に腫《は》らした麗芬が呆然《ぼうぜん》と座っていた。真っ赤な祭壇のある仏間。祭壇の下に白い棺。中で俊郎が眠っている。

母親が麗芬に声をかけた。麗芬は目だけを動かした。化粧をしていない青白い肌が痛々しかった。

麗芬の目がおれを捉《とら》えた。劇的な変化が起こった。人形のようだった麗芬の顔に表情が戻り、目から涙の粒がこぼれはじめた。

「加倉さん……」

麗芬が立ち上がった。おれは麗芬にかけより、よろめく身体を支えた。麗芬がおれの胸に顔を埋めた。麗芬の頭を撫《な》でながら、おれは胸の痛みと闘った。俊郎は死んだ。おれが殺した。俊郎はもう戻ってはこない。

「ちゃんと眠らなきゃ、美人が台無しだ」

おれはいった。声が震えていた。

「眠れないんです……心が痛くて、眠れないんです」

麗芬の体温が伝わってきた。氷の鎧《よろい》をまとったおれの心が溶けていく。

「麗芬、トシだって君のそんな姿は見たくないはずだ」

「あの人はもう、わたしを見ることはできません」

湿ってはいたが断固とした声だった。麗芬の絶望の深さをおれに伝えてあまりあった。

「麗芬──」

口がうまく動かなかった。溶けた鎧の裂け目から言葉が迸《ほとばし》りでようとしていた。おれが俊郎を殺した。おれを許してくれ。

麗芬を抱きしめた。麗芬の身体の柔らかさを感じたかった。

おまえはなにを望む？　おれはおれに聞いた。この女を──心の奥、真っ暗な闇《やみ》の中から返事が返ってきた。おれはこの女が欲しい。だから、俊郎を殺したのだ。

でたらめだった。それでも、おれはその答えにすがった。麗芬が欲しかった。なんとしてでも手に入れたかった。

台湾語が聞こえた。母親がなにかを怒鳴っていた。麗芬が慌てておれから離れた。

「取り乱しちゃってごめんなさい……加倉さん、彼に、別れの挨拶《あいさつ》をしてください」

麗芬は身体を開いた。指し示す先に棺があった。

俊郎の潰《つぶ》れた顔。血まみれのおれの手。イメージの断片が頭に溢《あふ》れた。また、氷が溶けはじめた。

「酷《ひど》い顔だったけど、お医者さんが奇麗にしてくれたんです」

麗芬は笑おうとした。うまくいかなかった。強張った顔は細かく震えるだけだった。

唾《つば》を飲み込んだ。凍りついた筋肉に命じた──棺桶《かんおけ》に近づけ、俊郎の死に顔を見ろ。おれが殺した男の呪詛《じゅそ》を聞け。

足が動いた。震えることもなかった。泣き女が泣きながら場所をあけた。麗芬と母親の台湾語の会話が聞こえる。仏間に人が入ってくる気配がした。麗芬の父親だった。父親は艶《つや》のある顔をしかめながら棺に手をかけた。棺が開いた。

薬品の匂いがした。基隆河のほとりで嗅《か》いだ血の匂いはしなかった。

潰れた顔と血まみれの手のイメージ。

おれは麗芬が欲しい。

声に出さずに叫んだ。

おれは麗芬が欲しい。

おれは麗芬が欲しい――俊郎を殺したことを決して知られてはいけない。

腹が決まった。棺の中を覗《のぞ》きこんだ。

死体が横たわっているだけだった。

泣き女の泣き声は途絶えることがなかった。出入り口を閉めきった居間に座っていても、蚊の羽音のように耳にこびりついて離れなかった。

父親はむっつりした顔で電話をかけていた。話しているのは北京語だった。母親はキッチンに姿を消した。麗芬がおれの横に座っていた。

「トシの側にいたいんじゃないのか？」

「いいんです」麗芬は力なく首を振った。「いつまでそうしてるんだって、お父さんにも叱《しか》られましたし」

不名誉な野球賭博《とばく》問題に巻き込まれて死んだ娘婿――麗芬の両親が俊郎の死を腹立たしく眺めているのは傍目《はため》にもわかった。台湾人は死者を盛大に送りだす。麗芬の父親ほどの財力があれば、もっと人を雇い、騒がしいほどの通夜を催すこともできる。だが、仏間にいるのは泣き女が一人だけだ。

麗芬は唇を噛《か》んでいた。俊郎の死と、両親の惨《むご》い仕打ちにじっと耐えていた。

「葬式は盛大にやるんだろう?」

「わかりません」麗芬はちらりと父親に視線を飛ばした。「お父さんは、あの人は宋家の人じゃないからと……」

「だったら、おれたちが盛大な葬式を出してやろう」

麗芬が小首を傾げた。抱きしめたくなるほど無防備な表情だった。

「君が喪主だ。君がやりたい葬式をやろう。チームの連中にも手伝わせる。目一杯派手にやって、俊郎を送りだしてやるんだ」

麗芬はうつむいた。涙の粒が落ちた。

「加倉さん……どうしてそんなに優しくしてくれるんですか」

おれが俊郎を殺したからだ。おまえが欲しいからだ。

「困ったことがあったら、なんでもおれにいえばいい。俊郎の代わりにおれが君を護《まも》ってやる」

舌の付け根が痺《しび》れた。どこかでだれかがおれを嘲笑《あざわら》っていた。

麗芬は棺にしがみついて泣いていた。泣き女は隣の部屋で飯を食っていた。泣き女の泣き声はうるさいだけだった。麗芬の泣き声は物悲しかった。

台湾では夫が死ねば、声が嗄《か》れるほど泣いて悲しむのが妻の役目だ。通夜の間中、妻は泣きつづける。疲れ果てれば、金で雇った泣き女に代わってもらう。両親が泣き女を雇わなければ、麗芬はぶっ倒れるまで泣きつづけているに違いなかった。

おれは麗芬の母親が用意した紹興酒《しょうこうしゅ》をちびちび飲んだ。ときおり、線香に火をつけた。線香の煙と煙草の煙が目にしみた。目の痛みに耐え、麗芬の細かく震える背中を見つづけた。長居するつもりはなかった。長い時間、俊郎の側にいて心に蓋《ふた》をしつづける自信がなかった。だが、麗芬に懇願されて、嫌だとはいえなかった。麗芬の両親はいい顔を見せなかったが、露骨に反対することもしなかった。

麗芬の泣き声と酒の酔いが少しずつ氷の鎧を溶かしていく。おれは溶けるに任せた。酒を飲みながら、俊郎に謝った。天に祈った。自分のしでかしたこと、自分がしようとしていることにおののいた。

それでも気持ちは変わらなかった。麗芬が欲しかった。

泣き女が帰っていった。母親が顔をだし、台湾語でおれになにかをいった。意味はまったくわからなかったがうなずいた。

「申し訳ないけど、両親はさきに休むそうです」

麗芬がいった。

酔いが理性を麻痺《まひ》させていく。思考はまとまりをなくし、イメージの断片が無秩序に流れていく。

おふくろとおれと邦彦で行ったハイキング。潰れた俊郎の顔。花嫁姿の麗芬。裸で抱き合っていた親父と女房。血まみれの手。カローラのバックミラーに映ったおれの姿。おふくろと邦彦が家を出ていった朝の光景。封筒に書かれていた住所に広がっていた更地。

気がつくと、音が消えていた。聞こえるのはエアコンのうねりだけだった。

立ち上がり、麗芬の様子をうかがった。麗芬は棺に覆い被《かぶ》さったまま寝息をたてていた。線香が消えかけていた。新しい線香に火をつけて仏壇に捧《ささ》げた。麗芬を抱きかかえた。麗芬は驚くほど軽かった。

俊郎の顔が脳裏に浮かんだ。俊郎はやめてくれと訴えていた。だが、俊郎にはなにもできなかった。

麗芬を抱いたまま、唇で唇に触れた。麗芬の目が開いた。

「やめてください、加倉さん。お願いです。やめてください」

鳩尾《みぞおち》の辺りで、なにかが燃え上がった。麗芬を抱きしめ、強く唇を吸った。麗芬は顔を背けた。だが、身体はおれにもたれたままだった。

「加倉さん、だめです。お願いだから、やめて。彼が見てます」

「どうして声を出さない？　どうしておれから逃げようとしない？」

麗芬は答えなかった。乾いていた目がまた濡《ぬ》れはじめた。

力が抜けた。鳩尾で燃えていた炎はさらに燃え盛っていた。麗芬がおれの手を逃れた。棺にすがり、声をあげて泣きはじめた。

だれも仏間にはやってこなかった。夫を失った妻が夜通し泣きつづけるのは当たり前のことなのだ。

おれはその場に突っ立ったままでいた。天啓のように、おれは真実を悟った。おれはずっと俊郎を妬《ねた》んでいた。俊郎を馬鹿にしながら、俊郎を羨《うらや》んでいた。自分でも気づかない心の闇の奥で、おれはずっと俊郎を憎んでいた。

麗芬が俊郎のものだったからだ。

おれは俊郎を呪《のろ》っていた。俊郎が死ねばいいと思っていた。だからあのとき、おれの理性が消えたのだ。だから悪鬼がやってきたのだ。

おれはそこに突っ立ったまま麗芬と棺を見下ろしていた。朝までそうしていた。身体の内側で燃え盛る炎が、おれから一切のものを奪っていた。

19

目を閉じた。眠りは訪れる気配すらみせなかった。車に揺られて台北の中心部へ向かっていた。おまわりたちはおれと視線をあわせようとしなかった。上司になにか言い含められているのか――沸き起こる疑心を振り払った。警察はまだおれを疑っていないはずだ。

途中で車をとめ、邦字新聞を買い込んだ。どの新聞も一面に俊郎の顔をでかでかと載せていた。隅から隅まで新聞を読んだ。わかったことを整理した。

警察は、野球賭博に関する黒道組織の報復と個人的な怨恨《えんこん》の線で捜査をすすめている。警察は、殺害現場と思われる基隆河岸で、俊郎の血液型と同じ血痕《けっこん》を多量に見つけた。それと同時に、犯人が燃やしたと思われる焼け爛《ただ》れた衣類の繊維も発見された。凶器は見つかっていない。警察は川岸に落ちていた石が犯行に使われたと見ている。一両日中に、球団関係者及び黒道への大々的な事情聴取が行われる。

紙面の片隅に、おれの顔写真が載っていた。小さな囲み記事だ。おれと俊郎のことが書かれてあった。日台の絆《きずな》を深めた友情物語。親友を非情な暴力で失った日本人野球選手は深い悲しみの中にいることだろう。

八百長や放水という字はどこにもなかった。友情という名の美談がおれの罪を吹き飛ばしたとでもいうように。

笑った。自分自身の罪深さを笑った。

スポーツ面を見た。台中に遠征していた美亜鷲隊が、俊郎の喪に服すため試合の中止・延期を相手チームに訴えていた。相手チームは美亜なら白星を計算できるため、その要求を飲もうとしないらしい。美亜の勝率は一割を切っていた。

新聞をたたんだ。

――しらを切れ、ごまかせ、丸め込め。

魔法の呪文《じゅもん》のように口の中で何度も唱えた。


ミーティングが終わり、事情聴取が終わった。社長がおれに話しかけてきた。顧がおれに話しかけてきた。袁や王がおれに質問をぶつけてきた。

おれはなにも答えなかった。麗芬のことを考えていた。麗芬の唇の感触を思いだしていた。麗芬の涙の意味を考えていた。泥沼から吹き出てくる瘴気《しょうき》のように、ときおり思考をかき乱す罪の意識と戦っていた。

「一日間を置いて、哀しみに襲われるのはよくあることです」

袁がいった。こんな愚か者におれを捕まえることなどできるか——おれは腹の中でそう呟《つぶや》いた。

すべてが終わったのは、午後七時すぎだった。警察署の入口で、王東谷がおれを待っていた。

「昨日、あんたの顔色を見たときはこれはいかんと思ったよ。だが、今日のあんたの顔色はそれどころじゃない。まるで死人だ」

「トシの顔はもっと酷《ひど》かった」

「自分が殺した男の顔を見たんだ。当然だろうて」

「おれはやってない」

弱々しい声だった。王東谷はおれの言葉を笑い飛ばす必要さえなかった。

「黒道の連中は心底驚いておった。連中がやったんじゃないとすれば、あんたしかおらんじゃないか」

王東谷は冷蔵庫の中を漁《あさ》って、ビールと乾き物のつまみを持ってきた。

「飲みなさい。酔えば寝ることもできるだろうに」

「昨夜《ゆうべ》、俊郎の側で飲んだ。それでも眠れなかった」

「もし、あんたが鼾《いびき》をかいて眠っておったら、わたしはあんたとの付き合いを考えるよ……どうして殺したりしたんだ？」

王東谷は薄汚れたグラスにビールを注いだ。おれはそれを一気に飲み干した。心臓が変な動き方をした。嫌な汗が滲《にじ》んできた。

「見られてたんだ」

「なにを？」

「〈馥園〉で徐栄一と別れるところをだ。時計を受け取ったのも見られていた。いいくるめようとしたが、無駄だった」

「なんということだ」

王東谷はドアに足を向けた。魚眼レンズを覗《のぞ》きこみ、戻ってきた。

「連中は怯《おび》えておる。無理もないな。自分たちの失態が明るみに出れば馘《くび》を切られるかもしれん」

「爺《じい》さん、あいつらと話をしたんだろう？　あいつら、おれのこと、疑ってるのか？」

「それぐらいの頭があれば、出世しておるだろうて。あいつらが考えておるのは、できるだけ早くあんたのお守りから解放されることだ。パトロールの仕事に戻って、黒道や売女《ばいた》からあがりをかすめておる方がよっぽど楽だからな」

「嘘《うそ》をつけよ、爺さん。いくらなんでもあいつらは警官だぞ。おれが姿を消した夜に俊郎が殺されたんだ。おれを疑ってるはずだ」

「徐栄一がその疑いを取り除いたということさ」

「口を開けば殺すと脅されたってことか」

「ちょっと違うな。徐栄一はあいつらにこういったのさ。口を閉じていればボーナスをくれてやる。口を開けば、女房とガキを殺してやる」

「あいつら、その約束を守れるのか？」

「あいつらは警官だよ。徐栄一の恐さをよく知っておるのさ……それにしても、大変なことをしでかしたな」

王東谷はベッドに腰をおろした。スプリングが軋《きし》んで音をたてた。

「あいつは警察に見たことをぶちまけるといった。そんなことをされたら、おれは徐栄一に殺される。違うか？」

「それだけかね？」

王東谷はビールを呷《あお》った。

「どういう意味だ？」

「口が滑った。気にせんでくれ」

普段なら、頭に血がのぼっているところだった。だが、今日はその気力がなかった。

「それよりな、加倉さん、今日、あの弁護士と社長が妙なことを話しておるのを小耳に挟んだんだがな」

「妙な話？」

「放水の問題をあの坊やに押しつけてしまうことはできんかとか、そんなことだ」

思わずソファの背もたれから身を起こした。冷水を浴びせられたような気がした。

「トシが八百長を仕切っていたってことにしようというのか……無茶だ。そんなこと、できるはずがない」

「小耳に挟んだだけだから、どうなのかは知らんよ。ただ、社長は見たことがないぐらい真剣な顔をしておった」

死者に鞭打《むちう》つ罰当たりな連中は腐るほどいる。そんなことはわかっている。それでも、おれは唇を嚙《か》んでいた。

「そんなこと、できるはずがない」

「だが、それができれば社長は万歳だ。違うかね？」

「どうやってやるんだ？」

「その辺のことは、外省人の弁護士が考えることだろうよ。少なくとも、この話が徐栄一の耳に入れば、やつは乗ってくるだろうがな」

そのとおりだ。警察には生贄《いけにえ》をくれてやればいい。箸《はし》にも棒にもかからないチンピラを。そいつと俊郎に罪を押しつければ、連中は警察の網をかいくぐることができるかもしれない。連中——その中にはおれも含まれている。

しらを切れ、ごまかせ、丸め込め。

社長の考えを喜んで受けいれようとするおれがいた。罰当たりな連中を罵《ののし》ろうとするおれがいた。どちらもおれだった。おれ以外の何者でもなかった。

「爺さん、あんたの耳に入ることはなんでもおれに教えてくれ」

おれはいった。だれよりも、おれ自身が罰当たりな存在だった。

「もちろん。わしはいつだってそのつもりだよ」

「どうしておれにそんなにしてくれるんだ？」

「償いさ」

王東谷の声は小さかった。もう少しで聞き漏らしてしまうところだった。

「償い？　なんの償いだ？」

「わしのせいであんたは黒道と関ることになった。その償いだよ」

王東谷はビールをすすった。

「放水をして黒道から金をもらうっていうのは、おれ自身が決めたことだ。爺さんには関係ないぜ」

「あんたはそう思っておればいい。わしにはわしの考え方がある。あんたにそれを押しつける気はないがな」王東谷はおれのグラスにビールを注ぎ足した。「飲みなさい。今のあんたに必要なのは眠ることだ。酔って、すべてを忘れて寝るのが一番いい」

「今度、睡眠薬を持ってきてくれ」

おれはいった。王東谷がうなずいた。おれはビールを一気に呷った。

「シャブでもいいぜ、爺さん」

王東谷は悲しそうに首を振った。

「冗談だ。忘れてくれ」

「酒を飲んでも眠れんのなら、女を抱くといい。女なら、いくらでも紹介しよう」

「女はいい」

今この瞬間、おれが抱きたい女はこの世でただ一人——麗芬を抱きしめたとき、身体を駆け抜けた興奮を他の女で味わえるはずもない。

「それより、爺さん……リエの口を封じなきゃならない。あいつは感づいてる。おれを脅しやがった」

「謝さんにいってなんとかしてもらおう」

「うまくやるようにいってくれ。あの女は見た目よりずっとこすっからい」

「曾さんと連絡は取り合っておるのかね？」

「いいや」

いいながら思いだした。曾に、王のことを調べてくれと頼んであった。

「あの弁護士がいっていたが、もう二、三日もすれば、護衛の警官はいなくなるそうだ」

「トシが死んだばかりだぞ。逆に護衛は強化されるんじゃないのか？」

「明日、球団があんたと周さんそれに黒んぼの処分を発表するそうだ。八百長問題のケリがつくまで、あんたらは無期限出場停止。減俸半額。弁護士は、試合に出場できない選手に黒道がなにかしてくる恐れはないと警察を説得するつもりらしい」

「つまり、自由に動けるようになるってことか？」

「ある程度はな」

一時間ほど話を続けて、王東谷は暇《いとま》を告げた。その後も、ビールをウィスキィに代えて飲みつづけた。

ぐるぐる回っていた。回って、回って、落ちていく。闇《やみ》の奥へ。おれの心の闇の奥へ。

それでも眠りは訪れなかった。何度も迷った挙句、電話に手を伸ばした。

「喂《ウェイ》？」

たった今まで泣いていたことがわかる声がした。

「葬式の日取りはどうなった？」

おれは努めて平静を装った。

「加倉さん……明日、かけなおしてもいいですか？　両親が――」

「こんな時間に電話して悪いと思ってる。だが、どうしても君の声が聞きたかった」

「やめてください」

「おれのことが嫌いか、麗芬？」

「すぐ横に、俊郎がいるんです」

「トシは死んだ」

おれが殺した。無防備な背中に襲いかかった。

「やめて……お願いです」

なにかを恐れているような声が返ってきた。おれにはその声を撥《は》ねのけることができなかった。アルコールは心を弱くする。今では、あの悪鬼の囁《ささや》きも聞こえなくなっていた。

「麗芬、明日、電話をくれ。必ずだ。待ってる。いつまでも待ってる」

電話は切れていた。

20

鏡を覗きこんだ。青白い顔をした亡霊がおれを見返した。

部屋を出て、おまわりたちと朝飯を食った。食事が喉《のど》を通らなかった。おまわりたちの旺盛《おうせい》な食欲に吐き気を覚えながらお茶だけをすすった。

　このままだとくたばるぞ——頭の中で声が響いた。

曾に電話した。曾はまだ起きていた。眠たげで不機嫌な声が、刑事のことを調べるには時間がかかるといった。シャブが欲しい——そう告げると、曾は今夜電話しろといった。

　外に出ると太陽のまばゆい光が目を射た。視界が定まらず、ぐるぐる回っていた。俊郎にすべてを押しつけろ——傷ついたアナログレコードのように、同じ言葉が何度も頭の中で谺《こだま》した。イラ・フォルモサ——なんて美しい島だ。昔、台湾を初めて見たポルトガル人が、その美しさに感嘆してそう叫んだという。恐らく、そのポルトガル人には台湾が楽園に見えたに違いない。だが、楽園などどこにもない。

　いつものように警察の車に乗った。先客がいた。

「顔の色、よくないね、加倉さん」

　謝はいたずら小僧のような笑みを浮かべていった。ここ数日、だれもがおれの顔色の悪さを指摘しているようだった。

「黒道が警察の車に乗ってだいじょうぶなのか？」

「老板《ラオバン》が話つけてるよ」

　車が動きだした。おまわりたちは口を開かなかった。神経質な視線をときおり謝に浴びせるだけだ。

「つまり、このおまわりたちにはおまえが見えないってことか」

「日本語、難しいね」

謝は煙草のパッケージを取り出した。

〈峰〉。日本でこの煙草を吸っているやつは見たことがない。だが、台湾の黒道にはなぜか人気がある。謝は自分で一本くわえ、おれにも煙草をすすめてきた。箱から煙草を引き抜き、くわえた。金属音がして炎が目の前に現れた。デュポンのライターだった。

「それで、わざわざあんたが出向いてくるなんて、どういうことだ？」

「わたし、メッセンジャーね。老板が、加倉さんに話すようにいった」

煙草の煙が車内に立ちこめた。おまわりたちは動かない。しかたなく自分で窓をあけた。煙に代わって熱気が入りこんできた。

「老板、警察に子分を行かせる」

「生贄を差し出すってことか？」

「生贄、そう。それよ。そいつ、警察にこういうね。わたし、野球選手に放水させました。放水した野球選手、張俊郎。他の選手、知らない。張俊郎を殺した人も知らない」

口の中が粘ついていた。

「そんなことを警察が信じるのか？」

そんなことをしたら、麗芬はどうなる——頭蓋骨《ずがいこつ》が割れそうに痛んだ。

「警察と、話ついてるよ」

だれかがいっていた。警察は本気だ、と。黒道と癒着している連中を叩《たた》き出そうとする動きがある、と。謝の話が真実だとすれば、どこかでなにかが歪《ゆが》んでいる。口を開き、閉じた。謝の説明で理解できるとは思えなかった。おれに北京語ができれば話は別なのだろうが。顧に話を聞くべきだった。顧と社長が俊郎に罪を被《かぶ》せようと話した翌日に徐栄一からメッセージが届く——偶然であるはずがない。

「それで、老板はおれにどうしろというんだ？」

煙草をくゆらしてから訊《き》いた。顧がこの件に絡んでいるなら、わざわざ謝を使う必要はない。ミーティングのときに顧が話せばいいだけのことだ。謝がわざわざ出てきたことには意味がある。顧が知らないなにかを、徐は伝えたがっている。

「加倉さん、なにもしない。なにもいわない。もし、約束破る。わたしたち、加倉さんが張俊郎を殺したこと、張俊郎の奥さんにいう」

眩暈《めまい》がした。吐き気を覚えた。マウンドの上で何度も同じ感覚を味わったことがある。一点差で勝っている試合の九回裏二アウト、フルベース。一つでも間違えばすべてを失うというときに味わう緊張と恐怖。

「おれは殺《や》ってない。おれが殺ったという証拠はどこにもない」

思わず口にしていた。謝が嗤《わら》った。

「わたしたち、警察じゃないよ。証拠、いらないね」

おまわりたちは相変わらずだった。おれたちの日本語は連中の耳に届いてはいなかった。

「老板はいつ台北に来る。会わせてくれ。老板と話がしたい」

「老板に伝えるよ」

そういってから、謝は車を運転しているおまわりになにかを告げた。車のスピードが落ちた。

「加倉さん、さっき、曾に電話したね。シャブ、よくない。シャブ使ったら、王という刑事、すぐに気づくよ」

曾に電話したのはほんの一〇分前だった。おれは呆然《ぼうぜん》と謝の顔を見た。すべてはお見通しだという視線が返ってきた。首筋にちりちりした感触があった。屈辱のあまり顔の筋肉が震えてしまいそうだった。

「眠れないとき、この中に入ってる薬、飲むといいよ」

謝は〈峰〉の箱をおれに押しつけてきた。車がとまった。窓の向こうに台北駅が見えた。謝が車をおりた。運転席の窓を叩き、隙間《すきま》から札束を押し込んだ。運転手が札束を奪いとった。手品師のような鮮やかさだった。謝はおれに手を振り、歩き去った。

煙草の箱を覗《のぞ》いてみた。白いラグビーボールのような形をしたタブレットが数錠入っていた。睡眠薬だ。おれは煙草の箱を握り潰《つぶ》した。箱を投げ棄てようとして思いとどまった。

麗芬の悲しげな顔が脳裏にあった。麗芬の前でしゃんとしているためには、眠らなければならなかった。麗芬と一緒に俊郎の葬儀を取り仕切るには睡眠が必要だった。

くしゃくしゃになった煙草の箱を、おれはジャケットのポケットに放り込んだ。

車が動きだし、おまわりたちがなにかの呪縛《じゅばく》から解放されたように北京語や台湾語で話しはじめた。

ハイエナどもは飽くことがない。球団事務所前に陣取っている報道陣の数は日ごとに増していた。野球賭博《とばく》に殺人。連中にとっちゃ最高の御馳走《ごちそう》だ。

おまわりたちに前後左右を囲まれてハイエナどもの群れを割った。聞こえるのは北京語の怒号。カメラのフラッシュが絶え間なく光り、視界が奪われた。

だれかがジャケットの裾《すそ》を引っ張った。

「加倉さん。東都テレビの小野寺です」

振り返らなかった。おれの右横にいたおまわりが凄《すご》い剣幕で怒鳴りはじめた。小野寺由紀の顔と彼女にされたことを覚えているのだろう。

「今日、記者会見があるというのは本当ですか？」

おまわりの怒鳴り声を吹き飛ばして、小野寺由紀の声がはっきりと耳に届いた。

「記者会見？　なんの記者会見だ？」

振り向いた——失敗だった。ハイエナどもが押し寄せてきた。小野寺由紀がどこにいるのかさえ確認できなかった。前にも同じことがあった。同じミスをくり返す——頭の働きが鈍っている証拠だ。

「加倉さん」

声のする方に身体を進ませることもできなかった。おまわりがだれかを殴っていた。だれかがおれのジャケットを引っ張っていた。大勢の叫び声が海鳴りのように耳を聾《ろう》した。フラッシュの光が神経を苛《さいな》んだ。おれはもみくちゃにされ、海の底に沈んでいくような気分に襲われた。

「だいじょうぶか？」

ソファに横になっていると、王東谷が顔を見せた。おまわりたちと球団職員に運ばれた部屋だ。四方の壁にファイルケースがあるだけの殺風景な部屋だった。

「ただの寝不足だ」

おれは身体を起こした。ジャケットは泥だらけで、あちこちに裂け目ができていた。

「酷《ひど》いもんじゃないか」

「おれはプレスの連中ってのはハイエナみたいなものだと思ってたが間違いだったよ。連中はピラニアだ」

王東谷は口をあけて笑った。

「そのとおり、あいつらはピラニアで、あんたはピラニアがうようよしておる河にはまってしまった間抜けな羊というわけだ」

「ミーティングは？」

「それどころじゃないわ。ピラニアどもはまだ騒いでおる。社長は警察を呼んだ。周とロペスは裏口から逃げた。他の選手は朝から警察に行っておる」

耳をすますと、確かに喧騒《けんそう》が聞こえた。

「ここに来る前に謝と話をした」

「聞いたよ」

「爺《じい》さんはなんでも知ってるんだな」

「耳は遠くなっとるんだがな」

「顧と徐栄一が話をつけたんだな？」

「わしはそこまでは知らん」

「おれはどうしたらいい？」

「あんたの好きにするさ。ただし、もう後戻りはきかんだろうな」

「顧を呼んでくれ」

王東谷は出ていった。

顧は昨日と同じ顔をしていた。朝からゆったりと風呂《ふろ》に浸《つ》かり、マッサージを受け、顔の産毛を抜いてもらったという顔だ。

「お加減はいかがですか？　社長の名前で各新聞社、テレビ局に抗議の文書を発送することにしました」

「そんなことはどうでもいい。徐栄一とあんたがした話をしてくれ」

顧はネクタイの結び目に手をやった。王東谷がちらりと視線を飛ばした。王東谷はドアにもたれかかって欠伸《あくび》をしていた。

「あいつは英語がわからない。いてもかまわないだろう？」

おれがいうと、顧は仕方がないというようにうなずいた。

「あなたはどこまで知っているのですか？」

顧はソファに腰をおろした。

「あんたと社長が、昨日俊郎に罪を被《かぶ》せようと話したのを知ってる。徐栄一が生贄《いけにえ》を警察に突きだして、俊郎に放水をさせたと証言させようとしているのを知っている。そのでたらめを警察に飲みこませるために、徐栄一がなにかをしたことを知っている。なにをしたかは知らない」

「それ以上、なにを知りたいと？」

「あんたたちの書いたシナリオがうまく機能したら、おれたちはどうなる？」

「八百長問題に関しては、次の問題が起こるまで無罪放免です。八百長をする選手を抱えていたということで、美亜には打撃になりますが、これ以上問題が長引くよりはいい」

「これ以上ボロが出る前に蓋《ふた》をしようってことだな」

「どうおっしゃってくださっても結構です……ミスタ加倉、わたしはこれが問題解決の最良の方法だと確信しています。なにが問題なのですか？」

おれは唇を舐《な》めた。心臓を指差した。

「ここの問題だ。あんたに理由を説明するつもりはない。おれは、あんたらがシナリオに書いた役割を演じるなら、そのシナリオにきちんとオチがあることを確認しておきたいんだ」

「もしかすると、良心とか名誉とかいったことが問題なのではないでしょうね」

眼鏡の奥で顧の目が細くなった。顧の問いをおれは笑い飛ばした――うまくいった。

「そんなものは、放水に手を出したときに捨ててきた。そんなことより話を続けよう。警察はそのシナリオで納得するのか？」

「そのはずです」

「ついこの前、徐栄一がおれにいった。警察は野球賭博《とばく》問題に本気で取り組もうとしている。徐栄一のような黒道と癒着している連中と、そうじゃない連中の間に権力争いが起こっているってな。それがどうしてこうなった？」

顧はため息をついた。腕を組み、頭を左右に振り、話しはじめた。

「これは譬え話です。そういう前提で聞いてください」

顧は王東谷を盗み見た。王東谷は退屈そうにファイルキャビネットに並んだファイルホルダーの背表紙を眺めていた。

「複数の警察幹部がいます。いずれも、将来的にはこの国の警察権力のトップに立つ可能性を秘めている人物です。彼らは互いに足を引っ張りあい、お互いに問題を抱えているのです。大抵は家族の問題、ごく一部では個人的な問題ですが……ある幹部の子息は昨年、自動車事故を起こしました。また、別の幹部の子息は、徴兵を回避するために留学したヴァンクーヴァーで人妻を強姦《ごうかん》しました……この二人は、あなたのいう〈そうじゃない連中〉です」

「そいつらの弱みを、黒道と癒着している連中が摑《つか》んだというわけか？」

「徐先生がその秘密を探り当てて、耳打ちしたのです。徐先生はただの黒道ではありませんよ、ミスタ加倉。手に入れた金を有効に使う方法を知っているのです」

顧は歌うようにいった。徐栄一《さい》を尊敬しているといっているようだった。

「しかし、その二人の問題は些細《ささい》なものです。一番の問題は、二年後に警察権力のトップに立つと目されている人物にあります。彼はそうじゃない人間の側にいますが、皮肉なことに、彼の弟が彼の足元をすくっているのです」

「そいつはなにをやったんだ？」

「黒道なんですよ」顧の唇が歪《ゆが》んだ。「あなたたちを拉致《らち》した黒道は嘉義の組織ですが、嘉義のボスの片腕がその警察幹部の弟なのです。兄弟は憎みあっていて、だからこそ、その警察幹部は黒道を目の敵にしていたんですがね」

「つまり、これ以上この問題をでかくすると、そうじゃない連中もヤバいことになるわけか」

「そうなります。ただ、世論やメディアの手前、なにもなしですませるというわけにはいきません」

「だから、生贄をくれてやる」

「そう。スケープゴートを差し出してやるのです。幸い、ミスタ張は死にました。死人は文句をいいません。黒道の生贄の方も、二、三年で監獄を出たあとは出世が約束されています」

「イラ・フォルモサ」

呟《つぶや》いてみた。麗しの島——なにもかもが熱気と湿気で腐っていく。

「なんとおっしゃいました？」

「なんでもない。だが、それだけで本当に済むのか？　現場の捜査官がそれで納得するとは思えないんだが」

憐《あわ》れみの視線が飛んできた。

「ミスタ加倉。あなたは台湾の警察を日本の警察と同列にして論じていますね。いいですか、残念なことに、我が中華民国の警察はお世辞にも素晴らしいとはいえません。黒道は我が物顔で通りを練り歩き、誘拐事件のような凶悪犯罪が横行しているのがこの国の現状です。中華民国の警察には、能力とモラルが決定的に不足しているのです。中には真面目《まじめ》な警官がいることはわたしも認めます。けれど、そうした警官たちの職務に対する義務感は、圧倒的多数の職務にそれほど忠実でない警官たちによってスポイルされるのです」

「あんたのいいたいことはわかった。演説はもう、やめてくれ」

「他にご質問は？」

顧に皮肉は通じなかった。

「あんたたちが書いたシナリオどおりに筋書きが運べば、問題は俊郎の殺人事件だけになる」

「それはわたしたちの問題ではありません。あの殺人事件は、美亜とはいっさい関係のないところで起きたのです」

「わかった。それで、あんたは新しいクライアントになんと説明するつもりだ？」

「新しいクライアント？」

「宋麗芬。張俊郎の女房だ。昨日の朝、おれに話したのはでたらめだったのか？」

顧はやっと思い出したというようにうなずいた。

「確かに、ミズ宋はわたしのクライアントです。が、状況は昨日の朝とは変わりました」

「どういうことだ？」

「わたしのクライアントはミズ宋ですが、わたしに金を払うのはミスタ宋だということです」

まわりくどいいい方だったが閃《ひらめ》くものがあった。

「麗芬の親父になにかをいわれたんだな？」

「ミスタ宋はなにもしないことをわたしに望みました。彼はミスタ張のことをよく思っていません。ミスタ張の死が自分の娘に与えている影響を気に病んでいるのです」

「もっと簡単に説明しろ、顧。ここは法廷《いや》じゃない」

「ミスタ宋は、時間が彼女の心の傷を癒してくれると考えているのです。ミスタ張の死の真相を調べる振りをするだけでいい、とミスタ宋はいいました」

憐れな麗芬。最愛の夫を亡くしたというのに、家族にないがしろにされている。夫を殺した男に求愛されている。

「酷《ひど》い話だ」

「娘のことを案じる父親としては当然の態度だと思いますが」

おれは首を振った。麗芬の泣く声が聞こえた気がした。

「まだ質問がありますか？」

「いいや」

もう一度首を振った。

「あなたの問題は解決したのですね？」

「そういうことだ。おれはあんたたちが書いたシナリオどおりに動く」

「理性的な判断です」

「今日はどうすればいいんだ？」

「この騒ぎですから、ミーティングは中止。取り調べの方もあなたの分の取り調べは中止するように申し入れました」

「そいつは助かるな」

「護衛の警官は外にいます。もし外出したければ、夕方六時までに必ず戻ってくると約束していただければ、ご自由にどうぞ。裏の通用口を使えば、警察やメディアに気づかれることもないでしょう」

顧は腰をあげた。

「どうして六時なんだ？」

「失礼。いい忘れていました。六時から、記者会見を開きます」

小野寺由紀の声が蘇《よみがえ》った。

「なんの記者会見だ？」

「社長がミスタ張殺害事件の早期解決を望む声明を発表します。それに付随した会見です。気にすることはありません。会見の前に、なにをいうべきで、なにをいうべきでないか、わたしがレクチュアします」

顧は平然といった。

「どうしてそんなものにおれが出るんだ？」

「みんなはあなたがミスタ張の親友だったと思っています。あなたも出席するべきです」

顧の狙《ねら》いはわかっていた。それでも、意思がそれを拒否しようとしていた。

「そんなことをやって、なんの意味がある？」

「パフォーマンスです。メディアを通して世論を動かすことができれば、我々の状況は好転します。メディアは両刃の剣ですが、うまく利用すればとてつもない力を発揮してくれますので」

メディアエイジのニュー・ヤッピィ——顧は恭《うやうや》しく頭を下げて部屋を出ていった。

「なんの話をしておったんだ？」

王東谷の顔は苦々しげに歪んでいた。

「あんたの知ってる話さ」

おれはジャケットのポケットから煙草の箱を引っ張りだした。潰《つぶ》れた箱の中には睡眠薬と数本の煙草が入っていた。折れていない煙草を摘み、火をつけた。

顧との会話で確認できたことが一つあった。徐栄一がわざわざ謝を寄越した訳だ。徐が気づいていて、顧が気づいていないことがある。おれの麗芬への執着。俊郎を殺したことを、だれよりも麗芬に知られることをおれが恐れていることを顧は知らない。知っていれば匂《にお》わせたはずだ。

「爺《じい》さん――」煙を吸い込みながらいった。「徐栄一には今度はいつ会える?」

「向こうにおうかがいを立ててみんとな」

「できるだけ早く会いたいんだ。謝にもそう伝えたんだがな」

王東谷はいぶかしげに目を細めた。

「謝さんになにかいわれたのか?」

「いうことを聞かなきゃ、おれが俊郎を殺したことを麗芬に教えると脅された」

王東谷の細まった目になにかの光が宿った。それがなにかを確認することはできなかった。

「あんた、徐栄一に食い物にされるぞ」

「だから、早いところ会いたいんだ」

「もう、遅すぎるかもしれん」

おれは煙草を床に放り投げた。

「出かけよう。じっとしてると、頭がおかしくなっちまいそうだ」

「どこへ行くんだね？」

「まず、おれのアパート。着替えやなんかを取りに行かなきゃならない。その後は、これから考える」

21

アパートの周りにハイエナどもの姿はなかった。おそらく、あの騒ぎのせいで球団事務所に集まれと招集がかかったのだろう。おれと王東谷はタクシーを降り、アパートに入った。

アパートは静まり返っていた。繁華街に近いこともあって、元々独身者が多いアパートだ。昼間の人口密度は極端に低下する。だが、それにしても、今日は静かすぎた。神経が参っているせいでそう感じるのかもしれなかった。

エレヴェータで六階にあがり、異変に気づいた。どこがどうと指摘できるわけじゃない。だが、なにかがおかしい。

「どうかしたかね？」

王東谷が訊《き》いてきた。それには答えず、ドアに駆け寄った。ノブを回す――鍵《かぎ》がかかっていなかった。記憶を探りながらドアを開けた。リエを抱き、おまわりたちと部屋を出るときに鍵はたしかにかけたはずだ。二重ドアになっている鉄の格子戸にも鍵はかかっていなかった。

「鍵をかけ忘れたのか？」

もう一度、王東谷の声。おれはかぶりを振った。汗が吹き出てきた。

「ナイフかなにか持ってるか？」

囁《ささや》くようにいった。王東谷が両手を広げた。

「鍵はたしかにかけたんだな？」

「間違いない」

「どきなさい。わたしが様子を見てくる」

「爺さん——」

おれが口を開く前に王東谷は動いた。慎重だが大胆な足取りで部屋に入っていった。おれも慌てて後を追った。

埃《ほこり》っぽく湿った空気が鼻についた。王東谷が玄関脇《わき》の電気のスウィッチを入れた。明かりが灯《とも》り、エアコンが振動しはじめた。王東谷が部屋の奥に進んでいく。バスルームに頭を突っ込み、だれもいないと首を振った。いくぶん丸まった背中がとてつもなく大きく見えた。

おれはダイニングの入口で突っ立っていた。王東谷が他の部屋をチェックするのをただ見守っていた。物陰からだれかが飛び出してくる幻覚に襲われた。だれか——もちろん俊郎だった。吹き出た汗が音をたてて引いていった。

「だれもおらんぞ」

王東谷が寝室から戻ってきた。

「物を盗《と》られた様子もない。あんた、鍵をかけたと思い込んでただけじゃないのか」

「そんなはずはない。たしかに鍵はかけた」

徐栄一からもらったパテック・フィリップがある。あれを部屋に置いたまま鍵をかけ忘れるには、おれはあまりに俗物すぎた。

おれは部屋を見てまわった。部屋が荒らされた形跡はまったくなかった。盗まれたものもなかった。盗もうにも、この部屋には金目のものがない。パテック・フィリップを除いては。

寝室に入った。ベッドは乱れたままだった。シーツに鼻を近づければ、精液と愛液の匂いがしそうだった。クローゼットを開けた。パテック・フィリップの入った箱が消えていた。

「なにかなくなったものがあるのか?」

王東谷が顔を突きだしてクローゼットを覗《のぞ》きこんだ。スーツが五着にコートが一着、あとは普段着やトレイニングウェアを丸めて放り込んであるだけだ。しゃがみこんで、クローゼットの床をさらった。箱はなかった。

「こんなところに大事なものをしまっておいたのか?」

「徐栄一からもらった時計だ」

おれはいった。声がかすれていた。

「なんだってそんな高いものをこんなところに置いて行ったんだ?」

「俊郎を殺した次の朝だ。おまわりが来た。あんなものをおまわりに見られてみろ、なにを勘繰られるかわかったもんじゃない。だから、このクローゼットに突っ込んで隠したんだ。後で別の場所に保管するつもりだった」

侵入者は他のものには目もくれなかった。パテック・フィリップだけ手に入れて、部屋を出ていった。

「ここにその時計があることを知っておった人間はいるのか?」

「リエだ」

他には考えられなかった。リエは何度もこの部屋に泊まっている。どこになにがあるかをわきまえている。合鍵を作る隙《すき》をみつけることだってできた。おれがパテック・フィリップを持っていることを知っていた。

携帯を取り出した。リエの番号は登録してあった。番号を呼び出してかけた。留守番電話のメッセージが流れてきた。

「おれだ。昭彦だ。すぐ連絡を寄越せ――くそっ！」

携帯を切ってクローゼットの壁を蹴《け》った。恐怖が背筋を這《は》いあがってきた。リエはおれが俊郎を殺したことを感づいている。自分が感づいていることをおれに報せ、脅してきた。尻尾《しっぽ》を摑《つか》まれた犬になったような気分だった。

「あの娘はどこに住んでおるんだ？」

「知らない」

王東谷は呆《あき》れたというように口を閉じた。返す言葉がなかった。やるためだけの女。おれはリエの本名も知らない。知りたくなかった。知ればわずらわしくなるだけだと思っていた。

「曾さんなら知っとるんじゃないか？」

「あんたが電話してくれ。曾と日本語で話してたんじゃ、埒《らち》が明かない」

王東谷はベッドの足元に転がっている電話に手を伸ばした。おれはもう一度クローゼットの中をかき回した。グレイのスウェットのトレイナーに包んで隠した記憶は鮮明だった。だが、何度探しても箱は見つからなかった。

王東谷の台湾語が聞こえてきた。リエ、という単語しか聞き取ることができなかった。東谷は苛立《いらだ》たしげに左手を動かしていた。この時間の曾は熟睡していたはずだ。話が要を得ないのだろう。おれが電話に出ていたら、脳の血管が切れていたかもしれない。

やっと電話が終わった。王東谷は首を振った。

「昨日の夜、あの子は店に来なかったそうだ」

「無断欠勤か？」

不安が広がっていく。

「そういうことらしい」

「住所は？」

「曾は知らん。知っているのは真澄さんだけだといっておった」

真澄の電話番号——携帯で呼び出し、かけた。呼び出し音が鳴った。鳴りつづけた。唇を嚙《か》んだ。強く。舌に血の味が広がった。諦《あきら》めかけたときに、不機嫌な声が聞こえてきた。

「喂《ウェイ》？」

「真澄か？　加倉だ」

「加倉さん！　いま、何時ですか？」

「すまない。聞きたいことがあるんだ。リエがどこに住んでるのか教えてくれ」

「リエ、どうしました？　昨日、店を休んで、わたし困りましたよ」

「おれも困ってる。リエの住所を教えてくれ」

「わたし、知ってます。でも、加倉さん、教えてもわからないです」

苛立ちが頂点に達しそうだった。怒鳴りつけたいという欲求をこらえて、おれは携帯を王東谷にわたした。

「リエの住所を聞いてくれ」

それだけいってバスルームに向かった。シャワーで頭に冷水を浴びせた。焦りと不安、恐怖は消えることがなかった。それでも、なんとか耐えられそうな気がした。

水に濡《ぬ》れたまま、寝室に戻った。王東谷が紙切れになにかを書きつけていた。

「わかったのか？」

王東谷はうなずいた。どこか憂鬱《ゆううつ》そうな仕種《しぐさ》だった。おれはそのまま踵《きびす》を返して玄関に向かった。王東谷の憂鬱にかまっていられるほどの余裕がおれにはなかった。

タクシーに乗った。王東谷が運転手に告げた目的地を聞き取ることができなかった。

「どこへ行くんだ？」

「ディーホアジェの近くだよ」

王東谷が口にした地名に覚えがなかった。タクシーが南京東路に出、西へ向かった。このまま直進すれば、淡水河にぶつかるはずだった。

「漢字を書いてくれ」

王東谷は指を使って空中に字を書いた。迪化街――眩暈《めまい》がしそうになった。おふくろから送られてきたたった一通の手紙に書かれていた住所を探していたときに、その道の名を耳にした。安西街《アンシージェ》はどこにある――迪化街の近くだ。おれはタクシーで迪化街まで行き、安西街に辿《たど》りついた。そして、更地を見つけた。おふくろと邦彦が手の届かない場所に行ってしまったことを知った。

「どうかしたか？」

「いや、なんでもない」

おれは首を振った。思い出に浸っている場合じゃなかった。携帯でリエに電話をかけた。留守電のメッセージが流れるだけだった。舌打ちした。煙草をくわえた。なにかをしていないと落ち着かなかった。

「加倉さん、あんた、随分焦っておるようだが、どうなっとるんだ？　確かに高いもんかもしれんが、ただ、時計を盗まれただけだろうに」

「前にもいっただろう。あいつはおれを脅したんだ。リエはおれがトシを殺したことを感づいてる。あいつを殺した後、呼び出したんだ。アリバイに使おうと思ってな」

「アリバイってなんだね？」

「リエが、あの夜はおれとずっと一緒にいたといってくれれば、おれがトシを殺したことにはならない。わかるか？」

「かなり危ない橋を渡ったようじゃないか。わしに電話すれば済んだことなのに」

「あのときは頭が混乱していた。自分でもなにをしているのかわからなかったんだ。いいか、爺さん、あいつは頭が悪いわけじゃない。トシが殺されたこととおれの様子がおかしかったことを結びつけたし、警察がやってきたとき、おれが慌てて時計を隠すところを見ていた。あいつは金がほしくて時計を持っていったんじゃない。賭《か》けてもいい。もしあいつを放っておいたら、おれだけじゃない、徐栄一もヤバいことになるぞ。あんな馬鹿高い時計を人にくれてやる人間なんてそうはいないからな、違うか？　リエが警察に駆けこんで、この時計はどうしたんだと質問されたら、おれには答えようがない」

　おれは一気にまくしたてた。王東谷は目を閉じて唸《うな》った。

「このことは、黒道には知られないようにしなきゃならんな。もし、徐栄一が知ったら、あんた、殺されるかもしれんよ」

「だから、焦ってるのさ」

「なにがあっても、徐栄一の名前は口に出さんことだ。あれは人の皮をかぶったけだものだ」

　王東谷はざらついた声でいった。

「さあ、もうすぐ迪化街だ」

　タクシーはロータリーを走っていた。道はいつの間にか南京西路に名前を変えていた。ロータリーの真ん中に、薄汚れた屋台が並んでいた。円環《ユエンファン》――かつては観光客で賑《にぎ》わった屋台街だ。最近じゃ見る影もない。

　円環をすぎると、途端に景色が殺風景になった。古びたビルが色褪《いろあ》せた看板を従えて軒を連ねている。

「昔はこの辺りも賑やかだったんだが――」王東谷は目を細めて窓の外の景色を見ていた。

「今はもう寂れてしもうた」

　だれかに聞かせようという言葉じゃなかった。王東谷は自分の内部に向かって語りかけているようだった。そのどこかのどかな態度がおれの神経に触った。年寄りの繰り言に耳を傾ける気分になれないのは当然だった。

「昔を思い出すのは一人できたときにしてくれ。おれはそれどころじゃないんだ」

「これはすまなかった」

王東谷は寂しそうに笑った。


細い道だった。数十年の間、ただ放置されていただけのようなアーケード、レンガ壁の古い家。そこだけ時間が停止してしまったかのような街並み。多分、ここに住んでいる人間の心もすっかり古びているに違いない。

おれは王東谷の後について歩いた。王東谷は縄張りを練り歩く雄猫のようだった。立ち止まってあたりを見渡すでもなく、目的地にまっすぐ向かっている。道端に老人の一団がたむろしていた。老人たちは険しい視線を王東谷に向けていた。よそ者に向ける視線じゃなかった。

「この辺に住んでいたことでもあるのか?」

汗を拭《ぬぐ》いながら訊《き》いた。

「昔さ。もう、ずっと昔のことだ」

「みんな、あんたを睨《にら》んでるぞ」

「わしは黒道だったから仕方がない。ここらの年寄りたちは、わしのした悪さを覚えておるのさ」

「おれのおふくろもここら辺りに住んでいたらしい」

王東谷におふくろと弟の話はしてあった。

「それは奇遇じゃないか」

王東谷の返事は心ここにあらずといった感じだった。

「佐々木陽子というんだ。邦彦という子供を連れて、この辺の台湾人のところに嫁いできた。あんた、知らないか？」

「知らんな。わしがここに住んでいたのは、何十年も前のことだよ。ここを出てからはほとんど寄りつかんかった」

「あの刑事もこの辺りに住んでいたのか？」

「刑事？」

「小王の倅《せがれ》だよ。あの生意気な刑事だ」

「ああ、あれか……いや、ここらではない。別の場所さ。そんなことより加倉さん、この辺りだぞ」

小さく粗末な家の前で王東谷は足をとめた。干からびてしまったような老婆が玄関の前に椅《い》子《す》を出して、陽を浴びていた。王東谷は台湾語で老婆に話しかけた。反応がなかった。北京語――同じだった。

「お婆さん、あんた、温《おん》さんじゃなかったかね」

王東谷は日本語でいった。老婆の目が動いた。

「おまえさん、だれじゃ？」

深くひび割れたような声が皺《しわ》だらけの口から発せられた。多少の訛《なま》りはあるが、はっきりとした日本語だった。

「あんたのお孫さんを探してるんだがね」

王東谷がいった。おれはまじまじと老婆の顔を見た。陽に焙《あぶ》られた皺《しわ》だらけの顔。辛酸を舐《な》めてきた者だけが身につける卑屈さが宿っている。リエの現代風の顔と結びつかなかった。

「おまえら、やくざ者か？」

「違う。お孫さんの知り合いだよ。お孫さんはいるかね？」

「晶晶《ジンジン》ならおらん。去年の春に出て行ったきりじゃ。便りの一つもないわ」

「どこに行けば会えるね？」

老婆は答えなかった。細い目をかっと見開いて王東谷の顔を見ていた。顎《あご》の下の筋肉が震えていた。やがて、口を開いた。

「おまえ、輝夫か？」

「人違いだよ、お婆さん」

王東谷は老婆の視線をそらした。

「いいや、おまえは輝夫じゃ。やくざ者の輝夫じゃ。よくも戻ってきおったの。おまえがわしの孫になんの用じゃ。売り飛ばそうとでもいうのか⁉」

老婆のしわがれ声は時がとまったような周囲の空気を切り裂いた。通りに出ていた人間すべての視線がおれたちに集中していた。

輝夫——王東谷の日本名だ。

「お婆さん、おれはもう、足を洗ったんだ。今は堅気だよ」

王東谷の顔が歪《ゆが》んでいた。他人を装うことをやめていた。

「なにをいうか。わしは覚えておるぞ。おまえがどんだけ悪さをしたか、覚えておるぞ。おまえはけだものじゃ。それが証拠に、おまえの息子もやくざになったらしいじゃないか。新しい嫁さんも散々泣かしてここを出ていったくせに、いまさらなにしに戻ってきた⁉　わしの孫になんの用がある」

歪んだ表情の下から、王東谷の視線がおれを捉《とら》え、離れていった。聞かれたくない話だったのだ。

おれは王東谷と老婆の間に割って入った。

「お婆さん、お孫さんを探してるのはこの人じゃない。おれなんだ。この人には道案内を頼んだだけだ。おれはお孫さんに大事なものを預けた。それを返してもらわなきゃならないんだが、お孫さんがどこにいるか知っているのなら教えてくれないか」

「あんた、日本人か？」

「そうだ。お孫さんはどこにいる？」

「知らん。知っていても、こんなやくざ者を連れてきた人間に喋《しゃべ》るもんかね。帰っておくれ。とっとと帰っておくれ」

「お婆さん――」

肩を掴《つか》まれた。振り返った。王東谷だった。

「行こう、加倉さん」

もう少し話を聞こう――口を開いて、閉じた。王東谷の背後に人垣ができていた。だれひとり口を開くものはいない。だが、無言の圧力はなにかあったらただじゃおかないと告げていた。

王東谷に促されておれは歩きだした。背中に人垣から放たれる視線が張りついていた。

「やり方を失敗したよ」王東谷が小声で囁《ささや》いた。「みんな、わしのことなど忘れていると思っておった」

王東谷の声には力がなかった。なにかを恐れ、なにかにうちのめされたような声だった。

「人を使って調べさせるから、もう少し待ってくれんか、加倉さん」

うなずくしかなかった。

なにかに追い立てられるように歩いた。尻《しり》の辺りがむずむずした。背中に湿ったものが張りついていた。頭の芯《しん》でなにかがちろちろと燃えていた。

路地を右に折れ、迪化街の裏道に出た。

「加倉さん、どこへ行くんだね？　タクシーを捕まえるなら、反対に向かった方が早いよ」

それには答えず、足を速めた――なにかに追い立てられるように。あるいは、なにかに引き寄せられるように。

しばらく歩いて足をとめた。最初はそこが目的地だとは気づかなかった。三年前、そこには更地があるだけだった。おれの目の前にはこざっぱりとしたビルが建っていた。ビルは周囲の雰囲気からはっきりと孤立していた。

「急にどうしたんだね、加倉さん。わしを怒っているのか？」

王東谷が追いついてきた。声に荒い息が混じっていた。

「三年前、ここに来た。おふくろからもらった手紙にあった住所がここだったんだ。おふくろや弟に会えるかもしれないと思うと、心が弾んだよ」

辺りを見回した。三年前の記憶と違うのは、やはりこのビルだけだった。

「だけど、あるのは更地だけだった。おふくろも弟もいなかった」

「なぜ、あんたはお母さんと一緒に台湾に来なかったんだね」

「おれはおふくろに捨てられたんだ」

自嘲《じちょう》していった。

「そんなことはない」

王東谷の声が返ってきた。その声の断固とした響きに、おれは思わず顔を向けた。

「自分の子を捨てる親がどこにいる」

「あちこちにいるさ」王東谷の態度を訝《いぶか》りながらおれはつづけた。「あんただって、さっきの婆さんの話じゃ、息子がいるらしいじゃないか。やくざになったっていってたな？　たまには会ってるのか。そうじゃないんなら、あんただって子供を捨てたようなもんだろう」

「息子には会っておる」

王東谷は吐きだすようにいった。断固とした響きは消えていた。

「行こう。夕方までには事務所に戻らなきゃならないんだ。時間がない」

おれはビルに背中を向けた。


心当たりを歩き回った。リエと一緒にいったレストラン、喫茶店。リエの会話に出てきた場所。すべて行ってみた。店の女たちに電話をかけてリエが行きそうな場所を聞いた。すべて空振りだった。

リエの携帯は留守電のままだった。

リエ——温晶晶《ウェンジンジン》。どこかに消えた。

おれはなにかに追い立てられている。焦燥感だけが増していく。降り注ぐ夏の陽光と睡眠不足がおれから思考力を奪っていく。神経がささくれだっていく。

あちこちを移動しながら、電話を待った。リエからのじゃない。麗芬からの電話を待った。

電話はかかってこなかった。

22

リエを探すのを諦《あきら》めて球団事務所に戻ってきたのは約束の時間の一五分前だった。ハイエナどもを避けて裏の通用門からビルの中に入った。受け付けの女がおれたちを応接室に通した。

応接室に足を踏み入れて、おれは息をとめた。

向かい合わせで応接セットに腰かけている二人。おれに顔を向けているのが顧。後ろ姿は麗芬。

なぜ麗芬がここにいるのか——そう思う間もなく、麗芬が振り返った。

「加倉さん」

笑顔はない。その事実がおれを打ちのめした。酒に酔い、睡眠不足で朦朧《もうろう》としていたとはいえ、あんな電話をかけるべきじゃなかった。

「どうしてこんなところにいるんだ、麗芬?」

「記者会見に出席するためです」

ぐるぐる回って落ちていくような感覚がまたやってきた。

「どういうことだ？」

顧に訊《き》いた。顧は肩をすくめた。

「どうしても出席したいとミズ宋《ソン》がおっしゃるのです。わたしたちには彼女を止める権利はありませんので」

麗芬が訴える――夫を殺害した犯人を見つけてください。その横におれがいる。記者会見はちょっとしたショウになる。笑いたかった。笑えなかった。

「麗芬、トシを置いて出てきてもかまわないのか？」

「家で泣いていても彼は戻ってきません。わたし、彼を殺した人を捕まえて欲しい。そのためにできること、なんでもします」

首筋がちりちりした。恐怖が喉元《のどもと》を締めつけてきた。麗芬には知られたくない――知られてはいけない。

「君の好きにすればいい。その方がトシも喜ぶだろう」

やっとの思いでそれだけいった。

「加倉さんはわかってくれると思っていました」

理性が宿った瞳《ひとみ》がまたたいた。その瞳の中に、おれが昨日電話で発した問いの答えはなかった。

「ミスタ加倉、そろそろ打ち合わせをしなければ……」

顧が左手を覗《のぞ》きこんだ。わざとらしい仕種《しぐさ》だったが、麗芬は気づかなかった。

「麗芬、おれはこれから弁護士と打ち合わせをしなきゃならない。後で……記者会見が終わった後で話をしよう。トシの葬式のことを考えなきゃならないだろう?」

「そうですね。それじゃ、記者会見が終わった後、わたしを家まで送ってくれますか? 車の中で、話できるでしょう?」

「わかった」おれは王東谷に顔を向けた。「爺《じい》さん、おれたちの打ち合わせが終わるまで、彼女の相手をしてやっていてくれよ」

王東谷は浮かない顔でうなずいた。迪化街を訪れてから、王東谷の顔はずっと曇りっぱなしだった。

顧が麗芬に向かって優雅に頭を下げた。おれは後ろ髪を引かれる思いで部屋を後にした。


「彼女に記者会見のことを伝えたのか?」

「わたしは伝えていません」

「じゃあどうして彼女が知ったんだ?」

「社長です」顧は肩をすくめた。「未亡人を呼ばない手はないだろうとおっしゃってました」

「後で俊郎に放水の罪をなすりつけるくせに、よくそんなことができたもんだな」

「わたしは彼にアドヴァイスするだけです。決定権はあくまで向こうにあります」

「そんなことはわかってる」

麗芬を真ん中に挟んでおれと社長が座る。束ねられたマイクの向こうにはハイエナどもがいる。腐肉を漁《あき》ろうと目の色を変えて。どんな顔をしていろというのか。どんなことを話せというのか。

「記者会見ですが、わたしが進行役を務めます。主に社長とミズ宋に話をしてもらうことになると思いますが、記者からの質問の幾つかはミスタ加倉に答えていただくことになるでしょう」

顧は言葉を切った。おれが理解しているかどうか確かめているような目でおれの顔を覗きこんできた。

「おれの顔がそんなに珍しいか?」

「あなたは酷《ひど》い顔色をしているうえに、目も虚《うつ》ろです。わたしの言葉を理解していますか?」

「もちろん」

「あなたの顔色が悪いのは、我々にとってプラス材料ですが、頭の働きが鈍っているのだとしたら問題です」

「頭はちゃんと動いてる。先を続けろ」

「わかりました。わたしを無視して質問を投げかけてくる記者がいると思います。八百長に関る質問はすべて無視してください」

うなずいた。話に耳を傾けているということを示すために。だが、顧の言葉はおれの耳を素通りしていた。俊郎の亡霊がすぐそばにいるような気がした。おれを呪《のろ》っているような気がした。

「その他の質問は、ミスタ加倉の判断に任せます。答えた方が賢明だと思った場合はそうしてください」

「放水の質問をしつこくされたら？」

おれはいった。黙っていると俊郎の亡霊に取り憑《つ》かれてしまいそうだった。

「警備員がその記者を排除します」

「排除する、か。いい言葉だな」

「この記者会見は我々のためのパフォーマンスであって、彼らのではありませんからね」

「日本のメディアも来ているのか？」

「事件の渦中に日本人がいますからね。雑誌、新聞、テレビ……嫌になるほどです。ああ、そうだ。日本語での質問も無視してください。記者には北京語か英語での質問のみ受け付けるといい渡してありますから」

「通訳はつくのか？」

「北京語の質問はわたしが英語に訳します」

「だめだ」

おれは顔の前で手を振った。

「どうしてですか？」

「社長や麗芬がなにを聞かれ、どう答えるのか、知っておきたい。王東谷を通訳につけてくれ。おれの後ろに座っていれば、それほど目立たないだろう」

「わかりました。手配しましょう。他にご質問は？」

「二つある」

「どうぞ」

「麗芬が、あんたの予測していないことをいいだしたらどうするんだ？」

「例えばどういうことですか？」

「放水をしている選手の名前を知っている、とか」

「彼女は知っているのですか？」

「知らんな。もしかすると、俊郎が話しているかもしれない」

顧は考えをまとめるように腕を組んだ。それから、口を開いた。

「わたしは弁護士です。法廷でも、被告が突然、それまでとは別のことをいいだすことがあります。わたしに任せてください。もう一つの質問は」

「この茶番にはどれぐらい時間がかかるんだ？」

「三〇分です」

「上着を貸してくれ。この格好じゃまずいだろう？」

顧はうなずいた。

フラッシュが一斉に焚《た》かれた。麗芬が手を目の上にあげた。なんの役にも立ちそうになかった。

制服を着た警備員に先導されて着席した。ハイエナどもに向かって右奥が社長、真ん中が麗芬、左端がおれ。おれの真後ろに王東谷。おれたちそれぞれの前に束ねたマイクが置かれていた。麗芬の前のそれが一番凄《すご》かった。

フラッシュが止むことはなかった。テレビカメラ用の照明さえ霞《かす》む勢いだった。麗芬が不安そうな顔を向けてきた。

「だいじょうぶ。落ち着いて」

いってやった。麗芬の口もとがいくらか和らいだ。

おれたちが着席した机のさらに奥に壇があった。顧がその上に立ち、マイクに顔を近づけた
――北京語が聞こえた。フラッシュが勢いを増した。記者たちがメモを取りはじめた。

「あの小僧、どうでもいいことを喋《しゃべ》っておるが、訳すかね?」

耳元に王東谷の声。

「いや、いい」

言葉は理解できなくても、顧がなにを話しているのかおおよその想像はつく。おれは記者たちの顔を見渡した。だれかがおれを睨《にら》んでいた――小野寺由紀。彼女の視線には、フラッシュにもかき消されることのない、強い光が宿っていた。小野寺由紀は怒っていた。

麗芬を見、また小野寺由紀を見た。リエのことを思った。占い師にお伺《うかが》いを立てれば、女難の相があるとでもいわれるかもしれない。

顧の話が終わった。すぐに、社長が話しはじめた。フラッシュとメモ。麗芬のただでさえ白い顔がフラッシュを受けて肌の下が見えそうなほどに透きとおっていた。

「これはどうする?」

王東谷の声――煉獄《れんごく》を行くおれを導いてくれる慈悲深き者の声だ。

「どんな話をしてるのか、おおよそわかればいい」

社長は声を張り上げて喋っていた。王東谷がその要約をおれの耳に吹きこんだ。仲間を失っ

たことに対する深い悲しみと憤り、社会正義が達成されることに対する渇望、被害者たるはずの美亜球団を犯罪者集団のように扱う警察に対する非難——社長の話は退屈だった。フラッシュがやみ、記者たちはおざなりにペンを走らせていた。

おれは麗芬の顔を盗み見た。麗芬は社長の言葉に真剣に耳を傾けていた。社長の言葉にいちいちうなずいていた。憐《あわ》れだった。憐れで、美しかった。

社長の話がやっと終わった。気の早い記者が質問のために挙手した。顧に無視された。顧は北京語でなにかを話し、左手を麗芬に向けた。麗芬が立ちあがった。フラッシュの洪水が押し寄せてきた。

麗芬はフラッシュがやむのを待った。なかなかやまないと知ると、闘いを挑むかのような目を記者席に向けた。フラッシュがやんだ。咳払《せきばら》いする者さえなかった。この場にいる全員の視線が麗芬に吸い寄せられているかのようだった。

麗芬が口を開いた。充分なキャリアを積んだ舞台女優のようだった。そんな麗芬を見るのは初めてだった。おれの頭の中にある麗芬は、道端に咲く小さな花だ。だれかに守ってもらわなければ車に轢《ひ》かれるか人間に踏み潰《つぶ》される、あるいは風に茎が折れてしまう。だが、現実は違った。麗芬は芯《しん》の強い女だった。中国女のほとんどがそうであるように。

「坊やのことを話しておる」

麗芬のよくとおる声の合間を縫って、王東谷のだみ声が聞こえてきた。

「坊やは素晴らしい人間だった。素晴らしい夫だった。そんな人間がこんなやり方で殺されて、許されるはずがない……そんなところだな」

麗芬の声が湿ってくるのがわかった。目はすでに濡《ぬ》れていた。フラッシュが光った。顧がほくそ笑んでいた。

「世間に訴えとるんだな。夫を殺した人間を捕まえるのに協力してください……警察が迅速に犯人を捕まえるよう、圧力をかけてください……今後、こんな事件が起こらないようにひとりひとりが注意してこの国から犯罪を追い出してください……やれやれ、か弱い顔をして、なかなか立派なことをいうじゃないか」

「余計なことは喋るな」

「こんな立派な女を、わたしらは地獄に突き落とそうとしとるんだよ、加倉さん」

「黙れ」

それっきり、王東谷の声は聞こえなくなった。王東谷がなにを目論んだにせよ、それだけで充分だった。おれの目に俊郎の亡霊が見えるようになっていた。麗芬がおれを詰《なじ》る妄想が頭の中に広がっていた。

麗芬の声が途絶えた。目から大粒の涙がこぼれていた。唇をきつく噛《か》んでいた。なにかを叫び、崩れ落ちるように腰をおろした。社長がハンカチをわたした。麗芬の嗚咽《おえつ》が会場内に響き渡った。

「麗芬はなにを叫んだんだ？」

「わたしの夫を返してください、とさ」

俊郎の亡霊が呪詛《じゅそ》を唱えていた。

「ミスタ加倉――」

声のした方に顔を向けた。

「ご友人の死に対して、訴えたいことがあればどうぞ」

顧が英語でいった。

「張俊郎と宋麗芬夫妻は、わたしの、台湾における最良の友人です」

座ったまま、おれはいった。心が虚《うつ》ろになっていくようだった。フラッシュが光るたびに、おれの網膜に映る俊郎の亡霊が輪郭をはっきりさせていった。

「彼女の悲しみはわたしの悲しみです。張俊郎を殺した人間を、わたしは憎みます。張俊郎を殺した人間が、その罪に見合った報いを受けることを望みます」

それだけいうのがやっとだった。俊郎の亡霊がおれを嘲笑《あざわら》っていた。

おれの英語を顧が北京語に訳していた。右手に暖かいものを感じた。麗芬がおれの手を握っていた。

「謝謝《シェシェ》……ありがとう」

俊郎の亡霊が風に吹き飛ばされたように姿を消した。おれは目を閉じ、麗芬の掌《てのひら》から伝わってくる温《ぬく》もりに神経を集中させた。


質問がはじまった。記者たちが口々に勝手なことを喋りはじめていた。ほとんどの質問は麗芬と社長に集中した。

——張先生を殺した人間に心当たりは？

——張先生は野球賭博《とばく》問題で黒道の怒りを買ったために殺されたとお思いですか？

——張先生は、殺害現場でなにをしていたとお考えですか？

——張先生は放水をしていたのではないですか？

くだらない質問のひとつひとつに、麗芬は答えた。目に涙は浮かんでいたが、零《こぼ》れることはもうなかった。気丈だった。健気《けなげ》だった。

「ミスタ加倉に質問です」

女の声——きれいな英語。おれは記者席に目をやった。小野寺由紀が立っていた。

「どうぞ」

顧がいった。

「事件の起こった夜、あなたはどこでなにをしていたんですか？」

小野寺由紀の目は語っていた。あの夜、おまえが警察の監視を振り切ってどこかに消えたことを知っている、と。

「ホテルの部屋です。護衛がついていたので、警察に聞いてもらえれば確認できると思います……どうしてそんなことを聞くんです？」

心臓が皮膚を突き破って飛び出してきそうだった。舌がもつれた。

「ミスタ張にも警察は護衛の警官をつけていたと聞きました。しかし、ミスタ張は一人で出かけ、殺されました。もしかすると、あなたも同じようにどこかへ出かけていたのではと思ったものですから」

小野寺由紀の目は語っていた——これ以上痛いところを突かれたくなかったら約束を守れ、と。

「わたしはホテルにいました。疑問に思うのなら、警察に確認してください」

「わかりました。質問は以上です」小野寺由紀の目が光った。「この前と同じホテルにいます」

早口の日本語を口にして、小野寺由紀は着席した。日本側のプレスが集まった席から小さなざわめきが起こった。それだけだった。だれも、小野寺由紀の質問の意図を摑《つか》んではいなかった。

23

車は球団が用意してくれた。リムジンというわけにはいかなかったが、運転手付きの豪勢なハイヤーだった。ハイヤーのすぐ後ろには警察車が停まっていた。護衛のおまわりたちがハイヤーのあとをついてくることになっていた。

「どこかで飯を食おうか？」

車が動きだすのを待って、おれは口を開いた。麗芬が首を振った。

「彼が待ってるから……」

「そうか……」

麗芬は車窓を流れる台北の街に視線を向けていた。

「加倉さん、だれがあの人、殺したと思いますか？」

「わからないよ、麗芬」

「わたし、黒道だと思います」

麗芬は思い詰めたような表情をしていた。

「おれが知ってる刑事は黒道の仕業じゃないといっていた。黒道はあんな殺し方はしないそうだ」

「じゃあ、だれが殺しましたか？　あの人、だれかに殺されるような人じゃないです。加倉さんもそう思うでしょう？」

麗芬は窓の外を眺めたままだった。肩がかすかに震えていた。

視界がぐるぐる回った。車から飛び降りてしまいたかった。すべてから逃げ出したかった。だが、一度回りはじめた独楽《こま》は、止まるまで回りつづけるしかない。

「黒道が殺《や》ったのなら、警察が必ず犯人を見つけるさ」

空々しい言葉だった。他の言葉を見つけることができなかった。

「でも、警察と黒道は裏で繋《つな》がってる、そう聞きました。だから、警察は本気で犯人を探さないって」

「だれから聞いたんだ？」

「弁護士の顧さんです」

麗芬はやっとこっちを向いた。濡《ぬ》れた瞳《ひとみ》は疑うということを知らないようだった。目が眩《くら》みそうな衝動に駆られた。すべてをぶちまけてしまえ――頭の中で声がする。俊郎を殺したことをぶちまけてしまえ。おまえが信じている弁護士が、俊郎の名誉とおまえ自身を泥まみれにしようと画策しているとぶちまけてしまえ。

声は反響して頭蓋骨《ずがいこつ》を軋《きし》ませた。歯を食いしばって衝動に耐えた。そんなことをすれば、麗芬を失ってしまう。

「顧は有能な弁護士だが、すべてを知っているわけじゃない。麗芬、希望を捨てちゃだめだ。警察はきっと犯人を捕まえてくれる」

「加倉さんはそう信じますか？」

おれはうなずいた。ゆっくり、麗芬の目を見ながら。麗芬の疑うことを知らない瞳の中に、幽鬼のような顔が映っていた。惚《ほ》れた女の夫を殺した男だった。惚れた女に平気で嘘《うそ》をつく男だった。

おれは手を伸ばし、麗芬の頰《ほお》に触れた。熱が伝わってきた。麗芬はおれを拒まなかった。抱きしめようとしたとき、麗芬が口を開いた。

「明後日、葬式、しようと思います」

「明後日？」

頰に触れていた手を引っ込めた。熱が去り、冷気が忍びこんできた。

「近所のお爺《じい》さんにお願いしました。葬式のことよろしくお願いしますって」

「近所って、どっちだ？　内湖《ネイフー》の方か？」

「士林です。明日、彼をわたしたちのマンションに移します。パパとママの家にいるより、自分のマンションに戻った方が、あの人、喜ぶでしょう？」

「手伝おうか？」

麗芬は首を振った。シートに背を埋め、目を閉じた。

「もう、手配はしてありますから。加倉さん、疲れてるでしょう。休んでください。そして、明後日は俊郎のために、立派な葬式になるよう手伝ってください」

るだけだった。

麗芬は目を閉じたままだった。車はスムーズに走っていた。静かなエンジン音が聞こえてくるだけだった。

「麗芬、昨日、おれが電話で話したこと、覚えてるか？」

麗芬は答えなかった。

「麗芬、おれは……」

「葬式が終わるまで待ってください。加倉さん、お願いです」麗芬の目が開いた。すがるような視線がおれを捉《とら》えた。「わたし、加倉さんしか頼れる人がいません。日本にいるのが長かったから、台湾に友達、少ないです。もし、加倉さんの話を聞いてしまったら、わたし、葬式が終わるまで頼れる人がいなくなります」

「葬式が終わったあとなら、おれの話を聞いてくれるのか？」

麗芬は曖昧《あいまい》に頭を動かした。うなずいたのか、否定したのか――判別がつかなかった。

「葬式が終わるまで、待ってください。本当にお願いです、加倉さん」

麗芬はまた目を閉じた。白い肌の下、青い血管が透けていた。まるでもろいガラスでできた人形のようだった。少しでも圧力がかかればくだけ散ってしまう。

おれは麗芬に声をかけることも触れることもできず、ただ、麗芬の人形のような顔を見守ることしかできなかった。

車は台北市街に向かっていた。麗芬のいなくなった車内は俊郎が横たわる棺桶《かんおけ》の内部のようだった。ただ一つの救いは、麗芬の残り香が漂っていることだった。

エンジンの振動に身を任せながら、おれは自分の心の声に耳を傾けた。状況に応じて揺れ動く気持ちに疲れ果てていた。悪党を演じるにはおれは心が弱すぎた。善人ぶるにはおれの手はあまりに汚れていた。どちらに転ぶにしろ、腹を括《くく》ってしまいたかった。

だから、おれは自分自身の声に耳を傾けた。

麗芬がほしい――最初に聞こえた声。

刑務所に行くなんてまっぴらだ――次に聞こえた声。

しらを切れ、ごまかせ、丸め込め――最後に聞こえた声。

他に声は聞こえなかった。聞こえたとしても、あまりに弱々しくておれには届かなかった。


「おれを恨むなら恨め、トシ」

つぶやいた。それから、携帯で電話をかけた。

リエ――相変わらずの留守番電話。

サントスホテル――小野寺由紀が電話に出た。

「カメラはなし、録音マイクもなしなら、話をしよう」

小野寺由紀はそれでいいといった。電話を切り、ポケットを探った。潰《つぶ》れた煙草の箱があった。中から睡眠薬のタブレットを取りだし、細かく砕いた。

バックミラーに警察の車が映っていた。

24

「やっと来てくれましたね」

ドアが開くと同時に声がした。小野寺由紀は記者会見場と同じ服装でおれを迎えた。白いインナーにこげ茶のパンツスーツ。化粧は控え目だが、大きな目がすべてを補っている。

小野寺由紀はおれに応接セットのソファをすすめた。それを無視して、おれは部屋を改めた。バスルームにクローゼット、ベッドの下。

「だれもいないわよ」

「マイクはどこにだって隠せる」

「マイクもないわ」

小野寺由紀は腕を組んでおれを睨《にら》んだ。徐栄一の睨みに比べれば可愛《かわい》いものだった。

ひととおり調べてから、ソファに座った。

「さて、お招きに与《あず》かったわけだが、どんなもてなしをしてくれるんだ？」

「野球賭博《とばく》の話を聞かせてもらいたいの」

小野寺由紀はベッドの端に腰をおろした。おれを警戒し、できるだけ距離をとろうとしているのが見え見えだった。

「単刀直入だな」

苦笑いを浮かべてみた。小野寺由紀に跳ね返されただけだった。

「その件なら、なにも話すことはない」

「話してくれないのなら、殺人事件のあった日、あなたが監視の警官を振り切ってどこかに消えたことを警察にいうわ」

「おれを護衛していた警官は、あの日、おれはホテルの部屋から出なかったと証言している」

小野寺由紀の顔に勝ち誇ったような笑みが浮かんだ。

「それこそ、あなたが野球賭博に関係していたという証拠じゃないかしら？　ただの野球選手に警官を買収できるはずがないもの。あなたのバックには黒社会がいるのよ」

「たぶん、あんたは警官たちから名誉毀損《きそん》で訴えられるのがおちだ」

「だったら、日本の雑誌に情報を流すわ。テレビや新聞では出せないことでも、週刊誌なら平気で書くわよ。そうなったらどうなると思います、加倉さん？」

記者会見場で見たのと同じ光が小野寺由紀の瞳の中に宿っていた。挑戦的におれを睨んでくる。

「可愛い顔をして、えぐいことをするじゃないか、おねえちゃん」

わざとドスを利かせた声でいった。小野寺由紀は動じなかった。

「鍛えられてますから」

「おれが来ることを他のスタッフは知っているのか？」

「いいえ。記者会見が終わったあと、スタッフはヴィデオテープを持って支局に直行したわ。あなたから連絡があるかもしれないから、わたしだけホテルで待機していたの」

嘘じゃない――直感がそう告げた。

「仕事が終わった後は、林森北路《リンセンベイルー》に飲みに行く。帰ってくるのは午前様。男ってどうしてどこへ行っても同じなのかしら」

おれは腰をあげた。小野寺由紀が警戒心をあらわにして、胸の前で腕を組んだ。おれは小野寺由紀の脇《わき》を通りすぎた。

「ビールぐらい、もらってもいいだろう?」

「ご自由に」

小野寺由紀は息を吐き、肩から力を抜いた。おれは冷蔵庫を開けた。

「あんたも飲むだろう?」

「わたしは缶コーヒーがいいわ」

小野寺由紀は警戒心を解いたようだった。気にしなければならないのは貞操だけ——そんな感じの声だった。

冷蔵庫からバドワイザーの小瓶と缶コーヒーを取りだした。酒のミニボトルが並んだ棚にあったグラスにビールを注いだ。小野寺由紀に渡すグラスに砕いた睡眠薬を入れた。その上から缶コーヒー。グラスをかざしてみた。睡眠薬入りだと気づかれる恐れはなさそうだった。掌《てのひら》に汗が滲《にじ》んでいた。ズボンで掌を拭《ぬぐ》った。

「それで、野球賭博のなにが聞きたいんだ?」

グラスを持ってソファに戻った。コーヒー入りのグラスを小野寺由紀に手渡した。

「台湾の野球賭博の仕組みと、あなたの関り方。特に、あなたがどうやって賭博に関るようになっていったのか」

「そんなことを話したら、おれはおしまいだ」

「カメラやマイクもないのよ。それに、殺人犯になるよりはましじゃない?」

小野寺由紀はコーヒーをすすった。心臓が高鳴った。だが、小野寺由紀は飲んだものを吐きだしたりはしなかった。おれはグラスに口をつけた。苦みが口の中に広がった。

「カメラもマイクもないのに、話を聞いてなんになる？　あんたは新聞記者じゃない。テレビ屋に必要なのは映像と音だろう」

「別にあなたを告発しようと思っているわけじゃないの。台湾の野球賭博をテーマにしたいだけ。一部日本人選手も賭博に関っているらしいと匂《にお》わせてね。日本人ってスポーツ選手の八百長問題には敏感だから、話題になるわ」

「なるほどな」

もう一度、ビールをすすった。小野寺由紀の身勝手さに半ば感動に近いものを味わっていた。

「一部日本人選手っていうのは、おれを名指ししているようなものじゃないか」

「あなたの名前は出さない。わたしが約束できるのはそれだけ。あなたに文句をいう権利はないはずよ」

あなたには後ろ暗いことがあるのだから――コーヒーを飲む小野寺由紀の目はそう語っていた。

この女を黙らせろ――頭の中で声がした。まだ小さい声だ。だが、俊郎を殺したときに聞こえたのと同じ声だ。

「どこから話せばいい？」

「野球賭博には黒社会が関っているわけでしょう。あなたはどうやって黒社会と繋《つな》がりを持ったの？」

記憶をまさぐった。なかなか思いだせなかった。たった二年前にはじまったことだというのに、生まれる前に起こったことのような気がした。

「問題は金だ」おれはいった。「おれは日本に借金がある。億単位の借金だ。だが、こっちの年俸じゃ利子を払うことしかできない」

「それで、八百長に手を染めたのね？」

「最初はそんなことは考えていなかった。金を稼ぐためにアルバイトをはじめたんだ」

「アルバイト？」

「売春クラブの経営だよ。日本人相手の売春婦がいる飲み屋の共同経営者になったんだ」

小野寺由紀は身を乗りだしていた。眉《まゆ》を顰《ひそ》めるわけでもない。好奇心に背中を押されて、おれの話に没入しようとしていた。

早くコーヒーを飲み干してしまえ——念じながら、話を続けた。

「そのうち、黒道《ヘイタオ》と繋がりができた。あんたは黒社会といったが、それは香港のいい方だ。こっちじゃ、黒い道と書いて黒道《ヘイタオ》という」

「ちょっと待って。黒道の前に、どうしてあなたのところにその売春クラブの話がきたわけ？」

「こっちに来てすぐ、知り合いができた。その知り合いがアンダーグラウンドの連中に顔がいたんだ」

「その人とはどこで知り合ったの？」

「それはいえない」

馴《な》れ初《そ》めを話せば、それが美亜鷲隊《メイヤーイーグルス》の日本語通訳——王東谷だということがバレてしまう。

「知りたいわ。話して」

小野寺由紀の右手が握るグラスの中身は半分ほどに減っていた。

「別の売春クラブで遊んでいたときに知り合ったんだ」

嘘《うそ》が滑らかに出てきた。

この女を黙らせろ——声はしだいに大きくなる。

「嘘ね。でもいいわ、先を続けて」

「おれはその黒道とよく顔をあわせるようになった。初めは、八百長の話なんてこれっぽっちも出なかった。一緒に飯を食い、酒を飲み、ときどき女を世話してもらう。それぐらいのことだ」

謝は愛想がよかった。気前がよかった。謝と遊んでいると、自分が大物になったような気にさせられた。

「だが、ある晩、その黒道が深刻な顔でやってきて、耳元に囁《ささや》いたんだ。加倉さん、困ったことになってる、相談に乗ってもらえないか、って具合にだ」

小野寺由紀がコーヒーをすすった。グラスの中身は四分の一に減った。頭の中で危険信号が灯《とも》った。グラスの底に睡眠薬の粉が溜《た》まっているかもしれない。

おれはソファに背を預けた。グラスに残ったビールを一気に呷《あお》った。

「どうも、調子が狂うな」おれはいった。「警察の取り調べを受けているみたいだ」

小野寺由紀の眉が持ち上がった。

「どういうこと?」

「だれかに自分の悪さを告白するなんて、元々柄じゃないんだ。酒を飲めばなんとかなるかと思ったが、おれ一人で飲んでいてもしょうがない。あんた、飲めるんだろう？　コーヒーなんてやめて、酒を付き合ってくれ。そうすれば、おれもなにかを気にせずに話すことができる」

「わたしは——」

「それとも、おれが恐いか？　売春クラブを経営して、野球賭博《とばく》に手を出すような人間と狭い部屋で一緒に酒を飲むのは嫌か？」

小野寺由紀は自尊心が強いタイプの女だった。おれの牽制《けんせい》に見事にひっかかった。

「そんなことはないわ。もし、あなたがなにかをしようとしたら、大声を出せば済むことだもの」

「だったら、飲もう」

おれは立ち上がり、小野寺由紀のグラスを奪い取った。冷蔵庫に向かい、安物のワインを選んだ。コルクではなく、蓋《ふた》がついたタイプのハーフボトルだった。

「ワインなら構わんだろう？」

小野寺由紀はうなずいた。

「はやく、続きを聞かせて」

応接テーブルの上にワイングラスを乗せ、ワインを注いだ。目で促すと、小野寺由紀はベッドからおれの向かいの肘掛《ひじか》け椅子《いす》に移ってきた。

「黒道はこういったんだ。ボスに返さなきゃならない金を使い込んでしまった。このままだと殺されるかもしれない」

「それで、八百長をしてくれと頼まれたの？」

「そうだ」

ワインを飲んだ。渋くて酸味が強すぎた。飲みながら小野寺由紀の表情を窺《うかが》った。コーヒーの中には、三錠分の睡眠薬を入れてあった。すべてが小野寺由紀の体内に入ったわけではないだろうが、そのうち影響が現れるはずだった。

「おれはリリーフピッチャーだ。おれがマウンドに立つってことは、僅差《きんさ》でおれのチームが勝っていることになる。そのときに、手を抜いたボールを投げてくれと頼まれた。そうすれば、その黒道は助かるし、礼としておれに日本円なら一〇〇万、アメリカドルなら一万ドル払うといった。おれの給料は月、一〇〇万だ。アルバイトの稼ぎを入れても、月、二〇〇万に届かない。すぐにやるといったよ」

「悩んだりはしなかったの？」

おれは首を振った。

「呆《あき》れるわね。お金のためならなんだってするわけ？」

このクソ生意気な女を黙らせろ——頭の中の声が小野寺由紀に届くことはない。

「あんたは自分の番組のために、人を脅してる」

「それとこれとは話が違うわ」

違わない——だが、口には出さなかった。小野寺由紀はワインを飲んだ。

「わたし、日本に電話してあなたのこと、調べてもらったのよ」

もう一口のワイン。おれは小野寺由紀のグラスにワインを注ぎ足した。

「甲子園には出られなかったけど、最初から注目されていた。誘いがあったけれど、プロには行かず、慶応大学で神宮《じんぐう》のヒーローになった。鳴り物入りでプロに入って、二年目にノーヒットノーラン達成。球界のエースになるはずが、肩を壊して、それ以降は鳴かず飛ばず……うちの会社のスポーツ部の人間がいっていたわ。あなたのスライダーは最高だったって。肩を壊さなきゃ、あなたは大投手になっていたはずだって」

肩を壊し、野球を失い、妻を失った。そのことを小野寺由紀に告げるつもりはなかった。

「そんな人が、たった一〇〇万円のために八百長をすするなんて、信じられないわ」

「それが現実だ」

煙草をくわえた。小野寺由紀の眉間《みけん》に皺《しわ》がよった。かまわず、火をつけた。

「台湾と日本じゃ事情が違う。日本じゃ信じられないようなことでも、台湾では当たり前のことだ」

「どこがどう違うの？」

「システムが違う」

おれは煙を吐きだした。小野寺由紀は不愉快そうに顔を背け、ワインに口をつけた。強い光を放っていた瞳《ひとみ》に、薄い膜がかかっているように思えた。

「野球に関していえば、なにもかもが貧弱だ。給料は安いし、ロードに出るにしても移動はバス。まともな練習場は一つもないし、試合をやるグラウンドも最悪だ。選手たちだってそうだ。一番上達する時期に、こっちの連中は兵役に行かなきゃならない。兵役を終えて戻ってきても、給料は雀の涙だし、田舎に帰って地元の名士と飯を食えば、そいつが実は黒道の親分だったなんてことはざらにある。おれたちはそんな中で野球をやってる。だれかが金をくれるといえば、すぐに飛びつくさ」

「でも、あなたは台湾人じゃなくて日本人よ」

「同じことだ」

小野寺由紀は不服そうだった。おれは煙草を吸った。これ以上説明しても、小野寺由紀が理解することは決してないだろう。

今年の春、他チームでコーチをしている日本人と話をした。そのコーチは一年前に台湾にやってきた。そのときは、この国のプロ野球はどうなってるんだと怒っていた。だが、今じゃこの国のシステムを理解していた。八百長をする選手を叱《しか》ることができなくなったと寂しそうに笑っていた。

外から眺めただけじゃ理解できないことは、たしかに存在する。

「あなたが八百長をするようになった経緯《いきさつ》はわかったわ。今度は、八百長がどんなふうに行われるのかを話して」

小野寺由紀は瞬《まばた》きをした。おれはワインのボトルをかざした。

「もう、いらないわ」

「これで最後だ。飲んじまえよ」

腕を伸ばし、ワインを注いだ。期待に胸が膨らんでいた。小野寺由紀は明らかに襲いかかってくる睡魔と闘っていた。

「眠そうだな。出直してこようか？」

いってみた。小野寺由紀はすぐに反応した。

「だいじょうぶだから、最後まで話を聞かせて」

ここでおれを取り逃がしたら、もう二度と捕まえることはできないと思っているような口調だった。

煙草を灰皿に押しつけて話を続けた。

「まず、電話がかかってくる。今度の三連戦で登板する機会があったら負けろ——それから、おれはチームメイトに電話する。それで、簡単なシナリオを作るんだ。フォアボールにデッドボール。ランナーが一塁二塁になったところで外野フライを打たせるから、おまえは落球しろとかいうように」

「あなたのチームでは、何人ぐらいが八百長に関ってるの?」

「レギュラーの半分だ」

小野寺由紀は首を振った。瞬きの回数が増えていた。目の焦点を一ヶ所に固定させるのが困難になっているようだった。

「野球はチームプレイだから、一人じゃなにもできない。おれがわざと手を抜いたボールを投げても、相手がホームランを打ってくれないんじゃ話にならないだろう。黒道がスカウトしたがるのはピッチャーとファースト、それに外野手だ。ファーストにはボールが行く回数が多いし、外野はエラーをすればそれだけで、ランナーが得点圏まですすむからな」

小野寺由紀の首ががくんと垂れた。小野寺由紀はすぐに目を開き、頰《ほお》を赤らめた。

「ごめんなさい……お手洗いに行ってきてもいいかしら?」

「ここはあんたの部屋だ。好きにすればいい」

小野寺由紀は立ちあがった。右手でこめかみのあたりをさすっていた。

「どうしたのかしら、わたし……」

独り言に近い呟《つぶや》きだった。

「疲れてるんだろう。他所《よそ》の国に来ると、自分でも気づかないうちに緊張してるからな」

小野寺由紀はバスルームに消えた。おれはソファに腰をかけたまま、グラスの底に残ったワインを飲み干した。腰をあげた。バスルームから水の流れる音が聞こえてきた。小野寺由紀は顔を洗っている。眠気を追い払おうとしている。

ライティングデスクの上にバッグがあった。プラダ。中を覗《のぞ》いた――財布もプラダだった。財布を取りだし、開いた。カード入れの中にキィがあった。三徳大飯店《サントスホテル》、一一〇四号室のカードキィ。上着のポケットに滑り込ませた。財布をバッグに戻し、ソファに腰かけた。

水の音が止まった。それでも、小野寺由紀が出てくる気配はなかった。

「続きは明日にしよう」

バスルームに声をかけた。扉が開き、タオルを手にした小野寺由紀が顔を出した。

「わたしはだいじょうぶよ」

「眠った方がいい。目を開けてるのが苦痛だって顔だ。おれはあんたに尻尾《しっぽ》を握られてるんだ。逃げたりはしない。明日、また連絡するよ」

小野寺由紀は口を開いた。だが、その口から言葉が漏れることはなかった。小野寺由紀はゆっくり口を閉じ、うなずいた。

ロビィに降りた。椅子に腰掛けてフロントの様子をうかがった。一〇分待っても異変は起こらなかった——小野寺由紀はカードキィを盗まれたことに気づいていない。

公衆電話を使って日本に電話をかけた。小野寺由紀はおれのことを調べさせたといっていた。今度はおれが小野寺由紀を調べる番だ。

昔馴染《むかしなじ》みの週刊誌記者はまだ仕事をしていた。東都テレビの小野寺由紀なら知っているといった。

小野寺由紀、二六歳、東都テレビ・アナウンサー部所属。二年前からスポーツ担当。父は某製薬会社の重役。賞罰なし。独身。ただし、婚約者あり。

婚約者——サッカー選手。二ヶ月ほど前に、写真週刊誌に二人のデート現場が掲載された。サッカー音痴のおれでも名前を知っている選手だった。

礼をいい電話を切った。

あの女を黙らせろ——声が聞こえた。うっかりすれば聞き逃してしまいそうなほど小さな声だった。

俊郎を殺す前にも、こんな声を聞いたことがある。

このクソ野郎をぶちのめせ——親父に殴られたときに聞こえた声だった。

あいつらを黙らせろ——敵のベンチや応援席から野次《やじ》られたときに聞こえた声だった。

こいつらをぶち殺せ——親父と女房の浮気現場に出くわしたときに聞こえた声だった。

声はいつもすぐに消えた。だが、親父と女房のときは違った。いつまでも声が消えなかった。気が狂いそうになって、知りあいに口の固い精神科医を紹介してもらった。

何度かカウンセリングを受けた後、精神科医がいった。

——ご両親にきつい折檻《せっかん》を受けたことはありますか？

あると答えた。原因はそこにありそうだと精神科医がいった。親に虐待を受けた子供は多重人格になりやすいらしい。あまりに辛《つら》い現実から目をそらすために、別な人格を作り上げてそこに逃げ込むのだ。

——あなたの場合、多重人格とまではいえません。

精神科医は淡々と述べた。

——ただ、あなたの深層心理に、きわめて暴力的ななにかがあるのです。もっとカウンセリングを続けなければ、これ以上詳しいことはいえませんが……お父さんの過度の折檻があなたの精神になんらかの影響を及ぼしたのでしょう。

このふざけたことを抜かす医者を黙らせろ——声が聞こえた。おれはその精神科医に会いに行くのをやめた。

三〇分待った。館内電話を使って一一〇四号室に電話をかけた。呼び出し音が鳴りつづけるだけだった。

頭の中の声に耳を傾けた。あの女を黙らせろ——声が聞こえた。

一旦《いったん》、ホテルの外に出た。警察の車を見つけ、手を振った。ヘッドライトが灯《とも》り、車が近づいてきた。身振り手振りでもう少し時間がかかると伝えた。おまわりたちの顔は不機嫌だった。

だが、だれも文句をいわなかった。

ホテルの隣のコンビニエンスストアで使い捨てカメラを買った。

ホテルに戻り、エレヴェータに乗った。

心臓が不規則に鳴っていた。汗でシャツが肌にまとわりついていた。口の中が干上がっていた。

人けがないのを確認して、カードをスロットに差し込んだ。ノブの脇《わき》の電子表示が赤から緑に変わった。ノブを捻《ひね》った。チェーンロックはかかっていなかった。おれが部屋を訪れたときも、チェーンロックはかかっていなかった。ドアを閉め、チェーンロックをかけた。

息を殺し、足音を殺し——鼾《いびき》が聞こえた。頭の中にあった部屋のレイアウトを確認しながら足をすすめた。鼾はベッドの方から聞こえてきた。

窓際に向かい、カーテンをかすかに開けた。途端に視界が開けた。ソファにこげ茶のパンツスーツが放り投げてあった。床にブラウスとブラが落ちていた。取るものもとりあえずベッドに潜りこんだというのがありありと感じられた。

小野寺由紀は顔だけシーツから出していた。息をするたびに鼻が膨らみ、くぐもった音をたてていた。化粧は奇麗に落としていた。

ベッドの脇に立った。右手の人差し指で小野寺由紀の額に触れてみた。反応はなかった。鼾が聞こえてくるだけだった。シーツを剥《は》いだ。淡いピンクのパジャマ。胸元がかすかにはだけ、胸の膨らみが覗いていた。小野寺由紀は身じろぎもせず眠りこけていた。

ベッドに背中を向け、ライティングデスクの上のプラダのバッグの中身を漁《あさ》った。パスポートと小さな鍵《かぎ》を見つけた。それを使うと、部屋の隅に置いてあったスーツケースが開いた。ダイアル式の錠は、パスポートに書かれた生年月日の数字を適当に組み合わせると開いた。夥《おびただ》しい衣類――パンストを二本取りだした。もう一度ベッドへ。喉《のど》から心臓が飛び出そうだった。

パジャマのボタンに手をかけた。指が震えた。口の中で呪文《じゅもん》を唱えた。

――この女を黙らせろ。麗芬に知られるな。

指の震えが止まった。ボタンを外した。小振りな乳房が姿をあらわした。乳首を摘んでみた。小野寺由紀の鼾は途切れなかった。腰を抱え、パジャマのズボンとショーツを一緒に引きおろした。陰毛は薄く、尻《しり》の肉は豊満だった。

荒い息づかいが聞こえた。自分の呼吸だった。額の汗を拭《ぬぐ》い、小野寺由紀の身体を折り曲げた。パンストを使い、右の手首と右の足首を結んだ――きつく。左側も同じようにした。小野寺由紀の陰部がさらけ出された。結び目を確かめた。小野寺由紀が目覚めて暴れてもほどけそうになかった。

小野寺由紀の鼾が止まった――おれの心臓も凍りついた。一秒、二秒、三秒。小野寺由紀の目は開かなかった。

深く息を吐きだした。雨の中を歩いたように全身びしょ濡《ぬ》れだった。全裸で卑猥《ひわい》な形に縛られた小野寺由紀を見ても、なにも感じなかった。

ベッドサイドのランプをつけた。使い捨てカメラで写真を撮った。フラッシュが小野寺由紀の裸体を浮かび上がらせた。同じ位置でもう二枚、角度を変えてもう二枚、写した。

腕時計を覗いた。一一時一三分。パテック・フィリップを思いだした。

「くそっ」

自分を罵《ののし》った。応接テーブルの上のバドワイザーのボトルを手に取った。ベッドにのぼった。淡い色の襞《ひだ》が目の前にあった。舌を伸ばし、舐《な》めた。尿の味がした。唾液《だえき》で潤った襞の間に、バドワイザーの飲み口を押し込んだ。

小野寺由紀の首が動いた。もう、心臓が凍りつくことはなかった。目覚めるのなら目覚めればよかった。目覚めて、自分が置かれている屈辱的な状況を飲み込んでもらいたかった。

写真を撮った。顔と、ビールの瓶をくわえこんだ陰部がよく写るように。何枚も。

ズボンを脱いだ。股間《こかん》のものはうなだれたままだった。

そのままベッドに這《は》いあがり、小野寺由紀の口に萎《な》えたものを押しつけた。どこかで神経が遮断されているようだった。

「くそっ」

小野寺由紀の口をこじ開けた。麗芬のことを思った。麗芬にしたいと思っていたことを想像した。小野寺由紀の口の中で萎えていたものが固くなった。

手にしていたカメラのシャッターを押した。おれの勃起《ぼっき》したものと、小野寺由紀の寝顔——卑猥だった。何度もシャッターを押した。

小野寺由紀が目を開けた。焦点のあわない瞳《ひとみ》が上下左右に動いていた。

左手で根元をしごいた。すぐにこらえきれない感覚が押し寄せてきた。勃起したものを引き抜き、さらにしごいた。白濁した液体が小野寺由紀の顔を汚した。写真に撮った。

小野寺由紀の口が開いた——手で押さえた。目に恐怖の色があった。シーツを引き寄せ、小野寺由紀の顔を被《おお》った。

ズボンを穿《は》いた。片側のストッキングをほどいた。逃げるようにして部屋を出た。

恐怖と興奮の余韻はなかなか消えなかった。警察の車に乗っている間は一言も口をきかなかった。

ホテルに戻り、携帯電話の電源をオンにした。留守番電話にメッセージが二件、入っていた。

最初のメッセージは麗芬からだった。

——今日は送ってくれてありがとう。わたしも俊郎も加倉さんには言葉にできないほど感謝しています。おやすみなさい。

胸が痛んだ。

次のメッセージはリエからだった。

——昭彦、すごいよ。あの時計、一〇〇〇万円もするよ。わたしと日本に行く約束、覚えてるか？　また、電話するよ。わたし、昭彦の味方よ。

携帯電話を握り潰《つぶ》しそうになった。

リエに電話した、繋《つな》がらなかった。留守番電話にすらなっていなかった。

あの女を黙らせろ——声が聞こえた。

シャワーを浴び、ベッドに潜りこんだ。眠れなかった。寝つけなかった。意識のないままにおれのものをくわえる小野寺由紀の顔と麗芬の顔が何度も頭に浮かんだ。

砕かずに残しておいた睡眠薬をビールで胃に流しこんだ。やがて、意識を失った。

25

電話で叩《たた》き起こされた。

「まだ寝てたのか？　何時だと思っとるんだ」

王東谷の声だった。時計を見た。一〇時をすぎていた。小野寺由紀のことが頭に浮かんだ。球団事務所に行けば、小野寺由紀が待ち構えている。

「体調が悪いんだ」喉《のど》の奥になにかがひっかかっているような声だった。「弁護士に伝えてくれ。今日は取り調べも中止だ」

「なにか持っていこうか？」

「いらん。二日酔いだ。しばらく寝ていれば治る。弁護士にはうまくいってくれ」

「午後になったら顔を出すよ」

電話が切れた。受話器を握ったまま、サントスホテルに電話を入れた。一一〇四号のお客様は電話にお出になりません――電話を切った。

瞼《まぶた》が重かった。糊《のり》かなにかでくっつけられたみたいだった。目を閉じた。すぐに眠りがやってきた。

再び目覚めたのは一時前だった。ベッドの上で入念に身体をほぐした。薄《うっす》らと汗をかいてきたところで腕立て伏せに移った。腹筋、背筋、スクワット――仕上げにシャドウピッチング。筋肉が熱を帯びてうねっていた。すべてが終了したのがちょうど二時。熱い風呂《ふろ》に入ると、頭の中にかかっていた靄《もや》のようなものが消えた。

リエに電話した。捕まらなかった。

曾に電話した。不機嫌な声が聞こえてきた。

「加倉だ。頼みがあるんだが」

「後で電話するよ」

「急いでるんだ」

曾は北京語か台湾語でなにかを呟《つぶや》いた。おれは待った。

「いつ、どこ？」

不機嫌な響きは変わらなかったが、声の奥の方に諦《あきら》めた様子がうかがえた。

「三時にロイヤルのコーヒーラウンジでどうだ？」

「あと一時間しかないよ」

「昨日、おれが覚醒剤《かくせいざい》を欲しがってることを、謝にチクっただろう」

「わかったよ」

曾は開き直ったようにいった。

いつものおまわりたちと一緒に老爺大酒店《ラオイエダージオウテイエン》に向かった。曾は黒道に近い人間だが、おまわりたちの視線は気にならなくなっていた。徐栄一の脅しに屈したということは、おれと同じ穴の狢《むじな》だということでもあった。おれがだれと会おうが、おまわりたちは報告しないという自信があった。

曾はまだ来ていなかった。サンドイッチとトマトジュースを注文した。サンドイッチをぱくついていたら、曾が現れた。肩まで伸ばした髪をきれいに撫《な》でつけて後ろで縛っている。小振りのサングラスに、アニエスのジャケット。黒道というより、ヒモにしか見えない。年はおれとさほど変わらないはずだが、おれより遥《はる》かに若々しかった。

「昨日のこと、謝るよ」

おれの向かいに腰をおろしながら曾はいった。

「なにを謝るんだ?」

「加倉さんの様子、変だったら、連絡する。謝さんにいわれたよ。だから、覚醒剤のこと、教えた」

「謝には他になにを喋《しゃべ》った?」

「リエ、店に来ない。加倉さん、リエ、探してる」

ウェイトレスがやって来た。曾が注文を告げる間、おれは唇を嚙《か》んでいた。

「それで、謝はなんといった?」

ウェイトレスが去るのを待って訊《き》いた。

「別に」

曾はおれから目を逸《そ》らした。サングラスに隠れた表情を読み取ることはできなかった。

「リエがどこにいるか、心当たりは?」

曾は首を振った。

「王さんにいったよ。女の子のこと、真澄さんが管理してる。わたし、なにも知らない。わたしの仕事、お酒作る、お金数える、店のことやる」

「店の女たちに聞いてみてくれるか?」

「リエ、なにしたか?」

「おれの金をかっぱらったんだ」

曾は唇を尖《とが》らせた。おれの言葉をこれっぽっちも信じてはいなかった。

「店の様子はどうだ?」

「加倉さん、日本のお客さん連れてきてくれないと、潰《つぶ》れるね」

「日本でも今回の事件はニュースになってる。まともなサラリーマンはしばらくはおれに付き合っちゃくれないだろう。手を考えないとな」

「真澄さん、いってた。店で、野球の博奕《ばくち》するといい、すると、お客さん、たくさん来る」

「なかなかいいアイディアじゃないか」

おれはいった。上着のポケットから使い捨てカメラを取り出した。

「大至急、このカメラの中のフィルムを現像して欲しいんだが、そういう知り合いはいるか?」

曾はカメラに視線を落とした。膝《ひざ》が苛立《いらだ》たしげに揺れていた。

「写真、どこでも現像するよ」

「普通の写真屋には出せないんだ」

曾の膝の揺れが止まった。

「ヤバい写真か?」

「女の裸が写ってる。えぐいやつだ。口の固いやつを探してる。こっそり複写を取っておいたりしないやつだ。金はきっちり払う。どうだ、だれか知らないか?」

曾は腕を組んだ。

「一人、知ってる。口、固いよ」

「今日中にできるか?」

「ちょっと待つね」

曾は携帯電話を取り出した。北京語が聞こえてきた。おれは耳をすませた。目を凝らした。言葉はわからなくても、曾の態度や声音におかしなところがあれば、気づくぐらいのことはできるようになっている。

「オーケイ」

電話を切りながら、曾はいった。左手をカメラに伸ばしてきた。おれはその手を押さえた。

「そいつは本当に信用できるんだな?」

曾はうなずいた。

「おまえはどうだ?」

おれは訊《き》いた。掌に曾の動揺が伝わってきたような気がした。

「なんのことよ?」

「このことを、おまえ、謝に喋るのか?」

「喋らないよ」

「喋るんだろう? 謝は恐いからな。あいつを怒らせると、おまえ、台北で生きていけなくなるだろう？」

曾は答えなかった。おれは曾の手を離した。左手首にはめていた金のロレックスを外した。

「おまえ、この時計が欲しいっていってただろう。プレゼントするよ」

「加倉さん……」

「その代わり、謝にはなにも喋るな。写真を現像するやつの口を閉じさせろ。できるだろう？」

ロレックスを曾の手に押しつけた。曾は唇を舐《な》めた。目はおれを見ようとしていた。気持ちはロレックスに向いていた。

「謝も恐いが、おれも怒らせると恐いぞ。知ってるんだろう？」

曾はおれから身体を遠ざけようとした。それで確認できた。曾は知っている。おれが俊郎を殺したことを知っている。

「だれに訊いた？」

声を押し殺して訊いた。曾はしらを切ろうとした。できなかった。曾のこめかみから顎《あご》にかけて、汗が一滴落ちてきた。

「謝さんがいってた」

震える声で、曾はいった。

だれもが知っている——おれが俊郎を殺した。知らないのは麗芬と警察だけだ。

ホテルを出て車に戻った。車の中に王の顔があった。凍りついてしまいそうな足を無理矢理動かした。ドアが開き、王が車を降りてきた。

「病気でホテルで寝ていると聞いたんだがな」

「あんたの顔を見たら、病気がぶり返してきたよ。おれになんの用だ？」

「一緒にいたのは曾信哲《ソンシエンヂョー》だな。林森北路で売春クラブを経営している。まだ若造だから、バックにだれかがついているはずだ」

「だからどうした？」

おれは王を押しのけて車に乗った。車の中はエアコンが程よく効いていた。

「黒道に知り合いがいるじゃないか、加倉」

「曾が黒道だとは知らなかった。あいつの店にはよく飲みに行く。それだけだ」

「調べれば、いろんなことがわかるぞ」

「だったら調べればいい」

おれはいった。すでに袁が知っていることだ。今さらしらを切ってもしかたがなかった。

「わざわざそんなことをいいに来たのか？」

王は臆面《おくめん》もなく車に乗りこんできた。その顔に嫌味を投げつけた。王には通じなかった。

「ホテルまでお送りするよ。他に行きたいところがあるんなら別だがな」

「ホテルでいい」

王が運転手に北京語でなにかをいった。車が動きだした。

「曾とはなんの話をしたんだ？」

「世間話だ。それから、警察に監視されてむしゃくしゃするから、いい女がいたら紹介してくれ、とも」

「売春行為は犯罪だぞ」

「自由恋愛を理解してくれる女を紹介してくれといったんだ」

王はじろりとおれを睨《にら》んだ。

「昨日、通訳と一緒に迪化街に行っただろう?」

息を飲んだ。ゆっくり顔を王に向けた。王は鷹《たか》のような目をしていた。

「なにをしに行った?」

「なんでそんなことを知ってるんだ?」

「おれは警官だ。いろんなところから情報が入ってくる。答えろ。迪化街に行った目的はなんだ?」

「観光だ」

熱のこもった声だった。心の底から答えを知りたいと望んでいる者の声だった。

おれはいった。王は受けつけなかった。

「おまえは女を探していた。どこの女だ? 名前は? 年齢は?」

しらを切れ、ごまかせ、丸め込め――声が聞こえた。王はおれが迪化街に行ったことを知っている。女を探していたことを知っている。だが、女がだれなのかは知らない。女がなにを持っているかを知らない。

「それだけ知っているなら、自分で調べればいいじゃないか」

王の顔が歪《ゆが》んだ。なぜかは知らないが、おれは王の痛いところを突いたようだった。

「殺人事件の捜査が忙しくて、そっちを調べている時間がない」

苦しげな声だった。

「おれが迪化街へ行ったのは個人的な事情だ。放水も、俊郎の事件も関係ない」

「個人的な事情？」

王のしつこさはいつもの比じゃなかった。まるでなにかに縋《すが》りつこうとしているようだった。

「車を停めるようにいってくれ」

王が口を開く前におれはいった。毒気を抜かれたような王の顔が目の前にある。王は運転手に北京語で語りかけた。車が停まった。

「なにをするつもりだ？」

「買い物だ」

おれは車を降りた。道路脇《わき》に檳榔《びんろう》売りのスタンドがあった。檳榔を買いながら、頭を働かせた。

王はなぜ、おれが迪化街へ行ったことを知っているのか？　考えられるのは、迪化街の住人に王の知り合いがいるということだ。

王は、おれが迪化街へ行った理由を知りたがっている。迪化街に知り合いがいるのなら、少し調べるだけでそれはわかるはずだ。だが、王は答えを手に入れてはいない。

わけがわからなかった。

くたびれた中年女が、檳榔が入った小箱をおれの手に押しつけてきた。下手くそな北京語で礼をいい踵《きびす》を返した。檳榔を口の中に放り込んだ。一嚙《ひとか》みで口の中に苦みが広がり、さらに嚙みつづけると痺《しび》れのような感覚が手足の先に広がった——なにかが閃《ひらめ》いた。

口の中に溜《た》まった唾《つば》を道端に吐き捨て、車に乗りこんだ。

「檳榔が好きなのか？」

王が訊《き》いてきた。

「頭がすっきりするからな」

車が動きだした。窓を開け、唾を吐いた。唾液《だえき》は血のような色に変わっていた。

「チンピラか下層階級の嗜好品《しこうひん》だぞ」

王は苦々しげにいった。檳榔に気を取られてガードがおろそかになっていた。おれは頭に閃いたものを王にぶつけた。

「あんた、迪化街に住んでいたことでもあるのか？」

王の顔から、一瞬、表情が消えた。

「王東谷と迪化街に行ったんだろう？」

窓から流れ込む風が王の声を震わせた。おれは唾液と一緒に檳榔をすべて吐きだし、窓を閉めた。

「そうだ。おれには通訳が必要だからな」

「王東谷からなにも聞いていないのか？」

「なにを？」

おれはとぼけた。王は目を閉じた。混乱を整理しようと必死になっているようだった。

おれの頭も混乱していた。王はおれが迪化街へ行った理由を勝手に決めつけていたらしかった。だが、リエのことがなければ、おれには迪化街へ行くべき理由がなかった。王東谷から聞いたのは、東谷と王が昔、近所に住んでいたということだけだった。王東谷は王が住んでいたのは迪化街じゃないといった。だが、王の反応を見れば、王東谷が嘘《うそ》をついたのは明らかだった。

王東谷と王――どこかでなにかが繋《つな》がっている。その線はおれにも繋がっている。だが、おれには線が見えなかった。

「おまえはどこまで知ってるんだ？」

王がいった。おれの混乱に拍車がかかった。

「どこまで？　おれがなにを、どういうふうに知らなきゃならないんだ？」

王は目を開けた。

「なんでもない」

情熱のかけらもない声でそういった。

「あんたと王東谷の間になにか問題があるのはわかった。だが、その問題とおれの間になんの関係があるんだ？」

王はおれに顔を向けた。鷹のような目は熱に浮かされたように潤んでいた。おれは息を飲んだ。身体の奥深いところで泥をかぶっていたなにかの記憶がもぞりと動いた。

「おまえにはなんの関係もない」

氷のような声が鼓膜を震わせた。おれの心は凍りついた。思い出しかけていたものがきれいに姿を消した。それほどまでの絶望と憎悪に彩られた声を、おれは聞いたことがなかった。

26

フロントに王東谷からのメッセージが残っていた。

――夜、また顔を見せてみるよ。

メモに書かれた達筆。王東谷と王。おれの悩みが一つ増えた。

リエに電話をかけた。捕まらなかった。サントスホテルに電話をかけた。小野寺由紀は外出したままだった。顧に電話をかけた。

「具合はどうですか、ミスタ加倉？」

涼しげな声が聞こえてきた。

「おれを殴った刑事を覚えているか？」

単刀直入に聞いた。顧の貴族趣味に付き合うにはあまりに神経がいかれていた。

「覚えています……また彼がなにかしましたか？」

「あいつの経歴を調べてくれ。細かくだ。できるんだろう？」

曾に頼んでいたんじゃ、いつになるかわからない。ここは顧に正式に依頼した方がよさそうだった。

「多少、時間をいただければ」

「できるだけ急いでくれ」

「料金は一万ドルです」

「五〇〇〇だ。あんたは麗芬の親から詐欺同然に金を絞りとってる。あまり欲をかくといい死に方はしないぞ」

「取れるところから取れというのがわたしのビジネス・セオリイです。一万ドルでよろしいですね」

「好きにしろ」金がどんどんなくなっていく。「それから、徐栄一のところの黒道が警察に出頭するのはいつになってる？」

「四日後です。彼の葬式が一段落ついた後、ということです」

四日後、麗芬は地獄に叩《たた》き落とされる。

「監視のおまわりがいなくなるのはいつだ？」

「その後ということになりますね」

「くそっ」

電話を切った。麗芬に電話をかけた。

「喂《ウェイ》？」

麗芬の声を聞いただけで、ささくれていた神経がなだめられた。

「加倉です。明日のことを聞きたいんだが」

「わざわざありがとう、加倉さん。明日は、午前中来れますか？」

麗芬の声の後ろから、慌ただしい雰囲気が伝わってきた。

「ああ、なるべく早い時間に行くよ。なにか、騒がしい感じがするけど？」

「近所のみんなが、お手伝いに来てくれてます。わたし、少しだけ嬉《うれ》しいです。俊郎はみんなに好かれてて、だから、みんな俊郎のお葬式、立派にしようっていってくれて……」

穏やかな気分が消し飛んだ。麗芬は知らない。自分の周りにいるのは善人だけだと思っている。

「明日、行くよ」

電話を切った。麗芬の言葉にこれ以上耳を傾けるには、鋼鉄の自制心が必要だった。

三〇分ごとにリエに電話をかけた。結果はいつも同じだった。リエは携帯を留守番電話に設定することさえやめていた。

途中、曾から電話があった。写真は九時すぎにできあがる。〈Jジョイント〉に受け取りに行くことにした。

七時半。もう何度目かもわからなくなった電話をかけ終えたとき、王東谷がやって来た。

「朝は死にそうな声を出しておったくせに、どこへ行っとったんだ？」

「曾に会っていた。曾もおれが俊郎を殺したことを知っていたよ。謝がぺらぺら喋《しゃべ》りまわってるんだ。そのうち、台湾中の人間が知るんじゃないか」

王東谷の鼻が赤らんでいた。酒の匂《にお》いがした。だれと飲んでいたのかは聞くまでもなかった。謝だ。

「謝さんには釘《くぎ》をさしとくよ」

王東谷の目——嘘《うそ》つきの目が曇った。

「その後で、小王の倅《せがれ》と話をした」

嘘つきの目が光を帯びた。

な顔。

「あの刑事、まだあんたの周りをうろついておるのか」

「あいつはおれたちが迪化街に行ったことを知ってたよ」

記憶がよみがえった。おれのアパート。真澄からリエの住所を聞いた後の王東谷の憂鬱《ゆううつ》そうな顔。

「そうかい」

王東谷は興味がないという顔で冷蔵庫を開けた。見事な芝居だった。昨日までのおれなら騙《だま》されていた。

「あんた、おれに嘘をついたな」

「嘘？　なんのことだね？」

缶ビールを両手に握って、王東谷は顔をあげた。

「あの刑事が住んでいたのは迪化街じゃない。そういっただろう」

「そうだったかね」

「どうして嘘をついたんだ？」

王東谷は重い足取りでベッドに腰かけた。ビールを放ってきた。受け取って、プルリングを引いた。泡が吹きでた。手が濡《ぬ》れた。かまわず、ビールを飲んだ。

「昨日、あんたが見たとおり、わしはあそこではよく思われておらん。それでもな、わしはあそこで生まれ育ったから、あそこが好きなんだ。好きな街の人間に嫌われておるわしを、他人には見られたくない……なにをいっとるかわからんだろうが、複雑な気分でな。それで、思わず嘘をついた。すまんかった」

嘘つきの言葉には澱《よど》みがない。これから先、おれは王東谷を見習って生きていくべきだ。

「あんたとあいつの間になにがあったんだ？」

「なにもありゃせんよ。わしはずっと黒道だった。それで、あの小僧は警察官になった。だから、目の敵にされとる。それだけだ」

「おれはな、爺《じい》さん、あの刑事と話をしたんだ。あいつはおれたちが迪化街に行った理由を知りたがっていた。それも、職務をとおりこしてなにがなんでも知りたいって感じだった。そのくせ、あいつはリエのことを知らなかった。つまり、あいつはおれとあんたが迪化街に行ったという事実だけを知って、興奮したんだ。あんたの説明はおれには嘘にしか聞こえない。本当のことを話せよ、爺さん。それができないんなら、おれの目の前から消えちまえ」

リエに電話をかけている間、頭の中を駆け巡っていた考えが頭蓋骨《ずがいこつ》を圧迫しはじめていた。

「加倉さん、あの刑事がなにを考えとるか、わしは知らんよ――」

「あいつはあんたの息子なんじゃないのか？」

「馬鹿なことをいわんでくれ」

王東谷は首を振った。人を憐《あわ》れむような笑みが浮かんでいた。どこにも誤謬《ごびゅう》はない。ただ、反応が早すぎた。おれが口を開く前から質問を悟っていたとしか思えなかった。

おれは黙って王東谷を見つめた。そのうち、王東谷の顔から笑みが消えた。鼻のてっぺんの赤みも消えていた。手にしたビールは口も開いていなかった。

王東谷はなにかを探していた。恐らくは逃げ道を。だが、見つからないと悟ると、年輪が刻まれた顔を緩ませ、小さくため息をついた。

「あれはわしの義理の息子さ。わしはあれの母親に酷《ひど》い仕打ちをした。だから、あれはわしを憎んでおる。わしが憎くて憎くて、わしの周囲の人間まで憎いらしい。だから、あんたを殴ったんだ。あんたにつきまとっておるんだ。全部、わしのせいだ」

どこかに嘘が混じっているような気がした。あるいは、まだなにかを隠されているような気がした。だが、それを問い詰めるための隠し玉をおれは持っていなかった。

「あれの望みは、わしを逮捕して刑務所に送ることなんだよ。それで、張り切っておる。許してやってくれんか」

おれはビールを飲んだ。頭の中のスクリーンに記憶が映しだされた。

——王東谷からなにも聞いてないのか。

王はいった。

——おまえはどこまで知ってるんだ。

王は確かにそういった。王東谷と王のことをいっていたのかもしれない。違うなにかをいっていたのかもしれない。

王東谷がまだ嘘をついている可能性はあったが、それでもいくつかの疑問は解けた。

王はおれたちが迪化街へ行ったことは耳に入れたが、その先を知ることはなかった。自分の父親が忌み嫌われているのだ。警官だからといって息子がのこのこ現れても、住民が口を開いてくれる可能性は低いのかもしれない。あるいは、王東谷と同じで、あの街に足を踏み入れたくないのか。

王東谷はうなだれていた。おれには芝居に見えた。俊郎を殺した夜から、おれの目に映る世界はどこかが歪《ゆが》んでいた。

「リエの婆さんは、あんたの息子もやくざになったといっていたよな？　それは王のこととは違うのか？」

「そっちは血の繋《つな》がった息子の方だ」

「どこで黒道をやってるんだ？」

「知らん。もう、一〇年以上も便りがない。どこかの組織で出世しているのかもしれんし、死んでいるのかもしれん」

「あんたも昔はいい顔だったんだろう。噂《うわさ》ぐらい耳に入ってくるんじゃないのか」

「わしはもう、ただの耄碌《もうろく》じじいよ」

「そんなはずがあるか」

ビールの缶をテーブルの上に置いた。腰をあげ、部屋の鍵《かぎ》をポケットに突っ込んだ。

「どこへ行く？」

王東谷はベッドに腰かけたままおれを見あげた。

「おれの店だ。曾から受け取るものがある。爺さん、外のおまわりたちをうまくいいくるめてくれよ。二時間ぐらいで帰ってくるし、絶対に連中の面子《メンツ》を潰《つぶ》すようなことはしない。だから、おとなしくここでおれたちの帰りを待ってろってな」

「お安い御用だ」

王東谷は手にしていたビールを冷蔵庫に戻し、おれの後についてきた。

ドアの外のおまわりたち——王東谷が台湾語で話しはじめた。その背中を見ながら、唇を嚙《か》んだ。

わかったことは増えた。その代わりわからないことも増えた。車の中で王がおれに見せた態度はどこか異常さを感じさせた。そして、その異常なものは王東谷に向けられたものだとは思えなかった。明らかに、おれに向けられていた。

「この連中に、少し小遣いをやってくれんかな」

王東谷が振り返った。おれはポケットの中から金を抜きだした。頭の中には王の目が浮かんでいた。熱に浮かされたように潤んだ目——あの目を見た瞬間、いいようのない感情に襲われた。

「見張りの交代は一二時だから、それまでに戻ってくればいいといっておるよ」

王東谷のだみ声がおれの思考をかき乱した。おれは考えるのをやめ、エレヴェータホールに足を向けた。


閑古鳥が鳴いていた。

曾と真澄はカウンター。深刻な顔をしてなにかを話していた。女たちはお喋《しゃべ》りとカラオケの練習だ。

おれと東谷がドアを開けた瞬間、歓声があがった。だが、入ってきたのがおれたちだとわかった瞬間に歓声は消えた。店の中にはだらけた空気が漂っていた。

「ひでえな……」

王東谷を従えて、いつものボックスに座った。カラオケのスピーカーから一番遠い席だった。

真澄がやってきた。ナミエというアミ族の血が入った女がついてきた。手に、おしぼりを持っていた。ナミエは王東谷のお気に入りだった。機嫌よく酔うと、王東谷はナミエにアミ族の歌を歌ってみせる。

「お客さん、来ないよ」

真澄がいった。濃い化粧も、真澄の苦悩を隠しきれていなかった。

「ずっとこんな調子か？」

「何日か前に、黒人が来たよ。それっきり、お客さん、来ない」

「黒人？」

「加倉さんの友達」

「ロペスのことか？」

真澄はうなずいた。

「酔っ払っててね、リエにしつこくいってたよ。加倉さんよりおれの方がずっといい男だからやらせろって。あれは薬、やってたかもしれないね」

ロペスはかなり前からリエに執心していた。おれがいないときを見計らってやってきたのだろう。

「おまわりは？　あいつにも監視がついてるはずだが……」

「外で待たせてるって……あんまりしつこいから、いい加減にしないと外で待ってるおまわりさん、呼ぶよっていったら、おとなしくなったよ……ねえ、加倉さん、このままだと、潰れるよ。他のお店は、お客さんいる。でも、うちだけいない」

野球の給料は半分に減り、放水もできない。おれの暮らしはこの店の売り上げにかかっている。本気でなんとかしなければならなかった。

「なんとかする」

「それより、真澄。リエの居場所を知りたいんだ」

「わたし、知らないよ」

「女たちに聞いてくれ。どんなことでもいい。リエが立ち寄りそうな場所を思いだしてほしいんだ」

「聞いてみるよ。でも、あんまり期待しないのがいいよ」

真澄は席をたった。入れ代わりに別の女が酒を持ってきた。王東谷にはキリンのラガー。おれには焼酎《しょうちゅう》。おれはカウンターの中の曾を手招きした。

「できあがってるのか?」

横に座った曾に訊《き》いた。曾がうなずいた。尻《しり》のポケットから茶封筒を抜き出した。おれは受け取って、中を覗《のぞ》いた。写真が数葉とフィルムが入っていた。

写真を引っ張りだした。おれのものをくわえている小野寺由紀の顔が視界に飛びこんできた。写真をめくった。ストッキングで両手両足を縛られ、あそこにビール瓶を突っ込まれた小野寺由紀。写真は全体的に白っぽかったが、顔と性器ははっきりと写っていた。

「なんの写真だね?」

王東谷が顔をよせてきた。写真を渡してやった。王東谷の顔が歪《ゆが》んだ。

「まだこんなものを見たがっておるのか」

「別にそれでマスをかこうってわけじゃない」

「なんだってこんな写真を……待てよ」写真をめくる王東谷の指が止まった。「この女、見たことがあるぞ」

おれは焼酎のグラスに手を伸ばした。ナミエが首をのばして写真を見ようとしていた。王東谷が写真をナミエから遠ざけた。怒気のこもった台湾語が聞こえた。ナミエは唇を尖《とが》らせ、席を離れていった。

「昨日の記者会見で、あんたに質問した女じゃないか」

「日本のテレビのキャスターだ」

「なんだってこんな……」

王東谷の指が再び写真をめくりはじめた。「これはあんたか？」

王東谷は写真をおれに見せた。おれのをくわえている小野寺由紀の写真だった。王東谷は小野寺由紀がくわえる男根を指差していた。

おれは王東谷の問いには答えなかった。曾に顔を向け、訊いた。

「中を見たか？」

曾は首を振った。目に落ち着きがなかった。

「写真はこれだけか？」

「なにも取ってないよ」

おれは財布から金を抜きだした。

「約束の金だ。写真を焼いてくれたやつに渡してやれ」

曾は金を受け取り、腰をあげた。曾の手を摑《つか》んだ。左手——おれのロレックスがはまっていた。

「謝には喋《しゃべ》るなよ。いいな？　それに、この時計は謝の前じゃつけるな」

「これ、いい時計ね。わたし、謝さんにはなにもいわないし、時計、見せないよ」

曾はカウンターに戻っていった。

「あの時計、謝さんにもらったもんじゃないか」

王東谷がいった。苦々しげな声だった。

「あのときも、爺さんは、黒道から物をもらっちゃだめだっていってたよな」

「あんたはなにを考えておるんだ？」

おれは王東谷に向き直った。

「その女に脅された。トシが死んだとき、おれがおまわりたちと一緒にいなかったことを知ってるんだ」

「だからこれか？」

「口を塞《ふさ》がなきゃならなかった。この女は日本に婚約者がいる。有名なサッカーの選手だ。この写真を見れば、口を閉じて日本に帰るさ」

王東谷は目を宙に向けた。ゆっくり、口を開いた。

「台湾に来たころのあんたは、ちょっと心が捻《ね》じれただけの普通の男じゃった。それが、こんな店をやるようになり、放水に手を染め、人を殺し、女を手籠《てご》めにするまでになった。どうしてそんなことになったんだ？」

呻《うめ》くような声だった。

「あんたがおれに曾や謝を紹介したからだ」

いった瞬間、吐き気がした。くだらないことを口にしたからだ。王東谷はきっかけを作っただけだ。王東谷がおれに放水をしろといったわけじゃない。俊郎を殺せといったわけじゃない。すべては、おれ自身が招いた。

王東谷はじっとおれを見ていた。その目からはなにも読みとれなかった。

「あんたは、謝に頼まれたんだろう？　あの加倉っていう日本人をおれに紹介しろって。謝がおれを放水に引きずり込もうとしてるのを知ってて、おれを謝に紹介したんだ。違うか？」

吐き気は消えなかった。言葉も止まらなかった。

「そのとおりだ」

「だったら、くだらない説教なんかするな」

王東谷を睨《にら》んだ。王東谷は目をそらさなかった。おれを見据えたままビールに手を伸ばし、中身を呷《あお》った。

女たちのけたたましい声がした。真澄を真ん中にして、女たちが群がっている。ときどき、リエという言葉が聞こえてきた。

「ひとつだけ、いわせてくれんか。説教めいたことはいわん」

王東谷が口を開いた。

「いってみろよ」

「あんたはなんでも一人でやりすぎる。あの坊やのことはしかたなかったにしても、この女のことは、わたしや謝さんにひとことといってくれれば、あんたがこんなことをする必要はなかった」

「しかたがない」

おれは封筒からフィルムを抜いた。代わりに、写真を封筒に入れた。

「おれはピッチャーだ。今は肩がもたなくてリリーフをやってるが、昔は先発だった。打たせてとるピッチャーじゃなく、力でバッターをねじ伏せるのがおれの投げ方だった。野球は一人でやるもんじゃない。だが、ピッチャーは別だ。おれはいつも一人で野球をやっているつもりだった。おれが点を取られなけりゃ、チームが負けることはない。いつも三振を取ってりゃ、野手にエラーされることもない。そんな風にやってきた」

だから、おふくろと邦彦がいなくなっても泣き言をいわなかった。親父と女房の反吐《へど》が出そうな浮気現場に出くわしても、一人で親父を叩《たた》きのめし、それでおしまいにした。だれかに泣きついたり、すがったりしたことはなかった――台湾に来るまでは。

「だが、加倉さん、味方が点を取ってくれなければ、試合には勝てんだろうに」

「だったら、死ぬまで三振を取りつづけるだけだ。いいか、爺《じい》さん、実際の試合の話をしてるんじゃない。おれのことを話してるんだ。おれがどういう人間なのか、話してるんだ」

「あんたのいいたいことはわかっておる。しかし、これからもすべてを一人でやるつもりなら、あんた、確実に破滅するぞ」

「わかってる。だから、あんたとこうやって飲んでるんだ。なにかがあるときは、あんたに声をかけるようにしてるんだ」

写真の入った封筒を王東谷に突きだした。

「あんたがやってくれてもいいし、だれか人を使ってもいい。この封筒をサントスホテルのフロントに預けてきてくれ。一一〇四号室の小野寺由紀に渡して欲しいといってな」

王東谷はため息を洩《も》らしながら、封筒を受け取った。それっきり、口を開かなくなった。

三〇分ほどで王東谷は出ていった。今日一日で、ずいぶん年を取ってしまったかのように背中が丸まっていた。

真澄が女たちから仕入れた情報はろくなものがなかった。リエには男はいなかった――リエは加倉さんだけよ。店中の女たちがいった。加倉さんと結婚するって――ナミエがリエから聞いたといった。だれもリエの家族のことは知らなかった。そんなことはだれも話さない――真澄がいった。当然だった。

携帯電話に登録してある電話番号――かたっぱしからかけまくった。ビジネスマン、外交官、ツアーコンダクター、商売人、なにをするでもなく台北にいついた連中。世間話をし、店に来てくれと頼んだ。だれもが聞きたがった――事件の真相を。語尾を濁した言葉と曖昧《あいまい》な笑いでごまかした。

ぽつりぽつりと客が来た。林森北路の他の店で飲んでいた日本人たち。おれの話と女を求めていた。二つとも与えてやった。話はでたらめ、女だけが本物。

〈Jジョイント〉に束の間の活気が戻ってきた。女たちは元気だった。曾の顔にも笑みが浮かんでいた。くたびれているのはおれだけだった。

一二時前に、ホテルに戻った。おまわりたちがほっとした顔でおれを迎えた。部屋に入り、サントスホテルに電話した。

「もしもし?」

小野寺由紀の声。

「写真は見たか?」

「卑怯者《ひきようもの》!」

電話が切れた。

27

花輪の中に無数のボールが詰め込まれていた。別の花輪にはバット。グラヴ。さらには、缶ジュース。なにもかもがピラミッドみたいに積み上げられていた。

台湾のしきたり——故人の愛用していたものをこれでもかと祭壇に捧《ささ》げる。ボールやバットは球団が用意したと聞いた。ジュースはおれと王東谷が買った。俊郎はあまり酒を飲まなかった。だから、ジュースにしたのだ。

葬式の会場は俊郎たちの住むマンションから歩いて一〇分ちょっとのところにある公園だった。ハイエナども——プレスの連中が公園に群がっていた。東都テレビのスタッフがいた。しかし、小野寺由紀の姿は見えなかった。

ハイエナどもの脇《わき》を通りすぎた。葬儀の場だというせいか、フラッシュが焚《た》かれ、遠巻きに質問の声が飛んでくるだけでもみくちゃにされることはなかった。公園には近隣の人間が集まり、俊郎の死を悼んでいた。三日後には、この葬式に顔を出したことを後悔することになるとも知らずに。

麗芬は俊郎の遺影のそばで顔を伏せ、号泣していた。白い粗麻の袈裟《けさ》のようなものをまとい、額には荒縄の鉢巻き。化粧っけのない顔が蒼醒《あおざ》めていた。じっとしていても汗ばむ熱気の中、麗芬は汗もかかずに泣いていた。

王東谷と一緒に足をすすめた。受け付けの人間に白包《パイパオ》——香典を渡し、タオルを受け取った。

「このタオルはなんに使うんだ?」

「涙を拭《ふ》くためだよ」

王東谷が教えてくれた。麗芬の泣き声が熱気と絡まっていた。

係りの人間がパイプ椅子《いす》が並べられた場所に案内した。球団関係者が集まる一角らしく、すでに社長と監督の林がいて、額をよせて話し込んでいた。少し離れた場所に腰をおろした。麗芬がよく見えるように。祭壇があまり目に入らないように。

少しずつ椅子が埋まっていった。久しぶりに見る顔が多かった。日焼けした精悍《せいかん》な男たち。あの夜以来、おれはチームに合流していない。ある者は冷ややかな、別の者は同情の視線を向けてくる。周が来た。ロペスが来た。二人とも、チームメイトを避けるようにおれの方にやってきた。

「加倉——」

ロペスが小声でいった。おどおどした目がおれの顔色をうかがっていた。

「あんた、きちんと話してくれたんだよな?」

「だれに、なにを話すんだ？」

「ギャングにおれを殺さないようにいってくれって頼んだじゃないか」

「声がでかい」

「だって――」

ロペスが口を開こうとした瞬間、ラッパが鳴った。ざわめきがやみ、葬儀がはじまった。スピーカーから重々しい北京語が流れてきた。麗芬が前に進み出た。マイクに向かって北京語で話しはじめた。

「なにをいってるんだ？」

「参列者への感謝の言葉だな。その後、坊やの業績を讃《たた》えることになっておる。普通は長男や父親がやるんだが、あの坊やは身寄りがおらんから……」

王東谷の声が霞《かす》み、麗芬の声だけが響いた。哀《かな》しみに満ち、それでいて威厳を失わない声。言葉の意味はわからなかった。麗芬の気持ちは充分に伝わった。

だが、胸が痛むことはなかった。罪の意識に苛《さいな》まれることもなかった。おれの耳に聞こえるのは麗芬の声だけだった。おれの目に見えるのは麗芬だけだった。俊郎の亡霊は現れず、悪鬼の囁《ささや》きが聞こえることもなかった。

王東谷が線香を仏壇に捧げた。次はおれの番だった。前に進み出、線香を受け取った。蠟燭《ろうそく》で線香に火をつけ、目の前にかざした。三度、頭を下げ、頭をあげた。俊郎の遺影がじっとおれを見下ろしていた。俊郎は笑っていた。

だいじょうぶだと思っていた。間違いだった。胃の奥からなにかが込み上げてきた。頰《ほお》が濡《ぬ》れた。鼻がつまった。

おれの涙を見て、麗芬がさらに声をあげて泣いた。

線香を壺《つぼ》に立て、目を閉じた。泣いたのは俊郎のためじゃなかった。自分の罪深さのせいだった。

目を開けた。俊郎は変わらず微笑《ほほえ》んでいた。

「馬鹿野郎」

つぶやき、祭壇に背を向けた。


やかましいほどのラッパの音をスピーカーが増幅させていた。楽隊の後ろには、ボールやバットが真ん中にはめ込まれた花輪が続く。その後ろに参列者。そして、ハイエナども。列の先頭で、美亜鷲隊の三塁手の李が、俊郎の名の入った大きな旗を振っている。

俊郎をあの世へ送るパレード。スピーカーを積みこんだ車が、楽隊のラッパの音と録音した泣き声をあたりにばら撒《ま》いている。だが、文句は出ない。台湾人は死者に文句をいう習慣を持たない。

おれのすぐ前に麗芬がいた。葬儀場と同じ衣装に、裾《すそ》が尻《しり》まである白い三角の頭巾《ずきん》をかぶっていた。両脇《りょうわき》を両親が支えていた。故人の親族であることを示すその衣装を着た人間は三人しかいなかった。

だれかが横に並びかけてきた。意識しないまま視線を向けた。尖《とが》った顎《あご》の下の傷が見えた。思わず、舌打ちした。

「寂しい葬式だな」

王がいった。おれは王東谷を探した。どこにも見つからなかった。

「おれには騒がしい葬式に思えるがな」

「親族が少ないし、出し物も貧弱だ。プレスの数だけは異常だが……もし、死んだのが父親で、葬儀を出したのが息子なら、この程度じゃ息子は馬鹿にされる」

父親と息子——王東谷と王。もう一度王東谷を探した。無駄だった。

「警察も葬式に出るのか?」

「参列者の中に犯人がいるかもしれんからな」

「目星はついてるのか?」

王は首を振った。

「動機はわかってるんだがな……目撃証言が皆無じゃ、どうにもならん」

「動機がわかっただと? どんな動機だ?」

「放水の問題だ。それ以外考えられん」

「じゃあ、犯人は黒道だろう」

「前にもいったが、連中じゃない。連中はあんな殺し方はしない」

「じゃあ——」

「犯人は野球選手だ」

足がとまった。後ろを歩いていた人間に突き飛ばされた。

「対不起《トイプチー》」

謝罪の言葉が耳を通りすぎていった。

「どうしてそうなるんだ?」

王も立ち止まっていた。参列者たちが、次々におれたちを追い越していった。

「単純な引き算だ」

王は先を急ごうというように顎をしゃくった。おれは重い足を動かした。

「張俊郎は、野球賭博《とばく》にまつわるなにかのために殺された。野球賭博に関っているのはだれだ?　黒道と、野球選手だ」

王は間違っていた。俊郎が死んだのは、おれと関ったからだった。だが、俊郎を殺したのは野球選手だという推理だけは当たっていた。

胸が苦しかった。長いこと抑えつけていた不安が一気に息をふきかえしたようだった。

王の口を塞《ふさ》ぎたかった。方法はすぐに見つかった。

「あんた、王東谷の息子なんだってな」

今度は王が足をとめた。王の背後に俊郎のマンションが見えた。葬列は騒音を撒き散らしながら確実に俊郎を家へと運んでいた。

「だれに聞いた?」

王の声は葬列の騒音にかき消されそうだった。

「王東谷だ。決まってるだろう」

「全部聞いたのか？」

「どこまでが全部なのかは知らんがな」

王の口が開いた——爆竹が鳴った。凄《すさ》まじい音だった。王は弾《はじ》かれたように背後を見た。爆竹は途切れることなく続いた。俊郎の棺《ひつぎ》が家にたどり着いたという合図だった。

王はおれに顔を向けた。肩をすくめ、葬列とは逆の方向に足を踏みだした。煙が漂ってきた。火薬の匂《にお》いが鼻をついた。爆竹はいつまでも鳴りつづけていた。


マンションの入口に、王東谷がいた。美亜の選手たちが葬列の後片付けをはじめていた。棺を乗せた車のドアが開いていた。棺はどこにもなかった。部屋の中に運ばれたのだ。選手たちの脇を通り抜けて、入口に向かった。王東谷の顔には精気がなかった。

「義理の息子から逃げ出したのか？」

「やってくるのが見えたからな」

「ここまでついてきたらどうするつもりだったんだ？」

「そのときは、諦《あきら》めたよ」

おれは煙草をくわえ、火をつけた。だれかに肩を叩《たた》かれた。周だった。周はおれにではなく、王東谷に言葉をかけた。

「奥さんが、後で電話をくれるようにといっとったそうだ」

「おれに？」

「そう」

「謝謝《シエシエ》、周さん」

周はいいんだというように手を振り、仲間の元に戻った。

「周さんがな、あんたを見直したといっとったよ」

王東谷がつぶやいた。

「どういうところを?」

「自分の尻に火がついてるのに、弟分が殺されたら、自分のことを顧みずに未亡人の面倒を見てるとな……あんた、彼女に手を出したら、チームメイトから総すかんを食うぞ」

「だからなんだっていうんだ?」

煙草を放り投げた。どこかで、また爆竹の音がした。

参列者たちが散り散りになっていった。まるで、宴《うたげ》が終わった後のような寂しさが漂っていた。残っているのは、美亜関係者とプレスだけだ。社長がプレスに捕まっていた。北京語の押し問答――顧が間に割って入っていた。テレビカメラを抱えた連中が、社長たちを取り囲む人垣から離れ、こっちに向かってきた。東都テレビのクルーだった。

「東都テレビの藤巻と申しますが、少しお話をうかがってもよろしいでしょうか?」

小柄な男が日本語で話しかけてきた。おそらく、ディレクターなのだろう。

「小野寺さんは?」

おれは訊《き》いた。藤巻の目を見ながら。

「それが……こっちの気候が合わなかったらしくて、昨日から寝込んでいるんです」

「今の時期は暑いからね」

「小野寺とはお会いになっていらっしゃるんですよね？」

藤巻の顔色を探った。小野寺由紀がどこまで話しているのかがわからない。

「彼女から聞いてないの？」

「ええ、ベッドから起きあがることもできない状態でして……ただ、加倉さんにはお会いしたけど、具合が悪くなったので途中でお引き取りを願ったとは聞きましたが」

胸でわだかまっていたものが消えた。

「会ったときにはもう、顔色が悪かったからな。もし、具合がよくならないようだったら、医者に見せた方がいい。台湾には日本にない病気もある」

「そうします……お話、いいですか？」

「くだらないことを聞かないと約束するなら」

藤巻がカメラマンに視線を飛ばした。音声スタッフがマイクをおれの頭の上に伸ばしてきた。カメラが回りはじめた。王東谷がおれの傍らからさり気なく離れていった。

「加倉さんと今回殺された張俊郎《チャンジュンラン》さんは非常に仲がよろしかったとおうかがいしているんですが、実際にはどのようなご関係だったんでしょうか」

「俊郎《としろう》は……すまない、おれはあいつのことを俊郎と呼んでいたんだ」藤巻はうなずいた。

「俊郎は親日家だった。日本にも数年いたことがあって、日本人にいい感情を抱いていた。だから、チームにおれが合流したときから、なにかとおれの世話を焼いてくれた。台湾でのおれの恩人だ」

「今回の事件をどうお感じになります？」

「不幸で残酷な事件だ」

　おれは視線を左右に動かした。だれかが嗤《わら》っているような気がした。王東谷が暗い目でおれを見ているだけだった。

「ご焼香の際には思わず泣いていらっしゃったようですが……」

「友達を殺されたら、あんただって泣くと思うがね」

「張俊郎さんは野球賭博に関ることが理由で殺されたと思いますか？」

「わからんね――」

「しかし、加倉さんご自身も巻き込まれたように、台湾のプロ野球では八百長が頻繁に行われていると――」

「質問は終わりだ」おれは藤巻を遮った。「くだらない質問はなしだといっただろう」

「しかし……」

「八百長問題について聞きたいなら、正式に球団を通してインタヴューを申し込んでくれ」

「球団にはもう何度もお願いしてるんですがね」

　藤巻は引き下がる様子を見せなかった。おれは王東谷に視線を飛ばした。それだけで王東谷には通じた。

「加倉さん、そろそろ時間ですよ」

　わざとらしく腕時計を覗《のぞ》きこみながら、王東谷がいった。

「じゃあ、悪いが行かなきゃならないところがあるので」

　藤巻の脇《わき》をすり抜けた。

「加倉さん、我々は他のチームの日本人選手やコーチにも話を聞きました」

背中に藤巻の声が浴びせられた。

「みんながみんな、台湾野球は八百長なしでは成立しないといってましたよ。それに、加倉さん、証拠はないけど、日本人で八百長をしているのはあなただけだとも」

藤巻の手には乗らなかった。おれは振り返らずに答えた。

「そいつらの名前を教えろよ。名誉毀損《きそん》で訴えてやる」

藤巻の返事はなかった。


携帯電話が鳴った。タクシーが松江《ソンジアン》大橋を渡りはじめたところだった。左右に基隆河が広がり、左斜め前方に、おれが俊郎を殺した川岸がぼんやり見えた。

「昭彦?」

捜しまわっていた女の声がした。

「どこにいるんだ、リエ?」

横で王東谷が身じろいだ。顔をよせ、携帯に耳を近づけてきた。

「内緒」

言葉の後に笑い声が聞こえた。どこか不自然な笑いだ。酔っ払っているか、薬をやっているとしか思えなかった。

「リエ……とにかく、会おう。話がある。おまえもおれに話したいことがあるんだろう?」

手を握り締めた。そうしなければ、罵声《ばせい》を浴びせてしまいそうだった。

「昭彦、わたしのお婆ちゃん、会ったでしょう。そんなにわたしに会いたいか?」

「会いたい」

「わたしに会いたい?　時計に会いたい?」

「リエ、ふざけるのもいいかげんにしろ」

「答えて」

唇を噛《か》んだ。膨れあがる怒りに眩暈《めまい》がしそうだった。王東谷の手が肩を叩《たた》いた。落ち着け──深く息を吸い、ゆっくり吐きだした。

「おまえに会いたい」

笑い声が聞こえた。神経を逆撫《さかな》でする甲高い笑い声だ。

この女を黙らせろ──また、どこからか声が聞こえた。

「昭彦、嘘《うそ》つきよ」

「嘘なんかじゃない。どこに行けばいい?　どこに行けばおまえに会える?」

「昭彦、わたし、愛してる?」

「ああ」

目を閉じた。声が頭の中で響き渡っていた。

「わたしと日本に行く?」

「ああ」

「わたしと結婚する?」

「ああ」

かすれた声がでた。身体が強張っていた。携帯を握る手が汗で濡《ぬ》れていた。

「テレビで昭彦見たよ」

「テレビだと？」

「昭彦、死んだ人のこと、話したね。横にきれいな女の人いたよ」

リエがいっているのは記者会見のことだった。

「その女の人、ずっと昭彦のこと、見てた」

「なんの話をしてるんだ、リエ？」

「昭彦もその女、見た」

おれの問いには答えず、リエは喋《しゃべ》りつづけた。耳障りな笑い声は消えていた。代わりに、なにかに執着しているような熱っぽさが声にこもっていた。

「わたし、昭彦にあんなふうに見られたこと、ないよ」

「リエ——」

「頭に来たよ。昭彦、わたしを騙《だま》したよ」

「そんなことはない。いいか、リエ、よく聞くんだ」

「昭彦はあの女、好きだよ。あの女も、昭彦、好きだよ。わたし、わかる」

「リエ、考えすぎだ。彼女は俊郎の奥さんだ。旦那《だんな》を殺されて、悲しんでる。だれかにすがりたいんだ。すぐそばにおれがいたから、おれにすがっただけなんだ」

「昭彦の日本語、よくわからない……わたし、あの女、殺してやりたいよ。昭彦があの女の旦那さん、殺して、わたし、あの女、殺す。おもしろいね？」

また、耳障りな笑い声が聞こえてきた。

この女を黙らせろ、この笑い声をなんとかしろ——頭の中に響く声が頭蓋骨《ずがいこつ》を突き破ってしまいそうだった。

「リエ、いいかげんにしろよ。どこにいるんだ？」

「また、電話するよ。わたし、騙したら、時計持って警察行くからね」

「リエ——」

無機質な電子音が聞こえてきた。リエは電話を切っていた。

「くそっ」

叩きつけるようにして携帯を切った。視界がかすかに赤く染まっていた。耳鳴りがした。

タクシーは橋を渡りきっていた。おれが俊郎を殺した川岸は、はるか背後の景色に紛れて見分けもつかなかった。

「落ち着きなさい。カッカしていたら、頭も働かない」

病気になった子供をいたわるような声がした。それが王東谷の声だと理解するまで、数瞬を要した。

「あの女をなんとかしなきゃならない」

おれはいった。運転席と助手席に座っているおまわりのことは頭から消えていた。

「わかっとる」

「酔っ払ってた。薬をやってるのかもしれない。へろへろになってるくせに、おれを脅しやがった」

「わかっとるから、落ち着きなさい」

「ぶっ殺してやる」

王東谷がおれのポケットに手を突っ込んだ。

「なにをしてるんだ？」

「ほれ、これを吸って、気を落ち着けるんだ」

ポケットからでてきた王東谷の手には煙草のパッケージが握られていた。王東谷は煙草を抜き出し、おれの口にくわえさせた。煙草の先端が細かく震えた。

王東谷がライターの火をつけた。煙草を近づけた。煙を吸い込み、吐きだした。

「あの女を黙らせてやる」

頭の中で響いていた声を口にだした。いくらかはマシな気分になった。

「わたしの知り合いにな、迪化街であの婆さんの周りを調べるように頼んどるよ。それに、もしあの女が薬をやっておるんだとしたら、わたしにもつてがないわけじゃない。必ず捜し出してあげるから、あの女を気にやむのはやめるといい」

おれは王東谷の言葉にすがった。

「自分一人でなんとかしようとしちゃいかん。あんたはくたびれておる。わたしに任せなさい。あんたが望むとおりにしてあげよう」

「あの女の口を塞《ふさ》いでくれ」

「わかった」

王東谷の声は氷のように冷たかった。

28

球団事務所にはまだだれも戻っていなかった。いつもミーティングをやる応接室で待った。王東谷はどこかに出かけていった。

テレビをつけた。ニュース番組で今日の葬儀の様子を放映していた。弔辞を読み上げる麗芬と、遺影の前で涙を流すおれが何度も繰り返し映った。北京語はわからない。字幕の漢字を拾って意味を類推した。

――殺人事件にまで発展した賭博《とばく》問題。遺族やチームメイトが悲嘆にくれる半面、警察に対する世論は厳しさを増している。それを受けて、警察幹部が殺人事件と野球賭博問題の徹底解明を約束した。

世の中に通用するのはでたらめばかりだった。真実を食い物にする男たち――徐栄一や顧、警察官僚のような人間たちがニュースで取り扱われることはない。

今頃、リエもこのニュースを見、麗芬に対する暗い嫉妬《しっと》を燃やしているのかもしれない。

テレビを消した。でたらめを見ていると気が滅入《めい》った。

しばらくすると、ドアが開いた。社長を先頭に、いつものミーティングのメンバーが部屋に入ってきた。それぞれがそれぞれの場所に腰を落ち着けた。立っているのは顧だけだった。

「ミスタ王はどこへ？」

顧が訊《き》いてきた。

「さあな。おれを残して、どこかに消えたよ」

「そうですか……それでは、明日からのことですが、まず、北京語で説明させてもらいます。それが終わってから、ミスタ加倉とミスタ・フェルナンデスには英語で説明いたします。それでよろしいでしょうか？」

「おれはかまわない」

ロペスもうなずいた。顧が北京語で話しはじめた。

「台湾の葬式ってのはすげえもんだな」

ロペスがいった。

「エキゾティックだったろうが」

「まあな……それより、加倉、おれは本当にだいじょうぶなんだろうな？」

「おまえ、Jジョイントに行ったんだってな」

おれは話をはぐらかした。ロペスをいたぶることで落ち込んだ気分をなんとかしたかった。

「な、なんの話だよ？」

ロペスの顔色が変わった。ロペスの想像以上の反応に、溜飲《りゅういん》がさがる思いだった。

「とぼけるなよ。おれがいないのをいいことに、おれの女を口説いてたらしいじゃないか。優雅なもんだな、ロペス。自分の尻《しり》に火がついてるってのによ」

ロペスの目がぎょろりと動いた。顔色が変わったのは事実だったが、目に浮かんでいたのは恐怖や狼狽《ろうばい》じゃなかった。

「あんた、いったじゃないか。自分がいないときに、金を出してあの女を買うならかまわねえってよ」

「いったさ。それで――」

「話をはぐらかすなよ、加倉。おれはギャングの話をしてたんだぞ」

言葉を遮られた。なにかがひっかかっていたが、それはいつまで待っても形をなしそうになかった。おれは諦《あきら》めてロペスの問いに答えてやった。

「ギャングには話をつけた。ギャングより問題なのは警察だ。おまえ、一旦《いったん》は警察になんでも喋るといったんだろう？」

「ああ、馬鹿なことをした」

「それから、おれがもらうはずの一万ドル」

「その話なんだが……少し待ってもらえるか」

「だめだ」

「給料がもらえないんだ。今すぐ一万ドルなんて無理だぜ」

「給料がもらえないのはおれも同じだ。おれも金がいる。一万ドルで命を買ったんだ。安いもんだと思えよ。八百長で稼いだ金があるだろう」

「全部、故郷に送っちまったよ」

「おれの知ったことじゃない。おまえから受け取る一万のうち、半分はギャングにくれてやることになってるんだ。払わなきゃ、殺されるだけだぞ」

おれはロペスの顔を覗《のぞ》きこんだ。褐色の肌と同じ色の瞳《ひとみ》が挑むような光を浮かべていた。

「二、三日待ってくれ。金は必ず払うから」

じっと見つめていると、根負けしたようにロペスはいった。顧の北京語はまだ続いていた。

「逃げようなんて考えるなよ。台湾を出る前に殺されるぞ」

「わかってるって」

ロペスがいったところで、顧がおれたちに向き直った。

「物騒な話をなさっていましたね」

「あんたには関係のない話だよ」

「無関係というわけではありません——説明をはじめてもよろしいでしょうか？」

「はやくしてくれ」

ロペスがいった。

「時期が早まりました」

「なんの時期だ？」

予想もしていない言葉だった。思わず言葉が尖《とが》った。

「生贄《いけにえ》を警察につきだす時期です。今朝、警察のトップが記者会見を開き、野球賭博と殺人事件の徹底解明をぶちあげたのです」

「ニュースで見たが、ただのパフォーマンスじゃないのか？　話はついてるんだろう？」

顧はネクタイの結び目に手をやった。

「ミスタ加倉のいうとおり、あれは対マスコミ、世間向けのパフォーマンスです。しかし、警察、特に現場の警官にとっては、トップの言質《げんち》を取ったに等しい部分もあるのです」

「警察のトップが口にしたことだから、なんとしてでも事件を解明しなきゃならないってことか？」

「そうです。上からの圧力を快く思わない一部の警官たちが、今日の記者会見を受けて、また精力的な活動をはじめました。黒道の関係者が微罪で逮捕されていますし、近く、美亜以外のチームの選手に任意の事情聴取を行おうという動きも出ています」

「そんなことが本当にできるのか？　球団を経営している企業が反発するだろう」

「企業も世論には逆らえません。長い不幸な時期を経て、この国は民主的な国に生まれ変わったのですから」

顧の口許《くちもと》に皮肉な笑みが浮かんだ。

「それをさせないためにも、生贄を差し出す時期を早めるっていうのか？　逆効果なんじゃないのか？」

「美亜の問題に決着がつけば、警察上層部が事件に蓋《ふた》をすることができるようになります。他チームにまで捜索の手が伸びることを、高雄にいらっしゃる方は嫌っています」

「だれだよ、その高雄にいるやつってのは？」

ロペスが口を挟んだ。

「おれたちに金をくれるギャングのボスだ——徐栄一だけじゃないだろう？　警察がこれ以上この件を調べることを望まないやつらがもっといるんだ」

顧はまた、ネクタイの結び目に手をやった。

「野球が産みだす利益は、様々な人たちに恩恵をもたらしているのです」

顧は言葉を濁した。だが、そんなことをしても無意味だった。台湾の野球賭博《とばく》が産みだす金は時に、一晩で数億を越すことがあるという。最近じゃ、香港のブラックマネーも流入してき

ている という話だ。だから、黒道の連中は選手に大金をばら撒《ま》く。莫大《ばくだい》な金が動くとき、そこには必ず政治が絡んでくる。台湾各地の黒道のバックに政治家がいることはだれでも知っている。政治家は黒道を使ってのし上がり、黒道は政治家の権力を利用して肥え太る。

野球賭博の問題が広がれば、足元が覚束なくなる政治家が腐るほどいる。そいつらが徐栄一を動かし、徐栄一は美亜の社長や警察官僚たちに圧力をかける仕組みだ。麗芬がどれだけ傷つこうが、連中には屁でもない。

「それで、おれたちはいつ、俊郎の名誉を売り飛ばすんだ？」

「明日です」

「それはまた、急な話だな」

今夜、麗芬に電話することになっている。気分が重かった。

「それで、どういうことなんだよ？　おれには難しすぎて話が見えねえ。なにをすりゃいいのかだけいってくれ」

ロペスが吐き捨てるようにいった。

「つまり、だ。おれたちはこれまでなにも知らないといい張ってきた。明日からは、八百長をやっていたのは俊郎だといい張るんだ」

「ミスタ加倉のおっしゃるとおりです」

「だけどよ、あいつは敗戦処理のピッチャーだぜ。そんなやつに八百長をさせて、ギャングになんのメリットがあるんだ？　警察に突っ込まれるのが落ちじゃねえか」

「だからこそ、です」顧は出来の悪い生徒にアルファベットの読み方を教える教師のようだった。「八百長に関っていたのが、ミスタ張だけということになれば、球団や選手にまったく後ろめたいところはないといい張ることができるのです」

ロペスは顧の顔を見ていた。次におれを見た。

「ろくなもんじゃねえ。おまえらみんな、ろくなもんじゃねえ」

侮蔑《ぶべつ》のこもった声だった。おれは嗤《わら》ってやった。

「おまえもおれたちの仲間だ、ロペス。みんな、ろくなもんじゃない」

ホテルに戻る気にはなれなかった。かといって、行くあてもなかった。

身振り手振りでおまわりたちに伝えた――適当に車を走らせてくれ。

おまわりたちは、嫌だとはいわなかった。

窓の外を流れる台北の街を眺めながら、リエに電話をかけた。繋《つな》がらなかった。サントスホテルに電話をかけた。小野寺由紀は電話に出なかった。

車の中は冷房が効いていた。頭が痛くなるほどだった。だが、携帯を握る掌《てのひら》はべっとりと汗をかいていた。

携帯電話が鳴った。おれは呼び出し音が鳴るに任せて携帯電話を見つめた。この数日、電話ばかりかけている。まるで、おれと外界を結ぶ唯一の糸がこの携帯電話だとでもいうようだ。

電話に出た。

「今、萬華《ワンホア》におるんだがな」

王東谷だった。

「そんなところに行ってたのか」

「ちょっと付き合ってみんかね？」

「酒を飲む気分じゃない」

「そうじゃない。あの女の居場所がわかるかもしれんのだよ」

目が醒《さ》めた。倦怠感《けんたいかん》が吹き飛んだ。

「どこに行けばいい？」

「龍山寺《ロンシャンスー》はどうだ？　あそこなら、あんたも迷わんだろう？」

「すぐに行く——萬華、龍山寺」

電話を切り、おまわりに告げた。おれの下手くそな北京語に、おまわりたちは聞き返すこともしなかった。


線香の香りをかき分けながら、境内に足を踏みいれた。精気のない老人たちがそこここに固まっていた。象棋《シャンチー》——中国将棋に興じる者、虚《うつ》ろな視線を宙にさまよわせている者、力のない笑いを浮かべて世間話をしている者。同じ老人といっても、王東谷とは大違いだった。そんな老人たちの中にあって、王東谷は強烈な個性を発散させていた。

「早かったじゃないか」

おれに気づくと、王東谷は笑顔を浮かべた。象棋に興じている老人たちの群れの外に立っていた。

「リエはどこにいるんだ？」

「慌てちゃいかん。見つけたとはいわなかっただろうに」

王東谷と肩が並んだ。王東谷はおれが来た方向に向かって歩きだした。

「この辺りの故買屋に知り合いがおってな、聞いてみたんだ。若い女がパテック・フィリップの時計を持って来なかったか、とな」

思いだした。あの時計は一〇〇〇万もする——電話でリエがいっていた。だれかに確かめなければ、そんなことがわかるはずがない。

「リエはそいつのところにいったのか？」

「いや。わたしの知り合いには心当たりがなかったんだが、他に聞いてみてもらったら、それらしい女が時計を持ってきたというのがおったんだ。これからそこへ行ってみようと思ってな」

王東谷は華西街《ホアシージエ》の方へ向かっていた。夜市で有名な一画には人通りが増えていた。あちこちで日本人観光客を見かけた。夕方を過ぎて、華西街は眠りから醒めようとしていた。観光夜市を通り抜け、細い路地を入っていく。開店の支度をはじめていた屋台の親父がそっと王東谷に頭を下げた。

「昔はこの辺で肩で風を切って歩いてたのよ。中年以上の人たちは、まだ、わたしのこと覚えてる。悪さをすると、だれも忘れてくれないもんだ」

「まだ遠いのか？」

おれは聞いた。王東谷の昔話に付き合う気分じゃなかった。

「この先だよ」

王東谷は路地を折れ、朽ちかけた売春宿が立ち並ぶ通りに入った。

「あんた、ここで女を買ったことがあるかね？」

「いいや。病気が怖くてね」

「だったら、今のうちだぞ。来年にはここも取り壊されることになっておるんだ」

くたびれた客引きの女たちの手をすり抜けて、おれたちは歩いた。まだ時間が早いが、夜になればこのあたりは怪しげな赤い光に照らされる。

「いま、台北は街を奇麗にしようと必死よ。首都に汚い街並みが残っておるのは、二流国の証《あか》しだといってな。街を奇麗にして、東京のように世界に誇れる首都にしようと政治家が叫んでおる。こういう場所も台北の一部だということがわかっとらんのだ。こういうところがなくなると、台北が台北でなくなることがわかっとらんのだ」

王東谷はため息をついた。

「東京やニューヨークと変わらん街に、どんな観光客が来たがる？」

王東谷のたわごとにはうんざりだった。だが、おれは辛抱強く耐えた。

売春宿の一画を抜けたところで、王東谷が足をとめた。路上にまで商品を並べた小さな雑貨屋風の店の前だった。はちきれんばかりに太った中年女が店番をしていた。並んでいる商品は、一目で偽物とわかる時計、貴金属だった。店自体は日本風の造りで、壁は木造、屋根に瓦《かわら》。いつ倒壊してもおかしくない雰囲気を漂わせていた。

王東谷は店番の女に台湾語で声をかけた。女は面倒くさそうに顎《あご》で店の奥を示した。さらに、王東谷の北京語が続いた。女はうなずいただけで、王東谷に顔を向けようともしなかった。

「裏で麻雀《マージャン》をやっとるそうだ」

建物の裏手に回った。麻雀牌《パイ》をかき回す音が聞こえてきた。さっきの雑貨屋よりはいくぶんましな建物があり、その一階が麻雀屋になっていた。入口には丈を半分にした暖簾《のれん》のようなカーテンがかかっていた。外からは麻雀卓と客の足しか見えなかった。

王東谷が暖簾をくぐった。台湾語が聞こえた。おれも後を追った。

煙草と檳榔《びんろう》の匂《にお》い。牌を卓に叩《たた》きつける音。途切れることなく聞こえてくる台湾語。狭い店の中は息苦しいほどだった。王東谷は入口近くの卓に座っていた客に声をかけていた。その客は黄ばみの目立つ白いシャツのボタンをすべて外していた。肋骨《ろっこつ》の浮いた腹の脇《わき》に墨のようなものがあった。台湾の刺青《いれずみ》は日本のそれのように派手なものじゃない。だが、刺青をしている人間が例外なくやくざであることは日本と変わらない。

黄ばんだシャツを着た男の捨てた牌に、下家が声をあげた。手牌を倒した。振り込んだ男は王東谷に罵声《ばせい》を浴びせた。王東谷が男の肩に手を置いた。男の顔が歪《ゆが》んだ。王東谷が口を開いた。意味のわからない台湾語――王東谷が男に脅しをかけていることだけはわかった。それほど凄味《すごみ》のある声だった。

男の顔に媚《こ》びるような笑みが浮かんだ。テレビの画面がぱっと切り替わったような変化だった。男は下家に金を払い、腰をあげた。店の一番奥にある空いた卓に移動した。

「加倉さん、こっち」

男の後に続きながら、王東谷が日本語でいった。何人かの客がその日本語に反応した。そのうちの一人の男がおれに気づいた。麻雀の手がとまり、話し声だけが響くようになった。こんなところに出入りしている連中だ。野球賭博《とばく》もお手の物だろう。つまり、おれがだれであるか、知っているということだった。

男たちの視線とお喋《しゃべ》りを無視して王東谷の対面に腰をおろした。王東谷は男の話に耳を傾けていた。おれの後ろの卓に座っていた男が声をかけてきた。

——日本人《リーベンレン》、棒球《バンチウ》。聞き取れたのはそれだけだった。おれは曖昧《あいまい》にうなずいてやった。卓の上で、男たちが笑った。

「加倉さん、あんた、金は持っておるかね？」

笑いの合間を縫って王東谷の声がした。

「いくらだ？」

「この男に五〇〇〇元ほどやってほしい」

五〇〇〇元——二万円。いわれたとおりに出した。台湾語のやり取りが続いた。後ろの笑い声も途絶えることがなかった。不快な汗が広がっていった。頭蓋骨《ずがいこつ》の中で蠅が飛びまわっているような気分だった。

王東谷と男の会話が終わった。

「三、四日前に、リエが来たそうだ。パテック・フィリップの時計を持って、これを売るとしたらいくらになるか知りたい、といってな」

「本当にリエなのか？」

聞くまでもなかった。この台北で、パテック・フィリップを持って故買屋を訪れる女など他にいるはずがない。

「年格好はリエと変わらんよ」

「一人で来たのか？」

「そうだ」

「どうしてこいつのところに？」

王東谷はおれの質問を男に伝えた。男の口から凄《すさ》まじい勢いで台湾語が流れてきた。

「リエは友達から聞いたといっておったそうだ。林森北路のどこかの店にこの男の身内がいるらしくてな、それから聞いたんじゃないかということだ」

手がかりにはならなかった。

「時計はどうしたんだ？」

「こいつはリエに、一〇〇万元で買い取るといったそうなんだが、リエは売らんかったとさ。それどころか、こういうところじゃなく、デパートかなんかでこの時計を買おうと思ったら幾らになるかと聞いたと。売る気がないのがわかったんで、本当のことを教えてやったそうだ」

「それで、一〇〇〇万か」

台湾元でいえば二五〇万。リエの声が聞こえたような気がした。

男が話しはじめた。男はにやにやしながらおれの顔を見ていた。

「値段を教えてやったら、リエはこういったそうだ。野球選手に買える時計じゃないわね、とな」

男がにやついているわけがわかった。リエがいった野球選手とおれを重ねている。

「他には？　リエは他になにかいってなかったか？　これからどこへ行くとか、なにかをするとか……」

王東谷と男の台湾語のやり取りが再開された。おれには待つしかなかった。やがて、台湾語がやんだ。男の表情を見ているだけでわかった。王東谷の言葉を待つまでもなかった。

「リエはすぐに帰ったそうだ。時計のこと以外はなにもわからんと」

背後でまた声がした。うるせえ——怒鳴り返そうと口を開きかけた。口を閉じた。王東谷が身を乗りだしていた。

「ちょっと待ってくれ、加倉さん」

おれにそういうと、王東谷はおれの後ろの卓と話しだした。振り返った。ねっとりと濡《ぬ》れた昼の助平そうな中年が台湾語でまくしたてていた。ときおり、王東谷が口を挟む。そのたびに、男は好色そうな笑みを浮かべて台湾語を口にした。男の台湾語に、周囲の男たちが声を張り上げて笑った。

「この男もリエを見ておる。店でこっちの男と話し込んでおるのを見かけてな、奇麗な脚をしておったもんで、様子をうかがっておったそうだ」

「それで？」

「リエが店を出るときにな、声をかけたそうだ。幾らでやらせてくれるんだ、とな。リエは答えんかったそうだが、おれのはでかいぞといってやると、黒んぼよりでかいわけないでしょ、あいつらの馬みたいなんだからといい返されたそうだ」

黒んぼ——フラッシュバックのように、情景がよみがえった。

——黒人が来た。真澄がいった。

——薬をやってるかもしれないね。真澄がいった。電話のリエの声はラリっているみたいだった。

球団事務所でのロペスの目——卑屈になるどころか、挑むような目でおれを睨《にら》んだ。二、三日中におれに金を払うといった。余分な金などあるはずがないのに。

ロッカールーム——ロペスの巨根はいつだっておれたちの冗談の種だった。

「ロペスだ」

おれはいった。

「なんだって？」

「黒んぼだよ。あんた、ロペスのことを黒んぼって呼ぶだろう。リエはロペスと一緒にいるんだ」

おれはいった。ほとんど叫んでいた。やかましかった店内で、おれ以外の人間のたてる音がしなくなった。


王東谷の手を引くようにして走った。人ごみをかき分けた。おまわりたちの乗った車は、おれがおりた場所にとまっていた。車には無線が積んである。

「こいつらにいってくれ、爺《じい》さん。ロペスを監視してるおまわりたちに無線で連絡することはできるのか？」

台湾語のやり取り——王東谷がうなずいた。

「そいつらは金に汚いおまわりか？」

また、台湾語——王東谷の肯定。

「じゃあ、そいつらに連絡を取って聞いてくれ。ロペスは女を引っ張りこんでるだろうってな。なるべく、世間話をするような感じでだ。この無線は他のおまわりも聞くんだろう？」

王東谷が台湾語を口にした。助手席のおまわりが無線を指差し、手を振った。取り澄ましたような顔つきで携帯電話をおれに見せた。

「電話代を持ってくれるなら、これで連絡してもいいそうだ」

王東谷がいった。

「わかったから早くしろ」

おまわりが電話のボタンを押した。電話を耳に当てた。台湾語で喋《しゃべ》りはじめた。じりじりと時間が過ぎていった。おまわりが電話を切った。

「どうだった？」

「そう慌てるもんじゃない」

王東谷がおまわりの話を聞いた。

「四日前から、ホテルの部屋に女が泊まり込んどる」

唇を噛《か》んだ。あの女を黙らせろ。あいつらを黙らせろ。おまえをこけにするやつらはみんな黙らせろ——声が聞こえた。

「ロペスはどのホテルに泊まってるんだ？」

「東龍大飯店《トンロンダーファンティエン》さ」

かった。


「西門町《さいもんちょう》の？」

王東谷はうなずいた。

「どうするね、加倉さん？」

「ホテルへ戻ろう」

おれはいった。頭痛がした。寒気を感じた。目の前にあるすべてのものを引き裂いてやりたかった。


日本で野球を引退した直後は、ノーヒットノーランを達成した夜のことをよく思いだした。九回裏一死。カウント二―三で投げた外角低めのスライダー。判定はボール。完全試合の芽が潰《つぶ》された。キャッチャーと監督が審判に抗議した。明らかなミスジャッジだった。あれがボールなら、おれがあの日投げたスライダーはすべてボールだ。

頭に血がのぼった。鼻血が出るんじゃないかと思うぐらいだった。審判をぶち殺してやりたかった。

そのとき、ファーストの選手が声をかけてきた。グラヴを掲げて。大歓声の中でも、肩を冷やすなといっているのがわかった。

おれはキャッチボールをはじめた。怒りは収まらなかった。それでも、ボールを投げる動作をくり返していると、頭が冷えてきた。

――あの審判をぶち殺すことはいつだってできる。だが、ノーヒットノーランは今夜を逃すと二度と達成できないかもしれない。

問題は、どちらをより強く自分が望んでいるかだった。考えるまでもなかった。

一〇分ほどの中断のあと、試合は再開された。次打者の送りバントでランナーはセカンドに進んだ。相手チームのベンチから野次《やじ》が執拗《しつよう》に浴びせられた。焦りはなかった。頭は冷えていた。氷のように。最後のバッターをスライダーで三振に打ち取った。

そのときも、声が聞こえたような気がする。

——あいつらを黙らせろ。おまえのスライダーで、あいつらを黙らせてやれ。

台湾にきてからは——いや、自堕落な暮らしをするようになってからは、思いだすこともなかった。だが、今ははっきりと思いだすことができる。

おれはなにを望むのか——大切なのはそれだけだ。

リエを黙らせてやる、ロペスを黙らせてやる。狂おしい響きを伴った声だけが頭の中で谺《こだま》していた。

「どうするね、加倉さん」

車の中でいったのと同じ言葉を王東谷は口にした。おれはベッドの上に大の字になっていた。

「昔の知りあいとまだ繋《つな》がりはあるのか?」

「どんな知りあいだね」

「金で人を殺す知りあいだよ、爺さん」

「他に方法があるんじゃないのかね」

「ない」

起きあがった。ベッドをおり、王東谷の肩を揺すった。

「口の固いやつだ。徐栄一とは繋がりをもっていないやつだ。だれか、一人ぐらい知ってるだろう？」

王東谷は顔を伏せた。

「リエは知ってるんだ、爺さん。おれがトシを殺したことを、おれが麗芬に惚《ほ》れてることを。ロペスもあの女からなにかを聞いてるかもしれないんだ。このまま放っておくわけにはいかない。わかるだろう？」

王東谷はなにもいわなかった。おれは追い打ちをかけた。

「死体はどこかに埋めればいい。人目につかないところに。娼婦《しょうふ》が一人消えたぐらいで世間は騒ぎゃしないし、ロペスが姿を消したって、八百長問題を追及されるとやばいからだとだれもが思う」

「まるで黒道のような口ぶりだの」

王東谷は顔をあげた。くたびれた老人の顔があった。

「あんたにそんなことがいえた義理か？」

おれは王東谷を睨《にら》んだ。王東谷は怯《ひる》まなかった。

「汚れた手で、どうやって惚れた女に触れるつもりなんだね？」

「あんたはどうだったんだ？　悪さを散々してきたんだろう？　人も殺したといっていたじゃないか？　そんなあんたが、汚れた手で惚れた女に手を触れなかったとでもいうのか？　反対に、惚れた女を殴り倒してたんだろうが」

王東谷がおれの手首を摑《つか》んだ。凄《すご》い力だった。

「あんたのいうとおりだ」王東谷の唇がゆっくり動いた。「そのわたしが忠告しておる。これ以上、手を汚すのはやめた方がいい。あの坊やを殺してしまっただけで充分じゃないか」

「だめだ」

王東谷の手を振りほどいた。

「あいつらをなんとかしなきゃ、いずれ、警察が嗅《か》ぎつける。徐栄一が嗅ぎつける。そんなことになったら、おれはおしまいだ。あんたが手を貸してくれなくても、おれはやるぞ。ここでやめたら、トシはなんのために死んだんだ？　おれはなんのためにトシを殺したんだ？」

唾《つば》が飛んだ。興奮しすぎて舌がうまく回らなかった。それでも、喋るのをやめることができなかった。

「あんたはおれがこういいだすことをわかってたはずだ。おれにこれ以上手を汚させたくないっていうんなら、どうしておれに手を貸した？　どうしてリエを探した？　いまさら善人ぶるな」

「後悔しても知らんぞ」

「おれの人生は後悔だらけだ」

「心当たりがないわけではない」

王東谷は静かにいった。

ぐるぐるまわりながら落ちていく感覚がまた襲ってきた。目を閉じ、頭を振り、眩暈《めまい》を振り払った。電話に手を伸ばした。この数日かけていた番号ではなく、かけ慣れた方の番号を押した。

「もしもし？」

麗芬の日本語が聞こえた。意志を裏切って、ため息が漏れた。

「もしもし？……喂《ウェイ》？」

「おれだよ、麗芬。加倉だ」

「どうしました？　少し、様子がおかしいです」

「なんでもないよ。ちょっと疲れてるだけだ」

「すみません。そんなときに、電話をしてくれるなんて……」

「かまわない。麗芬の声を聞いているだけで、疲れなんか吹き飛ぶ」

「加倉さん……」

「すまない。今のは聞かなかったことにしてくれ」

受話器の向こうで小さな笑いが起こった。

「わたしたち、謝ってばかりですね」

「そうだな。ちゃんと食事は摂ってるかい、麗芬。いつまでも泣いたままだと、身体を壊す」

「だいじょうぶです。わたし、俊郎をきちんと送りだしました。悲しみ、まだ、胸にあります。でも、明日からは自分のために生きます」

「それがいい。トシもその方が喜ぶ」

「ありがとう……加倉さんがいてくれて、本当によかった。わざわざ、電話ありがとうございました。おやすみなさい」

「麗芬……」

電話を切りたくなかった。もっと麗芬の声を聞いていたかった。だが、なにを話せばいいのかわからなかった。

「加倉さん？」

「明日、食事を一緒にしないか？」

無意味な言葉だった。明日になれば、麗芬は食事をするどころじゃなくなる。しかし、そんな言葉しかおれには見つけることができなかった。

「いいんですか？」

「ああ。なにか食べたいものがあるか？」

麗芬からの答えはなかった。考えをめぐらせている。聞こえるのは息遣いだけだった。おれは黙ってその息遣いに耳を澄ませた。

「お鮨《すし》……お鮨をお腹一杯食べたいです」

「わかった。宝島《パオタオ》を覚えてるかい？」

「一度、俊郎と一緒に、加倉さんに連れていってもらいました。美味《おい》しかった。日本のお鮨と同じ味でした」

「そこでいいか？」

「もちろんです」

「じゃあ、七時に龍普大飯店《ロンプーダーファンテイエン》のロビィで」

「わかりました……おやすみなさい」

「おやすみ、麗芬」

電話が切れた。受話器をそのまま耳に当てていた。回線が切れたことを告げる電子音が聞こえた。それでも、おれは受話器を耳に当てつづけた。今すぐ麗芬を抱きしめたかった。唇を吸いたかった。乳房に触れたかった。固く勃起《ぼっき》したものを麗芬の中に埋めこんでしまいたかった。頭の中には麗芬だけがいた。なにもかもがかすんでいた。気が狂いそうだった。それほど、麗芬に焦がれていた。

受話器を置き、ベッドに潜りこんだ。眠りは訪れなかった。横になったまま、闇《やみ》の中で天井を見ていた。

29

眠れないまま、朝を迎えた。夜の間中、天井を見ていた。ベッドの真上に火災探知機があった。直径一〇センチほどの突起。その顔が麗芬になった。俊郎になった。王東谷になり、王になった。徐栄一にもなった。

七時になるのを待って、ベッドを抜け出した。一時間ほど身体を苛《いじ》めた。シャワーを浴びた。冷蔵庫に入っていたミネラルウォーターを飲んだ。テレビをつけた。生贄《いけにえ》のチンピラが警察に出頭したというニュースはなかった。

ロビィに降りた。目の前に薄い膜がかかっているような気がした。おまわりたちに背中を見張られながら銀行に行った。金をおろした――リエとロペスの口を塞《ふさ》ぐために金が必要になることを思いだした。部屋に戻り、香港のラウに電話をかけた。アメリカドルで一〇万ドルを送金するように頼んだ。明日の午後五時、台北ヒルトンのロビィで金を受け取ることになった。裏金を移動させるのに、台湾の銀行を使う馬鹿はいない。

顧《グー》から電話があった。直接、警察に向かってくれということだった。

警察署に向かった。太陽はすでに台北の街を焙《あぶ》りはじめていた。

また、長い一日がはじまる——おれは心のギアを入れ替えた。

警察署からは物々しい雰囲気が伝わってきた。どこがどう、というわけじゃない。だが、明らかに普段とは違う空気が流れていた。同じ空気に最近触れたことがある。俊郎の死体が発見されたときもこんな感じだった。

心ここにあらずといったかんじの警官にいつもの取り調べ室に連れていかれた。袁《ユエン》と陳《チエン》は現れなかった。おれは煙草を口にくわえた。

どうなっているか、想像はついた。徐栄一が差し出した生贄があることないことを喋《しゃべ》っている。野球賭博《とばく》の事件に関っている警官たちはみんな、その生贄が吐きだす餌《えさ》を吟味しているに違いなかった。

煙草を二本灰にしたところでドアが開いた。王が入ってきた。

「ろくでもないシナリオを書きやがって」

王の顔は歪《ゆが》んでいた。顎《あご》の傷の周囲の皮膚が細かく震えていた。

「なんの話だ？」

「とぼけるな。おまえらは、恥を知らんのか？　死者を敬うということを知らんのか？」

「何の話をしてるのかと聞いてるんだ？」

王は目を見開いた。侮蔑《ぶべつ》と憤怒《ふんぬ》が入り交じった視線がおれの顔の皮膚を射抜いた。

「おれにそれをいわせようというのか？」

「話してもらわなきゃ、わけがわからん」

王は拳《こぶし》を握った。顎の筋肉が盛り上がっていた。一歩、おれの方に足を踏みだして身体の動きをとめた。おれから視線を外した。なにかと闘っているように、身体が大きく震えた。

「下衆《げす》野郎め。昨日、流した涙はなんだったんだ」

王が動いた。予想外に早い動きだった。反応することができなかった。襟を鷲《わし》づかみにされた。

「必ずおまえの尻尾《しっぽ》を摑《つか》んでやる。覚えておけ。台湾に来たことを後悔させてやる」

突き飛ばされた。背中が椅子《いす》の背もたれにぶつかって、おれは床に転げ落ちた。目の前が赤くなった。怒りが噴きあげてきた。立ち上がり、拳を握った——王は消えていた。開け放たれたドアの向こうから、遠ざかっていく荒々しい足音が聞こえるだけだった。

唇を嚙《か》み、開きっぱなしのドアの向こうを睨《にら》んだ。ふいに思いだした。王の最後の捨て台詞《ぜりふ》——日本語だった。

袁と陳がやってきたのは二〇分後だった。袁は苦虫を嚙みつぶしたような顔をしていた。陳はうっすら笑みを浮かべていた。

「お待たせしてすみませんでしたな」

袁はおれの向かいの椅子に腰をおろした。陳はおれの後ろ——いつもと同じフォーメイション。

「さっき、あの王という刑事が来てた。わけのわからないことをいって、おれを突き飛ばしていった。どういうことか説明してくれ。納得がいかなければ、今度こそあいつを訴えるぞ」

怒りはまだくすぶっていた。だが、驚愕《きょうがく》の方が大きかった。王の日本語はまだ耳にこびりついている。決して流暢《りゅうちょう》ではない。だが、だが、はっきりとした日本語だった。王はいった——少しなら日本語がわかる。でたらめだった。

軽く頭を振った。おれは役を演じつづけなければならない——望むものを手に入れるために。

「今朝、申《シェン》という男が自首してきたんですよ」

おれの背後に視線を飛ばしてから、袁は口を開いた。

「申?」

「申耀華《ヤオホア》」

袁はポケットから手帳を取りだし、字を書いてみせた。

「萬華にある黒道組織の下っ端です」

「そいつは……なにをやらかして自首したんだ?」

「張俊郎に放水を強要し、野球賭博を企《たくら》んだといっているんです」

おれはまじまじと袁の顔を見つめた。間をおいて、首を振った。

「馬鹿馬鹿しい」

「どうしてですか？」袁は身を乗りだしてきた。「どうして馬鹿馬鹿しいと思うのか、理由を聞かせてください」

袁の目が細まった。狩人《かりゅうど》の目だった。おれの言葉を引き出し、矛盾を探そうとしている。

「その前に、その申という男がなにを喋ってるのか、教えてくれ」

「捜査上の機密です」

「じゃあ、これからおれが話すことはただの推測だ。公式な証言じゃない。いいな？」

袁がうなずいた。

「俊郎が放水をするわけがない。あいつはそんなやつじゃない。人間的にも、立場的にもだ」

「立場的とはどういうことですか？」

「その申てやつがなにを考えているのかはわからんが、俊郎に放水をさせても儲《もう》けにはならないってことだ。いいか、俊郎は美亜の敗戦処理ピッチャーなんだぞ」

「もう少し詳しく説明していただけませんか」

「プロ野球には四種類のピッチャーがいるんだ。先発、中継ぎ、リリーフ、それに敗戦処理だ。わかるか？」

「なんとなく」

「もし黒道が選手に放水をやらせたいなら、最初の三種類のピッチャーに声をかけるべきだ。なぜなら、そういうピッチャーは勝つためにマウンドに立ってるからだ。先発も、中継ぎも、リリーフもチームが勝つために投げている。逆にいえば、そういうピッチャーを仲間にすれば勝っている試合を負けにする可能性が出てくるってわけだ」

袁は真剣におれの話に聞き入っていた。おれの言葉の矛盾より先に、申という男の矛盾に気づいたというように。

「勝っているチームにわざと負けさせるわけですね？」

「そう。だが、野球賭博にはまったく関係できないのが敗戦処理のピッチャーだ。いいかい――刑事さん。俊郎みたいなピッチャーは、チームに勝ち目がなくなったときに出てくるんだ。前半に大量点を取られて、相手のピッチャーも打ち崩せそうにない。もう負けが決まっている試合だ。そういう試合を九回まで続けるために球を投げるんだ。そんなピッチャーに放水の話を持ちかけて、黒道にどんなメリットがある？　俊郎が放水をしてたなんて、でたらめもいいところだ」

「なるほど……少しお待ちください」

袁は席をたち、陳に手招きした。部屋の隅に行き、小声で話しはじめた。やがて、話がまとまった。袁はちらりとおれに視線を飛ばすと、部屋を出ていくために足をすすめた。ドアの前で立ち止まり、振り返った。

「参考になりました、加倉さん。しかし……あなたは放水の仕組みに詳しいですね」

袁の皮肉をおれは笑って受け流した。

袁の姿が消えると、陳が親指を突きだした拳を向けてきた。

「徐先生に、任せる。だいじょうぶ」

下手くそな日本語でいった。陳をぶちのめしてやりたかった。

陳はおれの怒りに気づかず、下手くそな日本語を連発した。おれは黙って耳を傾けた。時計の針だけが動いていく。結局、袁が戻ってくることはなかった。

昼飯の時間になって、陳がおれを解放してくれた。警察署の入口で王東谷がおれを待っていた。慌ただしく警官が出入りしていた。

「なにを食べる？」

王東谷がいった。食欲はなかった。だが、食わなきゃならないことはわかっていた。体力がなくなれば、頭の働きも鈍くなる。

「下水湯《シャーシュイタン》でも食おうか」

鳥や豚の内臓のスープ——精力をつけるにはもってこいに思えた。

「この近くの下水湯がうまい屋台を知っておるんだ。そこに行こうか」

おれと王東谷は肩を並べて歩きだした。後ろから、監視のおまわりたちがついてきた。

「おれの担当の刑事はなにも話してくれなかった。どういう動きになってるんだ？」

声を落として聞いた。

「萬華のチンピラが自首したのさ。張俊郎に放水をさせた。彼が殺されて罪の意識に耐えきれなくなったとかごたくを並べてな」

「高雄の人間じゃないのか？」

「そんなことをすれば、警察が徐栄一の組織に手を伸ばそうとするかもしれんじゃないかね。そのチンピラは申耀華というんだが、高雄とはなんの関係もないチンピラよ。徐栄一が萬華の組の親分にうまく話をつけたんだな」

「それで、そのチンピラはなにを話したんだ？」

「いうことを聞かないと、奥さんを誘拐するぞといってあの坊やを脅したということになっておる」

麗芬――気分が落ち着かなくなった。

「坊やにはぜんぶで、一〇〇万元ほどの金をわたしたことになるんじゃないか。香港の銀行に坊やの口座があって、そこに振り込んだことにするんだ」

「俊郎が香港の銀行に口座を持ってるのか？」

王東谷は首を振った。

「徐栄一が作らせたのさ。台湾の警察が香港の警察に依頼して調べさせてもボロが出んようにな」

おれたちは裏通りに入った。香ばしい匂《にお》いが鼻をつきはじめた。五〇メートルほど先にいくつかの屋台が並び、腹をすかせた人間が群がりはじめていた。

おれたちは口を閉じ、屋台まで歩いた。空席を見つけ、腰をおろした。おまわりたちは、おれたちから離れた席だった。

「下水湯だけでいいのか？」

「焼餅《シャオビン》ももらおうか」

王東谷が声を張り上げた。「オバサン」という言葉が聞こえた。王東谷が叫んだのは台湾語だ。台湾語には日本語の単語が入り込んでいる。料理を作っていた女が顔をあげ、わかったというようにうなずいた。

「刑事にも喋《しゃべ》ったんだが、俊郎に放水の罪を全部ひっかぶせるってのは無理があるんじゃないか？　あいつに放水をさせるメリットがどこにもないんだからな」

「それはだいじょうぶさ。昨日、あの外省人の弁護士と徐栄一が相談して、少し筋書きを変えたからな」

「どう変えたんだ？」

「あの坊やを白手套《パイショウタオ》にしようとしていたってことさ」

白手套――選手と黒道の間に立つ人間、おれのような人間を指す言葉だ。チーム内で放水に手を染めそうな選手に目をつけ、言葉たくみに誘いこむ。

笑いが込み上げてきた。とめようとしてもとまらなかった。

「どうした？」

王東谷が心配そうに覗《のぞ》きこんできた。

「トシはおれに殺されて、その上、おれの罪を背負わされるんだぜ……これが笑わずにいられるか、爺《じい》さん」

「自分を苛めても、なにもいいことはないぞ、加倉さん。それに、声が大きい。ここらあたりには日本語のできる人間がおらんわけじゃない」

笑いがとまった。すぐ横のテーブルで麺《めん》をかっこんでいた客が怪訝《けげん》な顔をおれに向けていた。

「麗芬はもう、このことを知ってるのか？」

「警察から連絡がいっておるんじゃないか。可哀想《かわいそう》な女だ。なにも悪いことはしておらんのにな」

王東谷は間違っていた。俊郎と結婚したこと、おれと知りあったこと――それが麗芬の犯した罪だ。

プラスティックの丼《どんぶり》が運ばれてきた。湯気を立てるスープと焼餅を見ても、食欲はわかなかった。王東谷が注文したのは牛肉麺《めん》と豆苗の炒《いた》め物だった。

無理をしてスープを胃に流しこんだ。内臓を噛《か》み砕いた。内臓は柔らかく、スープはさっぱりしていた。そうでなければ、食べた端から吐き戻してしまいそうだった。

「リエとロペスの件はどうなってる？」

スープを半分飲んだところで訊《き》いた。

「いま、知りあいに当たっておる」

王東谷は顔をあげようともしなかった。六〇を過ぎているとは思えない勢いで麺をすすっていた。

「あまり派手に動くと、徐栄一に感づかれる恐れもあるしな。あんたは謝さんのことを馬鹿にしておるようだが、なんでも聞こえるいい耳をもっておるんだ、あれは。地元でもない台北でいい顔をしておるのには、理由があるんじゃよ」

おれはうなずいた。曾に頼んだ覚醒剤《かくせいざい》――三〇分後には、覚醒剤の代わりに睡眠薬を持った謝がやってきた。

「今夜中には目処《めど》がつく。それまでは黙って待っておることだ。急《せ》いてはことを仕損じるというだろうが」

王東谷は麺のスープを一滴残らず飲み干した。

「それから、もうひとつ、あんたの耳に入れておきたいことがある」

「なんだ？」

「あの王という刑事……わたしの息子が、昨日、迪化街に行った」

スープのせいで汗ばんでいた背中から体温が急速に奪われていった。

「それで？」

「人づてに聞いた話なんで詳しいことはわからんのだが、あれは、あんたがリエを探していることを嗅《か》ぎつけたようだ」

「時間がない」

「わかっておる」

「爺さん」

「なんだね」

「あいつは日本人なのか？」

豆苗に伸びかけていた王東谷の箸《はし》がとまった。

「なんのことだね？」

王東谷の表情にはつかみ所がなかった。

「取り調べ室にあいつがすごい剣幕でやってきたのさ。おれを下衆《げす》野郎と罵《ののし》って、突き飛ばした。それから、出ていった。捨て科白《ぜりふ》を残してな」

「なんといったんだ？」

王の日本語は頭にこびりついていた。思いだす必要もなかった。

「おまえの尻尾《しっぽ》を摑《つか》んでやる。覚えておけ。台湾に来たことを後悔させてやる――少し訛《なま》りはあったが、立派な日本語だった」

「あれは日本の大学に留学しておった。まあ、そのころにはあれとは付き合いがなくなっておったがな」

王東谷は豆苗を箸でつまんだ。それがどうしたといわんばかりの態度だった。一週間前のおれなら、それで納得していた。

「すぐにばれる嘘《うそ》をつくと、後で後悔するぞ、爺さん」

「どうしてわたしがあんたにを嘘つかなきゃならんのかね」

「それがわからないからこうして聞いてるんだ」

「台湾には日本語を喋る連中がごまんといるよ。あんた、そういう連中のひとりひとりに、どうして日本語を喋れるんだと聞いて歩くつもりかね？」

目の前に膜がかかったようになっているのは相変わらずだった。視界がぼやけている。ほんの少し先におれの知りたいことが横たわっている。だが、どれほど振り払おうとしても膜は消えない。

財布から金を抜きだし、テーブルの上に置いた。

「もう、食わんのか？」

うなずいた。王東谷はおれのスープの残りに手を伸ばし、中身を飲み干した。

「戦争のころはな、食い物を粗末にすると、それだけで非国民と罵られたもんだよ」

王東谷はいたずら小僧のような笑みを浮かべた。昨日はなにかに打ちのめされたようにくたびれていた。たった一晩で元に戻っていた。食えない爺さんだった。

警察署に戻った。午前中とは様子が違っていた。取り調べ室に入ると、袁と陳がおれを待ち構えていた。

「先程おうかがいした話なんですが……」

おれが腰をおろすと、袁が弾《はじ》かれたように話しだした。

「例えば、こういうことはありえますか？　野球賭博《とばく》を仕切っている連中が張俊郎に目をつけたのは、彼に放水をさせるためではなく、彼を使って、別の選手を……なんというんですか、手に入れる？」

「つまり、俊郎が白手套をさせられてたということか？」

「そういう可能性ならありますか？」

おれは口をつぐんだ。少し怯《おび》えの混じった目を袁に向けた。騙《だま》しあいならお手の物だった。ピッチャーとバッターの駆け引きは騙しあいそのものだ。どれだけ速い球を投げることができても、どんなに切れのある変化球を持っていても、それだけじゃ、打たれる。バッターの心理の逆をつくことができなければ、一流のピッチャーにはなれない。

ランナーを背負って投げるとき、おれは自信のなさそうな視線をバッターに向ける。強気な視線を向ける。感情のこもらない視線を向ける。そうやってバッターの意識を混乱させてから、最高のスライダーを外角低めに投げ込んでやる。

顔の表情を作ることぐらい、わけはなかった。

焦《じ》れたように袁がいった。王と袁のどちらが優秀な刑事かといったら、明らかに王の方だった。

「そういうことだったら、可能性はある」

「張俊郎に、放水をするように頼まれたことは？」

「なんだってそんなことを聞くんだ？　俊郎が白手套だなんて、確かに可能性はあるが、これも馬鹿馬鹿しい話だ。俊郎がだれかに放水をしないかと話しかけていたのを見たこともなけりゃ、おれ自身がいわれたこともない」

「申耀華がいっているんです」

「なにを？」

「張俊郎を引き込んだのは、彼を白手套にして、あなたに放水をさせるためだった、とね」

声が出なかった。また、筋書きが変わっていた。徐栄一と顧はおれにアドリブをしろと強制しているようだった。二人とも、おれが俊郎を殺したことを知っている。あの二人にとっちゃ、周やロペスに因果を含めるより、おれにすべてをやらせる方が都合がいい。

「おれに？」

「日本人選手が放水をしないというのは有名な話でしょう。これまでも黒道は日本人選手をなんとかしようと躍起になっていたんです。そこで彼らは張俊郎に目をつけた。彼はあなたと仲がいいし、あなたは美亜鷲隊の……リリーフ・エースで日本人だ」

長く喋《しゃべ》るうちに、袁の日本語はイントネーションがおかしくなっていた。

「馬鹿馬鹿しい」

いってやった。

「あなたのように考える警官もいますし、申耀華の証言には筋が通っていると考える警官もいます」

「あんたはどっちなんだ？」

「わかりません。だから、あなたにお聞きしてるんです」

「あの王という刑事は馬鹿馬鹿しいと思ってるようだな」

「彼は殺人事件を担当しているのであって、野球賭博事件には無関係です」

「王は日本人なのか？」

「なんですって？」

袁は苛立《いらだ》たしげだった。先を急ぎたくてうずうずしているのがよくわかった。

「なんでもない。話を続けてくれ」

「張俊郎に放水の話を持ちかけられたことはないんですか？」

「馬鹿馬鹿しい」

わざと力のない声を出した。袁が勢いに乗ってきた。

「申耀華は、張俊郎にあなたを抱き込むように命じたと証言しています」

袁が机の上に身を乗りだしてきた。袁の口から唾《つば》が飛んできた。すぐ目の前に袁の顔があった。その顔に俊郎の顔が重なった。日本語を喋る王の顔が重なった。最後に、麗芬の顔が重なった。

「あんた、チンピラのいうことを信じるのか？」

「筋が通っているのなら」

袁は餌《えさ》に食いつきたがっていた。陳のように黒道から金を受け取っているわけではないだろう。理由はわからないが、事件を終わらせたがっていた。申というチンピラと俊郎にすべてを押しつけて、事件に蓋《ふた》を被《かぶ》せたがっていた。

「そんな話をされたことはある」おれは袁に餌を差し出した。「具体的な話じゃない。ちょっとした世間話みたいな具合だった」

袁は机の上にノートを広げた。

「続けてください」

「……あれは、一年ぐらい前だ。台南だったかな、七回からおれが投げて、三対二で勝った日だ」

袁はノートにメモを取りはじめた。

「飯を食いに行って、俊郎がいったんだ。おれがその気になれば、わざと負けることもできるんじゃないか、と」

通夜のときに聞いた麗芬の泣き声が頭の中で谺《こだま》した。

「あなたはなんと答えたんですか？」

「そんなことができるわけがない、と」

俊郎を石で殴ったときの感触が手によみがえった。

「そのときだけだ。俊郎がそんな話をしたのはそのときだけだ」

袁が鉛筆を走らせる音が取り調べ室に響いた。

取り調べは三時に終わった。語るべきことを語りおえた後、おれが口をつぐんだからだった。

取り調べ室を出ると、正面入口ではなく裏口に案内された。いつものおまわりたちの姿はなかった。いつもの車もなかった。黒塗りのハイヤーが停まっていた。車の脇《わき》に顧が立っていた。

「マスコミにリークしました。大変な騒ぎです。球団でホテルの部屋を押さえましたので、今日はそちらへどうぞ。部屋から一歩も出ないことをおすすめします。居場所を嗅ぎつけられたら、今までの騒ぎが比べ物にならないようなものに巻き込まれますよ」

顧がいった。おれは車に乗りこんだ。携帯電話の電源を入れた。留守番電話サーヴィスにメッセージが残っていた。おれはメッセージを聞かずに消去した。メッセージの主は麗芬に決まっていた。

球団が用意したホテルは台北ヒルトンだった。偶然にしてはできすぎていた。夕方になれば、このホテルのロビィに香港からの使いが来る。おれの金を持って。

エントランスに車が着くと、ベルボーイが飛びだしてきた。ベルボーイたちは周囲の目から遮るようにしておれをホテルの中に連れこんだ。チェックインもなしでエレヴェータに乗せられた。ツインの部屋に放り込まれた。歓迎の言葉もなし、説明もなし。質《たち》の悪いウィルスを抱え込んだせいで、隔離された病人になったような気がした。

ベッドに寝転がり、テレビをつけた。ニュース——興奮したアナウンサーの声が聞こえた。昨日の葬俊郎のマンションが画面に映っていた。マンションの前には人だかりができていた。昨日の葬式のヴィデオじゃなかった。

電話をかけた。話し中だった。何度かけても繋《つな》がらなかった。麗芬は携帯を持っていない——俊郎は持っていた。登録してあった俊郎の番号を呼び出した。かけた。呼び出し音が聞こえてきた。呼び出し音はいつまでも鳴っていた。諦《あきら》めて切ろうとしたとき、電話が通じた。

「麗芬？」

「為仕麼《ウェイシェンマ》!?」

麗芬は叫んだ——どうして、と。

「為仕麼……為仕麼……為仕麼……」

「麗芬、落ち着くんだ。麗芬、聞いてるか？」

返事はなかった。ただ、絶望と悲嘆にくれる女の泣く声が聞こえてくるだけだった。

おれは自分がここにあることを呪《のろ》った。呪いながら、ただ、麗芬の泣く声を聞いていた。

30

五時になって、ロビィに降りた。おれに気づいた従業員が駆け寄ってきた。

「ミスタ加倉、お部屋に戻っておられた方が……」

奇麗な英語だった。

「すぐに戻る」

綺麗にプレスされた制服の肩を押しやった。ロビィの中央に進んだ。ダークブルーのスーツを着たビジネスマン風の男がじっとおれの顔を見ていた。足をとめ、待った。人違いだった。

男は、おれがだれであるかに気づいただけだった。

ロビィの隅に移動した。周囲を見渡した。上品な感じの中年女がおれに近づいてきた。足を緩めるわけでもなく、女はおれの横を通りすぎた。太平洋崇光デパートの紙袋をおれに手渡しながら。袋の中身を覗《のぞ》いた。茶封筒が入っていた。フロントでセイフティボックスを開けてもらい、茶封筒を入れた。

部屋に戻った。なにもすることがなかった。

電話がかかってきた。呼び出し音が鳴るに任せた。いつまでたっても呼び出し音はやまなかった。

電話に出た。

「しつこいぞ、いつまでベルを鳴らしてるつもりだ」

「それはすまなかったですね」

イントネーションのおかしい日本語だった。背筋が凍りついた。

「徐先生……申し訳ありません。先生だとは思わなかったもので」

「謝らなくてもだいじょうぶですよ、加倉さん。あなたが苛々《いらいら》してること、わかりますから」

「どうも……」

「これ、お礼の電話です。打ち合わせ、たくさんしなかったのに、あなた、よくやってくれた」

受話器から聞こえてくる徐栄一の声は、どこか楽しそうだった。

「ねえ、加倉さん、わたし、本当に感謝してますよ。張俊郎を殺さないでくれといってた、あなたが、わたしのために彼を悪者にしてくれました」

　唇を嚙《か》んだ。足元に穴が開いたような感覚があった。

「近々、台北に行きます。そのとき、また食事しましょう。これからのわたしたちのこと、話さなければなりません」

「楽しみにしてます」

　舌に血の味がした。左手の甲で唇を拭《ぬぐ》った。うっすらと血が滲《にじ》んでいた。

「もう少ししたら、加倉さん、また野球できるようになります。高雄にも試合に来ますね？　そのときも、お会いしましょう。高雄の美味《おい》しい料理、ご馳走《ちそう》します」

「そのときには、是非お願いします」

「時計は気に入っていただけましたか？」

　血の気が一気に引いていった。

「あんな高価なものを、ありがとうございます」

「今度はバセロン・コンスタンチンでもプレゼントしましょうか」

　絡みつくような笑い声を残して、徐栄一は電話を切った。

　受話器を握る手が硬直していた。

　電話が鳴った。今度はすぐに出た。怒鳴るようなこともしなかった。

「いま、ロビィにおるんだがね」

王東谷だった。

「あがってこいよ」

電話を切った。徐栄一の電話の後、冷えきっていた身体に血が流れはじめた。

「見つけたよ」

王東谷はいった。いつもなら、部屋に入ってくるなり冷蔵庫を開けるのに、今夜に限っては見向きもしなかった。

「信用できるやつか？」

「アメリカドルで五万。仕事が終わった後で払う。そいつは、その金を受け取ったらカナダに行く。二度と台湾には戻ってこん。カナダに行く金を欲しがっておった。ちょうどよかったよ」

「いつ、やってくれるんだ？」

「早ければ早いほどいいんだろうが、慌ててもいかん。策を練らなければの。どのみち、ロペスがいるホテルでやるわけにはいかん。死体を動かさなければならんからな」

「どうする？」

「あんたは、なんとしてでもあの娘と連絡を取れ。外におびき出すんだ。それさえできれば、あの娘は簡単だ。あんたがいったように、娼婦《しょうふ》の一人が殺されたところで、警察は本気で動きはせんからな。娘をやったあとで、ロペスにしよう。娘がいなくなれば、あいつのことだ、また酒をくらって、外に出ていくだろう。女狂いだからな」

王東谷は口を一文字に結んだ。昼間とはうってかわった厳しい視線だった。おれの決意を確かめている——そんな気がした。

「なんでもやるよ、爺《じい》さん。地獄に堕ちたってかまわない」

リエに電話をかけた。留守番電話にメッセージを吹きこんだ。

——おれが悪かった、リエ。許してくれ。もう、こんな国はごめんだ。おれと一緒に日本へ行こう。電話を待ってる。

二時間後に電話がかかってきた。

「昭彦?」

リエの声は輪郭があやふやだった。

「おれだよ、リエ」

「テレビ、見たよ。昭彦、酷《ひど》いね」

リエの日本語は聞き取りづらかった。ただでさえイントネーションがおかしいのに、薬のせいで呂律《ろれつ》が回らなくなっていた。

「なにが酷いんだ?」

「昭彦、あの人殺して、あの人を白手套にしたね」

「おまえと日本に行くためだ。おれが警察に捕まったら、日本に行けないだろう?」

「本当か、昭彦? 本当に、わたしと日本に行く?」

「行こうぜ、リエ」

沈黙――リエの息遣いの向こう側で水の流れる音が聞こえた。ロペスがシャワーでも浴びているのだろう。

「明日、会えないか、リエ？　飯を食って、日本に行く話をしよう」

「お昼ならいいよ」

「昼間は警察の取り調べがあるんだ」

「夜、だめ」

「わかった。昼飯を一緒に食おう。それでどうだ？」

「新光三越《シングアンサンユエ》」

リエは台北駅前のデパートの名を口にした。

「三階にコーヒーショップあるよ。一二時にそこで……いい？」

「一二時はきついな。一二時半にしてくれ」

「わかった、一二時半」

目を閉じた。瞼《まぶた》の裏に映像が浮かんだ。喉《のど》を刃物でかき切られたリエの死体が路地に転がっていた。

一旦《いったん》、電話を切り、王東谷にかけなおした。

ホテルの地下から外へ出た。バイク屋を見つけ、フルフェイスのヘルメットを買った。タクシーを捕まえ、アパートに向かった。

アパートの周囲にはハイエナが数匹いた。首からカメラをぶら下げ、何人かで固まって噂《うわさ》話《ばなし》をしていた。ヘルメットをかぶり、そいつらの脇《わき》を通りすぎた。ハイエナどもはおれに気づかなかった。アパートの中には入らず、裏に回った。狭い路地にはみ出して、スクーターがずらりと並んでいた。自分のスクーターに跨《また》がり、エンジンをかけた。アパートを後にした。

行くあてがあるわけじゃなかった。しなければならないことがあるわけでもなかった。ホテルの部屋でじっとしていると気が狂いそうだった。

新生北路《シンシャンペイルー》を南へ、忠孝東路《チョンシアオトンルー》を西へ——やみくもにスクーターを走らせた。台北は光の渦に飲み込まれていた。毒々しいネオンと、夥《おびただ》しい数のヘッドライト、皓々《こうこう》と輝く夜市の裸電球。あまりのまばゆさに目が眩《くら》んだ。そのまばゆさが生みだす闇《やみ》の黒さに吐き気を覚えた。

中華路《チョンホアルー》を南に下り、西門町に入った。路地を二つ曲がると、東龍大飯店が視界に入った。スクーターをとめ、ホテルを見あげた。明かりの漏れる窓を睨《にら》んだ。このホテルの中にリエとロペスがいる。おれのことを馬鹿にしながら乳繰り合っている。殺意が一気に膨れあがった。

スクーターをターンさせ、西門町を走り回った。若い連中が通りに溢《あふ》れていた。クラクションを鳴らしても埒《らち》があかなかった。人の流れにスクーターの速度を合わせた。武昌街《ウーチャンジエ》を通り越して西寧南路《シーニンナンルー》に入ったところで、おれはスクーターを停めた。すぐ後ろにつけていたタクシーがクラクションを鳴らした。慌てて、スクーターを路肩につけた。目の前にあるのはガラス張りのショットバーだった。ピンクが基調の照明。幾何学模様のネオン管。テーブル席に向かい合わせで腰かけている男と女。横顔が照明に照らされていた。ロペスと小野寺由紀。ロペスは好色そうに笑っていた。小野寺由紀は生真面目《きまじめ》な顔をロペスに向けていた。

スクーターをおりた。膝《ひざ》が震えた。

──なにをしている？　こいつら、なにをしていやがる？　通りのざわめきが消え、いくつもの妄想が頭を駆け回った。

ショットバーの斜向《はすむ》かいのビルの二階がコーヒーショップだった。そこもガラス張りになっていた。震える足を引きずって、おれはコーヒーショップに向かった。


ロペスと小野寺由紀の逢瀬《おうせ》は三〇分ほどで終わった。小野寺由紀が金を払った。ロペスが小野寺由紀の肩に手を回し、耳元になにか囁《ささや》いた。小野寺由紀はロペスの手を振り払った。推測──もう一軒飲みに行こうとロペスが誘い、小野寺由紀はそれをはねつけた。

まずいコーヒーの金を払い、下におりた。ロペスと小野寺由紀はまだバーの中にいた。スクーターに跨がった。エンジンをかけた。

小野寺由紀が先にバーを出てきた。ロペスにさよならもいわずに歩きだした。ロペスが慌てて飛び出してきた。

「ヘイ、ミス小野寺」

ロペスは小野寺由紀の背中に声をかけた。小野寺由紀が振り返らないのを知ると、路上に唾《つば》を吐いた。

スロットルを開いた。ロペスの脇を通り過ぎ、小野寺由紀の後を追った。大きめのサイズのTシャツにブルージーンズ。目を凝らしていなければ、人ごみの中に見失ってしまいそうだった。

小野寺由紀は成都路《チョントウルー》を左に折れ、西門ロータリーの手前でタクシーを拾った。タクシーは中華路を北上しはじめた。タクシーの後を尾《つ》けた。

二人を三〇分観察してわかったことがある。小野寺由紀は仕事をしていた。ロペスに取材していた。あの写真を撮られた後は、尻尾《しっぽ》を巻いて逃げ出すかと思っていた——読みが甘かった。疑問はあった。小野寺由紀は一人だった。ハンディカメラを携えている様子もなかった。テレビ屋は事実より映像を優先させる。テレビ局付きのキャスターのような人間が、カメラも持たず、単独で取材をすることなどありえない。

タクシーは台北駅を北に抜け、承徳路《チョンダールー》に入った。このまま北上すれば、小野寺由紀の宿に向かうことになる。

なにを企《たくら》んでいる——タクシーのテイルランプを見ながら答えが返ってくるはずのない疑問をぶつけた。

小野寺由紀はサントスホテルの前でタクシーをおりた。悠然とした足取りでエントランスに姿を消した。

五分待ってから、携帯で電話をかけた。もう、ホテルの番号は頭に入っていた。

「はい、小野寺ですけど……」

かすかに呼吸が乱れていた。部屋に入った途端に鳴りだした電話に慌てて出たというところ——他のスタッフには会っていない。

「加倉です」

息をのむ気配が伝わってきた。

「ロペスになにを聞いたんだ？」

「わたしの後を尾けてたのね」

歯の隙間《すきま》から絞りだすような声だった。

「偶然見かけたのさ。あんたとロペスのデート現場をね。ロペスになにを聞いたんだ？　なにを企んでる？」

「あなたに教えるつもりはないわ」

「写真を見たんだろう？　あれを日本に送ってもいいのか？」

「フィルムを渡しなさい」

「あんたの婚約者に送ってやってもいい。下衆《げす》な週刊誌に送ってやる手もある」

返事はなかった。荒い息遣いだけが聞こえてきた。

「聞いてるのか？」

「やってみなさいよ」

「なんだって？」

「好きにすればいいわ。その代わり、あなたを道連れにしてあげるから。わたしのこと、馬鹿な女だと思ってたんでしょ。あんなふうに辱めて、写真を撮ればなんでもいうことを聞くと思ってたんでしょ。冗談じゃないわ。そんなことで尻尾を巻いて逃げるような女と一緒にしないで」

小野寺由紀の声には常軌を逸した響きがあった。地の底から湧《わ》いてくる悪霊たちの呪詛《じゅそ》のようだった。

「あなたの過去を暴いてあげる。あなたがしてきた悪事を、全部調べあげるわ。その方法をわたしは知ってるし、わたしにはテレビ局っていうバックがついてるのよ。あなたは逃げられないわ。逃がさないわ」

手の甲に冷たいものが落ちてきた。空を見上げた。雨が降りだしていた。

「ここは日本じゃないんだぜ」

「それがなによ。人がその気になったら、できないことなんかないわ。脅しても無駄よ。あなたにできることは、わたしに土下座して許しを乞うことか、わたしを殺して口を塞《ふさ》ぐことだけよ。張俊郎を殺したようにね」

「あれはおれじゃない」

「あなた以外にだれがいるっていうのよ」

勝ち誇った笑い声がした。

「写真をばら撒《ま》いてやる」

おれはいった。

「わたしにしたことを後悔させてあげるわ。必ず償わせてやるから」

おれの言葉が聞こえなかったとでもいうように小野寺由紀は言葉を続けた。雨だれが激しくなっていた。

「あのドミニカ人から聞いたわよ。あなたのバックにいるのは高雄の組織だって。あなたは組織と選手の間を持つ仲介人だって。もっと調べてあげる。あなたの日本での栄光を泥まみれにしてあげる。あなたを刑務所に送ってやるわ」

電話を切った。薄い夏用のシャツが雨を吸って肌にまとわりついていた。
あの女を黙らせろ——声が聞こえた。

31

雨の勢いは激しくなるばかりだった。濡《ぬ》れ鼠のままスクーターを飛ばした。

——くそったれの売女《ばいた》め、ロペスのお喋《しゃべ》り野郎め。

抑えきれない言葉が口をついて出てきた。風がその言葉をさらっていった。

ロペスはそのうち喋ることもできなくなる。小野寺由紀は——あのとき、殺しておけばよかった。

雨に滲《にじ》むヘッドライトが歪《ゆが》んでみえた。どす黒い感情が皮膚の内側で暴れまわっていた。身体が引き裂かれそうだった。

雨のせいか、マンションの周囲にハイエナの姿はなかった。身体から水滴をしたたらせながら、エントランスを通り抜けた。エレヴェータは使わず、階段をのぼった。

何度かためらってからドアの横のブザーを押した。ドアは開かなかった。ブザーを押した。何度も。ドアが開くまで押しつづけるつもりだった。

金属音がした。鍵《かぎ》が外れる音だった。ドアがゆっくり開いた。鉄の格子戸の向こうに、泣き腫《は》れた麗芬の顔があった。

「加倉……さん」

「実家に戻ってるんだと思ってた」

おれはいった。嘘《うそ》じゃなかった。

「なんの……用ですか?」

「用がなけりゃ、来ちゃいけないのか?」

「帰ってください。夜に、男の人を家にいれることはできません」

麗芬はおれの顔を見ずにいった。

「いれてくれ、麗芬。おまえに会いに来たんだ」

鉄の格子を握った。雨に打たれて冷えきっているはずの身体に、鉄の冷たさが心地好かった。

「だめです。帰ってください」

「いれてくれ、麗芬。マスコミの連中がやってくるかもしれない」

「帰って……」

「頼むよ、麗芬」

麗芬の肩が震えはじめた。麗芬は嗚咽《おえつ》していた。

「どうして……」

消え入りそうな声だった。

「どうして……嘘をついたんですか? 俊郎にそんなことできるはずないのに……」

格子の隙間に手を入れた。麗芬の髪の毛に触れた。

「嘘じゃない」

おれはいった。麗芬の肩の震えが激しくなった。嗚咽が廊下全体に響きはじめた。

部屋の中は線香の匂《にお》いで噎《む》せ返りそうだった。おれは仏壇に向かい、線香をあげた。写真の中の俊郎は無邪気に微笑《ほほえ》んでいた。

「遺体は？」

キッチンの方から姿を現した麗芬に訊《き》いた。麗芬は手にバスタオルを持っていた。目が兎のように赤かった。

「今朝、お墓に……」

バスタオルを受け取った。乱暴に身体を拭《ぬぐ》った。部屋の中はエアコンが効いていた。悪寒が背中を駆けのぼっていった。

リヴィングに戻ってソファに腰をおろした。ダイニングテーブルの上で、電話が赤く点滅していた。留守番電話——おそらくは、マスコミの連中がくだらないメッセージを大量に残している。

麗芬がお茶を運んできた。紅茶だった。砂糖をたっぷり入れた。一口すると、生き返ったような気がした。

麗芬はおれから距離をあけるようにしてソファに座った。おれと麗芬の間には人ひとり分の空間があった。

「酷《ひど》い日だったな、麗芬」

麗芬は相変わらずおれを見ようとしなかった。やつれた横顔がおれを詰《なじ》っていた。

「今までで一番辛《つら》かったです。俊郎の死体が見つかった日より……」

「本当のところはだれにもわからない。だが、たしかに、事件が起こってからの俊郎は様子がおかしかった」

「警察が嘘つきだということ、今日、初めて知りました」

麗芬は首を横に振った。

「警察になんといわれたんだ？」

「俊郎は……そんなこと、絶対にしません」

麗芬はまた首を横に振った。そうすれば、悪夢が醒《さ》めるとでも思っているようだった。

「するさ」

麗芬は首を振るのをやめた。信じられないというように目が開いていた。歯がぶつかって音を立てていた。

「君を守るためなら、トシはなんでもしただろう。いうことを聞かなきゃ君を殺すと脅されたら、トシは放水だってやっただろう……おれだってそうする」

麗芬は口を開いた。なにかが喉《のど》につかえているような音がしただけだった。

手を伸ばし、麗芬の頰《ほお》に触れた。麗芬は逃げなかった。麗芬の肌に触れた指先から熱感が広がっていった。狂おしいほどの渇きを覚えた。この渇きを癒《いや》すためなら、悪魔に魂を売ってもかまわなかった。

「死にたい……です」

瞬《まばた》きをしない麗芬の目から大粒の涙がこぼれ落ちた。

「わたしのために俊郎がそんなことをしたのなら……わたし、死にたいです」

おれの指先が麗芬の涙に濡れた。

「どうしてですか？……わたしたち、なにも悪いことしてないのに……どうしてですか？」

おれと知りあったことが、おれの本質を見抜けなかったことがおまえたちの犯した罪だ——

麗芬を抱きよせた。

「不行《プーシン》——」

唇で唇を塞《ふさ》いだ。北京語の拒否の言葉は聞こえなくなった。麗芬の腰を抱いた。強く——きつく。そのままソファに押し倒した。麗芬は両手を突っ張って抗《あらが》った。唇を離した。

「いっただろう、麗芬。おまえに会いに来たんだ。おまえをおれのものにしに来たんだ」

自分の言葉だというのに悪魔の唱える呪文《じゅもん》のように聞こえた。麗芬の身体から力が抜けた。

想像していたより華奢《きゃしゃ》な身体だった——かまわなかった。丁寧に時間をかけた。筋肉の緊張をほぐすマッサージのように、麗芬の強張った身体に手を触れた。舐《な》めた。噛《か》んだ。やがて、麗芬は潤いはじめた。譫言《うわごと》のような北京語を口走るようになった。

——不行……不行……不行……我是俊郎的愛人《ウォシージュンランダアイレン》……

脚を開かせ、クリトリスを吸った。麗芬は身体を震わせた。はちきれそうなほどに勃起《ぼっき》したものを押し込んだ。麗芬はおれにしがみついてきた。

思いきり腰を動かした。駆け引きはなしだった。麗芬が声をあげた。すぐに絶頂がやってきた。

麗芬はおれの胸に顔を埋めていた。決して顔を上げようとしなかった。髪を撫《な》でた。背中を撫でた。

「帰ってください」

麗芬がいった。

「いやだ」

「お願いです……これ以上、わたしを苦しめないで」

麗芬はもう泣いてはいなかった。おれにしがみつきながら、おれを拒否しようと足掻《あが》いていた。

「わかった」

おれは上半身を起こした。麗芬の顎《あご》に手をかけ、顔を覗《のぞ》きこんだ。

「その代わり、約束してくれ」

「なにを……ですか？」

「絶対に自殺なんかするな。次におれが会いに来るときにはもっと元気な顔を見せてくれ」

「……わかりました」

麗芬にキスした。舌を差しこむと、麗芬は自分の舌を絡めてきた。

雨は降り続いていた。道はすいていた。おれはスクーターをジグザグに走らせた。この道を来たときは、苦痛に全身を苛《さいな》まれていた。今は違った。叫びだしたくなるほど気分は高揚していた。

32

「今日は顔色がいいじゃないか」

王東谷がいった。

「昨日は久しぶりに眠れたからな」

「そういうのをなんというんだったか……神経が太い、だったな」

「もう、思い悩んでもしょうがないだろう」

「そうだな。あんたは地獄に堕ちる決心をしたんじゃった」

「手《て》筈《はず》はどうなってる？」

「殺手《シャーショウ》はデパートで待機しておる。あんたと女が別れたら、女の後を追って、適当なところで——」

王東谷は自分の首をかき切るような仕種《しぐさ》をしてみせた。

「しくじったりはしないだろうな？」

「必ずとはいえんよ。しかし、今までに五人殺しておる男だ。まず、しくじったりはしないさ」

タクシーがとまった。群がってこようとするハイエナどもとおまわりたちが揉《も》み合いはじめた。王東谷が先に降りた。金を払い、後に続いた。おまわりたちに誘導されて警察署の中に入った。振り返り、小野寺由紀の姿を探してみた。王東谷の背中にぶつかった。

「なにをボケっと突っ立ってるんだ、爺《じい》さん」

前を向いて、王東谷が突っ立っていたわけがわかった。

「おまえたちはいつも一緒だ。仲がいいな」

王は腕を組み、見下したような視線を王東谷に向けていた。

「親父を赤の他人に取られて嫉妬《しっと》してるみたいな口ぶりだぜ」おれはいった。「日本語を使えよ。そうすりゃ、おれたち三人、通訳なしで話をすることができる」

「昨日、〈Jジョイント〉に顔を出してきた」

王は英語でいった。

「どこの店だ?」

いいながら、目を醒《さ》ました怒りをなだめた。曾からも真澄からも連絡はなかった。刑事がやってきたなら、真っ先におれに連絡すべきなのに、だ。

「そう怒るなよ。曾を締め上げておいたんでな、怖くておまえに告げ口をすることもできなかったのさ」

「なにをいってるのかわからんな」

「リエって女はいなかったな」

おれは足を踏みだした。

「あんたの相手をしてる暇はないんだ。悪いな」

「かまわんよ。用があるのは、そっちの方だからな」

王はおれの脇《わき》に視線を向けた。王東谷の顔は蒼醒《あおざ》めていた。

制服の婦人警官に先導されて取り調べ室に向かった。頭の中じゃ、二人の王のことが渦巻いていた。

王がリエを探している——足がすくみそうになった。

王は王東谷にどんな用があるのか——胃が痛んだ。

階段をのぼり、廊下を曲がった。思考が凍りついた。廊下の左手のドアが開き、そこから麗芬が出てきた。

「麗芬」

やつれた麗芬の顔にかすかな笑みが広がった。

「加倉さん」

婦人警官を追い抜いて麗芬の肩に手をかけた。本当は腰に手を廻《まわ》したかった。きつく抱きしめたかった。

「どうしたんだ……」訊《き》いてから気づいた。「事情聴取か？」

「はい」

消え入りそうな声だった。

「辛《つら》いだろうが、こんなことはすぐに終わるよ」

「わたし、だいじょうぶです」

相変わらず小さな声だった。だが、弱々しい響きは消えていた。

「終わったら、一緒に飯を食おうか？　昨日の約束が延期になってる」

「ごめんなさい。今日は、両親のところへいくことになってるんです」

「そうか――」

咳払《せきばら》いが聞こえた。麗芬の後ろに、頭が薄くなった男が立っていた。麗芬を担当する刑事だろう。苛立《いらだ》ちを隠そうともせずにおれを睨《にら》んでいた。

「夜、電話します」

麗芬はそういった。婦人警官が「こちらです」という意味の北京語を口にした。

「待ってるよ、麗芬」

名残惜しさを嚙《か》み締めながら、おれは婦人警官の後を追った。


いつもの袁《ユエン》と陳《チェン》。いつものくだらない時間。確認のための質問がくり返される。警察は昨日の夜、美亜《メイヤー》の選手から話を聞くために駆けずり回っていたらしい。美亜所属選手、二八人のうち、一九人が俊郎が白手套《パイショウタオ》である可能性を否定した。残りの九人は俊郎が白手套であっても驚かないといった。

おれを含めた九人――だれもかれもが首までどっぷり八百長に浸《つ》かっている。苛立ちとつきあいながら、埒《らち》もない袁の質問に答えた。機械的に答えながら、別のことを考えていた。

王東谷と王。なにを話しているのか。なんの用があるのか。麗芬はどんな気持ちでいるのか。昼までの時間がやけに長く感じられた。

昼飯時のコーヒーショップに客の姿はまばらだった。サングラスを隔てて映る店内は、モノクロ写真のようだった。リエはまだ来てなかった。一番奥の席に座った——王東谷にそうするように電話でいわれていた。コーヒーを頼み、待った。

いたたまれなかった。落ち着かなかった。いくつもの妄想が心に忍びこんできた。煙草を吸っては消した。

一二時四〇分。リエが来た。派手なプリント柄のTシャツ、黒いパンツ、足元はサンダル。プラダのリュックを背負い、目にはサングラスをかけていた。

「昭彦、久しぶりだよ」

口許《くちもと》に笑みを浮かべて、リエはおれの向かいに腰をおろした。

「そうだな。ずっと探してたんだぞ。今までどこにいたんだ?」

「ないしょ」

リエはまた笑った。神経が刺激された。ウェイトレスがやってきた。リエは笑うのをやめ、カプチーノをオーダーした。

ロペスのあれはよかったか?——喉元《のどもと》まで言葉がせりあがってきた。

リエはサングラスを外した。

「昭彦、サングラス、取らない?」

「ああ、素顔でいると、すぐに新聞記者やテレビの連中が飛んでくるんだ。本当はこんなところじゃなく、もっと人目の少ないところで会いたかったよ」

「それ、だめよ」

ウェイトレスがカプチーノを運んできた。リエはウェイトレスがテーブルを離れるのを待って、カップに口をつけた。

「どうしてだめなんだ?」

「わたし、まだ死にたくないよ」

煙草をくわえ、火をつけた。ささくれだった神経を鎮める必要があった。

「おれがおまえを殺す?」

ありったけの理性をかき集めた。意図したとおり、静かに喋《しゃべ》ることができた。

リエは肩をすくめた。プラダのリュックに手を突っ込み、煙草を出した。おれは火をつけてやった。

「昭彦、いつから煙草吸う?」

「最近だ……リエ、おまえを殺すつもりだったら、こんなところで会ったりはしない」

「昭彦、嘘《うそ》つきね。嘘つきのこと、信じたらだめ」

「もう、嘘はつかない」

客が入ってきた。くたびれたスーツを着た、影の薄い男だった。眠たげな目で店内を見渡して、入口に近いテーブルに腰をおろした。

「昭彦、本当に、わたし、日本に連れていくか?」

リエがいった。おれはうなずいた。

「わたしと結婚するか?」

おれはうなずいた。

「だめ。昭彦、やっぱり嘘つき」

リエの顔から表情が消えた。

「嘘じゃない。おれの顔をみろよ、リエ。これが嘘つきの顔か?」

「わたし、知ってるよ」リエは乱暴に煙草を消した。「昭彦、他の女と寝るね。わたしが、浮気したでしょ、聞く。でも、昭彦、してない、いうよ。真面目《まじめ》な顔して。嘘つかない顔して」

リエは上目使いにおれを睨んだ。もうごまかされないという断固とした意志がうかがえた。

「おれにどうしろというんだ?」

頭の芯《しん》が鈍く痛んだ。

「お金」

リエはいった。

——この女を黙らせろ——頭の中でだれかがいった。

「そのお金で、わたし、日本行くよ。昭彦と一緒、だめ」

「いくら欲しいんだ?」

「五〇〇万元」

耳を疑った。頭の中に響く声があまりにうるさかった。聞き間違えたのかと思った。

「五〇〇万円じゃないのか?」

「五〇〇万元。それで、昭彦のこと、忘れるよ。時計も返すよ」

五〇〇万元——二〇〇〇万円。ふっかけられたものだ。

おれは唇を舐めた。考えるふりをして、さっき入ってきた客に視線を走らせた。そいつは、じっとリエを見ていた。入ってきたときの眠たげな目は影をひそめ、どこか殺伐とした雰囲気を身にまとっていた。

そいつの雰囲気を嗅《か》ぎとった瞬間、心が落ち着いた。リエはもうすぐ死ぬ。リエのいうことにいちいち腹を立てる必要はない。

「高いな」

「そんなこと、ないよ。わたしにお金払う、昭彦、安心できるよ。わたしにお金払わない、昭彦、警察に捕まる。本当は、もっとお金ほしいよ。でも、わたし、昭彦愛してるから、五〇〇万元」

「少し考えさせてくれ」

「だめ。いま、決める。じゃないと、わたし、もう昭彦に会わない」

リエの目は輝いていた。自分を裏切った男をいたぶる快感に酔いしれていた。

「五〇〇万元なんて大金、持ってないんだよ、リエ」

リエは嗤《わら》った。

「昭彦、やっぱり嘘つき」リエは腰をあげた。「わたし、お手洗い、行ってくる。わたしが戻ってくるまで、昭彦、考える。いい？」

「ああ」

勝ち誇った笑みを撒《ま》き散らしてリエは姿を消した。スーツの男が立ち上がった。リエの後を追うように店を出ていった。

汗が滲《にじ》んできた。携帯電話を取り出した。

「もしもし？　おれだ」

「どうしたね？」

王東谷ののんびりした声が聞こえてきた。おれは小声で携帯に声を送り込んだ。

「あんたが雇った男ってのは、眠たそうな目をした中年か？　くたびれたスーツを着て——」

「その男だよ」

「リエがトイレに行ったら、その男がリエを追いかけて行った。まさか、いま殺《や》るつもりじゃないだろうな？」

一瞬の沈黙があった。

「それほど心配することはないと思うが、一応、そこを離れた方がいい」

くそっ——罵《のの》しりながら電話を切った。小銭をテーブルの上に置き、逃げるように店を出た。三階は婦人服売り場だった。混んでもいずすいているわけでもなかった。走りだしそうになるのをこらえて歩いた。前を歩いていたOLふうの女が驚いたように振り返った。

——くそっ、くそっ、くそっ。

独り言のように呟《つぶや》いていた。口を閉じ、エスカレータに乗った。悲鳴が聞こえたような気がした。エスカレータを駆けおりた。

一六ビートのリズムで心臓が躍っていた。喉が干上がっていた。落ち着け——何度も自分にいい聞かせた。

あのデパートでリエの死体が見つかったとしても、おれが殺ったことにはならない。おれはコーヒーショップにいた。悲鳴が聞こえたときにはエスカレータに乗っていた。

忠孝路を東へ向かっていた。蟻のように歩く人の群れ、車の列。人の話し声とエンジンの音、クラクション。すべてが神経を逆撫《さかな》でにした。ぎらぎらと照りつける陽射しが昨日の雨を湿気に変えて、歩くたびに顎《あご》から汗が滴り落ちた。

警察署にたどり着いたときには全身汗まみれだった。入口付近に群がっていたハイエナどもの様子がおかしかった。サイレンの音がした。パトカーが二台、走り去っていった。ハイエナどもがスクーターでその後を追いはじめた。眩暈《めまい》がした。

裏口に回った。顔馴染《かおなじ》みになった警護のおまわりが敬礼してきた。顔が笑っていた。微笑《ほほえ》みを返す気分じゃなかった。おまわりをおしのけるようにして署内に入った。落ち着きなくあたりを見回した。今の顔を麗芬に見られたくなかった。麗芬の顔を見たくなかった。麗芬の体臭を嗅いだら、張り詰めているものが切れてしまいそうだった。

階段をあがり、取り調べ室へ——取り調べ室のドアは開いていた。中に入ると、袁と陳が待ち構えていた。

「遅かったですね」

袁がいった。

「頼んだ料理がなかなか出てこなくてね」

汗を拭《ふ》きながら椅子《いす》に腰をおろした。袁と陳の顔を見た瞬間、落ち着きを取り戻していた。

「凄《すご》い汗じゃないですか」

「ここのところ取り調べがきつくて、疲れているみたいだったんでね、酸辣湯《スアンラータン》を飲んだんだ」

「それなら汗もかきますね。でも、汗をきちんと拭かないと、逆に風邪を引きますよ。ここは別ですが、台北の建物の中はエアコンが効いていますから」

「気をつけるよ……それより、外が騒がしいようだけど、なにかあったのかい？」

「殺人事件があったようですね」袁は興味がないという顔でいった。「駅前の三越をご存じでしょう？」

「ああ。あそこで？」

心臓がまた激しく脈を打ちはじめた。

「ええ。トイレで男の死体が発見されたそうです。デパートの客が発見したという通報がありました。おそらく、強盗事件でしょうね」

気が遠くなりかけた。

「男の死体？」

「そう聞いてます……なにか問題でも？」

「いや、なんでもない」

男の死体——死んだのはリエじゃなかった。

「じゃあ、はじめようか。くだらないことは早く終わりにしたいからな」

渦巻く疑問や混乱を振りきっていった。ごまかせ、しらを切れ、丸め込め——だれにも尻尾《しっぽ》を摑《つか》まれるわけにはいかなかった。

「だれが殺った？　おれとリエがあそこで会うことをだれが知ってた？　あんたが殺し屋を雇ったことをだれが知ってたんだ？」

「落ち着きなさい」

王東谷がいった。おれは睨《にら》んだ。

「これが落ち着いてられるか。リエはどこに消えた？　爺《じい》さん、どうなってるんだよ、これは？」

王東谷は手にしていた缶ビールを呷《あお》った。おれの手前、落ち着いたふうを装っていた。だが、動揺していることはわかっていた。ビールが口の端からこぼれていた。

「わたしにはわからんよ」

「くそっ」

おれはリモコンでテレビの電源を切った。脳味噌《のうみそ》が膨れあがって頭蓋骨《ずがいこつ》を圧迫しているような不快感がずっとつきまとっていた。

警察署を出て、六福ホテルに戻った。王東谷が来るのを待った。王東谷がやってきて、わかったことを告げた。

午後一二時五八分、新光三越三階の女子トイレで男が倒れているのを買い物に来ていた主婦が発見した。倒れていたのはもちろん、スーツの男だった。男は喉をナイフのようなものでかき切られていた。警察はただちに現場を封鎖し、捜査をはじめた。目撃者はいまのところ見つかっていない。男が殺された前後の時間がちょうど昼休みが終わる間際だったため、男を殺した人間以外、トイレに人はいなかったと警察は見ているらしかった。警察は死んだ男の身元を洗っている——男は身元がわかるようなものを身につけていなかった。

王東谷は淡々とそう話した。

「リエはどこに消えた?」おれはもう一度口に出した。「電話も繫《つな》がらないんだ。そもそもあの殺し屋はなにをやらかしたんだ?　トイレでリエを殺るつもりだったのか?」

「なにもわからん」

「だいたい、なんだってあんな野郎を雇ったんだ?」

「一〇年前は信頼できる男だったんだ。一〇年会わんうちに、人が変わったのかもしれん」

「もっとましな野郎を見つけられなかったのか」

「勘弁してくれんか、加倉さん。わたしはもう引退した老いぼれなんだ。それに……もし、邪魔が入らなんだら、あいつは確実に仕事をやり遂げていたはずじゃ。あんたは頭にきておるようだが、トイレであの女を殺して、財布かなにかを盗《と》っておけば、ここの警察は強盗事件として処理しおる。またあんたは取り調べられるかもしらんが、あんたが殺ったわけじゃないんだから、捕まることはなかったはずだ。違うかね」

「そんなこと、わかるか。あいつはしくじった。問題はそれだけだ」

「違うな」王東谷はゆっくり首を振った。「だれがあの男を殺したのか。問題はそっちだ」

おれはベッドのマットに拳《こぶし》を叩《たた》きつけた。王東谷のいいぶんは理解できた。それでも、苛立《いらだ》ちはおさまらなかった。スーツの男を殺したやつの影が視界の隅にちらついていた。

「だれだ?　だれが殺ったんだ?」

「わからん。あんたがあの女と会うことを話したのは、死んだ男にだけだ。あんたはどうだ?」

「爺さんに話しただけだ」

「となると、あの娘がだれかに話しておったということになるな」

うなずいた。それしか考えられなかった。絶望に身体が震えた。おれの知らないだれかが、おれのことを知っている。おれの罪を知っている。

「ロペスか？　リエが話したのはロペスか？」

そんなはずはない。ロペスにはそんな頭も度胸もない——わかってはいたが、口にださずにいられなかった。足元にぽっかりと穴が開いたような感じがする。それを忘れるためには生贄《いけにえ》が必要だった。

「確かめてみんことにはなにもいえんな」

「確かめてみよう」

おれは電話に手を伸ばした。

「なにをするつもりだ？」

「任せておけ」

フロントに電話して、東龍大飯店の番号を訊《き》いた。その番号にかけた。回線が繋がり、受話器からスペイン語が聞こえてきた。

「おれだ、ロペス。加倉だ」

「ああ、あんたか。なんだよ、電話なんかかけてきて」

「おれのところは監視のおまわりがいなくなったんだが、おまえの方はどうだ？」

「あの、クソみてえなやつらがいなくなって清々してるところさ。まったく、四六時中、人の尻《しり》の後をぞろぞろついてきやがってよ」

「おまわりもいなくなったことだし、久しぶりに飲みに行かないか？」

「な、なんだよ、急に？」

「憂さ晴らしだよ、ロペス。周にも声をかけた。王の爺さんにもだ。くだらないあれやこれやにも先が見えてきたみたいだし、四人でパーっと騒ごうってことになってる」

「今日は、あんまり飲みたい気分じゃないんだ」

ロペスが酒の誘いを断ることなど滅多になかった。疑惑が膨らんでいった。

「そういうなよ、ロペス。おまえとは話もあるしな」

「話って、なんの話だ？」

「わかってるんだろう、ロペス？　おまえがおれに払うことになってる金の話だよ」

葬式のときのロペスとの会話がよみがえった。ロペスはしゃあしゃあと嘘《うそ》をいってのけた。リエと寝ていたくせに、おくびにも出さなかった。どす黒いなにかが胃のあたりから全身に広がっていった。

「わかった、行くよ。で、場所は？」

「王の爺さんがいい店を知ってるっていいだしてな。おれも詳しい場所はわからないんだ」

前もって考えていたわけでもない嘘が滑らかに口をついて出た。昭彦、嘘つきね――リエの言葉を思いだした。

「車で迎えに行くよ。七時でどうだ？」

「じゃあ、ロビィに降りて待ってるぜ」

「後でな、ロペス」

「ああ、後で」

電話を切った。王東谷に顔を向けた。

「車、用意できるか？」

王東谷はうなずいた。

「車はなんとでもなる。だが、あんたどうするつもりだ？」

「どうするって……なにを？」

「あんたの考えはわかっておる。あの黒んぼを痛めつけて口を割らせようとしとるんじゃろう。その後はどうするんだ？　痛めつけたら、殺さなければならんよ。あの黒んぼの口は、どうやらとんでもなく軽いようだからな。しかし、もう殺し屋はおらん。わかっておるのか？」

わかっちゃいなかった。頭に血がのぼって、目の前のことしか考えていなかった。

「どうするつもりなんだね？　あの娘はもう黒んぼのところには戻るまい。殺す必要はないんじゃないのか？」

王東谷は静かにいった。鋭い視線がおれの皮膚の表面を切り裂いた。ロペスには人は殺せない──その視線はそう語っていた。

「痛めつけるだけだ」おれは口を開いた。「あいつがリエからなにか聞いていたとしたら、そいつを確かめなきゃならない。もし、なにも聞いてなかったら、脅しつけるだけにしてやる」

王東谷はなにもいわなかった。おれの言葉をこれっぽっちも信じていなかった。

ロペスを殺すつもりだった。おれの心がそれを望んでいた。生贄を欲していた。

ロペスが生贄に選ばれる理由はあった。

ロペスはおれの女を抱いた。それをおれに隠した――親父がおれの女房に手を出したように。

「好きなようにするといい」王東谷はおれに背中を向けた。「車をとってくる。その間に頭を冷やしておきなさい。カッカした頭じゃ、人は殺せんよ。カッカしていいのは、殺《や》るときだけだ」

33

冷たいシャワーを浴びた。頭を冷やした。ロペスを殺すという考えが現実味を失ってきた。

麗芬の実家に電話をかけた。母親が電話に出て、北京語をまくしたて、電話を切った。もう一度かけた。同じことがくり返された。

頭に血がのぼった。

これ以上麗芬をごたごたにかかわらせたくないという母親の気持ちはわかった。だが、そんなものはくそくらえだった。おれの知ったことじゃなかった。

部屋の中を歩き回り、麗芬の母親を呪《のろ》った。思いつく限りの罵倒《ばとう》語を口にした。

電話が鳴った。

「下におる」

王東谷の声。回路が切り替わり、ロペスへの憎悪が鎌首をもたげた。

服を着た。廊下に出た。

今なら間に合う――声がした。なにもかもを冗談にして眠ってしまえ。

あの男はおまえの女と寝た――別の声がした。そっちの声の方が大きかった。

車は王東谷が運転した。年の割には乱暴な運転だった。車は黒いクラウンで、窓にはスモークがかかっていた。

「やっぱり、爺さんは日本車に乗るのか」

「皇民が日本の車に乗るのは当たり前だろうに。もっとも、これはわたしの車じゃないがね」

王東谷は言葉を切り、左手を懐のあたりに持っていった。

「今夜はこれを使うといい」

王東谷は膨らんだ靴下をおれの膝《ひざ》の上に置いた。靴下は重かった。

「中に小銭をたっぷり入れてある。それで腹や向こう脛《ずね》を叩《たた》いてやれば、たいていの人間はおとなしくなる」

靴下の先端はきつく結ばれていた。結び目のあたりを握って持ち上げた。凶々《まがまが》しい重量があった。俊郎を殺したときの石の重さとよく似ていた。

「昔はそれでよく人を殴ったもんだ。近ごろの黒道はすぐに刃物や拳銃《けんじゅう》を出すが、わたしの若いころは国民党の圧力がきつくてな、拳銃は滅多に拝めんかったよ」

「これで人を殺したこともあるのか？」

「ああ」王東谷はあっさりと肯定した。「それで後頭部を思いきり叩いてやれば、よほど頑丈な人間でなければ死ぬ」

「そんなものか……」

「念のためにこれも持ってきた」

王東谷はグラヴボックスを開けた。中からなにかを取り出した。それをおれに差しだしてきた。鞘《さや》におさまったナイフだった。長さは三〇センチ弱。握りの上の部分に、銀色の突き出た部分がある。鍔《つば》の代わりになるものらしかった。

「でかいナイフだな」

「もっと小さいものでも充分役に立つんだが、部屋にそれしかなかったんでな」

「あんたの部屋にはこんなものが置いてあるのか？」

「昔はごろごろ転がっておったよ」

王東谷はかすれた声で笑った。

「ナイフはしまっておきなさい。靴下は、後で後ろの席の足元にでも置いておくといい」

右前方に台北駅が見えてきた。左に新光三越。ナイフをグラヴボックスにしまった。グラヴボックスの中には布製のガムテープが入っていた。リエの携帯に電話をかけた。通じなかった。通じたとしても、おれの話に乗ってくることは二度とないだろう。

ロペスを締め上げるしかない――自分に言い聞かせるように、口の中で呟《つぶや》いた。

東龍大飯店の手前で王東谷は車をとめた。

「後ろの席に移って、ロペスに電話しなさい。今夜、ロペスと一緒にいるところを人には見られん方がいい」

王東谷がいった。

なにかをいい返そうとして、口を閉じた。運転席の後ろに移動し、ずしりと重い靴下を足元に置いた。紺色の靴下は陰に隠れて床のゴムシートと見分けがつかなかった。ロペスの携帯に電話をかけた。

「ハロー?」

ロペスはすぐに電話に出た。待ち侘《わ》びていたという雰囲気が伝わってきた。

「加倉だ。もうすぐって、どれぐらいだ?」

「もうすぐホテルに着く。入口のところで待っててくれるか?」

「二、三分だ。おれたちが乗ってるのは黒のトヨタだ。すぐにわかるさ」

「じゃあ、これから下におりていくよ」

「ああ、そうしてくれ」

電話を切った。車が動きだした。

忠孝西路を左に折れて西寧南路に入った。漢口街《ハンコウジェ》を左折し、一本目の路地をさらに左に曲がった。東龍大飯店が見えてきた。計ったように、エントランスから長身の男が姿を現した。

王東谷は車をロペスの横につけた。

「待たせたか?」

ドアをあけてやりながらいった。ロペスが車に乗りこんできた。

「周はどうしたんだ?」

のんびりした声でロペスはいった。

「これから迎えに行くのさ」

「先に迎えに行ったんじゃなかったのかよ」

「どうせついでなんだ。かまわないだろう？　周がいないうちに金の話をすませてしまいたいしな」

「あ、ああ。それもそうだな」

ロペスの顔が曇った。

「俊郎の葬式のとき、おまえは二、三日のうちになんとかするといったよな？　もうあまり時間がないぜ。どうなってるんだ？」

「そ、その話だけどよ、加倉。悪いんだが、もうちょっと待ってくれないか」

「いつまでだ？」

ロペスはいいよどんだ。目が忙しく動いていた。

「あ、後、二、三日」

「冗談はよそうぜ、ロペス」

おれは右手を両足の間に垂らした。少し腰を屈《かが》めると、指先に靴下が触れた。

「冗談なんかじゃねえよ。あと、二、三日でまとまった金が入る手筈《てはず》になってるんだ」

「今のおまえがどうやって金を作るっていうんだ？」

靴下の結び目を握った。きつく。

「そんなことはおまえには関係ないだろう。金は払うよ」

「リエに金を出させるつもりなのか？」

「なんだって？」

ロペスは目を剝《む》いた。

「この二、三日、リエに自慢のでかいのをしゃぶらせてたんだろう？　わかってるんだよ、ロペス」

「し、知ってたのかよ」

ロペスの唾《つば》が顔に飛んできた。

「ああ。今日の昼、リエに会った」

ロペスは口を半開きにして動きをとめた。

「リエと連絡がつかなくなって、それでおまえ、慌ててるんだろう？」

ロペスは上唇を舐《な》めた。落ち着きなく動いていた目が、険呑《けんのん》な光を宿しておれを見据えた。

「なんでもご存じなわけだ。じゃあ、これも知ってるんだろう？　おれがあの女を誘ったわけじゃないぜ。あいつの方から股《また》を開いてきたんだ。おまえのふにゃふにゃのマラじゃ満足できないから、おれのでかいのでプッシーを可愛《かわい》がってくれってな」

右手を振り上げた。手の先の重みをロペスの左腿《ひだりもも》に叩《たた》きつけた。鈍い音がした。ロペスが反射的に屈みこんだ。もう一度右手を振り上げた。無防備にさらけ出されたうなじに小銭の塊を振りおろした。

ロペスは悲鳴もあげなかった。そのまま、座席の上に崩れ落ちた。

「たいしたもんだ」

それまで黙っていた王東谷が口を開いた。

「なにがだ？」

「修羅場をくぐった黒道でも、そこまで手並みはよくないぞ。あんた、本当にただの野球選手だったのか？」

「くだらないことをいうな」

おれの声は震えていた。心臓が暴れていた。緊張に胃が収縮していた。自分の身体を他人に乗っ取られているような気がした。

王東谷がグラヴボックスをあけた。

「こいつでその黒んぼの手を縛っておくといい」

ガムテープを受け取った。ロペスの両手を背中で重ねあわせ、手首にテープを巻きつけた。おれの顎《あご》を伝った汗が、ロペスの上に滴った。ロペスはぴくりともしなかった。

「死んどるんじゃないだろうな？」

「息はしてる」

ロペスの背中は、ゆっくりだが確実に上下していた。

「これから、どこへ向かうんだ？」

車は南に向かっていた。

「どこぞの山にでも入ろうと思っておるんだがな。この車を一時間も走らせれば、どこか適当なところが見つかるだろうて」

震える指で煙草を取りだし、くわえた。心臓の鼓動はいつものリズムを取り戻しつつあった。胃の不快感も消えかけていた。

「そいつの身体を探って、持ち物を選《よ》り分けておくといい。人目につかんところを探すつもりだが、万一ということもあるからな」

王東谷はロペスを埋める話をしていた。嫌な味のする唾液《だえき》が口の中に広がった。

「いっただろう、爺《じい》さん。ロペスがなにも知らなかったら、殺したりはしない」

「自分の目を見てみるんだな。あんたの目は鬼の目だ」

ルームミラーで自分の目を覗《のぞ》きこんだ。真っ赤に血走った目。その奥でらんらんと燃えている炎。俊郎の車のバックミラーに映っていたのと同じ目だった。違うのは、声が聞こえないことだ。

俊郎を黙らせろ――酷《ひど》い声だった。脳味噌《のうみそ》をかき回されているような気がした。だが、今はその声は聞こえなかった。

唾液を飲みこみ、ロペスの身体を探った。

携帯電話。財布。パスポート。ロペスが持っていたのはそれだけだった。携帯電話の電源を切り、財布を開いた。三〇〇〇元と小銭が少し、コンドーム二つ、アメリカン・エキスプレスのクレジットカードが一枚、国際免許証が一つ。免許証の写真のロペスは屈託のない笑いを浮かべていた。

「大した物は持ってないな」

おれはロペスの身体から抜き取ったものを助手席のシートの上に置いた。王東谷がちらりと視線を走らせた。

煙草に火をつけた。煙を深く吸い込んだ。自分が自分であるという確信を持てるようになってきた。窓の外に台湾大学が見えた。車は台北を後にしようとしていた。

ロペスが唸《うな》った。口にくわえていた煙草が落ちた。慌てて煙草を撥《は》ねのけ、ロペスに視線を飛ばした。ロペスは気絶したままだった。ときおり、悪夢を見ているように唸り声を発した。ガムテープを千切りとり、ロペスの口に貼《は》った。それでも、ロペスの唸り声を完全に塞《ふさ》ぐことはできなかった。

「爺さん」

声を出した。ロペスの唸り声を耳から締め出したかった。

「なんだね？」

「王――あんたの義理の息子はあんたに何の用があったんだ？」

「どうしてあんたがリエという娘を探しておるのか、理由を教えろといわれたよ」

「教えたのか？」

「まさか……あれだって、わしが話すとは思っておらんかったろうよ。あれはわしが迪化街に行ったことが許せんのだ」

「なぜ？」

「あれとあれの母親をわしが捨てて行ったのが迪化街だからさ。なんというのかね……思い出を汚されたような気になるんだろうな。それで、わしに嫌がらせをしたというところだろうて」

「他に話はしなかったのか？」

「たいした話はしなかったよ。あとは、家族の問題のことばかりだ」

「あいつの母親ってのは、まだ生きてるのか？」

「ああ、どこかでわしを恨んで生きておるらしい。わしにはどこにいるのか教えてもらえんが」

窓の外は暗かった。まばゆいほどの台北の光の洪水は姿を消していた。民家の明かりと車のヘッドライトが、ときおり、暗い景色を浮かび上がらせるだけだった。

「あんたとあいつは何語で会話するんだ？」

間があいた。

「昔は北京語だった。あれの母親は外省人でな、あれは台湾語が話せんのだ」

王東谷は嘘《うそ》をついた——おれにははっきりとわかった。

「今は？」

「しばらくあれとは話をしておらなかったんだ。この事件が起こって、あれと再会するまではな」

「答えろよ、爺さん。今朝は何語で話したんだ？」

「日本語だよ。その方がわしには楽だからな」

ロペスがまた唸った。反射的にロペスの頬《ほお》を殴っていた。

「いいかげんに、気味の悪い唸り声をあげるのはやめろ」

ロペスが目を醒《さ》ました。

車は薄暗い山道を走っていた。車のヘッドライトと星明かりが見えるだけだった。木々が黒い影になって車に覆いかぶさっていた。山道に入ってから対向車とすれ違うことはなかった。

「この辺でいいだろう」

道幅が広くなったところで王東谷は車をとめた。エンジンがとまると、車内は虫の音に満たされた。おれはロペスに向き直った。ロペスの目が恐怖に大きく開いていた。

「いろいろ聞かせてもらうぞ、ロペス」

ロペスの口からガムテープを剝《は》がした。

「こ、こいつはいったいなんの真似だよ？」

小銭を詰め込んだ靴下で、ロペスの額を軽く小突いた。ロペスが悲鳴をあげた。

「リエからなにを聞いた？」

「な、なにも聞いてねえよ」

鳩尾《みぞおち》を突いた。ロペスの口から黄色い液体が漏れてきた。

「た、助けてくれ。頼む、加倉。こんなことはやめてくれよ」

「リエから聞いたことを話せ」

ロペスの髪を鷲《わし》づかみにし、顔を引き寄せた。最初に靴下で殴ったときとは違い、慌てることはなかった。心臓が躍りだすこともなかった。ただ、頭の芯《しん》が熱を持ったように痺《しび》れていた。

「だから、お、おれはなにも――」

鼻を殴った。ロペスの鼻と口が血に染まった。

「おれを舐《な》めるなよ、ロペス。リエになにを聞いた？　リエになにを喋《しゃべ》った？」

いつの間にか、虫の音はやんでいた。聞こえるのはおれとロペスの声だけだった。

「知らねえよ。おれが知ってるのは、あの女がすごく値の張る時計を持ってるってことだけだ。あの女のおしゃぶりが最高だってことだけだ。頼む、もう殴らないでくれ」

「リエは時計のことをなんといってた?」

「勘弁してくれよ。おれは中国語が喋れないし、あの女は英語ができないんだ。話なんかほとんどしなかった。おれたち、ずっとファックしてただけなんだ」

「嘘はつくなよ、ロペス。片言だが、リエは英語を話すぞ」

「嘘じゃねえって!」

ロペスが叫んだ。靴下を腕に叩きつけた。嫌な感触が手に伝わってきた。骨が折れたかもしれない。ロペスが派手に泣き喚《わめ》いた。頭が痛んだ。

「口を閉じろ、ロペス。じゃなきゃ、反対の腕もへし折るぞ」

ロペスは口を閉じた。目に涙が浮かんでいた。

「リエはなにを話した?」

「あ、あの時計があれば、か、金持ちになれるってよ……」

「他には?」

「か、金を手に入れたら、ふ、二人でアメリカに行こうって……」

「リエはだれから金を手に入れるかいったか?」

「お、おまえからだ」

「おまえはなんといったんだ?」

ロペスは首を振った。スペイン語でなにかを呟《つぶや》いた。

「いえ!」

「お、おまえからむしりとるのは最高だって……」

瞬《まばた》きもせずにロペスの顔を見ていた。顔の筋肉の動きひとつひとつに目を凝らしていた。

「どうしておれがリエに金を払うのか、理由を聞いたか？」

「聞いてねえ。聞いてもあの女は話さなかった。嘘じゃねえ。本当だ。信じてくれ」

「聞いたんだろう？」

目が痛みはじめた。

「聞いてなんかねえよ」

「聞いたことをいえ！」

「いいかげんにしてくれよ、加倉……」

ロペスは顔をくしゃくしゃにしていた。子供のように泣きじゃくっていた。

「じゃあ、おれが教えてやる」ロペスの顔に額を近づけていった。「おれが俊郎を殺したんだ。あの女はそれに感づいてた。それでおれを脅して金を巻き上げるつもりだったんだ」

「な……」ロペスは顔を背けた。「なんだってそんなことをおれにいうんだよ」

背筋が震えた。ロペスは気づいていた。そんな馬鹿なとはいわなかった。

「どうして驚かないんだ、ロペス？　リエに聞いてたんだろう？」

「違う、違う、違う！　おれはなにも知らねえ。加倉、助けてくれ。おれを許してくれ」

「リエは具合がよかっただろう？」

妄想が頭に忍びこんできた。ロペスの太いものをしゃぶるリエ。絡み合う白い肌と褐色の肌。寝物語におれの話をロペスに聞かせるリエ。二人は嗤《わら》う。おれの間抜けぶりを嗤っている。リエとロペスの顔が、女房と親父の顔に重なった。

この男を黙らせろ——声が聞こえた。はっきりと。

「か、加倉……」

「おまえは知ってるんだ、ロペス。リエから聞いたんだからな」

「おい、王！」ロペスは王東谷に助けを求めた。「こいつをなんとかしてくれ。この気違いをなんとかしてくれよ」

王東谷は身じろぎひとつしなかった。人形のように、ただ運転席に座っていた。

靴下をロペスの顔に叩《たた》きつけた。歯が欠けてシートに転がった。

「やめてくれ……頼むからやめてくれ」

「次は別の質問だ、ロペス。昨日、日本のテレビ局の女と話していたな。なにを訊《き》かれた？なにを話した？」

「おまえのことだ……お、おれたちのことだ」

「それじゃなんのことかわからん」

腕を振り上げる真似をした。ロペスは身体を震わせ、懇願した。

「殴らないでくれ。なんでも喋るから、もう殴るのはやめてくれ」

「おれの質問に答えろ」

「や、八百長のことを、き、訊かれたんだ。おれたちのバックにいるのはどこのギャングかとか、だ、だれがギャングと選手の間を取り持ってるのかとか」

「答えたんだな？」

「あ、あの女はオフレコだっていったんだ。カメラもマイクも持ってなかった。だ、だからおれは……」

「餌《えさ》をちらつかせてやれば、あの女を抱けるとでも思ったのか？」

「だれだって知ってることじゃねえか。どうしてそんなことでおれを責めるんだよ？」

「おまえがおれの女と寝たからだ」

「だ、だってよ……それは──」

「それをおれに隠したからだ」

靴下をロペスの喉《のど》に叩きつけた。もう、ロペスの口に用はなかった。

「爺《じい》さん、ナイフをくれ」

王東谷に声をかけた。ナイフがすぐに現れた。

「車の中でやるのはまずいからな」

王東谷がいった。食事をしているときの口調と変わらなかった。

ナイフを鞘《さや》から抜いた。ロペスの目が見開かれた。ロペスの口が動いた。声にはならなかった。

喘息《ぜんそく》の発作のような音が漏れるだけだった。

車をおりた。反対側のドアに回った。ドアをあけた。

「出ろ、ロペス」

ロペスはシートの上でもがいていた。激しく首を振っていた。車の中に上半身を入れてロペスの足を摑《つか》んだ──蹴《け》られた。左手に痺れが走った。ロペスの喘《あえ》ぎが耳を聾《ろう》した。

この音をとめろ──声が聞こえた。

ロペスは反対側のドアから逃げようとしていた。ドアの向こうには王東谷がいた。王東谷はロペスを車から引きずり出した。

「ちゃんとやれるのかね？」

「当たり前だ」

ロペスと王東谷に向かって足を踏みだした。もう、ロペスの目しか見えなかった。眼球が恐怖で膨れあがっているような目だった。その目に向かってナイフを突きだした。

ロペスの身体を地面に放り投げた。息があがっていた。

「ここなら、滅多に人も来んだろう」

王東谷があたりを見渡した。肩にシャベルを二本担いでいた。

「さっさと終わらせてしまおうじゃないか」

王東谷はシャベルを地面に突きたてた。おれは喘ぎながらシャベルを握った。土を掘りはじめた。

濃密な闇《やみ》の中、無数の音が飛び交った。シャベルが土に突き刺さる音。風が吹き、木々の葉がざわめいた。虫の鳴く声が幾重にも重なってどよめきのように身体を震わせた。

おれと王東谷は黙々と穴を掘った。

34

車の中に異臭がこもっていた。虫が何匹も飛び回っていた。後部座席のシートが濡《ぬ》れていた。ロペスが失禁した跡だった。気づかなかった。それぐらい興奮していたということだった。

窓を開け放ったまま車が動きだした。道らしきものがない山を登り、穴を掘って死体を埋めてきた。王東谷の顔にもさすがに疲労の色が濃かった。

おれはなにも考えることができなかった。興奮は消えていた。後悔もなかった。なにかが心を脅かしているような感じはあった。それにしても、俊郎を殺したときと比べると棘《とげ》が刺さったぐらいの痛みでしかなかった。

おれは疲れていた。くたびれ果てていた。

「日本のテレビ局の女というのは、あの写真の女のことかね？」

王東谷がいった。なんのことかわからなかった。

「あんたがロペスに訊いておったのは、写真の女のことか？」

声に苛立《いらだ》たしげな響きがあった。王東谷のそんな声は聞いたことがなかった。

「英語がわかるのか、爺さん？」

声を出すのもだるかった。

「日本のテレビ局の女、ぐらいの単語だったらわかるさ。なんだってあの女のことを訊いたんだね？」

「昨日の夜、ロペスとあの女が一緒にいるところを見たんだ」

「そういうことをさせんために、あんた、あの写真を撮ったんだろうに」

「あの女には通じなかった。電話をかけて、写真をばら撒《ま》かれたいのかと脅したら、好きにしろといわれた。どんなことがあっても、おれに償わせてやると吠《ほ》えてくれたよ」

「可愛《かわい》い顔をして、性根はしっかり据わっておるということか。あんたも、無駄骨を折ったもんだな。最初から、わたしに相談しておればよかったんだ。それで、あの黒んぼはなにを喋《しゃべ》ったんだ？」

「おれたちの後ろにいるのが高雄の組織だってことだ」

身体がつんのめった。危うくフロントウィンドウに頭をぶつけるところだった。王東谷が急ブレーキをかけたのだと気づくのに時間がかかった。

「いきなりどうしたんだ？」

「あの女はなにを調べておるんだ？」

王東谷は怕《こわ》い顔をしていた。おれがロペスを殺すのを平然と見ていた男の顔じゃなかった。

「そんなこと、おれが知るかよ」

「そうか……」

怕い顔をしたまま、王東谷はアクセルを踏んだ。今度は背中がシートに叩《たた》きつけられた。

王東谷は車を処分してくるといった。おれは萬華で車をおりた。王東谷の態度の変化が気になった。だが、それを明確な疑問に育て上げるには、おれは疲れすぎていた。

タクシーでホテルに戻った。フロントにファクシミリが届いていた。送ってきたのは顧だった。

ファクシミリを見る前に、バスルームに入った。シャワーを浴びるために服を脱いだ。携帯の電源を切ったままにしていたのを思いだした。電源を入れた。留守番電話にメッセージが残っていた。

──麗芬です。何度か電話したんですけど……今夜はもう寝ます。また、明日電話します。

反射的に麗芬に電話をしようとして、やめた。どうせ、母親が出てきて電話を切られるのが落ちだった。そうなったら、今度は怒鳴り返してしまいそうだった。

シャワーを浴び、ファクシミリに目を通した。ファクシミリには英語の文章が並んでいた。人名だけが漢字で表記されていた。疲れが吹き飛んだ。身体が凍りついた。

「ミスタ加倉
頼まれていた人物の調査が終了しました。わたしにとっては驚くべき発見がありました。貴方はご存じだったのでしょうか?
調査の範囲が国外に及んだので、調査料は若干割り増しになります。ご容赦ください。
一ヶ月以内にお支払いいただけると幸いです。

＊王國邦《ワングオバン》に関する身上調査＊

一九七〇年、日本生まれ。日本名・加倉邦彦。父・加倉文彦　母・陽子(旧姓・佐々木)　兄・昭彦。
一九七九年、両親が離婚。親権は母親が得る。
一九八〇年、母親の再婚により台湾籍取得。名前を王國邦と改める。父・王輝夫」

そこから先は読めなかった。紙を持った指が強張って動こうとしなかった。

「邦彦……」

気づかなかった。おれの記憶にあるのは九歳までの邦彦だった。王の顔――すぐに頭に浮かぶのは顎《あご》の下の傷だ。なにかに取り憑《つ》かれたような目だ。邦彦の面影など、どこにもなかった。

――なにをしに台湾に来た？　王――邦彦はいった。やっと意味がわかった。

電話に手を伸ばした。王東谷の携帯にかけた。

「喂《ウェイ》――」

「おれの弟じゃないか」叫んだ。「あいつはおれの弟じゃないか！」

「加倉さん……」

「どうして黙ってた？　どうして隠してた？」

「すまんことをしたな」

電話が切れた。かけなおした。通じなかった――王東谷は携帯の電源を切っていた。

「くそったれ」

ファクシミリを見た。英語の文章に苛立ちながら探した――見つけた。

王國邦の現住所――大安区光復南路《ダーアンチウグアンフーナンルー》五七号。

服を着て部屋を出た。

ファクシミリに書かれていた住所――アパートメントはすぐに見つかった。路上に突っ立って建物を見あげた。これといった特徴のないアパートだった。古くもなく新しいわけでもない。

台北の街角でいくらでも見ることのできるタイプのアパートだ。

王——邦彦とあって、なにを話すつもりなのかはわからなかった。部屋でじっとしていることもできなかった。

建物に足を踏みいれた。階段をのぼった。三階四号室。鉄の格子戸の二重ドア。ブザーに手を伸ばした。指先が震えていた。ブザーを押した。

しばらく反応がなかった。もう一度ブザーを押した。ドアの向こうから北京語が聞こえた。女の声だった。ドアが開いた。格子戸の向こうに若い女が現れた。

——あんた、だれ？

女が北京語でいった。それぐらいの言葉なら理解できた。

「王國邦在那裡《ツァイナーリー》？」

——王國邦はどこにいる？

下手くそな北京語を二度繰り返した。女がわかったというようにうなずいた。北京語でなにかいった。まったく聞き取れなかった。

「日本語はできるか？」日本語で訊いた。「英語はできるか？」英語で訊いた。

女はどちらの質問にも首を振った。

「邦彦はいつ戻ってくるんだ？」

日本語で訊いた。無駄だということはわかっていた。それでも訊かずにいられなかった。

女は首を振った。北京語でなにかを叫び、ドアを閉めた。

ブザーを押した。ドアは開かなかった。

頭は回りつづけている。疲労が思考をねじ曲げる。

なぜ邦彦はおれになにも告げなかった？

なぜ王東谷は嘘《うそ》をついた？

なぜおふくろは王東谷と結婚した？

おふくろはどこにいる？

足を踏みだすごとに疑問が増えていった。

敦化路《ドウンホアルー》を歩いていた。ヘッドライトに影が浮かび上がる。俊郎を殺した夜もこうして歩いていた。地獄へと続く道を歩いているような恐怖を抱きながら。

麗芬に会いたかった。麗芬の身体を貪《むさぼ》れば、なにもかもを忘れることができる。

だが、麗芬はいない。大湖《ダーフー》の豪邸に押しかけても叩き出されるのが落ちだ。

「くそっ」吐きだした。「くそっ、くそっ、くそっ!!」

おれは呪《のろ》った。すべてのことを——とりわけて自分自身のことを。

35

球団事務所に王東谷は姿を見せなかった。

「ミスタ王にミスタ・フェルナンデスはどうしたんでしょう？」

顧が独り言のように呟《つぶや》いた。だれも答えなかった。

「ミスタ加倉、酷《ひど》い顔色ですが——」顧はおれに近づいてきた。他の人間に聞こえないように囁《ささや》いた。「きのうお送りした報告書のせいですか？」

「失《う》せろ」

顧の顔色が変わった。眼鏡の奥でおれを睨《にら》み、威厳を取り繕おうとでもするようにネクタイの結び目を直した。

「そういうわけにはいきません。わたしには球団の利益を守るという義務があります。あの刑事があなたの弟であるなら、こちらの側に取り込むことは可能でしょうか？」

昨日までのおれなら顧を殴り倒していた。今日は怒りを覚えることもなかった。

「無駄だよ、顧。おれにはわからなかったが、あいつにはおれがだれかはわかっていたはずだ。それなのに、なにもいわなかった。たぶん、おれを軽蔑《けいべつ》してるんだろう。もしかすると憎んでいるかもしれんな。近親憎悪ってやつだ」

昨日一晩考えて出た結論がそれだった。

「しかし――彼はミスタ王の義理の息子でもあります」

閃光《せんこう》が走った。反射的に顧の腕を摑《つか》んだ。

「な、なにを――」

「顧、王東谷の経歴を同じように調べることはできるか？」

「可能だと思いますが」

「やってくれ。頼む。もちろん、爺《じい》さんには内緒だ」

「それは――」

眼鏡の奥で顧の目が素速く動いた。顧はなにかを計算していた。

「あなたたち三人の間に、なにか問題があるんですか？」

「あんたの知ったことじゃない。頼みたいことはまだある。おれと王の母親――佐々木陽子がどこにいるのか、調べて欲しい。それに、王東谷に他に身内がいるなら、そいつらのことも」

「三万ドルなら」

「いくらでも払ってやる」

「多少時間がかかると思います。ご存じのように、ああいう経歴の方は自分の過去を隠したがる傾向にありますので」

「なんでもいいからやってくれ」

疲れが押し寄せてきた。眼球の奥がひりひり痛んだ。口の中が粘ついていた。

警察署の前に群がるハイエナども――目に見えて数が減っていた。時間が経つにつれておれたちのニュースヴァリューは減少していく。

東都テレビのスタッフを探した。どこにも見つからなかった。

警察署に目を転じ、邦彦の姿を探した。邦彦も見つからなかった。

ため息が漏れた。

昼前に取り調べが終わった。袁は初めて会ったときの情熱をどこかに置き忘れていた。おざなりな質問を繰り返し、熱のない調子でメモを取った。王東谷やロペスが姿を現さないことも、もう些《さ》細《さい》な問題にすぎないようだった。

袁の目を盗んで、陳がおれに視線を送ってきた——徐先生に任せておけばだいじょうぶといったろう。陳は嬉《うれ》しそうだった。

「今日はお疲れ様でした」

袁がいい、おれは腰をあげた。壁にかかった時計を見た。一一時四三分。だれかがドアをノックした。

陳がドアをあけた。邦彦が部屋に入ってきた。おれは半分腰を浮かせたままの体勢で凍りついた。

袁と邦彦がなにかを喋《しゃべ》っている。陳が不安そうに見守っている。その光景をおれはどこか現実離れしたものとして捉《とら》えていた。

「申し訳ありませんが、加倉さん。王刑事があなたにいくつか質問したいというのです。かまいませんか？」

邦彦がおれを睨んでいた。おれは邦彦から目を離すことができなかった。

「ああ。おれはかまわない」

いつも顎《あご》の傷に目を奪われた。ぎらつく視線に気持ちを乱された。邦彦の肌は浅黒かった。柔らかい髪の毛には軽くウェーヴがかかっていた。太い眉《まゆ》、細い目。鼻は大きく、唇は薄かった。おれの記憶にある邦彦と、どこかが重なり、どこかがずれていた。

「それでは、我々は失礼します」

袁と陳が出ていった。邦彦は二人を見送った。ドアをしっかり閉め、おれに向き直った。

「どうした……おれの顔になにかついてるか？　それとも、なにか心配事があるのか？」

邦彦がいった。英語だった。

「邦彦」

邦彦の顔に浮かんでいた薄笑いが消えた。代わって浮かび上がったのは驚愕《きょうがく》の色だったが、それもすぐに消えた。冷えきった視線がおれを見すえた。

「昨日の夜、おれのアパートに来たらしいな」

日本語だった。かすかな訛《なま》りはあるが、はっきりとした日本語だった。

「やっと気がついたってわけだ」

「どうして最初にいわなかった？」

「あんたが犯罪者じゃなかったら名乗ってたかもな……座れよ。立ったまま話を続ける気か？」

邦彦はさっきまで袁が座っていた椅子《いす》に腰をおろした。右手にデパートの紙袋を持っていた。

「おふくろはどこにいるんだ」

座らずに訊《き》いた。訊きたいことは他にもあった。数が多すぎてなにから訊けばいいのかわからなかった。

「あんたには関係ないことだ」

「そんなことがあるか。おれのおふくろだぞ」

邦彦に詰め寄った——突き飛ばされた。尻餅《しりもち》をついた。怒りは感じなかった。心臓のあたりに穴があいたような感じがしただけだった。

「あんたのおふくろだって？　だったらどうして探さなかったんだ？　台湾に来て何年にな

る？　三年？　探す時間ならいくらでもあったんじゃないのか？　あんたが迪化街に行ったと知ったときは考えが変わりかけたよ。やっぱりあんたはおれたちの家族なのかもしれないってな。だけど、違った。あんたはおれたちを探してたわけじゃなかった」

「それは……」

おれは立ち上がった。よろけた。足に力が入らなかった。

「もういい。あんたは犯罪者でおれは警察官だ。それ以上でもそれ以下でもない」

「台湾に来た足で、おれはおまえたちを探した。おふくろからもらった手紙の住所を訪ねた。だが、そこにはなんにもなかった。更地が広がってるだけだった」

邦彦の眉が吊《つ》りあがった。意外だという顔だった。

「おれはおまえたちを探したよ、邦彦」

邦彦は首を振った。

「自分が助かるために、親友の名誉に泥を塗るようなやつがおれの兄のはずがない」

そういって邦彦は紙袋の中に手を突っ込んだ。革張りの箱が出てきた。パテック・フィリップのケース——胃が収縮した。酸味のある液体が込み上げてきた。

「おれの名は王國邦だ。邦彦じゃない。あんたは犯罪者だ。これがその証拠だ」

汚物を吐きだすように邦彦はいった。

「どうして……それを？」

「あんたが迪化街まで探しにいった女を、おれが先に見つけたんだ。昨日はずっとその女の話を聞いていた。だから、あんたが来たとき、おれは部屋にいなかった」

おれは喘《あえ》いだ。言葉が出てこなかった。

「いろいろとためになることを聞かせてもらった。張俊郎を殺したのはあんただそうだ」

「でたらめだ」

「でたらめなもんか。やっとわかったよ。張俊郎の死体には抵抗した形跡がなかった。自分が殺されるとは思ってなかったんだ。あんたがそんなことをするとは思ってもいなかったんだ」

「おれじゃない」

「いいかげんに認めろ。くそったれの下衆《げす》野郎め！　あんたがやったんだ。あんたしかいないんだ」

この男を黙らせろ——声が聞こえた。おれはかぶりを振った。そんなことはできない。できるはずがない。

「おれをどうするつもりだ？」

「やっと認める気になったのか？」

この男を黙らせろ——声は大きくなるばかりだった。耳を塞《ふさ》ぎたかった。声を締めだしてしまいたかった。できなかった。邦彦が侮蔑《ぶべつ》のこもった目でおれを見つめていた。

「おれを逮捕するのか？」

「したくてもできない。証拠がないからな」邦彦は拳《こぶし》でテーブルを殴りつけた。「それに、考えてもみろ。おれの血を分けた兄が最低の人殺しだってことが公になったらどうなる？　警察の仕事を続けることができなくなるんだ。そんなこと、させてたまるか」

邦彦の目が病的な光を帯びた。どろどろとした感情を抑えきれずにいる獣のような表情が顔に浮かんでいた。

「邦彦――」

「おれは王國邦だ」邦彦はおれの言葉を遮った。「おれのことを邦彦と呼んでいいのは母さんだけだ。わかったか?」

おれは椅子に手をかけた。なにかによりかかっていないと倒れそうだった。

「座れよ」

邦彦がいった。おれは椅子に腰をおろした。邦彦はパテック・フィリップの箱をあけた。中は空だった。

「時計はおれが預かってる。まず、聞かせてもらおうか……あの時計はどうやって手に入れたんだ?」

「それを知ってどうするんだ?」

「おれの質問に答えろ」

「徐栄一からもらった」

抵抗する気力は失せていた。邦彦はおれを逮捕しないといった。その言葉を、なぜか信じていた。

「なんのために?」

「特に理由はない。おれのロレックスを見て、徐栄一がもっといい時計をプレゼントしようといったんだ」

「そんなはずはない。あいつがただで人に物をくれてやるはずがない」

邦彦は両手をテーブルに叩《たた》きつけた。唇の端に泡のような唾液《だえき》が溜《た》まっていた。

「なにか魂胆があるのかもしれない。だが、おれにはわからん」

「徐栄一とはどんな話をした？」

「たいしたことは――」

「答えろ!!」

襟首を摑《つか》まれた。すぐ目の前に邦彦の顔があった。邦彦は歯を食いしばっていた。顔全体が紅潮し、荒い息を吐いていた。目は血走り、黒い瞳《ひとみ》の奥で憎悪の炎が燃えていた。その憎悪はおれに向けられたものじゃなかった。邦彦はおれ以外のだれかを憎んでいた――おそらくは徐栄一を。おれは徐栄一に嫉妬《しっと》した。

「そんなに徐栄一が憎いのか？　なぜだ？」

「おれの質問に答えろ！」

「放水の話だ。警察に尻尾《しっぽ》を握られたりしないように、打ち合わせをしただけだ」

「他には？」

邦彦はおれを突き放した。

「あいつらが、俊郎を殺そうとしてるという噂《うわさ》を耳にした。だから、殺さないでくれと頼んだ」

「そのくせ自分で殺したのか？　本当のクズ野郎だな」

「しかたなかったんだ……」

「そうだろうよ。八百長に手を染め、売春クラブを経営して、それでも良心に恥じるところはないといったあんただからな」

「邦彦——」

「おれは王國邦だ。何度いったらわかるんだ。話を続けろ」

「それだけだ。向こうは黒道の親玉で、おれはただの野球選手だ。滅多に会うことはないし、会っても、たいした話はしない」

邦彦が唇を噛《か》んだ。抑えきれない感情のうねりをなだめようとしているようだった。

「おまえと徐栄一が会ったとき、あいつもそばにいたのか？」

「あいつ？」

「王輝夫だ」

王輝夫——王東谷の本名。

「ああ。爺《じい》さんが徐栄一との会見をセッティングしたんだ」

邦彦が北京語でなにかを呟《つぶや》いた。酒場でよく耳にする北京語だった。サノヴァビッチを意味する北京語だった。

「爺さんはおまえとおふくろになにをしたんだ？」

邦彦の目がぎょろりと動いた。

「質問しているのはおれだ」

取りつく島がなかった。邦彦の目に映るおれはただの虫けらだった。

「徐栄一と王輝夫はどんな話をした？」

「なにも……爺さんはおれの通訳としてついてきただけだからな、ほとんど口を開かなかった」

「まったく口をきかなかったわけじゃないんだろう?」

「覚えてない。本当にたいしたことは話していないはずだ。嘘《うそ》じゃない……なあ、邦彦——」

「黙れ!」

王東谷との間になにがあったのか。どうしてそれほどまでに徐栄一を憎んでいるのか——おれの疑問は邦彦の一声にかき消された。

邦彦はスーツのポケットからなにかを取り出した。携帯用のカセットレコーダーだった。邦彦は録音ボタンを押して、レコーダーをテーブルの上に置いた。

「ここからが本番だ」邦彦は引き攣《つ》った笑みを浮かべた。「どうして張俊郎を殺したんだ?」

おれは邦彦の顔を見た。顎《あご》の筋肉が強張っていた。鳩尾《みぞおち》のあたりに固いなにかがつかえていた。

「それは……勘弁してくれ」

「話せ」

「頼む、それだけは許してくれ」

邦彦が身を乗りだしてきた。おれの肩に手を置いた。顔からさっきまでの激情が消えていた。邦彦の顔に浮かんでいたのはうすら寒い作り笑いだった。

「話してくれよ、兄さん。おれはどうしても知らなきゃならないんだ」

この男を黙らせろ——声が聞こえた。だが、おれの心にあいた穴に、声は吸いこまれていった。

「徐栄一からその時計をもらうところを見られたんだ」

いった。言葉が吐瀉物《としゃぶつ》のように口から溢《あふ》れだした。

「王輝夫も徐栄一も、おまえが張俊郎を殺したことを知ってるんだな？」

邦彦の声を、おれはぼんやりと聞いた。抜け殻になったような気分だった。

「どうなんだ？」

邦彦は容赦がなかった。おれはうなずいた。

「よし」

鈍い金属音がした。邦彦がテープを停めた音だった。邦彦はレコーダーをおれの目の前にかざした。

「こいつは誰にも聞かせない。あんたは逮捕されない」

邦彦の顔には作り笑いが浮かんだままだった。

「おれをどうするつもりだ？」

「放水問題はもう終わりだ。あんたたちの小細工が功を奏したんだ。捜査はまだ続く。世論がうるさいからな。だが、おざなりな捜査だ。本気でなんとかしようとしていた警官たちもやる気をなくした。これがどういうことかわかるか？」

おれは首を振った。

「あんたは、もうすぐ野球ができるようになる。そして、すぐに放水をはじめる」

やらない――いえなかった。

「そして、また、徐栄一があんたに接触してくる。あんな高価な時計を差しだしたんだ。徐栄一はあんたを骨までしゃぶろうとする」

「だからなんなんだ？」

「あんたはおれに報告するんだ。徐栄一がなにをし、なにをしなかったか。目にしたこと、耳にしたことはすべて、おれに報告しろ」

「おれに犬になれというのか？」

「あんたにはお似合いだろう？　おれのいうとおりにしてくれれば、あんたの自由を保証してやる。少なくとも、あんたは張俊郎殺しで裁かれることはない」

「リエが騒ぎ出したらどうするんだ？」

「リエ？……ああ、あの女か。心配するな。おれに任せておけばいい」

邦彦の言葉はどこか不自然だった。

「おまえ……どうやってリエを捕まえたんだ？」口が勝手に動いていた。「リエは……」

王東谷が見つけてきた殺し屋はだれに殺された？　リエはそのあとどうした？　疑問が渦巻いた。身の毛のよだつ解答が浮かび上がってきた。

「おまえが、殺したのか？　あの殺し屋は、おまえが殺したのか？」

「なんの話をしてるんだ？」

邦彦の顔から作り笑いが消えていた。

「警官のくせに、人を殺したのか？」

それしか考えられなかった。おれを尾《つ》けていたのか、リエを尾けたのか――迪化街の老婆。王東谷を罵倒《ばとう》した。王東谷を知っているということは、邦彦を知っているということだった。邦彦は老婆からリエの居場所を聞きだした。デパートの女子トイレでリエを襲おうとした殺し屋を阻止した。リエを連れ去った。映像が頭に浮かんだ。ディテイルのすみずみまでリアルな映像だった。

「おまえはリエが殺されかけたといっていた。だが、そのことをおれに聞こうともしなかった。おまえが殺したからだ」

「そんなことはどうでもいい――」

「リエはどうした？　リエも殺したのか？」

邦彦は答えなかった。掌《てのひら》でレコーダーを弄《もてあそ》ぶだけだった。

「邦彦……」

「おれは王國邦だ。おれがなにをしようと、あんたには関係ない。あんたは、おれのいうとおりにやっていればいいんだ。余計なことは口にするな」

醒《さ》めた声だった。すべてを拒絶する声だった。

「なにがあったんだ？　台湾に来てから、おまえたちになにが起こった？」

邦彦は答えなかった。

36

キャッチャーが慌ててミットの位置を変えた。ボールがミットに吸い込まれた。

「ドンマイ」

おれの顔色が変わっていたのだろう、キャッチャーが立ち上がった。苛立《いらだ》ちを抑えてキャッチャーに手を振った。ボールが返ってきた。

久しぶりにボールを握った。感覚が微妙にずれていた。ストレートは狙《ねら》ったコースを外れ、スライダーは曲がらなかった。身体と心がなまっていた。息がすぐにあがり、ピッチングに集中することができない。

おれの横で、この夏兵役を終え、入団してきたばかりの許《シゥ》という若いピッチャーが凄《すご》いストレートを投げ込んでいた。ボールがミットを叩《たた》く音が腹に響く。それを耳にするたびに、焦りが大きくなった。

外角低めにスライダー。キャッチャーが首を振った。ボールを受けた。球一個分、真ん中により、曲がりが小さい。目のいいバッターには打ちごろの球だ。

「調子がよくないようですな」

声がした方に振り返った。ネット越しに袁と目があった。

「こんなところまで捜査かい？」

「いえ……プロ野球選手の練習がどんなものか、見てみたくなりまして」

袁は嘘《うそ》が下手だった。日本語を喋《しゃべ》っているせいかもしれない。

「おれに話があるんじゃないのか？」

「ちょっとだけなんですが……」

袁はばつが悪そうに頭をかいた。

「もうちょっと待っててくれ。あと、一〇球ぐらい投げたら終わるから」

振りかぶり、投げた。おれより後に投げた許のボールの方が先に音を立てた。


「なかなか激しい練習をするんですね。普段からこうなんですか？」

袁は冷やしたお茶に口をつけた。目は内野で行われている守備練習に向けられていた。

「日本に比べれば楽なもんだ。もっとも、この暑さはこたえるけどな」

ベンチの中までは陽射しは入ってこない。それでも、じっとしているだけで汗が出てきた。

「日本と台湾の野球は、大人と子供ぐらいの差があるといいますが、日本人はそんなに練習をするんですか」

「そんな話が聞きたくて、わざわざ足を運んできたわけじゃないんだろう？」

「ええ、まあ……」

「おれたちの容疑は晴れたんじゃないのか？」

「別に、あなたを調べているわけじゃないんです」

「だったらなにを？」

「そういえば……」

袁はまたお茶に口をつけた。話をはぐらかそうとしているのがみえみえだった。

「あの通訳の老人の姿が見えませんね」

邦彦――王國邦がおれの弟だということがわかった夜以来、王東谷は姿を消していた。

「ロペスもいないぜ。いるのは、おれと周だけだ」

周はノックを受けている最中だった。汗を吸ったユニフォームが土にまみれている。懸命に練習し、試合では手を抜く。それが放水《ファンシュイ》に手を染める選手のやり方だ。率先して練習に参加することで、放水をしない選手の疑いを晴らそうとする。だれもが知っているにもかかわらず、だ。

「わたしは、終わりにするつもりだったんです」

バットがボールを打つ音が響いた。周が身体を投げ出してボールをキャッチした。

「しかし……あの老人はともかく、ロペス選手が姿を消したとなると、調べないわけにはいかなくなるんです」

ロペスは山の中で眠っている。殺す必要もないのに、おれが殺した。

「あんたたちの取り調べがはじまってから、ロペスは愚痴をこぼすようになった。もう、こんな国はごめんだ、早く故郷に帰りたいってな。なにもかも放り出して、自分の言葉どおりにしたんじゃないのか？」

「ロペス選手が出国したという書類がどこにもないんです」

「あるいは、女のところに転がり込んでいるか。中米から来た選手にはそういうのが多いぜ」

「どこへ消えたんでしょうね……」

投球練習を続けていた若いピッチャーたちがベンチに戻ってきた。袁に怪訝《けげん》そうな顔を向け、こいつは何者だと無言でおれに訊《き》いてきた。

「いや、加倉さんにお心当たりがないなら、結構です」

袁が腰をあげた。居心地が悪そうだった。

「役に立てなくて悪かったな」

「とんでもない。おもしろいものを見せてもらいました。特に、あの選手……」

袁は指を突きだした。ユニフォームを脱いだ許がタオルで身体を拭《ぬぐ》っていた。若々しい肌と力強い筋肉が輝いていた。

「凄い球を放りますね。顔に覚えがないんですが、どうして試合に登板しないんですか？」

「速い球を投げるだけじゃ、プロとして失格なんだよ。こいつは許というんだが、コントロールが悪すぎる」

コントロールという言葉に許が反応した。わかってるよというように肩をすくめ、舌を出して微笑《ほほえ》んだ。俊郎を見ているようだった。

「そういうものなんでしょうね……いや、お邪魔しました。またお訊きしたいことができたら、そのときはよろしくお願いします」

袁はベンチを出ていった。

待ち合わせの時間は七時だった。一〇分遅れた。麗芬《リーファン》はもう来ていた。

「遅刻です」

麗芬は腕時計を突きだしてきた。

「思ったより道が混んでた。すまん」

「いいわ、許してあげます。でも、今日だけ。いい？」

「ああ、もう遅刻はしない。誓うよ」

麗芬はおれに横顔を向けた。やつれは消えかけていた。悲痛な悲しみに代わって、見る者を魅了してやまない明るさを全身にまとっていた。翳《かげ》りがないわけじゃない。だが、その翳りですら麗芬に新たな魅力を与えているだけだった。

「お飲み物はビールでよろしいですか、加倉さん？」

女将《おかみ》がやってきていった。だれもかれもが、一週間まえの出来事を忘れているようだった。麗芬と約束した一週間前にこの店に来ていたら、明るい微笑みがおれを迎えてくれることはなかっただろう。日本の恥さらし――台北に暮らすほとんどの日本人が、おれのことをそうみなしていたに違いなかった。

「ああ、ビールをくれ。それから、うまいものをどんどん握ってくれ。こちらのご婦人は飢えてるんだ」

「そんなこと、ありません」

麗芬はおれを殴る真似をした。幸せだった。この幸せを失いたくなかった。

「どんな気持ちですか？」

麗芬はトロの握りを頬張《ほおば》った。

「気持ち？　一週間ぶりに約束を果たせてほっとしてる」

「そうじゃありません……加倉さん、明日から高雄でしょう？　久しぶりに野球できる気持ち、どうなのかと思って」

チームに合流するようになって三日がすぎていた。明日から、美亜は高雄へ遠征する予定だった。高雄には徐栄一がいる。行きたくはなかった。だが、駄々をこねることもできなかった。

「特にどうってことはない。いつものように、出番がくれば自分の仕事をするだけさ」

「それじゃだめです。加倉さんは、俊郎の分も頑張ってくれなきゃ」

麗芬の表情を盗み見た。特別な感情は読み取れなかった。

「そうだな。一生懸命仕事をするよ」

おれは鯖《さば》の握りに手を伸ばした。日本で食うのと変わらない鮨《すし》の味が口の中に広がった。

「今日は泊まっていくだろう?」

麗芬に訊いた。麗芬は小さくうなずいた。


ちょうど一週間前、警察が白旗を掲げた。

俊郎以外の美亜所属選手が八百長をしていたという確証を得ることはできなかった。野球賭《と》博《ばく》に関する捜査は続行するが、捜査の規模は縮小せざるをえない。もちろん、張俊郎殺害事件は、引き続き精力的に捜査を行う。

記者会見もなかった。新聞やテレビに警察幹部の談話が発表されただけだった。

王東谷やロペスが姿を消したことも、さほど問題にはならなかった。おれと周が二、三度警察に呼び出されただけだった。八百長に関するごたごたは、持ち上がったときと同じ唐突さで消え去った。

世間が忘れたわけじゃない。今でも、街を歩けば後ろ指をさされることがある。リーグの観客数は激減している。ただ、ニュースヴァリューがなくなったのだ。球団事務所や警察署からハイエナどもが姿を消した。東都テレビの連中も日本に帰った。おれに呪《のろ》いの言葉を投げつけた小野寺由紀のことを調べるために連絡を取った雑誌記者から電話がかかってきた。

三日前、小野寺由紀がテレビ局をやめた——記者はそう告げた。退職の理由は結婚の準備をするためと発表された。突然の退職騒ぎにスキャンダル雑誌が小野寺由紀の周辺を探りはじめているらしかった。

——あんた、なんか知ってるんじゃないの？　記者の質問に、なにも知らないと答え、電話を切った。翌日、小野寺由紀の写真をフィルムごと燃やした。

一週間——毎晩、麗芬に電話した。士林《シーリン》のマンションに行って麗芬を抱いた。何度抱いても抱き足りなかった。邦彦から毎日のように電話がかかってきた。ときには呼び出された。王東谷を探した。王東谷は完全に姿を消していた。徐栄一から電話がかかってきた。高雄に来るのを楽しみにしているといわれた。そのことを邦彦に告げた。夢を見た。俊郎とロペスがおれを呪っていた。

「加倉さんとこんなふうになるなんて、思ってませんでした」

おれの腕の中で麗芬が呟《つぶや》いた。

「おれはずっとこうなることを夢見ていた。結婚式で見たときから、君に恋してた」

「酷《ひど》い人……ずっと俊郎を騙《だま》していたのね」

「トシの話はやめよう、麗芬」

掌《てのひら》で麗芬の胸を覆った。固く尖《とが》った乳首の感触が心地好かった。

「わたしたちのこと、日本語でなんといいますか？」

「おれたちのこと？」

「夫が死んでまだ日が浅いのに、夫の親友とこんなことをする女……それから、死んだ親友の奥さんとこんなことをするひと」

「麗芬、おれたちは悪いことをしてるわけじゃない」

「教えてください。日本語でなんといいますか？」

「罪深いというんだ」

「罪深い……」

おれは麗芬の唇を塞《ふさ》いだ。右手で乳首をつまみ、左手で股間《こかん》の襞《ひだ》を探った。麗芬は濡《ぬ》れていた。おれは勃起《ぼっき》していた。

「罪深いのはおれだけだ」

おれは麗芬に覆い被《かぶ》さった。

37

台北から高雄までバスで、途中、昼食休憩を入れて八時間。飯を食うとき以外は眠って過ごした。高雄の市営球場に到着したのは午後四時。試合開始まで二時間しかなかった。

ロッカールームとは名ばかりのガラクタ置き場でユニフォームに着替えた。若い連中はさっさとグラウンドに出ていった。ヴェテラン連中は気怠《けだる》そうに世間話に興じていた。

「加倉先生」

マネージャーの呉《ウー》がガラクタ置き場に駆け込んできた。両手に花束を抱えていた。

「おれにか？」

自分の胸を指差した。呉はうなずき、花束をおれに突きだした。花は白い蘭だった。中にカードがあった。

〈高雄にようこそ。貴方の活躍を期待しています。試合が終わった後に、お電話をください〉

携帯電話の番号と徐というサインが続いていた。

試合は五対三で負けた。おれの出番はなかった。出番があったとしても、今のおれじゃ打たれるだけだった。そして、また放水疑惑が浮上する。

ホテルに戻ると、夕食を兼ねた反省会がはじまった。今日負けた原因を分析し、明日に繋《つな》げる。監督やコーチが熱弁をふるった。耳を傾けているのは、レギュラーにもなれない若手だけだ。

美亜《メイヤー》は勝率三割を切って最下位を独走していた。モティベーションを維持できるわけがなかった。

部屋に戻り、電話をかけた。知らない男の声が出た。怪しい日本語で少し待てと告げられた。待った。それほど待たなくてもすんだ。

「今日は残念でしたね、加倉さん」

徐栄一の声が聞こえてきた。

「試合を見てたんですか？」

「当たり前です。これ、わたしのビジネスの一つですから。今夜は美亜が負けたから、あまり儲《もう》からなかったよ」

神経に触る忍び笑いが受話器から伝わってきた。邦彦の言葉が思いだされた。

――徐栄一から誘われたら、絶対に断るな。あいつがなにをいい、なにをするのか、必ずおれに報告するんだ。

「ところで、食事、すみましたか？」

「すみません、徐先生。チームの連中とすませてしまいました」

――おれのいうとおりにしなかったら、あんたは破滅だぞ。

おれが破滅すれば、邦彦も破滅する。おれたち兄弟の手は血まみれだった。

「それでは、お酒はどうですか？」

「明日も試合があるので……」

「わたしの誘いを断る人、いませんよ」徐栄一の口調が変わった。「特にあなた、断れる立場にない。違いますか？　あなたのお友達の奥さん、とても悲しむ。そうでしょう？」

「あまり遅くならないようでしたら」

「もちろん。少し話をするだけです。絶対、遅くなりません。車を迎えに行かせますから、ホテルの前、待っててください」

おかしな日本語だったが、有無をいわせぬ口調だった。

「わかりました」

答えて電話を切った。

連れていかれたのはナイトクラブだった。高雄の駅前を真っ直ぐ南に下ると、ファッショナブルな繁華街に出くわす。店はそこのど真ん中にあった。去年、高雄に遠征したときに来たことのある店だった。

車の運転手に先導されて店の中に入った。店内は中国風のインテリアが施され、白人による生バンドがスタンダードジャズを演奏していた。テーブルの間を、腰までスリットが入ったチャイナ服を着た女たちが泳ぎまわっていた。その内の一人が、運転手に気づいて近寄ってきた。

ジャズの演奏に混じって台湾語が聞こえてきた。高雄は台北より台湾語を耳にする機会が多い。北京語しか喋《しゃべ》れない外省人の一世はほとんどが台北に住んでいる。台北以外の都市に住むほとんどの台湾人は本省人で、普段は台湾語を話している。もっとも、若い世代になれば北京語を喋るのが普通だった。

運転手と女の会話が終わった。女が微笑《ほほえ》み、店の右の方に手をさしだした。女の手の先には階段があった。運転手の役目はここまでで、あとは女が徐栄一のところまで案内してくれるということらしかった。

女が腰を振りながら歩きだした。柑橘《かんきつ》系の香水が匂《にお》った。後を追った。階段を登りきった先に、木彫りの豪華な扉があった。険呑《けんのん》な雰囲気を隠そうともしない男が二人、扉の脇《わき》に立っていた。

女が男たちになにかいい、右にいた男が扉をあけた。もう一人の男がおれの身体をチェックした。

「こちらへ」

女がおれを部屋の中に招きいれた。部屋の中には二〇人は座れそうな円卓があった。中央に、徐栄一が座っていた。部屋にいるのは徐栄一だけだった。

「ようこそ、加倉さん」

徐栄一は濃いグレイのマオカラーのジャケットを着ていた。妙に似合っていた。

「さあどうぞ。お座りください」

女に導かれるまま、おれは徐栄一の右隣の席に腰を落ち着けた。

「お飲み物は？」

女がいった。きれいな日本語だった。

「ビールを」

「かしこまりました」

女が円卓を離れていった。

「驚いたでしょう。彼女、とてもきれいな日本語話す」

「そうですね」

「ここ、わたしの店です。遠慮しないでください。飲んで、食べて……カラオケもあります」

「女も？」

「もちろん」

徐栄一は微笑んだ。おれの店――Jジョイントとは大違いだった。

女がビールを運んできた。つまみと呼ぶには多すぎる量の惣菜《そうざい》がテーブルに並んだ。

「それでは、乾杯しましょうか？」

徐栄一がビールグラスを掲げた。おれもそれに倣《なら》った。

「張俊郎の冥福《めいふく》を祈って」

グラスからビールがこぼれて指を濡らした。自分でも顔色が変わるのがわかった。

「ごめんなさい。冗談です」

徐栄一がいった。顔から微笑みが消えていた。動けなくなった獲物を前に、どこから食ってやろうかと舌なめずりしている虎のような顔だった。

「加倉さんとわたしの、これからの友情のために乾杯しましょう」

「乾杯」

いって、グラスの中身を一気に飲み干した。

「わたしのプレゼント、気に入らなかったですか？」

徐栄一はグラスに口をつけただけだった。視線がおれの左手に当てられていた。

パテック・フィリップ――邦彦が持っている。

「ああいう高価な時計をいつも身につけていると落ち着かない気分になりますから……」

「そうですか……そのうち、気にならなくなりますね。加倉さん、わたしの友情にこたえてくれたら、もっとプレゼントしてあげます」

「どんな友情にこたえればいいんですか？」

「あなた、野球選手だ。野球でこたえてくれればいいんです」

「放水ですか？」

徐栄一は首を振った。

「あなたが放水するの、しばらくはノーですよ。世間はまだ、あなたのこと、忘れてません。あなたが放水すれば、みんな、気がつきます」

「そうでしょうね」

おれは手酌でビールを注ぎ足した。

「わたしは、加倉さんに白手套《パイショウタオ》、やってもらおうと思ってます」

「今までもやっていましたよ」

徐栄一はかすかに唇を開き、舐《な》めるような視線をおれの顔の上に泳がせた。

「わたし、日本人選手を仲間にしたいですね」

舞台役者のような間の取り方だった。

「おれに、日本人選手相手の白手套をやれというんですか？　無理ですよ」

おれは徐栄一のグラスにビールの瓶を向けた。徐栄一は手で制した。

「日本人が放水をしないのは、徐先生もご存じでしょう？」

「加倉さんは日本人です。放水をしますね」

「おれは……特別です」

「そんなことないですよ。加倉さん、普通ですよ。普通の人と同じで、お金が好き。そうでしょう？　日本人も、お金、好きです。今まで、日本人が放水しなかったの、その話、うまくできる人がいなかったからです。台湾人が近づくと、日本人は警戒しますよ。でも、加倉さんが日本語で日本人に話す。すると、日本人も放水をするようになりますね」

「おれは他の日本人選手に嫌われてますよ、徐先生」

日本人は八百長を嫌う。八百長をする台湾人選手を軽蔑《けいべつ》し、八百長をする中米の選手を馬鹿にする。そして、身内のおれは連中から憎まれてすらいる。

「だいじょうぶです。お金を嫌いな人、いない。本当です」

徐栄一はジャケットの懐に手を突っ込んだ。写真が現れた。徐栄一は写真をおれにわたした。写真は二枚あった。

写真に写っていたのは桐生俊二《きりゆう》だった。今日の対戦相手、味全龍《ウェイチュエンドラゴンズ》隊に今年加入したピッチャーだ。日本では芽が出なかった。台湾にやってきて、今年の前期だけで八勝をマークしていた。活きのいい球を投げるが、投手に必要な頭は持っていない。桐生の投球内容を見て、そんな印象を受けていた。

桐生は緑の布を貼《は》ったテーブルに腰かけていた。桐生の周りにはラフな格好をした中国系の男たちが群がっていた。桐生の前には、チップがうずたかくつまれていた。テーブルはミニ・バカラの台だった。

「マカオで写しました。この日本人、ギャンブルが好きです」

もう一枚の写真を見た。写っているのは桐生と若い女だった。どこかの飲み屋。女はタンクトップを着ていた。胸元から乳房がはみ出していた。桐生の右腕は女の背中に隠れていた。女の脇《わき》の下から桐生の右手が顔を覗《のぞ》かせ、タンクトップの上から乳房をまさぐっていた。左手はテーブルの下に隠れていた。おそらく、太股《ふともも》をまさぐっているのだろう。

「それは台北で写しました。この日本人、女も好きです」

おれは写真を徐栄一に返した。

「この日本人、放水すると思いませんか？」

おれの負けだった。

「いくらもらえるのかによると思いますが」

「二〇〇万円、出します」

「一試合でですか？」

破格とも思える金額だった。

「二〇〇万円には、加倉さんの取り分も入ってます。最近は、香港の連中も台湾の野球賭博《とばく》に金を注ぎこんでます。二〇〇万円、高くありません」

桐生が登板するとなれば、味全の勝ちに金をかける人間が大半だろう。前期だけで八勝二敗、防御率一点台の成績がものをいう。桐生が投げた試合で味全が負ければ、徐栄一の懐には莫大《ばくだい》な金が流れこむ。二〇〇万ぐらい安いものだった。

徐栄一はリラックスしていた。椅子《いす》の背もたれに体重を預け、手を顎《あご》に当てていた。悠然と、おれがイエスというのを待っていた。

徐栄一の頼みはなんでも引き受けろ——邦彦はそういった。

「わかりました。明日にでも、こいつに話をしてみます」

「これで、わたしたちは本当の友達です」

徐栄一は指を鳴らした。待ち構えていたように扉が開いた。おれに身体検査をした男が、手に小さな箱を持って入ってきた。

「受け取ってください」

徐栄一はいった。男が箱をおれの前に置いた。指輪のケースだった。おれはゆっくり顔をあげた。徐栄一を見た。睨《にら》みつけたりしないように、ありったけの理性を動員しながら。

「なんといいましたか？　ああ、宋麗芬。あなたの女友達へのプレゼントです。中、あけてください」

いわれるままに、ケースをあけた。プラチナの台に真っ赤なルビーをあしらった指輪が入っていた。ルビーは見たことがないぐらい大きかった。

「気に入ってもらえると、嬉《うれ》しいですね」

この男を黙らせろ——声が聞こえた。

「ありがとう、徐先生。彼女も喜ぶでしょう」

頭の中の声に耳を傾けながら、おれはいった。

「それじゃ、夜を楽しみましょう」

部屋にチャイナドレスの女たちが雪崩れ込んできた。男が何人か混じっていた。どれも台北の〈馥園〉で見た顔だった。男たちが円卓に腰を落ち着け、女たちがその間に入った。おれと徐栄一の間に座ったのは、おれをこの部屋に案内した女だった。じっくり見ると、女は意外に年を食っていた。三〇前後というところだった。女は他の女たちに指図した。徐栄一の肩に手をかけた。徐栄一の女——この店のママという感じだった。

男たちは高雄の組織の幹部だった。徐栄一がひとりひとりをおれに紹介した。徐栄一の言葉をおれは受け流した。覚えきれるはずがなかった。

幹部たちがおれに酒を注ぎに来た。

「随《スイ》」

徐栄一の顔色を見ながらいった——酒は自分で注ぐ。徐栄一がうなずいた。

「徐先生」

「なんですか？　帰るのはだめです。飲まなくてもいいから、もう少し、付き合ってもらいますよ」

「王東谷がいなくなりました。ご存じないですか？」

徐栄一の目が細くなった。

「それは初耳です……調べさせましょうか？」

「お願いします」

「任せてください」

徐栄一の声には棘《とげ》があった。

38

グラウンドはうだるような暑さだった。地面が歪《ゆが》んでみえた。その中を、味全の選手がランニングしていた。桐生の姿を探した。ランニングの一団の中にはいなかった。

味全のベンチに目を移した。桐生を見つけた。桐生はだるそうな顔で、チームメイトのランニングを眺めていた。

湿った土を踏みしめた。桐生が気づく前に声をかけた。

「おまえは走らないのか？」

桐生が振り向いた。茶色に染めた髪が汗で濡《ぬ》れていた。吊《つ》りあがった目と膨らんだ小鼻が、桐生が台湾野球を舐《な》めきっていることを伝えてきた。顔から首筋にかけての肌は陽に灼《や》けて黒ずんでいた。

「かったるくて……」

桐生は薄笑いを浮かべた。

「若いうちは走ったほうがいいぞ」

「日本に戻れるんなら、走るんすけどねえ。加倉さん、話するの初めてっすよね？」

「おれには悪い噂《うわさ》があるからな。若い日本人選手には近寄らないようにしてるのさ」

「見ましたよ、テレビで。三商との試合だったかな……二対一で加倉さんが登板して、負けた試合。フォアボール出して、ホームラン打たれた。よくやるよなあって思った」

「汗で握りが甘くなったんだ」

「そんなこと、信じるやついないっすよ」

桐生は足元に唾《つば》を吐いた。

「おまえ、給料いくらもらってるんだ？」

「月、六〇万」苦々しげな口調だった。「どうしてそんなこと聞くんすか？」

「よくそんな安月給でやってるな」

「しかたないじゃないっすか。日本じゃ、五〇〇万ももらってなかったんだから、文句いえないっすよ」

「電話番号、教えろよ」

桐生は怪訝《けげん》そうにおれを見た。

「台北に戻ったら、飯を奢《おご》ってやる」

「やばいことになるんじゃないっすか？　日本人と飯食ったら、必ずいわれるんですよ。加倉さんがなにかいってきたら気をつけろって」

「飯を食うだけだ。嫌なら、断ればいい」

桐生は腰をあげた。

「そろそろ練習しないとどやされるんですよ……加倉さんの電話、教えてくれます？　飯、奢ってもらいたくなったら、おれの方から電話しますから」

生意気な小僧だった。たいしたピッチャーでもないくせに、自分の力を過信し、酔っていた。

おれは携帯の番号を教えた。桐生はそれをグラヴにマジックで書き留めた。

「このグラヴで試合に登板したら縁起悪いっすかね」

桐生が照れ臭そうに笑った。その表情だけが年相応だった。

「加倉さん、八百長やると、そんなに儲《もう》かるんですか？」

「人に聞いた話だが、おまえの一ヶ月の給料分なら一試合で稼げるそうだ」

桐生は下卑た笑みを浮かべながら、おれに背を向けた。

すぐに美亜の練習がはじまった。野手と投手は別メニューだった。入念に身体をほぐした後、許を誘ってキャッチボールをはじめた。許の投げる球はすべて、首から上に飛んできた。おれはグラヴを鳩尾《みぞおち》のところで構えた。

「コントロール、コントロール」

日本の野球界にまかり通っている英語は台湾でも通じる。発音も、日本英語そのままだ。たぶん、日本の指導者が持ち込んだのだ。

許がうなずき、抑えた球を放ってきた。うなずきながら返球した。

「OK、ナイスボール」

おれは声を張り上げた。許に聞かせるためじゃなく、おれに近づいてくる人間を牽制《けんせい》するためだった。

「若いもんに指導するとは、心を入れ替えたんか？」

嗄《しわが》れた声が耳に飛び込んできた。おれの努力は立石には通じなかった。

「いま、練習中なんですよ、立石さん」

「気にせんで続ければいい」

立石はおれの真横で足をとめた。他人の気持ちを詮索《せんさく》する能力がないのは相変わらずだった。元々はパ・リーグの選手だった。守備でしかチームに貢献できない二流の選手で、引退後はテレビ解説者の声もかからなかった。だが、台湾がプロ野球を設立する際にコーチとして招かれ、以来、チームを転々としながら台湾に住みついている。

許がボールを投げてよこした。許は五分の力で投げている。それでも、手元でボールが浮き上がるような錯覚を覚えた。

「この子はいい球を放るなぁ。コントロールをよくして、ピッチングの組み立てを覚えれば、日本に行っても二桁《ふたけた》は勝てるんじゃないのか？」

「ナイスボール」おれは球を投げ返した。「……狙《ねら》ったところに投げられるようになるだけで二桁勝てますよ」

「どれぐらいのスピードで放るんだ？」

「調子がいいときなら、平気で一五〇越えるでしょうね。見ていて羨《うらや》ましくなりますよ」

許の球がきた。おれの声に調子に乗った様子が見てとれた。球はおれの身体をそれた。左手を精一杯のばして、やっとボールをキャッチした。

「しかし、ノーコンじゃ話にならんな……」

「なんの用なんですか、立石さん？」

掌《てのひら》を下にして、低めに投げろと許に示した。許がうなずくのを待って、ボールを投げ返した。

「さっき、うちの桐生と話をしていたな？」

「世間話をしただけですよ」

許が投げた。活きのいい球が飛んできた。

「うちの若いもんに変なことを吹きこんでもらっては困るんだ」

「なにもいってませんよ」

「おまえみたいなのと話をしたというだけで、悪い噂《うわさ》が立つんだ。わかってるんだろう？」

胃が収縮した。ユニフォームの背中に氷の塊を投げ込まれたような感覚があった。そういう感覚はいつも突然やって来る。なんの前触れもなく。

「よくいうぜ」

「なんだと?」

おれは許に手を振った――行け。許は肩をすくめ、おれに背を向けた。

「あんた、いってたじゃないか。昔は日本でも似たようなことがあったって。やくざから飯を奢《おご》ってもらったり、物をもらったりするのは日常茶飯事だったんだろう?」

「あ、あれは昔の話だ。わたしゃ、今の話をしとるんだぞ」

「おれみたいなのだと? そのおれに女を紹介させたのはどこのだれだ?」

「か、加倉っ」

「うざってえんだよ、じじいどもがぎゃあぎゃあ喚《わめ》きやがって。てめえらだって台湾野球から金を絞りとってる寄生虫みたいなもんじゃねえか」

「なんだと? もう一遍いってみろ、加倉!! 貴様のような日本の恥さらしがなにをいう」

立石がにじり寄ってきた。日焼けした顔に朱がさしていた。六〇を間近に控えて萎《しな》びはじめた指先が細かく震えていた。

「どけよ」

おれは立石の胸を押した。それだけで立石はよろけた。

「桐生に八百長をさせたくないんなら、しっかりいい聞かせてやれ。八百長なんかとんでもないってな。だけどよ、立石さん、よぼよぼのじじいになっても女の尻《しり》をおいかけまわしてるようなやつのいうことを、今の若いもんが聞くかどうかは知らないぜ」

立石が摑《つか》みかかろうとしてきた。まわりこんで避けた。目標を失った立石が蹈鞴《たたら》を踏んだ。笑いをさそう憐《あわ》れな姿だった。

「年寄りの冷や水は身体に毒だぜ、立石さん」

おれは走り出した。味全のベンチの前に桐生がいた。桐生はおれと立石のやり取りをじっと見ていたようだった。

七回裏、二ランが出た。七対六。美亜のリード。

「加倉」

監督の叫ぶ声が聞こえた。控えのキャッチャーと一緒にベンチを出た。ベンチ脇《わき》のスペース。ピッチャー用に土を盛っているわけでもない。目測で距離を決め、キャッチャーを座らせた。投球練習をはじめた。

野次を浴びせられた。ほとんどは台湾語の野次だったが、意味は理解できた――八百長野郎。深呼吸を繰り返し、野次を耳から締め出した。おれが意識すべきはコントロール。低めへ、外角へ。おれがいいピッチングをすれば、桐生が電話をかけてくるかもしれない。徐栄一を喜ばせてやることができるかもしれない。邦彦が喜ぶかもしれない。

キャッチボールに毛がはえたような投球から、徐々にピッチをあげていった。グラウンドでは、美亜がまだ攻撃を続けていた。一点でも多く取ってくれ、今のおれには大量の点差が必要だ。祈るような気持ちで投球を続けた。外角低めいっぱいを狙《ねら》った球が、ことごとく内側にずれていた。下半身が定まらない。

バットがボールを叩《たた》く音がした。歓声があがった。バッターの打った球が高く舞い上がった。センターが前進し、グラヴを構えた。三アウト。

不安を押し隠してマウンドにあがった。観客席から異様な雰囲気が伝わってきた。周が最初の打席に立ったときと同じだった。八百長野郎をぶちのめせ——数千の観客が声をひとつにしてそう叫んでいる。

投球練習は八球。最初の球を投げた。ワンバウンドしてキャッチャーの後ろに転がった。笑いが起こった。悪意が感じられる笑いだった。

目を閉じた。声が聞こえるのを待った。

あいつらを黙らせろ——聞こえた。

振りかぶり、投げた。狙ったコースへ、狙ったスピードと変化でボールがキャッチャーのミットに吸い込まれた。

「やってやろうじゃねえか」

呟《つぶや》いた。いつもの強気が戻ってきた。

39

打者七人に投げて、三振二つ、内野ゴロ四つ、四球一つ、自責点〇——高雄でのおれの成績のすべて。

一勝三敗——六日間の高雄遠征での美亜の成績。

結局、高雄でおれの出番はあの一試合しかなかった。

高雄の後は台南で二試合をこなした。二試合とも負けた。おれの出番はなかった。逸《はや》る気持ちを抑えきれなかった。台北に向かうバスの中で、一人歯嚙《はが》みしていた。すぐにでも麗芬に会いたかった。台北を離れている間、毎晩のように電話をかけた。台北に着いたら、すぐに会いに行くと約束した。

すぐに麗芬に会いに行くわけにはいかなくなった。謝に呼び出された。待ち合わせ場所はJジョイントだった。

店に顔を出すのは久しぶりだった。最後に顔を出したときと同じで、客の姿はなかった。謝が、顔を見たことのない女を二人、両脇に侍《はべ》らせているだけだった。

「どうなってるんだ?」

呟いた。おれの知った顔は一人もいなくなっていた。真澄もいなかった。カウンターの中の曾の顔が腫《は》れていた。

「加倉さん」

謝が店主気取りでおれに手招きした。店の真ん中のボックス席だった。おれはテーブルを挟んで謝の真向かいに腰をおろした。

「どういうことだ、これは?」

「この店、わたし、買うことにしたよ」

反射的に目がカウンターの中に向かった。曾の顔――謝に殴られたのだ。

「冗談だろう?」

「冗談、違います。徐先生が命令しました」

「この店を買い取れって？」

謝はうなずいた。

「そうです。これから、加倉さん、白手套の仕事、忙しい。他の仕事、できない」

相変わらず謝の日本語はブロークンだった。だが、有無をいわせない響きがあった。

「それで、女も入れ替えたわけか……いくらで買い取ってくれるんだ？」

謝は指を一本突きだした。

「一〇〇万元か……」

日本円で四〇〇万なら、それほど悪い取り引きじゃなかった。

「違います。日本のお金で、これね」

「日本の金だと……」

唇がわなないた。それ以上の言葉が出てこなかった。

「加倉さん、加倉さんはもう、わたしたちの身内よ。身内に高い金払わせるの、よくない。台湾では、そういうこと、しないよ」

謝は人を小馬鹿にしたような笑みを浮かべていた。もう、逃げられないぞといわれているような気がした。

「それも、徐先生の命令か？」

「徐先生、加倉さんに儲《もう》けさせる。問題ないですね」

おれはもう一度曾を見た。曾は顔を上げようとしなかった。

「おまえはそれでいいのか、曾？」

声を張り上げた。それでも、曾は顔をあげなかった。

「あの人、関係ありません。わたし、もう、お金、払いました」

謝が曾に渡した金が、おれの一〇〇万より多いということはありえなかった。はした金で曾はこの店を取り上げられたのだ。

おれは唇を嚙んだ。店を取り上げられるのが悔しいわけじゃなかった。徐栄一にいいようにされているのが腹立たしかった。

「一〇〇万円、OKでしょう、加倉さん？」

謝が嗤《わら》っている。女たちが謝に胸を押しつけている。目の奥がちかちかした。

徐栄一に取り入れ――邦彦はいった。

「わかった。だけど、謝さん、いくらなんでも一〇〇万じゃ安すぎる」

「そんなことないよ――」

謝を手で制した。

「この店は一〇〇万で売るよ。その代わり、美味《おい》しい仕事があったら、おれにもまわしてくれ」

謝の目に狡猾《こうかつ》な光が宿った。

「いいね。わたしたち、身内。儲けも山分け」

謝が指を鳴らした。肉づきのいい女がブランディのボトルを運んできた。

「新しいママさんね。名前、アキコ」

アキコと呼ばれた女が、おれの横に座った。グラスにブランディを注いだ。

「真澄や他の女たちはどうしたんだ?」

訊《き》いた。瞼《まぶた》の裏にリエの顔がちらついていた。おれがリエを探していたことを真澄たちは知っている。なぜ、探していたのかを徐栄一に知られれば、なにが起こるかわからない。リエは邦彦に繋《つな》がっていく。邦彦は徐栄一を地獄に叩き込もうとしている。

「前のママさん、他の店ね。それより、加倉さん、わたしと加倉さんの新しいビジネスに、乾杯しましょう」

謝はグラスを掲げた。女のことなどどうでもいいという仕種《しぐさ》だった。おれは気づかれないようにため息を漏らした。アキコからグラスを受け取った。

「乾杯」

グラスをあわせ、中身を飲み干した——台湾式の酒の飲み方だ。女たちがおれと謝を囃《はや》したてた。

空になったグラスに新しい酒が注がれた。謝はそれも一気に飲み干した。おれはグラスを手にしたまま、謝の飲みっぷりを見ていた。

アキコがおれに身体を押しつけてきた。乳房の膨らみが肩に当たった。爪《つめ》を伸ばした指がおれの太股《ふともも》の上を這《は》いまわった。

「加倉さん、飲まないですか?」

「悪いな、謝さん。この後、約束があるんだ」

「女ですか?」

謝は笑った。その笑いにあわせるようにアキコの指が動いた。おれのものをズボンの上からきつく握り、さすった。

「それじゃ、もう少し、ビジネスの話、しましょう。老板《ラオパン》、知りたがってます」

老板――徐栄一のことだと気づくのに時間がかかった。

「なにを知りたがってるんだ?」

「日本人、どうなりましたか?」

「話はしたが、まだ、おれのことを警戒してる。少し、時間がかかるかもしれない」

「老板、急いでますね。あと、二週間でなんとかしろ、いってます」

徐栄一の狙いがわかった。二週間後、味全龍隊と統一獅子隊《トンイーライオンズ》の三連戦が予定されている。いまのところ、統一が一位、一・五ゲーム差の二位に味全がつけている。首位攻防戦には、相当の賭《か》け金が動くだろう。桐生に放水をさせることで、徐栄一は莫大《ばくだい》な金を懐に納めることになる。

「二週間ね……せいぜい頑張ってみるさ」

おれはいって、腰をあげた。桐生は電話をかけてくる――確信があった。

Jジョイントを出た足でタクシーをつかまえた。士林へ。麗芬のマンションへ。謝がおれに与えた怒りや屈辱はどこかに消えていた。あるのは、狂おしいほどの渇望だけだ。

麗芬と俊郎の部屋はかたづいていた。家具が姿を消し、段ボールが部屋の隅に積み上げられていた。麗芬は引っ越しすることに決めていた。新たな生活をはじめるために、俊郎を忘れるために。

おれと一緒に暮らそう——おれの言葉はにべもなく拒否された。

喪があけるまで、他の男の人と暮らすことは出来ません——麗芬はその点に関してはかたくなだった。

殺風景な部屋で、麗芬と愛しあった。何度射精しても、満足することがなかった。

暗闇《くらやみ》の中で麗芬と言葉をかわした。どれだけ話しても話し足りることがなかった。

どうしてわたしなの？——麗芬は訊いた。世の中に女はたくさんいるのに。

おまえがおまえだからだ——おれは答えた。

俊郎が生きていたらおれたちはどうなっていた？——おれは訊いた。

そんなことをきかないで——麗芬は答えた。

だれが俊郎を殺したのかしら？——麗芬がいった。

おれが殺した——おれはいった。おまえが欲しかったから、俊郎が死ねばいいと祈った。

麗芬は泣いた。

おれたちは日が昇るまで起きていた。時間がいくらあっても足りなかった。

台湾は好き？——麗芬は訊いた。

好きさ——おれは答えた。台湾にはおまえがいる。おれの家族がいる。

家族？——麗芬が目を開いた。

おふくろと邦彦の話を聞かせてやった。嘘《うそ》を大量におり混ぜた話を——。

朝の六時に麗芬の部屋を出た。徐栄一の指輪は、結局渡さなかった。

家に戻ると、邦彦が待っていた。

「あの女のところか？」

邦彦の目は血走っていた。落ち窪《くぼ》んでいた。

「どうやって入り込んだんだ？」

「やり方はいくらでもある。いろいろ見させてもらった。放水で稼いでいる割には、普通の部屋だ」

「稼いだ金を派手に使えば目立つだろう」

「あんたは頭が切れる。それだけは認めてやる」

話が途切れた。ぎごちない沈黙が部屋を覆った。いたたまれない気持ちが押し寄せてきた。キッチンに入り、お湯を沸かした。茶をいれるつもりだった。

「徐栄一とはあったのか？」

急須《きゅうす》に茶葉を入れていると、邦彦の声が飛んできた。

「ああ。日本人相手の白手套をやれと命令された」

「順を追って話せ。あいつがなにをして、なにを話したのか、細かく説明するんだ」

茶のはいった湯呑《ゆの》みを両手に持って居間に戻った。邦彦は茶の礼をいわなかった。暗い目でおれを睨《にら》んでいた。

「高雄の球場についたら、花束が届いた」

ソファに腰かけ、茶をすすった。部屋に戻る前は眠くてたまらなかった。今は、嫌になるほど意識がクリアになっていた。徐栄一からのカードだ」

「中にカードが入っていた。

「そのカードは？」

「捨てた」

邦彦は舌打ちした。

「どうしてとっておかなかったんだ？」

「だれかに見られたらヤバいことになる」

もう一度舌打ち——犬になったような惨めさが襲ってきた。

「カードにはなんて書いてあったんだ？」

「高雄にようこそ、今夜、飯を食おう——そんな感じだった。最後に携帯の電話番号と徐栄一のサインが書いてあった」

「番号を覚えてるか？」

「ああ」

記憶の隅から数字を引っ張りだした。邦彦に教えた。

「この電話にかけたのか？」

邦彦は番号をメモに書きとめた。おれはうなずいた。

「試合が終わってホテルに戻った後に」

「徐栄一が直接出たのか？」

「いや……別の男が出た。少し待たされて、徐栄一に替わった」

「最初に電話に出た男とは何語で話した？」

「そいつはまず、北京語を話した。おれが日本語で徐栄一と話したいといったら、下手くそな日本語で、ちょっと待ってくださいといった」

邦彦がなにかを呟《つぶや》いた。北京語だった。人の名前——郭《グオ》といったように聞こえた。徐栄一の取り巻きのだれかの名前かもしれない。

「それから？」

「会う約束をして電話を切った」

「どこで会ったんだ？」

「チャイナ・シャトーだ。中華の小さな城と書く……」

「徐栄一の店だ。扶輪《フールン》公園の近くにある店だろう？」

「行ったことがあるのか？」

「質問しているのはおれだ」

にべもない声が返ってきた。

「チャイナ・シャトーにはどうやっていったんだ？」

「徐栄一が車を出してくれた」

「どんな男だった？」

「覚えてない」

また、舌打ち。邦彦は苛立《いらだ》たしげに頬杖《ほおづえ》をついた。

「これからは、自分が会った人間の特徴を覚えるんだ、いいな？」

「努力する」

「話を続けろ」

「チャイナ・シャトーじゃ、二階の個室に案内された」

「だれにだ？　運転手にか？」

「店の女だ。きれいな日本語を話す女だった」

「その女の名前は？」

なにかが神経に触れた。おれは邦彦を見た。邦彦が何気なくおれから視線を外したように思えた。徐栄一の情婦のように振る舞っていたあの女になにかあるのか——神経に触れたなにかが疑惑に変わった。

「聞かなかった。ただ——」

「ただ？」

「いや、なんでもない」

邦彦を焦《じ》らしてみた——邦彦はひっかかった。

「ごまかすな。なにがあったんだ？」

邦彦はおれに詰め寄った。息がかかるほど間近に邦彦の顔があった。おれと同じ茶色がかった目——目尻《めじり》が小さく震えていた。

「徐栄一の女だと思った……それだけだ」

邦彦の目尻の震えがとまった。邦彦はおれから顔を遠ざけた。

「徐栄一には女は腐るほどいる。それでどうした？」

ほっとした表情からうかがえること——あの女は徐栄一の情婦なんかじゃない。

「部屋にいたのは徐栄一だけだった。二人で話をした。徐栄一はおれに、日本人選手相手の白手套になれといった。手はじめに、味全の桐生という投手に話をつけろといわれたよ」

話しながら、女のことを考えた。なにも覚えていなかった。

「それから？」

「話が終わって、部屋に人が入ってきた。店の女と男たちだ。男どもは——」

「徐栄一の手下どもだな。だれが来た？　名前を教えろ」

おれは煙草をくわえた。答えるのが嫌だった。

「ひとりひとり、紹介されたんだが……」

「名前だ」

「覚えてない」

邦彦が勢いよく立ちあがった。部屋の中を歩き回りだした。

「覚えてないだと？　どういうことだ？　おれに協力する気があるのか？　それとも、おれをごまかそうとしてるのか」

「徐栄一とやりとりするだけで精一杯だったんだ」

おれはいった。邦彦にごまをするように。口から火がついていない煙草が落ちた。

「こういうことをするのは初めてなんだぞ。一から一〇までうまくやれなんて無理だ」

邦彦が近づいてきた——襟首を摑《つか》まれた。凄《すご》い力で引きあげられた。

「あんたはおれがいったとおりのことをすればいいんだ」

「あんたとあの女がくっついたことを警察は嗅《か》ぎつけてるぞ。あの女と一緒になるために、あんたが張俊郎を殺したんじゃないかといいだす警官もいる」

「邦彦――」

邦彦の目は剃刀《かみそり》のようだった。邦彦の声は茨《いばら》のようだった。邦彦のすべてがおれを執拗《しつよう》にいたぶっていた。

「おれを怒らせると、大変なことになる。わかってるんだろう?」

「恩着せがましいことをいうなよ、邦彦。おれが捕まったら、おまえも終わりだ」

邦彦の目――ゴキブリを見る目。喉元《のどもと》を圧迫する力が消えた。邦彦は唇を歪《ゆが》めていた。

「おれはあまり父さんのことを覚えてない」唇を歪めたまま邦彦がいった。「母さんはおれに父さんのことを話してくれなかった。思い出したくもなかったんだ。おれの記憶にあるのは、いつも怒った顔をしている父さんだ。母さんを叱《しか》りつけてる父さんだ。遊んでもらった記憶もない。優しくしてもらった記憶もない。父さんは自分のことしか考えてなかった……そんな気がする。あんたを見て思ったよ、あんたと父さんは似てるに違いない」

「そんなことはない」

おふくろやおれを殴る親父、おれの女房を抱いている親父――映像がちらつき、目の前が赤くなった。

「おれをあんなやつと比べるな」

いつも家を出ることばかり考えていた。親父から逃げだすことばかり考えていた。おふくろと邦彦が恋しかった。羨《うらや》ましかった。

「だったら、おれに証明しろ。あんたが父さんと違うっていうことを。おれに協力するんだ。力を貸すんだ。じゃなかったら、あの女にすべてをぶちまけるぞ」

「これでも、おれは精一杯やってるんだ」

「そんなはずはない。あんたはもっとできるのに、やろうとしてないだけだ」

「もう、わかった。次からはどんな細かいことも覚えるようにする」

いった。抗《あらが》おうという気力がわかなかった。邦彦を前にすると、おれはおれでいることができなかった。

邦彦が大きく息を吐きだした。荒れ狂う感情を必死で制御しているように見えた。

「話を続けろ」

「翌日、味全の桐生と話した。放水の話を匂《にお》わせただけだった……興味があるなら、台北に戻ったら電話をくれといった。食事をしようと……恐らく、桐生は電話をかけてくる」

「高雄にいる間、徐栄一から連絡は？」

「ない。台北に戻ってきて、謝から電話があっただけだ」

「昨日だな？」

「昨日の夜、Ｊジョイントで会った。桐生との話がどうなったかを教えろということだった。

それから――」

邦彦の眉《まゆ》が持ち上がった。

「それから？」

「Ｊジョイントを売れといわれた。一〇〇万のはした金でだ」

「謝が買うといったのか？」

「ああ」

邦彦が笑った。

「徐栄一はあんたを食い物にしようとしてるんだ。日本語でなんというんだったかな……」

「飴《あめ》と鞭《むち》だろう」

「それだ。うまい話を持ちかけておいて、今度は、無茶を押しつけて脅しもかける。黒道の典型的な手口だ。他には？」

「ない。桐生から電話があったら、謝に連絡することになってる」

邦彦はうなずいた。

「また来る」

邦彦は踵《きびす》を返した。話を聞き終われば用はないという仕種《しぐさ》だった。

「待て、邦彦——」

「なんだ？」

戸口で邦彦が振り返った。

「母さんに会わせてくれ」

「おれを満足させせろ。そうしたら、考えてやる」

邦彦は部屋を出ていった。

40

二日間はなにごともなくすぎた。昼間は練習で汗を流し、夜は麗芬を組み敷いて汗を流した。

一人でいるときは邦彦のことを考えていた。

顧に電話した——王東谷の身辺調査はどうなっている？

難航しているという答えが返ってきた。

週末は、デイゲーム、対統一獅子隊戦。おれの出番はなかった。一勝一敗。本来なら美亜が連敗するところだった。相手の投手が四球を連発してくれたおかげで逆転した。その投手は黒道から金をもらっているに決まっていた。

週があけて、麗芬が引っ越した。士林から台北市内新生南路の新築アパートへ。麗芬ははしゃいでいた。

荷物を新しい部屋に運びこんでいる最中に携帯が鳴った。

「加倉さんすか？　桐生ですけど——」

桐生は昨日まで嘉義で試合をしていたはずだった。

夜、会う約束をした。麗芬は両親と夜を過ごすことになっていた。

「昨日の試合、テレビで観ましたよ。すげえっすよね」

桐生の顔は唐辛子とビールで赤く染まっていた。

「あれだけコントロールのいいピッチャーが、いきなり四連続フォアボールだもんなぁ。最後はゆるゆるのストレートをど真ん中に投げて、走者一掃のツーベース打たれたんでしたっけ？」

「そうだ」

桐生の顔いっぱいに汗が浮かんでいた。おれも同じだった。麻辣火鍋《マーラーフォグォ》が音をたてて煮え滾《たぎ》っていた。唐辛子のスープとチキンのスープに分けられた鍋《なべ》の中は、ほとんど唐辛子スープの側に具を放り込んであった。

「あんなことして、だれも騒がないんすかね、八百長だって」

「こっちの野球じゃよくあることだからな」

「おれ、あのピッチャーと話したことあるんすよ。向こうが少しだけど日本語できたんで……八百長するようなやつには見えなかったけどなぁ」

「真面目《まじめ》だから八百長をしないとか、悪《ワル》だから八百長をするとか、そういうことじゃないんだ。仕方なくやってるやつもいるし、金のためにやってるやつもいる」

唐辛子スープに箸《はし》を突っ込んだ。海老《えび》をつかまえた。

「ここの鍋、辛いけどめちゃ美味《うま》いっすね。いろんなとこで火鍋食ったけど、ここ、最高っす」

「台湾の選手と仲良くしてると、いろんな発見があるんだ」

「そうでしょうねえ。うちなんか、コーチが二人に、選手が三人、日本人でしょう。日本人ばっかでつるんじゃって、食うのはたいてい日本食ですから」

「台湾人と出かけることはないのか？」

「コーチがうるさいんすよ」

「悪い遊びを覚えちゃ困るってわけか……おれも最初はそうだったな」

「美亜にも日本人のコーチ、いたんですか?」

「去年まではな」

「どうして今年はいないんすか?」

「そのコーチはおれと一緒に野球をすることが嫌でしょうがなかったんだ。日本に帰っても、おれの悪口をいいふらしたらしい。おかげで、美亜でコーチをしたいっていう日本人が見つからなかったんだ」

桐生は口をあけて笑った。

「加倉さん、嫌われてますもんね、日本人から。こっちにいる日本人選手で、加倉さんのことよくいう人、会ったことないっすよ」

「おれは金に汚いからな」

桐生の目が光った。店の照明が反射しただけかもしれなかった。

「ああ、食った。御馳走《ごちそう》さま。もう、食えないっすよ」

桐生はわざとらしく腹をさすった。こすっからい悪ガキだった。おれに腹の内を探られまいと必死になっていた。

「この後、デザートが来る」

「それは別腹ですから」

「今夜はあいてるんだろう?」

「特に用事はないっすけど」

「ここを出たら、もう少し付き合えよ。日本人だけでつるんでたんじゃ絶対にわからないおもしろい遊び場に連れて行ってやる」

「マジっすか？」

桐生の目が輝いた。

謝から教わったビルは西門町の外れにあった。古びてはいるが作りはしっかりしていた。灰色のくすんだ外壁にしがみつくようにネオン管が絡み合っていた。台北の繁華街にしては地味なビルだった。

桐生を連れてエレヴェータに乗った。地下一階——ボーリング場の独特の音が聞こえてきた。

「加倉さん、まさか、ボーリングしようっていうんじゃないでしょうね？」

桐生が胡散臭《うさんくさ》そうにいった。

「黙ってついてこいよ」

エレヴェータのドアが開いた。ボーリングレーンが広がっていた。ボールがピンを倒す音が響いていた。客の姿はまばら。桐生の顔に、今度は不安の色が広がっていった。

おれはボーリング場を突っ切った。レーンの数は一〇個しかなかった。その先に、鉄でできた重々しい扉があった。ボーリング場の係員には見えないごつい顔をした男がドアの脇《わき》に座っていた。おれたちが近づくと、男はのっそりとした感じで立ちあがった。

「謝立徳介紹我們《シェリーダージェシャオウオメン》」

わたしたちは謝立徳に紹介された——下手くそな北京語で告げた。男が携帯を取り出した。男の口から台湾語が流れてきた。電話はすぐ終わった。

「請走《チンゾウ》」

北京語で中に入れといって、男は鉄のドアをあけた。ドアの内側にはもう一つ、ドアがあった。ドアとドアの間に、男と瓜二《うりふた》つな男がいた。おれと桐生は双子の片割れにボディチェックされ、携帯を取り上げられた。

「なんなんですか、ここ？」

「カジノだよ」

もう一つのドアがあいた。ざわめきと煙草の煙が流れ込んできた。

小さめのクラブほどのフロアにテーブルが幾つも並んでいた。そのテーブルに人が群がっていた。値の張るスーツを着た人間から、アロハ姿の若造まで、客層は様々だった。テーブルはルーレットとミニ・バカラが全体の八割を占め、残りがブラックジャックのテーブルだった。

「すげえ……」

桐生がおれを追い越した。端から端までフロアを見渡した。

「ちきしょう……こういうところに来るなら、そういってくれなきゃ。おれ、タネ銭、持ってきてないっすよ」

おれは財布から五万元分の札を取り出した。

「これを使え」

札を桐生の手に押しつけた。

「いいんすか?」

用心深さと喜びが入り交じった視線がおれに向けられた。

「それでおまえが勝ったら、貸した分をさっ引いて、儲《もう》けの一割をおれがもらう。それでどうだ?」

桐生の目から用心深さが消えた。

「負けたら?」

「そのときはおれも諦《あきら》めるさ」

桐生は札を握り締めた。


桐生はミニ・バカラの卓に座った。らんらんと輝く目——マウンドにいるときより真剣だった。

おれはカードの出目をこまめに書き留めている。チップは増えたり減ったり。

おれはルーレットやブラックジャックの卓を行ったり来たりした。ギャンブルは好きじゃない。いってみれば、おれの人生そのものが博奕《ばくち》だ。他の博奕にうつつを抜かす気にはなれない。

適当に金を賭《か》け、他の客の様子を観察した。林森北路や萬華で見かけた顔が何人かいた。

どよめきが起こった。桐生の座っている卓——人だかりができはじめていた。桐生の目の前に積まれたチップが倍になっていた。卓に近づいた。桐生がチップをバンカーの側に賭けた。他の客も同じだった。二人だけが、プレイヤーの側に張った。

ディーラーがカードを配った。バンカーが勝った。どよめきが大きくなった。

「これで六回、バンカーが続いてるんだよ」

おれの右斜め前にいた男が英語でいった。だれに向かって喋《しゃべ》っているのかはわからなかった。どこかで聞いたことのある声だった。

「次もバンカーが来る。テーブルとは別に賭けようか？」

男が振り返った。おれは息を飲んだ。

「あのときは悪かったな」

白髪混じりのオールバック。左目の下に刃物傷。生臭い匂《にお》いのする倉庫。突きつけられた銃。ブロークンな英語――おまえ、死にたくないか？

目の前にいるのは、おれを――おれたちを誘拐した黒道だった。

「どうする？　賭けるか、賭けないか？」

男はいった。あの夜とは違う穏やかな笑みを浮かべていた。笑うと目の下の傷が醜く歪《ゆが》んだ。

「バンカーに賭けさせてもらえるなら」

おれは答えた。何度も唾《つば》を飲み込んだ。

「それじゃ、勝負にならないじゃないか」

男の声とディーラーの発する声が重なった――ノー・モア・ベット。

「いずれにせよ、時間切れだな」

男は卓の方に顔を向けた。

身体が冷えていくのがわかった。恐怖に肛門《こうもん》が収縮していた。

プレイヤーが勝った。どよめきがため息に変わった。桐生が悔しそうに天を仰いだ。

「賭けなくてよかったな、おい」

男はゆっくり振り返った。

「あんた、英語がうまいな。あの倉庫で聞いたときは下手くそだと思ったんだが」

「下手くそな英語で脅した方が、相手がビビるんだ。そう思わないか?」

「そうだな。恐かったよ、おれも」

「あれも仕事なんだ、勘弁しろよ。詫《わ》びの代わりに酒を奢《おご》るからよ」

男がおれの肩に手をまわしてきた。筋肉が強張った。寒いぐらいにエアコンが効いているのに汗が出てきた。

「そんなにビビるなよ。酒を飲みながら話がしたいだけだ。それに——」男は背後に視線を飛ばした。「あの小僧、熱くなってるから、あと一、二時間はあのテーブルを動かないよ」

おれはため息をついた。

「わかった。奢ってもらおう」

男に促されるまま足を踏みだした。カジノの左奥にスタンディング・バーがあった。喧騒《けんそう》が遠ざかった。ひんやりとした空気が頰《ほお》を撫《な》でた。倉庫で味わった恐怖を思いだした。

「なにを飲む?」

男がカウンターに肘《ひじ》をついていった。

「ウォッカをオン・ザ・ロックスで」

強い酒が必要だった。男がバーテンダーに台湾語で注文した。

「まだ名乗ってなかったな。おれはファンだ」

男はカウンターに指で「方」という字を書いた。

「方先生、か」

「方でいい。堅苦しいのは嫌いなんだ」

「嘉義の人間だと聞いたが……」

人使いの荒いボスでな――」

酒が来た。甘い香りを鼻が嗅《か》ぎつけた。方が頼んだのはブランディだった。

「乾杯だ。これで昔のことは忘れてくれ」

方が掲げたグラスにグラスをぶつけた。

「そんな恐い顔でおれを見るなよ……まあ、あんなことになっちまったんだからしょうがないかもしれないが。おれも、あそこまで大事《おおごと》になるとは思ってなかったんだ」

ウォッカを飲んだ。喉《のど》が灼《や》け、胃に熱感が広がった。恐怖がかすかにたじろいだ。

「話したいことがあるといったな？　なにを話したいんだ？　世間話か？」

「あの小僧のことを聞きたくてな」方は鼻白んだような顔をした。「あんた、ホワイト・グラヴに転向したのか？」

「ホワイト・グラヴ？」

「白手套《パイショウタオ》」

方は北京語でいった。

「なんのことかわからんな」

「とぼけなくてもいい。高雄の連中に命令されたんだろう。あんた、しばらくは放水に使えないからな……それで、日本人相手の白手套にする。いい考えだ。おれのボスも高雄を見習えばいいんだ」

グラスに口をつけて考えた。方の腹の内――わからなかった。

方が身体を回転させた。カウンターに背中を預け、両肘をついた。目を細めてカジノを見渡した。

「ここだけの相談なんだが……」

カジノに目をやったまま、方はいった。

「なんだ？」

「高雄の情報を売ってくれないか？」

胃で暴れていたアルコールが猛威を増した。眩暈《めまい》がしそうだった。

「あんたのいうことは、意味がわからない」

「いい金を払うぜ」

方が顔をおれに向けた。穏やかな笑みは消えていた。

「あんたは徐栄一の恐さを知らないんだ」

「知ってるさ。あんた以上にな。なにしろ、あいつはおれたちの商売敵だ。よく知ってるんだよ」

なにかが頭を横切った。方なら知っているかもしれない。邦彦が徐栄一を憎んでいる理由を。

だが、それを口にすることはなかった。

「だったら、多少の金ぐらいじゃ、徐栄一を裏切れないことはわかるだろう」

「徐栄一も恐いが、おれたちも恐いぜ。またさらってやろうか？」

方の傷から目を逸《そ》らすことができなかった。

「冗談だよ。だけど、話の方は本気だ。金が欲しくなったら電話をくれ」

方が上着の内側に手を入れた。逃げろ――どこかで警報が鳴っていた。だが、足が動かなかった。

方はカウンターの上に紙切れを置いた。名刺だった。震える指で摘みあげた。

方杰《ジェ》――名前。電話と携帯の番号。住所も肩書きもなかった。

「悪いようにはしないぜ。徐栄一は今風のギャングだ。義理も面子《メンツ》もない。ただ、あくどい方法で金を稼ぐ。他人は全部手駒《てごま》だ。用がなくなれば簡単に切り捨てる。しかしな、おれのボスは昔気質《むかしかたぎ》で、義理堅いんだ。一度世話になった人間の面倒は一生見てくれる」

方はカウンターの上に札を並べた。

「おれはそろそろ行く。長居して、謝の野郎にあんたと話し込んでるところを見つかったらことだからな。金は置いていくから、好きなものを飲んでくれ」

「いらんよ」

「遠慮するなって……じゃあな、電話、待ってるぜ」

方はおれに手を振って出ていった。大人《たいじん》ぶって金と力を見せびらかす――おれに近づいてきたときの謝と同じ手口だった。

桐生は不機嫌だった。そのくせ、饒舌《じょうぜつ》だった。タクシーに乗っている間中、自分の不運を嘆きつづけた。

「もう一回、ツラ目が続いてくれれば行けたのによ。参るよなぁ」

口調がくだけたものに変わっていた。

「加倉さん、また連れてってくれるでしょう?」

「行きたくなったら一人でも行けばいい。ドアの前に立ってたボディガードみたいなのがいただろう。あいつらは、一度客になった人間の面を覚えてるそうだ。次からは顔パスで中に入れる」

「へえ……次はどこ行くんすか?」

「飯食って博奕やったら、次は決まってるだろう」

「女ですか?」

桐生は身を乗りだしてきた。

女たちの顔ぶれが変わったことを除けば、Jジョイントはいつもと同じだった。客の姿はまばらで、女たちが声を張り上げて駄弁《だべ》っている。

「好きな女を選んでいいぞ」

舌なめずりしそうな顔で女たちを品定めしている桐生にいった。おれの横にはアキコ一人。桐生が座っているソファには女たちが五人群がっている。ソファは救命ボートのようだった。

「けっこういい女揃《そろ》ってるじゃないですか……一人だけってことはないでしょ?」

「何人でもいい。ただし、ホテル代だけは自分でもてよ」

「わかってますよ」

桐生は両脇《りょうわき》の女の腰に左右の手を回していた。

「そんなに焦らなくても、ここの女たちは逃げたりはしない。まず、乾杯しよう。それから、話だ」

アキコが作ったブランディの水割りを桐生に渡した。おれは焼酎の水割り。グラスとグラスがぶつかると澄んだ音をたてた。

「話って、なんですか」

桐生はブランディを一息で半分飲み干した。

「やる気があるのかないのか、まずそれを聞かせてくれ」

「単刀直入ってやつですね……加倉さん、いつもそうなんですか？」

「相手に脈があると思ったらな」

「おれに脈、ありますか？」

「おまえは博奕《ばくち》が好きで女が好きで金が好きだ。なのに、おまえにはしたいことをするだけの金がない。脈ありだろう。違うか？」

「金は欲しいんすよ。ただね……」

桐生はいいにくそうに言葉を萎《しぼ》ませた。

「ただ、なんだ？」

「おれ、加倉さんと違って先があるじゃないっすか。まだ、夢見てるんですよね」

「日本に帰って投げる夢か」

桐生の目つきが厳しくなった。おそらく、おれの唇の端に嘲笑《ちょうしょう》のようなものが浮かんでいたに違いなかった。

「いっぱいいるじゃないっすか、そういう選手。日本で見限られてこっちに来て、ひっちゃきこいて頑張って、それが認められてまた日本のプロ野球に戻る。その夢見てなかったら、この若さでこんな国に来て、野球、やってないっすよ」

桐生はブランディを呷《あお》った。空になったグラスに女たちの手が伸びていく。

「八百長やったら、一発でばれるでしょう。で、コーチとか他の選手が喋《しゃべ》りまくるんですよ。あの野郎、八百長やってるって。日本にもその噂《うわさ》、届くんすよね」

「無理だな」

おれはいった。桐生の目を睨《にら》んだ。

「なんすか、無理って?」

桐生は睨み返してきた。

「おまえの球は日本じゃ通じない」

「どうして加倉さんにそんなことがわかるんすか」

「わかるさ。おまえだってわかってるはずだ。おまえがこっちでいい成績をあげてるのは、日本で覚えたピッチング・ワークが通用するからだ。球がいいからじゃない。おまえもチームメイトを見てるだろう。こっちにだって、一五〇キロ近い速球を投げるやつはごろごろいる。だが、投球が単調だから打たれる。あいつらがピッチング・ワークを覚えてみろ。おれやおまえはお払い箱だ。おれたちはその程度のピッチャーなんだ。くだらない夢にすがるのはやめたほうがいい」

桐生は唇を噛《か》んだ。おれから目を逸らした。まるっきりの馬鹿だというわけでもないらしい。

「日本で投げたいんすよ」

「一試合、一〇〇万だ」桐生の言葉を無視して、話を続けた。

「毎試合八百長をやれといわれるわけじゃない。指示された試合で手を抜くだけでいいんだ。きっちり仕事をすれば、月、二〇〇万は稼げる。税金のかからない金だ」

桐生は自分の右手を見つめていた。

「たまにボーナスももらえる」

パテック・フィリップが脳裏をよぎった。

「女が抱きたくなれば、ここに来ればいい」

桐生は見えないボールを握るように指を折り曲げた。

「わかってるんすよ、加倉さんのいうとおりだ。おれの球、日本じゃ通用しないっすよね。だけど……」

桐生は顔をあげた。懇願するように叫んだ。

「夢、見たいじゃないっすか」

「やるのかやらないのか、それだけ答えろ」

桐生は口をあけたままおれを見ていた。なにかを孕《はら》んで熱を持っていた目が、おぞましいものを見る目に変わった。

桐生の視線を受けとめた。酒に口をつけた。なにも感じなかった。

桐生は口を閉じ、口を開け、また口を閉じた。うつむき、唇を舐《な》め、顔をあげた。

「やりますよ。やればいいんでしょう」

桐生はいった。

桐生は二人の女を連れて、薄汚れた連れ込み宿に姿を消した。

謝に電話した。桐生が放水を引き受けたことを伝えた。方のことは伝えなかった。

部屋に戻り、酒を飲んだ。麗芬の声が聞きたかった。何度も電話に手を伸ばし、そのたびに、自分を呪《のろ》って声をあげた。

41

午前中は台北市営球場で練習。昼飯を食い、バスに戻る——袁《ユエン》がおれを待っていた。

「少しお時間をいただけないでしょうか」

袁はいった。

「話を聞きたいなら、警察署に呼び出せばいい。うちのチーフは警察にはなんでも協力しろといっている」

「それほどたいしたことではないのです」

袁は穏やかに微笑《ほほえ》んだ。口調とはまったくそぐわない笑みだった。

「わかった……一時間ぐらいでいいなら」

「結構です」

「少し待っててくれ。着替えるから」

袁を残してバスに乗りこんだ。自分の座席に腰をおろし、バッグから着替えを引っ張りだした。汗でべとついた身体を濡《ぬ》れたタオルで拭《ぬぐ》った。シャワーが恋しかった。

「加倉さん」

声がした。王東谷の代わりにやってきた若い通訳の声だった。

「なんだ？」

振り返る――通訳の黄《ホワン》に周がなにか話しかけていた。

「あの刑事さん、なんの用かと、周さんが訊《き》いてますね」

「おれにもわからん」

黄と周は台湾語で話していた。

「ロペスさんに関係ありますか？」

「わからんといっただろう」

周がおれを睨んだ。威嚇《いかく》するようにおれに近づき、きつい調子の台湾語を口にした。

「こいつはなにをいってるんだ？」

黄に訊いた。黄は蒼醒《あおざ》めていた。バスの中には四、五人の選手がいた。そいつらも動きをとめて息を殺していた。

「こいつはなんといったんだ？」

もう一度訊いた。黄が口を開いた。

「加倉さん、ロペスさんを殺しました。周さん、そういってます」

周の目は濁っていた。腹に抱えていた疑念を口にしただけなのが見てとれた。

「馬鹿馬鹿しい。どうしておれがロペスを殺さなきゃならないんだ?」

黄と周の台湾語のやりとりがはじまった。うんざりだった。王東谷がいたときはもっとスムースにコミュニケーションを取ることができた。

窓の外を見た。袁が中の様子をうかがっていた。

「周——」二人のやり取りに割って入った。「そのことは今度じっくり話し合おう、いいな?」

おれの言葉を黄が周に伝えるのを待った。周がまたなにかを叫んだ。

「今度はなんといったんだ?」

「王さんも、加倉さん殺しましたか……」

吹きだしそうになった。馬鹿馬鹿しいにもほどがあった。おれは周に背中を向け、バスをおりた。

球場脇《わき》のコーヒーショップに入った。セルフサーヴィスで水っぽいコーヒーを出す店だった。

席に着くと袁は世間話をはじめた。気候のこと、景気のこと、野球のこと——話を遮った。

「あんたの世間話に付き合ってるほど暇じゃないんだ。はやく、本題に入ってくれよ」

「これは失礼しました。では、早速ですが……ちょっと気になることを耳にしまして」

「気になること?」

「はい。林森北路のあの店、なんといいましたかな?」

「Jジョイントのことか?」

「そうです、そうです。あの店で働いていた娘が行方不明になっているそうでして……」

袁の表情を探った。なにも見つからなかった。

「それがどうした？」

「その娘は、えー、加倉さんとお付き合いしていたそうで」

「リエのことか？」

「リエと名乗っていたんですか……本名は温晶晶《ウェンジンジン》というんですが。加倉さん、お心当たりはありませんか？」

「もうしばらく会ってない……なあ、なんだってそんなことを調べまわってるんだ？　あんた、知ってるんだろう？」

「何をですか？」

「リエが娼婦《しょうふ》だってことさ。あんたはおれとリエが付き合ってたといったが、本当のところは、おれは客だったただけだ。あの女の本名も知らなかった。やりたくなったときに呼び出して抱いただけだ」

袁は顔をしかめた。

「そういうことを大声でいうのは……」

「日本語がわかるやつなんかいないさ」

事実、コーヒーショップには客はおれたちしかいなかった。店の人間も、小学生に毛のはえたような若い女が二人、いるだけだ。

「しかし……」

「売女《ばいた》が姿を消したなんて、よくあることじゃないか。なんだってそんなことを聞くんだ？」

「彼女が姿を消したのが、ちょうどロペス選手がいなくなったころと同じ時期なんです」

「ただの偶然だろう」

「いえ、それがですね……ロペスさんが宿泊していたホテルの従業員が見ているんです」

「なにを？」

思わず聞き返した。飲んだコーヒーを噴き出してしまいそうだった。

「その娘がロペスさんの部屋に出入りしていたらしいんです」

「ロペスもあの女を買ってたのか……知らなかったな」

コーヒーカップを覗《のぞ》きこみながらいった。袁の視線を痛いほどに感じた。

「男女の関係にあった者が時を前後して姿を消す……気になりましてね」

「気になるのはわかるが、おれに聞いても無駄だ。おれにはなにもわからんからな」

「もう一つあるんですよ」

袁がいった。おれを揶揄《やゆ》するような響きがあった。

「聞かせてくれよ」

「申という男が自首してきたところに、台北駅前の三越デパートで男が死んだのを覚えてますか？」

考える振りをした。

「ああ、そういえば、警察署の出入り口が騒がしくて、あんたたちになにかあったのかと訊いたな」

「そのデパートでね、あなたとその娘を見たという人間がいるんです」

「多分、その日はリエとお茶を飲んだ。リエに会ったのはあれが最後だ」

「なぜ、あの日、わざわざデパートで？」

「リエがそこで会いたいといったからだ」

「なんの話をしました？」

「金の話だ。客と娼婦が他になんの話をする？」

「彼女がロペスさんを、その……客にしていたことを知っていたんじゃないんですか？」

袁がいった。袁の狙《ねら》いがわかった。嫉妬《しっと》に駆られておれがリエとロペスを殺したと睨んでいる。半分は当たりで、半分は外れ。

「いっただろう、初耳だよ」

木々の生い茂った暗い山——穴の中に横たわったロペスの濁った目。その目に土をかけた。真っ先にそうした。ロペスの目。今でもありありと思い浮かべることができる。

袁はため息をついた。コーヒーをすすった。コーヒーカップの陰からおれの表情をうかがっていた。

「リエとはデパートで会ったのが最後だし、ロペスとは警察署で会ったのが最後だ。それがいつだったかは思いだせないが」

「そうですか……いや、変なことをおうかがいしてすみません。ご存じのように最近はこの国も治安が悪くなっているんです。我々も忙しくて、つい、人の気持ちを推し量ることを忘れてしまいます」

「気にしなくていい。捜査に協力するのは市民の義務だ。たとえ、外国人であってもな」

おれは答えた。口の中がざらついていた。

袁と別れた足で近所のサウナに向かった。球場に戻れば、周と顔をあわせることになる――憂鬱《ゆううつ》だった。

途中で携帯が鳴った。

「加倉さん？」

麗芬だった。ここ数日聞いたことのない、不安そうな声だった。

「昭彦と呼んでくれよ、麗芬」わざと明るい声を出した。「どうした？」

「変な電話がありました」

「変な電話？」

足をとめた。汗が吹き出てきた。排気ガスが身体にまとわりつき、車の騒音が脳味噌《のうみそ》をかき回す。

「日本人からです。俊郎の事件のことを調べてるジャーナリストだって……話を聞きたいから、会えないかって」

携帯を握り締めた。

「そいつの名前は？」

「小野寺由紀……女の人です」

サウナはやめた。公衆電話を見つけ、日本に電話した。

「よお、こないだは八百長疑惑を振り払うような好投だったんだってな？」

雑誌記者は編集部にいた。

「ちょっと聞きたいことがあるんだが……」

「おれもあんたに聞きたいことがあるんだよ。あんた、小野寺由紀とどんな関係だ？」

ふいをつかれた。言葉を絞りだすこともできなかった。

「聞いてるのか？」

「あ、ああ……どんな関係もクソも、一度インタヴューを申し込まれたことがあるだけだ。断ったがね」

「その割にはあんた、二回も彼女のことで電話をかけてきたじゃないか」

「割といい女だったからな……興味を覚えただけだ」

「本当かねえ？」

「なにかあったのか？」

「知らんのか？　一昨日、イエロー・ジャーナリズムの雑誌に彼女の写真が載ったんだよ」

「写真？」

強い力が胸を締めつけた。

「えげつない写真さ。ストッキングか何かで両手両足を縛られて、あそこにビール瓶を突っ込まれてる写真でな。目線入れてあるし、文章でも名前は出てないんだが、どう見てもどう読んでも小野寺由紀だとしか思えん」

顔がわかるように撮った。陵辱されたあそこがよく写るように撮った。

曾——ぶち殺してやる。

「こっちはいま、その話題でおおわらわだ。どこもかしこも彼女のインタヴューを取ろうと躍起になってるんだが、彼女、雑誌の発売日に、逃げるように出国してるんだ。婚約者のサッカー選手もどこかに雲隠れしてる。どうにかならんかと思ってたら、あんたのことを思いだしてね。ちょうど電話しようと思っていた矢先なのさ」

記者の声は耳を素通りするだけだった。

電話を切り、走った。球場脇《わき》の駐車場——すべてがはじまった場所。バスの中には運転手がいるだけだった。手近にあったバットケースを摑《つか》みあげた。

運転手がなにかをいった。無視してバスをおりた。

42

曾のアパートは球場と松山空港のちょうど中間にあった。ハードロック・カフェ・タイペイの脇の路地を入り、三つ目の路地を右。いかにも独身者向けの白い外観を、荒れた息を吐き出しながら見あげた。バットケースからバットを抜きだした。

曾の部屋は、一度だけ覗いたことがある。共同経営者として契約を交わした夜。無理をして自前の店を出したはいいが、曾の台所は火の車だった。そこにおれが現れ、金を出した。曾は喜んでいた。おれに酒を注ぎ、下手くそな日本語でおれを〝兄貴〟と呼んだ。遠い昔のことのように思えた。

エレヴェータで最上階——八階にあがった。曾の部屋のインタフォンのボタンを乱暴に押した。

スピーカーから台湾語の怒鳴り声が流れてきた。

「おれだ、加倉だ」

跳ねあがりそうになる声を抑えていった。

「まだ、昼よ、加倉さん」

「話がある。店のことだ。おまえ、謝に好きなようにやられて頭に来ないか？　なんとかしようぜ。あいつに一泡吹かせてやるんだ」

球場からここに来るまでの間に考えた科白《せりふ》がすらすらと出てきた。

「加倉さん、お酒、飲んでるか？」

「頭に来てるんだよ」

「ちょっと待って、いま、開けるよ」

左右に視線を走らせた。人けは感じられなかった。バットを背中に隠した。

ドアがあいた。眠たげな曾の顔が見えた。金属音がして、鉄の格子戸が開いた。

「入って、加倉さん――」

バットを叩《たた》きつけた。曾の肩がへこんだ。腹の真ん中をバットで突いた。うずくまった曾の顔を蹴飛《けと》ばした。曾が仰向《あおむ》けに倒れた。格子戸を閉めた、ドアを閉めた。鍵《かぎ》をかけた。

曾の髪を摑《つか》んで引きずった。部屋の中へ。邪魔なものはバットで薙《な》ぎ払った。ガラスが砕けた。床が濡《ぬ》れた。曾が呻《うめ》いた。

「あの写真をどうした？」

曾を床に放り出した。割れたガラスが曾の皮膚に突き刺さった。曾が悲鳴をあげた。気にする必要はなかった。部屋の壁にはオウディオ機器が所狭しと並べられていた。この部屋には特別に防音を施してある――曾がいっていた。

「曾、あの写真をどうしたと聞いてるんだ」

「不知道《プーチーダオ》!!」

知らない――曾は北京語で叫んだ。

「ふざけるな。日本の雑誌にあの写真が載ったんだぞ」

バット――振りかざし、振りおろした。曾が手でバットを防ごうとした。鈍い音。曾の手首が変な角度に折れ曲がった。曾は悲鳴をあげながら後退《あとずさ》った。

「ぶち殺してやる。謝も恐いが、おれも恐いといっただろう⁉」

「加倉さん、やめる……お願い、加倉さん」

「あの写真をだれに売った?」

「た、田中さん……」

だれのことかわからなかった――わかった。Jジョイントの客だった。フリーライターだと名乗る胡散臭《うさんくさ》い男。なによりも金が好きだというタイプ。あいつなら話が繋《つな》がる。

「いくらで売った?」

「に、二〇万円……」

「そんなはした金で、おれとの約束を破ったのか」

なにかが振動するような音が聞こえた。

この男を黙らせろ――いつもの、あの声だった。

「許して……店に、お客さん、来ない。わたし、お金ない。だから……だから」

「ふざけやがって」

曾を蹴った。曾が喚《わめ》いた。

この男を黙らせろ――蹴った。曾が喚かなくなるまで蹴りつづけた。

「写真はどこにある？」

「不知道……不知道……わたし、死ぬよ。もう、やめてよ、お願い、加倉さん」

「写真を出せ」

折れた手首にバットの先端を押しつけた。曾の悲鳴はかすれていた。

「どこだ？」

曾が折れていない方の手を突きだした。部屋の隅にあるパソコンラック――近づいた。デスクトップのマシンにプリンタやスキャナが繋がれていた。脇《わき》に雑誌やマニュアルやらが積み上げられていた。スキャナのそばに封筒を見つけた。中に、各々三枚ずつ焼き増しされた写真が入っていた。

「これだけか？」

床に這《は》い蹲《つくば》りながら、曾がうなずいた。

「嘘《うそ》をつくな」

バットをパソコンのディスプレイに叩きつけた。こもった音がして、ディスプレイが破裂した。床にガラス片が降り注いだ。

「このスキャナはなんだ？　こいつで写真を取り込んでたんだろうが？」

パソコン本体をバットで殴りつけた。腕が痺《しび》れた。バットが折れた。バットを捨てた。本体を持ちあげ、床に叩きつけた。

息があがっていた。視界が狭まっていた。聴覚だけが異様に鋭敏になっていた。

この男を黙らせろ――声はやむことがなかった。

曾に近づいた。屈《かが》みこんだ。髪の毛を摑んだ。

「写真はもうないんだな？」

血まみれの曾の顔――俊郎の顔と重なった。

この男を黙らせろ――声が大きくなった。

曾がうなずいた。

「嘘《うそ》をついたら、今度は殺すぞ」

曾が首を振った。写真の束をジャケットの内ポケットにしまい込んだ。

「おれをコケにしたら、だれだってこういう目にあうんだ。わかったか？」

曾がうなずいた。

部屋を出た。エレヴェータの前で嘔吐《おうと》した。あの男を黙らせろ――声はやむことがない。

逃げ出したかった。

サントスホテルに電話した。小野寺由紀の名で宿泊している客はいなかった。

だれかに見張られているような気がして、絶えず背後を振り返って歩いた。

恐怖と焦りに身体が蝕《むしば》まれていくようだった。

何度も吐いた。吐きながら球場に戻った。監督を見つけ、具合が悪いと告げた。監督は唇を尖《とが》らせながら、家に帰って寝ろとだけいった。

日本じゃありえない。だが、ここは台湾だった。

43

高雄に行くまでの数日は穏やかなものだった。おれを苛立《いらだ》たせるのは邦彦の存在だけだった。邦彦に強い態度を取ることができないおれ自身だけだった。

一週間——台風の目の中にいるようだった。それがすぎれば、また嵐《あらし》がやって来る。

邦彦に加えて、徐栄一、方、袁、曾、小野寺由紀。トラブルが列をなしていた。昔は王東谷がいた。今は一人ですべてを背負いこまなければならない。

王東谷。なぜあれほどまでにおれに尽くしてくれたのか。罪ほろぼしだ——王東谷はいった。おそらくは本心だった。おれが邦彦の兄だから、あの老人はなにかとおれに目をかけた。

王東谷——会いたかった。縋《すが》りたかった。球威の衰えた投手が捕手のリードに頼るように、おれは王東谷を必要としていた。

王東谷はどこにもいなかった。言葉もできない異邦人が人を探すには、台北はあまりにも広すぎた。

夜になるのを待って、麗芬に会いに行った。

「どうしました？　今日、試合でしょう？」

麗芬はエプロン姿だった。澄んだ目が大きく開いていた。

「肘《ひじ》に痛みがあるんで休ませてもらった」

「だいじょうぶですか？」

麗芬の指が肘に触れた。心地好い暖かみが広がった。

「たいしたことじゃない。大事を取っただけだ……来るって電話した方がよかったかな？」

「そんなことありません。一人で食事するより、二人の方が楽しいですから」

麗芬はキッチンへ戻った。八角《はっかく》の匂《にお》いが部屋に充満していた。

麗芬の料理を食べた。豚肉の煮込みに、青菜の炒《いた》め物。臓物のスープにご飯。取り留めのない会話をしながら食べた。昔夢見たものがすべて揃《そろ》っていた。

夢――愛する女との夕餉《ゆうげ》と暖かい会話。気まずい雰囲気も孤独感もない。聲を叩《たた》きのめして昂《たか》ぶっていた神経がなだめられていく。

失いたくない――頭が痛むほどの感情が渦巻いた。

麗芬に手を伸ばした。麗芬は笑った。おれの手をはねつけた。

「まだ食事中です」

「かまうもんか」

麗芬を抱きしめた。唇を吸った。麗芬は抗《あらが》わなかった。

麗芬の脚がおれの太股《ふともも》に絡みついていた。接しあった肌が、薄《うつす》らと汗ばんでいた。枕《まくら》がきしんだ。シーツが肌をこすった。

「ねえ」

麗芬の顎《あご》はおれの肩に乗っていた。甘えた声が興奮の余韻を引き伸ばした。

「わたし、加倉さんのお母さんと弟、探してみようと思います」

「なんだって？」

耳の中で麗芬の声が谺《こだま》していた。

「わたし、いま、なにもすることがないでしょう？　だから、加倉さんの代わりに、加倉さんの家族、探してみます」

「そんな――」

身体を反転させた。両手で麗芬の顔を挟んだ。目を覗《のぞ》きこんだ。曇りのない目が闇《やみ》に浮かんでいた。

「そんなこと、してもらわなくてもいい」

「だめです。だれにでも、家族は必要です。俊郎は……」

麗芬の視線が揺れた。おれの反応をうかがっていた。おれは小さく首を振った。俊郎の話はタブーじゃない――おれの精神が安定している間は。

「俊郎はいってました。わたしと結婚したのは、家族がほしかったから。家族がいなくて、とても辛《つら》い思いをしたから、幸せな家庭を作りたい。そういってました」

麗芬は言葉を切った。もう、視線は揺れていなかった。

「加倉さん、家族いるなら、探すべきです」

「探したんだよ、麗芬。でも、見つからなかったんだ」

「違います」麗芬は首を振った。「加倉さん、日本人だから……でも、わたし、台湾人です。台湾のこと、よくわかってます。加倉さんより上手に探せます」

麗芬は知らない。邦彦を知らない。おれたち兄弟の手が血で汚れていることを知らない。

だめだ――喉元《のどもと》まで言葉が出かかっていた。無理矢理飲み込んだ。麗芬を悲しませたくなかった。失望させたくなかった。麗芬の望みはなんでもかなえてやりたかった。麗芬の望みはおれの望みだった。

「だったら頼むよ、麗芬。だが、無理はしないでくれ」

麗芬が抱きついてきた。おれの胸が麗芬の乳房を押し潰《つぶ》した。腰に麗芬の陰毛を感じた。

「頑張ります。わたし、絶対、お母さんと弟、探し出します」

麗芬の髪を撫《な》でた。一房、握った。香りを嗅《か》いだ。嚙《か》んだ。甘い香りが鼻孔に広がった。味はしなかった。

おふくろの顔を思いだそうとした――思いだせなかった。当たり前だった。おれは弟が目の前にいても気づかなかった。

「麗芬……」

「はい」

「電話がかかってきたっていう、日本人の女だが、会わない方がいい」

「どうしてですか？」

「ジャーナリストっていうのは、ハイエナみたいなものだ。人の不幸にたかって生きてるんだ。

おまえの悲しむ顔は見たくないんだ」

「わかりました。加倉さんが嫌なら、わたし、会いません」

麗芬はおれの喉の肉を嚙んだ。痛みすらも心地好かった。


戸口に立って振り返った。麗芬は安らかな寝息をたてていた。

居間を横切った。居間の隅に仏壇と俊郎の遺影があった。

おまえが横にいたときも、彼女はあんなに無防備に眠っていたのか——俊郎に訊《き》いた。俊郎は答えなかった。

静かにドアをあけた。熱気が身体にまとわりついてきた。

タクシーを捕まえた。邦彦の部屋へ。面倒なことが起こる前に小野寺由紀を見つける必要があった。もし、小野寺由紀が麗芬になにかを告げたら——考えるのも恐ろしい。この台北で、小野寺由紀を見つける手だてを持っている人間を、おれは邦彦しか思いつけなかった。

ドアをノックした。この前と同じ女が出て来た。この前より不機嫌だった。

「王先生」

おれの下手くそな北京語に、女は鼻を鳴らした。振り返り、叫んだ。

「國邦！」

格子戸の向こうに邦彦が姿をあらわした。

「どうして電話にしないんだ？」

邦彦の目は暗かった。言葉にいつもの勢いがなかった。女のことを気にしていた。

「頼みがある」

「ちょっと待っていてくれ。着替えてくる」

ドアが閉まった。北京語のやり取りが聞こえてきた。女がヒステリックに叫んでいる。邦彦の声は聞こえなかった。

腕時計を覗いた。安物のスポーツウォッチ。ロレックスもパテック・フィリップも消えてしまった。

秒針が二回まわった。ドアが開いた。邦彦はジーンズに真っ白いTシャツを着ていた。筋肉がシャツの布地を盛り上げていた。スーツ姿からは想像もできなかった。

「行こう」

邦彦はドアを閉めた。女の叫び声が聞こえてきた。

「いいのか？」

「かまわない。そのうち、別れるから」

邦彦の声は暗いままだった。

エレヴェータに乗った。薄暗い夜道を歩いた。おれたちは終始無言だった。

終夜営業のファミリーレストランを見つけた。中に入った。東京にあるものは台北にも必ずある。

「それで、頼みというのはなんだ？」

席に着くなり、邦彦が口を開いた。

「凄《すご》い筋肉だな」

おれは邦彦の問いをかわした。どうやって話すべきか迷っていた。

「兵役で絞られた。兵役が終わった後でも、身体を鍛えるのが癖になったのさ」

「兵役か……」

「おれは台湾人だからな、あんたと違って」

「邦彦、おれはなにも――」

「くだらない話はいい。おれになにをさせたいんだ？」

邦彦には人を寄せつけない雰囲気があった。なにかに取り憑《つ》かれたような目、怒気を含んだ声。おれは邦彦に逆らうことができなかった。腹を括《くく》った。

「人を探してもらいたい。日本人だ。台北にいるはずだが、おれにはどうやって探せばいいのかわからない」

太った中年女がメニューを運んできた。

「コーヒーでいいか？」

邦彦が訊いてきた。おれはうなずいた。邦彦が北京語でオーダーした。女は不満そうにおれと邦彦の顔を見比べていた。

「どうしてそいつを探したいんだ？」

女に構わず、邦彦は話を続けた。

「面倒なことになるかもしれない」

「日本人《リーベンレン》」

女が台湾語で呟《つぶや》いて去っていった。

「もっと詳しく話せ」

邦彦はいつもの邦彦に戻っていた。

おれは話した。小野寺由紀のことを。小野寺由紀に握られた尻尾《しっぽ》のことを。小野寺由紀の尻尾を握り返そうとしたことを。写真のことを。

「なんだってそんな馬鹿げたことをしたんだ？」

冷ややかな視線が返ってきた。

だれにでも家族は必要です——麗芬の言葉を思いだした。

おふくろと邦彦がいなくなってから、おれは一人で生きてきた。親父を親だと思ったことはなかった。友達も作らなかった。惚《ほ》れたと思った女と結婚したが、ただの間違いだった。一人でいることに違和感はなかった。ただ、ときどきおふくろや邦彦のことを思いだすだけだった——おれには家族が必要だった。ほしいのはそれだけだった。

邦彦の視線を跳ね返すことができなかった。うつむき、コーヒーが来るのを待った。

「まあ、いい。面倒なことになりそうなのは確かだ」

邦彦の声は苛立《いらだ》っていた。血を分けた家族への愛情など、一かけらも感じられなかった。

「その女は台北に知り合いがいるのか？」

「いない……いや、一人、いるかもしれない」コーディネーター——電話で話した。「テレビ局で雇っていたコーディネーターがいる。名前は……閭《リウ》だった」

「下の名前は？」

「わからん」

「テレビ関係の仕事をやっている閻か……そいつと市内のホテルを当たればすぐに見つかるな」

「探してくれるのか？」

「その女はあんたを破滅させてやるといったんだろう？」

——だれにでも家族は必要です。

「あんたが破滅するのは自業自得だ。おれにはどうでもいい。だが、そうなると、おれの計画が狂ってしまう」

邦彦はおれの家族であることを断固として拒否していた。

「どうしてそんなに徐栄一を憎んでるんだ？」

思わず、訊いていた。

「あんたには関係ない」

いつもと同じ、冷たい返事が返ってきただけだった。

やっとコーヒーが来た。ぬるく、味のしないコーヒーだった。

「女を見つけたら、どうするんだ？」

邦彦がいった。おれは顔をあげた。その瞬間、初めておれと邦彦の間に共通するなにかが流れた。おれと邦彦はお互いの目の奥にあるものをじっと覗《のぞ》きこんでいた。

「おまえは女を見つけてくれるだけでいい。後のことはおれがする」

「馬鹿をいうな。あんたになにができる。もう、あの男はいないんだぞ」

あの男——王東谷。邦彦のいうとおりだった。おれは小野寺由紀を殺すことはできる。自信があった。だが、その後のことになるとお手上げだった。

「女は日本人だ。死体が見つかるとやっかいなことになる」

「だれも殺すとはいってない」

「あんたがやったことは忘れて、日本に帰れと説得するのか？」

「おまえは警官じゃないのか、邦彦」

「くだらないことはいうな。おれは人殺しだし、あんたもそうだ。おれとあんたが兄弟だというなら、これこそ運命のなせる業だ。母さんが泣いて喜ぶ」

「邦彦——」

「全部おれがやる」

邦彦は右手の人差し指をコーヒーカップの中に入れた。指をマドラー代わりにぐるぐる回した。指を引き抜き、舐《な》めた。顔をしかめた。

「あんたに任せるわけにはいかない。また、酷《ひど》いことになるに決まっている」

「邦彦——」

「母さんのことは訊《き》いても無駄だ。あんたに教えるつもりはない」

邦彦の胸の筋肉が盛り上がっていた。顎《あご》の下の傷が細かく震えていた。

「どうしてそんなに徐栄一を憎んでるんだ？」

もう一度訊いた。答えは返ってこなかった。


アスファルトが濡《ぬ》れていた。霧雨が降っていた。水の中を歩いているようだった。

迪化街は静かだった。川底で息をひそめている鯰《なまず》を思わせた。王東谷と歩いた道を辿《たど》った。だれともすれ違わなかった。リエの祖母の家は明かりが消えていた。

裏路地を通って、あのビルの前に出た。おふくろと邦彦が昔住んでいた住所。王東谷が住んでいた場所。

王東谷とおふくろ――うまく噛《か》み合わなかった。いくら脳味噌《のうみそ》をこねまわしても、二人の夫婦生活を想像することができなかった。

おふくろは潔癖性だった。塵《ちり》ひとつ、我慢することができなかった。今でも覚えている。親父がおふくろを殴った。おふくろは泣きながら、床に飛び散った自分の血を拭《ふ》いていた。なにかに取り憑かれたように、同じ箇所を何度も何度も拭いていた。親父に殴られたことより、床が汚れたことの方が悲しいとでもいうように。

王東谷は潔癖という概念からは程遠い人間だった。身なりが薄汚いわけじゃない。不潔だというわけでもない。それでも、王東谷は潔癖とはいいがたい雰囲気を身にまとっていた。

王東谷とおふくろ――それに邦彦。三人の間になにがあったのか、なにが起こらなかったのか。

知りたかった。切実に知りたかった。

ビルを見上げた。細かい雨が顔に降りかかった。人の気配を感じた。振り返った。人影が近づいてくるところだった。

「こんなところでなにやってるんだ、おい?」

耳に覚えのある英語――人影が街灯に浮かび上がった。方《ファン》がにやついていた。

「あんたこそなにをしてるんだ？」

頭が音をたてて回転した。なぜ方が？——答えはすぐに見つかった。尾《つ》けられていた。いつから？——わからなかった。

「今日は朝から暇でね」方はおれに肩を並べた。掌《てのひら》で庇《ひさし》を作り、ビルを見上げた。「あんたがどんな練習をしてるのか見に行こうと思ってね」

「おれの後を尾けたのか？」

顔から血の気が引いていった。寒気に背筋が震えた。

「そんなつもりじゃなかったんだが……あんたが顔色変えて歩きはじめたもんだから、興味を覚えてな。酷いもんだったよ、あの坊や。肋骨《ろっこつ》に手首、それに鎖骨まで折れてた」

曾——方に喋《しゃべ》ったに違いない。喋らされたに違いない。なにもかもを。

「大変だったぜ。あの坊やに話は聞きたいし、あんたの後も尾けなけりゃならない。仲間に電話して、慌てて階段をおりたんだ。あんなに走ったのは久しぶりだった」

邦彦と会っていたのも見られた——肛門《こうもん》が収縮した。

「いろいろ聞きたいことがあるんだよ、加倉さん。一緒に来てくれないか？」

「嫌だといったら？」

「いっただろうが」方は上着の内側に手を突っ込んだ。「もう一回さらってもいいんだとな」

黒光りする鉄の塊。真っ黒な穴がおれに向けられた。あの夜の恐怖が背筋を這《は》いのぼってきた。

おまえ、死にたいか？——あの夜、方はいった。死にたくなかった。

「これは冗談や脅しじゃない。あんた、死にたくないだろう?」

方は銃身をスライドさせた。金属音が湿った空気を震わせた。

44

タクシーで萬華《ワンホア》へ向かった。薄汚れたアパートの一室に連れていかれた。部屋には目つきの悪い瘦《や》せた男がいた。排水が悪いのか、床のタイルが湿っていた。歩くたびに靴底が濡れた音をたてた。

「座れよ」

キッチンの脇《わき》の粗末なダイニングテーブル。いいながら、方は先に腰をおろした。瘦せた男がおれの背中にぴったり張りついていた。

「そいつは目つきは悪いが、おれが命令しない限りなにもしない。おれも、あんたがいい子でいてくれるなら、そいつにあんたを痛めつけろとは命令しない。だから、座りな」

男を突き飛ばして逃げる——誘惑を嚙み殺して座った。

「さっさと済ませてくれ。あしたも試合なんだ。夜更かしは身体にこたえる」

いった。精一杯の強がりだった。

「おれもそうしたいね」

方は英語でそういい、台湾語で瘦せた男になにかを告げた。男は奥の部屋に姿を消した。

「まず、もらっておきたいものがある」男の背中が見えなくなるのを待って方が口を開いた。

「出しな」

「なにを？」

「写真だ。あんたは自分の部屋に戻ってない。つまり、写真をまだ持ってるってことだ。あの女の部屋に置いてきたってわけじゃないだろう？」

「写真なんか持ってない」

「あの女の部屋に押し込んでもいいんだぞ？　それとも、いま、身体検査するか？　ただし、写真が出てきたら、あんた、五体満足じゃ帰れないぞ」

方は目を細めた。おれを値踏みしていた。どこまで耐えられる――そう語っていた。おれには、なにも耐えられそうになかった。ジャケットの上着から封筒を取り出した。方の前に放り投げた。

方は封筒から写真を抜き取った。口笛を吹いた。

「凄《すご》い写真だな……なんだってこんなものを手に入れたかったんだ？」

「曾に聞いたんだろう？」

「あんたがこの写真を撮って、あの坊やに現像させたってことだけだ。なんだってあんたがあんなにとち狂ってたのか、知りたいんだ」

方の声は静かだった。静かすぎた。奥の部屋に消えた男は咳払《せきばら》い一つしなかった。静寂は恐怖を増幅させた。

「この女は日本のテレビ局の女だ。おれの周りをうろついていた。うるさかったんで、追い払おうと思ったんだ」

「この写真で脅そうと思ったわけだ。ところが、あの坊やがこいつを日本人に売って、雑誌に載った……この女、そんなに怖いのか？」

「日本で雑誌が発売された日に台北に戻ってきて、おれのことを調べてる」

「そんなに執念深そうには見えないがな……男のあれをしゃぶってる方がよっぽどお似合いだ」

「おれもそう思っていた」

方の口許《くちもと》に皮肉な笑みが浮かんだ。

「この女、あんたが張俊郎を殺したことを知ってるんだな？」

「なんのことだ？」

無駄な抵抗だった。方の笑みが大きく広がっただけだった。

「まあ、いい。この写真は預かっておくぜ」

反射的に手が伸びた。

「その手はなんだ？」

方の顔から笑みが消えた。

「なんでもない」

「いい子にしてろよ。こう見えても、おれは気が短いんだ」

方の視線が変わった。粘っこく絡みついてきた。

「じゃあ、次の質問だ。あの王という刑事となんの話をしてた？」

冷や汗が出てきた。

「世間話だ」

「わざわざ刑事の家にいって、世間話をしたというのか？　ふざけるなよ」

「本当だ」

おれは方の粘液質の視線を受けとめた。ここが正念場だった。おれと邦彦の関係を知られるわけにはいかなかった。

「取り調べで、あの刑事が日本語を喋《しゃべ》ることがわかった。他にも日本語を喋る刑事はいたが、あいつが一番年が近い。それで話すようになった」

「おい――」

「日本語を話さないでいると、ストレスが溜《た》まるんだ」方に口を挟む余裕を与えなかった。喋りつづけた。「前はよかった。張俊郎や王東谷がいたからな。だが、二人ともいなくなった。気持ちが落ち着かなくなると、あの刑事と会って日本語で話をする。それだけで、かなり気分が落ち着く。嘘《うそ》じゃない」

喋っている間、方はずっとおれを見ていた。疑わしげに鼻の頭に皺《しわ》をよせていた。

「あんた、張俊郎の女房とうまくやってるだろう。あの女も日本語を喋ると聞いてるぜ」

「女には話せないことがいろいろあるだろう」

方は首を縦に振った。何度も。

「そういうことにしておいてもいいぜ。だがな、あの王って野郎、恐い顔をしてあんたを睨《にら》んでたぜ。世間話をしてる顔じゃないな」

「あの刑事は、おれが放水をしていることを知ってる。おれを逮捕したかったのにできなかったことを悔しがってる。それなのに、おれが押しかけるから、いつも怒ってる」

「そんなにしてまで日本語が必要なのか？」

「あんただって、台湾語が通じないところにいけば気が狂いそうになるさ」

方の表情が緩んだ。椅子《いす》に背中を預け、頭の後ろで手を組んだ。

「あの王って刑事はな、こちこちの黒道嫌《ヘイタオ》いで有名なんだ。おれの仲間も、あいつにはずいぶん痛い目に遭わされてる」

頭の奥でなにかがもそりと動いた――方なら知っているかもしれない。邦彦が徐栄一を憎んでいるわけを。

「どうしてそんなに黒道を嫌ってるんだ？」

「さあな……噂《うわさ》じゃ、昔、どこかの黒道にコケにされたことがあるらしいが。あいつの顎《あご》の下には傷があるだろう？　その黒道につけられた傷らしい」

どこかの黒道――徐栄一の顔が頭をよぎった。

「なんでそんなことになったんだ？」

「噂だよ、噂。だれも本当のことは知らないんだ。まあ、警官ってのは、黒道に取り入ろうとするか、徹底的に嫌うか、どっちかだ。あの野郎は少しだけ度が過ぎてるのさ」

方に気づかれないように歯を噛《か》みしめた。膨らんでいた期待が音をたててしぼんでいった。

方は邦彦と王東谷の関係すら知らないようだった。

「その刑事とあんたが世間話……信じられないんだよな」

「嘘じゃない」

「まあ、いい。嘘がばれたときは、あんたが酷いことになるだけの話だ」

頭の後ろで組んでいた手を方は解いた。テーブルの上に身を乗りだしてきた。睨《ね》めつけるような視線をおれに当てた。

「もう一度だけいっておくぞ。おれは気が短いし、人にコケにされるのが我慢ならない質《たち》なんだ」

「それじゃあ、頼みを聞いてもらおうか」

「あんたをコケにしようとは思わない」

方は背筋を伸ばした。ここからが本題だった。

「この前、あんたが連れていた日本人だが、あれは放水をすることになったのか？」

うなずいた。方の要求が想像できた。放水をする日本人選手——どの組織も喉《のど》から手が出るほどほしがっている。

「高雄はあいつに負けさせようとしてるんだろう？」

「ああ」

「次の統一との試合でだな？」

「ああ」

「あいつに勝たせろ」

「無理だ。そんなことをしたら、おれが高雄に殺される」

「しなけりゃ、いま、殺してやってもいい。あるいは、あんたが殺した男のことを、あの女に話して聞かせるか……」

「無理だ」

おれはもう一度首を振った。

「そんなことはない。あんたは高雄にこういえばいいんだ。あの投手は一度は放水をするといった。だが、試合直前になって、やっぱりできないと駄々をこねた」

方は言葉を切った。おれの反応をうかがっていた。なにも喋らずにいると、痺《しび》れを切らしたように再び言葉を紡ぎはじめた。

「連中には日本語がわからないし、あの投手は台湾語や北京語が話せない。真相はだれにもわからないんだ。おれとあんた以外にはな。頭に来た高雄はあの投手を殺す。それで終わりだ」

「徐栄一は日本語を話すぞ」

「あいつがわざわざ出てくるようなことはない。やるのは手下たちだ。台北の黒道なら、日本語を理解するやつはそこらにごろごろいるが、高雄のやつらはだいじょうぶだ。あいつらには、あんたのいうことを信じるしかない。だいじょうぶだよ。あんたが殺される可能性はゼロだ」

からくりはわかっている。桐生が登板する試合、高雄の組織は味全の負けに対する賭《か》けを引き受ける。反対に、嘉義《おおもう》の組織は味全の勝利に大金を賭ける。桐生が手を抜かなければ、高雄は大損をし、嘉義は大儲けする。統一の打線はここのところ湿りがちだ。桐生が本来の投球をすれば、まず、負けることはない。

「あんた嘘はつきだ」

おれはいった。金がいくら動くかはわからない。だが、億を下ることもない。数億の損失――徐栄一がおれを殺すには十分すぎる金額だった。

「お互い様じゃないか」方は嗤《わら》った。「どっちにしろ、あんたに選択の権利はない。おれの頼みを断ってすべてを失うか、チャンスに賭けてみるか、だ」

言葉がなかった。恐怖が喉を締めつけていた。

「これはおれの考えだがな、徐栄一はあんたを殺さないよ。日本人の白手套なんて、滅多に手に入らないお宝みたいなもんだ」

「そのたびに……」喉に痰《たん》が絡まった。ねっとりとする湿気に包まれながら、唇が干からびていた。「あんたがやって来て、高雄が大損することになる」

「そんなことはしない。おれがあんたに頼み事をするのは、数試合に一回ぐらいのものさ。あんたは、おれたちの組織にとっても金づるなんだ」

方が口をあけて笑った。赤黒い粘膜が視界に飛びこんできた。その瞬間、声が聞こえた。

——この男を黙らせろ。

無数の虫のように身体中を這《は》いまわっていた恐怖の触手が消えた。吐き気を伴ったどろどろとした感情が渦巻いていた。

「いずれにしろ、あの投手があんたのいうことを聞かないんじゃ話にならないからな、次にあいつが登板する試合で負けさせろ」

方の声は耳を素通りした。聞こえるのは、あの声だけだった。

——この男を黙らせろ。

「聞いてるのか、おい？」

「ああ」

「金はきちんと払ってやる。高雄より、いい金をな」

この男を黙らせろ——声は執拗《しつよう》に繰り返していた。

45

不眠がまたやってきた。方に解放されたのが午前四時。麗芬はまだ眠っていた。起こさぬように隣に身体を横たえた。寝つけず、眠れず、何度も寝返りをうった。そのうち、朝が来た。麗芬が作った朝食を食べた。麗芬に笑顔を振りまいた。嘘を並べたてた。指輪はまだ渡せなかった。

麗芬に見送られて、部屋を後にした。

邦彦の携帯に電話をかけた。通じなかった。警察にかけた——日本語が通じなかった。方のことを邦彦に伝えたかった。どうすればいいのか、教えてほしかった。底無し沼にはまってしまったような感覚があった。おれはずっと一人でやってきた——間違いだったのかもしれない。

フォルモサに降り注ぐ真夏の太陽——足元から舞い上がる湿った熱気。台湾のすべてがおれから思考力を奪っていく。

美亜は一〇対二で負けていた。勝率は二割五分を切った。球場に集まってくる選手たちには一様に覇気がなかった。だれもおれに話しかけなかった。だれもおれと目をあわせようとしなかった。周だけが別だった。周は暗い目でじっとおれを睨んだ。

おれは黙々と汗を流した。

ナイトゲーム。七対六──美亜の一点リードで迎えた八回表、中継ぎのピッチャーが崩れた。フォアボールとヒット・エンド・ランで一アウト一塁三塁。

監督の林に呼ばれた。マウンドにあがった。マウンドの上で投球練習。一球目でわかった。今夜はだめだ。ストレートに威力がない。スライダーにキレがない。寝不足がこたえていた。底無し沼がおれを飲みこもうとしていた。集中力がまるでなかった。

上半身だけが異様にでかいベネズエラの選手に三ランを打たれた。マウンドに来ておれを慰めてくれる野手はだれもいなかった。スタンドから野次が起こった。

──八百長野郎。

最近じゃお馴染《なじ》みになった北京語のフレーズ。

「馬鹿野郎。それだけじゃない、おれは人殺しだ」

だれにも聞かれないようにそっと呟《つぶや》いた。

「社長が呼んでます」

通訳の黄がいった。息を弾ませていた。

「社長？　招待席か？」

おれは首筋の汗を拭《ぬぐ》った。一球投げて、取ったアウトがひとつ、打たれたヒットが三本──最悪だった。グラウンドじゃ、敵チームの八回の攻撃がまだ続いていた。

黄の後についてベンチを抜け出した。通路を左に折れると記者席。その先に、バックネット裏の招待席がある。おれに気づいた新聞記者が走り寄ってきた。そいつに手を振った──後で。

新聞記者は唇を尖《とが》らせた。

招待席はがら空きだった。だんとつの最下位と四位のチームの試合、それに加えて八百長疑惑——美亜の観客動員力は目に見えて落ちていた。

社長は仏頂面だった。唇を嚙《か》んで試合を見ていた。社長の横には顧がいた。顧は社長より先におれに気づいた。

「今日は調子が悪かったようですね」

久しぶりに聞く顧の英語は耳に心地好かった。方の英語よりははるかにましだった。

「長いシーズンにはこんなこともある」

おれは社長と顧の後ろの席に腰をおろした。ビニールのシートカヴァーが汗で濡《ぬ》れた。社長がちらりと視線を飛ばしてきた。不機嫌な声でなにかを叫んだ。おれは黄を見た。黄は目を泳がせていた。

「社長はなんといったんだ？」

「わ、わたし、よく聞こえませんでした」

黄はしきりに唇を舐《な》めた。

「わざと打たれたんじゃないかと、おっしゃったんです」

顧が代わりに教えてくれた。

「放水はやってない。そういうことになってるんだろう？」

「しかし、高雄では素晴らしいピッチングをしたのに……」

「今の美亜の選手に放水をさせる黒道はいない。放っておいても勝手に負けるんだからな。美亜が勝てば、黒道も儲かるだろうが、こんなチームを対象にして賭けを仕組んだって、胴元が損をするだけだ」

「そうでしょうね」

顧は何度もうなずいた。社長に北京語で話しかけた。社長がまたおれを睨《にら》む。なにかを呟く。

顧が肩をすくめた。

「なんだって？」

「また、今日のようなピッチングをしたら、来シーズンは別の投手を探すそうです」

「好きにしろよ」

腰をあげた。馬鹿馬鹿しくてこれ以上つきあっていられない。

「待ってください、ミスタ加倉。お話があるのですが」

おれは顧を見下ろした。

「おれを呼んだのはあんたの方だったのか？」

「お頼まれしていた件で……」

王東谷——胸が高鳴った。

「ここじゃない方がいいな」

顧がうなずいた。

「わたしは自分の車で来ています。よろしければ、試合が終わった後、お送りしましょうか？」

スコアは結局一対七だった。美亜は五連敗。スタンドからはブーイングが聞こえた。手っ取り早く着替え、関係者通用口に向かった。黒いダークスーツにきっちりネクタイを締めた中年の男がおれを待っていた。男はおれを車に案内した。車の中には顧がいた。車はもちろん、ベンツだった。

「ずいぶん時間がかかったが、なにかわかったのか？」

車に乗りこみながら訊《き》いた。車の中はエアコンが効いていた。

「多少のことは」

顧はスーツの内ポケットから書類の束を取り出した。開いて中を見る——邦彦のときと同じ書式で英語が書かれていた。

——王輝夫（王東谷）。日本統治時代の名、山村輝夫。

一九三五年、台北市萬華で生まれる。アミ族と漢族の混血。

一九五三年、殺人罪で起訴。懲役五年の有罪。一九五八年出所。

一九六〇年、男子豐榮《フォンロン》出生——母親不詳。同年、恐喝罪で起訴。懲役二年の有罪。一九六二年出所。

一九六四年、二件の殺人罪で起訴。香港へ逃亡。起訴取り消し。

一九六六年、台湾に戻る。

一九六八年、女子文艾《ウェンジン》出生——母親不詳。

一九六九年、殺人罪で起訴（別紙参照）。懲役一〇年の有罪。一九七三年出所（別紙参照）。

一九七七年、殺人罪で起訴――日本へ逃亡。

一九八〇年、王東谷と名を変えて台湾に戻る。同年、日本人佐々木陽子と王東谷名のまま結婚（後に公文書偽造で起訴、有罪）、國邦（日本名・邦彦）を籍に入れる。

一九八五年、一九七七年起訴の殺人事件のため、逮捕、起訴。公文書偽造容疑で逮捕、起訴。懲役二〇年の有罪。

一九八八年、李登輝総統就任に基づく恩赦で釈放、現在に至る。


おふくろと王東谷は日本で知り合った。年代がぴったりあっている。日本へ行ったことはないと王東谷はおれにいった。嘘《うそ》だった。

「ミスタ王はこれを見る限り、筋金入りの黒道だったようです」

顧がいった。

「そうだな。刑務所と娑婆《しゃば》を行ったり来たりの人生だ」

おれは二枚目の紙をめくった。漢字がびっしり書き込まれていた。

「そちらは、知ることのできた彼の住所です。ほとんど台北市内ですが、転々としてますね」

わずかに視線を走らせただけで二枚目は諦《あきら》めた。三枚目をめくった。

別紙――一九六九年、迪化街で起こった殺人事件について。
一九六九年九月七日午前一時、台北市大同区の民家から悲鳴が聞こえたとの通報により、警察が駆けつけたところ、下腹部を鋭い刃物で抉《えぐ》られた女性の死体を発見、現場にいた王輝夫を逮捕した。警察の詰問に、王輝夫は自分が刺したと供述したという。殺人の動機について、王輝夫は口を閉ざした。

警察は屋内を徹底的に捜索したが、凶器を発見することができなかった。この凶器についても、王輝夫は口を閉ざしたままだった。

死んだ女性は、通称小玲《シャオリン》。姓名不詳の娼婦《しょうふ》で、王輝夫の長年に亘《わた》る情婦だと近所の住民が供述した。また、確認は取れなかったが、王輝夫の二人の子供、豐榮、文艾の母が小玲だったと推測される。

王輝夫はこの殺人事件で懲役一〇年の有罪判決を受けたが、実際には、四年服役しただけで出獄している。理由は不明。噂《うわさ》では、某有力政治家が王輝夫の釈放に尽力したとされている。


「これだけか？」

紙を折り畳んでポケットにしまった。

「それだけ調べるのも大変な労力を要しました」

「最後に刑務所を出てからのことが書いていないな」

「それ以降、ミスタ王は裁判沙汰《ざた》になるような事件を起こしていません。一九八〇年代半ばには、黒道をリタイアして、かつての仲間から仕事をもらって細々と暮らしていたようです」

「どうして？　これだけの経歴だぞ。普通は手下に食わせてもらうんじゃないのか？」

顧はネクタイの結び目をなおした。

「確か、ミスタ王は一九七七年に殺人の容疑で起訴されていると思いますが」

「ああ、そう書いてある」

王東谷は日本に脱出した。おふくろと知り合った。

「ミスタ王が殺したとされているのは、当時のミスタ王のボスなのです」

「自分の親分を殺したのか？」

「詳細はわかりません。当時のことを知っている人間が多く他界してるのです。ただ、自分のボスを殺したことで、ミスタ王は黒道社会における権威を失いました。彼を慕っていたものも多かったそうですが、事件後は全員がミスタ王を見放したそうです」

なにがあったのか――なにがなかったのか。対になった疑問符が、頭の中でぐるぐる回っていた。

「王東谷の二人の子供はいま、何をしてるんだ？」

「まだ調べておりません」

「なぜ？」

胃が収縮した。唾液《だえき》がわいてきた。顧のすました横顔に握り拳《こぶし》を叩《たた》きつけたい――眩暈《めまい》を伴った強烈な衝動が襲いかかってきた。

「申し訳ございません。遅れております」

「どうしてだ？　あんたは、王東谷の方が時間がかかるといっていたじゃないか」

「わたしはエージェントからの報告をあなたに仲介しているだけなのです。そのエージェントが、彼の家族に関する調べは難航しているといっています。理由はわかりません」

顧はネクタイの結び目を直した。いつもより喋《しゃべ》り方が早かった。

なにかがおかしかった。顧はなにかを隠していた。

「ちょっと——その報告書には明記しておりませんが……」おれが口を開くよりはやく、顧が喋りだした。「わたしの知り合いが、高雄でミスタ王を見かけたそうです」

「高雄で？　確かか？」

頭に宿った疑念が吹き飛んだ。

「その人物はミスタ王に面識があります。見間違えることはないでしょう」

「だれなんだ、そいつは？」

「いってもわからないでしょう」

顧はおれを憐《あわ》れむような笑みを浮かべた。

「いってみろよ」

顧を睨《にら》んだ。

「ある政治家の秘書です。かつて、ミスタ王は国民党の大物政治家と親交を結んでいました。そのころ、ミスタ王を知ったのです」

「その大物政治家っていうのは、これに出てきたやつと同じか？」

おれは胸を指差した。懲役二〇年を食らった王東谷を出獄させた政治家——どんな関係かは想像がついた。

「その政治家はもう、他界してますが、そうだと思います。あくまでも想像ですが」

「王東谷はそいつのために便宜をはかってやったんだな？」

票の取りまとめ、買収、脅迫、殺人。政治家とやくざの繋《つな》がりは日本も台湾も変わらない。

「恐らく」

「その秘書が高雄で王東谷を見たのはいつだ？」

「四日前です。ミスタ王は高雄の駅前からタクシーに乗ったそうです」

46

用事があると告げて、新生南路と忠孝東路の交差点で車をおりた。麗芬のところに向かうことを知られたくなかった。考え事もしたかった。

新生南路をとぼとぼと歩いた。王東谷の血まみれの履歴。おれの知っている王東谷の表情からは遠くかけ離れていた。だが、ロペスを殺したときの王東谷——履歴通りの人間だった。罪ほろぼしだよ——王東谷は口癖のようにいった。

今となってはその口癖も信じられなかった。おれの親父や味全の立石のようなやつら。年をとって心を入れ替えるどころか、ますます意地汚くなる。頑固になる。年老いた人間に訪れる達観とは無縁の連中。そうした人間の醜さの方が、おれには無理なく感じられた。

「なぜおれに近づいてきた？　なぜおれから逃げていった？」

呟《つぶや》いていた。

「邦彦のせいか？」

呟きは新生南路を走る車のエンジン音にかき消された。

「今日、迪化街に行ってきました」

麗芬がいった。ポニィテイルに結わえた後ろ髪が揺れた。エプロンに飛んだ醤油《しょうゆ》の染みさえ愛らしかった。

「なにかわかったかい？」

「あのビルが建つ前……」

麗芬はキッチンに向き直った。刻んだ野菜を鍋《なべ》に放りこんだ。粒山椒《つぶさんしょう》の香りが広がった。

「あそこには、古いアパートが建っていたそうです。そのアパート、五年前に壊されました」

おれは煙草を口にくわえた。火はつけなかった。吸いすぎです——麗芬に叱《しか》られたばかりだった。それでもくわえずにいられなかった。

「そのアパート、三家族しか入ってなかったそうです……三家族っていいませんよね？」

麗芬が振り向いた。

「そういうときは、三世帯というんだ」

「ああ、そうでした」麗芬は舌を出し、料理に戻った。「近所の人に話聞きました。日本人のお母さんと息子、覚えてる人、いっぱいいました」

麗芬の語尾が小さくなった。

「どうしたんだ？」

「あまり楽しい話じゃないです」

「かまわないから教えてくれ」

麗芬は肩で息をした。包丁を動かす手をとめて、言葉を続けた。

「加倉さんのお母さん、とても悪い人と結婚しました。王輝夫——王は王東谷さんと同じです。

名前は輝く夫と書きます」

「わかるよ」

「王輝夫という人が、お母さんの旦那《だんな》さん。やくざだったそうです。とても悪いやくざ」

麗芬は知らない。王東谷と王輝夫が同一人物であることを。おれが嘘《うそ》をついていることを。

「お母さんと弟さんは、そのやくざに捨てられました。一〇年ぐらい前まで、二人だけであそこにあったアパートに住んでいたそうです。弟さんが兵役に行かなければならなくなって、引っ越したと聞きました」

一〇年前。おれがプロ野球に入団したころだった。

「どこへ?」

「だれも知りません。また調べます」


飯を食い、テレビを見た。テレビドラマを見ながら、麗芬に北京語を教わった。NHKの衛星放送を見ながら、麗芬の日本語を鍛えてやった。

ベッドに入ったのは一二時前だった。麗芬のをなめた。麗芬にしゃぶらせた。指で焦《じ》らした。麗芬が許しを乞《こ》うまで責めた。終わったときには汗まみれだった。

麗芬の寝息を聞きながら、顧の報告書にもう一度目を通した。王東谷の血まみれの人生を思った。皇民という言葉の意味を思った。台湾に来てからのおふくろと邦彦の暮らしを思った。

王東谷に会いたかった。王東谷に聞きたかった。

——なぜだ?

知りたかった。すべてを知りたかった。

肉体的な疲労と精神的な疲労。二つを抱えて麗芬の部屋を出た。アパートの廊下から、台北の街を見下ろすことができた。無数の光と無数の闇《やみ》。幹線道路を光の波が移動していく。まるで、夜光虫のようだった。波に打たれながら弱々しい光を放つ。だが、無数に集まれば、闇を押しのける。この街に住んでいるのは、だれもかれもが夜光虫だった。


携帯電話の番号。何度も躊躇《ためら》ったすえに押した。北京語を喋《しゃべ》る人間が出た。

「徐先生と話したい」

日本語でいった。

「あなた、名前」

日本語が返ってきた。

「加倉だ。白手套の加倉だ」

唇の端が歪《ゆが》んでいくのがわかった。自虐的な気分だった。

「こんな時間にどうしました？」

しばらく待って、徐栄一の声が聞こえてきた。

「申し訳ありません」

「謝から聞きました。加倉さん、わたしのために一生懸命働いてる。いつでも、電話ください。話できるときは、いつでも話します」

息を吸った。一気に吐きだした。

「四日前に、高雄で王東谷を見かけたという人がいるんです。徐先生、お手数ですが、王東谷を探していただけないでしょうか」

「それは確かですか？」

「はい。王東谷を知っている人間が、彼を見たといっています」

「わかりました……ひとつ、聞いていいですか？」

「どうぞ」

「どうして、王東谷、探します？」

「知りたいことがあるんです」

「あなたの弟のことですか？」

含み笑いが聞こえた。

「どうしてそのことを——」

言葉を飲み込んだ。知っているに決まっていた。憎しみはひとりだけのものじゃない。邦彦が徐栄一を憎んでいるのなら、徐栄一も邦彦に対して含むところがあるはずだった——頭の中で白いものが光った。

「まさか……」

「なんですか、加倉さん？」

「おれとあいつの関係を知っていて、おれに放水をさせたんじゃ……」

王東谷がおれに謝を紹介した。謝はおれに放水の話を持ちかけた。王東谷と徐栄一、王東谷とおれ、王東谷と邦彦。すべては繋《つな》がっている。

「……わたしにしつこく付きまとう刑事がいます。その刑事のお兄さんとわたしがビジネスをします。楽しいことだと思いませんか、加倉さん？」

徐栄一は笑いながらいった。悪意が電話を通して伝わってきた。

「どうして王東谷はあんたの言いなりなんだ？」

「黒道には黒道のルールがあるんです。王東谷は探してあげます、加倉さん。わたしもあの男に、用事ありますから」

「あんたと邦彦の間にはなにがあったんだ？」

力のない声しか出なかった。

「加倉さん、わたしのためにいっぱい働いてください。いいですね？　そうしないと、今度は加倉さんが殺される番になります」

電話が切れた。耳の中、徐栄一の笑い声だけが響いていた。

アパートの前に車が駐《と》まっていた。回れ右をしかけて諦《あきら》めた。どこに逃げようと、連中は必ずやってくる。煙草をくわえた。火をつけながら歩いた。驚いた――車はリムジンだった。

車のドアがあいた。派手なアロハを着た男――黄色いレンズのサングラス、肩まで垂らした長髪、左耳にピアス、ヴィンテージのジーンズ、ナイキのスニーカー。街の悪ガキ連中に人気のファッションだった。男は人を小馬鹿にしたような仕種《しぐさ》で親指を車に向けた。

後部座席に乗りこんだ。先客は三人いた。だだっ広いシートの真ん中に方、その奥に脂ぎった顔の老人がいた。助手席には女が座っていた。肩甲骨の下まで伸びた髪と、スーツのパッドで張った肩しか見えなかった。柑橘《かんきつ》系の香水の匂《にお》いが鼻を刺激した。

「遅かったじゃないか。あの女のところに押し掛けようかと思ったよ」

方がいった。老人はおれを見ようともしなかった。

悪ガキが運転席に乗り込んでドアを閉めた。リムジンが動きだした。方が横の老人に台湾語でなにかを話しかけた。老人が顔を向けた。どこかで見た顔だった。

「加倉――」方がいった。「こちらはミスタ蔡《ツァイ》。おれのボスだ」

思いだした。一年ほど前、新聞を賑《にぎ》わせた顔だった。蔡明徳《ミンダー》。嘉義県議会議長。献金疑惑と黒道との繋がりを書き立てた新聞があったはずだ。

「はじめまして、蔡先生」

その新聞による蔡明徳バッシングは、ある日、唐突に終わりを告げた。記事を書いていた記者が交通事故で死亡したからだった。蔡明徳が殺した――謝からそう聞いたことがあった。

「夜分にすみませんな、加倉さん。この男から話は聞いたよ。これからお世話になるが、よろしく頼む」

訛《なま》りはきついが、文法的には問題のない日本語だった。蔡の年齢は王東谷と変わらない。日本語教育を受けた最後の世代だろう。

「日本語がお上手ですね」

「もう、錆《さ》びついてしまったよ」

蔡の目がぎょろりと動いた。一見して人のよさそうな顔が、その瞬間、人を人とも思わない人間に特有の傲慢《ごうまん》なものに変わった。

「明後日、あの桐生って投手が登板する予定になってる」方が口を挟んだ。「負けるように伝えろ」

唾《つば》を飲み込んだ。

「そんなことをしたら、徐栄一に疑われる」

「僅差《きんさ》で負けるように仕組めばいいんだ。あの投手だって勝ちっぱなしというわけじゃないだろう。負けることもある」

「しかし――」

「いいか、加倉。これはテストだ。あんたが本当にあの投手をコントロールできるのか、あの投手が本当にいわれたとおりのことができるのか。大金が動くんだから、それぐらい、当然だろう」

「やってみる」

大金――恐らくは億を大きく超える金。もう一度、唾を飲み込んだ。

いった。蔡がぴくりとも動かない目でおれを見ていた。

「試合の終盤で打たれるようにするんだ。そうすれば、高雄の野郎が疑うこともなくなる。いや、逆にほっとするかもしれない。連中は、あいつに負けさせるつもりなんだろう？　ここで負けておけば、放水を疑われる可能性も低くなるからな」

「あれは図に乗りすぎだ」

ふいに、蔡が口を開いた。

「あれ？」

「徐栄一だよ。確かにあれは頭が切れる。金儲《かねもう》けがうまい。わたしら年寄りには考えもつかんことを堂々とやってのけるわ。だがな、加倉さん。あれは年寄りの経験を敬うことを知らんのだよ。育ちが悪いんだな」

蔡は肩をゆすった。頰《ほお》の肉が揺れた。内臓にため込んだものが放つ腐臭のような息が匂ってきた。助手席の女の香水と入り交じって、吐き気を覚えた。

「徐栄一との付き合いは長いんですか？」

「あれに黒道の仕事を教えてやったのはわしだ」

蔡の歪《ゆが》んだ口許《くちもと》を眺めた。本当だとは思えなかった。歪んだ自尊心と見栄。蔡の手にかかれば、だれもが自分の弟子――そんな気がした。そういう下劣な人間の匂いがぷんぷんした。

「わたしはな、加倉さん、あんたにはたくさんのことを期待しているんだ。野球のことはもちろん、高雄の動きを知ることは、わたしらにとって、金よりも重要になることがある」

だれもがおれにスパイになれとけしかけてくる。だれもがおれの本性を見抜いている。蔡のような連中を批判する権利はおれにはない。おれは蔡に劣らず下劣で、罪深い生き物だった。

「できるだけのことはします」

おれは答えた。

「頼むぞ」

蔡は口を閉じた。おれへの興味はすっかり消えうせたというように、視線を窓の外に向けた。

「金は用意してある」

方がおれに英語でいい、助手席の女に北京語でなにかを告げた。

女が振り返った——息をのんだ。女は紙の手提げ袋を方に渡した。おれを見ようともしなかった。おれの視線は女の顔に釘付《くぎづ》けだった。

高雄。徐の経営するナイトクラブ。おれを徐の元に案内したチャイナドレスの女。

「あんた……」

おれはいった。高雄で女が喋った奇麗な日本語が耳にこびりついていた。

「またお会いしましたね」

女はおれに一瞥《いちべつ》をくれた。にこりともしなかった。

「どうした？」

方がおれの顔を覗《のぞ》きこんできた。

「この女……高雄であった。徐栄一のところで……」

「徐栄一には敵がいっぱいいるということさ」方は嗤《わら》った。「これが金だ。なかに、米ドルで二万ドル入っている」

紙袋を受け取った。視線を女から動かすことができなかった。

「名前は？」

訊《き》いた。混乱していた。

「鳳玲《フォンリン》。鳳凰《ほうおう》の鳳に、命令の令の偏に王がつく字です」

女は姿勢を元に戻した。それ以上の問いかけを拒むかたくななにかが強張った肩に現れていた。

「うまくやってくれよ。こう見えても、ボスは短気なんだ。しくじったら、あんた、死ぬぜ」

方がいった。口答えする気力もなかった。

電話をかけた。眠たげで苛立《いらだ》たしげな声が電話に出た。

「だれだか知らねえけど、何時だと思ってるんだ？」

「おれだよ、桐生。加倉だ」

「あんたか……勘弁してくれよ。おれ、明後日登板なんだよ。あんたもピッチャーならわかるだろう。コンディション崩したら、どうしてくれるんだよ」

「その明後日の試合だが負けてくれ」

「なにを——」

言葉が途切れた。

「前半は普通どおりにやっていい。相手もエース級をぶつけてくるから、接戦になるだろう。六回ぐらいから、疲れたふりをして相手に打たせろ。うまく味全が負ければ、おまえの懐にアメリカドルで一万ドル入る。うまくいかなきゃ、黒道がやってきて、おまえの利き腕を折っていく」

「脅しは勘弁してくださいよ」

桐生の声の調子が変わっていた。苛立ちが消え、緊張感が漂っていた。

「脅しじゃない。あいつらはやるといったら本当にやるんだ」

「わかりました。やりますよ。一万ドルは欲しいし、怪我《けが》はしたくないっすから」

電話を切った。

「やるそうだ」

方にいった。方と蔡が満足そうにうなずいた。

47

あいつらを黙らせろ——声がする。途切れることのない声が、頭蓋骨《ずがいこつ》の内側で谺《こだま》している。

バックネット裏のコンクリートに腰をおろした。昼まで降っていた雨にぬかるんだグラウンドの赤土がぬめった光を放っていた。スコアボードには数字のゼロがずらりと並んでいた。五回の裏を終わって、桐生は被安打三、奪三振六、四死球ゼロ。ストレートが走っていた。フォークがよく落ちた。強力打線が売り物の兄弟象《シオンディーエレファンツ》隊も手も足も出ないという様子だった。

兄弟のピッチャーがマウンドにあがった。陸文烈《ルーウェンリー》。コントロールと頭で勝負するタイプのヴェテランだった。陸のできもよかった。スライダーとシュート、チェンジアップを巧みに投げ分けていた。六回表の味全の攻撃は三人で終わった。

攻守が入れ代わる——喉《のど》が渇いた。しきりに唇を舐めた。嘉義の蔡明徳は、恐らくこの試合の味全の負けに億単位の金をかけている。桐生がうまく仕事をこなさなければとんでもないことになる。蔡は徐栄一以上に我慢の足りない人間に思えた。

桐生が投球練習をはじめた。一球投げるたびに、ロージンバックに手を伸ばす。しきりに汗をぬぐう。落ち着きなく視線を左右に走らせる。

馬鹿野郎——喉まで出かかった言葉を飲み込んだ。

「落ち着け。さらっとやればいいんだ。誰にもわかりゃしない」

呟《つぶや》いた。拳《こぶし》を握った。

バッターがボックスに立った。審判がプレイボールをコールした。歓声があがる——はるか彼方《かなた》で起こった音のように聞こえた。

桐生が振りかぶった。投げた。力のないストレート。五回裏までとは別人の投げる球。目を閉じた。甲高い音がした。目を開けた。ボールが右中間を転がっていた。ライトとセンターがボールを追いかける。内野手が中継プレイのために動きだす。バッターは一塁を蹴《け》っていた。

兄弟側の応援席で旗が揺らめいた。足の裏から振動が伝わってきた。この試合初めてのビッグチャンスに球場全体がわきたった。内野手がマウンドに駆け寄っていった。スタンドからでも、桐生の顔が蒼醒《あおざ》めているのがわかった。桐生はグラヴをはめた手を振って、内野手たちを追い払った。

次の打者がバッターボックスに立った。クリーンナップの一番手。派手な鳴り物の音、耳を聾《ろう》する声援。あいつらを黙らせろ——頭の中で声だけが響く。

桐生の一球目——すっぽ抜けのフォーク。打者は見送った。胃が痛んだ。

二球目——真ん中高めに入ってくるカーヴ。打者がバットを振った。空気を切る音が聞こえてきそうなスイングだった。快音。ボールがピンポン玉のように高く舞い上がった。周りの観客たちが一斉に腰をあげた。全速力で後退していたレフトが諦《あきら》めて足をとめた。打球はレフトスタンドの上段に突き刺さった。

球場が揺れた。バッターがガッツポーズをしながらダイアモンドを回っていた。桐生は不貞腐《ふてくさ》れたようにマウンドの土を蹴りあげた。

席を立った。逃げるように球場を後にした。

スクーターで台北の街を流した。どこまで走っても、どれだけスピードをあげても、湿気を含んだ重い空気が身体にまとわりついて離れなかった。

携帯が鳴った。

「あんたもあのピッチャーもよくやってくれた。ボスも大喜びだ。今度、あんたたちに飯を奢《おご》るとさ」

それだけいって、方は電話を切った。胃の痛みが消えた。

スクーターをUターンさせた。邦彦が待っている。

忠孝東路《チヨンシアオトンルー》と敦化路《ドウンホアルー》の交差点でスクーターをおりた。赤いネオン――銭櫃《キヤツシユボツクス》という文字が躍っていた。カラオケチェーンの店だった。

中に入ると、すぐにボックスに通された。五人も入れば一杯になりそうな狭っ苦しい部屋で、邦彦は一人、ビールを飲んでいた。

「カラオケボックスで待ち合わせとはな……よく歌うのか？」

「ここなら、話を盗み聞きされないからな」

邦彦はむっつりした顔で答えた。店の従業員に北京語でなにかをいった。顔を見ているだけで意味がわかった。邪魔をするな――従業員は慌ててボックスのドアを閉めた。

「機嫌が悪そうだな」

部屋にはテーブルが一つ、L字型のソファが一つ、それにカラオケセットがあるだけだった。ソファの邦彦から一番離れた場所に腰をおろした。

「だれのせいだと思ってるんだ？」

「なんの話だ？」

邦彦の手が動いた。ビールの入ったグラス——反射的に顔を手で覆った。グラスは飛んでこなかった。代わりに、顔が濡《ぬ》れた。髪の毛が濡れた。服が濡れた。

「邦彦！」

立ち上がった。ビールが目に入った。ひりひりする痛みに目を閉じた。強い力が喉を圧迫してきた。邦彦の手がおれの喉を摑《つか》んでいた。息苦しさに噎《む》せた。邦彦の手を引きはがそうとした。無駄だった。万力《まんりき》のような力が緩むことはなかった。

「今日の味全と兄弟の試合……あれはなんだ？」

邦彦の声。それを押しのけて別の声が聞こえてくる。

——この男を黙らせろ。

えずきながら、右手の拳を握った。闇雲《やみくも》に叩《たた》きつけた。拳が邦彦の頰《ほお》に当たった。邦彦はぴくりともしなかった。

「日本人の投手に放水をやらせただろう？　徐栄一に頼まれたんだな？　すべておれに報告しろといわなかったか？」

息ができなかった。腹の奥からなにかが込み上げてこようとしていた。視界が赤く染まっていた。拳を邦彦に叩きつけた。膝《ひざ》を突き上げた。邦彦の顔が歪《ゆが》んだ。邦彦の手が緩んだ。

息を吸いこんだ。同時に強い衝撃を受けた。足がもつれた。なにをされたのかもわからなかった。身体が壁に叩きつけられていた。衝撃が痺《しび》れに変わった。痛みに変わった。邦彦の息遣いが聞こえた。すぐ目の前に邦彦の顔があった。憎悪に濁った目がおれを睨《にら》んでいた。邦彦の右肩が動いた。顎《あご》に衝撃を受けた。奥歯ががたがたになったような気がした。

「おれに隠し事をするな」

邦彦が叫んだ。

この男を黙らせろ――声だけが聞こえた。口の中に鉄の味が広がっていた。そいつを邦彦に吐きかけた。邦彦の目尻《めじり》に赤い唾が飛び散った。

殴られた。腹だった。身体を折り曲げて悶《もだ》えた。背中を殴られた。床に這《は》いつくばった。痛みと怒り。動けなかった。身体が痙攣《けいれん》するだけだった。

「いつでも相手になってやるぞ」

邦彦が叫んだ。顔をねじった。邦彦の首の筋肉が盛り上がっていた。手を伸ばした。邦彦の足首を摑んだ。立ち上がろうともがいた。足に力が入らなかった。ビールの匂《にお》いがした。屈辱に身体が震えた。呻《うめ》いた。

「ぶち殺してやる」

「いつもは兄貴風を吹かせて、そのくせ、頭に血が昇ればチンピラみたいな言葉をおれに投げかける。それがおまえの本性か？　おれは母さんになんていえばいいんだ？」

母さんという言葉を耳にした瞬間、力が抜けた。床に転がったまま仰向《あおむ》けになった。室内灯の明かりに目が眩《くら》んだ。

この男を黙らせろ——涙が出そうだった。歯を食いしばってこらえた。

「おまえみたいなやつと血が繋《つな》がってると思うと虫酸が走る」

邦彦は荒い息を吐いた。

「さあ、話すんだ。徐栄一になんといわれた？　なぜ、今夜放水をさせることをおれに黙っていた？」

「嫌だ」

床に転がったままいった。

「まだ殴られ足りないのか？」

「ただで話してやるのはもうやめだ。おれから話を聞きたかったら、おまえも話せ。おふくろと王東谷の間になにがあった？　おまえと王東谷の間になにがあった？　どうして徐栄一を憎んでいる？」

「おれに取り引きを持ちかけてるのか？　自分がどんな立場にいるのかわかってるのか？」

「おれが破滅すれば——」身体を起こした。鳩尾《みぞおち》の痛みに身体が引きつった。「おまえも終わりだ。おまえも人殺しじゃないか」

「おれはだれも殺していない」

「ふざけるな。話せ。台湾に来てから、おまえたちになにがあった？」

祈りながら叫んだ——おれに教えてくれ。おれを受け入れてくれ。さもなければ、おれの頭の中の声が消えることはない。

「おまえには関係ない。おれたち家族の問題だ」

邦彦の目は冷たかった。南極に吹く風のような声だった。

「おれにも関係がある。おれはおまえの兄貴だ。おまえたちの家族だ」

「おれの家族は母さんだけだ」

　邦彦の右手が上着の内側に隠れた。銃を抜きながら、邦彦はおれの顔の上に屈《かが》みこんだ。

「くだらない話はもう充分だ。おれの質問に答えろ」

銃口が迫ってきた。鉄に穿《うが》たれた黒い穴は邦彦の目と同じに見えた。

「脅しじゃないぞ。これ以上おれに逆らえば、撃つ」

「そんなにおれが憎いのか？」

「憎い？」邦彦は嗤《わら》った。銃口が震えた。「勘違いするな。あんたのことなんか、なんとも思っていない」

この男を黙らせろ——ひときわ大きな声が頭の中で響いた。

方《ファン》のことを話した。蔡《ツァイ》のことを話した。鳳玲《フォンリン》のことは話さなかった——なぜかは自分でもわからない。口を動かすたびに、顎《あご》に痛みが走った。

邦彦は腕を組んでいた。おれの話に耳を傾けていた。

「次の統一獅子隊《トンイーライオンズ》との試合で、徐栄一は日本人投手に負けさせようとしていて、蔡の方はその裏をかこうというんだな？」

おれの話が終わると、邦彦は口を開いた。

「ああ。蔡は大儲《おおもう》けして、徐栄一は金と面子《メンツ》を失う。そして……おれは殺される」

「どうするつもりだ？」

「方がいうには、あのピッチャーがおれの命令を聞かなかったことにすればいいそうだ」

「そんなことをすれば、あの投手は殺されるぞ」

邦彦は右の手で拳《こぶし》を握った。左手に叩《たた》きつけた。こもった音がした。桐生に死刑を宣告しているような感じだった。

「じゃあ、おれはどうすればいい？」

「方のいうとおりにしろ」

「警官が、黒道《ヘイタオ》の犯罪を見逃すのか？」

「くだらない話は充分だといっただろう。おれにとって問題なのは、徐栄一だけだ。それに、金に目が眩《くら》まなければ、あの投手も殺されることはなかった。自業自得だ」

おれは肩をすくめた。人の生死にかかわる問題を自分の願いと簡単に置き換える——どれだけ嫌っても、邦彦の身体にはおれと同じ血が流れていた。

「方に徐栄一の情報を流してもかまわないのか？」

「蔡明徳《ミンダー》は徐栄一を嫌ってるんだ。同じ流れの組織に属しているから、表面上は友好を装っているがな。蔡明徳がうまく立ち回れば、徐栄一は今の地位にいられなくなる。黒道の失脚は、死ぬということだ」

邦彦の唇の端に笑みが浮かんでいた。邦彦は嬉々《きき》として徐栄一の破滅を語っていた。それほどの憎しみを産んだものはなんなのか。おれは邦彦の顎の傷から目が離せなかった。

「いくらでも方に話してやればいい。ただし、方に会う前に、必ずおれに報《しら》せるんだ。なにを教えてなにを隠すかはおれが決める。それに——」

「その傷は徐栄一につけられたのか？」

邦彦の言葉を遮って訊《き》いた。バッターのリズムを狂わせて速いモーションで投げる——同じ手口だ。邦彦はひっかかった。反射的に手を顎にやっておれを睨《にら》んだ。

「どうしてそれを知っている？」

いってから、邦彦は唇を噛《か》んだ。顎にやった手を振りおろし、拳を握った。

「余計な話はするな」

「悪かったな。続けてくれ」

邦彦が話さないなら、調べるまでだ。王東谷《ワントングー》がすべてを知っている。王東谷は高雄にいる。明後日から、美亜《メイヤー》は高雄に遠征することになっていた。この前の登板に失敗して、チーム内のおれへの風当たりはますます強くなっていた。おそらく、高雄でおれの出番はないだろう。時間はいくらでも作ることができる。

「美亜は明後日から高雄に遠征だな？」

おれの考えを見透かしたように邦彦が言葉を継いだ。冷や汗が出てきた。

「ああ」

「また、徐栄一から声がかかるだろう。どんなことでもいい、聞きだしてくるんだ」

その傷のことを訊《き》いてもいいのか——おれはうなずいた。

「それから、この前話した日本の女だが……一昨日まで、美麗華大飯店《メイリーホアダーファンテイエン》に宿泊していた」

邦彦はまた、拳を掌《てのひら》に叩きつけた。

「していた、だと?」

「ローカル・エアで高雄に向かったことまではわかっている」

高雄――眩暈《めまい》がした。小野寺由紀は知っている。おれの後ろに高雄の組織がついていることを。ロペスが話した。

「あの女は、台北でいろんな人間と会っている。通訳を連れてな。女が会っているのは、主に黒道関係だ。高雄の組織のことと王東谷のことを聞きまわっているんだ」

「どうして王東谷のことを?」

「おれが訊きたい。あの女はなにを狙《ねら》っているんだ?」

あなたの過去を暴いてあげる――小野寺由紀はそういった。王東谷に目をつけたとしても不思議じゃなかった。

「これだけ派手にやってるんだ。そのうち、徐栄一の耳に入る」

邦彦はいった。他人事《ひとごと》のような口調は変わらなかった。

「日本人というのは始末におえないな。どの国に行っても日本と同じだと思っている」

「徐栄一は女をどうする?」

邦彦は掌で首をかき切る仕種《しぐさ》をした。

「殺すさ。若くていい女なら、死なずにすむかもしれないが」

「王東谷も高雄にいるんだ」

いってみた。邦彦の眉《まゆ》が跳ねあがった。

「本当か?」

「高雄に行ったら、王東谷を探してみようと思ってる」

「あんな男にあって、どうする気だ？」

「話を聞くのさ。知りたいことがいっぱいある」

邦彦は首を振った。だらりとぶら下げた手を握り開く動作を繰り返した。

「なにを知りたいんだ？　母さんとおれは、あんたとは無関係な人間だといっただろう？　別の人生を歩んで、もう二〇年近くになるんだ。おれたちにはあんたとは違う過去がある。知られたくないこともある。他人の過去を詮索《せんさく》するのはやめろ」

「知りたいんだ」

いった。おふくろと邦彦の過去。王東谷の血まみれの履歴。それに、徐栄一。なにがあって、なにがどう捻《ね》じれたのか。知りたかった。知りたいという欲望が強迫観念になっておれの尻《しり》を蹴飛《けと》ばしていた。

「あんたはいつもそうだ。昔から、なにかに熱中すると、他人のことが目に入らなくなる」

おまえも同じだろう――喉《のど》まで込み上げた言葉を飲み込んだ。

「野球をはじめたときもそうだった。あんたの帰りが遅いと、母さんは父さんに酷《ひど》く叱《しか》られた。あんたはそれを知っていて、それでも野球の練習を途中でやめることができなかった。毎日、母さんにいわれたよ、邦彦、昭彦を呼んできて、遅くなるとまた父さんに叱られるからってな。おれは学校のグラウンドまであんたを呼びにいった。だが、あんたは耳を貸そうともしなかった。気が狂ったみたいに、ボールを投げるだけだった。覚えてるか？」

覚えていた。土埃《つちぼこり》。軟式ボールのゴムの匂《にお》い。バットがボールを弾く乾いた音。口の中に土埃が溜まってやけに喉が渇いた。それでも、キャッチャーミットめがけてボールを投げつづけた。金網の向こうに邦彦の姿を認めながら、気づかないふりをしていた。

小学校の五年のときだ。上級生の投手が交通事故で入院した。チームの監督は、おれを代わりの投手に指名した。おまえならやれる——その言葉にすがった。そんな言葉をかけてくれた大人は、監督がはじめてだった。だれかに認められている、だれかに必要とされている。そう考えると天にも昇る気持ちだった。家になど、帰りたくなかった。

「おまえは小学校にあがったばかりだったかな。泣きそうな顔でおれを見ていた」

「泣きたかったよ。だが、あんたは言葉ひとつかけてくれなかった……日本での思い出はそんなことばかりだ。台湾で、おれたちは幸せだったわけじゃない。だが、日本にいるよりマシだった」

邦彦の言葉は空しく響いた。それが嘘《うそ》だということは、子供にだってわかった。

「あんたはおれを嫌っていた。母さんを馬鹿にしていた」

「違う」

「おれにを嘘つくな。そういっただろう」

口を開きかけて、閉じた。邦彦のいうとおりだった。おれは邦彦が鬱陶《うっとう》しかった。親父に殴られるだけのおふくろを心底軽蔑《けいべつ》していた。親父の元に一人、取り残された惨めさと屈辱を忘れるために、おふくろと邦彦と共に暮らす幻影にすがっていただけのことだった。

この男を黙らせろ——頭の中で響く声が証拠だった。邦彦に兄として認められたいと願う一方で、おれは邦彦に殺意を覚えていた。

それでも――知りたかった。おれが不在のおれの家族になにがあったのか。切実に知りたかった。邦彦の憎悪をおれのものにできれば、あの声が聞こえなくなるかもしれない。

「それでも知りたいんだ」

もう一度口に出した。それがおれの切なる願いだった。麗芬を欲しいと思ったのと同じ質の願いだった。

「好きにしろ。どうせなにもわからないんだ。ここは台湾だ。北京語も台湾語もできないあんたになにができる」

邦彦はいった。邦彦は知らなかった。おれがどれだけ執念深いのか。この二〇年の間に、おれがどれだけ狡賢《ずるがしこ》くなったのか。

おれは邦彦に微笑《ほほえ》みかけた。殴られた顎《あご》が鈍く痛んだ。

麗芬の元へは向かわず、自分のアパートに戻った。鏡を覗《のぞ》いた。唇から顎にかけて、どす黒い痣《あざ》が浮き上がっていた。麗芬が目にすればいろいろと問い質《ただ》されるだろう。辻褄《つじつま》のあう嘘を考える気力がなかった。

冷たいシャワーを浴び、顎を氷で冷やした。電話をかけた。

「小便ちびりそうでしたよ」

桐生の興奮した声が回線に混じるノイズを蹴散らした。

「ツーベース打たれた球、最悪でしたもんね。バレバレだったでしょう？　生きた心地しなかったっすよ」

「最初はだれでもそうだ。段々うまくなるさ」

「棒球《ぼうだま》投げても、相手が打ってくれなきゃ話にならないじゃないっすか。加倉さん、よくこんなこと続けてきましたよね」

「立石になにかいわれなかったか？」

「……説教くらいました。おまえ、加倉みたいなろくでなしになるつもりか、って。うるせえっていってやりましたよ。そうしたら、あのおっさん、顔を真っ赤にして怒りだしやがって、脳卒中で倒れりゃいいんだ」

「他のだれかになにかいわれなかったか？」

「別に……今日は調子が悪かったのかとか、そんなこと訊《き》かれたぐらいっすよ」

台湾人や中米人が今日のような投球をすれば、すぐに疑われる。だが、日本人は別だ。日本人は放水をしない。おれを除いては。だれもが頭から信じこんでいる。

「金のことだがな、桐生」

「ああ、それそれ。あんな思いしたんだから、金はきっちりもらわなきゃ」

「香港の地下銀行を紹介してやるから、口座を作れ。金はそこに振り込んでやる」

「台湾か日本の銀行じゃだめなんすか？」

「口座を調べられて、この金はどうしたんだと聞かれたらそれでおしまいだ。地下銀行なら、秘密はすべて守ってくれる」

「わかりました」

「金が入っても、派手に使ったりするなよ。まあ、そうはいっても、一万ドルじゃ、たいした使いではないだろうがな」

「次はいつですか？　早く金貯めて、日本に帰りたいっすよ」

次はない。桐生には永遠に次はこない。

「また連絡する」

電話を切った。電話をかけた。

「夜遅くにすまん」

「ビジネスの話でしたら、時間はいつでも結構です」

顧の英語に乱れはなかった。

「人を紹介してほしいんだ」

「どのような人ですか？」

「高雄の人間だ。黒道じゃマズいが、堅気でも困る。日本語ができるやつが最高だが、最悪、英語でコミュニケーションが取れるなら譲歩する」

「ミスタ王をお探しになるつもりですか？」

「そうだ」

「いつまでに？」

「明後日、高雄に遠征する。それまでに見つけてくれ」

「わたしに五〇〇〇ドル。わたしが見つけた人間に五〇〇〇ドル。仕事がうまく捗《はかど》ったらボーナスをプラスしてやってください」

「ずいぶん吹っ掛けるじゃないか」

「ビジネスとはそういうものです」

電話が切れた。電話をかけた。

「加倉さん？」

麗芬《リーファン》の声――おれを待っていた声。気持ちがほぐれていくのがわかった。

「どこにいるんですか？」

送話口を押さえた。

「すまない、麗芬。緊急ミーティングがあったんだ」

「緊急ミーティング？」

「ここのところ、チームの成績が最悪だから、監督が選手にはっぱをかけたんだ。お説教を聞かされて、酒を飲まされて、今はカラオケだ。まだ帰してもらえそうにないんだ。今夜は寄らずに部屋に戻る」

「どうしてもですか？」

落胆の声。胸が痛む。だれにも感じたことのない感情だった。

「そんな声を出さないでくれ、麗芬。おれだってカラオケを楽しむ気分じゃない。今すぐ、おまえのところに行きたい。だが、おれ一人が我儘《わがまま》をいうわけにはいかないんだ」

「でも、加倉さん、明後日からまた高雄でしょう。わたし、寂しい」

「明日は必ず行くよ、麗芬。頼むから許してくれ」

「女の人がいるお店ですか？」

「ブスばっかりだ」

間を置かずにいった。受話器の向こうから忍び笑いが漏れてきた。

「嘘ばっかり……浮気、だめです」

「しないよ」

「加倉さん、浮気したら、わたしもしますよ」

「そんなことをしたら、相手の男を殺してやる」

冗談のつもりだった。だが、意思に反して固い声しかでなかった。

「冗談です。そんな恐い声、出さないで」

「すまない。そんなつもりじゃなかったんだが……」

沈黙がおりた。俊郎がおれを睨《にら》んでいるような気がした。恐らく、麗芬も俊郎のことを考えていた。

「わたしは浮気しません。誓います」

ふいに麗芬の声が流れてきた。なにかを断ち切ろうとしているような声だった。

「おれも誓うよ、麗芬。浮気はしない」

「わたしのこと、愛してますか？」

「ああ、愛してる」

いってから気がついた。初めて口にする言葉だった。別れた女房にもいったことがなかった。だれにもいったことがなかった。おれは人を愛したことがなかった。

「嬉《うれ》しい……明日、待ってます。あまり、遅くならないで。おやすみなさい」

「おやすみ、麗芬。愛してるよ」

もう一度いった。麗芬の言葉を期待していた。

「わたしも、加倉さん、愛してます」

電話が切れた。おれは受話器を握ったままその場に立ち尽くした。

だれかに愛しているといったのは初めてだった。だれかに愛しているといわれたのも初めてだった。

48

時間が足りない。日を追うごとに不快指数が高くなっていく。眠っているあいだも声が聞こえる——あいつらを黙らせろ。麗芬の夢を見る。俊郎の夢を見る。ロペスの夢を見る。邦彦の夢を見る。おふくろの夢を見る——おふくろには顔がない。おれにはおふくろの顔が思いだせない。

明日からの高雄遠征に備えて、午前中は合同トレ、午後は自主トレ。チームの連中がおれの顎《あご》の痣《あざ》を無遠慮に眺めていった。だれもが一様に、見下したように鼻を鳴らした。午後の自主トレをサボった。

香港に電話した。ミスタ・ラウと話した。桐生の口座はすぐにできるとミスタ・ラウはいった。

謝から電話があった。昨日の桐生のピッチングを気にしていた。

しらを切れ、ごまかせ、丸め込め——久しぶりに聞く声だった。

コンディションに問題があっただけだ、たまにはあんなこともある。しらを切り、ごまかし、丸め込んだ。

　高雄で徐先生が待っている——謝はそういって電話を切った。

　部屋に戻った。ファクシミリが届いていた。パソコンから直接ファクシミリで送られた英語。用紙の一番下に顧《グー》の名前。

「昨夜ご依頼の件、適当な人物が見つかりました。日本語に堪能な人物です。高雄に到着されましたら、下記の番号に連絡してください。台北から紹介されたといっていただけば通じます。料金の支払いは、可及的速やかにお願いいたします」

　下記の番号——携帯に登録した。

　荷物をまとめ、部屋を出た。球団事務所に預けておけば、明日の朝、移動用のバスに積みこんでおいてもらえる。後は、手ぶらでバスに乗りこむだけでいい。

　スクーターに跨《また》がろうとして、なにかがおかしいことに気づいた。シートが浮きあがっていた。シートの下は荷物入れになっているが、おれは滅多に使わない。だから、シートを持ちあげることもない。

　息を殺して辺りの様子をうかがった。エンジンをかけた。斜向《はすむ》かいの路地から影が伸びていた。このクソ暑いのに、影はじっと立ち尽くしたままだった。

　アクセルを開けた。スクーターが動きだした。そのまま加速して、路地に飛び込んだ。

　上半身をのけぞらせて飛びのいた男が二人——一人は刑事の袁《ユエン》。もう一人は知らない顔。おそらく、袁の同僚だろう。

　心臓が早鐘を打った。加倉さん——背中に声を聞いた。振り返らず、走り去った。

張り込み。ドラマで覚えた言葉が頭をよぎった。

なぜだ？　邦彦はなにもいっていなかった。それなのになぜだ？

記憶を掘り起こした。

麗芬のマンションから台北郊外の練習場へ。練習場から球場へ。球場からカラオケボックスへ。カラオケボックスから自分のアパートへ。尾行されていたとしても、気づかなかった。いつから見張られていた？　邦彦と会ったのも知られているのか？

疑問と混乱が広がっていくだけだった。


邦彦の携帯に電話をかけた。繋《つな》がらなかった。コンビニで買い物をした。メモ帳とボールペン。邦彦のマンションに向かった。

平日の真っ昼間。いるかどうかわからなかった。だが、なにかをせずにいられなかった。メモとボールペンを握り締めてドアをノックした。

それほど待たずにドアがあいた。女が口を開けた。この前のように、不機嫌な感じはしなかった。

「小姐《シャオジェ》――」

呼びかけて、メモとボールペンを示した。女が肩をすくめた。メモに漢字を書いた。

國邦在什麼地方《グオバンツァイシェンモディーファン》？――邦彦はどこにいる？

「工作《コンツォ》」

女はいった。邦彦は仕事に行っている。そんなことはわかっている。苛立《いらだ》ちを抑えてペンを走らせた。

我想告訴國邦《ウォシャンガラソグオバン》——北京語の言い回しに頭をひねっていると、女が口を開いた。

「英語なら、少しできるわよ」

訛《なま》りの酷《ひど》い英語だった。だが、筆談を続けるよりはよっぽどましだった。

「この前英語で話しかけても、君はなにも答えてくれなかった」

「あんな時間に訪ねてくる方が悪いのよ」

「邦彦と大至急連絡を取りたいんだ」

「邦彦ってだれよ？」

「國邦だ。なんとかして連絡を取りたい。方法を知らないか？」

「携帯に電話すればいいじゃない」

「した。繋がらないんだ」

女は面倒くさそうにため息をついた。

「ここじゃなんだから、部屋に入りなさい」

「いいのか？」

「あなたが國邦を知ってるなら、わたしを襲おうなんて気にはならないでしょう？」

女はおれに背中を向けた。タンクトップとジーンズのホットパンツから、日本の女には望むべくもない長い手足が伸びていた。おれは女の後についていった。

「ドアはきちんと閉めてね」

二重のドアを閉めた。わけもなく息苦しさを覚えた。女のせいじゃない。邦彦の部屋に勝手にあがりこむ罪悪感のせいだった。

三メートルほどの薄暗い廊下を進んだ先がダイニングキッチンだった。歩くたびにスリッパの底が湿った音を立てた。部屋の真ん中に、大きなテーブルがあった。ダイニングテーブルというよりは、作業台と呼ぶべき代物だ。絵の具やペンが散乱し、中央に描きかけのイラストが置いてあった。

「見張りの仕事をしているときは、携帯電話の電源を切っちゃうのよ。その顎はどうしたの？」

女は作業台を背にして座った。

「階段で転んだんだ。どうすれば國邦と連絡が取れる？　どうしても伝えなきゃならないことがあるんだが」

「緊急用にポケベルを持って歩いてるわ。そっちに連絡を入れればいいじゃない」

「知らないんだ。教えてくれるか？」

「そうね……教えてあげてもいいけど、交換条件があるわ」

女は値踏みをするような視線をおれに向けていた。

「条件？」

「そこに突っ立ってないで座りなさいよ」

女の言葉に従った。作業台の奥に小さな丸椅子《まるいす》があった。腰をおろすと、シンナーと油の匂《にお》いが鼻をついた。

「あんたは絵かきなのか？」

「イラストレイターよ。どう思う、わたしのイラスト」

台の上に広げられた紙を覗《のぞ》きこんだ。真っ黒な背景に浮かび上がる無数の光が描かれていた。光はいくつもの色を放ち、闇《やみ》を圧倒しようとしていた。だが、背景の黒はどこまでも黒く、光の足掻《あが》きを嘲笑《あざわら》っているようだった。

「これは……街だな。台北のイメージイラストか？」

「台北に限らないわ。東京、香港、ニューヨーク、パリ。大都会の夜景がモティーフなの」

「夜光虫みたいだな」

麗芬のマンションから見た台北を思いだした。暗闇に蠢《うごめ》く夜光虫の群れ。おれが実際に目にしたものはもっと薄汚れた感じのする光だった。だが、女が黒にちりばめた光には、なにか、希望のようなものが感じられた。

「ありがとう。そんな風に感じてくれるなら、このイラスト、成功だわ」

女は自分の絵に見入っていた。ありあまる自信と底のない不安が、その横顔から見て取れた。

「交換条件というのはなんだ？」

横顔を見ながら訊《き》いた。

「國邦とあなたの関係を教えて」

女は絵から顔をあげなかった。表情を読むことができなかった。

「最近、おかしいのよ、彼。いつも難しい顔をして黙りこくってるの。理由を訊いても答えてくれないどころか、怒りだす始末。そんなときに、日本人のあなたがやって来た。あの人はだれって訊いても、國邦はやっぱり答えてくれない。気になるでしょう？」

「おれはあいつの兄だ」

女が顔をあげた。驚いたようには見えなかった。納得があるだけだった。

「國邦が日本人だってことは知ってたけど……全然似てないわね」

おれたちの顔が似ていたらわかったかもしれない。最初に会ったときに、邦彦を邦彦として認識することができたかもしれない。そうすれば、邦彦のおれに対する蔑《さげす》みも形を変えていたかもしれない――頭を振った。くだらない考えを追い払った。

「お兄さん、名前は?」

「昭彦だ。君は?」

女が手をさし出した。おれはメモ帳とペンを渡した。

「じゃあ、さっきの邦彦っていうのは、國邦の日本名なのね?」

女はメモに漢字を書きながらいった。

「そうだ」

「今度、邦彦って呼んでみようかな。怒られるだろうけど……これがわたしの名前よ」

メモ帳がかざされた。

――辛迅《シンシュン》。その下に数字の羅列が書いてあった。

「こっちが國邦のポケベルの番号。今、連絡してあげましょうか? お兄さんが連絡を取りたがってるって」

「ああ、そうしてくれ」

辛迅が手を伸ばした。作業台の上で、雑誌と紙に埋もれていた電話を取った。しばらくの間があって、北京語を喋《しゃべ》った。こっちのポケベルは日本とはシステムが違う。オペレータを通してメッセージをやりとりするのだ。

辛迅が電話を切った。

「これでOKよ。遅くとも一時間後には連絡が入ると思うわ」

「訊いてもいいかな？」

「どうぞ」

「君と邦彦は——」

口を閉じた。辛迅が不思議そうにおれの顔を見た。

「どうしたの？」

「君は邦彦の過去をどれぐらい知っている？」

「あまり知らないわ。知りあって、まだ一年ちょっとだし、彼は無口だし。お兄さんがいることも知らなかったのよ、わたし」

「邦彦の……おれたちの母親のことは？　会ったことはあるんだろう？」

辛迅が首を振った。膨らんでいた希望が音を立てて萎《しぼ》んだ。

「アルツハイマーが進行していて、どこかの施設にいるって聞いたことがあるだけよ。悲しくなるから、だれにも会わせたくないんだって」

「アルツハイマー？　おふくろはまだ六〇前だぞ」

「國邦がそういってるのよ。あなたのお母さんでしょう？　わたしが聞きたいぐらいだわ」

「そうだな。声を荒らげたのは申し訳なかった」

た。


「お母さんとお会いになってないの？」

「もう、二〇年近く会ってない」

「そう……わたし、お母さんがアルツハイマーだっていう話、國邦の嘘《うそ》だと思うわ」

辛迅は手にしたペンを弄《もてあそ》んだ。心にあることを口にしていいのかどうか迷っているようだった。

「どうしてそう思うんだ？」

後押ししてやった。

「理由は特にないの。一緒に暮らしていて感じるだけ。わたし、あなたたちのお母さんは精神《メンタル》病院《ホスピタル》にいるんだと思う」

精神病院——はじめは単語の意味がわからなかった。意味を悟って、頭を蹴《け》られたようなショックを受けた。

「精神病院だと？」

「半年ぐらい前に、どこかの精神病院で患者が集団自殺した事件、覚えてない？」

覚えていなかった。首を振った。

「新聞に大きく記事が載っていて、それを読んだ國邦が顔色を変えて部屋を飛びだしていったのよ。わたし、お母さんのことが心配になったんだと思ったわ」

親父がおふくろにした仕打ち。王東谷の血まみれの履歴。おふくろは元々、塞《ふさ》ぎがちな女だった。手首に傷があった。ガキのころ聞いたことがある。その傷はどうしたの——昔、死んじゃおうと思ったことがあるのよ。それを聞いておれは泣いた。死なないでくれ、おれを置いていかないでくれとおふくろのスカートにしがみついた。おふくろが精神のバランスを欠いたとしても、不思議じゃなかった。

「どこの病院か、わからないか？」

「ごめんなさい。國邦はそういう話、一切しないのよ」

「そうか……」

腰をあげた。打ちのめされていた。それに辛迅から邦彦のことを聞きだそうとしても、無駄なようだった。

「君たちは結婚するのか？」

「どうかしら」辛迅は首を傾げた。「今は愛しているけど、何十年も一緒に暮らすことを考えたら、國邦は決して楽しい人じゃないから」

「邪魔をしたね」

「もう帰るの？　國邦から連絡があるまで、ここで待っていてもいいのに」

「そんなことをしたら、邦彦に殴り倒される」

「その顎《あご》、國邦に殴られたんでしょう？」

「そうだ。おれはだめな兄貴なんだ。國邦に嫌われている」

振り返り、辛迅に微笑《ほほえ》みかけた。邦彦に殴られた顎が痛みを伝えてきた。

「ねえ……」

辛迅が躊躇《ためら》うように視線を落とした。

「なんだ？」

「あなたの電話番号、教えてくれない？　ときどき、電話したいんだけど」

「どうして？」

「國邦のこと、知りたいの。これからもずっと愛していけるのか、知りたいの」

「おれは國邦のことをよく知らないんだ」

「わたしも知らないのよ。だから……わたしの知っていることと、あなたの知っていることを足せば、もっと國邦を理解できるようになるかもしれないわ」

「わかった」

おれは携帯の番号を辛迅に教えた。


あてもなく、スクーターを飛ばした。何度もバックミラーを覗《のぞ》いた。パトカーとすれ違うたびに唾《つば》を飲み込んだ。磁力に引き寄せられるように、南京路を西に向かっていた。迪化街が見えてきた。邦彦とおふくろが、王東谷と共に暮らしていた街。

スクーターをとめた。煙草をくわえた。どこか懐かしさを覚えさせる街並みを眺めた。

日本に帰りたい――唐突に、身を焦がすような思いに駆られた。

すべてを放り出して日本に帰る。麗芬を連れて帰る。邦彦もおふくろのことも知ったことじゃない。二〇年、離れて暮らしていた。いまさら、家族になにを望む。このまま台湾に居つづければ、おれはどこまでも堕ちていく。

どこにいても同じだ――声が聞こえた。

どこにいようとおまえはおまえだ。どこにいても、おまえはおまえの欲望の奴隷だ。

そのとおりだった。

煙草を捨てた。路肩のスタンドで檳榔《びんろう》を買った。嚙《か》んだ。血の色をした唾液《だえき》を吐き捨てた。

携帯が鳴った。

「二度とおれの家に近づくな！」

邦彦の怒鳴り声がした。

「いいか、おれは――」

「黙れ。緊急事態だ。袁がおれを見張っている」

「袁？」

「おれの担当だった老いぼれの刑事だ。おれの部屋を若い刑事と二人で見張っていたんだ。おまえ、なにも知らないのか？」

聞こえてくるのは荒い息遣いだけだった。

「邦彦、聞いてるのか？」

「おれは國邦だ。見張られているというのは確かなんだな？」

「間違いない」

汚物を吐きだすような北京語が聞こえた。よく耳にする罵《のの》しりの言葉だった。

「すぐに調べる。なにかわかるまで、あんたはじっとしてろ」

「袁は高雄までおれに張りついてくるか？」

「ここは台湾だぞ。警察にそんな予算はない」

「今夜、会えるか？」

「連絡する」

電話が切れた。邦彦は突風のようだった。おかげで、ろくでもない感傷を振り払うことができた。

動きつづけろ。立ち止まるな。さもなければ、破滅が待っている。

スクーターのエンジンをかけた。アクセルを開いた。前輪が浮き上がった。タイアの溶ける匂《にお》い――台北の匂い。麗しの島にはお似合いだった。


麗芬のマンションも見張られていた。いかにも警察車という感じの白い車がとまっていた。車内には男が二人。ウィンドウを開け放ち、中華式の扇子を使っていた。張り込みの刑事以外、そんなことをする人間はいない。

どこもかしこも見張られている。袁はなにを摑《つか》んだのか――スクーターを反転させた。

中泰賓館《チヨンタイピングアン》で部屋を取った。球場が近いので、高給取りの野球選手が使うホテルだ。フロントの男がおれのことを知っていた。案内された部屋はセミ・スウィート。提示された金額はツインの値段。フロントの男とベルボーイに多めのチップを払った。

麗芬の部屋に電話した。留守番電話だった。麗芬はおれのおふくろを探している。どこかの病院にいるおふくろを。

「麗芬、今夜は外で食事をしないか？　これを聞いたら、携帯に電話をくれ」

メッセージを残して電話を切った。

台北にいる日本人の知りあいに電話をかけまくった。二一人目で捕まえた。小野寺由紀の写真が載ったという雑誌——今日中にホテルに届けてもらうように手配した。

することがなくなった。だが、じっとしていられる気分でもなかった。ホテルを出て、タクシーで忠孝東路《ヂヨンシアオトンルー》に行った。太平洋崇光デパートで時間を潰《つぶ》した。麗芬にスターサファイアの指輪を買った。徐栄一がくれた指輪には遠くかなわない。それでも、おれは満足していた。

時計売り場で、パテック・フィリップを眺めた。おれのと同じ時計には三〇〇万元の値札がついていた。日本円で一二〇〇万。時計は邦彦が持っている。

気がつくと歯ぎしりしていた。トイレで顔を洗った。

携帯が鳴った。麗芬からだった。麗芬が自分の部屋に戻ったりしないよう、時間と場所を決めた。

麗芬は日本のうどんが食べたいといった。おれはもっと高いものを奢《おご》ってやるといった。それでも、麗芬はうどんがいいといった。

ワインでも飲みながら指輪を渡そうというおれの目論見はもろくも崩れ去った。

麗芬に尾行がついていないことを確認して、うどんを食べた。おれのおふくろのことを考えていたら、無性に日本のものが食べたくなったのだと麗芬はいった。それがどうしてうどんなのかと聞いた。麗芬は頬《ほお》を赤らめて自分でもよくわからないといった。

うどんの後は、ホテルに直行した。ルームサーヴィスで赤ワインを取り、夜景を見ながら乾杯した。麗芬と一緒に見る台北の夜景は、辛迅の描いた絵よりも美しかった。

指輪を渡した。麗芬が抱きついてきた。麗芬を抱いた。優しく、慈しむように。枕言葉《まくらことば》に、麗芬がおふくろのことを話した。

おふくろは一時期、桜荘に通っていたらしい。戦前、戦後、台湾に嫁いできた日本女性と、日本語教育を受けた世代の台湾女性のための施設だ。週に二日ほど集まって、俳句を詠み、日本の歌をうたう。そうやって望郷の念を紛らわす。

おふくろは三年ほど前まで、その桜荘でボランティアをしていたと麗芬はいった。足腰が不自由になった老婆たちの面倒を見ていたのだと。それが、突然、連絡が途絶えた。施設の関係者たちも、おふくろになにがあったのか把握していなかった。おふくろが姿を現さなくなって一ヶ月後、連絡先に電話をかけたが通じなかったのだと麗芬は悲しそうにいった。

邦彦が病院にいれたんだ――喉元《のどもと》まで出かかった呟《つぶや》きを飲み込んで、麗芬の話に耳を傾けた。麗芬の声がやがて寝息に変わった。

邦彦からの連絡はなかった。

スゥイートの天井を見つめながら、邦彦とおふくろのことを思った。

49

バスでの移動――単調で退屈。何年たっても慣れることがない。足元の電源プラグで携帯のバッテリをチャージしながら、ホテルのフロントで受け取った雑誌に目を通した。

写真が載っているページはすぐにわかった。そこだけ、紙がよれていた。何人もの不躾《ぶしつけ》な視線が、そのページに注がれたことを物語っていた。

小野寺由紀の顔には目線が入っていた。股間《こかん》にはモザイクがかけられていた。使い捨てカメラで撮った写真は露出過多だった。それでも、写真であられもない姿をさらしているのは小野寺由紀以外のだれでもなかった。

　フラッシュバック——あの夜のことが蘇《よみがえ》った。小野寺由紀の身体の手触りをリアルに思いだした。

　扇情的な見出しと事実無根の記事。吐き気を覚えた。雑誌を引き裂こうとして思いとどまった。目を閉じた。残像が瞼《まぶた》に映った。般若《はんにゃ》のような小野寺由紀の顔——必ず償わせてやるから。背骨を悪寒が駆け抜けた。


　高雄は異常なまでの暑さだった。市営球場で練習をはじめて、一〇分後には顎《あご》があがった。寝不足が応《こた》えた。頭の芯《しん》にこびりついた疲労がいつも以上に体力を奪っていた。

　投球練習を見守っていたコーチが首を振っていた。加倉は使えないという意味の北京語が聞こえた。給料泥棒という意味の北京語が聞こえた。通訳の黄《ホワン》が怯《おび》えたような顔をしていた。

　一時間で練習を切り上げた。監督がなにかを怒鳴った。黄が血相を変えて駆け寄ってきた。

「加倉さん、まだ、練習、終わりじゃないです」

「こんなクソ暑い中で練習をしたって疲れるだけだ。ホテルのジムで汗を流してくる」

「加倉さん、わたし、困ります」

　黄の泣き言を聞く気はなかった。

　ベンチで着替え、球場を出た。だれかが追いかけてきた。野球場の管理人だった。花束を抱えていた。濃厚な香りを放つ蘭。中にカードが添えられていた。

〈加倉先生、高雄へお帰りなさい。また、あなたが活躍することをお祈りしています。残念ながら、今夜は先約があります。明日の夜、食事の席をもうけますので、時間をお作りください。ご連絡、お待ちしております——徐栄一〉

携帯電話。顧から教えられた番号にかけた。呼び出し音が五回鳴って、相手が出た。

「喂《ウェイ》?」

若い男の甲高い声。

「台北から紹介してもらったんだが」

「ああ、野球の選手だね、あんた」

きれいな日本語だった。かなり早口だが、アクセントにずれがなかった。

「今すぐ会いたいんだが」

「ちょっと待って」

男の声の後ろで、電子的な音が立て続けに起こった。ゲームセンターでよく耳にするような音だった。

「三〇分後でいいかい?」

「ああ、かまわない」

「高雄には詳しい?」

「年に何度も来るからな。観光客よりは詳しいさ」

「七賢三路《チーシエンサンルー》はわかるだろう。港に向かう道」

「外国船の船員向けの店が並んでる辺りだな」

「そこにさ、ノックアウトっていうバーがあるんだ。あの辺りを歩いてる船員に聞けばすぐにわかる」

男は、ノックアウトを気障《きざ》な英語ふうに発音した。

「七賢三路のノックアウトに三〇分後だな。どうやってあんたを見つければいい？」

「この時間に、あんな飲み屋にいる漢人はおれしかいないよ。じゃあ、後でね」

「待ってくれ、あんたの名前は――」

電話は切れていた。せっかちな男だった。しかも、若い。不安が鎌首をもたげた。振り払った。代わりの人間を見つけている暇はない。

タクシーを拾った。中正《チョンチョン》大橋を渡って市の南西部へ。西に萬寿山《ワンショウシャン》、南に港。日本語の看板をぶら下げた海鮮物屋が軒を連ねる一画に出た。タクシーを降りると、潮の匂《にお》いが鼻をついた。生ぬるい海風が頰《ほお》を撫《な》でた。高雄は愛河《アイホー》を挟んで東と西で表情が一変する。東は近代的な建物が並ぶ市街地――台北や他の街と変わらない。だが、河を渡れば、港町の風景が広がる。薄汚れた風体の船員たちが昼間から飲んだくれている。ゴム長を履いた男たちが通りを歩いている。市場からは威勢のいい笑い声が流れてくる。北に向かえば、寂れた売春街もある。港町に必要なものはなんでも揃《そろ》っている。

土産物屋を冷やかしながら、七賢三路を南に向かった。まだ時間に余裕があった。〈ノックアウト〉はすぐに見つかった。風が吹けば吹っ飛んでしまいそうな看板に手書きでノックアウトの英文字。板敷きの歩道の上に朽ちかけた椅子《いす》とテーブルが並んでいた。赤い顔をした白人が四人、ビールのジョッキを片手にカードで遊んでいた。地中海の港町には必ずありそうなバー。違うのは、バーの隣が海鮮物の市場で、中華料理の香辛料の香りが漂っていることだ。

白人たちがやっているのはポーカーだった。聞きなれない言葉を喋《しゃべ》っていた。イタリア語か、ポルトガル語か。しばらく男たちの手を眺めていると、約束の時間になった。男たちを尻目《しりめ》に、店の中に入った。

ジュークボックス。塗装の剝《は》げたバーカウンター。斜めにかしいだテーブル。カウンターの端に扇風機がすえつけられてあった。扇風機は動いていたが、なんの役にも立っていなかった。

「ウェルカム」

カウンターの中にいた女がいった。太った身体を真っ赤なアロハで包んだ中年女だった。恐らく、英語は酒の値段をいえるだけだろう。

「人と待ち合わせをしてるんだが」

英語でいってみた。案の定、女は首を振るだけだった。カウンターの端に腰をおろした。壁に書かれたメニューを盗み読んだ。

「フローズン・ダイキリ」

オーダーした。女は悲しそうに首を振った。

「ビア」

女が笑った。何度もうなずき、冷蔵庫の中からバドワイザーの缶を出してきた。缶を受け取り、プルリングを引いた。店の外でバイクのエンジン音が響いた。エンジンはすぐにとまった。板敷きの上を走る靴音――ドアが派手に開いた。振り返った。痩《や》せて背の高い若者だった。肩まで伸びた真っ直ぐな髪、シカゴ・ブルズのロゴが入ったTシャツ。だぶだぶのジーンズ。足元はナイキのエア・ジョーダン。型まではわからなかった。電話の主がこの男じゃないことを祈った。

「あんた、加倉さん？」

おれの祈りは通じなかった。電話と同じ声、同じ流暢《りゅうちょう》な日本語だった。

「おれ、遅刻してないよね」

男は左手の時計を見ながらいった。時計はGショック。なにからなにまで期待を裏切らない。背中に背負ったリュックにはノートパソコンが入っているに違いなかった。

「ああ、遅刻はしてない」

おれがいうと、男はせわしなく両手を動かしながらおれの横に座った。ジーンズで汗をぬぐった右手を差しだしてきた。

「おれ、マイケル」

また英語風の発音。おれは差し出された右手を無視した。

「まさか、ファミリィ・ネームはジョーダンだというんじゃないだろうな？」

「まさか。マイケルはニック・ネームだよ。本当の名前は別にあるけど、クールじゃないんだ」

マイケルは差し出した手を引っ込めた。

「こんなガキ、冗談じゃないって顔してるね」

「日本語がうまいな」

「勉強したからね。発音がわからないときは、インターネットで日本の友達に聞くのさ」

「電話の方が簡単だ」

「インターネットはただで使えるんだよ」

頭の中でマイケルの言葉を翻訳した——おれはＮＢＡ狂いで日本おたくのハッカーなんだ。クールだろう？

顧を呪《のろ》った。

「手間をかけたな。好きなものを飲んでくれ。おれが奢《おご》る」

ポケットから小銭をだし、カウンターの上に置いた。腰をあげた。

「ちょっと待ってよ」

手首を摑《つか》まれた。外見の割には強い力だった。

「見た目で人を判断するの、年寄りの悪い癖だよ。損はさせないから、もう少し待ってなよ」

マイケルの目は挑発的だった。あげかけた腰をおろした。おれには時間がない——自分にそういい聞かせながら。

マイケルがにやりと笑った。リュックをおろし、中からパソコンを取りだした。蓋《ふた》が開いた。

「おれはさ、コンピュータゲームのバイヤーなんだ」言葉と同じ速さでマイケルの指がキィボードを叩《たた》いた。「主に日本のソフトを扱ってる。プレイステーションとかセガサターン。知ってるだろう？」

「不法ソフトを売買してるってことだな？」

マイケルがうなずいた。ノートパソコンの液晶モニタが目まぐるしくスクロールしていた。

「だから日本語も勉強したんだ。最近はアメリカからの圧力があって、台湾でも海賊版の売り買いには警察がうるさいんだよ。だから、やくざと手を結ぶことになるんだ。おれ、こう見えても高雄のやくざに知りあい、いっぱいいるんだよ」

モニタのスクロールが止まった。黒かった背景が急に明るくなり、写真が浮かび上がってきた。おれは息をのんだ。王東谷の写真だった。

「台北から連絡をくれたのも、やくざさ。画像データをインターネットで送ってもらって、昨日のうちに触れ回っておいた」

王東谷の写真の横に文字が並んだ。どれも中文のようだった。

「この文字は、高雄でこの写真のおじさんを見たことがあるってやつから送られてきたメールさ。どう？　これでも帰る？」

「インターネットでこいつを探してるってことをいいふらしたのか？」

「あんたが心配してるのは、このおじさんを探してることをやくざに知られたら困るってことだろう？　安心しなよ。やくざにコンピュータなんてわからないさ。それに、口の固いやつらにしかメールしてない」

マイケルを睨《にら》んだ。マイケルは睨みかえしてきた。ただのおたくじゃないんだぜ、なめるなよ、おっさん――マイケルの目はそういっていた。

「で、成果はどうだったんだ？」

マイケルは嬉《うれ》しそうに微笑《ほほえ》んだ。

「返事のメールは五通。そのうち四通は、見たことがあるかもしれないけど自信がないって内容——」マイケルがキィを押した。文字がスクロールした。「で、こいつなんだけど、なんと、昨日の夕方、このおじさんを見たっていうんだ」

マイケルの晴れがましい表情——心が躍った。

「本当か？」

「確認のメールを出したよ。この写真のおじさんに間違いないってさ」

「そいつに会って話を聞けるか？」

「もちろん。もうセッティングしてあるよ」マイケルは左腕のGショックを覗《のぞ》きこんだ。「加倉さん、試合が終わるの、九時すぎだろう？　一一時に待ち合わせしたんだけど、だいじょうぶかい？」

「ああ、没問題《メイウエンティ》だ」

おれの北京語に、マイケルは鼻を鳴らした。

「日本語の方がクールだよ。どこの言葉とも似てないからね」

財布を取りだした。一〇〇ドル札と二〇ドル札で五〇〇ドル。数えてマイケルに渡した。

「約束の金だ。うまくいけば、ボーナスを出してやる。それから——」

財布に残っていたアメリカドルを全部抜き出した。同じく五〇〇ドルあるはずだった。方から受け取った金、そのうちのおれの取り分。すべてがなくなった。だが、惜しくはない。

「こいつは別口だ。もう一人、探して欲しい人間がいる。やる気はあるか？」

マイケルはおれの手の中の札をじっと見つめた。

「やるさ、もちろん。だれを探して欲しいの？」

「日本の女だ。ジャーナリストだと名乗って、高雄の黒道の組織や野球賭博《とばく》のことを聞きまわっているはずだ」

「日本人が一人で？」

「台湾人の通訳が一緒だ」

「写真、ある？」

「ちゃんと写ってるのはないんだが……」

雑誌を出した。小野寺由紀が載っているページを開き、マイケルに渡した。マイケルは口笛をふいた。美術品を鑑定するような熱心さで写真を隅々まで観察した。

「それでだいじょうぶか？」

「この雑誌、貸してもらえるかな？　スキャンして、画像ソフトで処理すれば、この目隠し、取ることができると思うんだ」

「かまわない。できるだけ速くやってくれるか？」

「一時までにやっておくよ。このおじさんと違って――」マイケルはコンピュータの王東谷の写真を指差した。「若くてきれいな女のことなら反応がいいから、すぐに情報は集まると思う。それに、こんな凄《すご》い写真だし……だれが撮ったんだろう？」

「おれだよ」

マイケルは何度も瞬《まばた》きをし、口を開けた。

審判のプレイボールの声。それが合図だったようにどよめきが起こる。客の入りは半分といったところだった。美亜と対戦相手三商虎隊《サンシャンタイガース》の最近の成績を考えれば、それでも入っている方だった。

試合は淡々と進んだ。どちらの投手も二線級。その二線級を打ち崩せない貧弱な打線。スコアボードにゼロが連なる。スタンドからブーイングが浴びせられる。

五回の表に美亜の投手——鐘《チョン》が捕まった。デッドボールと二塁手のエラーでリズムを崩し、連打を浴びた。

「加倉さん——」耳元で通訳の黄の声がした。「監督さんが、投球練習をしろといってます」

振り向いた。驚きを隠さずに黄と、ベンチの隅にいる監督の林の顔を見比べた。

「おれの出番じゃないだろう？」

黄の視線が泳いだ。だれかに助けを求めようとし、無駄だと悟ると首を振った。

「加倉さん、調子が戻るまでは中継ぎだそうです」

「おれが中継ぎだと？」

立ち上がった。林を睨《にら》んだ。林はおれから視線をそらした。

「どういうことだ？」

ベンチを横切って詰め寄った。林は苦々しげな顔をして、北京語を吐きだした。

「調子が悪いんだから仕方がないといってます」

背後から黄の声がする。その声に別の声がかぶさった。

——こいつらを黙らせろ。

「本気でいってるのか？　本気でおれを中継ぎで使うつもりか？」

林の肩を摑《つか》んだ。林がおれの手を撥《は》ねのけた。鋭い北京語が飛んできた。

「嫌なら二軍だそうです」

——こいつらを黙らせろ。

骨が砕けるような音がした。口の中で歯が欠けた音だった。気づかぬうちに奥歯をきつく嚙《か》み締めていた。

「そういうことか。わかったよ」

絞りだすようにいった。自分の場所に戻り、グラヴをはめた。

ベンチを出ると、野次が降りかかってきた。

——こいつらを黙らせろ。

控えのキャッチャーを座らせて、投げた。最初から全力投球だった。

——こいつらを黙らせろ。

どれだけ投げても怒りは消えなかった。声は消えなかった。

二〇球ほど投げたところでキャッチャーが立ち上がった。マウンドを指差した。マウンドの上に野手が集まっていた。林がマウンドに向かっていた。おれを手招きしていた。

スコアボードを見た。鐘は五点を奪われていた。塁上にはまだ二人のランナーがいた。

ゆっくりマウンドに向かった。うなだれた鐘とすれ違った。ボールを受け取り、野手をポジションにつかせた。

耳を聾《ろう》するような野次——放水野郎をぶちのめせ。

——こいつらを黙らせろ。頭が割れそうだった。

バッターボックスに立ったのは、太ったプエルトリカンだった。唾《つば》を吐き、濁った目でおれを睨んできた。震えがきた。意志ではコントロールできないなにかに身体を支配されているような気がした。

プエルトリカンの口が動いた――ファックユー。間違いなかった。プエルトリカンはそういった。

――こいつらを黙らせろ。ひときわ高い声がした。圧倒的な力を持つ声だった。

振りかぶった。投げた。全力をこめたボールが、プエルトリカンの頭を直撃した。ヘルメットとボールが高く舞い上がった。プエルトリカンは倒れたまま、ぴくりとも動かなかった。

静寂――怒声。三商のベンチから選手たちが飛び出してきた。マウンドに向かって突進してきた。美亜の選手たちは動くのが遅れた。

囲まれ、もみくちゃにされた。顔を殴られた。腹を蹴《け》られた。唾《つば》を吐きかけられた。

こいつらを黙らせろ――それでも、声はやまなかった。

50

夜が街を覆っていた。どこまでも連なるイルミネーション。車のヘッドライト。夜市の明かり――台北と区別がつかなかった。

待ち合わせの時間に遅れていた。治療と説教。プエルトリカンは脳震盪《のうしんとう》を起こしただけだったが、おれの投げた球は極めて悪質だと判断された。恐らくは数試合の出場停止。監督は湯気を立てて怒っていた。チームメイトたちは白けていた。二軍落ちを命じられた――荷物をまとめて台北に帰れ。

願ったり叶《かな》ったりだった。ホテルを換えて、邦彦に電話をかけた。通じなかった。辛迅《シンシュン》に教わったポケベルの番号にメッセージを入れた。

電話をくれ——四苦八苦の北京語を、オペレータはなんとか理解してくれた。

七賢三路は昼とは趣が変わっていた。ネオンとアルコールの匂《にお》いがのどかな雰囲気をかき消していた。〈ノックアウト〉の周囲には、酔っ払った船員と、着飾った娼婦《しょうふ》たちがたむろしていた。

マイケルはもう来ていた。左隣にビジネススーツを着た冴《さ》えない中年男がいた。店の中は昼間とはうってかわった騒がしさだった。あちこちでグラスとグラスがぶつかり、異国の言葉や歌で溢《あふ》れかえっていた。

マイケルはおれに気づくと左手をあげた。手首にはまっているGショックは、昼間とは色が違うタイプのものだった。

「酷《ひど》い顔だね、加倉さん。テレビで見たよ。燃えたなあ。凄《すご》い乱闘だった」

中年男が振り返った。着ているものと同じく冴えない顔つきだった。鼠を思わせる顔だ。鼠男はおどおどとした感じでおれに会釈した。問答無用で殴りつけたくなるような卑屈な態度だった。

「あのガイジン、たいした怪我《けが》じゃなかったんだって？」

マイケルの胸を指で突いた。

「ビジネスの話が先だ。おれは苛立《いらだ》ってる。余計な話はするな。いいな、マイケル？」

「わかったよ」

不服そうに尖《とが》った唇。指先で弾《はじ》いてやった。

「な、なにするんだよ」

咄嗟《とっさ》の反応にも日本語が出る。たいしたものだった。

「こいつが例のメールの男か？」

おれは鼠に視線を送った。鼠男が身体を引いた。おれの顔は左の頬《ほお》が腫《は》れている。右の目尻《めじり》と顎《あご》にどす黒い痣《あざ》が浮かんでいる。目つきも悪い。鼠男じゃなくても、威圧されるのは当然だった。

「こいつなんていい方、失礼だぜ。ラッツォも日本語はできるんだ」

鼠男がおどおどした笑みを浮かべた。

「はじめまして、ラッツォです」

マイケルよりは発音が悪い。だが、充分に聞き取れる日本語だった。

「鼠のラッツォってわけか？　お似合いだな」

マイケルにラッツォ——インターネットを使ったガキどもの悪ふざけ。ラッツォ。胸糞《むなくそ》が悪くなる。

「随分機嫌が悪いじゃないか……まあ、あれだけ殴られたんならしかたがないか」

おれはマイケルの隣に座った。昼間と同じ顔をしているアロハの女に指を一本立てて見せた。バドワイザーが出てきた。口をつけた。ビールは冷えていなかった。

「話を聞かせてくれ、ラッツォ」どんどん胸糞が悪くなる。「おれが探してる男を、本当に見たんだな?」

「え、ええ。確かです。間違いないです。わたし、空港で入国管理の仕事してます。人の顔を見たら、忘れません」

「いつ、どこで、どんな状況で見たんだ?」

「き、昨日の夜……く、九時ぐらいの時間です。わたし、近くのゲーセンにいました」

「ゲーセンってゲームセンターのことか?」

　おれは口を挟んだ。ラッツォが嬉《うれ》しそうにうなずいた。鼠のような顔をした台湾の中年男が日本のガキと同じボキャブラリーで話をする。

「ゲ、ゲームが終わって、ゲーセンの外に出ました。悪夢を見ているような気分だった。目が疲れていてぼーっとしてましたら、人とぶつかりました。それがこの人です」

　ラッツォはマイケルのコンピュータを指差した。含羞《はにか》んだ王東谷の顔がモニタに浮かび上がっていた。

「間違いないんだな?」

「は、はい。この人、日本語で、わたしのこと叱《しか》りましたから。ちゃんとした日本語でした。だから、覚えてます。わたし、日本のことに敏感です」

「なんといって叱られたんだ?」

　ラッツォは眉《まゆ》をしかめた。なにかを思いだそうとしているようだった。目が落ち着きなく動き、やがてとまった。

「どこに目をつけて歩いておる……確か、そういいました」

王東谷がいいそうな科白《せりふ》だった。胸のムカつきが薄れていった。

「それでどうした？」

「こ、この人、酔ってました。お酒の匂いしたし、真っ直ぐ歩けませんでした。わたし、少し心配になって、様子見ました。この人、いかがわしい店に入っていきました」

「いかがわしい店？」

「ガイジンの船員相手に博奕《ばくち》と売春をやってる店さ」

それまで黙っていたマイケルが口を開いた。

「面倒な店なのか？」

「仕切ってるのはやくざだからね」

「調べられるのか？」

「調べる必要なんかないよ」

「どういうことだ？」

「その店はさ、台湾人は入れないんだ。パスポートを持った船員だけを相手にしてるってこと。まあ、コネを使えば入れないことはないんだけどさ、わざわざそんなことするやつはいないんだよ。もっと奇麗で、病気の心配がない店がいっぱいあるからね。それなのに、あんたが探してるおじさんは店に入っていった。どうしてだと思う？」

「わけがわからないぐらいに酔っ払ってたか、その店に別の用事があったからだ」

「そのとおり。おれの予想じゃ、このおじさん、あの店で働いてるのさ」

マイケルは得意そうに顎を突きだした。

ありえない話じゃなかった。わしには手に職がないからな、昔馴染《むかしなじ》みのやくざに仕事をもらうしか能がないのさ――王東谷はよくそういっていた。場末の売春宿。昔馴染みのやくざに紹介してもらう仕事としてはうってつけだ――バドワイザーの缶を摑《つか》もうとしていた手が止まった。マイケルに顔を向けた。

「おい、もしかするとその店を仕切ってるのは、徐栄一の組織じゃないのか？」

「声がでかいよ」

マイケルは慌てた様子で視線を左右に走らせた。ラッツォはぽかんとするだけだった。

「あんた、徐栄一を知ってるのかい？」

「おれに放水をさせてるのはあいつだからな」

「ああ、そういうことか……確かに、あの店を仕切ってるのは、徐栄一のところのチンピラだよ。それがどうかしたのかい？」

王東谷を探してくれ。確かにおれはそう徐栄一に頼んだ。徐栄一ははじめからおれの願いを聞き入れる気がなかったということだった。

あいつを黙らせろ――声が聞こえた。かすかな声だったが、意味だけははっきり伝わってきた。

「なあ、加倉さん、急にどうしたんだよ？」

頭痛がした。マウンドにあがったときに覚えたのと同じ痛みだった。だれかにコケにされたときに必ず感じる、制御できない怒り、憎しみ。頭が割れそうだった。

「どうやったらこの男と話ができる？」

頭痛をこらえて、モニタの中の王東谷を指差した。

「それもあってこの店で待ち合わせをしたんだよ。この辺りの人間は、やくざの話はしたがらないんだけど、ガイジンは別だ。酔っ払ったガイジンにこのおじさんの画像を見せて聞いたんだ。カウンターの隅で鼾《いびき》をかいてるガイジンがいるだろう?」

マイケルが指差した方角に視線を送った。樽《たる》のような身体をした白人がカウンターの上に突っ伏していた。

「あのガイジン、五日前からいるんだ。船を修理してるって——」

マイケルを睨《にら》んだ。マイケルは顔の前で両手を振った。

「わかったよ。余計な話はするなっていうんだろう。とにかく、あのガイジン、この三日間、その店に入り浸ってるんだ。まず、女を買って、博奕をやって、酒を飲んで、船に戻って寝るっていってた。おれも船乗りに憧《あこが》れるよ」

「マイケル——」

「わかってるって。で、あのガイジンの話だと、あんたが探してるおじさんは酔っ払って店に来るか、店で酔っ払って外に飲みに行くかのどっちからしい」

マイケルの目が輝いている。自慢話に酔っているガキの目だ。

「それで?」

頭痛は酷《ひど》くなる。だが、マイケルの話はいっとき、頭痛を忘れさせた。

「今夜はおじさん、まだ店で飲んでるってさ。もう少し待ってれば、必ず出てくるぜ」

「確かなんだな?」

おれは店の外に視線を走らせた。酔っ払いどものパラダイス。酒を飲ませる店なら腐るほどありそうだった。

「確かであってほしいよ。ボーナスが欲しいからね」

「約束は守る」

ストゥールの上で腰をずらした。落ち着かない気分だった。もうすぐ王東谷に会える。知りたかったことを聞くことができる。

「それから、女の方だけどさ……」マイケルのお喋《しゃべ》りはやむことがない。「とりあえず、泊まってるホテルは見つけたよ。アンバサダーホテル。さっき電話をかけてみたけど、まだ部屋には戻ってなかった」

高雄の真ん中、愛河の東のほとりに建つホテルだった。

「部屋は？」

「二〇二四」

「今日、女がだれに会っていたか、調べられるか？」

「もちろん」

「じゃあ、やってくれ」

時計を見た。もうすぐ、深夜になろうとしていた。

「あとさ、お願いがあるんだけど、聞いてくれるかい？」

マイケルの口調が変わった。それまでの得意げな様子が影をひそめた。こっちの機嫌をうかがうような卑屈な声だった。

「なんだ？　いってみろよ」

「ラッツォが協力してくれたから、こんなに早く見つけることができたんだ。彼にも報酬を出してやってくれないかな」

「おれが出した金には、そういうことに使う経費も含まれるんじゃないのか」

「金でいいなら、おれが払うよ。だけど、ラッツォが欲しいのは別の物なんだ」

ストゥールを回した。ラッツォに身体を向けた。

「なにが欲しいんだ？」

ラッツォは今にも泣きだしそうな顔をした。スーツの内ポケットに手を突っ込み、紙切れをおれの前に突きだした。紙切れには、日本語が書かれていた。漫画のタイトルのようだった。意味がわからなかった。

「コ、コミケってご存じですか？」

「よくは知らない」

「ど、同人誌コミックの販売会です。夏と冬に、晴海《はるみ》で開かれます」

「それがどうした？」

「に、日本のお友達に、こ、ここに書いてある同人誌を、買うよう、いってくれませんか」

呆《あき》れて怒る気にもなれなかった。

「おれに漫画を買ってこいというのか？　おまえら、気は確かか？」

「おれたち、コミックで日本の文化に目覚めたんだぜ。日本のコミックに憧《あこが》れて日本語勉強して、おかげで、あんたの役に立てたんだ。それぐらい、いいだろう？」

マイケルがいった。目が本気だった。ぬるいビールを呷《あお》った。そうしなければ、頭痛がぶり返しそうだった。

携帯が鳴った。液晶表示に浮かび上がる番号を確認した。徐栄一の番号だった。電源を切った。

51

王東谷《ワントングー》はふらつきながら歩いてきた。着ているものはどことなく薄汚れ、荒《すさ》んだ雰囲気を発散させていた。血まみれの履歴を髣髴《ほうふつ》とさせる年老いた黒道《ヘイタオ》——そんな感じだった。

おれは足を踏みだそうとして、躊躇《ためら》った。なんといって声をかければいいのかわからなかった。

酔っ払いたちの饗宴《きょうえん》は続いている。バーから漏れる明かりが道を照らしている。王東谷が近づいてくる。

「爺《じい》さん」

声をかけた。王東谷が足をとめた。おれを見あげた。アルコールに曇った目が不規則に動いた。

「あんたか……」

目の動きが止まった。焦点があうにつれて、弛緩《しかん》していた顔の筋肉に張りが戻ってきた。

「こんなところでなにをしてるんだ?」

「生きておるのさ。それより、あんたこそこんなところでなにをしておる?」

だった。


「あんたを探してたんだ」

「物好きだな、あんたは」

「奢《おご》るよ。飲みに行こうぜ」

おれは顎をしゃくった。王東谷はなにもいわず歩きだした。バイクのエンジン音に振り返った。マイケルとラッツォがタンデムで走り去っていくところだった。


「それにしても酷い顔だな。だれにやられたんだ?」

王東谷はおれの顔も見ずにいった。紹興酒《しょうこうしゅ》の入ったグラスを両手で抱えるようにしてうなだれていた。

「今日の試合で相手の頭に球をぶつけた」

「それで、乱闘か。味方の選手はなにをしておったんだ?」

「おれは嫌われ者なのさ」

紹興酒を呷った。顔をしかめた。切れた口内に紹興酒がしみた。すぐ後ろをスクーターが駆け抜けていった。深夜を回っているというのに、途切れることのない人の渦。その中を突っ走るスクーター。台湾夜市のお馴染《なじ》みの光景だ。屋台で出される料理は人いきれと排気ガスにまみれている。それでも、味はうまかった。

「坊やを殺したからか? それとも、黒んぼを殺したからか?」

「死んだ友達の女房と寝てるからだ」

「頭の悪い連中だ。あんたに友達なんかおらんのにな」

王東谷はおれのすぐ横にいた。だが、おれには王東谷を実感することができなかった。おれの隣にいるのは、おれの知らない老人だった。くたびれて愚痴っぽい、ただの老人だ。

「どうしておれの前から姿を消した？」

訊《き》いた。王東谷は首を振った。なにかをごまかそうとするように酒を呷った。

「そんなに、邦彦との関係をおれに知られるのが嫌だったのか？」

王東谷を許すつもりはなかった。おれには知りたいことが多すぎた。知りたいという欲望を抑えるには、おれはあまりに身勝手すぎた。

「邦彦か……あれは、そういう名前だったんだな。あんたと会うまで、思いだしもせんかったよ」

「邦彦のためにおれに近づいたのか？」

王東谷は首を振った。

「もう、長いことあれの顔を見たこともなかった。嘉義《かぎ》の馬鹿者どもがあんな真似をしなかったら、死ぬまであれと会うことはなかったかもしれん」

「あんたと邦彦やおふくろとの間に、なにがあったんだ？」

「今夜はよく質問するじゃないかね」

「そのためにあんたを探したんだ」

王東谷はもう一度首を振った。グラスの残りを飲み干し、屋台の親父にお代わりを告げた。

「そんなことを知って、どうするんだ？」

今度はおれが首を振る番だった。

「わからない。ただ、知りたいんだ」

王東谷の目の前に新しい酒が置かれた。真横の屋台で、中華鍋《なべ》が炎をあげた。炎に照らしだされた王東谷の横顔はしなびた茄子《なす》のようだった。日焼けと皺《しわ》で覆われた顔に、諦《あきら》めを思わせる表情が浮かんでいた。

「なにもせんかった。それが、あの親子にわしがしたことさ。昔は血の気が多かったから、あれの母親を殴ったり蹴《け》ったりもしたがね。わしはあの親子になにもしてやらなかった。生活力のない親子を、日本から見知らぬ土地に連れてきて放りだしたんだ」

「そんなはずはない。邦彦はあんたを憎んでいる」

「あんたは間違っておる。あれはわしを軽蔑《けいべつ》しておるだけだ。あんたと同じようにな。あれが憎んでおるのは、わしの実の息子さ」

王東谷の息子——たしか、豊榮《フォンロン》という名前だった。

「わしの息子は性悪でな……もう、この話はよさんか、加倉さん」

「だめだ」王東谷の肩を摑《つか》んだ。無理矢理おれの方に身体を向かせた。「おれは知りたいんだ。おふくろと邦彦になにがあったのか、どうしても知りたいんだ」

「知ってもなにも変わらんぞ」

炎が王東谷の顔を照らしだした。王東谷はおれを憐《あわ》れんでいた。

「あれはあんたを軽蔑しつづけるだけだし、あんたを陽子《ヤンズ》に逢《あ》わせることもしない」

陽子——王東谷はおふくろの名前を北京語で発音した。嫉妬《しっと》に似た感情が胸を焦がした。おれの知らないおれの家族。赤の他人の王東谷が知っている。なにも知らないおれを憐れんでいる。

「話せよ、爺さん。おれはあいつらの家族だ。あいつらのことを知る権利があるんだ」

「陽子とは新宿で会った」王東谷は話しはじめた。「わしは、こっちで事件を起こしてな、新宿の同胞を頼って逃げておったんだ。陽子は飲み屋で働いておった。飲み屋の女にしては暗いし、年もいっている。妙に気になったものさ」

親父の親戚《しんせき》はおふくろの話をするのを嫌がった——そういうことだったのだ。水商売の女に人格を認めるような連中じゃなかった。みんな知っていた。おれだけが知らなかった。

「そのころ、わしは苛立《いらだ》っておってな……台湾から追っ手が来ておって、いつもびくびくしていなければならんかったし、日本は——天皇陛下の御国は、わしが想像していたのとは違っておった。くだらん国だ。自分の御国がこんなになって、陛下はどれだけ心を痛めておるかと思うと、心が張り裂けそうだった。四六時中、天皇陛下をないがしろにする日本人を殺してやりたいと思っておった。わしは台湾に取り残された皇民だ。そのわしが、これほど天皇陛下のことを思っておるのに……あんたら、日本人は陛下を敬うことを忘れて、国をめちゃくちゃにしておる」

夜市には相変わらず人が溢《あふ》れていた。だが、ざわめきもスクーターの音もおれの耳には入らなかった。聞こえるのは、王東谷の呪詛《じゅそ》のような言葉だけだった。

「夜、新宿の、台湾人が寄りつかんような飲み屋に通って憂さを晴らしておったのさ。陽子はそこで働いておった。他の女は、わしが店に来ると嫌がった。当たり前だ。わしは頭に血が昇ると、女だろうと容赦なく殴ったからな。だが、陽子だけは、嫌な顔もせずにわしに酒の酌をしてくれた。わしにはな、加倉さん、あんたの母親が大和撫子《やまとなでしこ》に見えたんだよ。笑わんでくれ。大和撫子と結婚して、陛下のために益丈夫《ますらお》を育てることが、わしの夢だったんだ」

戦前の軍国教育のなれの果てがおれの目の前にいた。当の日本では戦争が終わると同時に否定された人間が、台湾の地で生き延びている。妄執を胸に秘めて生き延びている。笑えるはずがなかった。憐れみと日本人であることの嫌悪が胸に宿っただけだった。

「わしの息子は性悪だといっただろう？　台湾人に子を産ませてもだめだと思っておったんだ。日本の大和撫子との間にできた男の子でなければ、立派な益丈夫には育たんと思い込んでおったんだ。馬鹿な話だがな、わしは本気だった。だから、陽子を台湾に連れてきた。ところが、陽子は子供を産めない身体だったんだ。あんた、知っておったか？」

首を振った。おれはなにも知らない。おれだけがなにも知らない。

「三人目の子供ができたときに、前の旦那《だんな》に腹を殴られて、それで子供を産めなくなったんだと陽子はいっておったよ。泣いてわしに許しを乞《こ》うていた。だが、わしは聞く耳を持たんかった。せっかくの夢がぶち壊されたんだ。陽子を殴り、蹴り、家を飛びだした。生活費も渡さずにな、文字どおり放り出したのさ」

王東谷は酒を飲んだ。喉《のど》を湿らせるだけの飲みかただった。

「頭が冷えると、気が咎《とが》めた。だから、三月《みつき》に一遍ぐらいは様子を見に行ったんだがな、陽子の顔を見ると、頭に血が昇る。それの繰り返しさ。わしはあの親子にとって、とんだ疫病神だった」

「あんたがいないのに、おふくろはどうやって生計を立ててたんだ？」

いった。口が強張っていた。うまく喋《しゃべ》ることができなかった。

王東谷はいいよどんだ。一瞬、途方にくれたような顔をし、酒に手を伸ばした。ゆっくり、

味わうように酒を飲み、また、口を開いた。

「近所の食堂で賄《まかな》いをやっておったよ。あの当時は、日本語を喋る年寄りがたくさんおったか

ら、言葉には不自由しておらんかった。それに、國邦がな、新聞配達やらをしておった」

「いまさら、嘘《うそ》はつくなよ、爺《じい》さん」

「嘘？　なんのことだ？」

「今のは、酒を飲みながら考えた嘘だろう？　お涙ちょうだいは通じないぜ。おふくろは料理

がうまい方じゃなかった。というより、嫌いだが、しかたなく家事をやっていた。賄いなんか、

やろうとしてもできる女じゃなかった。それに、邦彦には学がある。英語も喋れる。大学に行

った証拠だ。こっちの大学は、日本より入学が厳しいんだろう？　学費はともかく、そんな暮

らしをしていて受験勉強ができるのか？」

王東谷は顔を伏せた。太い指が所在無げにグラスを弄《もてあそ》んでいた。

「なにを隠してるんだ？」

「知らん方がいい。わしの嘘を信じておった方がいいんだ」

「爺さん――」

「あんたは若いときのわしと同じだ。頭に血が昇りすぎる。知らん方がいいんだ。信じなさ

い」

王東谷は叫ぶようにいった。腹に響くような声だった。周囲の視線が集まるのを感じた。他人の目などくそ喰《く》らえだった。なんとしてでも真実を聞きだすつもりだった。邦彦の憎悪——その根を知ることができれば、声が聞こえなくなるかもしれない。

「ふざけるなよ、爺さん。さっきもいっただろう。あいつらはおれの血を分けた家族だ。おれには知る権利がある」

「年寄りのいうことを聞いた方がいい」

「だめだ。力ずくでも聞きだすぞ」

「そんなことができると、本気で思っておるのか？　わしはただの年寄りじゃ——」

言葉が途切れた。王東谷は口を開けたままおれの背後を呆然《ぼうぜん》と見ていた。振り返った——人垣が割れていた。目つきの悪い男が三人、こっちに向かっていた。見た顔だった。ナイトクラブ。徐栄一に紹介された男たち。

男たちはおれの目の前で足をとめた。王東谷になにかをいった。

「徐栄一があんたに会いたがっとるそうだ」

王東谷がいった。だからいわんことじゃない——そういわれた気がした。

52

ベンツに押し込まれた。両脇《りょうわき》を男たちに挟まれた。王東谷は助手席。

ベンツは市街を北上していた。わかるのはそれだけだ。市街地の明り——夜光虫の群れが背後に消えていく。窓の外に闇《やみ》が広がっていく。恐怖が喉元にせりあがってきた。

「どこへ連れていくんだ？」

堪えきれずに訊《き》いた。だれも口を開かなかった。

「爺さん――」

「多分、澄清湖《チョンチンフー》さ。近くに徐栄一の別宅がある」

「そんなところでなにを？」

「わしも知らんよ。腹を括《くく》りなさい。いきなり殺されることはない」

王東谷の言葉を肯定するように、おれの右隣の男がおれの脇腹を小突いた。台湾語でなにかをいった。

口を閉じろ、さもなきゃ痛い目にあわすぞ――意味はすぐにわかった。

口を閉じ、目を閉じた。恐怖は消えなかった。


コンドミニアムのようなマンションだった。各棟に専用のガレージ。ガレージに直結したエレヴェータ。エレヴェータで運ばれた先はエントランスだった。玄関だけで、おれの部屋の数倍の広さがあった。龍の置物、吹きぬけの天井にシャンデリア。大理石の床はピカピカに磨かれていた。

王東谷が勝手を知った様子で先を進んだ。エレヴェータであがってきたばかりだというのに、下りの階段を降りていった。男たちに背中を押されて、おれは王東谷の後をおった。

階段の先に扉があった。桐生を連れていった地下カジノと同じようなスティールの分厚い扉だ。天井からカメラが吊《つ》るされていた。

音もなく扉が開いた。ひんやりとした空気が肌を撫《な》でた。

「電源を切るなら、携帯電話、いらないね」

中から声がした。徐栄一の声だった。王東谷が扉の内側に消えた。背中を押された。足が動かなかった。耳元で台湾語の怒鳴り声がした。歯を食いしばった。息をとめて扉をくぐった。

最初に目に飛び込んできたのは徐栄一だった。薄いピンクのポロシャツにプレスされたスラックス。まるでゴルフに出かけるビジネス・エリート。ただし、右手にはクラブじゃなく銃が握られていた。首にイヤー・プロテクタがかかっていた。

「どうして携帯電話、切ったんだ、加倉さん。わたしからの電話ということ、わかったはずだ」

徐栄一は銃をおれに向けた。口の中が干上がった。銃口しか見えなくなった。

「ひ、人と話していたんです」必死の思いで口を動かした。「今日は先約があるという話だったし、後で、折り返し電話をすればいいと……」

「わたしに電話する人多くても、わたしが電話する人、あまりいない。不愉快だな」

「すみません。これからは気をつけます」

「二度目はないよ。いいか?」

徐栄一が銃をおろした。膝《ひざ》から力が抜けていった。呻《うめ》くような声が聞こえた。

「今夜、わたしは機嫌が悪い。気をつけないと、大変なことになる。彼女みたいに」

うめき声のした方を見た。身体が凍りついた。地下室は縦に細長かった。火薬の匂《にお》いがした。いたるところに土嚢《どのう》が積み上げられていた。射撃場に使われているのは明白だった。徐栄一の対面——壁に人型が描かれたターゲット。その手前に両手両足を縛られた女が吊るされていた。女は全裸だった。女は小野寺由紀だった。身体中に痣《あざ》があった。太股《ふともも》の内側がぬめった液体で濡《ぬ》れていた。身体をくねらせて助けを求めていた。小野寺由紀の足元になにかが転がっていた。死体だということはすぐにわかった。小野寺由紀の通訳を務めていた男だった。

「彼女はこの高雄で、わたしのこと、調べていた。王先生のこと、調べていた。あなたのこと、調べていた。だから、こうなった。加倉さん、あなた、彼女に酷《ひど》いことをしたそうだな。それで、彼女は復讐《ふくしゅう》を誓ったそうだ」

徐栄一はヘッドフォン型のイヤー・プロテクタを耳に当てた。銃を持ち上げた。無造作に引き金を引いた。反射的に目を閉じた。耳を塞《ふさ》いだ。間に合わなかった。甲高い銃声が耳の中を駆け抜けた。鼓膜が痛みを訴えた。目を開けた。恐怖に耐えながら、銃口が向けられた先を見た。小野寺由紀が泣き喚《わめ》いていた。

「わたしには銃の才能がない。さっきから撃ってるのに、ぜんぜん当たらない」

イヤー・プロテクタをしたまま、徐栄一はいった。声が大きかった。

肝《きも》が冷えるのを通り越して悪寒がした。徐栄一にかかわったことを心底後悔した。

王東谷が徐栄一の脇《わき》に立った。子供から玩具《おもちゃ》を取り上げるような仕種《しぐさ》で銃を取り上げた。台湾語の怒鳴り声。それに徐栄一が台湾語で答える。徐栄一の取り巻きたちが動いた。王東谷を徐栄一から引き離した。

「年寄りは頭が固い。だから、世の中から取り残される」

王東谷を見据えながら、徐栄一は日本語でいった。

「どうもしない。うるさいから、出ていってもらっただけ。年寄りは大切にしないといけないからな」

徐栄一が顔を向けてきた。冷え冷えとした笑みが唇に張りついていた。

「彼をどうするつもりですか？」

王東谷の日本語は、だれかの手に塞がれて遮られた。三人の男が王東谷を押さえこみ、部屋の外に連れ出していった。

「貴様というやつは――」


ついさっき吐いた科白《せりふ》とは矛盾する言葉を、徐栄一は臆《おく》することなくいってのけた。

「こっちに来なさい、加倉さん」

いわれるままに従った。逆らおうという気は起きなかった。

「気になることがいくつかある。答えてもらいたい」

「なんですか？」

「まず、日本人投手のこと」

徐栄一の右手に握られた銃――リヴォルヴァーだった。

「わたしはあの試合、見ていたんだ。とても調子がよかったのに、急に打たれはじめた。加倉さん、謝はごまかせても、わたしはだめ。ごまかされない」

「嘉義の蔡明徳《ツァイミンダー》に命じられたんです」口が勝手に動いた。「あの試合で負けさせろと」

「蔡明徳」

徐栄一の唇が歪《ゆが》んだ。銃が持ち上がった。耳を塞いだ。銃口から火が噴きでるのが見えた。

一瞬遅れて銃声がした。小野寺由紀の身体の横で土嚢が弾《はじ》けた。小野寺由紀の内腿が濡れているわけがわかった。こんなふうに銃で撃たれて失禁したのだ。

小野寺由紀は泣きつづけていた。意思をなくした恐怖の虜《とりこ》。胸の膨らみも股間《こかん》の翳《かげ》りも、掛け値なしの恐怖の前ではただの肉の塊にすぎなかった。ただひたすらにおぞましいものにおれには見えた。

「どうして、蔡に命令されたんだ？」

「方という男に、秘密を知られたんです」

「どうやって？」

話した。桐生を連れていったカジノで方に会ったこと。曾をぶちのめしたこと。後を尾《つ》けられていたこと――。

「それで、方が曾から話を聞きだしたということか」

「そうです」

徐栄一はおれの足元に唾《つば》を吐いた。

「おまえがわたしの部下なら、罰、与えるところだ」

「おれは素人なんです。許してください」

「方に知られたこと、怒っているわけじゃない。わたしに報《しら》せなかったこと、怒っている」

徐栄一は台湾語で周りにいる男たちになにかをいった。男たちが一斉に銃を抜いた。

「徐先生、お願いです。おれは……おれは、どうすればいいかわからなかったんです。裏切る気はなかった」

いくつもの銃口がおれに向けられていた。生きた心地がしなかった。

「殺しはしない。おまえにはまだ、使いみち、ある。これを持て」

リヴォルヴァーが目の前に差し出された。わけもわからずに受け取った。

「わたしに銃を向けたら、死ぬ。気をつけろ。蔡と会ったのか？」

うなずいた。銃の重みに気力が挫《くじ》けてしまいそうだった。

「わたしのこと、なにかいっていたか？」

思いだせなかった。必死で記憶を探った。車の中。おれの隣に方、その奥に蔡。映像が蘇《よみがえ》った。運転席にチンピラ、助手席に女──高雄の女。映像の中で、蔡の口が動く。思いだした。

「あなたは図に乗りすぎているといってました。金儲《かねもう》けはうまいが、育ちが悪いと」

「そうか……そんなこと、いったか」

日本語に続けて、徐栄一は台湾語を口にした。おれに銃を向けていた男たちの中の二人が、小野寺由紀の元に駆けていった。縄を外し、小野寺由紀を抱きかかえた。小野寺由紀は人形のようにされるがままになっていた。

男たちは鼻をしかめていた。理由はすぐにわかった。尿の匂い。小野寺由紀は徐栄一の足元に放り出された。

「馬鹿な女だ」小野寺由紀を見下ろしながら徐栄一はいった。「日本には日本のルールがある。台湾にも台湾のルールがある。それがわからない。昔、日本に行ったときに、思った。日本人、馬鹿。世界の仕組み、ルール、日本人だけがわかってない」

徐栄一は小野寺由紀の腰を蹴《け》った。小さな悲鳴があがった。小野寺由紀は胎児のように身を丸めて泣いた。

「この徐栄一のことを調べ回ってた。ことわりもなく。殺される。当然だ」

徐栄一の冷たい目がおれを見据えた。

「撃て」

意味がわからなかった。

「この女、撃て」

意味がわかった。首を振った。

「できません」

「できる。おまえ、この女に殺すより酷いことした。そうだろう？　写真、見たよ。日本人は凄《すご》い。人の口塞ぐのにあんなことする。台湾人には考えられない」

「この女は有名人です。殺せば、日本政府が騒ぎだします」

「死体、見つからない。事件にならない。ただ、消えるだけ……撃て」

小野寺由紀を見た。徐栄一を見た。

「できません。許してください」

「撃つ。できなければ、おまえが撃たれる」

金属音がした。おれに向けられた銃の撃鉄があがった音だった。

「徐先生……」

「撃て」

銃を構えた。小野寺由紀は相変わらず身を丸めていた。状況を理解する力もない。ただの赤ん坊だった。

「撃て。死にたいのか？」

徐栄一の声。容赦がなかった。人の命などなんとも思っていなかった。他人の心を踏みにじって響き渡る声だった。

「撃て。おまえは友達を殺した。女を殺す、もっと簡単だ。撃て！」

銃口の先に小野寺由紀。左右を見渡す。逃げ場はどこにもない。いつもの声が聞こえることもない。

「撃て!!」

指に力を込めた。引き金は象のように重かった。

「撃て!!」

顔を背けた。指が感じていた抵抗が出し抜けに消えた。轟音《ごうおん》がした。衝撃を感じた。バランスを崩してよろめいた。だれかに背中を抱えられた。銃を取り上げられた。どこかで笑い声がした。神経を逆なでする笑い声。

「よくやった」

肩を叩《たた》かれた。徐栄一の顔がすぐそばにあった。徐栄一は笑っていた。

「おまえは人を殺すのが本当に上手だ」

徐栄一の視線の先――恐る恐る見た。見なければよかった。

バケツでぶちまけたような血。小野寺由紀の腹から飛び出た内臓。小野寺由紀の顔。かっと見開いた目――おれを睨《にら》んでいた。おれを呪《のろ》っていた。

うずくまった。吐いた。身体の中のものをすべて吐きだした。
笑い声――徐栄一は笑いつづけていた。
この男を黙らせろ――やっと、声が聞こえた。

53

亡霊どもが戻ってきた。俊郎とロペス、それに小野寺由紀。目を閉じると瞼《まぶた》に三人の顔がよみがえる。目を開けると三人の呪詛《じゅそ》が聞こえる。それに加えて、おれ自身の内部から響き渡ってくる声――あいつらを黙らせろ。

気が狂いそうだった。


ゴージャスとしか形容しようのない客室で夜を明かした。

一人にされると、震えがきた。手足の指先から震えがはじまり、止まらなくなった。小野寺由紀のように身を丸め、歯を食いしばって耐えた。

どのぐらいそうしていたのかはわからない。気がつくと、窓から日が差し込んできていた。

入口には鍵《かぎ》がかけられていた。室内に電話はなかった。携帯電話も取り上げられていた。電話の代わりに冷蔵庫を見つけた。ミネラルウォーターにビール、烏龍茶《ウーロンちゃ》、缶ジュースが入っていた。ミネラルウォーターを取りだし、一本丸ごと飲み干した。気分が落ち着いてきた。

部屋の中を歩き回った――じっとしていると亡霊が現れる。歩きながら頭を働かせようとした。無駄だった。考えることのできるのは昨夜の出来事だけだった。冷たい怒りを発散させていた徐栄一。自らの血と内臓の海の中で横たわる小野寺由紀。

なにかが狂っていた。なにかがおかしかった。

ドアが開いた。鍵を開ける音がしたはずなのに気づかなかった。

女が立っていた。ナイトクラブで出会った女。蔡明徳と一緒にいた女。鳳玲《フォンリン》と名乗った女。

「起きてましたか」

女はいった。

「あんた……」

女は人差し指を唇に当てた。

「徐先生がお呼びです」

聞きたいことは腐るほどあった。唇を噛《か》んでこらえた。ドアの外に人の気配がした。徐栄一の猜疑心《さいぎしん》をいたずらに刺激する必要はない。

部屋を出た。地下室にいた男が二人、おれを待ち受けていた。女を先頭に、長い廊下を歩いた。

二〇畳はあろうかというダイニングに通された。右手にバーカウンターとだだっ広い円形のダイニングテーブル。左手にAV機器と応接セット。革張りのソファに徐栄一が腰かけていた。淡いブルーのドレスシャツにこげ茶のスラックス。おれの持っている服をすべて足しても、徐栄一のシャツ一枚に及ばない。

「加倉さんをお連れしました」

女がいった。

「こっちへ」

徐栄一は振り返らなかった。リモコンでＡＶ機材を操作していた。

「どうぞ」

女はおれをうながし、身体を反転させた。ダイニングを出ていった。取り残された気分——急に足元が覚束なくなった。二人の男がおれを睨《にら》んでいた。ため息を洩《も》らし、徐栄一のそばに行った。Ｌ字型に組まれたソファ、中央にガラス張りのテーブル。テーブルの上には数種類の新聞が散らばっていた。

「よく眠れたか？」

徐栄一はやっとおれに顔を向けた。

「いいえ」

「そのうち、眠れるようになる——座りなさい」

徐栄一の顔が見える場所に腰をおろした。

「心配そうな顔だ」

「おれはどうなるんですか？」

「どうにもならない。台北に帰るだけ。そして、あの日本の投手に放水させる」

微《かす》かな音がして、テレビのモニタが青く輝いた。ヴィデオデッキのデジタル表示がテープを巻き戻していることを示していた。

「しかし、おれは嘉義の連中に脅されてるんです」

「嘉義のことは任せろ。心配ない。だいじょうぶ」

まった小野寺由紀。

コンクリートの床。徐々に画面が引いていく。白い塊が見えた。裸の女——胎児のように丸
徐栄一はリモコンをソファの上に放り投げた。唇の端が吊《つ》りあがっていた。

「おもしろいヴィデオだ。見てみよう」

画面が暗転した。粒子の粗いモノクロの映像が映しだされた。

徐栄一は青い画面に見入っていた。くだらない質問はするなといわれているような気がした。


「やめろ」

腰を浮かした。強い力で押さえつけられた。いつの間にか、男たちが真後ろに立っていた。

「ちゃんと見るんだ」

徐栄一は笑っていた。顔を背けた。顎《あご》を摑《つか》まれた。捻《ねじ》られた。嫌でも画面が目に入る。

モニタにおれが映っていた。モノクロでも顔から血の気が引いているのがわかった。蒼醒《あおざ》めていた。戦《おのの》いていた。前方に突きだされた両腕、その先端にリヴォルヴァー。狂暴な光を放っている。

「やめろ。ヴィデオを止めろ」

もがいた。両腕を抱えこまれた。髪の毛を摑まれた。顔が固定された。身動きが取れなかった。目を閉じた。

「目を開けろ。見るんだ。見なければ、おまえの女、同じ目に遭わせるぞ」

徐栄一が低い声で囁《ささや》いた。目を開けた。

画面の中、徐栄一が叫んでいる。口が動くだけで音は聞こえてこない。おれが首を振る。徐

栄一が叫ぶ。

「お願いだ、やめてくれ」

映像は徐々に引いていった。おれが構えた銃の先に横たわる小野寺由紀が映った。徐栄一は叫びつづけている。おれは首を振りつづけている。

突然、画像が揺れた。一瞬の炎。噴きあがる白煙。見えないなにかに蹴飛《けと》ばされたように小野寺由紀の身体が宙に浮き上がる。飛び散る血。ぶちまけられた内臓。小野寺由紀が床の上をバウンドした。

「やめろ。やめろ、やめろ、やめろ!!」

画像が静止した。仰向《あおむ》けに横たわった小野寺由紀の顔のアップ。頰《ほお》が床に触れ、生気の失《う》せた目がじっとおれを睨《にら》んでいる。その死に顔が俊郎の顔に見えた。ロペスの顔に見えた。

「いいか。今度の試合、たくさん金が動く。信じられないぐらいの金だ。失敗、許さない。もし、失敗したら、このヴィデオをおまえの女に送ってやる」

この男を黙らせろ——頭蓋骨《ずがいこつ》が軋《きし》みそうな声がした。

「やめてくれ、頼む」

懇願した。徐栄一にしたのか、自分の内部にしたのかわからなかった。おれはただ、懇願した。

「もう、やめてくれ。お願いだ」

空港で王東谷が待っていた。ホテルに置いてあったおれのスポーツバッグを右手にさげていた。

「もう逃げられんぞ」

王東谷はおれの顔を見て呟《つぶや》いた。おれに背を向け、搭乗ゲートに向かって歩きだした。

「爺《じい》さん……」

「チケットはわしが持っておる。出発まで後一〇分しかない。急ぎなさい」

ボディチェックを受け、飛行機の座席に腰を落ち着けるまで五分もかからなかった。シートベルトをすると同時に、飛行機が動きだした。王東谷は終始、しかめっ面をしていた。責められているような気がした。小野寺由紀を殺したことを、ロペスを殺したことを、俊郎を殺したことを責められている。

「おれはどうすればよかったんだ、爺さん？」

「真面目《まじめ》に野球をやっておればよかったんだ」

「あんたが謝を紹介したんじゃないか。謝と知りあわなけりゃ、おれだって真面目にやってたさ」

王東谷は頭を掻《か》いた。

「いい直そう。あんたは、台湾に来るべきじゃなかったんだ」

「台湾にはおれの家族がいたんだ。野球をやらせてくれるところは台湾しかなかったんだ。ふざけたことを抜かすな。どうしておれに近づいた？　徐栄一に命令されたからか？　あんた、おれの世話をやくのは罪ほろぼしのためだといったな？　これのどこが罪ほろぼしだ？　地獄に突き落としたようなもんじゃないか」

飛行機が停止した。北京語と英語のアナウンスがあって、エンジンが激しい音を立てた。機体が揺れた。背中がシートに押しつけられた。

「すまんと思っておる。心底から、あんたには申し訳ないことをしたと思っておるんだ」

王東谷は目を閉じた。

「そう思ってるんだったら、話を聞かせてくれ。昨日の続きだ」

王東谷は答えなかった。目を閉じた顔は、なにかに必死で耐えているようだった。

「爺さん！」

「豊榮に命令されたんだ」

「豊榮？」

「わしの息子だ。性悪の息子だ。あんたに放水をさせろと命じられた」

飛行機が離陸した。おれはまじまじと王東谷を見つめた。

豊榮――血まみれの履歴に記された名前。

「あんたの息子が、どうして？」

「國邦が苦しむ顔を見たかったんだろうて」

「どうしてそこに邦彦が出てくるんだ？」

「まだわからんのかね？」

王東谷が目を開けた。憐《あわ》れむような視線がおれを射抜いた――その瞬間、天啓が降りた。

「徐栄一があんたの息子なのか？」

王東谷はうなずいた。

迪化街の老婆――リエの祖母がいった。おまえの息子もやくざになったらしいじゃないか。親父さん――徐栄一は王東谷にそう呼びかけた。

邦彦の憎悪――血の繋《つな》がらない兄への憎悪。

「どうして名前が違うんだ？」

「徐という名字は、高雄の前の親分の名前さ。跡目を継いだときに、豐榮は王という姓を捨てて徐と名乗りはじめたんだ。栄一というのは、日本に逃げていたときに名乗っていた名前らしい」

豐榮――豊栄。榮は栄。栄一の栄。なぜ気づかなかった。

「なぜだ？　なにがあった？」

呆然《ぼうぜん》とつぶやいた。

「わしは益丈夫《ますらお》を育てたかった。だが、豐榮は益丈夫ではなかった。売女《ばいた》の血を引いた子だ」

シートベルト着用のサインが消えた。スチュワーデスたちが動きだした。すべてが歪《ゆが》んで見えた。まるで、おれと王東谷だけが、密閉された水槽の中に放り込まれたようだった。

「いや」王東谷は自重するように首を振った。「なによりもわしの子だった。酷《ひど》い親がいたもんだ。豐榮が何かするたびに殴りつけた。父親らしいことはなにもしてやらなんだ。おかげであれは性悪になった」

スチュワーデスがおしぼりを持ってきた。苛立《いらだ》ちながら英語でいった。

「なにもいらないから、おれたちにかまうな」

スチュワーデスは逃げるように去っていった。

「続けろ、爺さん」

「昨日は、陽子たちがどうやって暮らしをたてていたか、話していたんだったな？」

「そうだ」

「豐榮が金を渡しておったんだ。そのころには立派な黒道《ヘイタオ》になっておったからな、小遣い銭には不自由しておらんかった。兄貴面をしてな、陽子と國邦の面倒を見ておったんだよ」

王東谷が話す徐栄一とおれの知っている徐栄一の姿にはずれがあった。

「親切心からなどではなかった。あんたも知っておるとおり、豐榮は鬼のような男だ。わしが連れてきた國邦を憎んでおった。後で酷い目に遭わせるために、優しく接しておったんだ」

「あんた、邦彦にも冷たくしてたんじゃなかったのか？」

「國邦には、豐榮と同じようにしておったよ。違うのは殴らんかったことぐらいだ。豐榮にはそんなことは関係なかったんだ。わしとかかわりのある人間は、みんな、憎かったんだろう。そもそも、わしは迪化街のあの家には滅多に寄りつかんかった」

王東谷はため息をついた。

「それで？　それでどうした？」

「あるとき、迪化街に行ってみると、家はもぬけの殻だった。さすがに心配になってな、あちこち探しまわった。やっと陽子と國邦を見つけたんだが、もう、すべて手遅れだった。陽子は様子がおかしくなっておった。わしがなにを聞いても、わけのわからんことを口走るだけだった。國邦は、顎《あご》の下に真新しい刃物傷を作っておった。國邦を問い詰めたよ、なにがあったんだ、とな。國邦はなにも教えてくれなんだ。冷たい目で……侮蔑《ぶべつ》するようにわしを睨むだけだった。わしにわかったのは、豊榮がとんでもないことをしたということだけだ……」

王東谷は唇を舐《な》めた。

「なにがあったんだ？　焦《じ》らさないでくれ」

「後悔するぞ」

「話せ」

王東谷はまた目を閉じた。胃の中に溜《た》まった汚物を吐きだすように喋《しゃべ》りはじめた。

「なにがあったのか、わしは豊榮から聞いた。豊榮は……陽子を犯したんだ。國邦の見ている前でな」

視界が歪《ゆが》んだ。耳鳴りがした。声にならない叫びが喉《のど》を押し広げようとしていた。

「刃物で二人を脅したんだそうだ。國邦を縛りあげ、陽子を犯した」王東谷の声は震えていた。

「國邦の顎の傷は、そのとき豊榮につけられたものだ。わしは豊榮を殴り倒したよ。まだ若かったしな、力では豊榮に負けんかった。殺すつもりで殴った。豊榮はわしに殴られながら、笑っておった。おかしくてたまらんというように笑っておった。そして、豊榮はわしを警察に売ったんだ。わしはお尋ね者だったものでな。刑務所の中で考えたよ。そして気づいた。すべてはわしのせいだ。わしがおらんかったら、なにも起こらんかったんだとな」

「嘘《うそ》だ」

おれはいった。自分でも気づかないうちに首を振っていた。

「嘘じゃない。掛け値なしの真実さ。だから國邦は豊榮を憎んでおる。豊榮は理由などなく國邦を憎んでおる。豊榮がわしをあんたに近づかせたのは、あんたが國邦の兄さんだからだ。あんたを堕落させて、國邦を嗤《わら》っておるんだよ。自分に復讐《ふくしゅう》するために刑事になった國邦を嘲笑《あざわら》っておるんだ」

徐栄一と邦彦。その間でうろつきまわるおれ。どちらからも相手にされず、虫けらのように扱われている。

脈が速くなった。頭が痛んだ。脱力感が身体を蝕《むしば》んでいた。

「嘘だ。そんな話が現実にあるはずがない」

「そう思うなら、國邦に聞いてみるといい」

王東谷は腰をあげた。頭上の収納棚からおれのスポーツバッグを取りだした。おれにことわることもなくジッパーを開け、中から携帯電話を取りだした。

「あんたの携帯だ。昨日、一晩鳴りっぱなしだったと豊榮がいっておった。きっと、あの女性や國邦がかけてきたに違いない。台北についたら、國邦に連絡するがいい」

携帯を受け取った。

「わしは疲れた。少し、眠らせてもらうよ」

王東谷はシートを倒して目を閉じた。

「爺《じい》さん――」

声をかけた。王東谷はかたくなに目を閉じていた。

54

台北は雨だった。着陸直前、飛行機が激しく揺れた。それでも、王東谷は目を開かなかった。

おれに質問されるのを恐れているかのように。

電話をかけた——麗芬に。

「昨日はどうしてましたか？　わたし、何度も電話しました。テレビで見ました。加倉さん、殴られていたでしょう？　心配で……どうして、電話に出てくれなかったんですか？」

「酔っ払って寝てしまったんだ。むしゃくしゃして、やけ酒を飲んだ。悪かったな、麗芬」

考えていたわけでもない嘘が口を割って出る。胸が痛んだ。それでも、真実を知られるよりはましだった。

「いま、どこにいますか？」

「まだ高雄だ。明日、帰る。真っ直ぐ、おまえのところに飛んでいくよ」

「本当にだいじょうぶなんですね？」

「ああ。二日酔いで頭痛がするだけだ。これはきっと、おまえに心配をかけたから、天罰が当たったんだ」

遠慮がちな笑い声がした。

「よかった。わたし、悪い想像ばかりしてました」

どんな想像か、聞きたくはなかった。

「昨日、警察の人が来ました」

心臓がとまりそうな衝撃がきた。

「どうして、警察が？」

「加倉さんのこと、訊《き》かれました。普段はなにをしてるのか、様子がおかしいところないか…

「…たくさん、訊かれました」

「袁《ユエン》という刑事か？」

「そうです。どうして加倉さんのこと聞くんですかって、わたし、聞きました。そうしたら、別になんでもないって」

袁を黙らせろ——声が聞こえる。袁を黙らせろ。麗芬に近づくやつは、麗芬にろくでもないことを吹き込むやつはみんな黙らせろ。

「わたし、心配で心配で、眠れませんでした」

「なにもないんだよ、本当に。自分が情けなくて酒を飲んで寝てしまったんだ。麗芬、もう行かなきゃならない。今夜、電話するよ」

邦彦と連絡を取らなければならない。なにが起こっているのか、今すぐ確かめなければならない。

「約束ですよ。わたし、加倉さんのお母さんのこと、話すことあります」

麗芬の声は朗らかだった。おれの頭に宿った妄想は、その声に反してあまりにおぞましかった。

「麗芬、おれが戻るまで、おふくろを探すのはやめるんだ」

小野寺由紀の死体が脳裏に浮かんだ。小野寺由紀は野球賭《と》博《ばく》と徐栄一の関係に深入りして殺された。おれが殺した。おれのおふくろ——徐栄一に繋《つな》がっている。顧がおふくろに関する報告書をよこさなかったわけがわかった。徐栄一がそこに関っていたからだ。

「約束してくれ。おれが戻るまで、家から出るな」

「急にどうしました。わたし——」

「頼む、麗芬。約束してくれ。理由は後で必ず説明する」

「……わかりました。お母さん探すの、休みます。わたし、待ってます。加倉さん、理由教えてくれるの」

麗芬の声から朗らかさが消えた。不安と猜疑《さいぎ》。そんなものは麗芬には似つかわしくなかった。

「約束する。帰ったら理由を話す。だから、麗芬も約束してくれ」

「約束します。だから……早く帰ってきて」

電話を切った。これ以上、話を続けることができなかった。

「あの人に陽子を探させておるのか?」

王東谷がいった。

「やめさせた」

「その方がいい。豊榮の耳に入ったら、大変なことになる。きっかけを見つけたら、あいつはすぐに人を破滅させようとする」

「爺さん、おふくろの居場所を知ってるんだろう?」

邦彦に会う前に、おふくろに会いたかった。おふくろの居場所と様子を把握できれば、邦彦に対して強い態度を取れそうな気がした。麗芬をおれの手の内に留めておくためには、どうしてもそうする必要があった。

「わしは知らんよ。國邦が教えてくれん」

「どこの精神病院にいるんだ?」

王東谷の肩が強張った。

「どうしてそれを？」

「おれだってただ悪さを働いてただけじゃない。連れていってくれ」

「できん」

「どこの病院か教えてくれるだけでいい」

王東谷に詰め寄った。王東谷は後退《あとずさ》った。

「勘弁してくれ」

「頼むよ、爺さん。おふくろに会わなきゃならないんだ。そうしないと、腹が決まらない」

飛行機の中で考えた。内部から沸き起こる声に耳を傾けた。

あいつらを黙らせろ――徐栄一を黙らせろ。

徐栄一と邦彦のゲームを抜きにしても、このまま徐栄一とかかわっていれば、近いうちに破滅させられる。確信があった。

ひとりではなにもできない。だが邦彦と一緒なら、なんとかなるかもしれない。邦彦が嫌がっても、おれにはそれしか手がない。

「なんの腹を決めるんだ？」

「邦彦と一緒に、徐栄一を殺す」

「そんなことなら、ここで腹を決めればいい。どうして陽子に会う必要があるんだ」

「これが家族の問題だからだ」

王東谷は視線を足元に落とした。

「陽子はな、國邦以外の人間に話しかけられると恐慌をきたすんだ。個室で自分だけの世界に閉じこもっておる」

「おふくろの姿を見るだけでいいんだ。個室に入る必要はない。話しかけもしない。見るだけだ」

「約束してくれんか」

「約束する」

おれはうなずいた。王東谷は目を細めておれを見あげた。その目はおれの約束などあてにならないといっていた。

病院は台北のベッドタウン三重市《サンジョンシー》にあった。二メートルは優に超す塀に囲まれていた。塀のてっぺんには、ご丁寧に有刺鉄線が張り巡らしてあった。

王東谷は、勝手知ったる様子で病院の中を歩いた。おれは後に従うだけだった。すれ違った看護婦が足をとめ、王東谷になにかを話しかけた。王東谷は何度もこの病院に足を運んでいるということだ。

エレヴェータで三階にあがった。廊下を進んでいくと、頑丈な鉄格子で遮断された区画に出た。鉄格子の横に、警備員の詰め所があった。王東谷は窓を開け、中に声をかけた。屈強な体格の警備員が出てきた。手にキィ・リング。警備員は、王東谷と談笑しながら、鉄格子を開けた。一瞬だけ、おれに鋭い視線を向けた。

「ここから先は、病の重い人たちの病棟なんだ」

王東谷がいった。

「おふくろは、そんなに酷《ひど》いのか？」

王東谷は曖昧《あいまい》に首を振った。

病院はひなたの匂《にお》いがした。おれたちの立てる靴音以外、なにも聞こえなかった。

「ここだよ」

幾つも並んだ無機質なドアの前で、王東谷と警備員が立ち止まった。ドアにはプレートが張りつけてあった――434・王陽子。

「この穴から、中を覗《のぞ》ける」ドアの中央に穿《うが》たれた窪《くぼ》みを王東谷は指差した。「声を立てるな。絶対にだぞ」

なにかに吸い寄せられるようにドアに近づいた。覗き穴に顔を寄せた。白い床が目に入った。顔の角度をかえた。ベッドの足が見えた。覗き穴から目を外した。

「どうした？」

王東谷の低く殺した声が聞こえた。

「なんでもない」

ドアの向こうにおふくろがいる。もう、顔も思いだせなくなったおふくろが。覗くのが恐かった。ガキのころの悪夢に出てきた化け物が、おふくろに取り憑《つ》いてる――埒《らち》もない妄想に囚《とら》われていた。

息を深く吸った。とめた。顔を押しあてた。

ベッドの上に女がいた。壁に背中を預け、なにかを一心不乱に読んでいた。淡いピンクのパジャマを着ていた。白いカーディガンを羽織っていた。

一緒に暮らしていたころのおふくろの顔を思いだした。覗き穴の向こうに見える皺《しわ》だらけの顔と、どうしても一致しなかった。

視線をずらした。室内の様子を探った。ベッドが一つ、ライティングデスクが一つ。テーブルの中央に、朝食らしき盆と食器が載っていた。その周りには本がうずたかくつまれていた。どの背表紙にも日本語のタイトルが記されていた。

狭い部屋だった。なんの素っ気もない部屋だった。

涙が流れてきた。覗き穴から目を離した。

「本当におれのおふくろなのか?」

訊《き》いた。王東谷がうなずいた。

「陽子だ。他のだれでもない」

もう一度穴から覗いた。おふくろは本に目を落としたままだった。石像のように微動だにしなかった。死んでいるんじゃないか——そう思った次の瞬間、萎《しな》びた指がページをめくった。

覗き穴の向こうの女が徐栄一に犯されている光景を想像してみた。これっぽっちも現実味がなかった。

「徐栄一に犯されて、おふくろはおかしくなったといったな?」

淡水河が車の前方に広がっていた。おれは重い口を開いた。

「麗芬から聞いたんだ。おふくろは三年ぐらい前まで、桜荘でボランティアみたいなことをしていたってな。辻褄《つじつま》があわないんじゃないか」

「確かに陽子はおかしくなった。ただ、これほど酷くはなかったんだ。神経質になって、ちょっとしたことで落ち込むようになった。他人が身体に触れるのを酷く嫌がった。それでもな、普通に暮らすことはできた」

「どうして、病状が悪化したんだ？」

「あんたが台湾に来たからだよ」

おれは王東谷に視線を向けた。意味がわからなかった。

「どういうことだ？」

「國邦から聞いた話だがな、陽子はあんたが台湾に来ていることを知らなかった。元々野球に興味があるわけでもなかったし、テレビや新聞を熱心に見る女でもなかった。國邦は知っておったが、陽子には知らせんかった……」

王東谷は口ごもった。

「話せよ、爺《じい》さん。もう、なにを聞いても驚かないぜ」

「陽子はな、あんたと豊榮の区別がつかんようになっておったんだ」王東谷はまくしたてるようにいった。「豊榮に手ごめにされてそうなったんだ。陽子は豊榮を可愛《かわい》がっておってな、國邦の本当のお兄さんのようだとよくいっておった。豊榮はそれぐらいうまく、陽子を誑《たぶら》かしておったんだ」

「だからって、どうしておれと徐栄一を混同するんだ？」

「陽子は、調子がおかしくなると、よく、こんなふうに口走った。いいか、落ち着いて聞くんだぞ――昭彦がわたしを抱いた。実の母親になんてことをするんだろう。やっぱり、あの子はあの人と似てるんだわ」

両手をきつく握り締めた。あの人――親父のことだ。

「何度も何度も同じことを繰り返すんだ」

「そんな話、あるか」

呟《つぶや》いた。自分のものとは思えない声だった。ひび割れて、卑小で、卑屈な声だった。

「時間が経つにつれて、陽子は落ち着いていってな。そういうことは口にしなくなった」

王東谷の声がフェイドアウトしていった。おれはおふくろと邦彦に見捨てられた。長い間、そう思って生きてきた。心にあいた傷を舐《な》めながら生きてきた。だが、間違いだった。おふくろはおれを捨てただけじゃなく、おれを呪《のろ》ってすらいた。

怒りでも憎しみでも悲しみでもない、絶望的ななにかが背筋を這《は》いのぼってくる。

「聞いているのか？」

王東谷の声だけが、おれと現実を繋《つな》いでいた。

「ああ」

「あんたが台湾に来ていることを、陽子がどうして知ったのかはわからん。國邦は、桜荘のだれかが教えたんじゃないかというておった。とにかく、國邦が仕事から帰ってくると、陽子はおかしくなっておった。家の中をめちゃくちゃにして、あの子が帰ってきた、あの子が帰ってきてわたしを傷つける――そう叫びつづけておったそうだ。医者の話だと、陽子はあんたと豊榮の区別がつかなくなっておった。あんたが台湾にいることを知って、恐慌を起こしたんだと。

一気に精神のバランスが崩れたとか、そういうことらしい」

「どうしてだ？　おれはなにもしてないじゃないか。おれと徐栄一は似ても似つかないじゃないか。どうしてそんなことになるんだ？」

「だれにもわからんよ。それを知っておるのは陽子だけだが、だれにも聞きだすことはできんのだ」

　おれは窓の外に視線を移した。目にはなにも映っていなかった。まだ真っ昼間だというのに、おれに見えるのは底無しの闇《やみ》だけだった。

「あんたが坊やを殺したとき、わしは決めたんだ。あんたを守ってやろうとな。あんたが逮捕されて、そのことが万が一陽子の耳に入ったら――そう思うといてもたってもおれんかった。陽子に罪ほろぼしがしたかったんだ」

「途中でおれを見捨てたじゃないか」

「わしはろくでもない人間なのさ」

「あんたが守らなきゃならない人間は他にいるぜ」闇を見つめながらいった。「おれたち兄弟は似た者同士だ。おれは人殺しだし、邦彦も人殺しだ」

「それはどういうことだ？」

　王東谷の口調が変わった。

「リエを覚えてるだろう。殺し屋を雇ったが、失敗した。殺し屋が死んで、リエは姿を消した」

「まさか……」

「リエが持っていったおれのパテック・フィリップは、今は邦彦が持っている。邦彦が殺して奪ったんだ。あの殺し屋も邦彦が殺した。おれは邦彦のスパイだ。徐栄一がなにをしているのか、逐一知らせなきゃ、尻《しり》を叩《たた》かれる。なあ、爺さん、おれなんかより、邦彦が人殺しだと知った方がおふくろにはこたえるんじゃないのか？」

「なんということだ……」

王東谷は肩を落とした。目は虚《うつ》ろに宙を睨《にら》んでいた。おれと同じ闇が見えているに違いなかった。

電話をかけた——邦彦に。

「喂《ウェイ》？」

「おれだ」

「昨夜《ゆうべ》はなにをしていた。何度も電話をしたんだぞ」

邦彦の声のトーンが一気にあがった。鼻息まで聞こえてきそうな勢いだった。

「おまえの義理の兄貴に捕まってたんだ」

邦彦の鼻息がやんだ。沈黙が伝わってきた。

「どうして知った？」

長い間待たされて、邦彦の声が聞こえてきた。

「できるだけ早い時間に会いたい」

「三〇分後に、この前のカラオケボックスでいいか？」

嫌なはずがなかった。

55

邦彦は五分、遅れた。ドアをぶち壊しそうな勢いで現れた。王東谷がいることを知って頰《ほお》を赤く染めた。

「舞い戻ってきたのか」

邦彦は日本語でいった。目尻《めじり》が吊《つ》りあがっていた。

「豊榮にいわれたんだ。加倉さんを見張っておれとな」

王東谷は邦彦の怒気をさらりと受け流した。そんなことには慣れっこだという態度だった。

「それで、おれたちの話をあいつに漏らすんだな？」

王東谷は首を振った。

「そこまではいわれておらんし、告げ口をするつもりはハナからない。そんなことより國邦、どうして人を殺《あや》めた？」

邦彦がおれを睨んだ。

「陽子が知ったらどうするつもりだ？」

「馴《な》れ馴《な》れしく母さんの名前を口にするな。あんたには関係ないだろう。おれたち家族の問題だ」

「そんなに豊榮が憎いか……」

「あんたのことも同じぐらい憎んでるさ。出ていけ。おれはこいつと話がある」

王東谷と邦彦の間に流れる空気は濃密だった。羨《うらや》ましかった。たとえそれが憎悪だとしても、二人には繋がりがある。おれにはなにもない。血などなんの意味もない。こいつと話がある――邦彦がおれを見る目は、残飯を漁《あさ》る野良猫を見る目と一緒だ。

「おれが爺さんを連れてきたんだ。爺さんにも話を聞いてもらう」

「命令するのはおれだ」

邦彦は吐き捨てるようにいった。

「徐栄一に復讐《ふくしゅう》したいんだろう？　だったら、爺さんの力を借りるべきだ」

「こんなやつに力を借りる？」

邦彦の顔が歪《ゆが》んだ。嗤《わら》っているようにも泣いているようにも見えた。

「余計な口出しはするな。こいつがどんな男かも知らないくせに」

「知ってる。おふくろがどこにいるのかも知っている」

「なんだと？」

「落ち着けよ、邦彦」

「こいつを母さんのところに連れていったのか？」

邦彦は王東谷に詰め寄った。

「おれが無理矢理連れていかせたんだ」

おれの声は邦彦の耳には届かなかった。邦彦は王東谷をなじりはじめた。

「どこまで母さんを苦しめれば気がすむんだ？　母さんがあんたになにをした？　おれたちがあんたになにをした？」

「加倉さんは陽子に会ったわけではない。姿を見ただけだ」

おれは腰をあげた。

こいつらを黙らせろ。麗芬を失いたくなかったら、邦彦の手綱を握れ。

テーブルの上に転がっていたマイクを拾いあげた。

「邦彦」

「うるさい」

邦彦が振り向いた。その頬にマイクを叩《たた》きつけた。真っ向勝負じゃ話にならない。だが、ふいをつけば対等の勝負に持ち込める。

邦彦がよろめいた。もう一発――邦彦の巨体が崩れ落ちた。

「いつまでガキみたいに喚《わめ》いてるつもりだ？」

「くそ」

邦彦が起きあがろうとした。口から血が滴っていた。おれは床についた邦彦の右手の甲を踏みつけた。

「おれたちは話をするためにここに来たんだ。怒鳴りあうためじゃない。わかるだろう、邦彦？」

静かにいった。昔――遠い昔、親父に張り飛ばされて泣きじゃくる邦彦をなだめてやったときのように。

「徐栄一を地獄に叩き落としたいなら、おれたちの話を聞け。おふくろを悲しませたくないなら、おれたちの話を聞け」

おふくろという言葉を口にしたとき、邦彦の身体から力が抜けていった。足をどけた。邦彦に手を貸し、立ち上がらせた。

「母さんを悲しませたくなかったらというのはどういう意味だ？」

「仮に、おまえが徐栄一をなんとかしたとしても、おまえが一緒に破滅したら、おふくろはどうなる？　おまえはうまく立ち回らなきゃならないんだ。一人じゃ無理だ。違うか？」

邦彦は口の周りについた血をぬぐった。

「爺さんはおまえに必要だ。昔のことは忘れて、うまく利用することを考えろ。頭を冷やすんだ」

おれは自分にもいい聞かせた。頭を冷やせ。声を無視しろ。

「ずいぶんこいつの肩を持つじゃないか」

「必要だからだ」

「こいつは母さんを酷い目に遭わせた張本人なんだぞ」

「昔のことが問題なんじゃない。今が問題なんだ。邦彦、頼むから頭を冷やしてくれ」

邦彦は唇をなめた。王東谷を見、おれを見た。深く息を吸い、腰をおろした。

「あんたを許すわけじゃない。だが、話は聞こう」

王東谷を一瞥《いちべつ》して、邦彦はいった。

「まず、袁のことはどうだった？　警察がおれのことを見張っていた理由はわかったのか？」

「密告があったんだ」

邦彦がいった。

「密告？」

「あんたのチームメイトの周孔生だ。ロペス・フェルナンデスは殺されたに違いない、殺したのは加倉昭彦だと袁に訴えたらしい」

歯を食いしばった――頭を冷やせ。

「あの周さんが？　加倉さんが捕まったらあいつも困るだろうに、どうしてまた？」

王東谷が首をひねった。

「あいつは、ロペスと仲がよかったし、おれが麗芬と寝てるのが気に食わないって面をしていた」

「周さんはあんたのことを誉めておったぞ」

「ロペスがいなくなるまではな」

「ちょっと待ってくれ」邦彦は顎《あご》に手を当てていた。「ロペスは死んでいる。あんたたちの口ぶりからはそう聞き取れる。だれが殺した？」

「知らん」

おれはいった。邦彦の視線が飛んできた。心の内側を覗《のぞ》きこまれているような気がした。

「とにかく、袁は周の話を信じこんでいる。殺人容疑であんたを引っ張ろうと画策したらしいが、証拠を見つけてこいと突っぱねられた。それで、あんたに張りついている」

「昨日、袁は麗芬におれのことを根掘り葉掘り聞いていったそうだ。邦彦、なんとかしてくれ。麗芬がおれのことを疑いだしたら、おしまいだ」

「じゃあ、袁も殺すか……」

邦彦はいった。恐ろしく冷たい声だった。

おれの声も邦彦のそれと変わらなかった。王東谷が悲しげな顔でおれたちを見つめていた。

「できるのか？」

「手はある。袁を恨《うら》んでいるチンピラを一人、知ってるんだ。金を渡せば、喜んで袁を殺すだろう」

「ちゃんとやれるんだろうな？」

リエを殺すために雇った殺し屋を思いだした。あいつはなにもかもをぶち壊しにするところだった。

「わしがやろう」

おれと邦彦は同時に顔をあげた。王東谷は涼しい顔をしていた。

「人を殺した数じゃ、あんたたちの比じゃないし、まだ惚《ぼ》けてもおらん。わしに任せなさい」

「あんたはあいつの身代わりになって刑務所に行った。今度はおれの代わりに人を殺してくれるのか？」

邦彦の言葉は、刺《とげ》のようにおれの心に突き刺さった。身代わり——なんの話だ？

口を開こうとしたが遅かった。王東谷が喋《しゃべ》りだしていた。

「おまえのためではない。陽子のためだ。それに、加倉さんのためだ」

「どっちでもいい。やることをやってくれたらな」

刑事と元黒道《ヘイタオ》。義理の息子と義理の父。躊躇《ためら》うでもなく口ごもるでもなく、平然と人を殺すという会話をかわしていた。

罪深い——何日か前、おれは麗芬にそういった。おれと麗芬だけじゃない。だれもが罪深い存在だった。

「袁を殺しただけで済むのか？」

くだらない考えを追い払って訊《き》いた。邦彦がうなずいた。

「警察内部では、美亜の野球賭博《とばく》に関する事件は終わったことになっている。こだわっているのは袁と……おれだけだ。袁がいなくなれば、事件を掘り起こそうというやつはいなくなる」

王東谷がじっとおれを見ていた。瞬《まばた》きをしない目が訊いていた——どうする？

「やってくれ」おれはいった。「必要なら、おれが手伝う」

ロペスを殺したときに、王東谷が手助けしてくれたように。

「わかった。すまんが、後でその刑事の住所を教えてくれんか？」

邦彦がうなずいた。真一文字に結んだ唇が苛立《いらだ》ちを示していた。徐栄一の話を早くしようと訴えていた。殴られた痕《あと》が痣《あざ》になりかけていた。

「これで問題はひとつ片付いた」邦彦はいった。「次は徐栄一だ。高雄でなにがあったのか、話せ」

邦彦の口から唾《つば》が飛んだ。出番を待ちかねている闘犬のようだった。

おれは王東谷の反応を待った。両手に残る銃の衝撃。血まみれの小野寺由紀。おぞましい記憶——話したくなかった。

「加倉さんが話すのがいいだろう。わしは……途中から隔離されたからな、話が見えんところがある」

「爺さん……」

縋《すが》りつこうとして諦《あきら》めた。王東谷に突き放すような目で見られただけだった。

「高雄でおれは、爺さんと女を探した」

話しはじめた。何度も口ごもった。マイケルのことを話した。ラッツォのことを話した。小野寺由紀を殺したことを話した。王東谷と邦彦はただ耳を傾けるだけだった。同情の色も嫌悪の色も見せなかった。吐き気を覚えた。身体が震えた。徐栄一にヴィデオを見せられたことを話した――身体が震えなかった。おれを侮蔑《ぶべつ》する様子すらなかった。

「それで、徐栄一はあんたにどうしろといったんだ?」

「桐生に予定通り放水《ファンシュイ》をさせろ、と。大金が動くから、もし失敗したら、ただじゃおかないと脅された」

「大金、か。馮英泰《フォンインタイ》だな」

邦彦がいった。王東谷がうなずいた。

「フォン? だれのことだ?」

「高雄の県会議員さ。徐栄一の後ろ楯《だて》だ。国民党の中堅幹部で、次の選挙では国会議員の椅子《いす》を狙《ねら》っている。政治と選挙には金がつき物だ」

王東谷が、カラオケの曲目リストの上に字を書いた――馮英泰。

「今度の放水は、選挙資金づくりのためか?」

「ひとつ間違えば、数億の金を失うかもしれん」王東谷が口を開いた。「そんな危険を冒す必要は、豊榮にはないんだ。確かに、海線黒道《ハイシンヘイタオ》の間では野球賭博が大流行だ。みんな、頭に血をのぼらせて大金を賭《か》けておる。だがな、豊榮は違う。金を稼ぎたいなら、もっと確実な方法を取るよ。あれが放水に手を出すのは、自分がやらなければ他の連中が美味《おい》しい思いをするからだ」

「それに、野球選手を脅すのが面白くてしょうがないからだ」

邦彦がいった。唇が吊《つ》りあがっていた。顔の前に突きだした手を、何度も握ったり開いたりしていた。

「その豊榮が野球賭博に大金を動かすということは、馮英泰にねじ込まれたからだとしか思えん」

「面白くなってきた」

邦彦からさっきまでの不機嫌な様子が消えていた。

「黒道が黒道の間だけでなにかをしているときは、手が出しづらい。だが、政治家が絡むと色んな手が打てるようになる」

邦彦は笑っていた。恐らく、自分では気づいていないだろう。だが、腹の底からおかしくてたまらないというように笑っていた。

「あんた」邦彦は王東谷に顔を向けた。「譚志忠《タンヂーヂョン》と話すことはできるんだろう?」

驚いて二人の顔を見比べた。譚志忠——おれでも名前は知っている。数年前に政界を引退した国民党の重鎮だ。清廉さと決断の早さで国民の支持をうけ、二代に亘《わた》る総統の右腕として活躍していた。引退したいまでも、国民党内部に多大な影響力を持っているといわれていた。そんな政治家と王東谷の間の繋《つな》がり——想像がついた。悪夢を見ているようだった。

「話はできる」

「馮英泰に圧力をかけさせろ」

「それはできん」

「あんたはあいつのために何人も人を殺してきてるじゃないか。貸しを取り立てるんだ。それほど難しい頼みじゃないだろう」

おれの想像は当たっていた。政治家とやくざ。いつだって陰で手を結んでいる。顧がいっていた。王東谷は有力政治家のために人を殺したことがある、と。それが清廉さを売り物にしていた譚志忠だとしても、驚く必要はない。

「おまえが警官になりたいといったとき、わしは譚先生に頭を下げてお願いした。それで貸し借りはなくなったんだ。恩義に背くことはできん」

「恩義だって？　あいつがあんたになにをしてくれた？　散々利用して、用がなくなったらゴミ屑《くず》のように放り出しただけじゃないか。おれが警官になれたのだって、別にあいつのおかげじゃない。一族に黒道がいる警官は、腐るほどいるじゃないか」

「おまえにはわからんのだ」

「わかる必要なんかない。あんたが譚志忠を動かしてくれれば、徐栄一をなんとかできる。あんたが嫌がる理由があるとしたら、おれに理解できるのは、あいつがあんたの息子だという事実だけだ」

「あれとは縁を切った。もう、親でも子でもない」

「だったら——」

「譚先生はわしの恩人なんだ」

「あんたの頼みなら聞いてくれるはずだ。自分のために何人も殺し、そのくせ見返りを何一つ要求しなかったあんたのためなら、あいつは動くはずだ。これまでだって、何度も頼んだ。それなのに、あんたはうんといわなかった。これが最後の機会だ。心の底からおれと母さんに申し訳ないと思っているなら、おれの願いを叶《かな》えてくれ」

邦彦の願い——徐栄一の破滅。

王東谷は腕を組んだ。顔が苦渋に歪《ゆが》んでいた。

王東谷の願い——贖罪《しょくざい》。

「爺さん」考える前に口が動いていた。「やれよ。あんたが放り出した、あんたの家族のためじゃないか」

理由にならない理由。おれの願い——麗芬、邦彦、おふくろ。許しはいらない。許しを得るにはおれの罪は深すぎる。あるのは、すべてを手に入れたいという欲求だけ。すべてを知りたいという飢えだけ。おれがいるべきだった家族。おれがいなかった二〇年の空白をすべて埋めたい。すべてを終わらせて、麗芬の腕の中で眠りたい。

「わかった。話はしてみよう」

長い沈黙の後、王東谷はいった。邦彦の唇が吊りあがった。

「味全と統一のどの試合であの日本人が投げるか、わかるか?」

邦彦は歌うようにいった。夢でも見ているかのように、視線が定まらなかった。

「たぶん、三連戦の真ん中だ」

「たぶんじゃだめだ」

「確認する」

邦彦はうなずいた。夢見るような視線を王東谷に向けた。

「譚にはこう頼むんだ……味全と統一の第二戦の直前に、馮に話してくれ、と」

「賭け金を全部、豊榮に背負わせるつもりか？」

邦彦はまたうなずいた。うなずくことを楽しんでいるようだった。

「おれにも説明してくれ」

いった。おれ一人、蚊帳《かや》の外に置かれているようだった。我慢できなかった。

「政治家と黒道の間には暗黙の了解があるんだ」王東谷が口を開いた。「政治家が、黒道に大金を用意してくれと頼むとする。黒道も慈善活動をしているわけではないからな、政治家に用意する金を作らねばならん。今回の場合、豊榮は放水で金を作ろうとしておる」

「それで？」

「そういうことがいつもうまくいくわけではない。金を増やすはずが、減らしてしまうこともある。金は用意したのに、政治家が選挙に負けることもある。そういうときにな、選挙に落選した政治家に黒道は文句をつけないという決まりがある。逆に黒道が金を損した場合、政治家が損金の何分の一かを肩代わりする。最近では、政治家も黒道も信義を重んじることが少なくなっておるがな、そういう決まりはまだ残っておるんだ」

王東谷は言葉を切った。目がわかったかといっていた。わかった。信義を軽んじる政治家と黒道どちらかの裏切りはどちらかにダメージを与える。

「その馮という政治家が試合の直前に、徐栄一との契約を打ち切る。すると、徐栄一は一人で何億という金を失うことになるってわけだ。そうだろう?」

おれは邦彦に訊《き》いた。邦彦はうなずいた。目が輝いていた。

「徐栄一は大ダメージを受け、おまえは大喜びってわけだ。だがな、邦彦、おれはどうなる? 徐栄一がおれを許すはずがない。殺されるのはごめんだ」

「あんたには蔡明徳がいるじゃないか」

邦彦は右手を握って見せた。肩の筋肉が盛りあがるのがわかった。

「馮英泰の後ろ楯がなくなったとわかったら、蔡はあいつに襲いかかる。党内の序列で、蔡は馮に頭があがらないんだ。だから、馮の息のかかった徐栄一のすることも、我慢して横目で眺めていた」

「わしらが蔡の手下どもにさらわれた後でな——」

王東谷が邦彦の言葉を受け継ぐように口を開いた。無意味な嫉妬《しっと》に胸が騒いだ。

「海線黒道の主だった親分たちが会合を持ったんだよ。あのまま事件が広がれば、困ったことになるからな。そこで、豐榮は蔡明徳を徹底的に非難したのさ。蔡は面子《メンツ》を潰《つぶ》されたといってな、えらく豐榮を恨んでおるという噂《うわさ》だ」

「そして、今度は蔡明徳にいいようにこき使われるのか?」

「徐栄一から守ってくれと蔡に頼み込めばいい」

「何が問題なんだ?」邦彦は首を傾げた。心の底から不思議がっているようだった。「今までだって、あんたはそうやってきたじゃないか」
この男を黙らせろ――微《かす》かな、低い声。それでもはっきり聞こえた。目を閉じ、首を振った。
こいつはおれの弟だ――呪文《じゅもん》のように口の中で唱えた。

56

香港に電話した。おれの口座から桐生の口座へ、一万ドルの振り込み。ミスタ・ラウはノー・プロブレムとだけいった。

桐生に電話した。桐生は練習がきついと文句を垂れた。金を振り込んだことを伝えると、現金な声を出した。統一との三連戦での登板予定――第二戦。雨が降ればスライドする。

負ければいいんですか？　桐生がいった。いいや、おまえが負けるのはその次の試合だ、統一戦には勝てよ――胃の痛みに耐えながらいってやった。瞼《まぶた》の裏に、桐生の死に顔が浮かんで消えた。

方《ファン》に電話した。

助けてくれ――おれは徐栄一に殺される。

一時間後、シェラトンのコーヒーラウンジで落ち合うことになった。

携帯電話。テクノロジーの産物。最初は持ち歩くのが嫌でしょうがなかった。今では、こいつがなければ生きていけない。こいつでだれかと話しているときだけ、声が聞こえなくなる。

あの男を黙らせろ。

あいつはおれの弟だ――電話を切るたびに、呪文《じゅもん》を唱える。

「徐にやられたのか?」

席に着くなり、方はいった。まじまじとおれの顔を覗《のぞ》きこんだ。

「乱闘でやられたのと、徐にやられたのが半分ずつだ」

「あの試合がまずかったんだな?」

落ち着きなくうなずく。左右に目を走らせる。怯《おび》えた男を演じる。演技かどうか自信がなくなってくる。

「よく殺されなかったな」

「うまくいい逃れた。あの日はたまたま桐生の調子が悪かっただけだといって……」

「まずいな」方は煙草をくわえた。「この次、またあのピッチャーが負けたら、いい逃れができないぜ」

「だからあんたを呼んだんじゃないか」

方は煙草に火をつけた。椅子《いす》の背もたれに身体を預けた。煙を吐きだした。わざとらしい仕《し》種《ぐさ》だった。

「徐のことはおれたちに任せろ。あのピッチャーにはなにがなんでも勝ってもらわなきゃならない」

「おれを見殺しにする気か?」

テーブルの上に身を乗りだした。肘《ひじ》がコーヒーカップを弾《はじ》き飛ばした。湯気をたてるコーヒーがテーブルの上にこぼれた。

「気をつけろよ、おい」

「ごまかすな。あんたたちが徐栄一からおれを守ってくれないなら、桐生には負けてもらうぞ」

「それはだめだ」

方は口を閉じた。ダスターを持ったウェイトレスがやってきた。北京語でなにかをいって、テーブルの上を拭《ふ》きはじめた。

「死ぬのはごめんだ」

ウェイトレスの背中越しにいった。

「おい、ここには英語ができる連中もいるんだぜ」

方の顔が強張った。

「おれの命がかかってるんだ。そんなことにかまってられるか」

「黙れ。ちゃんと話を聞いてやるから、少し待ってろ」

「おれを徐から守ってくれるのか?」

「黙らなきゃ、おれがおまえを殺すぞ」

睨《にら》みあった。ウェイトレスがおれと方の顔を交互に見た。顔に恐怖の色が宿っていた。

「走《ソウ》!」

行け――方が北京語でいった。ウェイトレスは今にも泣き出しそうに顔を歪《ゆが》めて去っていった。

「クレイジーな野郎だな、あんた」

方は乱暴に煙草をもみ消した。

「あんたが嘘《うそ》をつくからだ」

「嘘じゃねえよ。徐はおれたちがなんとかする。あんたが心配する必要はない」

嘘つきの目、嘘つきの声——やくざの七つ道具だ。この手合いは他人のことなど屁《へ》とも思っていない。そろそろ、切り札をさらす頃合いだった。

「王東谷という男を知ってるか？」

声をひそめた。

「ああ、面識はないが、名前は聞いたことがある。昔は名前の通った黒道だったらしいが、今じゃ、野球チームで通訳をやってる偏屈なじじいだってな。あんたを高雄の組織に紹介したのもそいつなんだろう？」

「王東谷から蔡先生に言伝《ことづて》がある」

「ボスに？」

方の眉《まゆ》が吊《つ》りあがった。

「王東谷は譚志忠に頼むそうだ。馮英泰が徐栄一と手を切るようにしてくれと」

方は能面のように無表情になった。

「なんの話だ、それは？」

「あんたにはわかってるはずだ」

「おれが聞いてるのは、どうして王東谷が徐を裏切るような真似をするのかってことだ」

「王東谷はこうもいっていた」おれは方の問いを無視した。「信用できないのなら、明日、譚先生に直接確かめてみろ」

「本気なのか？」

「おれは言伝を頼まれただけだ。それをあんたに伝えれば、おれは死ななくて済むといわれてな」

「確かに、その話が本当ならなんとかなるかもしれないぜ」

方は立ち上がった。

「ボスに話はしてやる。どういう結果が出るか、今夜、電話しな」

方はそういって踵《きびす》を返した。来たときの一〇倍の速さでラウンジを出ていった。

日が暮れはじめていた。果実を腐らせる真夏の陽射しが西に去り、熱気と湿気だけが残っていた。光の渦が台北を飲み込もうとしていた。

あの男を黙らせろ――エンドレステープのように繰り返される声。

あいつはおれの弟だ――効き目のない呪文。別の呪文に切り替えた。

代わりのやつで我慢しろ。

周のマンションには一度だけ行ったことがある。食事に招かれた。郊外の四LDKで、決して安くはない家賃だった。美しくはないが愛敬《あいきょう》のある妻と度の強い眼鏡をかけたガキを、周は放水で稼いだ金で養っていた。女房はエステ、ガキは塾。金はいくらあっても足りない。

台北駅の南側、新光三越《シングアンサンユエ》脇《わき》の重慶南路《チョンチンナンルー》は東京でいう神保町《じんぼうちょう》のような場所だ。書店が並び、大中小の学生たちが行き交っている。少し歩けば受験勉強用の塾が集まった場所に出る。周のガキ——阿貞《アーヂエン》はこの辺りの塾に通っている。

通りをうろついた。ガキどもの顔に目を凝らした。阿貞が見つかるはずはないとたかを括《くく》っていた。漫画専門の書店で阿貞を見つけたときは、目の前が真っ暗になった。

阿貞は日本の漫画を立ち読みしていた。最後に顔を見たときより、身長は伸びていた。逆に体重は減っているように見えた。白いYシャツ、黒い学生ズボン。足元はスニーカーで背中には膨らんだリュック。分厚いレンズの奥で目が忙しく動いていた。周の子供とは思えなかった。ラッツォのような人間のガキにこそ、阿貞は相応《ふさわ》しかった。

阿貞は一心不乱に漫画を読んでいた。自分を見つめている視線に気づく様子はなかった。

おまえはなにをするつもりだ？——自分に問うてみた。

あいつを黙らせろ——声が返ってくるだけだった。

周。おれを売った。償わせてやらなければならなかった。

阿貞が漫画を棚に戻した。名残惜しそうな視線を本棚に向けながら身体を反転させた。おれは書店の前を通りすぎた。路地に身を隠した。阿貞が出てくるのを待って、後を尾《つ》けた。

路地をいくつか折れて館前路《グァンチンルー》を渡った。ＹＭＣＡの裏手に出ると、そこが阿貞の目的地だった。林立するビルの壁面に、いくつもの看板がたっていた。塾、予備校——台湾の受験戦争は、そのまま日本のコピーだ。

阿貞は他のガキどもに混じって、黎明大廈《リーミンダーシャー》という名のビルに入っていった。少し間を置いて追いかけた。入ってすぐがエレヴェータホールだった。エレヴェータは四階で停まっていた。郵便受けを確かめた。四楼——儒林予備校。

ビルを出た。記憶の断片を掘り起こした。

——台湾の受験戦争は日本より酷《ひど》い。周の息子はまだ小学生だが、夜の一〇時まで塾に通っておるそうだ。

いつか、王東谷がいっていた。


電話をかける。電話がかかってくる。

方——留守電になっていた。

邦彦——後でかけなおすといわれた。

麗芬——遅くなるが、必ず会いにいくと伝えた。麗芬は待っているといった。たったそれだけの言葉をかわすのに、三〇分以上の時間がかかった。いつまでも麗芬の声を聞いていたかった。麗芬におれの声を聞かせたかった。

王東谷から電話がかかってきた——明日の夜、身体をあけておいてくれんか。

身震いした。

辛迅から電話がかかってきた。最初はだれからの電話かわからなかった。他愛のない話をした。辛迅は絵の話を、おれは野球の話を。恋人の話は出なかった。弟の話はしなかった。

九時。台北駅の中の屋台で腹ごしらえをした。牛肉勞麵《ニウロウラオミエン》を食べながら、阿貞をどうするつもりなのか考えた。帰りたかった——帰れなかった。

疲れきった顔のガキどもの群れ。阿貞はすぐに見分けがついた。阿貞の行き先は見当がついた。駅前のバス乗り場。

先回りした。駅前の忠孝路。ヘッドライトを灯《とも》した車が行き交っていた。歩道橋を駆けあがった。バス乗り場の方に向かった。階段の手前、手すりにもたれかかって、真下の道路を覗《のぞ》きこんだ。光の渦と人の群れが視界に飛びこんできた。

息を吸う。息を吐く。阿貞が近づいてくる。おれの後ろを通り過ぎる。振り返った。阿貞の華奢《きゃしゃ》な背中を思いきり突き飛ばした。バランスを崩した阿貞が階段の下に転がっていった。

何食わぬ顔で来た方向に戻った。悲鳴が聞こえた。北京語の怒声が聞こえた。

走りだそうとする気持ちを抑えて歩いた。だれかに背中を叩《たた》かれるのを待った——いま、子供を突き落としただろう!?

歩道橋を降りきっても、おれの肩を叩く人間はいなかった。


方に電話した。

「うちのボスは明日、譚先生に電話する。確認が取れたら、徐栄一を叩き潰《つぶ》す。話はそれだけだ」

口をさしはさむ余裕もなく、電話は切れた。

麗芬のマンションの前に車がとまっていた。この前とは違う車種、違う連中。だが、漂わせている雰囲気と放っている匂《にお》いは同じだった。袁の指示による張り込みはまだ続いていた。

一瞬、迷い、そのままマンションの中に入った。いまさら逃げ隠れする必要はない。

麗芬は化粧をしておれを待っていた。痣《あざ》だらけのおれの顔のせいで、涙で化粧が崩れた。

阿貞を突き落とした感触が生々しく残る手で麗芬を抱いた。麗芬は慈しむように、おれの顔の痣《あざ》にキスの雨を降らせた。

チームを馘《くび》になるかもしれない——おれがいった。

わたしが養ってあげます——麗芬がいった。

一緒に日本に行こうか——麗芬は嬉《うれ》しそうにうなずいた。

お母さん、見つかるかもしれません——麗芬の言葉に凍りついた。

「知りあいが役所にいるんです。その人が、手伝ってくれるといいました」

「だめだ」

反射的にいっていた。徐栄一に麗芬を近づけるわけにはいかない。

「どうしてですか」

しらを切れ、ごまかせ、丸め込め——嘘《うそ》が出てこなかった。

麗芬が不審の目でおれを見た。絶望が口をあけておれを待ち構えていた。

「そんな目でおれを見ないでくれ、麗芬」

「加倉さん、わたしになにか隠してます。なにを隠してますか？」

首を振った。それしかできなかった。

「わたし、悲しいです」

おれも悲しかった。

「わたし、加倉さんの役に立ちたい。だから、お母さん探しました。でも、加倉さんはだめだといいます。理由、教えてくれません。わたしが加倉さんの家族じゃないからですか？　加倉さんと結婚したら、教えてくれますか」

麗芬を抱きしめた。おれとは違う世界に住む女を抱きしめた。

おれは俊郎を殺した。ロペスを殺した。小野寺由紀を殺した。罪のない子供を突き落とした。おまえが欲しかったからだ。すべてを望んだからだ。おれがおれだからだ。

声にならない叫びを喉《のど》につまらせて、おれは呻《うめ》いた。

「加倉さん……」

「話せるときが来たら、話す。今は、なにもいえないんだ。だから、なにも聞かないでくれ。おふくろを探すのは、やめてくれ」

麗芬はなにもいわなかった。おれの腕の中で、身じろぎもしなかった。

57

浅い眠り、悪夢、突然の目覚め。その繰り返しだった。目覚めるたびに麗芬がおれの顔を覗きこんでいた。不審の目でおれを見ながら、それでもおれを抱きしめてくれた。

何度目かの悪夢と何度目かの目覚め――麗芬がいなかった。ベッドを抜け出し、声をかけた。

「麗芬」

返事はなかった。麗芬の部屋は虚《うつ》ろだった。居間のテーブルに手紙があった。漢字はともかく、平仮名まで日本人よりもきれいな字だった。

〈出かけてきます。今日の夜、どうしますか？　一緒にいたいです。お話、聞きたいです〉

今日の夜――王東谷が袁を殺す。その手伝いをする。また、汚れた手で麗芬を抱く。

しらを切れ、ごまかせ、丸め込め——夜までにまともな嘘を考えておかなければならなかった。

自分のアパートに戻った。刑事が二人、眠たそうに目を擦《こす》っていた。おれの姿を見ると、眠気が吹き飛んだというように背筋を伸ばした。袁はいなかった。

刑事たちを無視して部屋にあがった。郵便受けに入っていた邦字新聞を広げた。社会面の片隅に記事が載っていた。

——昨夜の午後一〇時すぎ、台北駅前の歩道橋で、小学生が何者かに突き落とされるという事件が起こった。突き落とされたのは周詠貞《チョウヨンデェン》君、一一歳。塾から家に帰る途中だった。阿貞——詠貞君のあだ名——は左手を骨折し、全治一ヶ月の怪我《けが》を負ったが、幸い、命に別状はなかった。突き落とされた理由について、阿貞は心当たりがないといっている——。

記事はまだ続いていたが読むのをやめた。左手の骨折。ほっとすると同時に歯嚙《はが》みするような思いが襲ってきた。

あいつらを黙らせろ。

「うるさい!!」

叫んだ。ベッドに倒れこんだ。両手で耳を覆った。それでも、声は消えなかった。

電話が鳴る。ベルが四度響き、留守番電話機能が動きだす。

——加倉ですが外出してます。ご用件の方はメッセージをどうぞ。

日本語と英語がくり返される。

「加倉《カーツオン》!」

スピーカーから周の声が流れてきた。興奮した台湾語が、やがて懇願するような響きを帯びた。意味を成さない音の連続。周は怒っていた。恐怖していた。おれを罵《のの》しり、おれに許しを乞《こ》うていた。

——息子にだけは手を出さないでくれ。

何度もくり返される台湾語のフレーズをおれは理解した。

電話が切れると同時にドアをノックする音がした。刑事たちに違いなかった。こんな時間に訪れてくる人間を他に思いつかなかった。

「ミスタ加倉、警察署までご同行願えませんでしょうか」

ドアの外にいたのは、三〇代と五〇代の刑事のコンビだった。若い方が、文章を棒読みするような英語でいった。

「理由は?」

「温晶晶《ウェンジンジン》の死体が見つかりました」

「温晶晶?」

「あなたの愛人です」

リエ——邦彦の顔が脳裏に浮かんで消えた。

「彼女の死体は車を解体する工場で見つかりました」

袁がいった。狭い取り調べ室の中を、落ち着きなく歩き回っていた。

「廃車になった車のトランクに押し込められていたんです。死因は絞殺です。紐《ひも》のようなもので首を絞めた痕《あと》がありました」

「それで？」

「それで？　わたしの方が訊《き》きたいですよ、加倉さん。あなたの周りでは事件ばかり起こる。ロペス・フェルナンデスが失踪《しっそう》して、温晶晶が殺された。説明してください」

「なにもわからない」

「そんなはず、ないでしょう」

袁の頰《ほお》が赤く染まっていた。普段の温厚そうな表情は影も形もなかった。

「温晶晶はあなたの愛人だったたし、ロペスとも肉体関係を持っていた。嫉妬《しっと》に駆られたあなたが二人を殺したんじゃないですか？」

「馬鹿馬鹿しい」

「どうしてですか？」

袁は動くのをやめた。粗末な机の上に両手を載せ、おれを睨《にら》んできた。今夜、死ぬはずだった男の顔――もはや殺す必要はない。リエの死体が見つかったのなら、袁がいなくなっても警察はおれの身辺を洗うだろう。

「あんたは本気でおれを疑ってるのか？」

「そうです」

「だったら、弁護士を呼んでくれ」

おれはいった。袁の頰がさらに赤みを増した。

「弁護士は呼びます。しかし、今すぐはだめです。わたしの質問に答えてください」

「人権蹂躙《じゅうりん》だ」

「ここは日本ではありません。台湾です」

「国際問題になるぞ」

「犯罪者を逮捕、処罰するのは、当事国の当然の権利であり、義務です」

「おれは犯罪者じゃない」

「あなたは犯罪者だ。それも、凶悪な犯罪者です」

机を挟んで睨みあった。

「あなたはロペス・フェルナンデスを殺した。温晶晶を殺した。もしかすると、張俊郎を殺したのもあなたかもしれない」

「おれはなにもしていない。おれがやったというなら、証拠を出せ。それとも、台湾じゃ拷問で嘘《うそ》の自白をさせるのか？」

「宋麗芬に話を聞きますよ」

袁は机から手を離した。曇った目がおれを恫喝《どうかつ》していた。あの女にすべて話すぞ、それでもいいのか。

こいつを黙らせろ——頭の中で声が響きはじめた。

「好きにしろよ」精一杯の強がりだった。「おれはだれも殺していない。殺人どころか、犯罪をおかしたこともない」

「あなたが殺したんだ。それ以外考えられない」

「弁護士を呼んでくれ」

邦彦を呼んでくれ。王東谷を呼んでくれ。心の中で叫んでいた。おれの家族を、おれの同類を呼んでくれ。

「いい加減に諦《あきら》めたらどうです――」

なんの前触れもなしにドアが開いた。袁が口を閉じ、視線をドアに向けた。

邦彦――祈りが通じた。

「袁先生――」

邦彦は取り調べ室の中に入ってきた。右手に書類の束を握っていた。おれには目をくれようともしなかった。袁と向かい合う位置で、邦彦は立ち止まった。袁に書類を差し出した。

袁は難しげな顔で書類に目を通した。読み終わると顔をあげ、わけがわからないというように首を傾げた。北京語のやり取りがはじまった。邦彦は身体全体を動かしてなにかを訴えた。袁は苛立《いらだ》たしげに首を振り、ときおり、鋭い声を発した。二人のやり取りは五分ほど続き、唐突に終わりを迎えた。

「仲のいい兄弟をお持ちでよかったですな」

袁が振り返り、いった。おれが口を開く間もなく、大股《おおまた》で取り調べ室を出ていった。

「なにを話してたんだ？」

「死体の解剖が終わった」

邦彦は書類を机の上に放り投げた。

「死亡推定日時が出たんだが――」

邦彦は書類を指差した。夥《おびただ》しい漢字の中に、数字が書かれていた。あの夜の午後一〇時から午前三時までの間。邦彦を邦彦と認識した夜。すべてが崩壊し、すべてが始まった夜。おれはロペスを殺し、邦彦はリエを殺した。

「この時間、あんたはおれと一緒だったといいはった。次の日におれがあんたを取り調べたことか、細かいことをいろいろいわれたが、そういいはったんだ。証人は辛迅《シンシュン》だ。おれの部屋で三人で飯を食っていたことにした。なにか聞かれたら、話をあわせてくれ」

「辛迅はだいじょうぶなのか？」

「おれがなんとかする」

邦彦の声には自分にいい聞かせているような響きがあった。

「済まなかったな」

邦彦は笑った。荒《すさ》んだ笑い方だった。

「気にするな。あんたはあの女を殺してはいないんだからな」

低い声がおれの鼓膜を震わせた。おれは唇を噛《か》んだ。おれとは似ていない邦彦の横顔に魅入られた。邦彦にもあの声が聞こえているのかもしれない――唐突にそう思った。

「おれはどうなるんだ？」

「袁はおれの上司に怒鳴り込みにいった。おそらく、おれがあんたの弟だということを指摘して、自分の捜査の邪魔をさせるなといいまくるんだろう。袁の言い分が認められたら、おれにできることはない。あんたは徹底的な取り調べを受けることになる」

「そうなったら、弁護士の顧《グー》に連絡してくれ。あいつは徐栄一と繫《つな》がっている」

「そうだな……あいつは、だれかを身代わりに立てるだろう。あんたがいなきゃ、放水《ファンシュイ》ができない。金を作れない」

「ただし、おれはますます深みにはまる」

小野寺由紀を撃てといったときの徐栄一の声が耳の中で谺《こだま》した。あれは逃れようのない、呪《のろ》いのような声だった。

「あいつを破滅させたら、おれが責任をもってあんたを台湾から逃がしてやる」

邦彦はいった。空々しい声だった。邦彦の右手──開き、閉じる。おれはその手の動きをずっと追っていた。

「訊きたいことがあるんだが」

邦彦の手が開いた。

「なんだ?」

邦彦の手が閉じた。

「王東谷はだれの身代わりになって刑務所に行ったんだ?」

邦彦の手──動きが止まった。

「なんの話だ?」

「昨日、おまえがいった。王東谷に向かって、あんたはあいつの身代わりになって刑務所に行った、と」

「ああ、その話か」邦彦は自分の拳《こぶし》に語りかけるように呟《つぶや》いた。「徐栄一の身代わりだ。決まってるだろう」

「徐栄一はだれを殺した？」

「自分の母親さ」

邦彦の拳は握られたままだった。おれは唾《つば》を飲み込んだ。

「小玲《シャオリン》……」

「よく知っているな」

王東谷の履歴に添えられた別紙。眠れぬ夜に何度も読んだ。頭にこびりついていた。

「おかしいじゃないか。小玲が死んだのは、たしか、一九六九年だ。徐栄一はまだ一〇歳にもなっていないぞ」

「徐栄一が初めて人を殺したのは九歳のときだ。殺したのは自分の母親だ」

「どうして……」

「理由は知らない。おれはあいつから聞いただけだ。母親を殺し、父親を身代わりにした。おれは生まれついての黒道だ——あいつはいつもそういっていた」

「そんな馬鹿な。九歳のガキだぞ」

「赤ん坊だろうがモンスターはモンスターだ」

邦彦は英語でいった。

「あんたは王東谷を信頼しているようだが、あいつはモンスターの父親だ。忘れない方がいい」

「どういうことだ？」

「あいつがこそこそ動きまわっているのはおれやあんたのためじゃない。今でこそ人のよさそうな顔をしているが、皮膚をめくれば、鬼の顔が浮かんでくる」

俊郎を殺した直後、車のバックミラーに映ったおれの顔は悪鬼のようだった。ロペスを殺したときも、小野寺由紀を殺したときもそうだったのだろう。

「おれにはおまえも鬼に見えるぜ」

邦彦は笑った。鬼には見えなかった。

「あんた、あいつから益丈夫《ますらお》がどうのといったたわごとを聞かされただろう？」

おれはうなずいた。

「あいつにはもう一人、子供がいる。女だ。男は益丈夫じゃなきゃいけないが、女は大和撫子《やまとなでしこ》じゃなくてもいいらしい」

「どういうことだ？」

「自分で考えろよ。あいつの娘には高雄で会っているはずだ」

高雄であった女――一人しかいない。ナイトクラブにいた女。蔡明徳《ツァイミンダー》の車に乗っていた女。鳳玲《フォンリン》と名乗った。

ため息が漏れた。小玲――鳳玲。顧の報告書に書かれていた名前は確か、文艾《ウェンジ》だった。豊榮《フォンロン》は栄一。文艾は鳳玲。王東谷《ワントングー》の子供たち。邦彦の義理の兄姉たち。なにが起こり、なにが起こらなかったのか。

「文姉さんも徐栄一とかわらない。あいつらは……王東谷の一族は、みんな、鬼だ」

邦彦はいった。拳を握った手の関節が白く変色していた。

袁《ユエン》が戻ってきて、邦彦は追い出された。

その後に、陳《チェン》がやって来た。袁と陳。まともな刑事と悪徳刑事のコンビによる尋問がはじまった。

「あの夜、どこでなにをしていた？」

「王國邦《ワングオバン》とそのガールフレンドと一緒に食事をした」

「嘘《うそ》をつくな」

「嘘じゃない」

「王國邦は偽証罪で逮捕されるぞ」

「嘘じゃない」

「温晶晶が死んだと推定される夜を最後に、ロペス・フェルナンデスは姿を消した。おまえが二人を殺したんだな？」

「おれは王國邦と一緒にいた。おれはだれも殺していない」

「張俊郎もおまえが殺したんだろう？」

「おれはだれも殺していない。これ以上くだらない尋問を続けるつもりなら、おれにも考えがあるぞ」

「おまえは犯罪者だし、わたしは警官だ。脅しはきかん」

「弁護士を呼んでくれ」

「わたしの質問に答えろ」

「おまえなんかくそ喰《く》らえだ」

口を閉じた。顔を紅潮させた袁の質問が延々と続いた。陳が袁の後ろでおれの様子をうかがっていた。

こいつらを黙らせろ——声が聞こえる。

おれは黙秘を続けた。

顧が駆けつけてきたのは、尋問がはじまって二時間がすぎたころだった。端正な顔をほんのり朱に染めて、顧は取り調べ室に入ってきた。強い口調の北京語で、袁と陳にまくしたてた。袁が反論を試みた——無駄だった。顧の前では袁は子供同然だった。苦々しげに顔を歪《ゆが》め、おれを睨《にら》んだ。

「今日はこれでおしまいだ。だが、わたしはあなたから目を離さない。忘れないように」

袁は陳を従えて取り調べ室を出ていった。陳が振り返り、自分はなにもしていないとでもいうように頭を下げた。

「遅れてすみません」

ドアが閉まるのを待って、顧が口を開いた。それまでの興奮ぶりは影をひそめていた。演技がうまくなければ優秀な弁護士にはなれない。

「美亜《メイヤー》の社長に捕まってしまいまして」

「社長？」

「申し上げにくいのですが——」ビジネスライクな言葉だった。「あなたは馘《くび》だそうです」

「馘？」

他に言葉が出てこなかった。顧は淡々とうなずいた。

「解雇の理由は三〇ぐらいありますが、聞きたいですか？」

一方的な契約破棄。日本では考えられない。だが、これが台湾のやり方だった。

「おれを馘にするだと？　おれから野球を取りあげる気か？　そんなことできるもんか」

「できます。あなたが美亜と交わした契約書に明記してあります。球団が期待するものとはかけ離れた成績しかあげられなかった場合、美亜は違約金なしにあなたとの契約を破棄できる。もしくは、球団のイメージを著しく損なうような行為があった場合、美亜は違約金なしにあなたとの契約を破棄できる」

「ふざけるな」

「社長は真面目《まじめ》でした。これ以上、あなたのような選手に金を払うことはできないとおっしゃっていましたよ」

人生の半分以上を、野球をして過ごしてきた。ピッチャーとして生きてきた。

「そんなことをされたら、おれは終わりだ」

「選手生命は終わりでしょうね」

黒い噂《うわさ》──この台湾でいま、おれを獲得しようという球団があるはずがない。台湾でしくじったという烙印《らくいん》──日本に帰れるはずもない。

なにかが音を立てて崩れていった。足元にぽっかりと穴が開いていた。

「なんとかしてくれ、顧。金はいくらでも払う」

「無理です」

「おれは野球選手だ。おれから野球をとったらなにも残らない」

「そんなことはないでしょう。わたしの知る限り、あなたはスマートなビジネスマンだし、タフな犯罪者です。野球選手であることの方が不思議でした」

投手がマウンドの上で味わう達成感、征服感、充実感。野球から遠ざかっていた二年間、いつも夢見ていた。台湾にやってきて、もう一度味わうことができた。いつからあの味を忘れてしまったのか。

「顧、頼む」

「無理です」顧ははっきりと首を振った。「高雄での乱闘事件で、社長はあなたに見切りをつけました。今日、あなたがまた警察に連行されたという連絡が駄目押しです。美亜はいま、放水集団というレッテルを貼《は》られています。観客動員数は目に見えて落ちている。悪いイメージを払拭《ふっしょく》するのに、社長は躍起ですよ。遠からず、ミスタ周も解雇されるでしょう」

「あの社長は自分だって野球賭博《とばく》に手を出してたんだぞ。同じ穴の狢《むじな》じゃないか」

「台湾を支配しているルールは理屈ではありません。あなたもご存じでしょう。ことに野球は酷《ひど》い。わたしでも呆《あき》れますよ。台湾の野球チームと契約する外国人は、奴隷契約書にサインしているも同然です」

「なんとかしてくれ、顧。無理なのはわかっている。それでも、なんとかしてくれ」

「どうしてそんなに野球に固執するのかわかりませんね。あなたはミスタ徐《シュウ》とのコネクションを持っている。それを使えば、野球とは比べ物にならない金を稼ぐことができますよ」

「おまえの意見なんてどうだっていい！」

叫び、立ち上がった。顔の筋肉が強張っていた。

「わたしを脅しても無駄です、ミスタ加倉。現実を見つめるべきです」

顧は涼しい顔でいった。おれに殴られることはないとたかを括《くく》っていた。事実、そのとおりだった。この窮状から抜け出すのに、おれには顧しか頼れる人間がいなかった。振りあげかけた拳を、おれは机に叩《たた》きつけた。

「おれはどうなるんだ?」

「王刑事があなたのアリバイを主張しています。彼はあなたの身内ですから、あなたの無実を証明する切り札にはなりませんが、武器にはなります。一つお訊《き》きしたいのですが?」

「なんだ?」

「温晶晶という女性を本当に殺したんですか?」

「おれじゃない」

「わかりました。高雄のミスタ徐にはすでに連絡を入れてあります。追って指示があるでしょう。ミスタ徐は、できるだけ速やかにあなたの周囲をクリーンにしろとおっしゃいました」

桐生が登板する味全対統一戦が目前に迫っている。

「また、身代わりでも立てるのか?」

「そういうことになるでしょう」

顧はいった。だれが死のうと、だれが刑務所に行こうと自分には関係ないという顔だった。

こいつを黙らせろ——叫ぶような声が聞こえた。

58

警察署の入口にはハイエナが数匹いた。裏口から顧の用意したタクシーに乗った。邦彦の姿を探したが見つからなかった。タクシーの後についてくる車があった。助手席に袁が乗っていた。

傷つき、怯《おび》え、混乱していた。野球ができなくなる――こんなにショックを受けるとは思ってもいなかった。

慰めが欲しかった。狂いかけた頭を休めるための柔らかい場所が欲しかった。麗芬に電話をかけた。留守番電話だった。落胆した。至急連絡をくれと吹きこんで電話を切った。

携帯電話――おれと他者を繋《つな》ぐ唯一の窓。魔法の箱。方に電話をかけた。

「あんたか。ちょうど連絡しようと思っていたところだったよ。安心しろ。確認は取れた。あのピッチャーが勝っても、徐栄一はおまえに手出しできない。その前に、うちの組があいつを地獄に送ってやる」

「頼みがあるんだがな」

「なんだ。いってみろよ。大抵の頼みは聞いてやるぜ。あんたのおかげで、ずっと目の上のたんこぶだった徐の野郎をやることができるんだからな」

「鳳玲と話がしたい」

「鳳玲だと？　ちょっと待てよ。あいつは――」

「徐栄一の妹だ」

方の言葉を引き取っていった。

「わかってるんなら話が早い。あいつは高雄にいる。どんな用があるのか知らないが、会わせるのは無理だ」

「話をするだけでいい。電話をするようにいってくれないか」

「いってみるだけでいい。彼女の義理の弟のことで話を聞きたいと伝えてくれ」

「それでいい。向こうがどういう返事をするかはおれの知ったことじゃない」

「義理の弟？　初耳だな」

「伝えてくれ。頼んだぞ」

電話を切った。

タクシーはおれのアパートに向かっていた。街の喧騒《けんそう》が車内に入り込んでいた。信号で止まるたびに、夥《おびただ》しい人の群れが目に入った。むっとする熱気に眩暈《めまい》がした。

こいつらを一人残らず黙らせろ。

こめかみの辺りが痛んだ。身体の奥底から沸き起こってくる狂暴な声に恐怖を覚えた。

まだ殺したりないのか？

声の主に聞いた。おれの叫びは、無限の闇《やみ》に吸い込まれるだけだった。

運転手に行き先を変えさせた。球団事務所。ハイエナの姿はなく、ビルの内部は静まり返っていた。受け付けの女子職員が、おれを見て顔色を変えた。北京語をまくしたてはじめた。どこからか、制服姿の警備員が現れた。

顧から連絡が入ったのかもしれない──加倉が殴り込みに行くぞ。振り返った。ビルの前に警察の車がとまっているのを確認した。袁が中の様子をうかがっていた。

「社長と話がしたい」

受け付けの女に英語でいった。北京語が返ってきた。

「わかった。あっちだな？」

エレヴェータとは逆の方角を指差した。その先には従業員用の出入り口があった。

足を踏みだした。警備員がついてくる。袁は動かない。おれがエレヴェータを使うと思い込んでいる。

通用口を出た。表通りからは想像もできない裏路地。走った。袁が追いかけてくる気配はなかった。

邦彦に電話をかけた。留守番電話になっていた。王東谷に電話をかけた。繋《つな》がらなかった。行くべき場所がない。

バスに飛び乗った。三重市《サンジョンシー》方面へ向かう乗り合いバス。おふくろの病院の位置は頭に刻みこんであった。

道は渋滞していた。窓から陽光が射し込んできた。日の当たる部分は熱を持ち、それ以外の部分はエアコンの冷気で冷えきっていた。バスがとまり、乗客が乗り降りするたびに熱風が吹きこんできた。

こいつらを一人残らず黙らせろ——呪文《じゅもん》のようにくり返される声。

一時間以上をかけて、バスは目的地にたどり着いた。病院のまん前がバス停だった。バスを降り、病院に足を踏みいれた。王東谷がそうしたように受け付けに顔を出し、筆談で来意を告げた。

おふくろ——王陽子は治療中。薹《とう》のたった看護婦の字はため息がでるほど美しかった。ロビィで待った。うとうとしては目覚めた。眠るのが恐かった。悪夢が恐かった。そのうち、医者がやってきた。

白衣より清潔に見える真っ白な頭髪と穏やかな笑顔。白衣を着ていなくても医者に見える中年男だった。

「ミスタ加倉ですね？」

「そうですが」

医者は奇麗な日本語でいった。

「わたしは王陽子さんの主治医です。于《ユイ》といいます。失礼ですが、あなたと王さんのご関係は？」

「彼女の息子です」

眼鏡の奥で于の目が驚きに開いた。

「それではあなたが、あの野球選手の？」

「そう、母の病気のきっかけになった息子です」

「だれからそんな話をお聞きになったのかは知らないが、それはまったくのでたらめです。彼女の病気は、様々な要素が原因で誘発されたものです。だれかに責任を還元できる類《たぐい》のものではありません」

講義がはじまりそうだった。于の口が開く前に、おれは機先を制した。

「母に会いたいのですが」

「そうですね……」

于は腕を組んだ。糊《のり》の効いた白衣が音を立てた。

「陽子さんはここ一ヶ月、かなり容態がいいんです。普段は面会は許していないのですが……今、あなたに会えば、彼女の容態が変化する可能性があります。それがよい方に変化するか、悪い方に変化するかが問題ですね」

「先生にお任せしますよ。話はできなくてもいいんです。昨日のように、覗《のぞ》き穴から眺めているだけでも……」

「昨日、いらっしゃったんですか?」

「ええ」

「受け付けの名簿にお名前はなかったと思いますが」

「王東谷と一緒に来たんです。名簿には彼の名前があるんじゃないですか」

「ああ、そういうことですか」

于は組んでいた手をほどいた。頬《ほお》に右手を当て、肘《ひじ》を左手で支えた。なにかを考えているようだった。おれには于の決断を待つしかなかった。

「試してみましょうか」

ふいに、于が口を開いた。心臓が勝手に高鳴りはじめた。

昨日と同じ病棟。同じ病室。違うのは、王東谷の代わりに医者の于がおれを先導していること。警備員が二人いること。

「いいですか」ドアの前で于は立ち止まった。「決して興奮しないでください。静かに、穏やかに彼女と接してください。もし、彼女が取り乱しても、慌ててはいけません。声を荒らげてもいけません」

「わかりました」

于の手がノブに伸びた。心臓が切れ目のないビートを刻んでいた。

「陽子さん、于です。入りますよ」ドアが開いた。「お客さんを連れてきました」

于が振り返り、おれに手招きした。

「お客さん、ですか？」

部屋の中から声がした。二〇年ぶりに聞く声だった。

「ええ。あなたの息子さんです」

逃げ出したい――突然、恐怖に駆られた。拳《こぶし》を握り締めて耐えた。いつも、邦彦がしているように。

「息子？　邦彦が来ているんですか？」

二〇年前に比べて、苦労が色濃く滲《にじ》んだ声だった。

腹を括《くく》った。部屋の中に足を踏みいれた。

「邦彦じゃない。昭彦だよ、母さん」

おふくろの顔は期待に輝いていた。それが凍りついた。

「いかん」

于の声が聞こえた。おれは動けなかった。おふくろの顔が歪《ゆが》んでいく。醜く、おぞましく。人の顔とは思えないほどだった。鬼の顔だった。

「なにしに来たの？　こんなところまでわたしを追いかけてきて、まだ、わたしを苛《いじ》めたりないの？」

おふくろは金切り声をあげた。警備員が部屋に雪崩れ込んできた。

「先生、この人を追い出して！　この人がわたしの人生をめちゃめちゃにしたのよ。この人がわたしから昭彦を奪ったのよ。この人が――」

「違う！」

呟《つぶや》いたつもりだった――叫んでいた。

「おれは親父じゃない。母さん、おれは昭彦だ!!」

「加倉さん、落ち着いてください」

于に肩を摑《つか》まれた。振りほどいた。

「先生、邦彦を、邦彦を、この人はわたしから邦彦を取るつもりですよ、先生、邦彦を!!」

鬼の顔――おふくろは手近にあるものを片っ端から投げはじめた。枕《まくら》、カーディガン、日本語の本――本の角がおれの額にぶち当たった。おれはよけなかった。足が動かなかった。絶望が、おれという存在を内部から食いつくそうとしていた。

「おれは親父じゃない。親父となんか、これっぽっちも似ていないじゃないか！」

「邦彦はわたしのものよ！　あなたには昭彦をあげたじゃない。邦彦はわたしのものよ!!　昭彦じゃ満足できないっていうの？　あの子はあなたにそっくりよ。昭彦がいるんだからいいじゃない。わたしから邦彦を取りあげないで」

警備員が両脇《りょうわき》からおふくろを抱え込んだ。おふくろは、釣り上げられた魚のように激しく暴れた。

「邦彦はあなたの子供じゃないんだから!!　あなたに邦彦を連れていく権利なんかないんだから!!」

へたりこんでしまいそうだった。膝《ひざ》が震えていた。顔が熱かった。目の奥がひりひりと痛んだ。歯を食いしばって涙をこらえた。

警備員たちがおふくろを押し倒す。于がベッドに近寄っていく。手には注射器が握られている。すべてがスローモーションのように目に映る。

音は消えていた。おふくろの声だけがリフレインしていた。

——あなたには昭彦をあげたじゃない。

——邦彦はあなたの子供じゃないんだから。

おふくろの声を押しやるようにだれかが叫んだ。

この女を黙らせろ。

于がおふくろの腕に注射した。おふくろは動かなくなった。

おふくろはおれを捨てた。親父の血を引いていたからだ。邦彦は違った。種違いの弟──本当かどうかはわからない。邦彦はおふくろに愛されていた。それが事実だ。

あいつらを黙らせろ。

おれはおれ自身を黙らせたかった。

59

携帯が鳴った。だれかと話したいときに相手はでず、だれとも話したくないときに電話がかかってくる。携帯電話──魔法の箱。くそったれ。

「おれだ」

邦彦だった。

「なんだ？」

「不機嫌だな」

おふくろと会ってきた。おふくろに捨てられたことを確認してきた。喉《のど》まで出かかった言葉を飲み込んだ。

「こんなときに機嫌がいいはずがないだろう」

「朗報だ。あの女を殺したという男が自首してきた。自分の犯した罪が他人に押しつけられるのを見ていられなかったそうだ」

「徐栄一の差し金か？」

「そうだ。袁はあんたを見失って、目の色を変えていたが、署に呼び戻された。これはだれかの陰謀だと騒いでいるが、耳を貸すやつはいない。都合がいいことに、今日の午後、金持ちの息子が誘拐されたんだ。そっちを解決するのが最優先というわけさ。娼婦《しょうふ》殺しに本腰を入れようなんていう警官はどこにもいない」

「もう、尾行はつかないんだな？」

「たぶん。だが、気をつけろ。袁はああ見えて執念深い」

「わかった」

「なにか進展はないか？」

「方と電話で話した。蔡明徳はその気になったそうだ」

「朗報だな。また、連絡する」

電話が切れた。台湾演歌が耳に流れ込んできた。物悲しく、切ないメロディだった。初老の運転手が鼻歌をうたっていた。

「日本人か？」

おれの視線に気づいて、運転手は鼻歌をやめた。

「そうだ」

「わたし、日本の歌、知ってる」

運転手はカーステレオを操作した。テープを取りだし、別のテープを入れる。スピーカーからテレサ・テンの歌声が流れてきた。

「知ってるか？」

「彼女、死んだ。とても、悲しい。日本人も、彼女の歌、好きだろう?」

「ああ」

「そうだな」

運転手は嬉《うれ》しそうにうなずき、歌いはじめた。テープから流れてくるのはテレサの日本語の歌。運転手は北京語で歌った。ユニゾンのハーモニィ。不思議な感じがした。

おれがタクシーを降りるまで、運転手は歌いつづけた。


磁力に引きつけられるように萬華《ワンホア》へ。頭の中では声が響きつづけている。

あいつらを黙らせろ。

途中、銀行で金をおろした。

酔った謝から聞いたことがある。

——銃が欲しければ萬華へ行け。大陸から流れてきたやつが腐るほどある。

なにかを期待しているわけじゃない。だが、銃があれば、だれかを黙らせることはできる。

うらぶれた街並みの、窓ガラスに映るおれの姿は荒《すさ》んで見えた。目が暗かった。ポン引きたちが寄ってきては離れていった。日本語ができないポン引きには用がなかった。

「社長、女、買うか?」

一〇分ほど歩きつづけて目当てのポン引きを捕まえた。身体のサイズにあわないシャツとズボン。年齢不詳——二〇代から五〇代まで、どの年齢にもあてはまりそうだった。シャツの袖《そで》から覗《のぞ》く腕にはほとんど肉がついていなかった。シャブ中のポン引き。金のためならなんだってするだろう。

「おまえ、日本語わかるか？」

「少しね、少し。社長、いい女よ、おまんこ、気持ちいいよ。日本のお金でも台湾のお金でもオーケイよ」

台湾の金――五〇〇元、ポン引きの手に握らせた。

「社長、これじゃ足りないよ」

「それは、おまえにやる金だ」

ポン引きの腕をとった。人けのない路地へ入っていった。

「わたしにくれるか？　社長、おまんこどうする？」

「女はいい。拳銃《けんじゅう》が欲しい。手に入るか？」

ポン引きの目が一瞬、険呑《けんのん》な光を帯びた。だが、その光はすぐに消えた。

「拳銃？　わからないよ。わたし、女売る人よ。わたしの女、舐めるのも上手よ」

「拳銃だ。買ってきてくれるなら、もう、二〇〇〇元やるぞ。どうだ？」

ポン引きは口を閉じた。間抜けを装っていた表情が一変し、餓《う》えた獣のような目でおれを睨《にら》んできた。

「拳銃、なんに使う？」

「護身用だ」

「ご……しん？」

「自分を守るんだよ。最近は台北も物騒だ。そうだろう？」

「あと五〇〇〇元。そしたら、拳銃、持ってくる」

餓えた目が光った。

「三〇〇〇元だ」

「四〇〇〇元」

「いいだろう」

「ここで、待ってる。少し、時間かかるよ。少しね」

夜の闇《やみ》の中、ポン引きの目が輝いた。


煙草を吸い、檳榔《びんろう》を噛《か》んだ。立ちん坊が寄ってきた。別のポン引きがやってきた。シャブ中の若い女が、なにかを叫びながら歩いていった。

移動した。ポン引きを引きずり込んだ路地の入口を見渡せる暗がり。煙草を吸い、檳榔を噛む。一〇分ほどそうしていると、ポン引きが戻ってきた。

ポン引きの右手には茶色い紙袋が握られていた。目を凝らした。ポン引きは一人のようだった。

ポン引きは路地に顔を突っ込んだ。おれがいないことを確認して、左右に視線を走らせた。紙袋を胸に抱くようにかかえこんだ。

おれは暗がりを出た。赤い唾《つば》を吐いた。ポン引きがおれに気づいた。思わせぶりに片目を閉じた。

「社長、持ってきたよ」

垢《あか》にまみれた手をポン引きは突きだしてきた。

「見せろ。金はそれからだ」

「ここ、だめよ。こっちに来る」

路地の奥へ進んだ。小便の匂《にお》いが鼻をついた。民家の窓から漏れた明かりに照らされた地面はじっとりと湿っていた。

「本物よ、社長」

ポン引きが袋を開いた。油紙につつまれた塊が出てきた。油紙を開いた。黒く光る銃——リヴォルヴァーだった。小野寺由紀を殺したときの感触が手によみがえった。

「弾丸は？」

ポン引きは不安そうにおれの手元を見つめていた。

「だいじょうぶ、社長。わたし、嘘《うそ》いわない」

ポン引きのいわんとするところはわかった。昔見た映画を思いだした。ラッチを押し、シリンダーを開いた。六つの穴に金色に光る弾丸がおさまっていた。シリンダーを閉じた。

「よし、これでいい。おれのことはだれにもいうなよ」

「わたし、社長のこと、会ったことないよ」

ポン引きの顔に笑みが浮かんだ。

「いくらだ？」

「わたしに四〇〇〇元。拳銃、五万元」

五万元——二〇万円。おれには銃の相場はわからない。だが、高すぎることだけはわかった。

「嘘をつくな」

銃をポン引きに向けた。おれに嘘をつくな、麗芬——頭の中で声がした。

「社長、危ないね」

ポン引きは大袈裟《おおげさ》に両手をあげた。

「いくらだ？　本当の値段をいったら、ちゃんと払ってやる」

「三万元」

撃鉄を起こした。金属音が響いた。

「もう一度いってみろ」

「二万元。嘘違うよ。社長、本当に二万元よ」

親指で撃鉄を押さえ、引き金を引いた。撃鉄がゆっくり元の位置に戻った。銃を腰に差し、上着の裾《すそ》で覆った。

ポン引きが大きなため息を漏らした。

「社長、酷《ひど》いよ。わたし、社長のため、危ないことして、銃、買ってきたよ」

「悪かったな」

財布を引っ張りだし、金を抜いた。ポン引きの手が伸びてきて札をひったくっていった。止める間もなかった。ポン引きは札を数えた。数え終わると、札をポケットにたくしこんだ。

「社長、ありがとうね。拳銃、危ない。大事に使うよ。おまんこしたくなったら、わたし、探すよ。いいね？」

「ああ、そうする」

ポン引きが身を翻した。小走りで路地を出ていった。

「馬鹿野郎、死んじまえ」

姿が見えなくなった途端、ポン引きの罵声《ばせい》が聞こえた。

あいつを黙らせろ――声は聞こえなかった。不思議な気がした。

60

アパートに戻った。警官の姿はどこにもなかった。

銃をベッドの上に放り投げた。シャワーを浴びた。路地の匂いが皮膚にこびりついている気がして、何度も身体を洗った。身体を洗っている最中に震えがきた。

銃を買う――犯罪を犯したことに対する反動。

神経がおかしかった。薄い膜で全身を覆われているようだった。なにに対しても反応が遅すぎた。

銃を握りながらベッドに横たわった。目を閉じることができなかった。幻聴が聞こえた。幻視を見た。

夜叉《やしゃ》のようなおふくろの顔。歯切れの悪い麗芬の声。

「あいつらをみんな黙らせてやる」

銃を見つめながら口に出した。涙が出てきた。

電話が鳴っていた。携帯じゃない普通の電話に出るのは久しぶりのような気がした。

「謝だよ、加倉さん」

声が聞こえてきた途端、電話に出たことを後悔した。

「明後日、老板《ラオバン》が台北に来る。加倉さんと食事をしたいそうだ」

老板——徐栄一。恐怖がぶり返した。

「場所は？」

「夜の八時に、馥園」

謝は含み笑いを洩《も》らした。目を閉じ、恐怖と怒りに耐えた。

馥園。徐栄一にパテック・フィリップをプレゼントされた。それを俊郎に見られた。俊郎を殺した。

「わかった。必ず行く」

「王東谷も連れてくる。いいね？」

「ああ」

電話を切った。銃を握った。強く。

あいつらを黙らせろ——声は聞こえなかった。銃を手にしたせいかもしれなかった。

邦彦に電話をしようと手を伸ばした。ボタンを押す前に、今度は携帯電話が鳴った。

電話浸けの日々。携帯電話がなければ、人を殺すこともなかったかもしれない。

「もしもし」

きれいな日本語が聞こえてきた。女の声だった。

「加倉ですが……」

用心深い声になった。

「連絡が欲しいという伝言をもらったんだけど」

おれをからかっているような響きがあった。

「王文艾」

「鳳玲よ。この前、教えたわ」

の娘だ。徐栄一の妹でもある」

「それに、國邦あなたの義妹でもあるわね。わたしになんの用かしら、お義兄《にい》さん？」

「話を聞きたい」

すべてを知りたい——身体を焼き尽くすような欲望がよみがえった。

「話ならいっぱいあるわ」

「話してくれ」

「電話で？」

高雄のナイトクラブであったときとは別人のようだった。蔡明徳の車の中であったときも、感じは違った。シチュエーションによって人格を使い分けるのか。それとも、どこかがおかしいのか。

「電話じゃいけないのか？」

「わたし、いま、台北にいるの。徐栄一のお使いでね」

「会えるのか？」

「お父さんと会う約束をしてたけど、そっちはキャンセルするわ」

王東谷や徐栄一より遥《はる》かに上手な日本語だった。和製英語の発音も堂に入っていた。下手をすると、邦彦よりまともな日本語だった。

「どこに行けばいい？」

「わたしがそっちに行くわ。インスタントじゃないコーヒー、ある？」

「腐るほどある」

「じゃあ、三〇分、時間をちょうだい」


四五分待たされた。この世には二種類の人間がいる。時間にうるさいやつと、時間にルーズなやつ。おれも時間にはルーズだった。この数週間で人格が変わった。待たされるのは苦行だった。何度か寝たのかもしれない。記憶がところどころで途切れていた。

王文艾――鳳玲は微笑《ほほえ》みながらおれの部屋に入ってきた。ナイトクラブや蔡明徳と一緒にいたときとは違って、長い黒髪を無造作に垂らしていた。化粧は控え目だが肌に張りがあった。グレイのパンツスーツは金がかかっているのが一目でわかりながら、決して嫌味には見えなかった。スーツの胸元は肌が露出していた。首からぶら下がったゴールドのネックレスはティファニィ。足元はフェラガモ。バッグはグッチ。スーツは多分ヴェルサーチ。

「思ってたより粗末なアパートね」

鳳玲は無遠慮に部屋を見渡した。

「よくここがわかったな」

「徐栄一が謝に報告させていたのを盗み聞きしたのよ」

「徐栄一が？」

「あなたに放水させる前よ。あなたのことをこと細かく調べていたわ」

鳳玲はソファに腰をおろした。まるで自分が部屋の主であるかのような自然な態度だった。

「コーヒー、淹《い》れてくれる？」

うなずいた。コーヒーメーカーはすでに作動させてあった。キッチンへ行き、カップにコーヒーを注いだ。居間に戻った。鳳玲は煙草を吸っていた。

「日本語はどこでならった？」

コーヒーを置き、鳳玲の向かいに座った。ガタの来た椅子《いす》が軋《きし》んだ音をたてた。

「お父さん」鳳玲は煙を吐きだした。「あの人、日本語しか喋《しゃべ》らなかったから。兄さんはお父さんに逆らってあまり日本語喋らなかったけど、わたしは別。今でも、台湾語や北京語より日本語の方が楽よ。でもね――」

鳳玲はおれを見あげた。媚《こ》びるような目つきだった。

「でも、なんだ？」

「昔のわたしの日本語、変だったのよ。お父さんと同じ喋り方だったんだから。あなたのお母さんと國邦が女の人の日本語を教えてくれたの」

「おふくろと邦彦が……」

「それから、兄さんと一緒に日本に行って、テレビを見まくって日本語に磨きをかけたのよ」

「日本はどこに住んでた？」

「池袋……ねえ、そんなこと聞くためにわたしを呼んだわけじゃないでしょう?」

鳳玲は煙草を灰皿に押しつけた。コーヒーをすすった。カップの周りに薄《うっす》らと紅がついた。

「知りたいことがたくさんありすぎて、なにから訊《き》けばいいのかわからない」

おれはいった。実際、混乱していた。なにを鳳玲に訊きたかったのか——靄《もや》の中を歩いているようになにも見えなかった。

「じゃあ、わたしが最初の質問を決めてあげるわ」

鳳玲は身を乗りだしてきた。いたずらが好きな少女のように顔が輝いていた。

「最初の質問は……そうね、どうしてわたしはここに来たのか?」

「わからない」

「そうすれば、兄さんが困ると思ったからよ。じゃあ、次の質問。どうしてわたしは蔡明徳と一緒にいたの?」

おれは鳳玲の目を見た。鳳玲はおれを挑発していた。

「徐栄一を困らせるためだ」

「正解よ。じゃあ、わたしはどうして兄さんを困らせたいの?」

「徐栄一が憎いからだ。おまえたちの家族はそれぞれがそれぞれを憎みあっているからだ」

「半分当たりで半分外れね。わたしは兄さんのこと、憎んでる。でも、父さんは好きよ。國邦もね。父さんはだれのことも憎んでない。國邦は父さんと兄さんを憎んでる。兄さんは父さんのこと憎んでいて、國邦のことを馬鹿にしてる。わたしを憎んではいない。でも、わたしのやってることを知ったら憎むかもね。それから、國邦のお母さんは……國邦以外の世の中の全ての人間を憎んでるの」

「そうだな」

ため息をついた。おふくろがおれに向けた憎悪。おれの心を切り裂いてばらばらにした。

次の質問が頭に浮かんだ。

「おまえはどうして徐栄一を憎んでるんだ？」

「わたしを自由にしてくれないから。わたしのやりたいことをやらせてくれないから。わたしの母さんを殺したから」

鳳玲は歌うようにいった。相変わらず挑発するような視線をおれに向けていた。

挑発に乗ったりはしなかった。そんな必要はなかった。鳳玲——小玲。本名の文艾を捨てそう名乗る意志がおれにはよくわかっていた。

「知ってたの？」

「ああ。なぜ徐栄一は自分の母親を殺したんだ？　どうして王東谷は徐栄一の罪をかぶったんだ？」

「わたしはよく知らないのよ。兄さんから聞いた話でもいい？」

「ああ、いいとも」

おれはうなずいた。

「母さんはよく、父さんにぶたれてたんだって」鳳玲は遠くを見るような目つきをした。「父さんにぶたれると、母さんは後で兄さんをぶつの。父さんの代わりに兄さんに仕返しするみたいに」

首筋にちくちくしたものを感じた。眩暈《めまい》に似た感覚に襲われた。鳳玲の声に記憶が刺激された。暗闇《くらやみ》の中に堕ちていく。なぜ忘れていたのか。なぜ思いださなかったのか。

雨の降る夜だった。親父の怒声、おふくろの悲鳴――いつもの夫婦喧嘩《げんか》。親父が出ていき、おふくろはいつまでも泣いていた。おれは一歳の邦彦を抱いて寝室に逃げ込んでいた。ドアが開くのが恐かった。おふくろと二人きりになるのが恐かった。邦彦をきつく抱きしめていた。邦彦に救いを求めていた。

やがて、ドアが開く。おふくろがやってくる。泣きはらした目、赤く腫《は》れた頬《ほお》。昭彦、あなたはまだ力が弱いんだから邦彦を抱いちゃだめだといったでしょう――おふくろがいう。感情のこれっぽっちも感じられない声で。おれは震える。許しを乞《こ》う。声を大にしていいわけする。おふくろがおれの腕から邦彦を奪い取る。ベッドに寝かしつける。おれの声はおふくろには届かない。

おふくろが振り返る――お仕置きをしなくちゃね、昭彦。そうしないと、母さんが父さんに叱《しか》られるんだから。いつの間にか、おふくろの手にははたきが握られている。おふくろがはたきを振り上げ、おれは頭を抱える。

おれが野球をはじめるまで、そんなことが何度もくり返された。どれだけ泣き叫ぼうと、おふくろは許してくれなかった。父さんにいいつけたら承知しないから――おふくろの脅し文句。おれには充分に効いた。

どうして忘れていたのか。どうして思いださなかったのか。

くり返される暴力。溢《あふ》れかえる憎しみ。おれの家族と王東谷の家族。似た者同士の家族。

「どうしたの？」

鳳玲の声に我に返った。

「いや、なんでもない。話を続けてくれ」

コーヒーを飲んだ。煙草に火をつけた。貪《むさぼ》るように吸った。

「わたしが生まれてからは――」鳳玲の目――訝《いぶか》るような視線。それでも鳳玲は言葉を繋《つな》いだ。「兄さんは殴られなくなったっていってたわ。母さん、赤ん坊のわたしをお仕置きするようになったんだって。わたしね、お尻《しり》に痣《あざ》があるの」

鳳玲は右の腰を軽く持ち上げた。

「痣？」

「そう。父さんに殴られると、母さん、針でわたしのお尻を刺したんだって。何度も同じところを刺されて、それが痣になったらしいわ」

鳳玲は口を閉じた。コーヒーカップに手を伸ばした。おれを見つめながらコーヒーをすすった。

「驚かないのね。たいていの人はこの話をすると、眉《まゆ》を顰《ひそ》めたりするんだけど」

「おれたちのおふくろも同じだった。おふくろは親父に殴られると、その後、決まっておれを殴ったよ」

掌《てのひら》に粘つく汗が滲《にじ》んでいた。おれはおふくろが恐かった。親父よりも恐れていた。ガキのころの恐怖心が身体を震わせていた。

「陽子母さんが？」鳳玲は目を剝《む》いた。「信じられないわ」

「本当だ。親父がおふくろを殴りつけた日は、怖くて自分の部屋から出ることができなかった」

あの声を初めて聞いたのも、そうやって部屋で震えていたときだった。

──昭彦、出ていらっしゃい、昭彦。

おふくろの感情のない声がおれの恐怖心を煽《あお》る。そのとき、聞こえたのだ。

あの女を黙らせろ──おれに俊郎やロペスを殺させたあの声が。

「國邦も陽子母さんに殴られたの？」

おれは首を振った。

「いや。おふくろは邦彦──國邦には決して手を上げなかった」

恐らく、邦彦が親父の子じゃなかったからだ。

鳳玲は頬杖《ほおづえ》をついた。なにかを考えるような表情──突然崩れ、けたたましい笑い声が響いた。

「なによそれ、じゃあ、父さんは母さんとそっくりな女と再婚したってわけ？」

おれは小玲を知らない。それでも、うなずくことができた。いまだに皇民であるといいはる王東谷の頑固さ──女の好みがすぐに変わるとも思えなかった。

「馬鹿みたい」

「鳳玲、続きを聞かせてくれ」

知りたいという気持ちがますます強くなっているのを感じた。おれが持っていたのとそっくりな家族。その家族になにが起きたのか。知らずにはいられなかった。知ることができるなら、地獄に堕ちてもかまわなかった。

「あの日……母さんが父さんを詰《なじ》ったって兄さんはいってた。父さんが浮気をして、それで母さんが……。父さんはいつもより酷《ひど》く母さんを殴ったらしいわ。母さんの歯が折れて、凄《すご》い血が出たって、兄さん、笑いながらいってた。母さん、顔が真っ青で、鬼みたいな顔して父さんを睨《にら》んだって。それで、父さんがますます逆上して母さんを殴った。兄さんがとめたんだけど、父さんは聞かなかった。しばらくして父さんが出ていって、母さんはずっと泣いてたんだけど、そのうち、立ち上がってお裁縫箱から針を取りだして……」

鳳玲の目がかすかに潤んでいた。

「わたしの泣き方がいつもより大きかったって、兄さんはいってたわ。死ぬんじゃないかと思ったって。それで、兄さんは台所にいって、包丁を持ってきた。母さんに、やめろといったそうよ。でも、母さんは聞かなかった。わたしのお尻に針を刺しつづけて……兄さんが包丁で背中を刺しても、母さん、わたしのお尻に針を刺しつづけてたんだって」

「それで？　王東谷はどうして戻ってきたんだ？」

鳳玲の表情が険しくなった。話の腰を折られたことが不満なようだった。

「わたしが泣きやまないんで、近所の人が様子を見にきたそうよ。どうして警察を呼ばなかったのか知らないけど、みんなで手分けして、父さんを探して……それで、父さんが罪をかぶったの」

「なぜ？」

「自分の子供が母親を殺したっていう事実を隠したかったのよ、きっと」鳳玲の唇に笑みが浮かんだ。「だって、父さんはそれから何年も経ってから、〝おまえの息子は母親殺しだ〟っていった自分の親分を殺しちゃったんだから。おかげで、自分も親殺しって蔑《さげす》まれるようになったのよ。子分たちにも見放されちゃったらしいわ」

頭の中に灯がともった。王東谷の履歴——少しずつ行間が埋まっていく。

「王東谷が親分を殺した理由は、本当にそれなのか？」

鳳玲はうなずいた。

「兄さんはそういってる。あれで父さんはおかしくなったんだって。兄さんがおかしくなったのもあのときからだって」

「おかしくなった？」

「そう。文艾に酷いことをするやつは殺してしまえっていう声が聞こえるんだって」

なにかが焦げる匂《にお》いがした。短くなった煙草の穂先がおれの指を焼いていた。熱さは感じなかった。痛みも感じなかった。徐栄一にも声が聞こえる——そのことだけが頭の中でぐるぐる回っていた。

「なにしてるのよ？」

鳳玲がおれの指先から煙草をむしりとった。灰皿に煙草を捨て、おれの顔を覗《のぞ》きこむ。

「ねえ、兄さんが陽子母さんに酷いことしたのも知ってる？」

鳳玲はおぞましい笑みを浮かべた。

「ああ」

かろうじて首を縦に振った。

「それもね、陽子母さんがわたしをぶったからなのよ。悪いのはわたしなんだけど。わたしね、國邦が可愛《かわい》くてしょうがなかったの。最初に会ったときから……怯《おび》えていて、おどおどしていたわ。群れからはぐれた子羊みたいだった」

「それで？」

「だから、國邦が大きくなるのを待って、寝たの。同じ屋根の下に暮らしてたから簡単だったわ。わたしの初めての男は國邦。國邦の初めての女はわたし。わかる？」

鳳玲は嬉《うれ》しそうに微笑《ほほえ》んだ。

「毎晩、國邦の部屋に忍びこんで、声を殺して抱かれたわ。それがあるとき、陽子母さんにバレちゃったの。頬をぶたれたわ。血が繋がってなくても、わたしたちは兄弟なのよって。獣以下だともいわれたっけ。あんまり悔しかったから、兄さんにいったの。陽子母さんに侮辱されて撲《ぶ》たれたって」

聞きたい──地の底から沸き起こってくるような欲望。徐栄一に聞こえる声を聞きたい。

「そのことを王東谷は知らないのか？」

「そのことって、なに？」

「おまえと邦彦が寝ていたことだ。おまえが徐栄一に告げ口したことだ。徐栄一に声が聞こえることだ」

「知ってるんじゃないかしら」鳳玲は呆気《あつけ》なく答えた。「それがどうかしたの？」

「いや、なんでもない」

「いっておくけど、父さん、嘘《うそ》つきよ。滅多に本当のことは話さないわ」

おれはうなずいた。わかってきた。もつれていた糸がほどけてきた。おれは王東谷を信じていた。罪ほろぼしだよ——王東谷の言葉を信じていた。間違いだった。

「父さんがあなたになんていったか知らないけど、兄さんは陽子母さんを辱めて殺してやるっていった。凄い恐い顔で。あんなに恐い顔、あのときしか見たことないわ。兄さんはそのころ、萬華の小さなアパートに住んでたんだけど、部屋を出ていって、血まみれになって帰ってきた。とても興奮してて、國邦をぶち殺してやるって、呪文《じゅもん》みたいに何度も呟《つぶや》いていたわ。そのときからわたし、ずっと兄さんと一緒。学校に行くのもやめたし、迪化街の家にも帰らなかった。父さんがわたしを連れ戻そうとしたこともあったけど、兄さんが許さなかったわ。兄さん、父さんを警察に密告したのよ。知ってる？」

「ああ。王東谷もたまには本当の話をするらしい」

「でも、兄さんに隠れて、一度だけ國邦に会ったことがあるわ。でも、國邦は昔の國邦じゃなくなってた」

嘘つきの王東谷とパラノイアの邦彦。邦彦はいった——男は益丈夫《ますらお》じゃなきゃいけないが、女は大和撫子《やまとなでしこ》でなくてもいいらしい。王東谷と子供たちの残酷な過去の物語は繫がった。おれが知りたいのはこの先の物語だ。

「どうして王東谷は徐栄一の下で働いてるんだ？　それほどのことがあったのに、不自然じゃないか」

「わたしが頼んだのよ。わたしのために、兄さんのご機嫌をうかがっておいてって。兄さんは父さんを顎《あご》で使うことを楽しんでるわ」

「それで、おまえと王東谷はなにを望んでるんだ？」

「父さんじゃなく、わたしが望んでるの。父さんは手伝ってくれるだけ」

鳳玲は嬉《うれ》しそうに笑った。おれには鳳玲が神々しくさえ見えた。

「おまえはなにを望んでるんだ？」

「自由。それに、兄さんが持ってるお金と力。兄さんが死ねば、全部わたしのものになるわ。兄さんね、わたしのことが好きなの。わたしのこと抱きたいのに、わたしが妹だから……」鳳玲は意味ありげに笑った。「今まで、わたしと寝た男、何人兄さんに殺されたか知ってる？生きてるの、國邦だけよ。馬鹿みたい。死ねばいいのよ、兄さんなんか」

吐き捨てるような口調だった。鳳玲はまた煙草に火をつけた。おれは鳳玲の言葉を待った。指先を動かすこともできなかった。

徐栄一は母親を殺し、妹は兄を殺そうとしている。

「ずっとチャンスを待ってたの。あなたが台湾に来たときから。あなたが國邦のお兄さんだってこと、兄さんに聞いたわ。兄さん、いってた。あなたをひっかけて、國邦を困らせてやろう。國邦が泣く顔を見てやろう。國邦の家族を一人残らずめちゃめちゃにしてやろうって」

怒りはわいてこなかった。声が聞こえることもなかった。ごつごつとした肌触りの感情があるだけだった。

「父さんが美亜で通訳の仕事してたのは、兄さんのために、白手套《パイショウタオ》をするためだったわ。本当に好都合だったの。兄さんはすぐに、あなたを悪い道に引きずり込めって父さんに命じたわ。あなたは自分から進んで放水《ファンシュイ》をはじめるようになった。國邦と血が繋《つな》がっているとは思えないって、父さん、首を振ってたわよ」

「余計なお世話だ」いった。声を出すのに、腹の底に力を込めなければならなかった。「おまえたちに後ろ指をさされるいわれはない」

「そうね」鳳玲は煙を吐きだした。「ちょっと調子に乗りすぎたかしら」

「話を続けてくれ」

「もう、わかってるんじゃない？」

わかっていた。それでも、鳳玲の口から聞きたかった。呪《のろ》われた家族の一員から話を聞きたかった。

「続けてくれ。頼む」

鳳玲の顔の周りに煙草の煙が漂っていた。まるで、視界に膜をかけられたようだった。

「わたしと父さんは待ってたのよ。兄さんが動きだすのを。兄さんがあなたを使って國邦にちょっかいを出すのをね。國邦は、わたしたちのことなんか忘れたって顔をして暮らしてたけど、彼がなんのために警官になったのかはわかってたもの。黒道嫌いの王國邦。どうして黒道を目の敵にするのかしら？　兄さんと父さんが黒道だからよ。國邦が兄さんに復讐《ふくしゅう》する機会を狙《ねら》ってるのは、みえみえだったわ。陽子母さんのこともあるしね。陽子母さんの見舞いに行くたびに、國邦は兄さんのこと思いだしてたに違いないんだから」

「そんなときに、あの事件が起こったっていうわけか？」

「そうよ。父さんから、事件の取り調べに國邦が来たって聞いたわ。そのときのわたしの気持ち、わかる？　待ち望んでいたときがやっと来たのよ。わたし、すぐに父さんと連絡を取ったわ。國邦と蔡明徳をうまく利用すれば、兄さんをなんとかできるかもしれないって」

「なんとかなったんだな」

「あなたが、あんなに人を殺してまわるとは思わなかったけど」

皮肉に歪《ゆが》んだ表情と皮肉な口調。それでも、鳳玲を黙らせろという声は聞こえなかった。

「思ったわ。あなたたちの家も、わたしの家と同じなんだって。國邦は台湾に来なくても、同じような目に遭ってたに違いないわ。あなたとわたしの兄さん、どことなく感じが似ているわ」

背筋が震えた。おれと徐栄一。似てなどいない。徐栄一がおれと同じ声を聞いていたとしても、似ているはずがない。

「寄り道が多すぎるぞ」煙草で火傷《やけど》した指先がひりひりと痛んだ。

いった。

「高雄で会ったときは驚いたもの」鳳玲はおれの言葉を無視した。「顔は似てない。きっと性格も似てない。だけど、なにかが似てるの」

この女を黙らせろ――初めて、声が聞こえた。

「もういい。くだらないたわごとはうんざりだ」

「自分でもそう思ってるんでしょう？」

徐栄一にも声が聞こえる――頭を振った。

「好きな女を自分のものにするために、弟みたいに可愛がってた人を殺したんでしょう？　兄さんと同じじよ」

「やめろ!」

叫んだ。腰をあげ、鳳玲の肩を摑《つか》んだ。鳳玲の顔が苦痛に歪んだ。

「痛いわ、放してよ」

「まだ訊《き》きたいことがある。おまえの望みはわかった。だが、王東谷の望みはなんだ?」

「父さんは兄さんが嫌い。母親を殺した獣以下の男が自分の血を引いてるっていうことに耐えられないのよ。でも、わたしのことは好きなの。父さんは母さんをぶった。兄さんをぶった。國邦をぶった。でも、わたしのことをぶったことはないの」

鳳玲は挑むような目をおれに向けていた。声は歌のようだった。

「父さんは兄さんが嫌がることで、わたしが望むことはなんでもしてくれるわ。わたしが男が欲しいっていえば、父さんが探してきてくれるのよ。兄さんが嫌がるから。蔡明徳をわたしに紹介してくれたのも父さん。わたしが蔡明徳に抱かれることより、兄さんを困らせる方が大事なのよ」

呪われた男が作り上げた呪われた家族。その片割れがおれの目の前にいる。おれは鳳玲の肩から手を離した。

「おまえたちは狂ってる」

「あなたと國邦だって同じじゃない」

「違う。おれたちは違う」

「そう思いたきゃ思ってればいいわ」

この女を黙らせろ——声が聞こえる。泣きたかった。

「おまえはなにをしに来たんだ？」

いっていた。他の言葉が見つからなかった。

「あなたに釘《くぎ》をさしに来たのよ」鳳玲は平然と言い放った。「兄さん、あなたと一緒に試合を見るつもりなのよ」

呼吸がとまった。鳳玲の顔をまじまじと見た。

「なんだって？」

「あの日本人が投げる試合、あなたは兄さんと一緒に客席に行くの」

謝からの電話を思いだした。掛け値なしの恐怖が心臓を締めつけた。

「そんな話、聞いてないぞ」

「明日あたり、謝から電話がかかってくるわよ」

「そんな……」

「いまさらやめたとはいわせないわよ」

鳳玲は冷たい声でいった。

「桐生が勝ったら、おれは殺される」

撃て——おれの心を縛った徐栄一の声。その声に潜んでいたおぞましさ。あの声がおれに向けられたらと考えただけで、膝《ひざ》の下から力が抜けていきそうだった。

「負けても殺されるわ。蔡明徳にね。そんなにびくびくしなくてもだいじょうぶよ。わたしも一緒に行くことになってるの。兄さんはすぐにあなたを殺そうとするかもしれないけど、わたしが止めてあげる」

「そんなことが信じられるか」

「信じてもらうしかないわ」

「おれはごめんだ。おれは降りる」

「尻尾《しっぽ》を巻いて日本に逃げ帰る？」

鳳玲の笑顔――思わせぶりな笑顔。なにかがある。とてつもなく不吉ななにかを鳳玲は告げようとしている。

「人を殺してまで手に入れた女の人を置き去りにして？」

鳳玲はバッグを開けた。中から指輪を取りだした。おれが麗芬にプレゼントした指輪だった。

麗芬は実家に帰っているはずだという考えが咄嗟《とっさ》に浮かんだ。その考えを振り払った。

この女を黙らせろ――声が響いた。瞬《まばた》きもせずに指輪を見つめた。鳳玲はおれに見せつけるように指輪をはめた。はめた手を宙にかざした。目が痛んだ。それでも、指輪から目を離せなかった。

「麗芬をどうした？」

かさかさにひび割れた声が聞こえた。おれの声だった。

「なにもしてないわ――まだ」

「彼女になにかしたら、殺すぞ」

「そういうところが兄さんにそっくり。怒ると顔から表情がなくなるの」

この女を黙らせろ――頭の中に棲《す》みついただれかが叫びはじめる。きりきりと頭が痛んだ。

「麗芬はどこにいる？」

「彼女、陽子母さんを探してたわ」鳳玲はおれの問いには答えなかった。「連絡があったのよ。兄さんのことを調べてる女がいるって。日本の女のことがあったでしょう。あなたが殺したあの女。兄さん、ぴりぴりしちゃって、それでわたしが台北に来たの。捕まえてみたら、なんのことはない、あなたの彼女だった。それに、兄さんのことを探ってたんじゃなくて、陽子母さんを探してたってわけ。きれいな女ね。日本語も上手だし」

両手の拳《こぶし》を握った――邦彦のように。ひび割れた声で怒鳴った――徐栄一のように。

「麗芬になにを話した⁉」

「なにも。世間話をしただけ。あなたが彼女になにも話してないこと、すぐにわかったから。まあ、話そうにも恥ずかしくて話せないでしょうけど」

鳳玲は煙草を消した。屈託のない笑みを浮かべた。右手の薬指にはめた指輪をおれに見せつけた。

「安物よね。でも、彼女、大切にしているわ」

「麗芬はどこにいる？」

「彼女にはなにも話してない。本当よ。いきなり柄の悪い黒道にさらわれて、怯《おび》えてたから、わたしが慰めてあげた。心配いらないからって。最初はわたしのこと警戒してたけどそのうち、落ち着いてきたわ」

「麗芬はどこにいる⁉」

拳を握る――きつく、掌《てのひら》から血が出るほど。そうしなければ、鳳玲に襲いかかってしまいそうだった。

「彼女、あなたのこと、疑ってるわ。当然よね。彼女は普通の人。黒道にかかわりがあるとしたら、あなた以外に考えられないわ」

「頼む、鳳玲。おまえには逆らわない。だから、彼女を放してやってくれ」

「兄さんと一緒に野球を見に行ったら、彼女を自由にしてあげるわ」

鳳玲はじっと指輪を見ていた。自分に贈られた結婚指輪かなにかを見つめる眼差《まなざ》しだった。その眼差しに危ういものを感じた。おぞましいものを感じた。

「行けばいいんだろう。野球だろうがなんだろうが行ってやる。桐生に勝たせればいいんだろう。なんでもする。だから、彼女は許してやってくれ」

「ねえ……」鳳玲は顔をあげた。場違いな声を出した。「人に愛されるのって、どんな気持ち？　あなたはどんな気持ちでこの指輪を彼女にあげたの？」

鳳玲はおれを見てはいなかった。病院で見たおふくろと同じような虚《うつ》ろな視線を宙に放っていた。

「邦彦と愛しあっていたんだろう？」

おれはいった。

「あれは愛じゃないわ。愛情ごっこよ。わたしも國邦も子供だったもの。教えて。そうしたら、彼女を自由にしてあげてもいいわ」

いい澱《よど》んだ。鳳玲は人を愛したことがない。愛されたことがない。徐栄一のそれも、愛と呼ぶには程遠い感情だろう。そんな人間に語るべき言葉を、おれは持たなかった。

「いえないの？　言葉にできない感情なの？」

鳳玲の唇が尖《とが》っていた。自分の望みがかなわないと知ったときのわがままな子供のようだった。

「ああ」

かろうじて答えた。鳳玲の機嫌を損ねたくなかった。

「だったら——」

鳳玲は立ち上がった。ジャケットがソファの上に落ちた。意外と豊かな胸がタンクトップの布地を押し上げていた。

「態度はどうなの。あなたは彼女をどうやって愛してあげるの？　教えて」

おれは動けなかった。鳳玲は魔女のような顔でおれを睨《にら》んでいた。

この女の機嫌を損ねるな——いつもとは違う声が聞こえていた。

湿った音が耳に届いた。鳳玲がおれをしゃぶっていた。母乳を飲む赤ん坊のように飽くことなくしゃぶっていた。

おれは鳳玲の右手を見ていた。薬指にはまった指輪——麗芬。麗芬の顔を思い浮かべた。鳳玲を麗芬だと思いこもうとした。

鳳玲は狂っている。おれや徐栄一と同じようにとち狂っている。王東谷が彼女をそうした。徐栄一が彼女をそうした。

恐かった。鳳玲を怒らせることが恐かった。

湿った音がやんだ。鳳玲がおれを睨んでいた。

「彼女とするようにやってっていったのよ」

魔女の呪《のろ》いのような声。おれは鳳玲の股間《こかん》に顔を埋めた。鳳玲は濡《ぬ》れていた。溢《あふ》れでた体液が内腿《うちもも》まで濡らしていた。唇をつけてすすると、鳳玲は獣のような声を出した。

「お尻《しり》の痣《あざ》を舐《な》めて」

舐めた。滑らかな鳳玲の肌のそこだけがざらついていた。


「あなたたちが憎いわ」

鳳玲がいった。シーツを身体に絡めて俯《うつぶ》せになり、煙草をくわえていた。おれは身体を固くした。

「あなたも麗芬もだれかを愛してる。わたしたちとそこだけ違う。どうしてかしら」

この女の機嫌を損ねるな――用心して口を開いた。

「おまえたちの親父が王東谷だからだ。おれと邦彦は……少なくともおれは違う」

「そうね……シャワーを借りるわ」

鳳玲は身体を起こした。シーツが滑り落ち、二〇代の前半で充分通じる裸があらわになった。立ち上がった拍子におれの精液が鳳玲の太股《ふともも》を伝わってベッドにぽたりと落ちた。

「わたしと寝たこと、兄さんに悟られちゃだめよ。それから、國邦にも。わたしも、彼女にはいわないから。それから――」

ベッドを降りかけて、鳳玲は振り向いた。冷たい微笑が顔に張りついていた。

「彼女の居場所、父さんに訊《き》こうとしてもだめよ。父さんも知らないから」

鳳玲は喉《のど》を見せて嗤《わら》った。おれの心を読むことなど、魔女には朝飯前だとでもいっているようだった。

鳳玲がバスルームに消えるのを待って、ベッドを抜け出した。クローゼットを開け、隠しておいた銃を握った。

あの女を黙らせろ——声がひときわ高く響いた。

服を着た。鳳玲のバッグの中身をテーブルの上にぶちまけた。化粧品と財布が入っているだけだった。財布の中身は、台湾元が五〇〇〇。クレジットカードが二枚。カードの名義は王文艾になっていた。麗芬の居場所を探す手がかりになるものはなにもなかった。

あの女を黙らせろ。

「うるさい！」

苛立《いらだ》ちが頂点に達していた。煙草を吸い、銃を弄《もてあそ》んだ。鉄の冷たい感触が気分をやわらげてくれるのを待った。

鳳玲がバスルームを出てきた。身体にバスタオルを巻いていた。髪は濡れていなかった。銃を向けた。

「なんの真似？」

バスルームの明かりが鳳玲のシルエットを浮かび上がらせていた。

「麗芬はどこだ？」

「そんなもの、どこで手に入れたの？」

鳳玲は近づいてきた。臆《おく》する様子はどこにもなかった。

この女を黙らせろ——声は悲鳴のようになっていた。

「麗芬はどこだ？　答えなきゃ、撃つぞ」

「どこで手に入れたの？　萬華辺りかしら？」

「脅しじゃない。本当に撃つぞ」

「わたしを殺したら、永遠に彼女には会えなくなるわよ」

「彼女はどこにいる？」

「撃ってみなさいよ」

鳳玲の顔に人を嘲《あざけ》るような笑みが浮かんだ。

この女を黙らせろ。

「おれには撃てないと思ってるのか？　殺したりはしないぞ。足を撃ってやる」銃口を下げた。

「それから、麗芬をどこにやったのか、吐かせてやる」

「銃声がしたら、警察が来るわよ」

「麗芬はどこだ？」

「撃ちなさいよ」

この女を黙らせろ——引き金を引いた。なにも起こらなかった。もう一度引き金を引いた。

撃鉄があがり、シリンダーが回る。撃鉄が落ちる金属音がした。それだけだった。

笑い声が起こった。鳳玲が腹を抱えて笑っていた。

「やっぱり、萬華で手に入れたんでしょう？　よくあるのよ、銃は本物でも、弾丸は偽物。騙《だま》されたってわけね」

身体が震えた。胃から不快な塊が込み上げてきた。吐いた。黄色い胃液を吐いた。鳳玲は笑いつづけていた。
この女を黙らせろ――吐きながら、声に聞き入っていた。

61

鳳玲のいいつけを守った――彼女がいなくなるまでは。部屋から鳳玲の残り香が消えると、いいつけを破った――王東谷に電話した。くそったれの王東谷に。

「嘘《うそ》つきのクソ野郎め」

邦彦を交えて三人で話し合ったときに王東谷が見せた躊躇《ためら》い。おれをおふくろの病院へ連れて行ったときの穏やかさ。すべては芝居だった。

「どうしたんだね、いったい？」

「今まで、鳳玲と話をしていた。あんたの娘だ」

王東谷が絶句するのが伝わってきた。

「聞いてるのか？　あいつは麗芬を誘拐しやがった」

「そうか……文艾と会ったのか……」

王東谷はいった。これまで聞いたことのない声だった。

「麗芬の居所を探してくれ」

「無理だな」

傲慢《ごうまん》さを感じさせるいい方だった。徐栄一の声に似ていた。

「なんだって？」

「無理だといったんだ。あれがわしになにもいわずにやったことをわしが知る方法はないし、あったとしても、わしにはその気がない」

「爺《じい》さん……」

「文艾から話を聞いたんだろう？　わしは嘘つきのろくでなしさ。ずっとあんたを騙しておった。國邦を騙しておった。罪ほろぼしなんてでたらめさ。わしは文艾のために色々なことをやっておっただけだ」

王東谷は開き直っていた。それまでかぶっていた羊の皮を脱ぎ捨てて、本性が剝《む》き出しになったような脂ぎった声を出していた。

「頼む、爺さん……麗芬を探してくれ」

「人を殺してまでして手に入れた女だ、未練があるのはわかるが、諦《あきら》めるんだな。彼女を助けだしたとして、あんた、どうやって言い訳をするんだ？　嘘を積み重ねていくと、いつか破綻《はたん》するときが来る。今がそのときさ。彼女はそのうちあんたが坊やを殺したことを知るよ。そうなったらおしまいだ。その前に死んでもらった方がいいんじゃないかね？」

「だめだ。麗芬を捜し出せ、今すぐだ」

「それが人にものを頼むときの口の利き方かね」

この男を黙らせろ――声が聞こえる――こいつらを一人残らず黙らせろ。

「麗芬になにかあったら、殺してやる」

笑い声が聞こえた。

「わしをか？　わしを殺すといったのか？」

王東谷の笑い声は尾を引いて受話器から流れてきた。

「なあ、加倉さん。こう見えても、わしは筋金入りの黒道さ。あんたが生まれる前から人を殺して生きてきたよ。人殺しじゃ、あんたの先輩というわけだ。その先輩からいわせてもらうと、あんた、あの黒んぼの殺し方、なっちゃいないよ。あんなんじゃ、わしを殺すなんて到底無理だな」

この男を黙らせろ。

「殺してやる。おまえらみんな、殺してやる」

この男を黙らせろ。

「あんたじゃ、文艾を殺すこともできんさ。まあ、そんなにいうんなら、やってみるといい。逆に殺されるだけだな」

この男を黙らせろ!!

ふいに目の前が暗くなった。なにかが砕ける音がした。獣のような荒い息遣いが耳に飛び込んできた。おれが発する息遣いだった。おれが電話を壁に叩《たた》きつけた音だった。怒りに目が眩《くら》んでいた。

「ぶっ殺してやるぞ、王東谷！　おまえと、おまえのくそったれのガキどもに思い知らせてやる!!」

叫んで、床にへたりこんだ。

あいつらを一人残らず黙らせろ——そのつもりだった。

携帯で邦彦の携帯に電話した。繋《つな》がらなかった。部屋を飛び出した。タクシーをつかまえて、邦彦のアパートに向かった。弾丸が空の銃を腰に差して。

じっとしていることはできなかった。怒りで頭が爆発しそうだった。絶え間なく聞こえる声のせいで気が狂ってしまいそうだった。

運転手がなにか話しかけてきた。口が動いているからそう思っただけだった。おれにはなにも聞こえなかった。エンジンの音も、夜の街の喧騒《けんそう》も聞こえなかった。聞こえるのはあの声だけだ。

あいつらを一人残らず黙らせろ。

邦彦はいた。格子戸越しに邦彦は不満そうにおれを睨《にら》んだ。だが、おれの顔色を見てなにかを悟ったようだった。

「なにがあった?」

ドアを開けながら、邦彦はいった。

「鳳玲が麗芬をさらった」

鳳玲——殺してやる。

「鳳玲?」

「文艾だ。王東谷の娘だ」

おれは叫んだ。邦彦の顔色が変わった。

「文艾……」

「王東谷に麗芬を探してくれと頼んだが、断られた。あのくそったれ」

王東谷——殺してやる。

「いっただろう。あいつは善人なんかじゃないんだ。あいつのせいで母さんは——おれたちは人生を無茶苦茶にされたんだ」

「麗芬を探してくれ、邦彦。おれには、おまえしか頼める人間がいない」

「文艾とはしばらく会っていない。どこでなにをしているかもわからないんだ」

「おまえ、刑事だろう⁉」

「怒鳴らなくても聞こえる。近所迷惑だ。静かにしろ」

この男を黙らせろ——声が聞こえた。邦彦に詰め寄った。胸倉を掴《つか》んだ。視界の端が赤く染まりつつあった。

「なんの真似だ？」

静かな声音だった。邦彦は冷たい目でおれを睨んでいた。

「麗芬を探してくれ」

絞りだすようにいった。こいつを叩きのめしたい——間欠的に襲ってくる衝動をこらえた。

「もし断れば、徐栄一をはめる話はなしだ。明日の夜、あいつと会うことになってる。そのとき、全部ぶちまけてやる。おまえや、王東谷と鳳玲がしようとしてることを、全部あいつにいってやる」

「そんなことをすれば、あんたも終わりだぞ」

「かまうもんか。おれが欲しいのは麗芬だ。そのために人を殺した。そのために嘘をついた。

そのためにだれかを裏切りつづけた」

嘘だ——声が聞こえた。おまえはただ、おまえ自身の欲望に逆らう術を知らないだけだ。

「黙れ」

声に向かっていった。

「おれはなにもいってないぞ」

邦彦の顔が怪訝《けげん》そうに歪《ゆが》んだ。狼狽《ろうばい》が押し寄せてくる。

「麗芬を探してくれ。頼む。なにか知ってるんだろう？　台北にいる徐栄一の手下どもの動きは摑んでるんじゃないのか？　鳳玲はそいつらを使ったはずなんだ」

邦彦の身体を揺さぶった。

「その手を放せ」

邦彦はいった——睨みあった。邦彦の目。おれとは似ても似つかない。邦彦の目は執念深さを感じさせはするが、狂気の光はなかった。今ではおれは徐栄一の方に親しみを感じている。畏《おそ》れを抱いている。俊郎を殺した後、車のバックミラーに映ったおれの目——確かに狂っていた。

「こんな時間に、そんなところでなにを騒いでるの？」

柔らかい英語が聞こえた。振り向いた。辛迅が立っていた。大きめのTシャツを着て、素足をさらしていた。

「お茶を淹《い》れたわ。中に入って」

辛迅はおれにいった。邦彦に顔を向け、北京語で話しはじめた。邦彦が怒気を含んだ声でそれに応じた。

いたたまれなかった。おれたちと王東谷の呪《のろ》われた家族が作る輪の中から、辛迅は外れていた。そんな人間にあさましい顔を見られるのが嫌だった。狂気にいろどられた目を見られるのが嫌だった。身体を翻し、部屋を出た。

熱気をかき分けて歩いた。行くあてはない。だが、頭の中で執拗《しつよう》にくり返される声が、おれを突き動かしていた。

黙らせろ、黙らせろ、黙らせろ――

肩を摑まれた。振り払った。また摑まれた。

「うるせえ！」

振り向いた。邦彦が目の前にいた。

「なにを興奮してるんだ？」

邦彦の目――氷のようにおれを見据えていた。

「麗芬が……」

おれはいいよどんだ。それ以上言葉を続けると、どろりとしたなにかが口の中から飛び出てきそうだった。邦彦を殺してしまいそうだった。

この男を黙らせろ――声に従ってしまいそうだった。

「凄《すご》い顔をしている」邦彦がいった。「今にも人を殺しそうな顔だ。辛迅が心配していた」

「おれは人殺しだ」

「わかってる」

邦彦がうなずいた。

「おまえも人殺しだ」

「ああ。そのとおりだ」

邦彦がうなずいた。

「だれのせいだ？　だれのせいでこうなった？」

「だれのせいでもない。人を殺したことをだれかのせいにすることはできないよ、兄さん」

兄さん——この男を黙らせろ。

腰の銃を抜いた。邦彦に向けた。引き金を引いた。金属音が空しく響いた。邦彦はぴくりとも動かなかった。表情の消えた顔が闇《やみ》に浮き上がっていた。

「その銃はどうした？」

「騙《だま》された。萬華のポン引きがおれを騙しやがった」

「よこせ」

「嫌だ。おれにはこれが必要だ。これで徐栄一を殺してやる。王東谷を殺してやる。鳳玲を殺してやる」

「おれも殺すんだろう？」

邦彦が詰め寄ってきた。おれは後退《あとずさ》った。

「おふくろに会ってきた」後退りながら口を開いた。「おふくろはおれを親父と間違えやがった。そんなのってあるか？　おれは親父が嫌いだった。憎んでいた。だから、親父とは正反対の道を歩いてきた。それなのに、おふくろはおれを親父と間違えやがったんだ」

「兄さん……」

兄さん——おためごかしだ。邦彦はおれのことを兄だなどとは思っちゃいない。おれの気を引くためにそう呼びかけているに過ぎない。

「おれを兄さんなんて呼ぶな。おふくろはいったぞ。おまえは親父の子じゃないってな。だから、おふくろはおまえを連れていったんだ。だから、おれは捨てられたんだ」

「それは違う、兄さん」

「おれはおまえの兄貴なんかじゃない！」

もう一度、銃を邦彦に向けた。

「弾丸が入っていても、おれを撃つのか？　おれを撃てるのか？」

この男を黙らせろ——かぶりを振った。違う。おれが黙らせたいのは邦彦じゃない。

「麗芬を探してくれ、邦彦」

「嫌だといったら、おれを撃つのか？」

首を振った。銃を放り投げた。銃は乾いた音を立てて邦彦の足元に転がった。邦彦は銃を拾いあげた。

「おれが父さんの子じゃないっていうのは、母さんの妄想だ。おれたちは正真正銘の兄弟さ」

邦彦は銃をジャケットのポケットにしまい込んだ。

「麗芬を探してやる代わりに条件がある」

この男を黙らせろ——声はやむことがない。

「徐栄一を破滅させるんだ、必ず」

邦彦のいうとおりだった。おれたちは兄弟だった。畜生以下の兄弟だった。

62

邦彦が部屋まで送ってきた。邦彦はアパートの出入り口を調べ、部屋の中を調べた。容疑者を護送でもしているような慎重さだった。

おれをソファに座らせて、邦彦はキッチンに行った。茶の入った湯呑《ゆの》みを抱えて戻ってきた。差し出されるまま、茶をすすった。

「少しは落ち着いたか？」

「ああ」

一人残らず黙らせろ——相変わらず声は頭の中で谺《こだま》している。それでも、気分はましになっていた。

「文艾となにを話したのか、覚えてるか？」

「ああ」

「聞かせてくれ」

邦彦の声は刑事の声だった。おれを兄さんと呼んだことはすっかり忘れ去っていた。

話した。一気呵成《かせい》に。覚えていることをすべて——話している間は、頭の中の声を聞かずにすんだ。

「やっぱり、そういうことか」

話し終わると、邦彦がいった。しきりに顎《あご》の傷を撫《な》でていた。

「そいつは鳳玲も破滅させてやるという意味か？」

おれはいった。邦彦が虚《うつ》ろな目を向けてきた。

「おれと母さんは中野に住んでいたんだ」

邦彦は口を開いた。おれにではなく、自分に向かっていい聞かせているような口調だった。

「そのうち、あいつが来るようになった。母さんは迷ってたんだ。あいつと再婚すべきかどうか」

あいつ――王東谷のことだった。

「おれが母さんの背中を押したんだよ。〝あのおじさんと結婚しなよ、お母さん〟ってな。あいつは優しかった。母さんにもおれにも優しく接してくれた。もちろん、芝居だった。台湾に来たら、あいつは態度を変えた。母さんが子供のできない身体だとわかった途端だ。せっかく、父さんと別れたのに、母さんはまた殴られ続ける生活に逆戻りだ。おれも殴られた。おれは――」邦彦ははっきりとおれを見た。「あんたが羨《うらや》ましかったよ」

「おれはおまえが羨ましかった」

「だが、あいつはすぐに刑務所に行った。それからしばらくは、確かに羨ましがられても仕方なかったかも知れない。母さんとおれ、それに文姉さんの三人で、おれたちは静かに暮らしてたからな。だが……」

邦彦は唇を嚙《か》んだ。なにかに耐えるように自分の肩を抱いた。振り絞るような声を出した。

「後は、あんたがあいつや文姉さんから聞いたとおりだ。おれは、あいつらが憎かった。あんたが羨ましかった。そのあんたが台湾に来て、あいつらと関りを持ちはじめた。ただの偶然か？　運命の皮肉か？　あんたを殺してやりたい。何度そう思ったかわからない」

「今でもおれを殺したいのか？」

「いや」邦彦は首を振った。「どうかな、わからん。だが、あんたより、あいつとあいつの家族の方が憎い。それだけはわかってる」

邦彦の気持ち——もう、どうでもよかった。

「おれは麗芬を取り返したい。王東谷を殺したい。鳳玲——文艾を殺したい」

「徐栄一は？」

邦彦は鋭い声を発した。

「あいつはおまえのものだ」

徐栄一。おれと同じ声を聞く男。憎しみは薄らいでいる。

「おれは宋麗芬を探す。あんたは……なにもするな。文姉さんがいったとおりにしていればいい」

「しかし——」

「宋麗芬は必ず見つける。おれを信じろ」

おれは邦彦の目を見た。邦彦はおれの目を見ていた。目と目の間でなにかがスパークした——憎しみじゃないなにか。愛でもないなにか。

「最悪でも、明日の夜、〈馥園〉からあいつらを尾行する。必ず尻尾《しっぽ》を出すはずだ」

「わかった……」

「こいつは持っていろ」

邦彦が銃を放り投げた。受け取った。ずしりとした重み――ほっとする。

「弾丸はおれが見つけておいてやる。徐栄一と会うときは念のために持っていくといい。ただし、絶対に使うなよ」

この男を黙らせろ――おれははっきりと声を聞いた。

63

手で銃を弄《もてあそ》んだ。麗芬を想《おも》った。頭の中の声に耳を傾けた。

邦彦から電話があった。

「郵便受けを覗《のぞ》いてみろ」

邦彦の用件はそれだけだった。いわれたとおりにした。小さな紙包みを見つけた。手にすると重みがあった。銃弾だった。欲しかった玩具を買い与えられたガキのような気分になった。荒い息を吐きながら、弾丸を銃にこめた。銃に命が宿ったような気がした。

気がつくと、約束の時間が近づいていた。シャワーを浴びた。洗面台の鏡に映るおれの顔――死人の顔。虚ろな目、血の気を失った肌、無精髭《ぶしょうひげ》。髭を剃《そ》った。スーツを着た。銃をベルトと腰の間に挟んだ。

一人残らず黙らせろ――声も喜んでいるようだった。

〈馥園〉。俊郎を殺した夜と同じ店構え。同じ従業員。同じ慇懃《いんぎん》な態度。

「徐先生がお待ちです」

あの夜と同じ、流暢《りゅうちょう》な日本語を話す男がいった。おれは左腕を覗きこんだ。時計はない。パテック・フィリップは邦彦が持っている。ロレックスはくれてやった。代わりに携帯電話の液晶表示を見た。八時五分前だった。

「早いな」

「徐先生はご気分がよろしいようでございます」

男に案内されて、あの夜と同じ個室に通された。個室の前には、護衛の黒道が二人いた。冷たい汗が背中を伝った。ボディチェックをされたら終わりだ。自分の迂闊《うかつ》さを呪《のろ》った。

店の男が黒道たちに台湾語で話しかけた。右にいた黒道がうなずき、個室のドアを開けた。台湾語で叫んだ。

「待ってたよ、加倉さん。入りなさい」

徐栄一の日本語が部屋の奥から返ってきた。黒道たちが道を開けた。気づかれないように息を吐きだした。

男に先導されて部屋の中へ――この前の夜と同じ円卓に徐栄一と謝。この前の夜と違うのは、鳳玲がいることだった。鳳玲は取り澄ましたような表情で部屋の隅に視線を向けていた。

部屋の隅――テレビが置いてあった。画面に映っているのは、味全と統一の試合だった。

「六回の裏、味全の攻撃だ。得点は七対二。このまま味全が勝つな」

おれは突っ立ったままテレビを見ていた。謝が徐栄一と鳳玲の間の席を指で示した。息を一つ漏らして、その席に腰をおろした。

「今日、味全が勝てば、明日の試合も味全に賭《か》ける人間が増える。どういうことかわかるか？」

徐栄一の声は犬かなにかにかける声のように無遠慮だった。

「味全の負けに賭ける人間が美味《おい》しい思いをするということだろう」

徐栄一の眉《まゆ》があがった。

「高雄で会ったときとは口の利き方が違う」

「王東谷と邦彦の口からあんたたちのことは聞いたよ」

「そうか。あの愚図の國邦がやっと話したのか」徐栄一の表情には毛ほどの変化もなかった。

「それじゃ、この女が誰なのかも知ってるんだな？」

「あんたの妹だ」

「とにかく、飯を食おう」

徐栄一の言葉を待っていたかのように謝が手を大きく打ち鳴らした。ドアが開き、ウェイターたちが雪崩れ込んできた。ビール、紹興酒《しょうこうしゅ》、烏龍茶《ウーロンちゃ》、それに前菜の載った皿。謝が徐栄一のグラスにビールを注いだ。鳳玲がビールと紹興酒のどっちにするかと目で聞いてきた——紹興酒。グラスを持ち、椅子《いす》に深く座り直した。腰の銃に意識がいった。鳳玲のグラスにビールを注ぎ返した。謝は手酌だった。

「とりあえず、乾杯しよう」

徐栄一がグラスを掲げた。

「王東谷は来ないのか？」

おれは訊《き》いた。徐栄一の顔が不快そうに歪《ゆが》んだ。乾杯の邪魔をされたことなどない——小刻みに震えた頰《ほお》の肉がそう語っていた。

「あんなやつはどうだっていい」

疑問——王東谷と鳳玲の繫《つな》がりをこの徐栄一が知らないということがあるか？　あり得ない。

ざわざわと音を立てて肌が粟立《あわだ》った。

「さあ、グラスを持て……どうした？　顔色が悪い」

「ここのところ、寝不足なんでね」

かろうじて答えた。グラスを持ち上げた。

「いっぱい食べて、飲めば、眠るのは簡単だ」冷たい笑みが浮かんだ。「乾杯」

四つのグラスの中で酒が揺れた。声を出したのは徐栄一と謝だけだった。二人はグラスの中身を一気に飲み干した。おれと鳳玲は酒に口をつけただけだった。

テレビから流れてくる音に変化があった。歓声とため息。統一の攻撃が三人で終わったところだった。

「その調子だ。味全が勝てば勝つほど、おれが儲《もう》かる」

おれは鳳玲の顔を盗み見た。鳳玲は人形のような顔をしたままだった。

「そうだな、加倉？」

徐栄一の声に我に返った。

「ああ、そうだ」

「そうならなかったら、どうなる？」

「おれは殺される」

「ただ殺すだけじゃない」

また、テレビから歓声が聞こえてきた。味全の七回の表の攻撃。ノーアウト、ランナー二塁。

「とにかく、食べるといい。腹が減っていると、人間、なにもできない」

食欲はなかった。それでも箸《はし》を動かした。肌は粟立ったままだ。直観とそれがもたらした恐怖はまだ続いていた。

腸詰を食べた。ランナーが三塁に進んだ。

海月《くらげ》を食べた。内野フライ。アウトが一つ増えてランナーはそのまま。

胡瓜《きゅうり》の細切りを食べた。レフト前に痛烈なゴロ。三塁ランナーはホームへ。バッターは二塁へ。スコアは八対二。ほとんどとどめの一撃だった。

「この試合は味全の勝ちに賭けている」

突然、徐栄一が口を開いた。目はテレビの画面に吸い寄せられたままだった。

「このまま行けば、二億円の儲けだ」

「凄《すご》いな」

「台湾の野球賭博《とばく》はつまらん。日本のやくざ、もっと複雑な博奕《ばくち》をしていた」

ハンディのことだ——咄嗟《とっさ》にそう思った。プロのハンディ師が対戦する両チームを詳細に分析してハンディをつける。台湾にはそれがない。勝つか負けるか。他に細かい賭け方があったとしても、一〇点差以上で勝つか負けるかといったところだ。

「単純な分だけ、確実に儲けることができる。そうだろう?」

「確かに。しかし、つまらん」

徐栄一はビールをまずそうに飲んだ。おれに顔を向け、笑った。ぞっとする笑いだった。

「だが、明日の試合は別だ。楽しんでいるわけにはいかない」

「そうだろうな」

いった。徐栄一の狙《ねら》いがわからなかった。頭の中でさっきの疑問が躍っていた。

「おまえ、國邦のこと、どう思ってる？」

「どう？」

「おまえの弟だ。弟のことをどう思ってる？」

夜光虫の発するような光に照らされた闇《やみ》。リヴォルヴァーの引き金の重み。おれはたしかに邦彦に銃を向け、撃った。弾丸が入っていないことは忘れていた。

「よくわからない。おれは……おれたちはずっと離れ離れだった。兄弟といわれても……」

「おれは、こう見えても……日本語でなんという？　妹を大事にすることだ」

「妹想《おも》いだ」

「そう、妹想いの兄だ」

徐栄一は目を細めて鳳玲を見た。グラスを握る指の関節が白くなっていた。徐栄一は知っている——確信を持った。徐栄一はなんでも知っている。

「だが、おれの気持ち、こいつには届かない」

鳳玲は指先のマニキュアを眺めていた。徐栄一の視線を受け流していた。徐栄一の右手が動いた。グラスの中身——泡立ったビール。一瞬で鳳玲はびしょ濡《ぬ》れになった。鳳玲は瞬《まばた》き一つしなかった。

「酷《ひど》いことするのね、兄さん」

感情のない声でそういった。

「おまえがなにを企んでるか、おれが知らないと思ってるのか？」

日本語でやり合う台湾人《たくら》の兄妹——笑えなかった。笑うにはおれは知りすぎていた。

「わたしがなにを企んでいるっていうの？　このドレス、高かったのよ」

麗芬はどこにいる？——邦彦は何をしている？

「そんなもの、いつでも買ってやる」徐栄一はおれに顔を向けた。「こいつになにを頼まれたか、いってみろ」

首を振った。顎《あご》が痛んだ。気づかないうちにきつく奥歯を嚙《か》み締めていた。

「わかってるんだ、加倉。いえ」

鳳玲がおれを見ていた。おれを睨《にら》んでいた。彼女がどうなってもいいの？——冷たい目に込められた意志。逆らえるはずがなかった。

「頼まれるもなにも、おれは彼女とは一度しか会ったことはない」

「電話がある」

「電話で話したこともない」

「あの女のことがそんなに大事か？」

こいつらを黙らせろ——声を無視した。「あの女？」

「おまえが殺した男の女房だ」

おれは鳳玲に顔を向けた。鳳玲は目を丸くしていた。

指を鳴らす音がした。徐栄一の台湾語が聞こえた。恐怖に震えながら意味を悟った——連れてこい。鳳玲の顔が蒼醒《あおざ》めていく。ドアが開く気配がした。振り返ることができなかった。

「この女に会いたかったんだろう、加倉？　妹に脅されて、おれを裏切る気だったんだろう？」

香水の匂《にお》い。麗芬の身体からいつも漂ってくる匂い。振り向いた。ゆっくり、反転した。テープで口を塞《ふさ》がれた麗芬が目に入った。両腕を入口にいたボディガードたちに摑《つか》まれていた。髪がほつれていた。汗で化粧が落ちていた。恐怖に瞳孔《どうこう》が広がっていた。

一人残らずぶち殺せ——気が狂いそうなほどの音量で声が響いた。

「麗芬……」

手を伸ばした。麗芬はあとずさった。麗芬は怯《おび》えていた。おれに怯えていた。

一人残らずぶち殺せ——視界が歪《ゆが》んだような気がした。

「妹が昨日、この女をさらった。おれの手下を使った。ときどき、馬鹿なことをするんだ。おれが気づかないと思ってる」

歪んだ視界の隅に、徐栄一の薄笑いが浮かび上がった。

「親父は知ってるのか？」

鳳玲に向けられた問い——鳳玲は首を振った。

「そうだろうな。知っていたら、とめたはずだ」

歪んだ視界の中央——麗芬の目に涙。

「麗芬……」

「口を利けるようにしてやれ」

おれの声と徐栄一の声が重なった。麗芬の口のテープが剝《は》がされた。

「これはどういうことですか？」

麗芬の声。か細く、恐怖と不審に満ちていた。

「麗芬、おれは……」

足を踏みだす。麗芬があとずさる。

「来ないでください」

麗芬の声。か細いが、断固とした響き。打ちのめされた。脚が震えた。

一人残らずぶち殺せ――声の主は叫びつづける。

「理由を知りたいか、奥さん？」

徐栄一が立ち上がった。円卓を周り、麗芬の前に立った。麗芬を見下ろした。麗芬は徐栄一を見返した。怯えてはいない。見た目より遥《はる》かに芯《しん》は強い。だが、おれには怯えている。

「あんたも日本語が、うまい。日本語で話を続けよう。その方が簡単だ。奥さん、おれは黒道だ。わかるな？」

麗芬がうなずいた。

「やめろ！」

叫んだ。前に進み出ようとした。肩を摑まれた。いつの間にか、謝がおれの後ろに立っていた。

「おまえはそこにいろ」徐栄一は麗芬に向き合ったままいった。「どうして黒道にさらわれたか、知りたいか？」

麗芬がうなずく。

「やめろ！」

羽交い締めにされた。叫びつづけた。

「やめろ、貴様。それ以上麗芬にくだらないことをいったら、ぶち殺すぞ!!」

その男を黙らせせろ、その男を黙らせせろ、その男を黙らせろ!!

「おれを殺す？」

徐栄一が振り返った。ぞっとする笑みが顔に張りついていた。

「どうやって？」

「殺してやる。どうやってもくそもあるか」

ぞっとする笑みが近づいてくる。

「そんなにこの女、大事か？」

「殺してやる」

「話せば、許してやる」

「殺してやる」

「妹になに、頼まれた？」

この男を黙らせろ――声が小さくなった。

「鳳玲に訊《き》けばいいじゃないか」

「おまえの口から訊きたいんだ」

だめだ——首を振った。話せば知られる。麗芬に、おれがろくでもない男だということを知られてしまう。

「話せ」

おぞましい笑顔がおれを見つめていた。悟った。徐栄一は知っている。からくりをすべて知っている。知っていて、楽しんでいる。おれを嬲《なぶ》っている。

「殺してやる」

獣のような唸《うな》り声——おれの声。

「そうか。だったら、あの女にすべてを話すしかないな。いっただろう。おれのいうとおりにしなければ、そうする、と」

この男を黙らせろ。

「殺してやる。ぶち殺してやる!!」

おぞましい笑顔——遠ざかる。

「奥さん、台湾人同士、日本語で話をするというのも変な感じだろう?」

麗芬は魅入られたように徐栄一に顔を向けた。

「亭主とも日本語で話していたのか?」

麗芬はうなずいた。うなずきながら首を振った。

「普段は北京語でした。ときどき、日本語です」

「おれの家は、親父がいるときはずっと日本語を使わされた。いないときは台湾語だ……亭主がどうして死んだか、知りたくないか？」

麗芬──うなずいた。

「やめろ！　やめろ！　麗芬、そいつに騙《だま》されるな」

「あんたはもう、知ってるはずだ。違うか？」

徐栄一と麗芬はおれの叫びを無視した。

そいつらを黙らせろ、女も黙らせろ──くり返される呪詛《じゅそ》。

両腕を抱えられたまま背後に視線を向けた。

「鳳玲！　あいつをとめろ。あいつにこれ以上喋《しゃべ》らせるな‼」

「もう、諦《あきら》めなさいよ」

一人残らず黙らせろ──頭が割れるように痛んだ。

耳元で叫び声があがった。だれの声かわからなかった。徐栄一が振り向いた。腰に手が伸びてきた──謝の手。謝の叫び声。もがいた。無駄だった。銃を抜き取られた。

「そんなものを持ってきて、どうするつもりだったんだ？」

「おもちゃよ」鳳玲の侮蔑《ぶべつ》にまみれた声。「銃は本物だけど、弾丸は偽物なのよ。馬鹿みたい」

「やっぱり、会ってたんだな？」

「知ってるんでしょう？」

呪《のろ》われた兄妹のやり取り──耳を素通りした。おれの目は麗芬に釘付《くぎづ》けだった。麗芬はおれの背後を見ていた。恐らくは拳銃《けんじゅう》を。その顔に理解と絶望の色が浮かぶのを、おれは見守るしかなかった。

「その話は後だ――よこせ」

肩越しになにかが飛んでいった。徐栄一はそれを器用に受け取った。グリップを握り、銃を繁々《しげしげ》と眺めまわした。

「ずいぶん古い銃だ。こんなもの、どこで手に入れたんだ？」

おまえの知ったことか――唸り声にしかならなかった。脳味噌《のうみそ》が沸騰していた。思考が意味を成さない。理解できるのはあの声だけだった――一人残らずぶち殺せ。

徐栄一は再び麗芬に向き直った。「どうだ？　どうして加倉がこんなものを持ってると思う？」

麗芬の視線がおれと銃の間を何度も行き来した。

「わかりません」麗芬の口が開いた。

「いいや、おまえはわかっているはずだ」徐栄一の声には悪意が満ち溢《あふ》れていた。徐栄一は楽しんでいた。「わかっているくせに、わからない振りをしている」

「我不知道《ウォブーチーダオ》！」

知らないわ――麗芬は北京語で叫んだ。

「日本語でいえ！」

徐栄一が麗芬の顎《あご》を摑んだ。

「やめろ！　麗芬に手を出すな!!」

もがいた。おれはプロの野球選手だ。身体を苛《いじ》めて食い扶持《ぶち》を稼いできた。謝のクソ野郎におれを押さえておけるか――もがいた。もがきつづけた。右半身が自由になった。腕を曲げて肘《ひじ》を振り回した。鈍い音がした。苦痛の呻《うめ》きが聞こえた。全身が自由になった。

「麗芬!!」

徐栄一に飛び掛かろうとして、視界が塞《ふさ》がった。黒いシャツ——ボディガードの分厚い身体。弾《はじ》き飛ばされた。脇腹《わきばら》を蹴《け》られた。苦痛。意識が遠のきかけた。身体を裏返された。両腕をねじ上げられた。首筋に冷たいものが押しつけられた。顔をあげた。歯を食いしばった。

「麗芬！」

後頭部を殴られた。

「いいか、おまえがいえないなら、おれがいってやる」

徐栄一が銃をおれに向けた。

「この男は悪党だ。おれのために放水をやっていた。警察にそれがバレそうになると——」

この男を黙らせろ、ぶち殺せ——

「でたらめだ!!」

麗芬の視線——おれに向かい、徐栄一に向かう。すべてを悟った者の目。おれの心臓を抉《えぐ》る。

一人残らずぶち殺せ——

「この男は無関係な人間を殺して罪を被《かぶ》せた。殺した男の女房と寝た」

「やめろ!!」

身体の下——冷たい床。感覚がなくなった。いきなり闇《やみ》に飲み込まれたような感じだった。

「嘘《うそ》……」

麗芬の声。

「嘘じゃない」

徐栄一の声。

「本当よ」

鳳玲の声。

一人残らずぶち殺せ。

おれの声。おれの内なる声。身体から力が抜けていった。

金切り声に顔をあげた。麗芬がしゃがみこんでいた。顔を被《おお》っていた。大きく開いた口から、おれの心を引き裂く声を放っていた。

「違うんだ、麗芬――」

おれは俊郎を殺したかったわけじゃない――嘘だ。

「聞いてくれ、麗芬――」

おれはおまえが欲しかった。おれの望むすべてのものが欲しかった。

麗芬が北京語で叫んでいる――嫌よ、嫌よ、嫌よ!!

徐栄一が嗤《わら》っている。鳳玲が鼻を鳴らしている。

ぶち殺してやる――自分の声なのか、頭の中で聞こえる声なのか。

「おれを裏切ろうとするからこうなるんだ、加倉」

「ぶち殺してやる」

聞こえた。はっきりと、おれの声だった。

「おまえらみんな、ぶち殺してやる。地獄に叩《たた》き落としてやる」

「あなたにそんなことができるわけないでしょう」

鳳玲——声だけがする。姿は見えない。それでも、憎悪は膨れあがる。

殺してやる、殺してやる、ぶち殺してやる——獣じみた唸《うな》り。おれの口から漏れている。

「自分の旦那《だんな》を殺した男と寝た感想はどうだ？　おぞましいか？　悔しいか？」

麗芬が北京語で答える。不行《ブーシン》、不行——やめて、お願いだからやめて。

「だったら、あいつを殺すがいい」

徐栄一が麗芬をむりやり立ち上がらせた。手に、おれから奪った銃を握らせた。

「あいつを撃て」

おれに小野寺由紀を殺させた声。麗芬がかぶりを振った。

「だいじょうぶだ。この銃には弾丸が入っていない。引き金を引くだけでいい。できないなら、おまえはただの売女《ばいた》だ。自分の亭主を殺した男と寝た淫売《いんばい》だ。撃て」

銃口が持ち上がった。

「麗芬……」

麗芬は首を振っていた。魅入られたように銃を見ていた。その視線が、おれに向けられた。

「酷《ひど》いわ……」

「殺したくて殺したわけじゃない。おまえを騙《だま》そうと思ったわけじゃない。わかってくれ、麗芬」

「わかりません」

「撃て」

おれを見る麗芬の目——おぞましいものを見る目。

「撃て!!」

麗芬の指に力がこもる。

一人残らずぶち殺せ——聞こえつづける声におれは絶望する。

「麗芬、おれはおまえを愛してる。嘘じゃない」

「ふざけないで。わたし……ずっと、不思議に思ってた。でも……そんなはずない。加倉さん、悪い人じゃない……でも……でも……」

「麗芬！」

「俊郎を返して！」

引き金にかかった麗芬の指の関節が白くなった。

「その銃には本物の弾丸が入ってるんだ！」

「撃て!!」

轟音《ごうおん》がした。白煙が噴きあがった。身体が自由になった——痛みはなかった。悲鳴と怒鳴り声が聞こえた。跳ね起きた。徐栄一が麗芬に摑《つか》みかかっていた。右手。砕けてもかまわなかった。叩《たた》きつけた。徐栄一が真後ろに吹き飛んだ。

「麗芬！」

麗芬の腰に手を回した。逃げるなら、今しかない。

「いやぁっ!!」

突き飛ばされた。麗芬が銃をおれに向けた。轟音と白煙。脳天を蹴飛《けと》ばされたような衝撃を受けた。一瞬の眩暈《めまい》。そして、目も眩《くら》む怒り。

一人残らずぶち殺せ――耳鳴りを押しのけて聞こえてくる声。

麗芬は銃を放り投げた。おぞましいものに触れてしまったというように身体を震わせた。目の焦点があっていなかった。だれかが腰にしがみついてきた。肘《ひじ》打ちを食らわせた。

「麗芬!!」

床に這《は》いつくばって銃に手を伸ばした。摑んだ。立ち上がった。

「麗芬!!」

「いやっ!」

「来るんだ! 死にたいのか!!」

「死にたいわ!!」

静寂――突然、鼓膜が破けたみたいだった。

一人残らずぶち殺せ――聞こえるのは頭の中の声だけだった。

音の消えた世界――徐栄一に銃を向けた。殺してやる――忌まわしい情念に縋《すが》るよりなかった。引き金にかけた指に力を込めた。轟音と衝撃――聴覚が元に戻った。白煙の向こう、徐栄一が身体を反転させた。弾丸は外れた。視界の隅を影が横切った。腰に衝撃を受けた。バランスを失って倒れた。銃を握った右手を踏まれた。骨の砕ける感触――激痛。

悲鳴をあげた。髪の毛を摑まれ、持ち上げられ、顔を床に叩きつけられた。

暗闇に飲み込まれた。

64

右手が痺《しび》れていた。痺れが鈍い痛みに変わった。鈍痛が耐えがたい激痛に変わった——気がついた。右手を腹の中に抱え込み、転げまわった。肩を蹴飛ばされた。

蹴ったのは徐栄一だった、台湾語でなにかを喚《わめ》いていた。切れるビジネスマンを思わせる表情は消えていた。粗野な地が完全に顔を覗《のぞ》かせていた。

声は聞こえなかった。痛みの方が強かった。もうこれで球は握れない——場違いな思いが頭の中を駆け抜けた。

「立て！」

徐栄一が日本語で怒鳴った。右手に銃を握っていた。おれの銃。麗芬がおれを撃った銃。

「警察が来る前にここを出る」

痛みをこらえて立ち上がった。硝煙の匂《にお》いが鼻をついた。部屋の真ん中に男が倒れていた——謝だった。右胸から大量の血が流れていた。

二人のボディガードが二人の女を追い立てていた——麗芬と鳳玲。どちらの顔からも血の気が失《う》せていた。麗芬の目は赤く腫《は》れていた。鼻をすするたびに目尻《めじり》に溜《た》まった涙がこぼれ落ちた。

「麗芬……」

麗芬はおれに顔を向けた。視線に憎悪の色がこもった。吐き捨てるようにいった。北京語だった。意味はわかった。人でなし——麗芬はそういった。

右手が痛む。歯を食いしばった。

一人残らずぶち殺せ——痛みの隙間《すきま》から絞りだすような声が聞こえた。

銃を突きつけられたまま個室を出た。蒼白《そうはく》な顔をしたウェイターをチンピラたちが台湾語で脅しつけていた。店の入口の前にベンツが三台、停まっていた。先頭のベンツに乗った。運転席にボディガード。助手席に鳳玲。後部座席には右から順に徐栄一、麗芬、おれ。麗芬はおれからできるだけ遠ざかろうとしていた。もう一人のボディガードは後ろのベンツに乗った。

「そいつより、おれの方が薄汚いといいたいのか？」

考える前に口をついて出た言葉。麗芬は答えなかった。

右手が痛む。頭が痛む。一人残らずぶち殺せ——声は静かに、だが途切れることなく続いている。

笑いが込み上げてきた。一人残らずぶち殺せ？　その前におれが殺される。死——確実に目の前に迫っている。恐くはなかった。絶望があるだけだ。なぜ台湾から逃げ出さなかったのか。なにを求めていたのか。いつもそうだった。肩を壊したときも違和感があった。トレーナーはしばらく休養を取ったほうがいいといった。それでも、乞《こ》われれば投げた。キャッチャーが要求すればスライダーを投げつづけた。なぜだ？　いつも、取り返しがつかなくなった後でその疑問が頭をよぎる。

「なにがおかしい？」

徐栄一がおれを睨《にら》んでいた。

「別に。これから死ぬんだなと思ったら、おかしくなっただけだ」

ベンツは凄《すご》いスピードで走っていた。リアタイアが何度も左右にぶれた。そのたびに、麗芬が小さな悲鳴をあげた。

「嘘《うそ》をつくな。死ぬ前に笑う人間がいるか」

「どうとでも思え、クソ野郎」

車が揺れるたびに頭の中身も揺れた。徐栄一が運転手に台湾語で話しかけた。運転手が肩越しに携帯電話を差し出した。

「これであの投手に電話しろ。明日の試合、負けるように伝えるんだ」

「嫌だといったら？」

徐栄一の顔に凄惨《せいさん》な笑みが浮かんだ。徐栄一は銃口を麗芬の胸に押しつけた。

「おまえの見ている前で、この女をめちゃくちゃにしてやる」

麗芬がおれの胸で眠ることは永遠にない。おれは麗芬を失った。麗芬と作る家庭を、家族を失った。家族——おれの、王東谷の呪《のろ》われた家族。一人残らずぶち殺してやる。

電話を受け取った。頭に刻みこまれた番号を押した。

「もしもし、桐生っすけど」

間の抜けた声がした。

「加倉だ」

徐栄一が銃をおれに向けた。また、笑いが込み上げてくる。

「どうしたんすか？」

「明日の試合のことだが……」

笑いを飲み込んでいった。徐栄一を睨みつけた。

「味全が勝つ方に賭《か》けてるんだ。最高のピッチングをしてくれよ」

「きさまぁ!!」

徐栄一の手が伸びてきた。振り払った。携帯を足元に叩《たた》きつけ、踏みにじった。

「これでおまえは終わりだな」

「ふざけるな」

徐栄一が叫んだ。おれと徐栄一に挟まれて、麗芬は頭を抱えて丸まった。

「明日の朝、賭け金を引き上げればそれで済むことだ」

ベンツは忠孝路を西に向かって走っていた。行き交う車はまばらだった。夜光虫の群れのような光の渦。その先に淡水河がある。河。俊郎は河が好きだった。おれが俊郎を殺したのは河岸だった。そこでおれも殺され、流される。おれが俊郎にそうしたように。

だめだ――声がする――諦《あきら》めるな。一人残らずぶち殺せ。

徐栄一がなにかを叫んでいる。耳には入らない。憎しみと諦めが入り乱れる。目を細めて前方を見た――河を見たかった。ベンツの前を走る白い車が邪魔だった――なにかが脳裏を横切った。麗芬のマンションの前に停まっていた白い車――警察の車。目を凝らした。ヘッドライトに照らされた車内。乗っているのは一人。短く刈り上げた頭に、太い首、厚い肩――邦彦。

〈馥園〉からあいつらを尾行する――昨日の夜、邦彦はそういっていた。

一人残らずぶち殺せ――声が大きくなった。

バックミラーを覗いた。ベンツが一台、数メートル後をついてきていた。もう一台の姿は見えない。

ベンツは台北駅を通り過ぎた。このまま直進すれば忠孝大橋。河を越えて三重市に抜ければ、その先は山と海。おれたちを殺すにも、おれたちを埋めるにも好都合の土地が広がっている。

北門《ベイムン》が見えてきた。河は近い。徐栄一に顔を向けた。徐栄一は口から唾《つば》を飛ばして喋《しゃべ》りつづけていた。自分にいかに力があるか——それだけを喋りつづけていた。その言葉に耳を傾けているのは運転役のボディガードだけだった。気づかれないように身を屈《かが》め、壊れた携帯を左手で摑《つか》みあげた。

「おれは鳳玲と寝たぞ」

呟《つぶや》いた。徐栄一の声が突然、途切れた。

「なんだと？」

「おれは鳳玲と寝た」

「でたらめいわないでよ」

鳳玲が振り返った。

「おまえは黙っていろ！」徐栄一の顔が歪《ゆが》んだ。「もう一度いってみろ、加倉」

「昨日、鳳玲と寝た。しゃぶらせて、突っ込んで、飲ませた」

徐栄一には声が聞こえているはずだった。おれに聞こえるのと同じ声が。

「嘘《うそ》よ！　兄さん、こんなやつのいうこと、信じないで」

「鳳玲の尻《しり》には痣《あざ》がある。昔、母親に針で折檻《せっかん》された痕《あと》だ。舐《な》めたら、ざらざらしていた」

「きさま……」

「おまえの母親は淫売《いんばい》だった。妹も同じだ。おれに舐められて、濡《ぬ》らしていた」

「黙れ‼」

徐栄一が銃を振り上げた──携帯を投げつけた。左手でも、この距離なら外さない。携帯が徐栄一の手に直撃した。同時に轟音。耳鳴りがした。フロントウィンドウに血が飛び散るのが見えた。悲鳴があがった。麗芬があげたのか、それとも鳳玲か──わからなかった。ベンツがスライドした。左肩をドアにぶつけた。麗芬がぶつかってきた。抱きしめた。麗芬は嫌だとはいわなかった。

麗芬を抱きしめたまま、身を固くした。耳を聾《ろう》するスキッド音が不安をかきたてる。徐栄一が怒鳴っている。鳳玲が喚《わめ》いている。

衝撃──予想以上の衝撃。背中をしたたかに打ちつけた。体内の空気を絞りとられたように感じた。首ががくんとのけぞった。麗芬の体重に右手が押し潰《つぶ》された。悲鳴をあげた。舌を嚙《か》んだ。天地が逆さまになった──一回転して元に戻った。

うめき声が漏れた。心臓が激しく脈打っていた。一人残らずぶち殺せ──声が消えることはなかった。右手が動かなかった。麗芬の体重をまともに受けて肩が脱臼《だっきゅう》していた。身体のあちこちが痛んだ。それでも、歯を食いしばって身体を起こした。

徐栄一が獣のように唸《うな》っていた。額から血が流れていた。死ぬほどの傷じゃなかった。鳳玲──左手しか見えなかった。運転手──上半身がフロントウィンドウをぶち破っていた。ぴくりとも動かなかった。

「麗芬。だいじょうぶか、麗芬⁉」

麗芬は動かない。気を失っているようだった。

「くそっ」

麗芬を抱きかかえようとした。左手一本じゃ無理だった。脚が動かない。膝《ひざ》の先が徐栄一の下敷きになっていた。

一人残らずぶち殺せ。

「うるさい。今は逃げる方が先だ！」

叫びながらもがいた。右足が自由になった。徐栄一の身体を押した。圧力が消えた。左手でドアレバーを探った。見つけた。開かなかった。焦り。何度もレバーを引いた。どうにもならなかった。

徐栄一の唸り声が大きくなる。銃を探したかった。麗芬が邪魔になってなにもできなかった。

一人残らずぶち殺せ。

「うるせえ、うるせえ、うるせえ!!」

ふいに背中の支えが消えた。麗芬と一緒に車の外に転げ落ちた。

「だいじょうぶか？」

邦彦。青白い顔がおれを見下ろしていた。

「右腕が動かない。彼女を頼む」

「その前にやることがある」

邦彦の目は虚《うつ》ろだった。その目がなにを望んでいるのか——よくわかった。

「馬鹿野郎。そんな場合じゃないだろう」

あちこちで車の停まる音がした。北京語がいたるところから聞こえてきた。徐栄一の手下どもが駆けてくる。邦彦があたりに響く声で叫んだ。耳になれた北京語——警察だ。

黒道たちの足が、その一言でとまった。こっちの様子をうかがっている。

邦彦はさらに北京語でなにかを叫び、車の中に頭を突っ込んだ。

「邦彦、逃げるんだ。そうじゃなきゃ、おれたちは終わりだぞ」

「もう、終わってる」車の中から聞こえてきたのは死人が発するような声だった。「おれの人生はとっくに終わってるんだ」

「やめろ、邦彦。おれに手を貸してくれ」

返事はなかった。邦彦は車の中から徐栄一を引きずり出したところだった。

「生きてるか?」

徐栄一は人形のようにぐったりしていた。邦彦は徐栄一をベンツの車体に押しつけた。

「ずっとおれから逃げ回ってたよな。偉そうにふるまっていたくせに、おれのことが恐かったんだ。そうだろう?」

邦彦の声には感情がなかった。

「邦彦、そいつを殺したいなら、今すぐ殺せ。話をしてる暇はない」

「あんたは黙ってろ」

にべもない声が返ってきた。こいつをぶち殺せ——声が響いた。泣きたかった。叫びだしたかった。そうする代わりに、身体を起こした。

「文姉さんをおれにとられたのが悔しかったんだろう? だから、おれたちに酷《むご》い仕打ちをしたんだ。そんなに文姉さんと寝たかったのか？」

麗芬を脇《わき》に押しのけ、立ち上がった。邦彦は徐栄一の襟首を摑み、憑《つ》かれたように喋りつづけていた。徐栄一は血走った目を見開いていた。憎悪が形になって飛び出してきそうな目つきだった。傍らに銃が落ちていた。

黒道たちが恐る恐る近づいてくるのが見えた。二人とも銃には目をくれようともしていなかった。

麗芬のところへ戻った。それでも、黒道たちは蜘蛛《くも》の子を散らすように逃げていった。外で聞く銃声はどこか間が抜けていた。

「麗芬、起きろ。起きてくれ！」

肩を摑み、揺さぶった。

薄《うつ》らと麗芬の目が開いた。おれを認識し、その目が嫌悪に歪《ゆが》んだ。

「触らないで！」

おれは邦彦が乗っていた車を銃で指し示した。

「今はそんなことをいってる場合じゃない。あの白い車、わかるか？」

「死にたくなかったらあの車まで走れ。すぐに追いつく。中で待ってるんだ！」

麗芬は跳ね起きた。おれを突き飛ばすようにして駆けだした。揺れる背中――声をかけたかった。おれがどれほど必要としているのか、抱きしめて聞かせてやりたかった。だが――人でなし――麗芬の北京語が耳の中で谺《こだま》していた。あの女もぶち殺せ――狂ったような声が聞こえていた。

「邦彦、急げ！」

振り返り、叫んだ。邦彦は徐栄一を殴っていた。銃声がした。邦彦と徐栄一の右側でアスフアルトが弾けた。黒道ども——近づいてくる。

「邦彦!」

銃を黒道たちに向けた。撃った。撃った。撃った。弾丸がなくなった。

「邦彦!!」

邦彦はまだ徐栄一を殴りつづけていた。おれは身体の向きを変えた。死んだボディガード——銃を持っているはずだ。

「おまえのせいで母さんは……」

邦彦の呟《つぶや》くような声が聞こえた。

「くそったれ、くそったれ、くそったれ!!」

徐栄一の罵声《ばせい》が聞こえた。

銃声が聞こえた。黒道どもがおれたちを遠巻きにして銃をでたらめに撃っていた。邦彦と徐栄一の脇《わき》を通ってベンツのボンネットへ。ボディガードは上半身を投げ出して死んでいた。黄色いなにかが混じった血。吐き気が襲ってきた。俊郎の死に顔が瞼《まぶた》に浮かんだ。耐えながら、男のスーツをめくった。見つけた。オートマティックの銃。引き抜いた。どう使えばいいのかわからなかった。必死に記憶をまさぐった。映画で見たシーン——銃身をスライドさせる。安全装置を外す。右腕が動かない。銃身を口でくわえ、動かした。金属音がして、銃身が動いた。左手でしっかり持ち、安全装置を外した。振り返る。邦彦はまだ徐栄一を殴っている。黒道どもの銃声。手にした銃を向けた。引き金を引こうとしたとき、声がした。

「動かないで!」

凄りついた。ベンツの中、蒼白《そうはく》な顔の鳳玲。銃をおれに向けていた。小さい銃だった。だが、凶々《まがまが》しい光はおれが手にした銃とこれっぽっちも変わらなかった。

「動くと撃つわよ」

鳳玲は顔をしかめながらベンツを降りた。降りるときに足元がよろめいた。だが、銃口はぴたりとおれに向いていた。

「やってくれたわね」

いって、鳳玲は苦痛に顔を歪めた。ミニスカートから伸びた足からかすかに出血していた。

「銃を捨てて、早く！」

足元に銃を置いた。

「そう。いい子ね」

銃声が続いていた。銃声に混じって、車が動きだす音が聞こえた。悪寒が背骨を駆け抜けた。邦彦の車が白煙をあげながら走り去ろうとしていた。血が凍りついたような気がした。

「麗芬!!」

叫んだ。同時にスタジアムの客席から聞こえる歓声のように幾重にもかさなった声が聞こえた——一人残らずぶち殺せ！

「一人だけ逃げるなんて、たいした度胸じゃない、彼女」

この女をぶち殺せ。

「まあ、仕方ないわね。愛していた男が自分の亭主を殺したって知ったんだから」

この女をぶち殺せ。

「國邦！　いつまでそうしてるつもり？　早く殺しちゃいなさいよ。急がないと、警察が来るわ」

鳳玲はベンツの屋根越しに声を放った。

「文艾！」

徐栄一の声——絶望に彩られた怒声。

「人の名前、気安く呼ばないで。國邦、早くやりなさい！」

視界の隅——邦彦と徐栄一の姿が見えた。邦彦が腰から銃を抜いた。徐栄一は台湾語で叫んでいた。鳳玲への呪《のろ》いの言葉を叫んでいた。おれに似た男——おれと同じような声が聞こえる男。邦彦は銃を徐栄一の額に押し当てた。

乾いた銃声。ぱこんという音がして、徐栄一の後頭部が吹き飛んだ。

一人残らずぶち殺せ——声に脳味噌《のうみそ》を揺さぶられながら悟った。

邦彦と鳳玲は今でも寝ている。呪われた家族。邦彦だけが純粋なはずもない。

こいつらをぶち殺せ——意味を成さない言葉が口から溢《あふ》れていた。鳳玲に飛びかかった。右腕が動かない——かまわない。すぐ近くで銃声——かまわない。悲鳴——そうだ、こいつらをぶち殺せ。

肩から鳳玲にぶつかった。鳳玲は真後ろに吹き飛んだ。銃が手から飛んだ。その銃を摑《つか》んだ。鳳玲に向けて撃った。当たったかどうかは確認しなかった。吠《ほ》えながら振り返った。ベンツを挟んで邦彦がこっちに銃を向けようとしていた。

「やめろ!!」

邦彦の叫び。聞こえなかった。あいつをぶち殺せ――聞こえるのは内なる声だけだった。引き金を引いた。火薬が炸裂《さくれつ》する音。もう一度撃った。邦彦が身体を折った。丸まった背中から血が噴き出た。

「邦彦！」

あいつをぶち殺せ、あいつをぶち殺せ、あいつをぶち殺せ!!

走った。アスファルトに倒れこんだ邦彦の頭に銃を突きつけた。撃った。弾丸がなくなるまで撃ちつづけた。

65

頭がなくなった死体――邦彦の死体。弟を殺した。弟を殺してしまった。

パニックが押し寄せてくる。顔をあげた。黒道どもが駆け寄ってくる。

死にたくない――あさましい思いが駆け巡る。立ち上がり、ベンツに向かって走った。ボディガードの銃がある。鳳玲がいる。

鳳玲はアスファルトに尻餅《しりもち》をついたままだった。呆然《ぼうぜん》とした顔がこっちを見ていた。顔が歪《ゆが》み、口が開いた。

「國邦……國邦!!」

銃を拾いあげた。鳳玲の背後にまわり、銃を突きつけた。

「立て！」

遠くでサイレンの音が聞こえた。サイレンは少しずつ近づいてくる。

「立て。立たなきゃ殺すぞ！」

銃身で鳳玲の頭を小突いた。鳳玲が頭を捻《ひね》っておれを睨《にら》んだ。

「國邦を殺したわね！」

「立たなきゃ、おまえも殺してやる」

静かにいったつもりだった。だが、実際に口から出てきたのは金切り声だった。声の調子に怯《おび》えたのか、鳳玲が立ち上がった。

「歩け。あいつらに、撃つなといえ」

鳳玲が台湾語で叫んだ。黒道どもの足がとまった。

「車を用意させろ。今すぐにだ」

鳳玲がまた叫ぶ――黒道の一人が不服そうに怒鳴り返してきた。銃を鳳玲の顔の横に突きだして撃った。黒道どもが一斉に身体を低くした。

「いうとおりにさせるから撃つのはやめて！」

「早く車を用意させるんだ」サイレンの音がどんどん近づいてくる。「あいつらだって、警察が来る前に逃げたいだろうが！」

黒道の一人が駆けだした。思わず銃を向け、下げた。黒いベンツが二台。黒道はそのうちの一台に飛びついた。エンジンはかけっぱなしだった。ベンツは静かに動きだした。やけに遅く感じられた。サイレンの音はますます近づいてくる。

「急がせろ！」

「國邦……」

「わかってるわよ」

鳳玲の台湾語が黒道たちを急《せ》き立てた。罵声《ばせい》が起こり、ベンツのスピードがあがった。

「車から降りさせろ。おまえが運転するんだ」

車が目の前に停まるのを待っていった。

「足が痛くて運転なんかできないわ」

「死ぬよりはましだろう!?」

この女も黙らせろ——声が酷《ひど》くなる。

鳳玲の頭を銃で小突いた。鳳玲は叫んだ。黒道がベンツから降りた。

「乗れ！」

助手席側から鳳玲を押し込んだ。銃を黒道たちに向けた。

「下手な真似をしたら女を殺すぞ！」

叫んだ。日本語が通じるはずもない。それでも、黒道たちは動かなかった。

「車を出せ！」

乗りこんだ。同時にベンツが動きだした。黒道たちが追ってくる。窓を開けた。銃を突きだした。撃った。黒道の一人がもんどりうったように倒れた。黒道たちが足をとめた。ベンツがカーブを曲がり、なにも見えなくなった。

「どこに行くのよ？」

鳳玲が叫んだ。ベンツは停まっていた。駐車場——ひんやりとして薄暗い。どこの駐車場かはわからなかった。

「うるさい」

黒道どもが見えなくなると身体が震えはじめた。耐えているのがやっとだった。

「足が痛いのよ。そんなに長く運転できないわ。どこに行けばいいのか、いいなさいよ」

「王東谷に電話しろ。あいつになんとかしてもらうんだ」

「携帯、持ってないわ」

「だったら、黙って運転してろ」

考えた。震える身体を抱きしめながら考えた。考えなくてもわかっている——声が聞こえた。

この女をぶち殺せ。それから王東谷をぶち殺せ。最後にあの女をぶち殺せ。

あの女——麗芬。

涙がこぼれた。

「泣いてるの？」

「黙れ！」

「自分の弟を殺したくせに、あなた、泣いてるの？」

鳳玲は容赦がなかった。ヒステリックな声が鼓膜を震わせた。

「黙れ。おまえだって、自分の兄貴を殺したじゃないか」

「あれは國邦がやったのよ」

この女をぶち殺せ——血が凍る。凍っていく。

「おまえは邦彦と寝ていた」

「そうよ。いったじゃない」

「昔のことじゃない。ごまかすな」

邦彦の携帯電話は夜になるといつも繋《つな》がらなかった。そんなに張り込みが続くはずもない。鳳玲と会っていた。それしか考えられなかった。

「だったらどうだっていうの？」

「おまえと邦彦はおれを利用したんだ。おまえは王東谷とだけつるんでたわけじゃない。邦彦と一緒になっておれを利用したんだ」

「なんのために？」

「そんなこと、おれが知るか」

「考えすぎよ。そんなふうに考えて、國邦を殺したことに理由をつけようとしてるのね」

「黙れ！」銃を突きつけた。「本当のことを話せ。いわなきゃ、撃つ」

「そんなことを知って、どうするのよ？　もう、國邦はいないわ。兄さんも死んだ。どうだっていいじゃない！」

そんなことを知ってどうする――それでも知りたい。知らずにいられない。

「話せ」

「國邦から連絡があったの」鳳玲の顔は蠟《ろう》のようだった。「兄さんを殺すのに手を貸してくれって。あなたのせいよ。國邦は兄さんに復讐《ふくしゅう》すること、諦《あきら》めてたのに。あなたが張俊郎を殺さなきゃ、國邦だって変なこと、考えなかったはずだわ」

「どういうことだ？」

「國邦はいったわ。おれの本物の兄は気が狂っている。うまく利用すれば、あいつを殺せるかもしれないって」

目の奥に痛みが走った。強張った筋肉がめきめきと音を立てた。

「嘘《うそ》だ」

「嘘なんかいわないわ。國邦はあなたのこと、嫌ってた。あなたと話をすると虫酸が走るといってたわ」

「それ以上嘘をつくと、撃つぞ」

「撃てばいいじゃない」

挑むような目──嘘じゃないといっていた。

目が眩《くら》む。血が凍る。

「王東谷は？　あいつは──」

「もちろん、父さんも知ってるわよ。父さんもあなたはおかしいといったわ。血に飢えてるって。殺さなくてもいい人間を舌なめずりしながら殺したって。あなたは兄さんと同じだって」

「でたらめだ……」

抗議の声──弱々しく、ため息にしか聞こえなかった。

「父さんはこういったの。焦るな。兄さんは用心深いから、下手なことを企《たくら》んでもすぐに感づかれる。だけど、兄さんはあなたに執着してるから、チャンスが来る。あなたは兄さんでも予想できないようなことをするから、そのときにチャンスが来る。それまで待てって。もし待てないなら、あなたに圧力をかければいい。あなたが、なにか狂ったようなことをするように仕向ければいい」

鳳玲はいったん言葉を切った。

「兄さんがあなたに日本人相手の白手套をするように命じたときも、父さん、わたしにいったわ。蔡明徳に情報を流せって。蔡明徳が動けば、あなたは板挟みになって焦るからって」

「どうして……」

「いったでしょ。あなたと兄さんは似てるの。兄さんの方がずっと頭がいいけど、わたしたち、兄さんを見てたから、あなたのやりそうなこと、よくわかったわ」

鳳玲に突きつけた銃が揺れた。鳳玲は意地の悪い笑みを浮かべた。

「兄さん、高雄であなたに女を殺させたでしょう？　日本の女。覚えてる？」

うなずいた。忘れるはずがなかった。

「あの女が兄さんのこと調べてるのを見つけたのは父さん。それを兄さんに教えたのも父さん。あの女をあなたに殺させるとおもしろいと兄さんを唆《そその》かしたのも父さん」

鳳玲の唇が吊《つ》りあがった。

「マイケルとラッツォ……馬鹿みたい。あなたが父さんを探そうとしてるって、弁護士の顧から電話があって、父さん、困ってたわ。あなたは台湾人じゃないから、すぐに父さんを見つけることできないでしょう。だから、ああいうやつらを使ったの。わたしはやりすぎだって反対したんだけど。父さん、最初からあなたに見つかるつもりだったのよ」

「おれの前から姿を消したのは、おれを不安にさせるためか？」

「そう。姿を現したのは、あなたを陽子母さんに会わせるため。父さんはこれでもう、充分だといったけど、わたしはそう思わなかった。だから、彼女をさらったの。彼女の住所は本当は國邦に聞いたの。すぐに教えてくれたわよ」

「どうして、おれと寝た？」唇がわななないた。「そんな必要はなかった。おれが徐栄一にいうとはわからなかったはずだ」

「兄さんと寝るわけにはいかないけど、あなたならだいじょうぶでしょう？」

鳳玲は笑った。無邪気な笑いだった。

この女がおれから麗芬を奪った。この女と邦彦が——ぶち殺せ。

銃を持ちかえた。銃身を握った。

「もういいのかしら？」

「ああ」

いった。まだわからないことがある。辻褄《つじつま》のあわないところもある。だが、どうでもよかった。血はすっかり凍ってしまった。

「ねえ、高雄に戻れば、兄さんのもの、全部、わたしのものになるわ。一緒に来ない？　警察からも匿《かくま》ってあげるわよ」

呪《のろ》われた家族。それに関った者も呪われる。鳳玲は悪びれない笑顔を浮かべたままだった。

その笑顔に銃把を叩《たた》きつけた。血が飛び、鳳玲はのけぞった。悲鳴があがる——喉元《のどもと》を殴った。悲鳴がくぐもった音に変わった。殴った。鳳玲が動かなくなるまで殴りつづけた。俊郎を殺したときのように。

グラヴコンパートメントの中に携帯を見つけた。王東谷に電話をかけた。

「喂《ウェイ》？」

「おれだよ、爺《じい》さん」

「あんたか……どうしたね？」

「邦彦が徐栄一を殺した。邦彦はおれが殺した」

「文艾は？」

「横にいる」

「代わってくれ」

「かまわないが、口はきけないぜ。永遠にな」

「貴様……」

王東谷は絶句した。

この男もぶち殺せ――わかっている。電話を切った。

66

鳳玲の死体をトランクに移した。顧の携帯に電話した。

「はい？」

勤務時間外に電話しても、顧の気取った英語は変わらなかった。

「おれだ。加倉だ」

「――ミスタ加倉。どうしました？」

「こんな時間にすまないが、相談したいことがある。会えないか？」

「今からですか？」

「急いでるんだ。場所を教えてくれれば車で迎えに行く」

ため息が聞こえた。

「わかりました。時間外の顧問料は通常の一・五倍をいただくことになっていますが……」

「かまわない。いくらでも払ってやるよ」

「そうですか。それでは瑞華餐庁《ルイホアツァンティン》まで来ていただけますか？」

スイス料理を食わせる店。野球場の真向かいにある。

「わかった」

電話を切り、車を動かした。左手でドライヴ——きついが、できないわけじゃなかった。オートマティックだったのが幸いした。駐車場を出て、辺りを見回した。自分のいる場所がわかった。野球場に向かって車を走らせた。

右手の人差し指と中指が折れていた。もう一度グラヴコンパートメントを漁《あさ》った。ボールペン。バンドエイド。ボールペンを半分に叩《たた》き折って添え木にした。バンドエイドを巻きつけた。左手でねじって脱臼《だっきゅう》した肩の関節をはめた。涙と涎《よだれ》と苦痛の呻《うめ》き——なんとか動くようになった。

昔から痛みには敏感だった。他人の痛みには無頓着《むとんちゃく》だった。なにかが変わった。ほとんどは変わらない。

麗芬。走り去る車のフラッシュバック。嗚咽《おえつ》が漏れる。

車の中は血なまぐさかった。おれの身体からは汚物の匂《にお》いがした。

一人残らずぶち殺せ——そのつもりだった。

携帯電話。顧はすぐに出てくるといった。実際、すぐに出てきた。

きっちり整髪された髪、値の張るイタリアンスーツ、右手にアタッシェ・ケース、左手には
パテック・フィリップ——おれのパテック・フィリップはどこにあるのか？　邦彦だけが知っている。邦彦は死んだ。おれが殺した。

「変な匂いがしますね」

顧は助手席に滑り込んできた。鼻を塞《ふさ》いだ。

「しばらくシャワーを浴びてない。おれの体臭だ。悪いな」

ルームミラーに映るおれの笑顔——ぞっとする。顧がなにかいう前に車を出した。

「顔色もすぐれませんね。だいじょうぶですか？」

顧は鼻を押さえながらいった。ペテン師の声だった。おれを丸め込めると思っている。

「だれかと一緒だったんじゃないのか？」

「クライアントです。気にしないでください」

南京路を右折して敦化北路へ入った。いくつものヘッドライト。台北の夜の海を泳ぐ夜光虫の群れ。その列に加わった。

正面に松山空港。民権東路を左折。右手でハンドルを握った。かすかな痛み。だが、我慢できないほどじゃない。

「その手はどうしたんですか？」

「徐栄一の手下にやられた」

顧は息を飲んだ。

「今夜、おれと徐栄一が会うことを知っていたんだな？」

「どうしてそんなことをおっしゃるんですか？」

「おまえがはめている時計、おれが徐栄一にもらったのと同じだ」

ルームミラーに映るおれの顔――目が血走っている。唇が吊《つ》りあがっている。

「用というのはそのことですか？」

顧は強がった。茶番だ。顔が引き攣《つ》っていた。

「徐栄一からいくらもらった？」

「ミスタ徐からは、顧問料として毎月一定の額をいただいています。わたしには――」

「おれをはめるのを手伝って、徐栄一からいくらもらったんだ⁉」

信号が赤に変わった。ブレーキを踏んだ。顧がドアに手をかけた。パネルを操作してドアをロックした。左手で銃を抜いた。

「なんの真似ですか――」

「おれなんか、どうとでもあしらえると思ってたのか？　それでのこのこやってきたのか？」

「わたしは――」

「徐栄一は死んだ。あいつの妹も死んだ。王國邦も死んだ」

顧の顎《あご》の下の皮膚が揺れた。

「生きてるのは王東谷だけだ。あいつはどこにいる？」

「し、知りません」

「おまえも死人の仲間に加わるか？」

信号が青になった。アクセルを踏んだ。右折し、空港の裏側にまわりこんだ。左手に高速道路の高架。その向こうに基隆河《キールンホー》。俊郎が死んだ河。高速は無数の車が走っている。だが、おれのベンツが走る道路は、死んだように静かだった。

撃鉄を起こした。金属音がやけに軽く響いた。顧がドアに背中を押しつけた。身体を捻《ひね》った。銃口が顧に向いた。

「王東谷はどこにいる？」

「知りません。加倉さん、こんなことをするのは馬鹿げてます。あなたはもっと、スマートな方なはずだ」

「徐栄一と同じようにか？」

「は？」

「おまえもおれと徐栄一が同じだといいたいのか？」

こいつをぶち殺せ――燃えるような欲望。まだだ。こいつにはまだ使いみちがある。

「加倉さん――」

「王東谷はどこだ？」

「本当に知らないんです」

銃を下に向けた――顧の足元。引き金を引いた。轟音《ごうおん》と白煙。耳鳴りが頭の中の声を吹き飛ばした。どこかで火花が散った。顧が悲鳴をあげた。気取った英語が消え、北京語で喚《わめ》いていた。


「王東谷はどこにいる?」

「昨日、電話があったときは、息子さんのアパートにいると——」

「息子?」

「あの刑事です。他にだれがいますか?」

「邦彦」

うめいた。呪《のろ》われたおれの弟。

席を換えた。顧の運転は危なっかしい。絶えずおれの銃を気にしている。おれの顔色をうかがっている。ベンツは光復路を南下している。

「他人名義のパスポートがいる」

「しかし——」

「香港の地下銀行に口座がある。金なら心配するな」

顧が急ブレーキを踏んだ。つんのめった。信号は赤。道を渡ろうとしていた少女が顔を赤らめて顧を睨《にら》んでいた。怒鳴っていた。

「すいません。つ、つい、うっかりして」

嘘《うそ》だ——声がする。こいつはなにかを隠している。携帯電話。香港へかけた。こちらは台北のミスタ加倉、ミスタ・ラウを。

「申し訳ございません、ミスタ・ラウはただいま、電話にでることができません」

鼻にかかった女の声。香港人特有の傲慢《ごうまん》さ。苛立《いらだ》ち、むかつく。

「そっちに預けてる金を至急、引き出さなきゃならない。ミスタ・ラウに伝えて電話に出るようにいえ」

「少々お待ちください」

待った。顧が怯《おび》えた目を向けてきた。答えはわかっていた。それでも、確かめずにいられない。

「もうしわけございません、ミスタ加倉」電話に出たのはラウじゃなかった。知らない男の声だった。「あなたの口座は先日、解約されております」

「おれはそんなことをした覚えはないぞ」

「契約によりますと、あなたご自身か、あなたの肉親が、自由に口座を解約できることになっております」

中国人の知恵。やつらは血を分けた肉親以外信じない。家族は裏切らないと信じている。だからこその契約だ。自分になにかあったとき、自分の金を家族に残すための契約。ラウと契約したとき、おれは自分は天涯《てんがい》孤独だと思っていた。日本にいる親父が、香港の地下銀行に預けた金を嗅《か》ぎつけるとも思えなかった。だから、サインした。

「二日前、あなたの弟様から口座を解約したい旨のご連絡がございました。ミスタ王國邦です。書類をファックスしてもらいましたところ、姓は違いますが、間違いなくあなたの弟だということが確認できましたので、我々は契約に従ったのです。よろしいですか？」

「ラウと話がしたい」

「ラウは長期の休暇を取っております」

でたらめ。電話を切った。銃を顧に向けた。

「どういうことだ？　説明しろ」

「ミスタ王です。わたしはただ、書類を揃《そろ》えただけです」

「おれの金だぞ!!」

「これから死ぬ人にお金は必要ないと……あなたの金は、ミスタ王が受け取りました」

「どっちの王だ？」

「あなたの弟です。わたしに書類を用意するようにいってきたのはミスタ王東谷です。わたしが書類を香港にファックスしました。そして、あなたの弟がお金を引き出したんです。銃をわたしに向けるのはやめてください　パスポートはわたしが用意します。もちろん、代金を取ろうとはいいません」

この男をぶち殺せ――まだだ。おれにはまだこの男が必要だ。

「書類を用意して、おまえはいくら受け取ったんだ？」

「……一万ドルです」

引き金にかかった指が震えた。右手だったら、確実に引き金を引いていた。息を吐いた。身体中の息を吐きだした。

「クソ野郎め」

震える声でいった。

ルームミラーに映るおれの顔――悪鬼の顔。蒼醒《あおざ》めた顧の顔を睨みつけていた。

顧を追い立てて邦彦の部屋へ。ドアの死角に立つ。銃は顧の背中に向けている。顧が振り返った。

「やれ」

小声で告げた。

顧がドアをノックした。辛迅の声が聞こえた。顧が振り返る。首を振る――王東谷はいない。膝《ひざ》から力が抜けていく。

ドアが開いた。辛迅が顔を見せた。顧と立ち話をはじめた。辛迅も知っていることにおれは気づいた。

銃を下げた。そのまま、二人の方へ近づいた。辛迅の表情が驚きから諦《あきら》めへと変わっていくのを見た。

「入ってもいいか？」

「それを使わないって約束してくれる？」

辛迅の顎《あご》が動いた。銃。おれはうなずいた。辛迅は身体を開いておれを部屋の中に招きいれた。

部屋の中は散らかっていた。いくつものスーツケースと段ボール。床に放りだされた衣類。辛迅のイラスト――夜の海を蠢《うごめ》きながら光を放つ夜光虫。都会に生きる腐った人間たちが放つ光。辛迅はこの部屋を出ていくつもりらしかった。

行かせるな——声が叫ぶ。辛迅は関係ない。口の中で呟《つぶや》く。そんなことがあるか、この女も同じ穴の狢《むじな》だ——声は執拗《しつよう》に訴える。

「いつから知っていたんだ？」

辛迅に訊《き》いた。辛迅はキッチンのシンクに尻《しり》を載せて腕を組んでいた。

「知っていたって、なにを？」

訛《なま》りの酷《ひど》い英語。顧は部屋の隅で小さくなっていた。

「邦彦がおれをコケにしていることをだ」

辛迅は鼻白んだ。

「國邦は別にあなたをコケにしていたわけじゃないわ」

「いつから知っていたんだ？」

「一昨日の朝、突然、國邦の父だっていう人が訪ねてきたの」

思わず顧を睨んだ。一昨日——王東谷と邦彦の密会。その後で、おれの香港の口座が解約された。

「國邦はお父さんと口論して、その後、あなたのことを話しはじめた。それが耳に入って、問い詰めたのよ」

「あいつらはなにを話してたんだ？」

「あなたがだれを殺して、だれを殺さなかったかっていう話よ」

辛迅は決しておれの顔を見ようとはしなかった。

「國邦の義理のお兄さんが、あなたと夕食をとるっていう話。國邦はいってたわ。二人とも虫酸が走るって」

反射的に銃を握る手に力がこもった。意志の力で抑えた。

「昨日の夜、君はなにもいわなかった！」

代わりに叫んだ。

「いえるわけないじゃないのよ！」

叫びが返ってくる。辛迅の目に涙が浮かんでいた。

「國邦と一緒に暮らすようになって、もうすぐ一年になるのよ。それなのに、わたし、彼のことなにも知らなかったわ！」

この女を黙らせろ──

「うるさい、黙れ!!」

頭の中に居座る声の主に向けた叫び。辛迅がびくりと肩を震わせた。顧が頭を抱えて身体を丸めた。ベンツのルームミラーに映ったおれの顔──二人とも心底怯《おび》えていた。

「君にいったんじゃない」

頭を振った。目をこすった。

「國邦は死んだの？」

おれを見る辛迅の視線──異質な者に向ける恐怖の目に変わっていた。

「國邦を殺したのね？」

「邦彦が先におれを撃とうとしたんだ」

フラッシュバックが起こる。おれに銃を向けようとしていた邦彦。頭が割れそうな叫び——あいつをぶち殺せ。

辛迅は両手を自分の身体に巻きつけた。目尻から涙の粒がいくつもこぼれ落ちる。

「この人とわたしも殺す気なの？」

おれは狂ってなどいない。だれかれかまわず殺してまわっているわけじゃない——本当か？ 頭の中で響く声。おれを嘲笑《あざわら》っている。

銃を持ち上げた。辛迅に向けた。

「死にたくなかったら、答えてくれ」

「なにを？」

「邦彦はおれの金を盗んだ。おれの時計もだ。どこにある？」

「知らないわ」

「おれの金だ。おれの時計だ」

「弟を殺して、考えてることはお金のことだけなの⁉ あなたたち兄弟って、本当に呆《あき》れるわ」

なんとでもいえ。あれはおれの金だ。おれのパテック・フィリップだ。嘘《うそ》をつき、他人を裏切り、良心をコケにし、泥まみれになって貯めたおれの金だ——口には出さなかった。

「王東谷はどこにいる？」

「知らないわ」

「その言葉は聞き飽きた。知らないなら、どこにいるのか考えろ」

「三〇分ぐらい前に電話をかけてから出ていったの。つい二日前にあったばかりの人なのよ。そんな人がどこに行くのか、わかりっこないわ」

電話――辛迅の作業机の上。

「あいつは電話でどんな話をしていた？」

「知らないわ。あの人と一緒にいると息がつまるから、わたし、ずっと寝室にいたのよ」

電話――最新のエレクトロニクス。机に向かい、電話を引き寄せた。

「リダイアルはどうやってかけるんだ？」

「シャープの下のボタンよ」

「かけろ」

「かけてどうするのよ？」

「王東谷がだれに電話したのか確認するんだ。いいか、名乗ったりはするなよ。間違い電話かなにかのふりをするんだ」

電話を辛迅に押しつけた。辛迅は強張った仕種《しぐさ》で電話をかけはじめた。

北京語が辛迅の口から漏れる。いくらかのやり取り、最後に対不起《トイブチー》――ごめんなさいといって辛迅は電話を切った。

「どこだった？」

「譚志忠の事務所ですって」

国民党の大物政治家。高雄から戻った日、カラオケボックスで王東谷と邦彦から名前を聞いた。あのときのやり取り――すべては茶番だった。

「譚先生と話ができるようにセッティングできるか?」

振り返らずに顧に訊《き》いた。

「む、無理です。ミスタ譚は、ただの政治家ではありません。わたしのようなものがアポイントメントを取るのは不可能です」

「そうか」

王東谷——逃がしはしない。辛迅から電話を奪った。方にかけた。すぐに繋《つな》がった。

「加倉だ」

「あんたか。悪いがかけなおしてくれないか。今、立て込んでるんだ」

「徐栄一が死んだからか?」

「どうして知ってる?」

「あいつを殺したのがおれの身内だからだ」

「ちゃんと説明してくれないか。情報が錯綜《さくそう》してて な、おれの耳に入ってきた話じゃ、例の黒道嫌いの刑事が殺したってことになってるんだ」

「そいつがおれの身内だよ」

「どういうことだ?」

「蔡明徳と話をさせてくれ。頼みたいことがある」

「馬鹿いえ、こんな時間に電話してみろ。うちのボスはな、ただのギャングってわけじゃないんだ」

「蔡明徳と話ができないなら、明日の試合、桐生は負けるぞ」

「おい」

「冗談じゃない。脅しでもない。おれは本気だ」

「あんまりギャングを舐《な》めない方がいいぞ」

「自分の弟を殺した男を舐めるのもやめた方がいい」

沈黙——待った。

「しょうがねえな。ボスに話をつけてやる。もしOKなら、折り返しあんたの携帯に連絡する」

「おれの携帯は使えないんだ。今からいう番号に電話してくれ」

辛迅に電話番号を聞き、それを伝えた。

「どこの番号だ、これは？」

「死んだ刑事のアパートだ」

「急がなきゃやばいな……なあ、加倉。うちのボスを怒らすのだけはやめておけよ」

おれは笑って電話を切った。

電話が鳴った。五分も経っていなかった。

「加倉さんかな？」

嗄《しわが》れた日本語——蔡明徳の声。

「そうです」

「方に聞いたんだが、わたしと話がしたいらしいな？」

ぞ」

「ええ。お願いがあります」

「方はおまえさんに脅されたといっていた。筋が通ることでなかったら、ただではすまさん
「王東谷が譚志忠のところに逃げ込んだんです。譚志忠が王東谷を放り出すようにしてもらえませんか」

「王東谷か……懐かしい名前だ」

「徐栄一の父親です」

「そんなことは知っておる。しかし、譚志忠とは、大物だな」

「なんとかしてください」

「やらなかったら、明日の試合は味全が負けるんだな?」

「そうです」

「わたしを脅すとは、いい度胸じゃないか。この前はそうは見えなかったが」

「もう、失うものがなにもなくなったんですよ」

「やるだけのことはやってみよう。それで、味全が負けたら、この世に生まれてきたことを後悔することになるぞ」

こいつも黙らせろ——声。わかっている。わかっている。わかっている!!

「徐栄一と同じことをいいますね。あいつは死にましたよ、蔡先生」

「さっき、台北の警察の知りあいから電話があってな、おまえさん、指名手配されるそうだ。なんといったかな、殺された野球選手の女房が、警察に駆けこんでおまえさんを訴えたそう

だ」

麗芬——おれを憎まないでくれ。

「そうなったら行くあてがあるまい。方を迎えにやらせた。方と一緒に隠れているがいい」

電話を置き、辛迅に顔を向けた。

「テレビをつけてくれ」

ニュース。北京語を辛迅が英語に訳してくれた。

今夜未明、忠孝大橋のたもとで銃撃事件が発生、二人が死亡。警察は黒道の抗争事件と発表。死亡した二人のうち、一人は警官の王國邦——辛迅の声が震えた——もう一人は不明。警官、王國邦は勤務中に事件に遭遇し、職務を遂行しようとして凶弾に倒れたと推測される。

邦彦の顔写真が画面に映った。制服姿。どこか拗《す》ねたような表情。おれの知らない邦彦がそこにいた。辛迅が嗚咽《おえつ》を漏らした。

別のニュース。

加倉昭彦、指名手配。先日、野球賭博《とばく》事件の真っ最中に殺された張俊郎の妻、宋麗芬が警察に訴えたため。警察は指名手配の根拠を説明しなかった。代わりに、加倉昭彦は他の二、三の事件にも関係していると思われるという談話を発表。

今度はおれの顔が映った。台湾に来た直後の映像。若々しく、自信に満ち溢《あふ》れている。

ニュースが終わった。辛迅がテレビを消した。沈黙に覆われた部屋。顧が追いつめられた鼠のような目でおれの様子をうかがっている。辛迅は湯をわかしはじめた。

「これからどうするの？」

コンロに向かいながら辛迅がいった。

「わからない」

答えた。

「あなたのことじゃないわ。わたしのこと。彼のこと。わたしたちをどうするつもり？」

まとめてぶち殺せ――

「どうもしない。いまさら君を殺しても仕方がないし、この男には用がある」

この男といった瞬間、顧の頬《ほお》の肉が大きく揺れた。

「本当に助けてくれるんですか？」

顧の声は不安に彩られていた。

「ああ」

沈黙。ガスの炎がケトルを焙《あぶ》る音がするだけ。まとめてぶち殺せ――頭の中で声がするだけ。

電話が鳴った。辛迅が振り返った。顧は電話を凝視していた。

「出てもいいかしら？」

「だめだ」

銃を向けた。警察だ――勘がそう告げていた。連中は邦彦の死体を確認した。遅かれ早かれ電話がかかってくるはずだった。だれかが来るはずだった。時計を見た。方、早く来やがれ―

―心の中で叫んだ。

電話のベルはきっかり二〇回鳴って、やんだ。

68

ドアにノック。反射的に銃を持ち上げた。辛迅がおれを見た。顧が息を飲み込んだ。辛迅にうなずいた。辛迅が声をあげた。北京語だった。ドアの向こうから返事が返ってきた。

「方っていう人」

辛迅が英語でいった。

「入れてやってくれ」

辛迅が玄関に向かった。おれは銃を構えたまま、待った。ドアが開く音。耳に覚えのある声。いくつもの足音――辛迅の背中にくっつくようにして方が入ってきた。

「迎えに来たぜ」

方は嬉《うれ》しげに笑った。同類に見せるような親しげな視線を送ってきた。方の後ろには、いつかの夜、車の運転をしていたチンピラが従っていた。

「警察があんたを探しはじめてる。ここにもうすぐ来るだろう。早く移動しよう」

「わかった」

腰をあげた。「おまえはおれに借りがある。そのことを忘れるなよ」

顧にいった。顧は人形のように何度もうなずいた。

「迷惑をかけた」

辛迅にいった。頭を下げ、玄関に向かった。方がおれの肩に手を回してきた。強い力で押し出された。

「そんなに押さなくても――」炭酸飲料の王冠を外したときのような音がした。一回、二回、三回。食器が床に落ちる音、なにかが崩れる音。「なにを――」

硝煙の匂《にお》いが鼻をついた。方の手を振りほどいた。身体を反転させた。チンピラが銃を握っていた。銃身の先に筒がついていた。サイレンサー――そこから煙があがっていた。

「やめろ！」

叫ぶ必要はなかった。チンピラはもう撃つのをやめていた。辛迅はシンクの上に身体を投げ出していた。ワンピースの背中が血に染まっていた。肉が弾け、黄色い脂肪が辺りに飛び散っていた。顧――目を見開いて天井を睨《にら》んでいた。二人とも、悲鳴を上げる間すらなかった。

「どうして殺したんだ？　顧はともかく、どうして彼女を――」

「あんたも甘いな。警察が来るといっただろう。おれと一緒に出てったこと、喋《しゃべ》られてもいいと思うのか？　冗談じゃねえ。余計なものを見たり聞いたりしたやつらは殺すのが一番後腐れがなくていい」

「彼女は――」

辛迅は関係がなかった。巻き込まれただけだ。彼女は呪《のろ》われているわけではなかった。

「なんだってんだよ？　あんたがよくても、おれが困る。あっちの弁護士は、高雄の尻《ケツ》に張りついてたしな。さあ、行くぞ」

今になって気づいた。方は手袋をはめていた。チンピラの手も同じだった。

「最初からそのつもりだったんだな？」

「ぐだぐだいってるんじゃねえ。あんたもぶち殺すぞ」

背中を押された。首を捻《ひね》りながら足を進めた。辛迅の死体が目に飛び込んできた。頭が痛んだ。目の奥がむず痒《がゆ》かった。鼻の奥が熱くなった。

方を殺せ——自分に念じた。だれもかれも、ぶち殺してしまえ。

69

桐生は試合に勝った。奪三振、一五。四死球ゼロ。被安打ゼロ——完全試合。方は小躍りして喜んだ。蔡明徳は満足げにうなずいた。蔡明徳の懐に五億もの大金が転がりこんだ。

翌日の台湾の新聞は、二人の日本人のニュースに大半が割かれた。一人はいうまでもなく、桐生。グラウンドの状態が悪い台湾で、完全試合を達成するのは至難の業だった。どの新聞も桐生を讃《たた》えていた。新聞に掲載された桐生の写真はどれも誇らしげだった。昔を思いだした。ノーヒットノーランを達成したころを——胸が痛んだ。

もう一人の日本人——いうまでもなくおれのことだ。卑劣漢。新聞はおれをそう呼んだ。同僚を殺し、知らん顔で記者会見に臨んだ男。殺した男の妻に取り入ろうとした男。掲載されたおれの写真は桐生とは正反対だった。どこか太々《ふてぶて》しく、崩れた感じの顔写真。卑劣漢にぴったりの顔写真。その横に、麗芬の写真が載っていた。泣きはらした顔。おれの胸を締めつけた。

「これだけ写真が掲載されたら、外を歩けまい。顔を変えるなら、便宜を計ってやるぞ」

蔡明徳がいった。

「昨日の褒美だ。新しい顔にあわせた旅券も造ってやろう。譚と話をつけるのには少し時間がかかる。その間、手術を受けて休んでいるのがよかろう」

蔡明徳は上機嫌だった。

70

麻酔がおれを奈落《ならく》の底に引きずり込んだ。

ぐるぐるまわる。おれが殺したやつらの顔がまわる。おれが殺さなかったやつらの顔がまわる。顔はまわりながらおれに呪いの言葉を吐きかける。

おまえは嘘《うそ》をついた。

おまえは信頼を裏切った。

おまえは他人を踏みにじった。

おまえは自分の強欲にすべてを捧《ささ》げた。

おまえは殺した。

殺した。

家族のせいじゃない、おまえが望み、おまえが殺した。自分の弟までも殺した。

おれは逃げた。だが、凍《い》てついた大地は途切れることがなく、顔はどこまでも追いかけてきた。

立ち止まり、振り向き、叫んだ。

──黙れ。黙らなきゃ、一人残らずぶち殺してやる。

おれを追いかけてきたいくつもの顔が口を開けておれを嗤《わら》った。

包帯が取れるまでには時間がかかった。おれは北京語を習いはじめた。方に頼んで銃を撃たせてもらった――毎日のように。はじめは狙《ねら》ったところには当たらなかった。そのうち、コツを覚えた。ピッチングと同じだ。指先の感覚。それがすべて。百発百中というわけにはいかない。

「拳銃《けんじゅう》ってのはそういうもんだ。もっと正確に当てたいなら、ライフルを使わなきゃな」

方は呆《あき》れながらそういった。

71

新しい顔。新しい声。まったくの別人というわけじゃない。だが、今までとは明らかにディテイルが違った。眉《まゆ》が薄くなった。目が二重になった。鼻が低くなった。唇が薄くなった。顎《あご》がいくぶん尖《とが》った。声が高くなった。野球で飯を食っていた人間には見えなくなった。

「なかなか男前になったじゃないか」方がいった。「台湾の女にもてるぞ。前の顔は整いすぎだ。こういう方が台湾の女の好みなんだ」

麗芬もか？――もちろん、口には出さなかった。

新しいニュース。おれが麻酔で寝ている間に状況が悪化した。ロペスの死体が見つかった。警察はおれの仕業だと見て調査をはじめている。陣頭指揮に立っているのは袁。おれの顔写真が台湾全土にばら撒《ま》かれた。気にする必要はなかった。試しに街を歩いてみた。だれも、おれが指名手配の卑劣漢だということに気づかなかった。

「警察に探りを入れてみたんだが、どうも、おかしいんだ」

方がいった。

「なにが？」

「おまえがあいつを埋めたところというのは、まず、人が足を踏みいれるような場所じゃない。そんなところに埋めた死体が見つかるとしたら、だれかが密告したとしか考えられないんだが、その名前が出てこないんだ」

「王東谷だ」おれはいった。「あいつを埋めた場所を知ってるのは、おれとあいつだけだ」

「なるほど。譚志忠のラインから出てきた話だから、警察の口が固いのか」

「いつ、王東谷に会える？」

「慌てるなよ。うちのボスは必ず約束は守る。待っていれば、必ずなんとかしてくれる。ところで、ものは相談なんだがな——」

方はいった。どこか卑屈な態度だった。

「うちの組織はちょっとしたトラブルを抱えていてな、それが片付かないことにはボスもなかなか時間を作れないんだ」

ぴんと来た。かまをかけた。

「だれを殺せばいいんだ？」

方は目を伏せた。やくざの常套《じょうとう》手段だ。口を開く代わりに、方は写真をおれに見せた。新聞やテレビで何度も見たことのある政治家の写真だった。

「頭に来てやるんじゃなくて、仕事で人を殺すってのは、生半可な根性じゃできない。それができるやつらは顔を知られてる。ずっと悩んでたんだが、ボスが、あんたならできるんじゃないかっていいだしてな。確かにそうだろう。あんた、もう、素人ってわけじゃないし、下手な黒道ならかなわないぐらい殺してるじゃないか」

「それをやれば、王東谷に会えるのか？」

「そうだ」

「やるよ」

おれはいって、写真に視線を落とした。どういうことはなかった。頭の中の声が聞こえることすらなかった。

「その代わり、おれにも頼みがある。たいしたことじゃないが」

「いってみろよ」

「三重市に病院がある。そこに忍び込みたいんだ」

「それぐらい、わけはない」

方はわけは聞かなかった。

72

新しいパスポート。新しい名前――シンガポール出身の黄以達《ホワンイーダー》に生まれ変わった。

方の用意した車で東門町に向かった。写真の政治家が遊説をするということだった。車を降りて、選挙カーに向かった。人ごみをかき分け、銃を抜いた。政治家は台湾語をがなりたてていた。銃を向けた。撃った。政治家がのけぞって倒れた。車を取り囲んでいた連中がなにが起こったのかを理解する前に、車に駆け戻った。すぐに車は走りだした。

方は信じられないというように首を振っていた。運転役のチンピラが賞賛の目を向けてきた。

「一発で済むとは思ってなかったのか?」

訊《き》いた。

「いいや。あんたの上達ぶりだ、やるなら一発だと思ってたさ。驚いたのは――」方はおれの顔をまじまじと見た。「あんたが平然としているからさ」

声が聞こえてきたら平然とはしていられない。だが、顔にメスを入れてからは、声が聞こえることはなくなった。ときどき、血が凍るような感じがするだけだった。

車はそのまま淡水河を越えた。病院へ。おふくろのいる場所へ。

ぶち殺せ――突然、声がよみがえった。ルームミラーに映る顔を見た。蒼醒《あおざ》め、強張っていた。

従業員用の入口。年老いた警備員がいた。ストッキングをかぶったチンピラが殴って気絶させた。

「ここから先はあんた一人だ。中の警備員には金を渡してある。眠ったふりをしているはずだ。おれたちはここであんたを待つ。時間は一時間。それでいいんだな?」

うなずいた。

手袋をはめた。門を乗り越えて、敷地に入った。真夜中でも、看護婦たちが働いている。息を殺し、足音を忍ばせた。精神科の病棟。方のいったとおり、警備員はわざとらしい鼾《いびき》をたてていた。詰所にはいり、マスターキィを盗んだ。鉄格子を開け、病棟へ。静まり返っている。心臓の鼓動をだれかに聞かれているような気がした。ぶち殺せ——頭の中の声が外に漏れているような気がした。

おふくろの病室の前。足を停め、深呼吸をくり返した。頭の中の声に耳を傾けた。

ぶち殺せ——声の響きには微塵《みじん》の揺らぎもなかった。

鍵《かぎ》を使ってドアを開けた。ドアを閉めた。部屋の中は乾いていた。清潔だった。ベッドの上でおふくろが寝ていた。時間をかけてベッドまで歩いた。おふくろの寝顔を見下ろした。無防備な寝顔——赤ん坊のような寝顔。安らかな眠りがおふくろの顔から惨めな皺《しわ》を消していた。

叩《たた》き起こせ——声がする——叩き起こして、邦彦が死んだことを教えてやれ。おまえが殺したことを教えてやれ。どこにも逃げ場所などないということを教えてやれ。それから、ぶち殺せ。

部屋の中を見渡した。ベッドの脇《わき》に小さなクローゼットがあった。予備の枕《まくら》と毛布。その下にきちんと畳まれたパジャマ。横に手提げ金庫——そぐわない。金庫と枕を取り出した。金庫は床に。枕は——おふくろの顔に押し当てた。全体重をかけた。

おふくろが暴れた。くぐもった叫びが漏れてきた。力は緩めなかった。

ぶち殺せ、ぶち殺せ、ぶち殺せ!!——頭の中の声に聞き入った。

おふくろが動かなくなった。枕をどけた。かっと見開いた目。口からは舌が飛び出ていた。

おふくろは死んでいた。

翌日の新聞の見出し——憐《あわ》れな日本人女性、精神病院で死亡。

「まさか、殺すとは思わなかったぜ」

新聞を持ってきた方は獣を見る目でおれを見た。

鍵を壊して金庫を開けた。金とパテック・フィリップが入っていた。手紙が入っていた。

——おれになにかあったら、この金を使ってくれ、母さん。時計も売ればいい金になる。邦彦。

73

無為の日々が過ぎていく。方をせっついても、待てといわれるだけだった。北京語が上達し、銃の腕があがった。なにもすることがないときは、テレビを見た。野球を見た。技術の劣るピッチャーに罵声《ばせい》を浴びせた。

それでも飽き足りないときは街に出た。左手にパテック・フィリップをはめて。だれもおれをとめなかった。方はおれがそのまま消えてしまえばいいと思っていた。

台北の街。埃《ほこり》っぽく、それでいて湿った空気。道路に吐かれた真っ赤な唾《つば》。暑さにもめげず、タフな台北っこたちが街を行き交う。腐った果実の匂《にお》いを撒《ま》き散らしながら。台北駅前の歩道橋から蠢《うごめ》く人間たちを見下ろす。声が聞こえる——ぶち殺せ。その誘惑に耐えるにはありったけの自制心を必要とした。

夜になると、麗芬のアパートのそばにいった。

麗芬はしばらくのあいだ、両親の家で暮らしていた。数日前にアパートに戻ってきた。戻ってきた日に、麗芬は大量のゴミを捨てた。おれはゴミのつまったビニール袋を漁《あさ》った。おれが麗芬にプレゼントした指輪が出てきた。嗚咽《おえつ》が漏れた。

夜。おれはなにもせず、アパートを見上げる。明かりが漏れてくる窓を見つめる。麗芬のしていることを想像する。麗芬の声を思いだす。麗芬の温《ぬく》もりを思いだす。あの女もぶち殺せ——声を締めだす。

たまに出かける麗芬とすれ違う。麗芬はおれには気づかない。

ぶち殺せ——声だけが大きく響く。

74

「待たせたな」

方が北京語でいった。それぐらいの北京語なら聞き取れるようになっていた。

「今朝、ボスから電話があった。やっと話がまとまったぜ」

方は英語に切り替えていった。

心が躍った。どす黒い感情が渦を巻きはじめた。

「いつだ？」

乱れる感情とは裏腹に、それしか言葉にならなかった。もどかしかった。

「明日だ。明日になれば、あんたの望みをかなえてやる。今夜、ボスが台北に来る。詳しい話はそのときに聞きな」

待ち遠しかった。身体が震えてとまらなかった。狂おしい喜び——邪悪な欲望。王東谷。おまえ一人、生き残るつもりか。おれが殺してやる。待っていろ。

「王東谷はなにも知らん」

蔡明徳は舌を鳴らしてフカヒレをすすった。

「あれは、昔は凄腕《すごうで》の黒道だった。仕事を辞めると、人は惚《ぼ》ける。ああはなりたくないものだ。長生きをしたければ、働きつづけるに限る」

前に見たときより、蔡明徳の身体には明らかに肉がついていた。商売敵の徐栄一が死に、野球賭博《とばく》でしこたま儲《もう》け、それを贅肉《ぜいにく》に変えた。笑いを噛《か》み殺した——蔡明徳の太り方は異常だ。そのうち、病気がやつの命を奪う。

「内湖に譚志忠の別宅がある。王東谷はそこにいる」方が英語でいった。「譚志忠と一緒だ」

「どういうことだ？」

方は答えなかった。代わりに、おれの目の前に紙包みを置いた。

「時代は変わる。いつまでも年寄りが我を張っていては取り残されるだけだ」

蔡明徳が独り言のようにつぶやいた。紙包みを開けた。緑色が目に飛び込んできた——アメリカドル紙幣。

「五万ドルある」方が口を開いた。「王東谷と一緒に譚志忠も殺してくれ」

蔡明徳に視線を向けた。蔡明徳はうなずいた。

「ある話し合いがもたれたのだ。非常に複雑で入り組んだ問題を処理するためにな。そこで、譚志忠は台湾の将来にとって疫病神ではあっても、益にはならんという決断が下された。譚志忠は大衆受けはいいが、実のところ、利権にしがみつく亡者でしかない。排除した方が台湾のためだ」

胸がむかついた。表情には出さなかった。下衆《げす》が下衆を殺すのにもったいぶった理由をつけている。それだけのことだ。

「話はできてるんだ。譚志忠は取り巻きと一緒に別宅にいる。普段は護衛もごっそり引き連れてるんだが、今は二、三人しかいない。譚志忠っていうのは、とんでもないエロ爺《じじい》でな、今回は別宅に女を連れ込んでる。香港の有名な女優だ。そいつの顔を見られちゃまずいっていうんで、護衛は最小限しか連れてきていないってわけだ」

「その女優をあてがったのは、あんたたちのサイドってことだな?」

「あんたには待たせたが、いろいろと準備が必要だったのさ」方は下卑た笑いを浮かべた。「譚志忠の秘書は買収してある。だが、護衛は別だ。そいつらを片付けてからでなきゃ、譚志忠には近づけん。できるか?」

頭に浮かぶ光景——邦彦のアパート。炭酸飲料の栓を抜くような音。声もなく死んだ辛迅。

「サイレンサーというのは、使うと狙《ねら》いが狂うのか?」

「サイレンサーよりもいいものがある。大陸の人民解放軍の特殊部隊が使う銃だ。あれなら、ほとんど銃声がしない。後で渡すから、試射してみるといい」

「どうしてそんなものが台湾にあるんだ。そういうのは普通、機密扱いじゃないのか?」

「おれたち台湾人は中国人でもあるんだぜ。人民解放軍は中国人民のためにある。ってことは、おれたちのためにあるってことだ。軍が使うものなら、いくらでも手に入るんだぜ」

「あんたたちは来ないのか？」

たわごとに付き合っている暇はない。

「もし、あんたがしくじって、その場所におれたちの身内がいるとやばいことになるんだ」

了解した——おれはうなずいた。


おれの射撃練習場——松山空港近くのうち捨てられた倉庫。飛行機の発着にあわせて撃てば、銃声を聞かれる心配もない。

渡された銃を撃った。機関部が作動する金属音しか聞こえなかった。弾丸は狙った場所に飛んでいった。

「どうだ？」

方がいった。

「完璧《かんぺき》だ」

答えた。

75

ごみ袋から拾った指輪に糸を通した。それを首からぶら下げた。邦彦がおふくろにあてた手紙に目を通した——何度も。銃を胸に抱いて横になった。眠りはすぐに訪れた。

木々に囲まれた高級住宅。麗芬の両親の家からそう遠く離れてはいない。

昼前には内湖にいた。息をひそめて家の様子をうかがった。夕飯時、ベランダに人が立つのを見た――王東谷。微笑《ほほえ》んでいた。

血が凍り、脳味噌《のうみそ》が沸騰した。

夕飯後、車が一台出て行った。乗っていたのは女――いかにも女優然とした女。女は一人で車を運転していた。

夜になるのを待った。拷問に似た苦痛を味わわされた。

虫が鳴いていた。木立に足を踏みいれるとぴたりと止まった。息苦しい静寂に包まれた。家から漏れてくる明かりだけが頼り。セキュリティは秘書が解除しているはずだった。

台湾にいくというおれを憐《あわ》れんだ日本のプロ野球の連中。やつらに伝えてやりたい。おれは今では台湾やくざの殺し屋になっている。

ときどき、窓のカーテンが揺れた。険しい目つきをした男がカーテンの隙間《すきま》から外の様子をうかがっていた。プロの立ち居振る舞い――おれに対処できるか。にわか殺し屋のおれに？　やるしかなかった。そんなことで諦《あきら》めるには憎悪が大きすぎた。頭の中で響く声が大きすぎた。

息を殺しながら進んだ。剝《む》き出しの顔に虫がまとわりついてくる。右手に人民解放軍の消音銃。腰からぶら下げたホルスターにもう一丁の銃。裏口はキッチンに通じている――方がいっていた。裏口のドアは鍵が外れている――方がいっていた。神経を集中させた。マウンドにあがったときのように。二アウトフルベース、カウントはツー・スリー。キャッチャーは外角低めいっぱいのスライダーを要求する。ボール一つ外れれば、すべては終わる。やつを殺せ、ぶち殺せ——頭の中の声がおれの取るべき道を指し示す。

裏口にたどり着いた。ノブに手をかけ、ドアを開けた。

黒い穴が視界に飛び込んできた。穴を覆う太い筒——サイレンサー。伏せた。穴から炎が噴きだした。くぐもった銃声がした。頭を殴られたような衝撃を受けた。

ぶち殺せ——遠のきかけた意識を声が引き戻した。

これは罠《わな》だ、方を殺せ、蔡明徳を殺せ、みんなぶち殺せ——

銃を突きだして撃った。咳《せ》き込むような音と金属音。おれを待ち構えていた男が吹き飛んだ。

家の中へ、王東谷のもとへ。キッチンを突き抜けた。ダイニングに出た。男が二人。向こうが撃つ前に撃った。左肩を蹴《け》飛《と》ばされたような衝撃を受けた。床に転がった。肩が熱い——撃たれた。凍った血が流れ出ていく。

一人残らずぶち殺せ——呪《のろ》われたやつら、おれをコケにしたやつら、おれから麗芬を奪ったやつら、自分がゴキブリ以下の存在だとおれに教えこんだやつら。

サイレンサーに押し殺された銃声——床の上を転がった。転がりながら撃った。悲鳴があがった。迸《ほとばし》る光。恐怖を飲み尽くす怒り。引き金を引く。男がふっとんだ。

息を殺して待った——闇《やみ》の中、濃密に漂っていた殺気が消えていた。立ちあがった。目を凝らす——床に二つの人影。飛び散った血。肩に激痛。頭の中で谺《こだま》する声——一人残らずぶち殺せ。奥に進んだ。

護衛は二、三人だと方はいった——嘘《うそ》じゃない。家の中にいるのが五人だということは確かめてあった。ベランダの王東谷は肩越しにだれかに話しかけていた。譚志忠、あるいは他のだれか。もし、それ以外の人間がこの家にいるなら、そいつは数時間もの間、息をひそめていたことになる。

ダイニングの先は吹きぬけの玄関だった。左手にこの家の主の寝室。その奥にバスルーム。家の構造は頭に叩《たた》き込んである。階段を駆けあがった。二階——客室が四つ。どこかに王東谷。

手前からドアを開けていった。

三つ目のドア——ドアを蹴破り、銃を突きだす。静まり返った部屋。踵《きびす》を返す。うなじがちりちりした。振り返った——遅かった。だれかがドアの陰に隠れていた。肩に衝撃。目が眩《くら》む痛み。倒れながら目を開けた。バットを持った男——刑事の袁。銃を向けた。バットに弾《はじ》き飛ばされた。

「そこまでですね、加倉さん」

袁——もつれていた糸がほぐれた。王東谷が肩越しに語りかけていた男が袁だ。

「きさま！」

吠《ほ》えた。袁がバットの先端でおれの肩を突いた。のたうちまわった。

「輝夫さん、もうだいじょうぶだよ。狂犬は捕まえたからね」

袁は階下に声を放った。

「王東谷とどういう関係だ？」

訊《き》いた。

「昔、世話になりましてね」

呪われたやつら──

「あいつに頼まれて、おれを尾《つ》け回していたのか？」

「途中からですが……」

階段をあがってくる足音──王東谷。

「久しぶりだね、加倉さん」

王東谷はおれの顔を覗《のぞ》きこんだ。おれは起きあがろうともがいた。肩をバットで小突かれた。

悲鳴が口から漏れた。

「まさか、下の三人を殺すとはね。方から銃の腕をあげたという話は聞いていたが、あんたがそこまでやるとは思ってなかったよ。人を殺すのは、銃の腕前じゃなく、心だからな。しかも、あの三人は軍隊あがりだよ。よっぽどあんたのことを舐めておったんだな。方のいったとおり、もっと人数を揃《そろ》えておくべきだったかもしれん」

王東谷の間延びした声。殺してやる──口にだしていった。

「殺してやる」

「なかなかいい面構えだ。顔を変えても、心は変わらんという証拠だな。よっぽどわしのことが憎いと見える。だがな、加倉さん、わしもあんたのことを殺したいほど憎んどるんだよ。あんた、文艾を殺しただろう」

王東谷の顔が歪《ゆが》んだ。捻《ね》じれた心が剝き出しになった醜い顔。身体の内側で殺意が暴れまわった。

「ただでは殺さんからな。実の母親と弟を殺した男に相応《ふさわ》しい死に方をさせてやるよ」

おまえが殺させたんだ。口から漏れるのは唸《うな》り声だった。おれは殺したくなどなかった。時間を稼げ──声がする。

「蔡明徳はどうしておれを売った？」

「譚先生に逆らうより、あんたの口を塞《ふさ》いだ方が賢明だということに気づいたのさ。あんた、あれのために人を殺したろう？　あんたが生きてると、蔡明徳は困るんだよ」

呪われたやつら──

「あんたはあれの身内じゃない。まずいことがあれば、すぐに見捨てられる。よく考えておくべきだったな」

バットが肩の傷をこじる。

「おまえら、みんなくそったれだ」

「あんただってそうじゃないか。あんたは金と女のために友達を殺した。殺さなくてもいい男を殺した。女を犯した。わしとどう違うね？　わしは豊榮を懲らしめるために、ちょっとばかしあんたを利用させてもらっただけだ」

肩が痺《しび》れる。痺れは全身に広がる。おれの意志──王東谷をぶち殺せ。だが、身体が動かない。血が流れていく。力が流れ出ていく。

「ちょっとばかりだと？　ふざけるな。おまえはおふくろになにをした？　邦彦になにをした？　おれになにをした？」

「二人とも、あんたが殺したんじゃないか。わしはな、文艾を守りたかっただけさ。あれに幸せになってほしかっただけさ。それのどこが悪いね？　あんたが余計なことをしなければ、すべてうまくいったんだよ」

つまり——おれは黙って殺されているべきだった。

「余計なことだと？　おれたち家族にあれだけ酷《ひど》い仕打ちをしておいて——」

「あんたたち家族？　陽子と國邦はそうかもしれんが、あんたは違うさ。國邦があんたのことをなんといっておったか知ってるかね？」

この男を黙らせろ——

「身内の恥だとさ」

声にならない叫び——立ち上がった。王東谷に飛びかかった。右手が王東谷の喉《のど》に届く寸前、脇腹《わきばら》をバットで殴られた。床に叩きつけられた。肋骨《ろっこつ》が折れるのがわかった。身体を丸めて痛みに耐えた。手が腰の銃に触れた。

「本当に獣だな、おまえさんは」

王東谷は腰を屈《かが》めた。転がっていた消音銃を拾いあげた。

「珍しい銃を使っておるな」

「輝夫さん、長話はしていられないよ。早いところ、譚先生に連絡を入れて掃除をしてもらわなければ。この男は別の場所に連れていって、あんたの好きにすればいい」

袁が口を挟んだ。緊張に顔が強張っていた。悪に徹しきれない悪徳警官。場馴《ばな》れしていない。おれの身体をチェックすらしない。右手で銃を握った。

「それもそうだな。譚先生もやきもきしておるだろう」

王東谷はおれに消音銃を向けた。

「そういうわけだ、加倉さん。あんたにはもう少し付き合ってもらうよ。だれからも邪魔されない場所で、この年寄りの怒りを思う存分味わってもらおう」

「一つだけ聞かせてくれ」

突きつけられた銃口を睨《にら》みながらいった。黒い穴はおれを飲み込もうとしているようだった。

「なんだね？」

「おまえはおふくろの病院の連中と親しかった。何度も病院に足を運んだってことだ。どうしてだ？」

「あれでもわしの女房だからな」

「そんなはずはない。本当のことを教えろ」

「どうして知りたいのかね？」

「理由はない。ただ、知りたいんだ」

王東谷は首を振った。呆《あき》れていた。

「あんたらはみんなそうだよ。陽子も國邦も、わしがなにかするたびに、どうしてだと聞いてきた。自分のしたいことをするのに、理由なんぞ必要かね？」

「教えてくれ」

「國邦のやつがな、わしの金を盗んだのさ。わしが最後に刑務所に行っている間にな。悪どいことをしてきて貯めた金だ。わしはそれを迪化街の家の床下に隠しておいた。それを國邦が盗んだんだ。あれはその金で大学に行きおった。刑務所から出てきて問い詰めたら、全部使ってしまったといいおる。でたらめに決まっておるわ。わしの貯めた金は、あんな小僧がどうしたって使いきれるものではない。昔なら叩きのめして口を割らせるところだが、あれは警官になっておった。根性の据わった警官にな。あの金があれば、わしは豐榮に頭を下げることもなかった。あんたらみたいな堕落した日本人と付き合う必要もなかった。しょうがないから、わしは陽子のところに行ったのよ。國邦は陽子にはなんでも喋《しゃべ》る。金のことも聞かされておるのに違いないからな。だが、なにをどう聞いても、陽子はまともな話はせんかった。昔からあれは嘘《うそ》つきだった。頭がおかしくなっても、嘘つきはなおらん。あんたも國邦もあれの血を引いておるから、嘘をつくのがうまいんだろうな」

銃を抜いた。自分で考えていたより素速くはできなかった。王東谷の消音銃からくぐもった音がした。左腕に痛みが走った。かまわず、撃った。轟音《ごうおん》。王東谷が真後ろに吹き飛んだ。銃を左に振った。袁は凍りついていた。撃った。袁は壁に背中を打ちつけ、崩れ落ちた。

身体を起こした。左半身に感覚がなかった。寒々とした冷気を感じるだけだった。

王東谷——まだ生きていた。腹から血が溢《あふ》れていた。どこかから空気が漏れているような音をたてて呼吸をしていた。

ぶち殺せ——声がする。

「う、迂闊《うかつ》だったな……方からいくらあんたは前のあんたじゃないと聞かされても……信じきることができなんだ。信じておれば……その銃も取りあげておったのに」

王東谷は血を吐きながらいった。

「黒んぼを殺したときの……おまえさんの顔が焼きついて離れん。あんた……間抜けだった。ろくに人を殺したことのない男だった……それが——」

「おまえのせいだ」

王東谷の顔が歪んだ。苦痛のせいか憎悪のせいかはわからなかった。

ぶち殺せ——声がする。ぶち殺せ、ぶち殺せ、ぶち殺せ!!

銃口を王東谷の頰《ほお》に押しつけた。

「おまえのせいだ」

もう一度いった。

「いいや、あんた自身のせいさ。あんたが強欲だからこうなったのさ」

ぶち殺せ——撃った。王東谷の顔が跡形もなくなるまで撃ちまくった。

76

おれの顔を変えた医者。銃で脅し、腕の治療をさせた。麻酔——冗談じゃない。寝ている間に方がやってくる。殺される。医者は無茶だといった。おれは耐えて見せるといった。

想像を絶する苦痛——呪《のろ》われたやつらへの憎しみで抑えこんだ。すべてが終わった後は顔つきが変わっていた。下品で粗野——俊郎を殺したときに鏡で見た表情が顔に張りついた。

医者を殺した。モルヒネを盗んだ。

方から受け取った五万ドル。それに邦彦がおれから盗んだ金——駅のコインロッカーの中。

その金で台東へ飛んだ。東部の小都市。近郊に温泉町。蔡明徳の手が伸びてくることはない。

宿泊目的は湯治。首から吊《つ》るした左手を見て、宿の人間はわかったというようにうなずいた。

ホテルの部屋にこもり、モルヒネ浸けの日々。朦朧《もうろう》とした意識の中、憎しみと悲しみが明確な形を取った。

殺した人間たちに許しを乞《こ》うた。殺さなかった連中に呪詛《じゅそ》をぶつけた。

方を殺せ。蔡明徳を殺せ。譚志忠を殺せ。そして——麗芬。

一週間後、台北に戻った。左手は動かない。だが、右手一本でも銃は撃てる。パテック・フィリップは右手にはめた。

77

ワンピース姿の麗芬。鮮やかな花柄のプリント。眩《まぶ》しい笑顔——近所の住人に向けられている。おれに向けられることはない。

主婦たちの井戸端会議。もう三〇分も続いている。終わる気配はない。

銃は置いてきた。代わりにカメラを持っていた。一眼レフ、望遠レンズ。何度もシャッターを切った。麗芬の笑顔をフィルムに焼き付けた。三六枚のフィルムをすべて使い切った。フィルムを取りだし、新しいフィルムを詰めた。

意を決して、歩きだした。五メートルほどの距離になったとき、麗芬がおれに気づいた。訝《いぶか》しげな目を向けてくる。その目がカメラのあたりでとまった。

「宋麗芬さんですか？」

おれは日本語で声をかけた。手術で変わった声——麗芬は気づかない。

「そうですが……」

久しぶりに聞く麗芬の声——脚が震えた。

「わたしは日本の新聞社の者ですが——」

あらかじめ作っておいた名刺を取り出した。主婦たちが身を引いた。麗芬は名刺を受け取り、しげしげと眺めた。顔をあげた。

「なんの用でしょう？」

「もしよろしければ、事件のことをおうかがいしたいと思いまして」

「いきなりいわれても……」

「無理にとはいいません」

「事件のどの部分を訊《き》きたいんですか？」

「加倉昭彦のことを——」

麗芬の目が曇った。胸が締めつけられた。

「彼はまだ捕まっていません。黒道に殺されたという噂《うわさ》もありますが、死体も見つかっていない。わたしは……彼に興味があるんです」

麗芬は唇を噛《か》んだ。おれは待った。主婦たちの遠慮のない声——この男、だれ？　気をつけなさいよ、麗芬。おれの北京語も随分上達した。

麗芬の視線がはっきりとおれを捉《とら》えた。

「三〇分ぐらいでよければ——」

おれは微笑《ほほえ》んだ。

「しばらくは信じられませんでした。あの人があんな恐ろしいことをするなんて」

麗芬はコーヒーカップを両手で覆うようにして握っていた。

「どう信じられなかったんです?」

「彼は優しかった……わたしにも、わたしの夫にも」

「だが、彼はあなたの夫を殺した」

「そうですね……」

「どうしてだと思います?」

「野球賭博《とばく》に関っていることを夫に知られたから……」

「本当にそうなんでしょうか?」

麗芬は瞬《まばた》きもしない目でおれを見つめた。

「どういうことですか?」

「本当にそれだけの理由で、加倉昭彦はあなたの夫を殺したと思いますか?」

麗芬は口ごもった。

「この話は絶対記事にはしません。約束しますよ」

「あの人は……夫に嫉妬《しっと》していたんだと思います。一度聞いたことがあります。夫が死ねばいいとずっと思っていたと」

あの夜。罪深さを前菜にして愛しあった夜。

「あなたのために、加倉昭彦は張俊郎を殺したと?」

「わかりません」麗芬は首を振った。「あの人が殺したのはわたしの夫だけじゃありません。

あの人が何を考えていたのか、わたしにはわかりません。わたしは——優しかったあの人しか知らないんです」

「今は加倉昭彦を憎んでいますか？」

麗芬は首を振りつづけた。

「わかりません」

「では、彼が犯罪者だと知るまでは、彼のことをどう思っていましたか？」

麗芬は首を振るのをやめた。おれの背後——はるか彼方《かなた》に視線を向けた。

「辛《つら》いんです」絞りだすような声。「やっと笑えるようになりました。でも、まだ辛いんです。わたしはあの人を愛していました。夫を殺した人を愛していました」

それだけが聞きたかった。

「彼から、夫が死ねばいいと思っていたと聞かされたとき、わたしも思いました。夫が死んでよかったと。わたし、わたし——あの人もわたし自身も許すことができません」

わななく膝《ひざ》を手で押さえ、おれは立ち上がった。

「辛い話をさせて申し訳ありませんでした」

上着の内ポケットから用意しておいた包みを取り出した。女の握り拳《こぶし》ほどの大きさのそれを麗芬の前に置いた。

「これは謝礼です。たいしたものじゃありませんが、よければ後で開けてください」

「もういいんですか？」

涙に潤んだ目がおれを見あげた。抱きしめたい——拳を握った。唇を嚙んだ。おれが望んだもの。おれが望んだ女。手を伸ばせば、それが手に入る。

この女もぶち殺せ——声が聞こえた。声はやむことがない。

息を吐いた。口を開いた。

「ええ、充分です。ありがとうございました」

「あの——」

「なんでしょう?」

「その腕は、どうなさったんですか?」

麗芬はおれの動かない左腕を指差した。おれを愛していたといったときの輝きはその目からはすでに失《う》せていた。

「生まれつきです」

「ごめんなさい」

「いいんですよ」

おれは踵《きびす》を返した。喫茶店を出た。窓ガラスの向こうで、麗芬が包みを開けるのが見えた。ビロード張りの指輪ケース。中には、おれが麗芬に贈った指輪が入っている。

通りかかったタクシーをとめた。乗りこんだ。麗芬が口を開けている。指輪を見つめている。立ち上がり、顔を左右に振る。おれを探している。

視線があった。麗芬の口が動いた。唇を読んだ——加倉さん。

麗芬は駆けだした。目には涙——その奥に混乱。憎しみはない。麗芬が喫茶店のドアに手をかけたとき、タクシーが動きだした。

ルームミラーに映る麗芬を見守った。タクシーが角を曲がるまで、麗芬はタクシーを追いかけつづけた。

78

フィルムを現像に出した。できあがった写真を安ホテルの壁に貼《は》りつけた。
息を殺して泣いた。

79

夜の台北にうずくまっている。光の渦の中に身を委《ゆだ》ねている。
呪《のろ》われたやつら——この街の、この国のどこかでのうのうと生きている。
ぶち殺せ——声が聞こえる。一人残らずぶち殺せ。
おれはその声に耳を傾けている。

付記

本書を執筆するにあたって、ジャーナリストの戸部良也氏、永谷脩氏より、貴重な助言及びアドヴァイスをいただいた。ここに感謝の意を表する。台湾のプロ野球に関して、おかしな表記があれば、それはすべて筆者の責任による。

本書はフィクションである。本書に登場する個人、団体は一切現実のできごととは関係がない。

本書は、平成十年八月に小社より単行本として刊行された作品を、文庫化したものです。

夜《や》光《こう》虫《ちゅう》

馳《はせ》 星周《せいしゅう》

平成13年 10月25日 初版発行
令和2年 7月30日 3版発行

発行者●郡司 聡

発行●株式会社KADOKAWA
〒102-8177 東京都千代田区富士見2-13-3
電話 0570-002-301（ナビダイヤル）

角川文庫 12178

印刷所●株式会社KADOKAWA
製本所●株式会社KADOKAWA

表紙画●和田三造

●お問い合わせ
https://www.kadokawa.co.jp/ （「お問い合わせ」へお進みください）
※内容によっては、お答えできない場合があります。
※サポートは日本国内のみとさせていただきます。
※Japanese text only

ISBN978-4-04-344203-4 C0193

◆◆◇

角川文庫発刊に際して

角　川　源　義

第二次世界大戦の敗北は、軍事力の敗北であった以上に、私たちの若い文化力の敗退であった。私たちの文化が戦争に対して如何に無力であり、単なるあだ花に過ぎなかったかを、私たちは身を以て体験し痛感した。西洋近代文化の摂取にとって、明治以後八十年の歳月は決して短かすぎたとは言えない。にもかかわらず、近代文化の伝統を確立し、自由な批判と柔軟な良識に富む文化層として自らを形成することに私たちは失敗して来た。そしてこれは、各層への文化の普及滲透を任務とする出版人の責任でもあった。

一九四五年以来、私たちは再び振出しに戻り、第一歩から踏み出すことを余儀なくされた。これは大きな不幸ではあるが、反面、これまでの混沌・未熟・歪曲の中にあった我が国の文化に秩序と確たる基礎を齎らすためには絶好の機会でもある。角川書店は、このような祖国の文化的危機にあたり、微力をも顧みず再建の礎石たるべき抱負と決意とをもって出発したが、ここに創立以来の念願を果すべく角川文庫を発刊する。これまで刊行されたあらゆる全集叢書文庫類の長所と短所とを検討し、古今東西の不朽の典籍を、良心的編集のもとに、廉価に、そして書架にふさわしい美本として、多くのひとびとに提供しようとする。しかし私たちは徒らに百科全書的な知識のジレッタントを作ることを目的とせず、あくまで祖国の文化に秩序と再建への道を示し、この文庫を角川書店の栄ある事業として、今後永久に継続発展せしめ、学芸と教養との殿堂として大成せんことを期したい。多くの読書子の愛情ある忠言と支持とによって、この希望と抱負とを完遂せしめられんことを願う。

一九四九年五月三日

馳星周の好評既刊

不夜城

第18回吉川英治文学新人賞受賞作

生き残るために重ねる 嘘と裏切り

アジア屈指の大歓楽街、新宿歌舞伎町。この街で、日台混血の故買屋・劉健一《リウジエンイー》は中国人黒社会を器用に渡っていた。だが元相棒の呉富春《ウーフーチエン》が街に戻ってきたことで事態は一変する。富春は上海マフィアのボス元成貴《ユエンチヨンクイ》の片腕を殺して逃亡中だった。健一は元に3日以内に富春の身柄を渡せと脅される。同じ頃、夏美と名乗る女が健一を訪ね、意外なものを売りたいと口にする——。新たな小説世界を切り開いた、馳星周衝撃のデビュー作。

角川文庫　ISBN 978-4-04-344201-0

鎮魂歌《レクイエム》 不夜城II

第51回日本推理作家協会賞受賞作

歌舞伎町で渦巻く
裏切りと陰謀

新宿の街を震撼させたチャイナマフィア同士の銃撃事件から2年。警察の手すら届かない歌舞伎町の中国系裏社会を牛耳るのは、北京の崔虎《ツイフー》、上海の朱宏《ヂユーホン》、そして、銃撃事件で大金を手に入れた台湾の楊偉民《ヤンウエイミン》だった。勢力図も安定したかと思われた矢先、崔虎の手下の大物幹部が射殺され、歌舞伎町は再び不穏な空気に包まれる。事件の混乱に乗じ、劉健一《リウジエンイー》は生き残りを賭け、再び罠を仕掛けた——!

角川文庫　ISBN 978-4-04-344202-7

馳星周の好評既刊

長恨歌　不夜城完結編

「不夜城」三部作、ここに完結！

歌舞伎町の中国黒社会で生きる武基裕《たけもとひろ》。彼は残留孤児二世として中国から日本へやってきた。しかし、その戸籍は中国で改竄された偽物だった。ある日、武の所属する東北人グループのボス韓豪《ハンハオ》が、日本のやくざ東明会との交渉の席で、バイクで乗りつけた二人組に銃殺された。麻薬取締官の矢島茂雄に脅され、武はクスリの利権が絡むこの事件を調べるはめに陥る。手掛かりを求め、武は情報屋・劉健一のもとへと足を運んだ——。

角川文庫　ISBN 978-4-04-344207-2

角川文庫ベストセラー

虚の王　馳　星周

兄貴分の命令で、高校生がつくった売春組織の存在を探っていた覚醒剤の売人・新田隆弘。組織を仕切る渡辺栄司は色白の優男。だが隆弘が栄司の異質な狂気に触れたとき、破滅への扉が開かれた——。

古惑仔　馳　星周

5年前、中国から同じ船でやってきた阿扁たち15人。だが、毎年仲間は減り続け、残るは9人……。歌舞伎町の暗黒の淵で藻掻く若者たちの苛烈な生きざまを描く傑作ノワール、全6編。

弥勒世(上)(下)　馳　星周

沖縄返還直前、タカ派御用達の英字新聞記者・伊波尚友は、CIAと見られる二人の米国人から反戦運動家たちへのスパイ活動を迫られる。グリーンカードの発給を条件に承諾した彼は、地元ゴザへと戻るが——。

走ろうぜ、マージ　馳　星周

11年間を共に過ごしてきた愛犬マージの胸にしこりが見つかった。悪性組織球症。一部の大型犬に好発する癌だ。治療法はなく、余命は3ヶ月。マージにとって最後の夏を、馳星周は軽井沢で過ごすことに決めた。

殉狂者(上)(下)　馳　星周

1971年、日本赤軍メンバー吉岡良輝は武装訓練を受けるためにバスクに降りたった。過激派組織〈バスク祖国と自由〉の切り札となった吉岡は首相暗殺テロに身を投じる——。『エウスカディ』改題。

角川文庫ベストセラー

解放者 特殊捜査班カルテット2　大沢在昌

特殊捜査班が訪れた薬物依存症患者更生施設が、何者かに襲撃された。一方、警視正クチナワは若者を集めたゲリライベント「解放区」と、破壊工作を繰り返す一団に目をつける。捜査のうちに見えてきた黒幕とは？

十字架の王女 特殊捜査班カルテット3　大沢在昌

国際的組織を率いる藤堂と、暴力組織〝本社〟の銃撃戦に巻きこまれ、消息を絶ったカスミ。助からなかったのか、父の下で犯罪者として生きると決めたのか。行方を追う捜査班は、ある議定書の存在に行き着く。

標的はひとり 新装版　大沢在昌

かつて極秘機関に所属し、国家の指令で標的を消していた男、加瀬。心に傷を抱え組織を離脱した加瀬に来た〝最後〟の依頼は、一級のテロリスト・成毛を殺す事だった。緊張感溢れるハードボイルド・サスペンス。

眠たい奴ら 新装版　大沢在昌

破門寸前の経済やくざ高見は逃げ込んだ温泉街で警察嫌いの刑事月岡と出会う。同じ女に惚れた2人は、政治家、観光業者を巻き込む巨大宗教団体の跡目争いの渦中へ……はぐれ者コンビによる一気読みサスペンス。

冬の保安官 新装版　大沢在昌

ある過去を持ち、今は別荘地の保安管理人をする男。冬の静かな別荘で出会ったのは、拳銃を持った少女だった（表題作）。大沢人気シリーズの登場人物達が夢の共演を果たす「再会の街角」を含む極上の短編集。